BASTEI LÜBBE

Eleanor Sullivan (Hg.)

MORD IST ALLER LASTER ANFANG

BASTEI LÜBBE

BASTEI-LÜBBE-TASCHENBUCH
Band 13 425

Erste Auflage:
Dezember 1992

Deutsche Lizenzausgabe 1992
Bastei-Verlag Gustav H. Lübbe
GmbH & Co., Bergisch Gladbach
Originaltitel: Fifty Years Of The
Best From Ellery Queen's Mystery
Magazine
Übersetzernachweis jeweils am
Ende der Geschichten
Lektorat: René Strien
Titelillustration und
Umschlaggestaltung: Achim Bock
Satz: KCS GmbH,
2110 Buchholz/Hamburg
Druck und Verarbeitung:
Cox & Wymann, Ltd.
Printed in Great Britain

ISBN 3-404-13425-7

Der Preis dieses Bandes
versteht sich einschließlich der
gesetzlichen Mehrwertsteuer.

Inhalt

Einführung

Genau hundert Jahre nach dem Erscheinen von ›Die Morde in der Rue Morgue‹, das zusammen mit Edgar Allan Poes beiden folgenden Erzählungen um die Figur C. Auguste Dupin für alle Zeiten die Grundregeln der echten Detektivgeschichte festgelegt hatte, wurde der Ruf nach einer Zeitschrift laut, die sich ausschließlich der kurzen Detektivgeschichte widmete. Schließlich übernahm der unermüdlich schreibende Ellery Queen selbst diese gewaltige Aufgabe und gab unter seinem Namen eine Zeitschrift für Detektiv-Geschichten heraus.

»Diese erste Ausgabe ist nur ein Experiment«, schrieb er in der Einleitung zu Heft 1. »Unsere Vermutung, daß eine große Leserschaft ungeduldig auf ein solches Magazin wartet, kann nur von eben dieser Leserschaft bestätigt werden. Deshalb wird *Ellery Queen's Mystery Magazine* zunächst vierteljährlich erscheinen. Langfristig beabsichtigen wir, jeden Monat eine neue Ausgabe herauszugeben, je nachdem, auf welche Resonanz diese und künftige Ausgaben stoßen. Je offener und größer das Interesse unserer Leser sein wird, desto eher kann ein monatliches Erscheinen realisiert werden.«

Im Jahre 1946 war *EQMM* zu einer Monatszeitschrift geworden, und in der Ausgabe der *Reader's Encyclopedia of American Literature* (Crowell) von 1962 stand unter der langen Eloge auf Ellery Queen: »1941 begannen sie (Frederic Dannay und Manfred B. Lee, die als Ellery Queen zusammenarbeiteten) mit der Veröffentlichung von *Ellery Queen's Mystery Magazine,* der besten Zeitschrift dieser Art. Ihr Ziel formulierten sie so: ›Queen wird an zwei Fronten kämpfen: Einerseits sollen Krimialautoren ganz allgemein dazu angeleitet werden, an der Schaffung einer eigenständigen und anerkannten literarischen Form mitzuwirken. Unsere Kollegen sollen also zu guter schriftstellerischer Arbeit ermuntert werden, indem man ihnen ein Forum bietet, das sonst in amerikanischen Zeitschriften nicht existiert. Andererseits sollen neue Autoren gefördert werden, die in diesem Genre nach eigenen Ausdrucksmöglichkeiten suchen.‹

Queen hat seinen Kampf an beiden Fronten gewonnen: Er hat der Detektivgeschichte ihren Platz in der ernsthaften Literatur verschafft. Häufig werden in Queens Zeitschrift Detektivgeschichten von bekannten zeitgenössischen und alten Autoren veröffentlicht. Es scheint, als habe tatsächlich jeder namhafte Autor der Literaturgeschichte zumindest eine Geschichte in diesem Genre geschrieben.«

Die Aufgabe, Geschichten für eine Anthologie zusammenzustellen, kann wirklich zermürbend sein. Und in diesem Fall war es eine ganz besondere Herausforderung, aus mehr als achttausend Geschichten der ersten fünfzig Jahrgänge von *EQMM* die besten fünfzig auszuwählen, also nur jeweils zehn von den Hunderten, die in jedem Jahrzehnt veröffentlicht wurden. Um so mehr, als die Herausgeber des Magazins sich über die ganzen fünfzig Jahre hinweg bemüht haben, in jeder einzelnen Ausgabe nur die allerbesten Geschichten zu veröffentlichen, die sie finden konnten.

Wir nahmen die Aufgabe in Angriff, indem wir nach Jahrzehnten vorgingen. Aus den Storys, bei denen die Rechte verfügbar waren und die noch nicht in angemessener Form in einer Anthologie veröffentlicht waren, wollten wir solide und spannend geschriebene Geschichten regelmäßig schreibender und bedeutender Autoren auswählen, Geschichten, die die Zeit widerspiegelten, in der sie entstanden waren und die als die besten Arbeiten ihres Jahrzehnts gelten. Manche Autoren sind hier nicht vertreten, obwohl sie es verdient hätten – doch allen hier vorgestellten fünfzig Autoren steht ihr Platz in dieser Anthologie zu. Sie und ihre Geschichten sorgten für die große Resonanz, die sich Ellery Queen erhofft hatte, als er sich zur Herausgabe des *EQMM* entschloß und sein erstes Editorial schrieb.

Fast alle Literatur spiegelt die Zeit wider, in der sie geschrieben wurde. Auch die Detektivgeschichte hat in den hundert Jahren zwischen ›Die Morde in der Rue Morgue‹ und der ersten Ausgabe von *EQMM* einen enormen Wandel erfahren, und einen noch größeren in den turbulenten Jahren, die darauf folgten. (Allein in den letzten Jahren hat es große Diskussionen darüber gegeben, was aus dem Spionageroman werden wird – was kann man noch schreiben? Soll man seine Handlung zeitlich zurückversetzen und ihr damit den Effekt der Unmittelbarkeit nehmen? Soll man den Schwerpunkt auf Industriespionage legen?) Sowohl die klassische Detektivgeschichte als auch die Privatdetektivgeschichte erfordern, wenn sie weiterhin von zeitgenössischen Lesern akzeptiert werden sollen, eine höchst erfinderische Abbildung der Wirklichkeit, damit sie nicht abgedroschen wirken, dazu ein ausgeprägtes Realitätsbewußtsein in bezug auf Konzeption und Charaktere.

Doch eine Menge Detektivautoren auf beiden Seiten des Atlantiks *und* des Pazifiks, nördlich *und* südlich des Äquators, gehen diese Herausforderung mit einem solchen Eifer an, investieren allesamt derart viel Phantasie und Talent sowohl in die Short Story als auch in längere Erzählformen, daß ich den Herausgeber nicht beneide, den man eines Tages dazu auffordern wird, die besten Geschichten der nächsten fünfzig Jahrgänge von *EQMM* auszuwählen.

Eleanor Sullivan

Die Tote mit der roten Perücke

John Dickson Carr

Für gewöhnlich gingen sie die Zeitung um zwei Uhr am Nachmittag in Druck. Nach dem Weihnachtsfest fühlte sich MacGrath, der Nachrichtenredakteur, nicht recht wohl, er ging daher früher nach Hause, um sich ins Bett zu legen, und überließ die Dinge im Büro dem jungen Patterson. MacGrath schlief sehr unruhig, als das Telefon neben seinem Bett klingelte.

MacGrath gab dumpfe Geräusche von sich, wie ein Gespenst, das sich vor Mitternacht erhob. Aber er nahm den Hörer ab.

»Hazel Loring?« fragte er. »Was ist mit ihr?«

»Sie ist tot«, antwortete Patterson. »Es ist ziemlich sicher, daß sie ermordet worden ist. Kennen Sie den Victoria Square?«

»Nein.«

»Es ist ein kleiner, ruhiger Platz in Bayswater. Hazel Loring hat dort gewohnt. Mitten auf dem Platz gibt es einen Garten, der nur für die Anwohner reserviert ist. Gegen elf Uhr hat ein Polizist, der seine Runde machte, Hazel Loring dort tot aufgefunden. Sie hatte praktisch keine Kleider mehr am Leib . . .«

»Was?« rief MacGrath, und plötzlich war seine Müdigkeit wie weggeblasen.

»Nun, sie trug noch einen Büstenhalter und ihren Schlüpfer. Sie saß auf einer Bank, tot wie Cleopatra, und ihre Kleider lagen ordentlich zusammengefaltet neben ihr auf der Bank.«

»Bei diesem Wetter?«

»Ja. Der Polizist hat beobachtet, wie sie eine Stunde vorher in den Garten gegangen ist. Todesursache war vermutlich ein Schädelbruch. Hazel Loring hat mehrere Schläge mit einem Spazierstock bekommen, dessen Griff mit Blei ausgegossen war. Hinter der Bank fanden sich Spuren von einem Kampf.«

»Okay!« sagte MacGrath. »Bring es auf der ersten Seite. Jede Frau in diesem Land will wissen, was mit Hazel Loring passiert ist.«

Jeder kannte Hazel Loring, kannte ihr Gesicht und ihre Ansichten. ›Lächle und halte Dich fit‹ hieß ihre wöchentliche Kolumne im *Daily Banner*, dem Konkurrenzblatt zu MacGraths *Daily Record*. ›Lächle und halte Dich fit‹ war auch der Titel einer Broschüre, die zigtausend Mal verkauft worden war und in der sie den Hausfrauen erklärte, wie sie ohne Qualen schlank bleiben konnten. Hazel Loring war keine strenge Zuchtmeisterin in Sachen Gesundheit. Sie befahl den Hausfrauen nicht, trockene Kekse zu essen und das auch noch zu mögen.

»Ich empfehle diese Übungen nach dem Ratschlag eines Arztes«, schrieb sie. »Nur drei Minuten am Morgen, und Sie haben den ganzen Tag Ihre Ruhe. Wenn Sie Schokolade mögen, dann essen Sie um Himmels willen Schokolade. Denken Sie nur an die Übungen, und dann können Sie essen, was Ihnen gefällt.«

Ihre freundliche Art erwärmte die Herzen der Frauen. Hazel Loring wurde rasch mehr als eine Gesundheitsberaterin. Sie beriet die Frauen, was Liebe, Hüte und ihren Ehemann anging. Jeder hatte Hazel Lorings strenges, ebenmäßiges und freundliches Gesicht schon einmal gesehen, kannte ihr Lächeln, wenn sie ihre schönen Zähne zeigt und Grübchen auf ihre Wangen traten. Sie war schlank, hatte eine gute Figur und war überaus aktiv. Sie kleidete sich gut, aber nicht zu ausgefallen. Ihr braunes Haar war kurzgeschnitten, und ihre braunen Augen wirkten ernst. Sie mochte ungefähr fünfunddreißig Jahre alt sein. Tausende von Frauen glaubten, Hazel Loring zu kennen, und schrieben ihr.

Aber jemand hatte sie getötet und halb angezogen an einem bitterkalten Dezemberabend in einem öffentlichen Garten zurückgelassen.

Wenn er die Wahrheit sagen wollte, dann empfand sogar ein so hartgesottener Mann wie MacGrath zunächst einmal Mitgefühl. Seine Frau geriet förmlich außer sich.

»Die arme Frau!« sagte Mrs. MacGrath vom anderen Bett aus. »Die arme Frau!«

»So nahe geht dir das Ganze?« fragte MacGrath. Seine Sinne als Nachrichtenmann arbeiteten sofort auf Hochtouren.

»Natürlich. Dieser brutale, sinnlose ...«

»Genauso verkaufen wir die Geschichte. Ich glaube, ich habe eine Idee.«

Am nächsten Tag unterbreitete er seine Idee Houston, dem Herausgeber.

Die Büros des *Daily Record* lagen in einem großen, modernistischen Gebäude, das wie ein verchromtes Goldfischglas aussah. In der Fleet Street schwirrten die Gerüchte umher. Der Mord an Hazel Loring wurde für so wichtig erachtet, daß man im Büro des Chefs eine Konferenz abhielt. Hier, in diesem kubistischen Raum mit hellen Vorhängen, saß Houston hinter seinem Schreibtisch. Er trug seine dunkle Brille und blickte mürrisch drein.

»Unmöglich«, sagte Houston. »Das können wir nicht machen. Das ist unter unserer Würde.«

»Okay. Seien wir würdevoll«, entgegnete MacGrath. »Aber sehen wir zu, daß wir so eine Sache nicht verpassen. Also hören Sie zu, J. H. Wir haben es hier mit einem Verbrechen an einer Frau zu tun; das berührt die Interessen der Frauen. Das ist Stoff genug für eine tägliche Story. Jeden Tag berichtet unser Polizeireporter über die Entwicklung. Die Hälfte der Frauen in England schreien nach Neuigkeiten über ihren Liebling, und was tun wir daher? Wir setzen eine Frau auf den Fall an.«

Houston strich sich mit der Hand über seine hohe Stirn. »Eine Frau als Polizeireporter?«

»Warum nicht? Sie kann das ganz würdevoll machen, oder nicht? Freundlich, in einem weiblichen Tonfall und mit einem Hauch von Traurigkeit. He, man wird uns die Story aus den Händen reißen!«

Houston zuckte mit den Schultern. »Die Frau müßte ziemlich hartgesotten sein«, meinte er. »Über einen Krieg zu berichten ist eine Sache, über einen Mord eine andere. Ich weiß nicht, wen ich auf den Fall ansetzen könnte.«

»Was ist mit dieser Französin? Dieser Jacqueline Dubois. Sie ist erst seit einer Woche hier. Sie kam zu uns, als die Dinge drüben in Frankreich den Bach runtergingen. Aber ich sage Ihnen eines, J. H. Sie galt als die schnellste und härteste Reporterin von Paris. Richart vom *L'Oeil* hat sie in den höchsten Tönen gelobt, und ich glaube, er hat nicht übertrieben.«

»Spricht sie Englisch?«

»Sie ist halbe Engländerin. Ihre Mutter ist eine waschechte Londonerin. Sie spricht sehr gut Englisch.«

»Und sie wird mit aller Sorgfalt vorgehen?«

»Das garantiere ich Ihnen, J. H.«

»Setzen Sie sie auf den Fall an«, sagte Houston.

Trotzdem fühlte er sich unwohl, bis er Jacqueline Dubois selbst in Augenschein genommen hatte. Dann atmete er vor Erleichterung auf und strahlte.

MacGrath aber war sich unsicher. Seine Lobeshymnen auf die Französin beruhten lediglich auf Vermutungen; neben Richarts Urteil wußte er wenig über sie. Und als er Jacqueline das erste Mal sah, hatte er das höchst ungewisse Gefühl, daß Richart seinem französischen Sinn für Humor in bedauernswerter Weise freien Lauf gelassen hatte.

Jacqueline betrat das Büro so ängstlich, daß Houston sich erhob, um einen Stuhl für sie zu holen. Sie war blond, recht klein und mollig, und sie hatte einen zarten Teint, so daß man erraten konnte, daß sie rasch errötete. Ihre dunkelblauen Augen waren entweder weit aufgerissen oder schüchtern gesenkt. Ihr Mund verriet Verwirrung, jedoch auch das Bestreben zu gefallen. Ihr Pelzmantel war von guter Qualität, aber unauffällig; von ihrem schlichten grauen Kleid bis hin zu ihren braunen Strümpfen und Schuhe wirkte sie recht dezent zurechtgemacht. Sie hielt ihre Augen auf Houston gerichtet, außer wenn er sie direkt ansah. Mit sanfter, freundlicher Stimme fragte sie ihn schließlich, was er von ihr wolle. Während MacGrath voller Verzweiflung dabeistand, erklärte Houston es ihr.

»Und das ist die Sache, die dahintersteckt, Miss Dubois. Sie sollen . . .«

». . . der Polizei auf die Nerven fallen«, mischte sich MacGrath ein.

». . . all die guten Nachrichten bringen, die unsere Leser interessieren. Würden Sie diese Aufgabe übernehmen?«

Jacqueline blickte auf. »Würde ich diese Aufgabe übernehmen?« sagte sie leise. »Heilige Scheiße!«

Houston schrak zusammen. Jacqueline verriet Verwirrung; Bescheidenheit rang mit Dankbarkeit.

»Ich danke Ihnen auf Knien«, fuhr sie fort und klatschte in die Hände. »Miss Loring. Die arme Frau, die so grausam ins Jenseits befördert worden ist. Ich hatte mir so gewünscht, diese Story zu übernehmen, aber verdammt, ich hätte nicht gedacht, daß ich da rankomme. Oh, Sie sind ein Schatz. Möchten Sie, daß ich Ihnen einen Kuß gebe?«

»Um Himmels willen, nein!« rief Houston.

Aber Jacqueline hörte gar nicht zu. Sie war ganz in Gedanken versunken. Ihre Augen waren nach innen gerichtet; eine tiefe Falte auf der Stirn verriet ihre Nachdenklichkeit, und sie nickte leise vor sich hin.

»Ich habe ein Handicap«, gestand sie. »Ich bin erst seit kurzem in England, und ich weiß noch nicht, wie weit ich gehen kann. Wenn ich Ihnen einen Knüller bringen soll, muß ich es auf meine besondere Art machen. Wer ist der Chef Ihrer Polizeibehörde hier?«

»Der stellvertretende Polizeichef von Scotland Yard«, entgegnete MacGrath.

»Gut!« rief Jacqueline lebhaft. »Ich werde mit ihm ins Bett gehen.«

Houston bedachte sie mit einem langen, nachdenklichen Blick.

»Nein, auf keinen Fall«, sagte er dann.

»Aber ja!« erwiderte Jacqueline und nickte wieder entschieden.

»Aber das können Sie nicht machen, Miss Dubois!«

»Ich verstehe nicht recht«, sagte Jacqueline und schaute ihn erstaunt an. »Sie wollen nicht, daß ich das tue? Warum nicht?«

»Es Ihnen in aller Ausführlichkeit zu erklären würde zuviel Zeit kosten. Ich darf sagen, daß so etwas alles in allem nicht zu der Politik unseres Hauses paßt. Außerdem gibt es da noch . . . praktische Erwägungen. Zunächst einmal würden Sie niemals so nah an ihn herankommen. Und selbst wenn Sie das schaffen würden, hätten Sie dadurch keine Story.«

Jacqueline zwinkerte plötzlich. »Das ist sehr lustig«, erklärte sie. »Das hat man mir auch gesagt, als ich Mornay, dem *juge d'instruction*, schöne Augen gemacht habe. Er hat einen irrsinnig langen Bart, und ich habe von ihm alle offiziellen Fotos über die Schießerei in der Rue Jean Goujoun bekommen. Und ich habe die ganze Stadt in Erstaunen versetzt. Wollen Sie es wirklich nicht?«

»Wir wollen es ganz bestimmt nicht.«

Jacqueline seufzte. »In Ordnung«, sagte sie. »Dann muß ich

eben den Namen des Polizisten herausfinden, der sich mit diesem Fall befaßt, und mit ihm ins Bett gehen. Außerdem möchte ich, daß mich ein Fotograf unserer Zeitung die ganze Zeit begleitet.«

»Ein Fotograf? Warum?«

»Zuerst einmal ist es einfach praktisch. Ich bin zu ein paar schönen Fotos gekommen, als ich für *L'Oeil* gearbeitet habe. Einmal habe ich ein Foto von der Comtesse de la Tour St. Sulpice gemacht. Sie ist eine Kleptomanin, und ich habe sie erwischt, wie sie bei Paulier's in der Rue de la Paix ein Halsband geklaut hat.«

»Wirklich?«

»Oh, was war das für eine Aufregung!« Jacqueline kicherte erfreut. »Außerdem ist es nützlich, wenn man ein Foto von einem Polizisten machen kann, der etwas tut, was er nicht tun darf. Man kann ihm dann sagen, daß man das Foto veröffentlichen wird, wenn er einem keine Geschichte gibt.«

Houston hatte wie unter Hypnose zugehört. Jacqueline schien von einer Aura der Unschuld umgeben zu sein. Er hätte nicht verblüffter sein können, wenn sich Mona Lisa aus ihrem Bild gelehnt und ihm die Zunge herausgestreckt hätte. Endlich fand er seine Stimme wieder.

»Wir beginnen damit, die Männer ins Bett zu locken, und gehen dann zu Erpressung über«, sagte er. »MacGrath, ich kann das nicht zulassen. Junge Frau, Sie sind entlassen. Sie ruinieren mir meine Zeitung innerhalb von einer Woche.«

»Wenn sie entlassen wird«, brüllte MacGrath, »dann reiche ich meine Kündigung ein. Bei allen Heiligen, die Frau ist eine richtige Reporterin.«

»Wollen Sie, daß das Innenministerium uns aus dem Verkehr zieht?«

»Wir haben doch unsere Redakteure, die ihr Manuskript lesen, oder nicht? Ich sagen Ihnen eines, J. H., wenn . . .«

»Da ist noch etwas anderes«, warf Jacqueline zaghaft ein. »Einer Ihrer Fotografen heißt Henry Ashwin. Er ist ein prima Kerl, obwohl ich glaube, daß er zuviel Whisky trinkt. Er ist der Fotograf, den ich haben möchte.«

»Warum ausgerechnet Ashwin?«

»Ich habe herausgefunden, daß er Hazel Lorings Dienstmädchen nachgestellt hat. Ja! Das ist etwas, das die anderen nicht beachtet haben. Also habe ich ihm einen Whisky ausgegeben und mit ihm geredet. Und schon habe ich einige Informationen bekommen, wie Sie sehen.«

»Bevor Sie überhaupt auf diese Geschichte angesetzt waren?«

Jacqueline hob ihre Augenbrauen.

»Aber natürlich! Hören Sie. Diese Hazel Loring ist fünfunddreißig Jahre alt. Privat ist sie stets ziemlich schlecht gelaunt. Henry Ashwin meint, daß man sie eine Heuchlerin nennen kann, aber er ist sich da nicht ganz sicher. Außerdem ist sie eine ziemlich tugendhafte Tante, richtig prüde. Und ist sie verheiratet? Nein, das ist sie nicht. Aber sie hat einen Verlobten, einen Anwalt mit Namen Edward Hoyt. Fünf Jahre ist er schon mit ihr zusammen, und noch immer ist da für ihn nichts zu machen. Warum hat sie ihn noch nicht geheiratet, was meinen Sie?«

»Nun?«

»Ich finde es heraus«, antwortete Jacqueline. »Und jetzt sage ich Ihnen etwas, das die Polizei noch nicht gesagt hat.«

»Reden Sie schon«, murmelte Houston, der noch wie hypnotisiert war.

»Nun, das Hausmädchen hat es Ashwin gesagt, und Ashwin hat es an mich weitergegeben. Als Miss Loring auf der Bank in diesem Garten gefunden wurde, trug sie nur einen Büstenhalter, ihren Schlüpfer und Schuhe. Die anderen Sachen lagen ordentlich gefaltet neben ihr auf der Bank.«

MacGrath war plötzlich auf der Hut. »Das wissen wir schon. Es hat in allen Zeitungen gestanden.«

»Ja, natürlich«, sagte Jacqueline, »aber da gab es noch andere Dinge. In den Kleidern lagen eine rote Perücke und eine dunkle Brille.«

Houston und MacGrath schauten einander an; sie fragten sich, ob das irgendeine dunkle französische Metapher sein mochte. Aber Jacqueline ließ sie nicht lange in Zweifel.

»Eine rote Perücke«, wiederholte sie und deutete auf ihr blondes Haar. »Und eine dunkle Brille, durch die man hindurchsieht.« Sie bildete mit ihren Fingern eine Brille nach und legte sie auf ihre Augen. »Warum sollte Miss Loring diese Dinge bei sich haben? Aber verdammt, das ist noch nicht alles. Man kann mit Sicherheit davon ausgehen, daß sie sich selbst ausgezogen hat. Kein anderer hat das getan. Das Hausmädchen hat Henry Ashwin erzählt, daß Miss Loring ihre Strümpfe immer auf eine ganz bestimmte Art gefaltet hat, wie... ach verdammt! Möchten Sie, daß ich meine Strümpfe ausziehe und es Ihnen zeige?«

»Nein, das ist nicht nötig!«

»Gut. Ich habe Sie ja auch nur gefragt. Aber sie hat eben ihre ganz besondere Art, die Strümpfe und auch ihre Kleider zu falten. Daher hat sie sich also selber ausgezogen, und sie hat eine Perücke und eine Brille bei sich gehabt. Bitte, lassen Sie mich herausfinden, warum sie diese Dinge bei sich hatte.« Mit ihren großen blauen Augen sah sie Houston vorwurfsvoll an. »Sie haben gesagt, daß Sie mich entlassen werden, und das ist nicht nett von Ihnen. Ich weiß, ich bin nur eine kleine, dumme Gans; das hat man jedenfalls in Paris zu mir gesagt, aber seien Sie bitte nett zu mir und geben Sie mir eine Chance. Ich bringe Ihnen die Geschichte, auf Ehre und Gewissen. Ja?«

Houston hatte die dunkelsten Ahnungen, aber er war auch ein Zeitungsmann. »Machen Sie es«, sagte er schließlich.

Inspector Adam Bell von der obersten Polizeibehörde stand in dem kleinen, sauberen Wohnzimmer des Hauses 22 Victoria Square. Er blickte aus dem Fenster in den Garten, dann zu dem bleichen Mann, der hinter ihm wartete.

Ruhig und dunkel lag der Victoria Square an diesem freudlosen, winterlichen Nachmittag da. Die Häuserfronten wiesen keine Lücke auf. Im Garten reckten sich die Äste der Bäume, die von kleinen Eisengittern eingefaßt waren, in den düsteren Himmel. Kieswege wanden sich um gußeisener Bänke und kahle Büsche, und auf dem Rasen lag Reif.

In dem sauberen Wohnzimmer der Toten blickte Inspector Bell den Verlobten von Hazel Loring an. Inspector Bell war ein junger, recht ernster Mann, aber seine sympathische Art hatte ihm schon einige Erfolge gebracht.

»Und Sie haben mir weiter nichts zu sagen, Mr. Hoyt?«

»Nichts!« erwiderte Edward Hoyt und strich sich über seine schwarze Krawatte. »Ich wollte mit ihr gestern abend in ein

Konzert gehen, aber sie lehnte ab, und daher ging ich allein. Ich ... lese diese Sensationspresse nicht. Ich habe von diesen Dingen nichts gewußt, bis mich Hazels Sekretärin, Miss Alice Farmer, heute morgen angerufen hat.«

Inspector Bell teilte Hoyts Ansichten über die Sensationspresse; das Haus war gleich dreifach gegen Reporter abgesichert worden, und doch starrten ungefähr hundert Augen vom Straßenrand hinter dem Square herüber.

Edward Hoyt nahm plötzlich neben dem Kamin Platz. Er war ein großer, hagerer Mann von Anfang Vierzig, er hatte ein recht attraktives Gesicht, große knochige Hände und eine sanfte, ruhige Art. Er war sicherlich ein sehr geduldiger Freier gewesen, überlegte Bell. Seine Augen wirkten im Feuerschein ein wenig blutunterlaufen; er schaute auch oft zu dem Sofa hinüber, wo eine hübsche Perücke lag sowie eine dunkle Brille und ein schwerer Spazierstock.

»Es ist absurd und erniedrigend«, fuhr er fort, »und ich glaube es noch immer nicht. Können *Sie* mir nichts sagen, Inspector? Können Sie mir gar nichts sagen?«

Bell äußerte sich ganz verbindlich.

»Sie haben die Aussage gehört, Sir. Ihre Sekretärin Miss Farmer hat ausgesagt, daß Miss Loring gestern abend kurz vor zehn das Haus verlassen hat. Sie hat sich geweigert, Auskunft darüber zu geben, wohin sie ging.« Bell hielt inne. »Es war auch nicht das erste Mal, daß sie auf diese Weise das Haus verließ. Sie ging dann immer gegen zehn Uhr am Abend und blieb für gewöhnlich zwei oder drei Stunden aus.«

Hoyt sagte nichts dazu.

»Von hier«, sagte Bell, »muß sie geradewegs in den Garten hinübergegangen sein.«

»Aber warum, um Himmels willen, ging sie in den Garten?« rief Hoyt.

Bell beachtete seinen Ausruf gar nicht. »Bei seinem Streifengang hat ein Polizist gehört, wie sich jemand an dem Tor des Gartens zu schaffen machte. Er richtete seine Lampe zum Tor und sah, wie Miss Loring es mit einem Schlüssel öffnete. Er befragte sie dann, und sie erklärte ihm, daß sie auf diesem Square wohnte und folglich ein Recht hatte, diesen Garten zu benutzen. Selbst an einem dunklen Dezemberabend. Der

Wachtmeister ließ sie dann in den Garten gehen, aber er war doch besorgt. Eine Stunde später kam er auf seiner Runde wieder an dem Garten vorbei. Das Tor war noch immer offen. Er hörte, wie es quietschte. Er ging hinein und fand Miss Loring auf einer Bank sitzend ... nach der ersten Biegung des Kiesweges, ungefähr fünfzehn Schritte vom Tor entfernt.«

Bell schwieg für einen Moment.

Er stellte sich die Szene vor: Das Tor quietschte im kalten Wind, ein flüchtiges Licht fiel auf den eisigen Körper und die weiße Seidenunterwäsche. Der Kopf der Frau war nach hinten gesunken, ihre Schuhe waren offen.

»Der Rest ihrer Kleidung, ihr Pelzmantel, ihr Kleid, ihr Hüfthalter, ihre Strümpfe, das alles lag neben ihr; auf eine Art und Weise gefaltet, daß ihr Hausmädchen Henrietta Simms beschwört, daß Miss Loring sich selbst ihrer Kleider entledigt haben muß. Ihre Handtasche war unberührt. Der Schlüssel zum Gartentor mit einem großen Pappschild lag auf dem Weg.«

Jedesmal, wenn Bell etwas sagte, nickte Edward Hoyt zum Feuer hin.

Bell ging zum Sofa hinüber und nahm den Spazierstock in die Hand. Er war ziemlich schwer, denn sein vernickelter Kopf enthielt eine Menge Blei.

»Hazel Loring«, fuhr Bell fort, »ist hinter dieser Bank getötet worden. Der Boden war leicht gefroren, aber überall waren die Abdrücke ihrer hochhackigen Schuhe zu sehen. Es hat einen Kampf gegeben; sie war keine schwache Person.«

»Nein«, stimmte Hoyt dem Polizisten zu.

»Über der linken Schläfe ist ihr mit dem Spazierstock der Schädel gebrochen worden.« Bell wog den Stock in der Hand. »Es besteht kein Zweifel daran, daß dies die Waffe war. Unter dem Mikroskop finden sich Blutspuren, und ein Haar klebt am Griff. Gleichwohl hat die Wunde kaum geblutet. Unser Labor hat festgestellt, daß ...«

Er verstummte schuldbewußt.

»Ich bitte Sie um Entschuldigung, Sir. Ich will Sie nicht quälen; ich bringe das nur zur Sprache, um zu erfahren, ob jemand etwas mit diesen Tatsachen anfangen kann.«

Hoyt antwortete auf eine altmodisch höfliche Art. »Und ich bitte *Sie* um Entschuldigung, Inspector. Es ist angenehm für mich, mit einem Gentleman zu tun zu haben.« Er erhob sich und fuhr sich mit der Hand über den Mund. »Ich bin froh, daß kein Blut floß«, sagte er dann. »Ich bin froh, daß sie nicht ... mißhandelt worden ist.«

»Ja, Sir.«

»Aber entspricht das den Regeln der Vernunft, Inspector? Eine solch schwerwiegende Verletzung und so wenig Blut?«

»Aber sicherlich, Sir. Es kommt lediglich auf den Bruch des Schädels an. Einer meiner Freunde hat einmal eine Gehirnerschütterung bekommen, als er sich nur den Kopf an der Tür eines Eisenbahnwagens gestoßen hatte; er hat gar nicht gewußt, daß etwas mit ihm nicht stimmte, bis er zusammengebrochen ist.« Bells Tonfall änderte sich plötzlich; seine Stimme wurde härter. »Nun Sir, ich habe Ihnen meinen Teil gesagt. Haben Sie mir auch etwas mitzuteilen?«

»Nein, nichts, außer ...«

»Nun?«

Hoyt zögerte. »Ich bin ein wenig in Sorge wegen Hazel gewesen. Sie hat in letzter Zeit nicht so gut ausgesehen. Ich fürchte, Hazel hatte die Neigung, zuviel zu essen.« Ein flüchtiges, gespenstisches Lächeln huschte über sein Gesicht, das so gar nicht dem Funkeln seiner blutunterlaufenen Augen entsprach. »Aber Hazel meinte: ›Solange ich morgens meine Übungen mache, wie es Tausende meiner Anhängerinnen auch tun ...‹ Sie war sehr stolz auf die Stellung, die sie erlangt hatte, Inspector ...«

Doch das war nichts, was Bell sonderlich interessierte. »Ich meine, fällt Ihnen ein Grund ein, warum jemand Miss Loring hätte ermorden wollen?«

»Nein, ich schwöre, dazu fällt mir überhaupt nichts ein.«

»Oder warum sie sich entkleidet haben könnte, um dann getötet zu werden?«

Hoyt kniff den Mund zusammen. An einer Antwort wurde er durch das Erscheinen einer ruhigen, sanften Frau gehindert, die eine Hornbrille trug und sich überraschend flink bewegte. Miss Farmer, die tadellose Sekretärin, sah so aus, wie man sich früher eine Lehrerin vorgestellt hätte. Obschon sie nicht häßlich war, erinnerte ihr Gesicht an einen runden Vollmond; ihr braunes Haar war ungepflegt, und sie trug flache Schuhe.

In den sechs Jahren, die sie in Hazel Lorings Diensten stand, hatte Miss Farmer viele Male ihre Treue und Verehrung unter Beweis gestellt. Jetzt aber waren ihre Augenlider gerötet, und gelegentlich griff sie nach ihrer Brille und wischte sie mit einem Taschentuch ab.

»Dämonen!« sagte sie und umklammerte ihr Taschentuch. »Dämonen! Inspector, ich ... ich weiß, der Leichnam der armen Hazel ist fortgebracht worden, aber hatten Sie nicht angeordnet, daß keiner dieser schrecklichen Reporter auf den Square vorgelassen werden dürfte?«

»Ja, natürlich. Warum fragen Sie?«

»Nun«, entgegnete Miss Farmer und streckte stapfer ihr Kinn vor, »sie sind jetzt da. Man kann sie vom Fenster oben sehen. Es sind vor allem zwei Reporter. Ein Mann macht Fotos, und der andere Reporter ist eine Frau, stellen Sie sich das vor! Wie kann eine anständige Frau sich dazu herablassen, für eine ... zu schreiben.« Sie hielt inne und errötete heftig. »Ich meine, wie kann eine Frau als Reporterin arbeiten und nicht einfach nur nette Dinge schreiben. Das ist schließlich ein Unterschied. Oh, Sie verstehen doch, was ich meine, nicht wahr?«

Inspector Bell begriff nur, daß seine Anweisungen mißachtet worden waren. Er nahm Haltung an.

»Sind Sie sicher, daß es Reporter sind?«

»Schauen Sie es sich selbst an!«

Bells freundliches Gesicht verfinsterte sich. Er atmete tief ein. Dann nahm er seinen Mantel und seinen Hut von einem Stuhl.

»Entschuldigen Sie mich für einen Augenblick«, sagte er förmlich. »Ich werde kurz die Herrschaften dort draußen aufsuchen.«

Im Laufschritt verließ Bell das Haus. Das Gartentor an der Westseite des Square lag ziemlich genau gegenüber des Hauses von Hazel Loring. Die gußeiserne Bank, die einmal grün gewesen war, jetzt aber völlig verrostet aussah, wies genau nach Westen. Vor ihr machte der Kiesweg einen Bogen.

Um die Bank schlichen eine blonde Gestalt in einem Pelzmantel und ein großer, ungepflegter Kerl in einem Regenmantel, der eine Kamera in der Hand hielt. Bell rief »Aha« und baute sich vor ihnen auf. Dann sprach er die beiden an.

Henry Ashwin, der Fotograf, nahm es ganz gleichmütig. Er zog sich lediglich seinen Hut etwas tiefer über die abstehenden Ohren und zuckte entschuldigend mit den Schultern. Jacqueline aber war sprachlos vor Erstaunen. Sie war ehrlich der Überzeugung, daß sie bei den Untersuchungen behilflich war, und sie konnte nicht verstehen, was dieser Mann vor ihr da tat.

»Sie müssen nicht so ein unfreundliches Kamel sein!« rief sie ihm in liebenswürdigem Tonfall zu. »Sie verstehen ganz einfach nicht. Ich bin Jacqueline Dubois vom *Record*. Und das ist Mr. Ashwin; er kommt auch vom *Record*.«

»Ich kenne Mr. Ashwin«, erwiderte Bell ernst. »Nun, zum letzten Mal, Madam: Verlassen Sie diesen Platz, oder muß ich Sie von meinen Leuten entfernen lassen?«

»Aber das meinen Sie doch nicht ernst!«

Bell starrte sie an. »Wie kommen Sie zu dieser Meinung?«

»Außerdem sollten Sie auch nicht so unfreundlich mit der Presse reden. Das ist nicht nett, und es bringt Sie in Schwierigkeiten. Henry, ich mag diesen Mann nicht. Sorg dafür, daß er von hier verschwindet, und dann machen wir uns wieder an die Arbeit.«

»Ashwin«, sagte Bell, »ist diese Frau vollkommen von Sinnen?«

Ashwin mischte sich grummelnd ein. »Tut mir leid, Inspector, aber ich bringe das in Ordnung. Hör zu, Jackie, die Dinge sind hier etwas anders als in Frankreich. Das habe ich schon die ganze Zeit versucht, dir zu sagen. In England dürfen Reporter nicht . . .«

»Du wirst es also nicht machen?«

»Ich darf es nicht, Jackie.«

»Nun bin ich wütend«, erwiderte Jackie und verschränkte abweisend und wie eine vornehme Dame die Arme vor der Brust. »Verdammt, nun bin ich wirklich wütend, und daher werde ich Ihnen auch nichts über den Anhaltspunkt sagen, den ich gefunden habe.«

»Einen Anhaltspunkt?« fragte Bell mit schneidender Stimme.

»Ha, nun ist Ihr Interesse geweckt, nicht wahr?« rief Jacqueline und wiegte ihren Kopf hin und her. Ihr Tonfall änderte sich;

sie klang nun schüchternd und flehend. »Bitte, ich möchte nett sein, und ich mag Sie, wenn Sie auch nett zu mir sein wollen. Ich könnte Ihnen helfen, wenn Sie mich nur ließen. Ich glaube, ich weiß, was heute abend hier geschehen ist. Als ich gehört habe, daß Miss Lorings Schuhe offen gewesen sind und daß die Perücke und die Brille . . .«

Bell machte aufgeregt einen Schritt auf sie zu. »Woher wissen Sie, daß Miss Lorings Schuhe offen gewesen sind? Und woher haben Sie von der Perücke und der Brille erfahren? Diese Dinge sind nicht an die Presse weitergegeben worden.«

Die Abenddämmerung senkte sich über die kahlen Bäume des Gartens. Kein Lichtschein fiel auf den Square, lediglich die Seitenlichter der Taxis waren zu sehen, die mit dröhnenden Motoren um den Platz herumfuhren. Jacqueline öffnete ihre Handtasche und zog ein großes, rechteckiges Stück Papier heraus.

Es war ein Foto von Hazel Lorings Leichnam, das von vorn aus einigen Schritten Entfernung aufgenommen worden war. Da die Schatten von dem Betrachter wegführten, lag jedes Detail auf eine grausame Weise realistisch vor einem: die dasitzende Gestalt mit den erschlafften Gliedern, der zurückgesunkene Kopf, die schlanken, muskulösen Beine und die Schuhe, die offen waren, wie schon ein flüchtiger Blick offenbarte.

»Woher haben Sie das?« rief Bell.

»Ich habe es gemacht, Inspector«, gab Ashwin zu. »Ich bin heute morgen über den Zaun geklettert, bevor irgend etwas verändert worden ist. Wenn ich eine Lampe benutzt hätte, dann wäre ich Ihren Männern sofort aufgefallen, aber um zehn Uhr schien die Sonne so stark, daß ich ein Foto machen und dann abhauen konnte.«

Unter seinem schäbigen Hut kniff Ashwin ein paarmal die kleinen Augen zusammen. Es war in dem Garten mittlerweile so dunkel geworden, daß man von ihm kaum noch etwas erkennen konnte, außer dem Funkeln seiner Augen und daß er dringend eine Rasur benötigte. Wenn er ordentlich gekleidet gewesen wäre, hätte er vielleicht wie ein Angeber gewirkt. Auch er hielt Jacqueline für eine Nervensäge.

»Ich schwöre, ich hatte wirklich nicht vor, das Foto zu verwenden!« fuhr Ashwin fort und zeigte seinen Ärger. »Diese Frau hat es mir geklaut. Dabei wollte ich es gar nicht . . .«

»Die Schuhe!« rief Jacqueline.

Bell wandte sich zu ihr um. »Was ist mit den Schuhen?«

»Die Schuhe sind der Anhaltspunkt«, erwiderte Jacqueline. »Sie dürfen mich nicht fragen, wie ich an meine Informationen gekommen bin. Von der Perücke und der Brille habe ich von Miss Lorings Hausmädchen erfahren. Aber ich habe nichts dagegen, Ihnen zu sagen, wie Sie diesen Fall lösen können.«

Bell zögerte. »Wenn das irgendein Spielchen ist«, rief er, »dann werden bestimmte Leute eine Menge Ärger bekommen. Ich warne Sie! Aber wenn Sie mir wirklich etwas mitzuteilen haben, dann sagen Sie es.«

Jacqueline zeigte sich zufrieden. »Erkennen Sie nicht, daß die Schuhe offenbaren, was geschehen ist?«

»Nein, offen gesagt, erkenne ich das nicht.«

»Aha. Darum brauchen Sie auch eine Frau für Ihre Untersuchungen, wenn eine Frau getötet worden ist. Nun, ich werde es Ihnen zeigen. Auf dem Foto sehen Sie, daß die Schuhe hohe Absätze haben, nicht wahr?«

»Ja.«

»Und man schließt die Schuhe einfach durch einen Riemen und einen Knopf über dem . . . ach, verdammt!«

»Über dem Spann?«

»Ich hasse dieses Englisch. Vielen Dank, Sir«, sagte Jacqueline und zwang sich, kühl zu bleiben. »Allerdings brauche ich Ihre Hilfe nicht, um richtiges Englisch zu sprechen. Und ich hatte das Wort Spann schon auf der Zunge. Aber Sie haben noch immer nicht begriffen, nicht wahr? Nein?« Sie rückte noch näher an Bell heran. Ihre Stimme nahm einen sanften, einschmeichelnden Tonfall an. »Wenn ich es Ihnen sage, werden Sie dann etwas für mich tun? Sie werden nett zu mir sein und mich das schreiben lassen, was ich schreiben will, nicht wahr?«

»Das werde ich mit Sicherheit nicht tun.«

»Gut, dann werde ich es Ihnen nicht sagen.«

Adam Bell kochte vor Wut. Noch niemals in seiner Laufbahn war er einer solchen Person begegnet. Seine Laufbahn währte zwar noch nicht sehr lange, aber auch Jacqueline konnte noch nicht lange Reporterin sein. Nun meinte Bell, daß er mit diesem Unsinn Schluß machen müsse. Ohne Wenn und Aber würde er sie in ihre Schranken verweisen.

Er hatte schon seinen Mund geöffnet, aber da flackerte ein dünner Lichtstrahl über den Square. Die Tür des Hauses Nummer 22 hatte sich geöffnet und wieder geschlossen.

Bell ahnte die Katastrophe, die kommen würde, als er die Schuhe mit den flachen Absätzen auf dem gefrorenen Pflaster hörte. Eine kleine, untersetzte Gestalt eilte ohne Mantel und mit fliegenden Haaren über die Straße in den Garten.

Sobald die Gestalt näher herangekommen war, sah Bell, daß Tränen über Miss Farmers Wangen rannen.

»Es ist alles Ihre Schuld«, rief sie Bell anklagend zu. »O mein Gott, wenn Sie doch nicht weggegangen wären! Wenn Sie doch nur bei ihm geblieben wären!«

»Beruhigen Sie sich doch! Was ist geschehen? Ganz ruhig, Miss Farmer!«

»Ihr Sergeant hat die Ambulanz angerufen, und er hat gesagt, daß sie ihn vielleicht durchbekommen, aber, mein Gott, wenn sie es nicht schaffen, weiß ich nicht, was ich machen soll. O mein Gott, das ist noch schrecklicher als . . .«

Dann riß sie sich endlich zusammen.

»Es tut mir leid. Der arme Mr. Hoyt hat Gift genommen. Bitte kommen Sie sofort ins Haus herüber.«

Adam Bell konnte Hoyt nicht vor dem nächsten Morgen befragen. Die Morgenausgabe des *Daily Record* steckte in Bells Tasche. Er fragte sich, was der stellvertretende Polizeichef von Scotland Yard wohl zu dem Bericht von Jacqueline Dubois zu sagen gehabt hätte.

Eine Krankenschwester führte ihn zu einem kleinen Zimmer, wo Edward Hoyt von vielen Kissen aufgerichtet auf einem weißen Bett aus Eisen lag. Alice Farmer saß in einem knarrenden Schaukelstuhl am Fenster und schaute den Schneeflocken nach, die sich auf Kensington Garden herabsenkten.

»Ziemlich töricht, so etwas zu tun, finden Sie nicht auch, Sir?« fragte Bell leise.

»Ich sehe das ein, Inspector.«

»Warum haben Sie es dann getan?«

»Können Sie sich das nicht denken?«

Hoyt brachte ein bitteres Lächeln zustande. Seine Hände

lagen schlaff auf der Decke; sein Blick irrte teilnahmslos zur Decke. Gestern hatte er wie Mitte Vierzig ausgesehen; heute wirkte er zehn Jahre älter.

»Das seltsame daran ist«, fuhr er fort und runzelte die Stirn, »daß ich gar nicht die Absicht hatte, es zu tun. Das ist eine Tatsache, Inspector. Ich hatte gar nicht begriffen, wie schrecklich und unbezwingbar so ein Impuls sein kann.«

Er schwieg, als müsse er zu Atem kommen.

»Ich bin die Treppe hinaufgegangen«, sagte er, »um einen Blick in Hazels Zimmer zu werfen. Das ist alles. Ich blickte flüchtig in das Badezimmer, und da sah ich den offenen Arzneischrank und ein Fläschchen mit Morphiumtabletten. Und bevor ich überhaupt verstand, was ich tat, hatte ich schon ein Glas mit Wasser gefüllt und schluckte sieben oder acht Tabletten, so schnell ich sie herunterbekam. Ich muß zugeben, daß ich in diesem Augenblick nicht länger leben wollte.«

»Wirklich nicht, Sir?«

»Nein, aber ich habe meine Meinung mittlerweile geändert. Es tut mir leid, es war ziemlich töricht, genau wie Sie es gesagt haben.«

Er verhält sich immer wie ein Gentleman, dachte Inspector Bell.

Vom Fenster drang das scharfe, beinahe gehässige Knarren des Schaukelstuhls herüber. Alice Farmer blickte über die Schulter und wandte ihren Kopf schnell wieder zurück. Der Schnee reflektierte Lichter in das warme, enge Zimmer.

»Ich begreife natürlich«, sagte Bell unbeholfen, »daß Sie als Miss Lorings Verlobter . . .«

»Es ist nicht ganz richtig, mich als ihren Verlobten zu bezeichnen«, erwiderte Hoyt mit teilnahmsloser Ruhe.

Sein Tonfall brachte Bell dazu, sich abrupt aufzusetzen.

»Was meinen Sie damit, Sir?«

»Hazel hatte niemals vor, mich oder irgend jemanden sonst zu heiraten.«

»Woher wissen Sie das?«

»Sie hat es mir gesagt, aber ich habe trotzdem geduldig gewartet. Ich hatte immer eine Vorliebe für die törichte Rolle des *preux chevalier*. Der Himmel weiß, daß ich davon jetzt geheilt bin.« Hoyt schloß die Augen für einen Moment und öffnete sie dann wieder. »Sie sehen, daß ich ganz aufrichtig zu Ihnen bin.«

»Sie meinen, Miss Loring hat Sie nicht geliebt?«

Hoyt lächelte matt. »Ich bezweifle, daß Hazel jemals jemanden geliebt hat. Nein, ich darf darüber eigentlich nichts sagen.«

»Bitte?«

»Ich glaube, Hazel war schon einmal verheiratet.« Die matte Stimme nahm einen schärferen Tonfall an. »Ich habe keinen Beweis dafür, es ist nur eine Vermutung, ein Eindruck, den ich hatte. Nun, Inspector, ich habe Hazel Loring nicht fünf Jahre gekannt, ohne mehr von ihr zu sehen als ihre berühmten Augenbrauen und Grübchen. Ich kannte ihre Stimmungen, ich kannte ihr Herz und ihren Verstand, der allerdings eher zweitklassig ist. O mein Gott vergib mir, was sage ich denn da?«

Er verstummte und sah plötzlich noch kränker aus. Der Schaukelstuhl knarrte wieder, als sich Alice Farmer erhob, um Hoyt ein Glas Wasser einzuschenken.

Hoyt dankte ihr mit einem Nicken, sie schaute ihn kaum an, aber für Inspector Bell bedeutete dieser Blick sehr viel. Bell dachte plötzlich: Wenn Hazel Loring nicht in Edward Hoyt verliebt war, dann weiß ich, wer ihn liebt.

Miss Farmer zog sich wieder zu ihrem Schaukelstuhl zurück.

»Ich sage Ihnen das alles«, fuhr Hoyt fort und setzte das Glas ab, »weil ich möchte, daß diese böse Geschichte aufgeklärt wird. Wenn Hazel wirklich irgendwo versteckt einen Ehemann hatte, dann konnte sie sich kaum von ihm scheiden lassen. Dazu hatte sie sich vor der ganzen Welt als zu tugendhaft aufgeführt.«

Mit hochgeschlagenem Kragen verließ Bell die Klinik und trat in den Schnee hinaus. Jacqueline Dubois, die einen Pelzmantel und einen Hut mit einem furchtbaren Schleier trug, wartete am Fuß der Treppe auf ihn.

Inspector Bell warf ihr einen Blick zu, dann begann er loszulaufen.

Er entschuldigte sein Verhalten damit, daß er den Bus erspäht hatte, der ihn zu einem Hotel in einer Seitenstraße an der Victoria Station bringen würde. Der Bus war schon ein ganzes Stück weit weg und rumpelte schnell dahin. Bell rannte hinterher, er sprang auf, und dann stieg er in das verlassene Oberdeck hinauf. Er lehnte sich keinen Augenblick früher zurück als Jacqueline, die sich keuchend und mit geröteten Wangen neben ihn setzte.

Das Mädchen war den Tränen nahe.

»Sie sind aber kein Gentleman«, jammerte sie. »Ich habe mir meinen Knöchel umgeknickt. Hätte es Ihnen gefallen, wenn ich mich schlimm verletzt hätte?«

»Offen gestanden, ja«, erwiderte Bell.

»Sie können mich wohl überhaupt nicht ausstehen?«

»Nein. Denken Sie bitte daran, daß ich Ihren Bericht heute morgen im *Record* gelesen habe.«

»Der Bericht hat Ihnen nicht gefallen? Aber, chéri, ich habe ihn geschrieben, damit er Ihnen gefällt.«

»Im Laufe Ihres Berichtes«, sagte Bell, »haben Sie mich viermal als ›gutaussehend‹ beschrieben. Wie ich es wagen kann, mich wieder im Yard blicken zu lassen, das weiß ich im Moment beim besten Willen nicht. Aber was noch wichtiger ist, Ihre Schlagzeile . . .«

»Sie sind aber nicht wütend?«

»Nein, überhaupt nicht.«

»Außerdem habe ich einen Anhaltspunkt.«

Bell bemerkte plötzlich, wie er kicherte. Vorschrift war Vorschrift, und doch, so kam ihm zu Bewußtsein, hatte er sich ihr gegenüber als ziemlich eingebildeter Spießer aufgeführt. Das Mädchen mußte ihm nicht unbedingt Ärger einbringen. Und in gewisser Weise war Jacqueline recht attraktiv.

»Nicht schon wieder?« fragte er.

»Nein. Es ist derselbe Anhaltspunkt. Aber Sie werden es mich Ihnen bestimmt nicht erklären lassen. Sie wollen gar nicht wissen, daß Miss Loring gar nicht in dem Garten getötet worden ist, sondern daß der Täter sie ganz woanders umgebracht und erst hinterher in den Garten geschleppt hat.«

Der Bus schlingerte auf der verschneiten Straße um eine Kurve.

Bell, der zwei Fahrscheine von dem Schaffner kaufte, hätte sie beinahe fallengelassen.

»Ist das eine neue Masche?« fragte er.

»Es ist die Wahrheit. Ich habe das an den Schuhen erkannt. Die Schuhe haben hohe Absätze, und die Riemen waren nicht zugeknöpft.«

»Ja und?«

»Sie hätte in diesen Schuhen gar nicht laufen können. Ja, ich sage es Ihnen! Hazel Loring hätte keinen Schritt mit ihnen machen können. Es ist völlig unmöglich. Entweder hätte sie ihre Schuhe verloren, oder sie wäre gestürzt. Hören Sie zu. Sie haben selbst gesagt: ›Miss Loring betrat den Garten; sie begann, sich zu entkleiden.‹ Nicht wahr? Warum aber hat sie dann ihre Strümpfe ausgezogen und ist dann wieder in ihre Schuhe geschlüpft? Sie sagen: ›Während sie so nackt ist, packt der Mörder sie; es kommt zum Kampf, Hazel Loring bekommt einen Schlag, dann nimmt der Täter sie und setzt sie auf die Bank.‹ Nein, nein, sage ich. Sie hätte in diesen Schuhen niemals gehen können, geschweige denn kämpfen. Sie hätte die Schuhe verloren, und das hätte Spuren an ihren Füßen zurückgelassen. Und gab es etwa Spuren an ihren Füßen?«

»Fahren Sie fort«, sagte Bell, nachdem für einen Moment Stille eingetreten war.

»Es springt einem förmlich ins Auge, daß der Mörder ihr die Schuhe angezogen hat, nachdem Miss Loring tot war.«

»Aber ...«

»Nun sage ich Ihnen noch etwas anderes. Was verwirrt Sie so sehr, chéri? Was bereitet Ihnen die größten Kopfschmerzen? Es ist die Frage, warum sich Miss Loring bei einer Temperatur um den Gefrierpunkt ausgezogen haben soll? Nicht wahr? Aber sie hat sich gar nicht ausgezogen. Zuerst ist sie in den Garten gegangen, dann hat sie den Garten wieder verlassen und ist woanders hingegangen, irgendwo in ein Haus. Und dort hat sie sich entkleidet. Dort hat der Täter sie gepackt und umgebracht. Dann hat er sie in einem Moment der Verwirrung in den Garten gebracht, damit man annimmt, daß sie dort getötet worden ist. Er hat gerade begonnen, sie wieder anzuziehen, als er gestört wurde und fliehen mußte. Nicht wahr?«

Ihr Bus war die Gloucester Terrace hochgerattert und bog nun in die Hargreaves Street, die zur Victoria Station führte. Bell konnte den Square schon vor sich sehen. Er legte seine Hände auf den Sitz vor ihnen.

»Bei allen . . .« rief er aus und verstummte. »Ich frage mich, ob das tatsächlich so passiert sein sollte.«

»Ich frage mich das überhaupt nicht«, entgegnete Jacqueline. »Ich bin sicher, daß es so passiert ist. Für keine Frau kommt es in Frage, bei einem solchem Wetter draußen ihre Kleider auszuziehen, und wenn ich auch eine kleine dumme Gans bin, habe ich das doch sofort gesehen, verdammt!«

»Einen Moment. Was ist mit den Spuren eines Kampfes auf der Erde hinter der Bank?«

»Sie sind nur vorgetäuscht«, erwiderte Jacqueline in aller Ruhe. »Ich glaube nicht, daß auf einem solch hartgefrorenen Boden irgendwelche Spuren hätten sein können. Der Täter hat die Spuren gelegt.«

Als der Bus mit einem Ruck bremste, warf es sie gegen die Sitzreihe vor ihnen. Sie verließen dann den Bus und gingen auf dem Gehsteig zu dem ruhigen Hotel, das nur einige Schritte vom Victoria Station lag. Obwohl Jacqueline um ihn herum tanzte, beeilte Bell sich nicht sonderlich.

»Es ist Unsinn«, entschied er.

»Sie sind ein garstiger Mann, und ich mag Sie nicht. Warum ist es Unsinn?«

»Nun, wohin ist diese Frau gegangen? Sie sagen, Miss Loring ist irgendwohin gegangen und hat sich ›entkleidet‹. Aber wohin? Offensichtlich ist sie nicht zu sich nach Hause gegangen. Wohin könnte eine Frau um diese Uhrzeit gehen, um sich zu . . .?«

Er beherrschte sich und hob die Augen. Ein rauher Wind blies die Hargreaves Street hinunter und wirbelte den Schnee auf. Das schmutzige, rote Backsteingebäude vor ihnen hatte zwei Eingänge. Über einem Eingang stand in goldenen Lettern der Name des Hotels. Auf der Glastür des anderen Eingangs standen in weißer Emaille kleinere Buchstaben, die Bell aufschrecken ließen:

TÜRKISCHES BAD
FÜR DAMEN UND MÄNNER
TAG UND NACHT GEÖFFNET

Die Frau hinter dem Tresen war sehr erregt. Als die Frau sah, daß sie mit dem Fahrstuhl in den warmen, dunklen Kellerraum heruntergefahren kamen, warf sie die Klappe an ihrem Tresen hoch und stürmte hervor.

»Sir!« schrie sie. »Sie dürfen hier nicht herein!«

»Ich bin Polizist . . .« begann Bell zu antworten.

Die Frau zögerte nur einen Moment. »Es tut mir leid, Sir, aber Sie dürfen hier trotzdem nicht herein. Heute ist Mittwoch, da sind nur Damen zugelassen. Haben Sie das Schild draußen nicht gesehen?«

»Darf ich denn hereinkommen?« fragte Jacqueline mit einschmeichelnder Stimme.

»Aber natürlich, Madam.«

»Was kostet das?« fragte Jacqueline und öffnete ihre Handtasche.

Während er gleichzeitig Jaquelines Arm packte, schob Bell die andere Frau vor sich her, bis sie sich wieder hinter ihren Tresen zurückgezogen hatte. Zuerst zeigte er ihr seinen Ausweis, dann zog er ein großes Foto von Hazel Loring hervor.

»Haben Sie diese Lady schon einmal gesehen?«

»Ich . . . ich weiß nicht. Hier kommen so viele Leute her. Was wollen Sie denn überhaupt?«

Auf dem Tresen lagen in einer kleinen Schale mehrere Kugelschreiber und Bleistifte. Mit einem Buntstift malte Bell auf dem Foto rasch und flüchtig eine hellbraune Perücke. Dann zeichnete er hastig eine Brille hinzu.

»Und haben Sie vielleicht diese Lady schon einmal gesehen?«

»Ja, das habe ich«, gab die Frau zu. »Natürlich habe ich diese Lady schon einmal gesehen. Sie kam immer abends hierher. Wenn Sie mir jetzt vielleicht sagen könnten . . .«

»Ist die Lady auch am Montagabend hier gewesen?«

Die Frau, die offenbar weniger verängstigt als vielmehr zornig war, daß Bell nicht ging, konnte auch das bestätigen. »Ja, sie war hier. Sie ist gegen Viertel nach zehn gekommen, ein wenig später als gewöhnlich. Ich habe das bemerkt, weil sie ziemlich erschöpft aussah, als wäre sie ernsthaft krank. Ihre Hände haben gezittert, und sie hat keine Wertsachen hier auf dem Tisch liegen lassen.«

»Um welche Zeit ist sie gegangen?«

»Ich weiß nicht. Ich . . . ich kann mich nicht erinnern.« Ein rätselhafter Ausdruck trat auf das Gesicht der Frau. »Da kommt Mrs. Bradford«, fügte sie hinzu. »Sie wird es Ihnen ordentlich geben, wenn Sie nicht augenblicklich verschwinden!«

Es war sehr warm und feucht in diesen gefliesten Kellerräumen. Ein leises Summen war zu hören. Ein schwaches Licht fiel auf den Tresen und auf die Stahlschränke dahinter. Und zur Linken befanden sich einige mit Messingnägeln beschlagene und mit Leder überzogene Schwingtüren.

Eine dieser Türen schwang auf. Eine kräftige, mittelgroße Frau mit dunklen Haaren, die sie hinter ihre Ohren geschoben hatte, wich erst zurück, als wollte sie fliehen, dann stand sie reglos da. Auch ihr finsteres Gesicht verriet keine Regung. Sie trug einen weißen Kittel und eine Schürze; ihre Füße waren nackt und steckten in Sandalen.

»Mrs. Bradford . . .« setzte die Frau hinter dem Tresen an.

Mrs. Bradford warf Bell und seiner Begleiterin einen langen, nachdenklichen Blick zu. Eine angespannte Atmosphäre, die sich beinahe in einem wütenden Ausbruch zu entladen drohte, erfüllte plötzlich das Foyer des Bades. Stimmen und dumpfes Gelächter boten einen unheimlichen Hintergrund für diese Szene.

»Sie kommen am besten herein«, sagte Mrs. Bradford dann. Sie öffnete eine Tür, die in ein kleines Büro führte, und nickte Bell zu, damit er ihr vorausging. Als sie eingetreten waren, schloß und verriegelte die Frau die Tür. Dann sank sie auf einen Stuhl und begann zu weinen.

»Ich wußte, daß ich nicht davonkommen würde«, sagte sie.

»Ja, so ist es«, sagte Bell zehn Minuten später. »Hoyt hat mir erzählt, daß Miss Loring gerne zuviel aß.«

Mrs. Bradford stöhnte verächtlich auf. Sie saß nach vorn gebeugt da; ihre Ellbogen ruhten auf ihren Knien. Nun, da sie eine Zigarette bekommen hatte, schien sie sich besser zu fühlen.

»Zuviel zu essen!« rief sie voller Verachtung. »Sie wäre dick wie ein Ballon gewesen, wenn sie sich nicht mit so vielen türkischen Bädern gemartert hätte, wie sie eigentlich kein Mensch ertragen kann. Und außerdem hatte sie ihren Arzneischrank voll von Schlankheitspillen, die alle ziemlich gefährlich waren. Ich habe sie gewarnt, aber nein, sie hat ja nicht auf mich hören wollen. Sie hat mit ihren Schlankheitskuren einfach zuviel Geld verdient.«

»Sie haben Sie erkannt?«

»Ich habe Hazel Loring seit zwanzig Jahren gekannt. Wir haben als Kinder zusammen im Norden gelebt. Sie war immer eine Lady, ganz anders als ich. Und sie war klug. Ich gönne es ihr.«

Bell reimte sich einige Dinge zusammen. »Dann waren ihre ganzen Fitneß-Übungen . . .«

»Es war alles ein großer Schwindel«, sagte Mrs. Bradford. Sie wiegte ihren Kopf hin und her und stieß verächtlich den Rauch ihrer Zigarette aus. »Einigen mögen ihre Übungen gutgetan haben. Es gibt Frauen, die können sich dazu bringen, alles zu glauben. Und wenn sie glauben, durch diese Übungen würden sie schlank bleiben . . . nun, vielleicht tat es seine Wirkung. Aber nicht bei der kleinen Hazel. Deshalb schlich sie sich auch in dieser albernen Verkleidung herein, wie ein Filmstar oder so etwas. Sie war voller Angst, daß sie jemand erkennen könnte.«

»Und doch«, sagte Bell, »hat jemand sie umgebracht. Ich vermute, Sie haben die Tat begangen, nicht wahr, Mrs. Bradford?«

Mrs. Bradford fiel die Zigarette aus der Hand.

»Ermordet?« flüsterte sie. Sie verfehlte die Zigarette, als sie sie mit dem Fuß austreten wollte. Dann wurde ihre Stimme zu einem Kreischen. »Heh, Mann, was denken Sie? Sind Sie völlig verrückt? Ermordet?«

»Leise.«

»Ermordet?« sagte Mrs. Bradford. »Sie ist umgefallen und mitten im Dampfbad gestorben. Ich mußte sie hier heimlich rausschaffen, oder der Skandal hätte uns ruiniert.«

»Sie ist an einer Kopfverletzung gestorben.«

»Ach ja? Ich habe einen roten Fleck an ihrer Schläfe bemerkt, direkt unter ihrer Perücke. Ich schätze, sie ist mit ihrem Kopf auf die Kante einer Marmorbank geschlagen, als sie ohnmächtig wurde . . .«

»Nein«, erwiderte Bell, »sie ist mit einem Spazierstock zu Tode geprügelt worden. Unser Labor kann es beweisen.«

Irgendwo in der Ferne summten Ventilatoren. Mit einer recht geschmeidigen Bewegung für eine Frau, die so stämmig war, erhob sich Mrs. Bradford von ihrem Stuhl und wich langsam zurück.

»Versuchen Sie bitte keine Frau ins Bockshorn zu jagen, die immer ehrlich gewesen ist«, sagte sie mit unnatürlich matter Stimme. »Ich sage es Ihnen, es war ein Unfall! Entweder war es Herzversagen oder eine Kopfverletzung, als sie auf die Bank fiel. Es ist schon vorher gelegentlich passiert, weil manche Leute die Hitze nicht vertragen können. Und nun kommen Sie und erzählen mir . . .«

»Einen Moment bitte«, erklärte Bell ganz ruhig.

Sein Tonfall ließ Mrs. Bradford verstummen; sie hob ihren Arm, als wolle sie einen Eid ablegen.

»Sagen Sie mir also«, fuhr Bell fort, »haben Sie gesehen, daß Miss Loring am Montagabend hierher gekommen ist?«

»Ja, sie war hier.«

»Und wie hat sie ausgesehen? Sah sie etwa krank aus?«

»Ziemlich krank. Lucy draußen am Tresen kann es Ihnen bestätigen. Sie bebte und wirkte recht sonderbar. Deshalb habe ich sie ja auch im Auge behalten.«

»Was ist dann passiert? Nein, ich unterstelle Ihnen nicht mehr, daß Sie lügen. Sagen Sie mir einfach, was dann passiert ist.«

Mrs. Bradford starrte Inspector Bell an.

»Nun . . . sie ist in eine Kabine gegangen und hat sich entkleidet. Dann hat sie einen dieser Bademäntel aus Baumwolle angezogen, die man hier trägt. Ich bin hier die Geschäftsführerin; für gewöhnlich arbeite ich nicht als Masseuse, aber für Hazel tat ich es, damit niemand entdeckte, daß sie eine rote Perücke trug. Ich war an dem Abend ziemlich nervös, weil sie so krank aussah. Nachher ging ich dann ins Dampfbad, und da lag sie auf dem Boden. Niemand war bei ihr, und sie war tot. Ich dachte: Großer Gott, ich habe ja gewußt, daß etwas passieren würde, und nun . . .«

»Reden Sie weiter.«

»Nun, was konnte ich tun? Ich konnte sie nicht in die Kabine tragen, wo ihre Kleider waren, denn da waren ungefähr ein Dutzend Frauen, die wissen würden, was passiert war.«

»Sprechen Sie weiter.«

»Ich mußte sie loswerden. Unbedingt! Ich lief also los, rollte ihre Sachen und ihre Handtasche zu einem Bündel zusammen und eilte ins Dampfbad zurück. Aber dort konnte ich sie ihr nicht anziehen, denn jeden Moment hätte jemand hereinkommen können, verstehen Sie?«

»Ja, ich verstehe sehr gut. Reden Sie weiter.«

Mrs. Bradford leckte sich über die Lippen. »Oben gibt es eine Tür, die zu der Gasse am Hotel führt. Ich schwang mir Hazel über die Schulter und trug sie eingehüllt in ihren Bademantel in die Dunkelheit hinaus.

Ich wußte, wohin ich sie bringen konnte. Denn in ihrer Handtasche hatte ich einen großen Schlüssel mit einem Pappschild gefunden. Darauf stand, daß der Schlüssel zu dem Garten am Victoria Square paßte. Ich ging dann in den Garten und setzte sie auf die erste Bank, zu der ich kam. Dann fing ich an, sie anzuziehen, so daß niemand wissen konnte, daß sie in einem Bad gewesen war. Ich hatte ihr gerade ihren Schlüpfer übergestreift und ihre Schuhe, so daß ich sie leichter herumwenden konnte, als ich ein Geräusch hörte. Ich wich ein wenig zurück, und ich tat gut daran, denn jemand mit einer großen, grellen Lampe . . .«

»Habe ich es nicht gesagt?« flüsterte Jacqueline. »Habe ich nicht gesagt, daß der Polizist gekommen ist und sie gestört hat?«

»Also machte ich mich davon«, schloß Mrs. Bradford ihren Bericht und wischte sich über die Augen. »Den Bademantel hielt ich noch in der Hand, aber die Perücke und die Brille ließ ich liegen.« Ihr Gesicht nahm harte, häßliche Züge an. »Das ist alles, was ich gemacht habe. Sie ist in diesem Bad nicht ermordet worden.«

»Um ganz offen zu sein«, erwiderte Bell ruhig, »ich glaube auch nicht, daß sie hier ermordet wurde. Aus ganz praktischen Erwägungen nehme ich an, daß sie schon tot war, als sie hier ankam.«

Es war nicht leicht, Jacqueline Dubois einen Schrecken einzujagen. Nur ihre eigene Phantasie vermochte sie wirklich zu erschrecken. In ihrer Phantasie tauchte die ungeheuerliche Vision einer toten Frau mit einer roten Perücke auf, die mit bleichem Gesicht in das Foyer des türkischen Bades kam und die Frau hinter dem Tresen durch ihre dunkle Brille ansah. Diese Vorstellung zermürbte Jacqueline schier. Selbst das Summen der Ventilatoren ging ihr an die Nerven.

Viel zu laut wandte sie sich an Bell, doch er gebot ihr zu schweigen.

»Eine seltsame Sache«, meinte Bell nachdenklich. »Ich habe Mr. Hoyt gestern von einem meiner Freunde erzählt. Er schlug sich den Kopf an der Tür eines Eisenbahnwagens. Danach ist er aufgestanden, hat sich den Staub von seinen Kleidern gewischt und jedermann versichert, daß er sich nicht verletzt habe. Er ging nach Hause, und eine Stunde später brach er mit einer Gehirnerschütterung zusammen. Solche Dinge kommen häufiger vor. Man findet viele solcher Fälle in Taylors Handbuch der Gerichtsmedizin. Etwas Ähnliches ist meiner Meinung nach auch Hazel Loring passiert.«

»Sie meinen ...«

»Aber wohlgemerkt, ich kann überhaupt nichts versprechen.« Bell ließ Vorsicht walten. »Ob man Sie nach alledem für mitschuldig hält, Mrs. Bradford, kann ich nicht sagen, aber unter uns, ich glaube nicht, daß Sie sich allzu viele Sorgen machen müssen. Wie ich die Sache sehe, hat Hazel Loring ihren Mörder um zehn Uhr im Garten getroffen. Es kam zum Kampf. Der Täter schlug sie nieder und ließ sie liegen, weil er sie für tot hielt. Doch sie kam wieder auf die Beine, und weil sie meinte, daß mit ihr alles in Ordnung wäre, ging sie ins türkische Bad hinüber. Im Dampfbad brach sie dann zusammen und starb. Und Sie, Mrs. Bradford, haben Miss Loring dann, da Sie den Schlüssel zum Garten fanden, an den Ort des Verbrechens zurückgetragen.«

Bell atmete tief ein; seine Stirn legte sich in Falten.

»Nun müssen wir nur noch den Mörder finden«, sagte er dann.

Als Edward Hoyt am Freitagmorgen aus der Klinik entlassen wurde, nahm er ein Taxi, daß ihn zum Victoria Square brachte. Die Sonne schien und ließ den Schnee tauen.

Der Bericht über Hazel Lorings Schwindel, der am Donnerstag im *Daily Record* erschien, war eine Enthüllung, die einer Revolution gleichkam. Es war ein großer Knüller für die Zeitung.

MacGrath, der Nachrichtenredakteur, tanzte vor Freude. Henry Ashwin, der Fotograf, gönnte sich drei schnelle Whiskies, und dann ging er, um Jacqueline zu finden. Sir Claude Champion, dem der *Daily Banner* gehörte, schluckte ein paar Aspirin-Tabletten und schwor Rache. Im ganzen Land hörten die Frauen mit ihren Übungen auf. Dennoch war niemand so recht zufrieden. In die ganze Aufregung mischte sich ein bitterer Nachgeschmack: Was für eine Schwindlerin die tote Hazel Loring auch gewesen sein mochte, sie war durch eine grausame Tat ums Leben gekommen, und ihr Mörder lief noch unbehelligt in der Stadt herum.

Auch Edward Hoyts Gesicht drückte diese gemischten Gefühle aus, als er die Stufen zum Haus Nummer 22 emporschritt. Alice Farmer öffnete ihm die Tür. Sie hingegen strahlte vor Freude. Das Ganze wurde mit großem Interesse von Jacqueline Dubois und Henry Ashwin beobachtet, die hinter dem Zaun des Gartens gegenüber auf der Lauer lagen.

»Die Frage ist«, meinte Ashwin und warf Jacqueline einen Blick zu, »was tut Bell im Moment? Er scheint dich für eine Art Maskottchen zu halten.«

Jacqueline verriet eine gewisse, bescheidene Art von Stolz.

»Er glaubt, daß ich ziemlich tüchtig bin«, gab sie zu. »Ich versuche nur, ihn auf ein paar Einfälle zu bringen. Das ist alles. Aber unter uns, ich weiß nicht, was er tut. Er ist sehr geheimnisvoll.«

»Da kommst du nicht mehr mit, was? Schäm dich!«

»Ich komme durchaus noch mit. Aber vielleicht habe ich mich zuerst in ihm geirrt. Am Anfang habe ich ihn für einen einfältigen, allerdings höflichen Engländer gehalten, aber nun glaube ich, daß sein Verstand vielleicht ein wenig seltsamer funktioniert, als ich es erwartet hatte. Im Moment redet er unentwegt von Lichtern.«

»Lichtern?«

»Großen Lichtern. Oh, da schau!«

Jacqueline deutete zum Haus hinüber. Ein anderer Besucher näherte sich der Nummer 22. Mrs. Bradford, die man in einem übertrieben eleganten Aufzug und mit ihrem riesigen Hut kaum erkennen konnte, eilte hastig die Straße entlang. Die Morgensonne tauchte den Eingang in helles Licht, und sie sahen, wie Mrs. Bradford selbstsicher auf den Klingelknopf drückte. Sie wurde von Miss Farmer hereingelassen.

»Erwischt«, sagte eine Stimme hinter ihnen. Es war Inspector Bell.

Jacqueline erschrak. Bell kam mit Sergeant Rankin und einem einfachen Polizisten über den Rasen. Der Schnee taute, und die Sonne schien.

»Schleichen Sie sich nicht so heran, Inspector!« rief Ashwin. Er deutete auf das Haus auf der anderen Seite. »Also haben Sie alle Verdächtigen zusammen, nicht wahr?«

»Genauso ist es.«

»Und jetzt gehen Sie rüber, um sich jemanden zu schnappen?«

»Ich bin dabei.«

Jacqueline begann zu zittern, obschon die Luft beinahe wie im Frühling war. Bell hatte eine völlig harmlose Miene aufgesetzt.

»Sie können mitkommen, wenn Sie mögen«, sagte er zu Jacqueline. »Eigentlich sollte ich vielleicht sogar sagen, daß Sie mitkommen müssen. Ein gewisser Teil meiner Beweisführung hängt von Ihnen ab, obwohl Sie es wahrscheinlich nicht wissen. Es ist auch ein Stück ausgleichende Gerechtigkeit. Sie haben die Hälfte Ihrer Zeit mit diesem Fall verbracht, haben Dinge aus den Leuten herausgequetscht oder Leuten Dinge weggeschnappt. Ich habe mir die Freiheit erlaubt, Ihnen auch etwas wegzunehmen.«

»Hören Sie auf!« entgegnete Jacqueline entrüstet. »Bitte, um was geht es? Ich verstehe nicht ganz.«

Bell öffnete die Aktentasche, die er bei sich trug. »Sie erinnern sich«, sagte er, »wie Sie Ihren Teil zu dem Fall beitrugen, indem Sie aus der Tatsache gewisse Schlüsse zogen, daß auf Ihrem Foto, das am Morgen nach der Tat gemacht worden ist, die Schuhe von Miss Loring geöffnet waren?«

»Natürlich.«

Bell zog ein großes, rechteckiges Stück Papier aus der Tasche. Es war das Foto, das sie alle gesehen hatten: Hazel Lorings Leiche auf der Bank; die Schatten fielen nach hinten, und alle Details kamen sehr scharf heraus.

»Ist dies dieselbe Fotografie?«

»Verdammt, natürlich ist sie das.«

Bell blickte Ashwin forschend an.

»Können Sie das bestätigen? Ist dies die Fotografie, die Sie am Dienstagmorgen gegen zehn Uhr aufgenommen haben?«

Ashwin, dessen Gesicht seine Verblüffung verriet, nickte nur. Sergeant Rankin lachte plötzlich; ein lautes Geräusch, das er durch ein Husten verbergen wollte.

»Dann ist etwas sehr seltsam«, sagte Bell. Er hielt das Foto in die Höhe. »Eine seltsame Sache, auf die wir erst gerade gekommen sind. Schauen Sie sich die Fotografie an. Die Schatten auf dem Bild weisen von der Bank und von der Leiche weg. Und doch ist die Bank genau nach Westen gerichtet, wie wir von Anfang an gewußt haben. Die Rückseite weist nach Osten. Blicken Sie nun zur Bank hin. Sehen Sie, wie die Schatten nach vorn auf den Weg fallen? Mit anderen Worten: Dieses Foto kann unmöglich am Morgen gemacht worden sein. Es konnte überhaupt nicht am Tag aufgenommen worden sein, denn die Sonne ging schon am Nachmittag unter. Dieses helle Licht und diese rabenschwarzen Schatten können überhaupt nur auf eine Art zustande gekommen sein. Das Foto muß nach Einbruch der Dunkelheit beim Licht eines Scheinwerfers aufgenommen worden sein. Das war auch das grelle Licht, das Mrs. Bradford gesehen hat, als sie . . .«

Jacqueline schrie auf.

Das Gesicht des Fotografen veränderte sich plötzlich; es verzerrte sich, als zerknitterte es wie eine Maske aus Papier, die feucht wurde. Zwei Hände glitten auf das Foto herab, um es zu ergreifen und in Stücke zu reißen, aber Sergeant Rankins Arm legte sich um die Kehle des Mannes, und beide stürzten auf den Weg.

Bells Stimme blieb ganz beherrscht.

»Henry Ashwin, ich nehme Sie wegen Mordes an Ihrer Frau Hazel Loring fest. Ich muß Ihnen sagen, daß alles, was Sie jetzt sagen, notiert und später im Prozeß möglicherweise gegen Sie verwendet wird.«

An dem Abend war Bell Jacqueline gegenüber ein wenig gesprächiger.

»Da gibt es nicht viel zu erzählen«, sagte er ganz offen. »Ich hatte von Hoyt einen Hinweis bekommen, und dann ließen wir die Verwaltung arbeiten. Es dauerte nicht lange, um herauszufinden, daß eine gewisse Hazel Ann Loring vor zwölf Jahren im Standesamt von Hampstead einen gewissen Henry Fielding Ashwin geheiratet hatte.« Er grinste. »In solchen Dingen sind wir Polizisten euch Amateuren eben überlegen.«

Jacqueline konnte es kaum glauben.

»Er hat versucht sie zu erpressen, nicht wahr?«

»Ja, in kleinem Rahmen. Ashwin ist ein ziemlich übler Kerl. Vor allem ist er ein Taugenichts, der sich einige Erklärungen zurechtlegen würde. Und dann konnte Hazel sich nicht leisten, daß ihr ganzer Schwindel herausposaunt wurde. Daher tat Ashwin auch so, als mache er dem Dienstmädchen schöne Augen, wie Sie es nennen, Jacqueline. Er brauchte eine Erklärung, warum er so oft um das Haus herumschlich. Aber Hazel hatte bald genug von all dem. Sie setzte ihm ein Ultimatum und verabredete ein Treffen im Garten. Dort kam es zu einem heftigen Kampf; wie wir wissen, haben beide einen schlechten Charakter. Ashwin schlug sie und lief dann weg. Es war kein geplantes Verbrechen: Er lief einfach weg.

Nach ein paar Drinks aber bekam er es mit der Angst zu tun. Er hatte seinen Spazierstock zurückgelassen. Er glaubte zwar nicht, daß man über den Stock an ihn geriet, aber wenn es doch geschah? Also ging er zum Square zurück – und da muß er geglaubt haben, daß er den Verstand verliert. Denn er beobachtete, wie Mrs. Bradford die Leiche zurückbrachte.

Auf jeden Fall hielt er das für ein Geschenk des Himmels. Wenn er irgendeinen Beweis gegen sie beibringen könnte; würde Mrs. Bradford todsicher für dieses Verbrechen gehängt werden. Er baute seinen Scheinwerfer auf und schoß aufs Geratewohl ein Foto. Aber in der Dunkelheit hatte er sein Ziel nicht richtig im Visier. Mrs. Bradford war schnell zurückgewichen, und er hatte sie nicht auf das Foto bekommen. Ashwin bemerkte es erst, als er das Foto entwickelte. Natürlich wollte er das Foto niemandem zeigen. Er hätte es zerrissen und das Negativ vernichtet. Nur . . .«

Jacqueline nickte erfreut.

»Ich habe es ihm weggenommen«, erklärte sie stolz. »Und dann mußte er mit einer Erklärung dafür herausrücken.«

»Natürlich. Ich habe sofort begriffen, daß die schwache Lampe des Polizisten, der die Leiche entdeckte, niemals dieses grelle Licht hätte hervorbringen können, das uns Mrs. Bradford beschrieben hatte. Dann sahen Sie sich das Foto genauer an und bemerkten, wohin die Schatten wiesen. Ich habe dann die Verdächtigen in dem Haus zusammenrufen lassen, damit Ashwin unvorsichtig wurde. Dann habe ich dafür gesorgt, daß er seine frühere Geschichte vor Zeugen noch einmal bestätigt. Das war eigentlich alles.«

Bell lachte leise.

»Ein Gutes hat die Sache auf jeden Fall«, fügte er hinzu. »Edward Hoyt und Alice Farmer werden es sich zusammen schon gemütlich machen.«

Jacqueline hörte gar nicht zu. Ihre Augen funkelten. Sie legte ihre Hand voller unschuldiger Leidenschaft auf seinen Arm.

»Wenn ich das Foto nicht bekommen hätte«, sagte sie, »und wenn ich nicht auf gewisse Dinge geschlossen hätte, dann hätten Sie diesen Fall vielleicht nicht gelöst, nicht wahr?«

»Vielleicht nicht.«

»Sie glauben doch nicht, daß ich eine kleine, dumme Gans bin, oder?«

»Nein, das glaube ich nicht.«

»Eigentlich werde ich in gewisser Weise Tag für Tag unentbehrlicher für Sie, stimmt es?«

Bells Lächeln erstarrte. »Einen Moment. Beruhigen Sie sich. Das habe ich nicht gesagt!«

»Aber ich habe es gesagt«, erwiderte Jacqueline mit wilder Entschlossenheit. »Ich glaube, wir passen gut zusammen, oder nicht? Ich besorge Dinge für Sie, und wenn Sie mögen, können Sie mein Gewissen sein, aber Sie dürfen nicht zu wütend werden, wenn ich Ihnen helfe. Jeden Tag bekomme ich ein Exklusivinter ... inter ...«

»Interview«, half Bell ihr.

»Gut, wenn Sie das sagen, aber mein Englisch ist hervorragend, und Sie müssen mir da nicht helfen. Wenn ich Sie sehr mag und ein anständiges Mädchen bin, lassen Sie mich Ihnen dann bei Ihren Ermittlungen helfen, wenn ich Sie darum bitte?«

Bell schaute auf das hübsche, ein wenig gerötete Gesicht herab.

»Natürlich«, entgegnete er, *»ou je serai l'oncle d'un singe!* Mein Französisch ist nämlich auch hervorragend.«

Deutsch von Reinhard Rohn

Der verschwundene Filmstar

C. Daly King

Tarrant und ich saßen an diesem Abend geruhsam in seinem Appartement im Osten der Stadt. Es war nur ein Tag nach jenem Vorfall, den er eine ›Episode in der Stadt des Bösen‹ genannt hatte – die Einschußlöcher in seinen Wohnzimmerwänden waren noch nicht von den Handwerkern beseitigt worden –, und ich hatte vorläufig genug an Aufregung geboten bekommen.

Jetzt aber war alles so ruhig und friedvoll, wie man es sich nur wünschen konnte. Brihido, der ein wie immer ausgezeichnetes Abendessen serviert hatte, hatte abgeräumt; die dicht schließenden Fenster des Wohnzimmers dämpften den Straßenlärm, so daß man nur noch ein leises Brummen hörte, das selten genug durch das kreischende Hupen eines Taxis unterbrochen wurde; die wenigen, gut plazierten Lampen spendeten ein warmes Licht und boten in diesem luxuriös eingerichteten Herrenzimmer einen angenehmen Anblick. Die Einstellskala des mit Walnußholz verkleideten Radios uns gegenüber schimmerte in mattem Gelb über dem Lautsprecher, aus dem Musik ertönte.

Tarrant drehte langsam den Stiel seines Brandyglases zwischen den Fingern. »Wissen Sie, Jerry, Informiertsein ist manchmal wichtiger als Geld, wenn es um die guten Dinge des Lebens geht. Dieser Brandy kostet weniger als viele der groß angepriesenen Marken, aber er stammt von Leuten, die wissen, was Brandy ist, und die nicht versuchen, die schäbigen Reste ihrer Produktion den leichtgläubigen amerikanischen Verbrauchern anzudrehen. Schmeckt er Ihnen?«

Das tat er, und ich sagte es auch. »Wenn das zweite Glas auch so gut schmeckt, dann hätte ich gern noch eins. Der Brandy ist ausgezeichnet, aber diese Musik geht mir auf die Nerven. Wie wär's, wenn wir ein Tanzorchester suchen würden?« Tarrant hatte ein Konzept mit klassischer Musik eingestellt, das aus der Mall übertragen wurde.

Er lächelte. »Sie sind ein Banause, Jerry. Dieses Konzert leitet einer der berühmtesten Dirigenten der Welt. Aber ich gebe zu, mir sagt dieses Programm auch nicht sonderlich zu. Das ist das Problem bei diesen öffentlichen Konzerten, das musikalische Niveau des Publikums ist so niedrig, daß man Stücke auswählen muß, die für unsereinen ziemlich uninteressant sind. Aber dieses Konzert ist sowieso bald zu Ende. Warten wir noch ab, was als nächstes kommt; wenn das auch nicht besser ist, schalte ich aus.«

Aber er schaltete nicht aus, wir waren dazu verurteilt, dieses Konzert anzuhören.

Tarrant füllte aus der Karaffe mein leeres Glas auf, und die Musik hob gerade zu einem entsetzlich süßlichen Part an, als sie plötzlich unterbrochen wurde und sich die Stimme eines Sprechers meldete.

»Hier ist eine Blitzmeldung von Trans-Radio. Gloria Glammeris wurde entführt! Ihr Verschwinden wurde um 9 Uhr 42 von Detektiv Huggins von der All-American Agentur entdeckt. Hier spricht Lou Vincent, Trans-Radio Nachrichtenservice. Wir verfolgen die Sache weiter und melden uns wieder, sobald es etwas Neues gibt. Hier ist die Station WJEX.«

Der Apparat blieb einen Augenblick stumm und brachte uns dann die letzten zwei Noten des Konzerts aus der Mall zu Gehör, denen heftiger Applaus folgte.

Ich beugte mich, das Brandyglas in der Hand, in meinem Sessel vor. »Meine Güte, Tarrant, das geht ein bißchen weit für einen Publicity-Gag, meinen Sie nicht?«

Er schüttelte den Kopf. »Wir wissen nicht, ob es ein Publicity-Gag ist. Unser Freund Peake im Polizeihauptquartier ist anscheinend überzeugt, daß es keiner ist. Er steht natürlich in Kontakt mit den Leuten von All-American, und die werden ihm gesagt haben, daß sie die Sache ernstnehmen. Schließlich handelt es sich dabei um die größte Detektivagentur im Land, und es ist schwer vorstellbar, daß die sich darauf einläßt, ein fingiertes Verbrechen in Szene zu setzen. Wenn diese Agentur zehn ihrer besten Leute nach Hollywood schickt, dann muß es sich schon um etwas Gravierendes handeln. Der Drohbrief – das war vielleicht eine Erfindung. Aber es sieht so aus, als sei hier ein Coup direkt unter ihren Augen abgelaufen.«

Die Musik hatte wieder eingesetzt, aber wir achteten nicht mehr darauf. Ich sagte: »Und gerade jetzt soll ihr neuer Film anlaufen. Sie ist der größte Star, den die Kolossal-Filmgesellschaft hat. Leute, die unverfroren genug sind, sich ›Kolossal‹ zu nennen, und die um ihren geschäftlichen Erfolg fürchten, sind zu allem fähig.«

»Ich weiß nur, was man mir gesagt hat«, erwiderte Tarrant. »Peake sagte, daß All-American von Ike Bronsky, dem Präsidenten von Kolossal, engagiert worden ist, daß er persönlich in den Osten geflogen ist, um mit der All-American-Spitze zu beraten, und daß sie glauben er sei bereit, ein halbes Jahr lang auf öffentliche Auftritte von Gloria zu verzichten, um dieser Sache auf den Grund zu kommen und seinen Star zu schützen. Natürlich wird sie jetzt eine Menge Publicity bekommen; sie hat ein gewaltiges Fan-Publikum, und sie ist wirklich ein hübsches Mädchen.«

»Oho, ich wußte gar nicht, daß Sie sich für Filmstars interessieren. Seit wann denn das?«

»Verdammt, Jerry«, sagte Tarrant, »ich bin kein Mönch. Ich verehre die Schönheit in jeder Gestalt. Und ein Mädchen mit einem Gesicht, einer Figur und einer Stimme wie sie vereinigt alle Schönheiten der Malerei, der Bildhauerei und der Musik in sich. Ich habe sie nie getroffen, aber ich möchte sagen, sie unterscheidet sich schon von den üblichen Hollywood-Dämchen. Nach ihrer Arbeit zu urteilen, ist sie sowohl talentiert als auch intelligent. Ich wette, daß Millionen Menschen im ganzen Land sich bei den Radiosendungen langweilen, während sie darauf warten, daß –«

Die Musik wurde wieder leiser, und Tarrant unterbrach sich, um zuzuhören.

»Eine Trans-Radio-Blitzmeldung«, sagte die Stimme, »zur Entführung von Gloria Glammeris. Ihr Verschwinden wurde um 6 Uhr 42 pazifischer Zeit, 9 Uhr 42 östlicher Zeit, entdeckt, und zwar nicht von Detektiv Huggins, wie ursprünglich gemeldet, sondern von Miss Jane Smith, der Sekretärin von Miss Glammeris. Um diese Zeit ging Miss Smith zu den Zimmer von Miss Glammeris im ersten Stock ihres Hauses in Beverly Hills. Huggins war seit zwei Stunden, seit dem letzten Besuch von Miss Smith, ununterbrochen vor der Tür auf Posten gewesen.

Miss Smith klopfte an die Tür, öffnete sie und rief sofort, daß Miss Glammeris nicht da sei. Huggins stürzte in den Raum, und eine hektische Suche ergab, daß der Star verschwunden war.

Für die Hörer, die die Angelegenheit nicht mitverfolgt haben, möchte ich hier erwähnen, daß Gloria Glammeris vor zwei Wochen einen Brief erhalten hat, dessen Absender noch nicht ermittelt werden konnte. Darin wurde ihr ihre Entführung für diese Woche angedroht. Da sie zur Zeit nicht bei Dreharbeiten beschäftigt ist, erklärte sie sich auf Drängen ihres Arbeitsgebers, Kolossal Films, unter Protest bereit, diese ganze Woche in ihren Privaträumen zu verbringen. Heute ist der dritte Tag ihres mehr oder weniger freiwilligen Rückzugs, und bis zu diesem Abend war sie vollkommen sicher. Zwei Detektive der All-American Agentur standen ständig Wache im Haus, und acht weitere patrouillierten auf dem Gelände. Darüber hinaus waren auch noch zwei Spezialbeamte der Polizei von Los Angeles in unmittelbarer Umgebung postiert. Es ist deshalb unmöglich, daß Miss Glammeris aus ihrem Haus weggebracht worden sein könnte. Zur Zeit ist eine gründliche Suchaktion im Gang, und man rechnet damit, daß sich ihr Verbleib jeden Augenblick herausstellen wird. Ein Reporter von Trans-Radio befindet sich ebenfalls auf dem Gelände und wird Ihnen sofort einen Bericht über die weitere Entwicklung geben. Hier spricht Lou Vincent, Trans-Radio-Nachrichtenservice. Eine Blitzmeldung von Station WJEX.«

Tarrant lächelte, als die Musik aus dem Radio wieder anhob. »Ich fürchte, das war falscher Alarm, Jerry. Zuerst habe ich gedacht, das sei etwas, an dem wir unseren Verstand schärfen könnten. Aber nun schätze ich, daß Miss Glammeris sich in eines ihrer schönen Badezimmer zurückgezogen hat und ein ausgiebiges Bad nimmt. Oder vielleicht ist sie nach unten gegangen, um sich mit ihrem Koch zu besprechen. Ich habe keine Zweifel, daß wir in Kürze einen abschließenden Bericht erhalten werden, in dem sie entrüstet jede Absicht von sich weist, den Detektiven Schwierigkeiten zu bereiten ... Wie wär's mit einem Highball, Jerry?«

»Ja, danke. In diesem Fall«, fuhr ich fort, »wäre das Ganze sicher kein Gag, denn eine derartige Auflösung des Rätsels würde ihr ziemlich schlechte Publicity bringen. Die Drohung gegen sie bleibt natürlich bestehen. Sie muß also im Haus sein, lassen Sie das Gerät ruhig an, damit wir erfahren, wo man sie schließlich findet.«

Tarrant mixte sich einen Drink, aber er hatte noch nicht wieder Platz genommen, als sich Mr. Lou Vincent schon wieder zu uns gesellte.

»Hier ist eine Trans-Radio-Blitzmeldung. Unser abschließender Bericht über die Glammeris-Entführung verzögert sich noch, aber wir können Ihnen einige weitere Details mitteilen. Das Haus und das Gelände wurden gründlich durchsucht, aber Miss Glammeris wurde nicht gefunden. Die Umstände sind, wie uns unser Reporter vor Ort mitgeteilt hat, äußerst außergewöhnlich. Hier die Einzelheiten.

Um 4 Uhr 30 heute nachmittag, pazifische Zeit, beendete Miss Glammeris eine kurze Besprechung mit ihrer Sekretärin in ihrem Arbeitszimmer im ersten Stock ihres Hauses. Dieser Raum ist nicht besonders luxuriös eingerichtet: Er enthält einen Schreibtisch, eine Couch, einige Bücherregale und mehrere Stühle. Er hat keine Fenster, ist aber an die Klimaanlage des Hauses angeschlossen. Es gibt drei Türen: eine zum Hauptkorridor, wo Detektiv Huggins saß, eine zu einer kleinen Toilette, die kaum größer als ein Kabäuschen und keine Fenster oder andere Ausgänge hat. Und die dritte Tür führt in Miss Glammeris' Schlafgemächer und wurde erst kürzlich eingebaut, da es ihr zu umständlich war, immer über den Korridor zu gehen, wenn sie vom Schlafzimmer ins Arbeitszimmer wollte und umgekehrt.

Um 4 Uhr 30 beendete Miss Glammeris also ihre Besprechung im Arbeitszimmer, und Miss Smith verließ den Raum. Bevor Miss Smith ging, hatte Huggins deutlich zwei Frauen miteinander sprechen gehört, eine tiefe Stimme und eine hohe, da Miss Smith die Tür zum Gang nicht ganz geschlossen hatte, als sie das Arbeitszimmer zu dieser Besprechung aufgesucht hatte.

Von diesem Zeitpunkt an bis 6 Uhr 42, pazifischer Zeit, verließ Detektiv Huggins seinen Posten vor der Tür zum Arbeitszimmer nicht einen Augenblick lang. Um 6 Uhr 42 betrat Huggins den Raum unmittelbar nach Miss Smith und sah, daß niemand darin war. Es gibt in diesem Arbeitszimmer und auch in der anschließenden kleinen Toilette keinen Platz, an dem sich Miss Glammeris hätte verstecken können oder von einem Kidnapper hätte versteckt werden können. Die Toilette hat, wie bereits gesagt, keinen Ausgang. Und die Tür zum Arbeitszimmer in das Schlafzimmer war verschlossen. Diese Tür kann von beiden Seiten mit Hilfe zweier Riegel, die in die Tür eingelassen sind, verschlossen werden; die Riegel werden vorgeschoben, indem man jeweils einen kleinen Bügel oberhalb des Türknaufes umlegt. Obwohl es sich um eine Innentür handelt, ist sie angeblich auf beiden Seiten verwittert. Als Huggins und Miss Shmith das Arbeitszimmer betraten, war diese Tür nicht nur durch einen, sondern durch beide Riegel gesichert. Das heißt, sie war nicht nur von der Seite des Schlafzimmers aus verriegelt, was Miss Glammeris getan haben könnte, nachdem sie sich dorthinein begeben hatte, sondern sie war auch von innen, von der Seite des Arbeitszimmer aus, verriegelt. Man hat festgestellt, daß sich bei dieser speziellen Tür der innere Riegel erst vorlegen läßt, wenn man sie von der anderen Seite aus geschlossen hat. Detektiv Huggins fand heraus, daß beide Riegel eingelegt waren, indem er die Tür von der Seite des Arbeitszimmers aus entriegelte und merkte, daß sie immer noch durch den Riegel auf der Schlafzimmerseite gesichert war.

Doch Huggins, obwohl er angesichts dieser Entdeckung ziemlich überrascht war, verlor nicht die Nerven. Er lief auf den Korridor, gefolgt von Miss Smith, verschloß die Tür vom Gang zum Arbeitszimmer vom Gang aus und nahm den Schlüssel an sich. Dann lief er nach unten, um die anderen Detektive über das Verschwinden der Schauspielerin zu informieren und die Wachen, die den äußeren Sicherheitsring bildeten, näher an das Haus heranzuziehen. Es ist unnötig zu erwähnen, daß keiner der Wachmänner auf dem Gelände in den vergangenen zwei Stunden etwas Ungewöhnliches beobachtet hatte.

Zusammen mit zwei anderen Wachmännern stürmte Huggins dann wieder die Treppe hoch, wo sie auf Miss Smith stießen, die verzweifelt das Schlafzimmer ihrer Arbeitgeberin durchstöberte; ihre Suche brachte aber nichts Wesentliches zutage. Die drei Detektive und die Sekretärin, die nun immer hysterischer wurde, durchsuchten hastig das ganze Haus; danach riefen sie die Bediensteten zusammen und unterzogen sie einer strengen Befragung. Alle gaben jedoch an, daß sie absolut nichts wüßten über das, was geschehen war, und da Huggins bestätigen konnte, daß keiner in der fraglichen Zeit auf dem Gang im ersten Stock aufgetaucht war, wurde ihnen befohlen, sich in der Küche zur Verfügung zu halten, während die gründliche Durchsuchung des Hauses weiterging.

Dieses Mal durchsuchten die All-American-Detektive die Räume langsamer und gründlicher, und zwar vom Keller bis zum Dachboden. Alle Wandschränke wurden geöffnet, die Kühlschränke und Öfen durchsucht, und die Kleiderschränke wurden, sofern sie verschlossen waren, aufgesprengt. Sogar alle vierzig Schrankkoffer des Filmstars hat man durchsucht. Es ist kaum zu glauben, daß eine solche Suchaktion ergebnislos geblieben ist — aber es war leider so. Währenddessen befanden sich die Wachmänner auf dem Gelände in Alarmbereitschaft, und der Leiter der Gruppe entschied, daß man nun nicht mehr länger warten könne und die Staatsanwaltschaft von Los Angeles informieren müsse. Das Büro des Staatsanwalts, das man telefonisch verständigt hatte, gab Anweisung, beide nach außen führenden Türen von Miss Glammeris' Arbeitszimmer zu versiegeln und bis zum nächsten Morgen niemanden hineinzulassen. Dann werde der Staatsanwalt nach seiner Rückkehr aus Palm Springs persönlich die Leitung der Untersuchung übernehmen.

Die Sekretärin, Miss Smith, hat einen totalen Nervenzusammenbruch erlitten und wurde ins Krankenhaus von Los Angeles gebracht. Hier spricht Lou Vincent vom Trans-Radio-Nachrichtenservice. Ein Bericht von der Station WJEX.«

Im Anschluß daran begann aus dem Apparat wieder die schreckliche Musik zu ertönen. Tarrant, der schon nach ein paar Sekunden angefangen hatte, sich hektisch Notizen zu machen auf der Vorder- und Rückseite eines alten Briefumschlages, blickte auf und ließ seinen charakteristischen Pfiff hören. Brihido stand in der Tür.

»'Hido, bringen Sie mir etwas Papier und Ihr Zeichenbrett. Wir haben hier ein kleines Rätsel. Ein ziemlich altes und abgedroschenes, fürchte ich; wieder einmal der Trick mit dem verschlossenen Raum — er taucht in gewisser Regelmäßigkeit immer wieder auf.«

Der Diener brachte die gewünschten Sachen und trat mit einem verschmitzten Gesichtsausdruck zu uns. »Ich helfen, vielleicht«, grinste er.

»Warum nicht, Doktor«, antwortete Tarrant. »Ziehen Sie sich einen Stuhl heran, und ich werde Ihnen das Problem skizzieren. Mal sehen, ob Sie es lösen können.« Diese Bemerkungen überraschten mich nicht, denn ich wußte, daß Brihido sich nur aus einer Notlage heraus als Diener verdingt hatte und daß er auf den Philippinen einen Doktortitel erworben hatte.

»Nun«, sagte Tarrant, »der Raum, den ich hier zeichne, ist sicher nicht ganz korrekt, denn ich habe ihn nie gesehen. Er enthält einen Schreibtisch, eine Liege, einige Stühle und ein paar Bücherregale. Keine Fenster. Wir plazieren die drei Türen an drei verschiedenen Seiten. Ihre genaue Lage ist nicht so wichtig wie ihr Zustand ... so, hier haben wir es. Diese Tür – nennen wir sie A – führt auf den Gang und wird von einem Posten bewacht. Durch diese Tür, B, kommt man in eine kleine Toilette, aus der es sonst keinen Ausweg gibt. Tür C, die von beiden Seiten verriegelt ist, führt in ein Schlafzimmer.«

»Tür A, Gang«, murmelte Brihido. »Tür B, Toilette, Tür C, Schlafzimmer. Verstanden.«

Tarrant erklärte ihm dann die weiteren Einzelheiten, die er dem Gekritzel auf seinem Briefumschlag entnahm. »Wir wollen uns jetzt nicht darum kümmern, wie Miss Glammeris aus dem Haus geschafft worden sein könnte«, sagte er abschließend. »Die Frage heißt vielmehr: Wie konnte sie dieses Zimmer verlassen? Nun, Doktor, damit haben Sie alle Fakten. Fangen Sie an!«

Diese Aufgabe erschien mir ziemlich schwierig, aber der Filipino nahm sie ohne zu zögern in Angriff. Er sagte: »Zuerst, Tür A, diese bewacht von Posten, Posten könnte sein bestochen, schlägt Lady auf Kopf und bringt sie leicht aus Zimmer in zwei Stunden. Weitere Schwierigkeiten, wie sie das Haus verlassen, aber das nicht unser Problem. Gut?«

»Schlecht«, lächelte Tarrant. »Das hier ist ein Rätsel mit vorgegebenen Faktoren. Sie können nicht alles umändern; Sie können nicht davon ausgehen, der Wachmann sei der Kidnapper. Es besteht nicht die geringste Wahrscheinlichkeit, daß er in die Sache verwickelt sein könnte, er ist von der All-American-Detektei, ein sorgfältig ausgewählter Mann. Eine sehr schlechte Lösung, würde ich sagen.«

Der Butler stimmte ihm zu. »Ich zuerst nicht soviel denken. Gut, wenn Wachmann unschuldig, dann Tür A weg. Tür B zu Toilette auch weg: hat wahrscheinlich stabile Wände. Sie muß gehen durch Tür C in Schlafzimmer. Warum nicht? Kein Wachmann dort, nur Frage, wie Tür von außen wieder schließen, wenn Lady ist durch. Gut möglich für erfahrenen Verbrecher, Tür nach außen wieder gut verschließen, ich meine.«

»Nein«, sagte ich, und in diesem Punkt war ich mir sicher. »Es handelt sich um Riegel, nicht um gewöhnliche Schlösser mit einem Schlüssel. Auf jeder Seite der Tür einer, und diese Riegel werden bedient, indem man einen Bügel umlegt, so wie meistens bei den Badezimmertüren. Die Riegel befinden sich in der Tür selbst, nicht außen daran.«

»Richtig«, stimmte mir Tarrant zu. »Beide Riegel waren vorgeschoben, und ich bin überzeugt, keiner konnte von der anderen Seite der Tür aus bedient werden, besonders da aus irgendeinem verrückten Grund die Tür auf beiden Seiten verwittert ist und damit auch mögliche kleine Ritze oder Spalten entlang des Türrahmens nicht mehr vorhanden sein dürften. Aber unabhängig davon, was ich glaube, die Männer von All-American haben die Riegel untersucht, und sie –«

Aus dem Radio hinter uns ertönte es plötzlich: »Eine Blitzmeldung von Trans-Radio. Zur Glammeris-Entführung. Auf irgendeine bis jetzt noch rätselhafte Art und Weise wurde Gloria Glammeris heute nachmittag um 6 Uhr 42, pazifischer Zeit, aus ihrem bewachten Arbeitszimmer und ihrem Haus entführt. Das Haus wird immer noch bewacht, das Arbeitszimmer ist versiegelt, bis morgen der Staatsanwalt eintrifft. In fünf Bundesstaaten ist die Polizei alarmiert worden. In Los Angeles werden Flugplätze und Häfen bewacht. Die Streifen an der Grenze zu Mexiko wurden verstärkt, auch an der Grenze zu Kanada wird genauestens kontrolliert. Morgen wird die Polizei im ganzen Land die Kidnapper jagen. Die Bundesbehörden stimmen sich gegenseitig ab. Dies war ein Bericht von Trans-Radio über die Station WJEX.«

»Hah«, bemerkte Brihido. »Weg, wie Haus verlassen, vielleicht doch wichtig. Wir gehen zurück in Arbeitszimmer. Tür

C vielleicht ausgehängt worden und so Riegel nicht beschädigt. Auf welcher Seite der Tür, übrigens, sind Angeln? Auf Arbeitszimmer-Seite oder Schlafzimmerseite, Sie wissen?«

»Ich weiß nicht, auf welcher Seite die Angeln sind, aber das ist auch egal, Doktor. Ich halte es für äußerst unwahrscheinlich, daß eine Tür, auch wenn nur ein Riegel vorgeschoben ist, auf diese Weise entfernt und wieder an ihre Stelle gesetzt werden kann – besonders in einem Haus wie dem von Miss Glammeris, das nicht gerade baufällig ist ... Nein, wenn Sie Tür C als diejenige ausgemacht haben, durch die sie das Arbeitszimmer verlassen hat, dann stoßen Sie genau auf das Problem, wie diese Tür wieder verriegelt wurde, nachdem man Gloria dadurch hinausgebracht hatte. Das kann nicht von der Schlafzimmer-Seite aus geschehen sein, nachdem die Tür geschlossen worden war, und niemand kann das Arbeitszimmer am Wachmann vorbei durch Tür A betreten haben, um sie von innen zu verriegeln. Sie geben also auf, Doktor?«

Auch ich dachte, damit seien wir am Ende unseres Lateins. Da beide Türen ausschieden, die beiden einzigen Möglichkeiten, dieses Zimmer zu verlassen, schien dieses Rätsel einfach unlösbar. Ich war erstaunt, als Brihido antwortete: »O nein, ich nicht geben auf. Im Gegenteil, ich jetzt ganz klar sehen, wie das geschehen. Bitte wiederholen alle Einzelheiten, was Wachmann und Sekretärin tun. Nur eine Möglichkeit, ich glaube.«

Nachdem Tarrant seiner Bitte entsprochen hatte, fuhr der Diener fort: »Muß sein, wie Sie genannt haben, ein Publicity-Gag, wie ich auch in Zeitung gelesen, als über Kidnapper-Brief zum ersten Mal berichtet. Um 4 Uhr 25 sitzt Lady mit Sekretärin in Arbeitszimmer. Dann sie entriegelt Tür C zu Schlafzimmer an beiden Seiten. Um 4 Uhr 30 sie geht in Schlafzimmer und spricht einige Worte mit Sekretärin, die noch in Arbeitszimmer, so daß Wachmann vor Tür A kann hören; Sekretärin ist Komplizin; dann Sekretärin schließt und verriegelt Tür C *auf Arbeitszimmer-Seite* und kommt heraus durch Tür A. Lady verriegelt Tür C *Schlafzimmer-Seite,* denn dort sie bleibt bis Entdeckung von leerem Arbeitszimmer.

Um 6 Uhr 42 Sekretärin kommt zurück und gibt vor, daß Lady aus Arbeitszimmer verschwunden. Sie schreit, Wachmann läuft hinein, und Wachmann selbst *entriegelt Tür C von*

Arbeitszimmer aus. Sekretärin freut sich darüber, vielleicht, denn Wachmann tut Teil ihrer Arbeit. Dann sie laufen auf Gang, Wachmann schließt Tür A, steckt Schlüssel in Tasche und läuft nach unten. Dann Sekretärin läuft in Schlafzimmer und sagt Lady, daß alles in Ordnung und sie können zurück in Arbeitszimmer. Lady entriegelt Tür, geht in Arbeitszimmer; Sekretärin verriegelt Tür C *auf Schlafzimmer-Seite* und macht viel unnötiges Suchen in diesem Zimmer. Inzwischen Lady versteckt sich unter Couch in Arbeitszimmer, für den Fall, daß Wachmann öffnet Tür A für weiteren flüchtigen Blick durch Gangtür. Aber er das nicht tut. Nun Arbeitszimmer ist schön versiegelt *mit Lady drinnen*, und sie dort bleiben bis morgen früh, wenn Staatsanwalt kommt. Dann zu spät, um Schlagzeilen in Zeitungen im ganzen Land zu stoppen. Schöner Trick, vielleicht.«

»Ausgezeichnet, Doktor!« rief Tarrant. »Das ist natürlich *noch eine* Theorie – Nein, ich glaube, Sie haben die richtige Antwort gefunden. So hat sich das also abgespielt; wir können jetzt alles vergessen und wieder der Musik lauschen.«

Brihido lächelte schelmisch. »Für Wissenschaftler ist Beweis nötig, bevor Hypothese wird Tatsache. Wie wir können meine Theorie prüfen?«

»Nicht ohne die Siegel am Arbeitszimmer zu zerstören, fürchte ich. Und ich könnte die Polizei auch nie dazu bringen, dem zuzustimmen.« Tarrant schwieg einige Minuten gedankenversunken. »Nun, vielleicht gibt es doch eine Möglichkeit. Wenn Ihre Theorie stimmt, ist die Sekretärin Komplizin; deshalb hat sie einen hysterischen Anfall vorgespielt. Es wird zwar ein bißchen teuer werden, aber vielleicht kann ich einen Beweis für Ihre Theorie erbringen. Das haben Sie sich verdient, nachdem Sie das Rätsel gelöst haben.«

Er ging zum Telefon und wählte die Nummer der Vermittlung. »Ein Ferngespräch, bitte... Ein Ferngespräch: eine Direktverbindung. Ich möchte entweder mit Miss Jane Smith, einer Patientin im Los Angeles Hospital, oder mit dem Arzt, der sie behandelt, sprechen. Ja, ich warte. Danke.«

Im Vermittlungsamt mußte jemand die Leitung offengelassen haben, denn Tarrant konnte offensichtlich hören, wie der Anruf weitergeleitet wurde. »St. Louis«, sagte er zu uns; »ah, jetzt Kansas City. Der Arzt wird erkannt haben, daß es sich um einen vorgetäuschten hysterischen Anfall handelte. Jetzt ist Phoenix dran ... So, jetzt sind wir durchgekommen nach Los Angeles; ich höre, wie sie gerade das Krankenhaus anwählen.«

Er wartete fast eine Minute, sagte dann dazwischen: »Hallo, hallo, Los Angeles-Vermittlung ... In Ordnung, geben Sie mir den Arzt, der sie versorgt hat. Es ist wichtig, ich muß mit ihm sprechen. Das ist ein Anruf von der New Yorker Polizei.« Ich habe schon öfter bemerkt, daß Tarrant, ansonsten ein ehrlicher Mensch, nicht vor einer Lüge zurückschreckt, wenn er sie für notwendig und zweckdienlich hält. Und diese Lüge brachte ihm den Mann, der er sprechen wollte.

Wir hörten, wie er sagte: »Ja ... Ja ... Wann? ... Ja, wann denn? ... Gut, danke, Doktor. Auf Wiederhören.«

Er legte den Hörer auf und drehte sich zu uns um. »Sie hat den Anfall ohne Zweifel vorgetäuscht. Es wurden keine objektiven Symptome festgestellt, als sie eingeliefert wurde. Aber sie wurde nicht gleich wieder weggeschickt, sie wollten sie für eine Nacht dabehalten. Irgendwann im Laufe der letzten Stunde ist sie dann verschwunden, ohne jemandem Bescheid zu sagen. Einfach ausgerissen.«

Brihido strahlte vor Vergnügen. »Meine Theorie also richtig –«

»Ja«, unterbrach ihn Tarrant bedächtig. »Aber es gibt da noch eine andere Möglichkeit. Wie wahrscheinlich ist sie? Nehmen wir an, *diese* zweite Möglichkeit entspricht den Tatsachen. Nehmen wir an ...«

Aus Tarrants Tonfall, der plötzlich nicht mehr locker und gelöst war, entnahm ich, daß es nun bei dieser Angelegenheit um Leben oder Tod ging. Mit nervösen Fingern wählte er eine Nummer.

»Centre Street? Peake, Inspector Peake, ich muß sofort mit ihm sprechen. Schnell!«

Tarrant stampfte mit dem Fuß auf den Boden. »Peake? Hier ist Tarrant. Wissen Sie was Neues über die Glammeris-Entführung? ... Gut, in Ordnung. Peake, das Mädchen ist in diesem versiegelten Arbeitszimmer und stirbt möglicherweise gerade, wenn sie nicht schon tot ist. Sie müssen sich sofort mit Los Angeles in Verbindung setzen! Sagen Sie denen, sie sollten das Zimmer aufbrechen – und sie sollen einen Arzt mitnehmen! ... Was? Verdammt, Mann, natürlich weiß ich, wie das

Ganze abgelaufen ist. Ich erzähl's Ihnen später. Ich kann dort nichts veranlassen, aber Sie können es. Sie müssen sie einfach überzeugen ... Peake, hören Sie mir zu? Erinnern Sie sich an diesen Penthouse-Fall? Ich habe Sie gewarnt damals, aber Sie wollten mir nicht glauben; Sie haben in Kauf genommen, daß ein Polizist ermordet wurde, nicht? *Dieses Mädchen stirbt gerade, während Sie hier von Rücksichtnahme auf Privateigentum reden!* Mein Gott, Peake, ich werde dafür sorgen, daß Ihr Name und Ihre Adresse auf den Titelseiten aller New Yorker Zeitungen stehen, wenn Sie sie sterben lassen, weil Sie so lange zögern! Das kann ich Ihnen versprechen. Auf Wiederhören.«

Tarrant trat mit schnellen Schritten an die Bar und goß sich einen Whisky in ein Highball-Glas. »Zur Hölle mit ihrer verdammten bürokratischen Schwerfälligkeit«, grummelte er.

»Aber warum zum Teufel«, wollte ich wissen, »warum sollte sie sterben? Es bringt ihr doch keine Publicity, wenn sie –«

»Das hat mit Publicity nichts mehr zu tun«, lautete Tarrants Antwort. »Miss Glammeris hat Tür C in beiden Richtungen passiert, so wie Brihido es gesagt hat; er hatte recht, was ihre *Bewegung* betraf. Aber sie ging nicht selbst, sie wurde hinaus und hinein gezogen – von der Sekretärin. Um 4 Uhr 30 war der Anschlag auf Miss Glammeris schon verübt, und sie befand sich auf der Schlafzimmer-Seite von Tür C. Was der Wachmann hörte, hat nichts zu bedeuten; eine tiefe und eine höhere Stimme, die unverständliche Worte murmeln – das ist so gut wie nichts. Jane Smith war das vermutlich selbst; man muß kein guter Schauspieler sein, um unter diesen Umständen so etwas zustande zu bringen. Wenn Sie Miss Glammeris erschossen oder niedergestochen hat, ist das Mädchen schon tot. Aber das bezweifle ich. Einen Schuß hätte man hören können, ein Messer hätte sie wegschaffen müssen. Es gibt eine Menge Gifte, die eine verheerende Wirkung haben, wenn das Opfer nicht weiß, daß es vergiftet wird. Und außerdem konnte sie im Badezimmer das Glas auswaschen und alle verräterischen Spuren beseitigen. Einige Gifte wirken langsam; wir haben also noch eine Chance, wenn sie das Zimmer rechtzeitig genug aufbrechen.

Das Motiv? Wie soll ich wissen, was das Motiv war? Vielleicht hat die Sekretärin ihrer Arbeitgeberin Geld gestohlen und muß das jetzt vertuschen; vielleicht hat die Glammeris der sauberen Jane Smith einen Liebhaber ausgespannt. Es gibt Dutzende von Motiven, aber das Motiv hat nichts mit dem Problem zu tun, denn wir haben überhaupt keine Informationen darüber. Das Problem war ein rein mechanisches – die Frage, was im Arbeitszimmer und darum herum geschehen ist.«

»Warten, bitte«, rief Brihido. »Was Sie sagen, nicht möglich, bitte. Wenn Sekretärin schleift Lady um 4 Uhr 30 in Schlafzimmer und dann geht zurück in Arbeitszimmer und nimmt Ausgang Tür A, dann Lady ist entweder tot oder bewußtlos, denn sie nicht gibt Alarm. In diesem Fall, *wer hat Tür C von Schlafzimmer-Seite verriegelt?* Sekretärin nur konnte Tür C von Arbeitszimmer-Seite verriegeln.«

»Das stimmt«, gab Tarrant zu. »Aber wo liegt der Widerspruch? Als Jane Smith um 4 Uhr 30 aus dem Arbeitszimmer kam, hatte sie gerade Tür C vom Arbeitszimmer aus verriegelt, und von der Schlafzimmer-Seite aus war sie natürlich noch unverriegelt. Aber ich sehe nichts, was sie daran gehindert haben sollte, das Schlafzimmer zwischen 4 Uhr 30 und 6 Uhr 42 noch einmal aufzusuchen und *zu diesem späteren Zeitpunkt* die Tür auch vom Schlafzimmer aus zu verriegeln, vielleicht direkt neben ihrer bewußtlosen Arbeitgeberin. Sie mußte das tun, und wir wissen ja auch, daß es getan wurde, um den Wachmann davon abzuhalten, gleich bis ins Schlafzimmer vorzudringen, was er auch versuchte, nachdem er aufgrund ihres Alarmrufes das Arbeitszimmer betreten hatte. Der Körper von Miss Glammeris mußte für Jane Smith schnell zugänglich sein, um ihn wieder ins Arbeitszimmer zurückzuschaffen, und er wäre sonst vielleicht auch sofort entdeckt worden. Aber Jane Smith wußte, daß der Wachmann als erstes die übrigen Posten informieren mußte, und diese paar Minuten waren alles, was sie brauchte. Auf alle Fälle ist es so, daß sich der Körper von Miss Glammeris jetzt im Arbeitszimmer befinden *muß*; unter den gegeben Umständen *ist logisch keine andere Möglichkeit denkbar.* Aber es gibt zwei Alternativen, was den Grund ihrer Anwesenheit dort betrifft: entweder ist es eine vorgetäuschte Sache, und Jane Smith ist dabei Komplizin, oder es ist ein Verbrechen, und Jane Smith ist dabei die Täterin ... und Jane Smith hat sich aus dem Staub gemacht.«

Brihido verzog gerade das Gesicht und sagte »Ja, vielleicht«, als das Telefon eine Reihe kurzer, ärgerlicher Töne von sich gab. Mein Freund hob den Hörer ab, sagte, »Ja, Tarrant«, worauf sofort ein stakkatoähnliches Bellen aus dem Apparat drang.

Eine Zeitlang sagte Tarrant nichts. Er gab erst ein ungläubiges Pfeifen und dann glucksende Geräusche von sich, die auf Erstaunen oder auch Verärgerung oder beides hindeuteten. Dann begann er zu reden. »Nun . . . Das tut mir wirklich leid, alter Freund. Ich möchte mich vielmals entschuldigen . . . Wenn ich irgend etwas anderes tun kann, außer mich zu entschuldigen, dann bin ich dazu bereit.« Er legte den Hörer auf die Gabel.

»Es scheint«, sagte er ruhig, »daß Peake bis zum Haus durchgekommen ist. Auf sein Drängen hin hat die Polizei die versiegelten Türen geöffnet und das Arbeitszimmer betreten.« Tarrant machte eine Pause. »Es befindet sich keine Leiche darin. Es ist überhaupt niemand in diesem Zimmer. Das Arbeitszimmer ist *leer*.«

»Was?« Ich war völlig verblüfft. Nachdem alles so logisch und folgerichtig dargelegt worden war, war diese Nachricht eine gewaltige Überraschung für mich.

'Hido lehnte sich zurück und gab einen Pfiff von sich, der dem von Tarrant vorhin stark ähnelte. Dann begann er zu zischen. »Aber das nicht möglich. Lady *muß* sein in Arbeitszimmer! Nein? Dann Entführung. Aber wie das gemacht?«

Tarrant bedeutete ihm zu schweigen. Er murmelte: »Wir haben etwas übersehen. Vielleicht etwas, das so offensichtlich ist, daß wir es nicht erkennen konnten.« Er griff zu seinem Highball und starrte auf den Teppich unter seinen Füßen. »Warum nicht?« fragte er schließlich. »Warum nicht genau das, mit dem wir angefangen haben?«

»Wie Sie meinen?« 'Hido konnte seine Ungeduld nicht länger bezähmen. »Wie wäre es denn mit unserer ursprünglichen Vermutung?« erinnerte ihn Tarrant. »Der Publicity-Gag, die vorgetäuschte Entführung?«

'Hido blieb stur. »Nein, nicht möglich. Lady kann Arbeitszimmer verlassen haben, wie ich schon lange herausgefunden, aber nicht Haus. Haus ist durchsucht worden; Lady nicht dort, nicht in Arbeitszimmer, nirgends. Muß Fehler bei Polizei sein. Sie immer sagen, nur eine Möglichkeit in Logik.«

»Bei den Faktoren, die gegeben sind«, antwortete Tarrant. »Aber wenn die Faktoren sich ändern, dann ergeben sich auch andere Möglichkeiten. Da dies nun tatsächlich eingetreten ist, müssen wir daraus folgern, daß wir unsere ursprünglichen Annahmen ändern müssen.«

Tarrant machte eine Pause, tief in Gedanken.

Dann sagte er: »Das wäre vielleicht ein Ansatzpunkt.« Mein Freund lächelte ironisch. Er nahm ein dickes Adreßbuch aus dem Regal und blätterte bis zum »G«. »Hier haben wir's: ›Sekretärin: Jane Smith, 3030 St. Clair Street, Rockford, Ill. oder c/o Kolossal Studios, Hollywood, Calif.‹ Hm. Nun gut«, sagte er plötzlich, »wagen wir noch einen Versuch. Das wird der weiteste Wurf, den ich je gemacht habe – es kann losgehen!«

»Was kann losgehen?« fragte ich sofort.

»Wieder so ein hübsches Ferngespräch über die American Tel. and Tel. Company. Wenn Jane Smith *tatsächlich* in Rockford, Illinois, sein sollte – dann muß ich mich beeilen.«

Und fünf Minuten später, als die Vermittlung ihn zurückrief, konnte er die Überraschung in seiner Stimme kaum verbergen.

»Sind Sie Miss Smith? ... Hier spricht Trevis Tarrant – ein Freund von Miss Glammeris. Sie sind wirklich Miss Smith, und Sie waren die ganze Woche in Rockford? ... Oh, Sie dachten, der Anruf käme von Miss Glammeris, weil er ein persönliches Ferngespräch war? Nun, junge Dame, Sie werden von jetzt ab noch eine Menge persönlicher Ferngespräche durchgestellt erhalten, aber die werden nicht von Freunden kommen. Wenn ich Ihnen etwas raten darf: Nehmen Sie ab jetzt überhaupt keine Anrufe mehr entgegen, lassen Sie ausrichten, Sie seien nicht da, so lange, bis Miss Glammeris Sie erreicht hat ...«

Brihido schnappte nach Luft, und ich schrie: »Was zum Teufel soll denn das?« während Tarrant sich vom Telefon abwendete.

Tarrant betrachtete uns fragend. Er sagte: »Sie durchschauen es jetzt sicher auch? Wenn Jane Smith heute abend in Rockford ist, konnte sie am Nachmittag nicht in Hollywood sein. Warum nicht eine kleine Erholungspause einlegen zwischen Glorias ›Rückzug‹ und ihrer ›Entführung‹? Anders gesagt, es gab nie eine Sekretärin – heute nachmittag in Hollywood, meine ich.

Miss Glammeris hat beide Rollen gespielt – ihre eigene im ersten Teil des Tages und die der Sekretärin ab der Besprechung um 4 Uhr 30. Das war für eine Schauspielerin ihres Formats kein Problem. Erinnern Sie sich: Man sagte uns, der Wachmann, Detektiv Huggins, habe die beiden Frauen niemals zusammen gesehen. Der Auftritt von Gloria am Nachmittag war nicht mehr als eine Stimme aus dem Off.

Es ist alles ganz einfach, wenn man sich die wesentlichen Fakten vor Augen hält. Glorias Bewegungen hatten wir Jane Smith zugeschrieben, denn zu dieser Zeit *spielte sie* Jane Smith. Auf diese Weise gelang es ihr, das Arbeitszimmer zu verlassen. Dann täuschte sie den hysterischen Anfall der Sekretärin vor – *um aus dem Haus zu kommen*. Sie wurde ins Krankenhaus gebracht und riß dort bei der ersten Gelegenheit aus. Vielleicht ist sie im Augenblick gerade im Biltmore Hotel in Los Angeles als Mrs. F. N. Trelawney oder dergleichen eingetragen, angetan mit dunkler Sonnenbrille und bereit, ein paar Tage geduldig auf die Übergabe eines Lösegeldes von einer halben Million Dollar zu warten – und auf die größte Publicity, die es in der Filmgeschichte je gab.«

»Aber in diesem Fall«, warf ich ein, »wird Peake –«

»– vielleicht eine Woche nicht mehr mit mir sprechen, hoffe ich. Und was Gloria und die öffentliche Meinung betrifft, so halte ich zu Gloria ... Ich vertraue darauf«, fügte Tarrant freundlich hinzu, »daß sie mir dafür eines Tages danken wird. Denn sie ist *wirklich* liebenswert, wie Sie wissen.«

Deutsch von Hans Freundl

Das Rätsel von Bloomsbury

Thomas Burke

Als jener Septembermorgen in zitterndem Silbergrau geboren wurde und mit einer Tönung von staubigem Gold ins Leben trat, fluchte ich.

Ich war etwas früh aufgestanden und stand am Badezimmerfenster meiner Wohnung in Bloomsbury und rasierte mich. Zuerst sagte ich so etwas wie »Autsch!«, und dann sagte ich etwas Heftigeres. Die Ursache für diese Ausrufe lag darin, daß ich mich selbst auf diese besonders häßliche Weise geschnitten hatte, wie man es nur mit einer Sicherheitsklinge tun kann, und die Ursache dafür lag in einer plötzliche Bewegung meines rechten Ellbogens, und die Ursache dafür wiederum lag in etwas, das ich von meinem Fenster aus beobachtet hatte.

Durch jenes anmutige Gold, das beinahe wie eine lebendige Erscheinung wirkte, die den Kontinent London segnete, bewegte sich ein Mann, den ich kannte. Aber ein Mann, den ich kannte und der sich in einen Mann verwandelt hatte, den ich nicht kannte. Er kam nicht eilenden Schrittes daher, in seiner gewohnten Gangart. Ja, er ging noch nicht einmal. Er schwebte. Ich hatte noch nie einen solchen Schulmädchengang bei einem Mann gesehen. Ich hatte noch nie solche Verzückung beim Heben des Kopfes gesehen.

Er war nicht wirklich hochaufgeschossen, aber er war so dünn, und seine Kleider saßen so eng, daß er den Eindruck von Größe erweckte. Er trug einen schwarzen, zweireihigen Mantel, zugeknöpft bis zum Hals, schwarze Hosen und einen nichtssagenden Hut. Er hielt die Arme hinter dem Rücken, die rechte Hand umfaßte den Ellbogen des linken Arm. Sein schlanker Rumpf war aufrecht, sein Kopf erhoben und in den Nacken geworfen.

Er bildete eine Silhouette in dem staubigen Sonnenlicht. Ich sah ihn nur zweidimensional. Und dann wurde mir bewußt, daß ich ihn immer nur zweidimensional gesehen hatte; nie alle

Seiten von ihm. Die Figur, die er in das Sonnenlicht geschnitten hatte, ließ mich wünschen, um ihn herum zu sehen; was ich dort jedoch finden würde, wußte ich nicht und konnte es nicht erraten. Bis auf den heutigen Tag habe ich es nicht erfahren und auch nicht erraten können.

Ich nehme an, daß man diesen Stephen Trink in einer herkömmlichen Gesellschaft als einen komischen Kauz bezeichnet hätte; aber in den inneren Stadtbezirken Londons leben so viele komische Käuze, und ich kenne so viele von ihnen persönlich, daß Trink lediglich einer aus meinem Bekanntenkreis war. Ich habe vergessen, wie ich ihn kennengelernt habe, aber für den Zeitraum von etwa zwei Jahren haben wir uns ein- oder zweimal pro Woche getroffen; manchmal auch öfter. Ich hatte ihn sozusagen auf Anhieb gern, und die Zuneigung wuchs. Obwohl ich mir in seiner Gesellschaft immer eines leichten Unwohlseins bewußt war, ergriff ich jede Gelegenheit, ihn zu treffen. Sein Charme hatte es mir angetan. Es war nicht der offene, unbeschwerte Charme eines intimen Freundes, denn wir hatten diesen engen Kontakt nie gehabt. Es war mehr Faszination als Charme; die Anziehungskraft von Gegensätzen, vielleicht. Seine einzige ausgeprägte Charaktereigenschaft bestand in einer tiefen Melancholie, und jetzt, da ich versuche, mich an ihn zu erinnern, stelle ich fest, daß dies das einzige ist, woran ich mich deutlich erinnern kann. Er war einer jener Menschen, die niemand je wirklich kennt.

Stephen Trink würde man in jeder Gesellschaft übergehen, und bei meiner Umgebung war das auch immer der Fall. Nur wenn ich die Aufmerksamkeit meiner Freunde auf ihn lenkte, besannen sie sich darauf, ihn überhaupt getroffen zu haben, und prüften ihr Gedächtnis; und dann waren sie verblüfft. Einmal fragte ich fünf Freunde nacheinander, was sie von ihm hielten, und bekam die Bilder von fünf völlig verschiedenen Menschen geschildert, und in keinem davon hätte ich Trink erkannt. Ich bemerkte, daß jeder zögernd auf meine Frage reagierte, sich übers Haar strich und antwortete: »Hm, ... Trink. Nun ja, er ist ein ganz normaler Kerl – ich meine – er ist – na ja, so ...« Ein anderes Mal taten sie gerade so, als müßten sie sein Bild aus dem Nebel der Erinnerung zeichnen, obwohl er noch zehn Minuten zuvor mit uns zusammengewesen war. Sie schienen einen Mann zu beschreiben, von dem sie sich nicht sicher waren, ob sie ihn wirklich gesehen hatten. Selbst die geschilderten Einzelheiten waren die verschwommenen Einzelheiten von Menschen, die nicht genau wußten, was sie gesehen hatten, und die nun versuchten, sich durch Ausschmückungen selbst zu bestätigen, daß sie zumindest irgend etwas gesehen hatten. Es war, als hätte er vor dem Apparat eines Fotografen gestanden, und die entwickelte Platte wäre leer gewesen.

Seine Erscheinung war unbedeutend, wie ich schon gesagt habe, und mit seinem schmalen, fragenden Gesicht und seinem schmächtigem Körper hätte man ihn überall für einen kränklichen Büroangestellten gehalten. Seine Kränklichkeit betonte er durch bestimmte Angewohnheiten. Er hatte die Eigenart, wie ein kleines Mädchen dazustehen – die Hände hinter dem Rücken, einen Fuß um den anderen geschlagen – und unterwürfig die Augen niedergeschlagen, wenn man ihn plötzlich anschaute; wenn er mit einem sprach, schaute er zu einem auf, als wäre man sein Schuldirektor. Er hatte auch ein Lächeln, das ich, selbst wenn das bei einem Mann merkwürdig klingt, nur als liebreizend beschreiben kann. Der Mund war eher scharf gezeichnet als fest, die Mundwinkel hingen etwas herunter. Der Unterkiefer war zurückgezogen. Sein Haar war honigfarben und glattgekämmt. Seine Stimme war dünn und klang ein wenig kalt; und es war seltsam zu hören, wie er die warmherzigsten, großzügigsten Dinge über andere mit diesem schieferkalten Ton sagte, der sonst der Bosheit vorbehalten ist. Dieser Tonfall schien zu allem, was er sagte, die Worte hinzuzufügen: Ist das nicht widerlich? Seine Augen hinter den Brillengläsern waren mild und blaßblau. Nur wenn die Brille abgesetzt war, konnte man Charakter erkennen; dann konnte man sehen, daß in den Augen seltsame Erfahrung und Schmerz lag.

Wo immer er gerade sein mochte, er schien nie vollständig da zu sein. Er machte den Anschein, als würde er irgendwelchen Geräuschen außerhalb des Raumes zuhören. Er pflegte in Körperhaltungen herumzusitzen, die wir seit Rodins ›Der Denker‹ als nachdenkliche Haltung akzeptieren; er grübelte. Obwohl er sich drinnen träge bewegte und oft herumlümmelte, war sein

Gang draußen erregt und überstürzt. Er schien der Verfolgung zu entfliehen. Ein weiterer bemerkenswerter Punkt an ihm war, daß er, so ruhig, unbedeutend und zurückgezogen er auch sein mochte, dennoch eine beunruhigende Ausstrahlung hatte. Selbst wenn er sich in einem Sessel rekelte, schickte er Pfeile und Wellen der Unbehaglichkeit durch den Raum, saugte den Geist des Raumes leer und trocknete ihn aus und gab mir dieses Gefühl des Unbehagens.

Worin seine Sorgen bestanden – falls seine Melancholie auf Sorgen zurückzuführen war –, hat er mir nie erzählt. Oftmals, wenn ich ihn schnippisch aufforderte, bessere Laune zu zeigen, sprach er von ›dieser schrecklichen Belastung‹, aber ich tat dies als den üblichen Ausdruck jener intellektuellen Lebensmüdigkeit ab, die wir als ›modern‹ bezeichnen.

Er verfügte über ein Privatvermögen, das es ihm erlaubt hätte, in mehr als komfortablen Umständen zu leben, aber er schien mit drei Zimmern in dem verlorenen Winkel der Stadt zufrieden zu sein, wo Bloomsbury und Marylebone aufeinandertreffen – gut eingerichtete Zimmer, die man mit einiger Überraschung vom heruntergekommenen Fitzroy Square aus betrat. Er war Mitglied in zwei der gediegeneren Clubs, nutzte sie aber höchstens zweimal im Jahr. Seine Zeit verbrachte er auf die in Bloomsbury und Marylebone übliche Weise – als zielloser Intellektueller. Er beschäftigte sich damit, spröde Essays für alle möglichen dubiosen Zeitschriften zu schreiben; und die ganze Zeit über, während er dies tat, gab er vor, sich selbst dafür zu verachten und auch die Sorte Menschen, unter die er sich mischte. Er besuchte jedes Treffen dieser Clique und ihrer Anhänger – Teeparties, Dinnerparties, Salons in Bloomsbury, Privatausstellungen – und machte alle gemäßigten Tollheiten der Bohème von Cheyne Walk mit. Man sah ihn, wie man so sagt, überall. Und doch machte er, obwohl er jünger aussah als der Rest der Meute, bei all diesen Angelegenheiten immer den Eindruck des amüsierten Erwachsenen, der über die Tollereien im Kinderzimmer hinwegsieht. Ich kann gar nicht verstehen, daß ihr seichter Verstand nicht einmal diesen Blick der Verachtung erkannte, mit dem er auf sie und ihr Treiben herunterschaute.

Obwohl er nicht körperlich stark war, besaß er eine ungeheure Vitalität, die er in langen, nächtlichen Spaziergängen durch London zur Schau stellte. Diese Gewohnheit hatte ich mit ihm gemeinsam und, da schon in der Kindheit angenommen, verschaffte sie mir meine besondere und umfassende Kenntnis des Hinterlandes dieses Kontinents London. Ich glaube, daß wir uns auf einer dieser nächtlichen Wanderungen zum ersten Mal richtig begegnet sind, obwohl es bereits eine flüchtige Vorstellung in irgendeiner Wohnung gegeben haben muß. Da er wußte, daß ich Frühaufsteher war, lud er sich manchmal um halb acht zum Frühstück ein und legte sich dann auf dem Sofa schlafen. So froh ich auch immer über seine Gesellschaft war, so war er doch ein schwieriger Gast. Er lebte in geistiger Unordnung und einer fernöstlichen Vorstellung von Zeit. Ein ›Vorbeischauen‹ bedeutete oft, daß er vier oder fünf Stunden blieb; andererseits konnte eine Verabredung zum Abendessen und weiteren Vergnügungen oft bedeuten, daß er auf zehn Minuten vorbeikam und dann urplötzlich verschwand, ohne ein Wort über das Abendessen zu verlieren. Er hatte auch die Angewohnheit, das in zwanglose Unterhaltungen einzustreuen, was man als üble Sprache bezeichnet – ein sicheres Anzeichen für einen verwirrten Geist –, und seine Rede war ständig angereichert durch den nutzlosen Gebrauch von ›verdammt‹ und ›verflucht‹ und ›Bastard‹. In allen anderen Dingen war er liebenswürdig und rücksichtsvoll. Er würde nicht alles für jedermann tun, wie man so schön sagt, aber für einige wenige Leute standen seine Zeit, seine Arbeitskraft und sein Einfluß in vollem Umfang zur Verfügung. Er war von so gütiger Gesinnung, von so großzüger Zuneigung, daß ich manchmal glaubte, seine Melancholie rühre von seinem Verlangen her, zu lieben und geliebt zu werden. Ein anderes Mal wieder wurde dieser Eindruck von seiner Selbstzufriedenheit widerlegt.

Und das, glaube ich, ist alles, was ich Ihnen über ihn erzählen kann. Er entzieht sich mir auf dem Papier ebenso wie im Leben. Also komme ich nach dieser angedeuteten Skizze zum eigentlichen Kern dieser Geschichte – zu seinen Freunden, den Roakes, denn durch seine Freundschaft mit ihnen wurde ich mit dem Horror in Berührung gebracht.

Ein weiterer unserer gemeinsamen Berührungspunkte bestand in einem umfangreichen Freundeskreis. Die meisten

Menschen finden ihre Bekanntschaften unter ihresgleichen, in ihrem eigenen Umfeld, und wagen sich nie über den Menschenkreis mit gleicher Bildung, gleichem Geschmack und gleichen gesellschaftlichen Verhältnissen hinaus. Das hatte ich nie gekonnt, und Trink auch nicht. Wir erwarben Freunde, wo immer wir sie fanden, und manche fanden wir an merkwürdigen Orten. Eine Versammlung aller unserer Freunde bei einem Treffen in unseren Räumlichkeiten hätte diejenigen überrascht und verärgert, die uns nur als Schriftsteller in ganz bestimmten Verhältnissen kannten. Natürlich hatte ich eine Reihe von engen Freunden unter Schriftstellerkollegen und unter Musikern, aber mein intimster Freund, der mehr über mich wußte als irgendein anderes Wesen, war damals ein alter Schüler von Madame Blavatsky, der seine Freizeit der Suche nach dem verschwundenen Atlantis widmete. Trinks intimster Freund war ein Ladenbesitzer; ein Mann, der einen Gemischtwarenladen am nördlichen Ende der Great Talleyrand Street betrieb.

Trotz meiner eigenen, bunt zusammengewürfelten Freundschaften konnte ich diese Freundschaft nie ganz begreifen, denn der Mann hatte keine Eigenheiten, keinen Charakter, keine Ecke, mit der er die vergnügten Beobachtungen von Trink auch nur streifte. Es könnte natürlich daran gelegen haben, und diese Tatsache erklärt so manche ungereimte Freundschaft, daß sie dieselben lustigen Geschichten mochten, oder daß sie im Gleichschritt durch die Straßen gingen. Ich weiß es nicht. Freundschaften werden von solchen Kleinigkeiten zusammengehalten. Es könnte aber auch gewesen sein, und ich glaube, so war es wohl auch, daß sie einander in Liebe verbunden waren. Ich bin sicher, da steckte mehr dahinter als nur der Gefallen an der Gesellschaft, am Gespräch des anderen, denn weil Trink war, wie er war, konnte er kein Vergnügen an dem seichten Schulbuchgeschwätz von Horace Roake gefunden haben. Ich glaubte, auf beiden Seiten einen Geruch, einen Hauch von Anbetung zu spüren, und falls die Anbetung von einer Seite tatsächlich größer gewesen sein sollte, dann eher von der Seite des kultivierten Mannes von Verstand als von der des müden, hirnlosen Ladenbesitzers. Ich verbrachte viele Abende in ihrer Gesellschaft, entweder in Trinks Wohnung oder im Verkaufsraum des Ladens, und ich bemerkte ihre Zufriedenheit während langer Gesprächspausen, wenn sie nur dasaßen und rauchten, aber auch ihre schnelle, wortlose Begrüßung, wenn sie sich trafen. Trink schien in Roakes schäbigem Zimmer glücklicher zu sein als sonst irgendwo. Warum, darin bestand eines seiner Geheimnisse.

Obwohl die Kundschaft Roakes Geschäft als Gemischtwarenladen bezeichnete, erkannte er diese Bezeichnung nicht an. Diese Dinge besitzen Tradition. Im Handelsregister tauchten keine Kleiderverkäufer, Milchmänner, Gemüsehändler oder Eisenwarenhändler auf. Der Mann, den wir mit Milchmann betiteln, gibt sich selbst den Titel Molkereimitarbeiter, obwohl er möglicherweise nie eine Molkerei gesehen hat. Der Gemüsehändler ist ein Erbsen- und Kartoffelverkäufer. Der Buchmacher ist ein Kommissionsagent. Der Metzger ist ein Fleischbeschauer, der Kneipenwirt ein lizenzierter Viktualienhändler. Also bezeichnete sich Mr. Roake, der weder Pasta noch Chianti, weder Bolognese noch Knoblauch verkaufte, als italienischer Warenhausbesitzer. Sein Laden befand sich, wie ich schon gesagt hatte, am nördlichen Ende der Great Talleyrand Street, zwischen Woburn Place und Gray's Inn Road.

Das ist ein Viertel mit langen, bedeutungslosen Straßen und bindungslosen Häusern. Einstmals waren diese Häuser das Heim wohlhabender Leute; heute haben sie nur noch verblaßte Erinnerungen. Diese Häuser und Straßen liegen in unruhiger Ohnmacht, niedergedrückt von der ansteckenden Krankheit des Gebrauchten und des Altmodischen – Geschäfte mit Waren aus zweiter Hand, Wohnungen aus zweiter Hand, vollgestopft mit Möbeln aus zweiter Hand und bewohnt von Menschen zweiter Wahl, die verbrauchte, unnatürliche Luft einatmeten.

Als Roake seinen Laden hier aufmachte, wählte er aus lauter Gleichgültigkeit die für ihn und seine Familie passende Umgebung. Da gehörten sie hin. Sie waren typisch für Tausende anständiger, schwer arbeitender, aber lebloser Familien unserer Städte. Vier Generationen lang hatte diese Familie nicht ihre gesellschaftliche Ebene gewechselt. Sie mußten zwar den schwachen Wunsch gehabt haben emporzukommen, aber emporkommen bedeutete Abenteuer, und vor Abenteuern hatten sie Angst. Die Bestrebungen seitens der Ehefrau waren dieselben wie die seitens des Ehemannes: lauwarm und halbherzig. Da hatten sie die ganzen Jahre gestanden, wie wurzellose Zweige in dem fruchtlosen Fleck Erde zwischen den Steinen und der Weide; und sie waren damit zufrieden, da zu bleiben, denn die einzige Alternative war mit Gefahr und Anstrengung verbunden. Roake selbst, wenn ich ihn richtig einschätzte, hatte die Instinkte eines Aristokraten hinter den Gewohnheiten eines Bauern versteckt. Einer, der fehl am Platze war. Er hatte die feinen Gesichtszüge und die klaren Augen dieses Typs, aber obwohl er aussah wie ein Gentleman, hätte ihn niemand für einen solchen gehalten. Seine feinen Gesichtszüge und Manieren rührten in Wirklichkeit nicht von reinrassiger Vererbung her, sondern von einer Unterernährung während der Kindheit. Er war geistig rege und an vielem interessiert, wenngleich ohne festes Ziel, und hatte sich durch wahlloses Lesen eine gewisse grobe Bildung angeeignet.

Seine Frau war weitgehend von derselben Sorte, allerdings ohne seine Bildung. Ihr Leben bestand aus Schmerz und Leid und hatte sie nichts gelehrt. Ihr großes, weiches Gesicht war ausdruckslos. Die tausend Erfahrungen des Lebens hatten noch nicht einmal einen Fingerabdruck darauf hinterlassen, und sie nahm die Enttäuschungen und Schicksalschläge noch immer mit Empörung und nörgelnden Nervenzusammenbrüchen hin.

Sie hatten zwei Jungen und ein Mädchen. Das Mädchen hatte etwas von der Feinheit der Züge ihres Vaters. Ihr Kopf und ihr Gesicht waren schön; so schön, daß sich die Leute danach umdrehten, wenn sie an ihr vorbeigingen. Ihre Manieren und ihre Stimme waren – nun, schrecklich. Oft reagierte sie auf die bewundernden Blicke, indem sie ihre Zunge herausstreckte. Sie war sich ihrer Schönheit völlig unbewußt; nicht, weil sie weniger eitel gewesen wäre als ihre Geschlechtsgenossinnen, sondern weil ihr ihre eigene Schönheit nicht gefiel. Sie bewunderte und beneidete Mädchen mit rosigem Teint, großen, blauen Augen, Massen von Haar und Grübchen am Mund – Reklameschönheiten –, und ihre eigene Schönheit war ein wundervolles Geschenk, das wie Perlen vor die Schweine geworfen wurde. Diesen ernsten, dunklen Kopf, diese tiefdunklen Madonnenaugen im Kontrast zu diesem unmöglichen Benehmen und dieser wenig anmutigen Sprache zu sehen, ließen einen erschaudern.

Von den beiden Jungen konnte man sagen, daß sie das Leben als ein Programm betrachteten, das daraus bestand aufzustehen, zur Arbeit zu gehen, zu arbeiten, zu essen und wieder schlafen zu gehen. Sie sahen vom Leben genausowenig wie ein dreimonatiges Baby. Sie waren Bauerntölpel.

Das waren die Leute, die Trink sich als Freunde ausgesucht hatte, und alle – nein, sie beteten ihn nicht an, weil sie dessen unfähig waren, aber sie mochten ihn bis zur äußersten Grenze ihres Mögens. Er war ihr verehrter Gast, er seinerseits gab ihnen Zuneigung und zollte ihnen Respekt. Die beiden Jungen arbeiteten gemeinsam in einer Stiefel- und Schuhfabrik, und der Laden wurde von Mr. und Mrs. Roake und dem Mädchen, Olive, geführt. Olive verstand genug von dem Geschäft, um ihren Teil ohne geistige Anstrengung zu erledigen, und sie konnte pausenlos lächeln und sinnloses Zeig daherplappern, was in so einem Geschäft sehr nützlich war.

Diese Gemischtwarenläden – man spricht auch von ›kleinen Goldminen‹ – liegen üblicherweise, so auch dieser, in Nebenstraßen. Durch ihre abgeschiedene Lage blühen diese Geschäfte auf. Die Hauptstraße ist nicht ihr Revier, und so ein Laden würde auf der Hauptstraße bestimmt eingehen, denn solche Straßen beherbergen sowohl Kaufhäuser als auch Einzelhandelsgeschäfte für diesen oder jenen Haushaltsgegenstand. Der typische Gemischtwarenladen wählt also seine Lage so weit wie möglich von der Konkurrenz entfernt, aber mitten in einem Dickicht von Häusern. In dieser Lage macht es seinen Umsatz mit der Vergeßlichkeit der Hausfrauen. Sie kommt nach Hause, vom Einkaufen in der High Street, und stellt fest, daß sie das Salz, das Vanillepulver oder den Schinken vergessen hat, und damit sie sich den Fußweg von einer Meile spart, schickt sie eines der Kinder in den Gemischtwarenladen. Genau dafür gibt es ihn; nicht für den üblichen Vorratskauf, sondern zur Bequemlichkeit im Notfall. Unbelästigt von anderen Läden und umzingelt von Hunderten von vergeßlichen Haushalten, kann sich der gut geführte Gemischtwarenladen seines Erfolges sicher sein, und viele dieser Geschäfte machen einen Wochenumsatz von annähernd zweihundert Pfund, zusammengesetzt aus Pfennigbeträgen für dies und Grammkäufen von jenem.

Also ging es den Roakes gut. Sie waren sogar sehr gut dran

und hätten es sich noch besser gehen lassen können; aber sie waren so unfähig und verstanden so wenig von der Kunst des sinnvollen Geldausgebens, daß ihre Gewinne in ihrem Haushalt kaum sichtbar wurden. Wenn man sie auch nicht direkt als eine glückliche Familie beschreiben konnte, so lebten sie zumindest in jener trägen Sympathie, die Leute einander gaben, die sich selbst kaum wahrnahmen; und dieses Gefühl vermittelte ihr Zuhause – blutleer und nie ganz richtig. Das Radiogerät ging, aber es war nie ganz richtig eingestellt. Der Wohnzimmerkamin brannte, aber erst, nachdem jemand ihn dazu überredete, der seine ›Macken‹ kannte. Das heiße Wasser im Badezimmer war nie mehr als sehr warm. Die Blumen im hinteren Garten standen nie vollständig oder eindeutig in Blüte. Die Ladentür ließ sich schließen, aber erst nach drei festen Stößen – der dritte davon schon erbost. Sie kauften teure Uhren mit Garantieurkunde, und die Uhren nahmen die Atmosphäre des Hauses an und gingen nie richtig. Neue und bessere Möbelstücke wurden fürs Wohnzimmer gekauft, aber es sah nie richtig eingerichtet aus. Wenn man das Haus sah, konnte man sich die Familie vorstellen; wenn man die Familie traf, konnte man sich das Haus vorstellen.

Wohl kaum eine Familie, sollte man annehmen, die für eine Tragödie oder auch nur eine Katastrophe vorgesehen war; und doch fiel über diese glanzlosen, halbtoten Leute eine blinde Furie der Vernichtung her wie aus dem Nichts, fegte sie aus ihrer dunklen Ecke und schrieb ihre Namen und Gebräuche in der blutroten Unsterblichkeit des Talleyrand Street-Ladenmassakers fest.

Die Katastrophe, durch die Stephen Trink seinen besten Freund verlor, ereignete sich zu jener zeit, als die Bande, die sich ›The Boys‹ nannte, begann, sich ihrer Unverletzlichkeit allzu sicher zu fühlen und daher ihre Aufmerksamkeit von rivalisierenden Banden und Kneipenwirten auf das allgemeine Publikum zu lenken. Beginnend bei kleinen Postnebenstellen, rückten die Banden nun auch den kleinen, abgelegenen Geschäften zuleibe. Aus allen Teilen Londons kamen Berichte von Überfällen auf diese kleinen Läden. Die Vorgehensweise lief beinahe nach einer festen Formel ab. »Gib uns ein paar Pfund, mach schon!«, oder »Wir wollen einen Fünfer. Schnell!

Willste damit rausrücken oder willste, daß wir deinen Laden demolieren?« Vor diese Wahl gestellt, konnte der kleine Ladenbesitzer nichts anders tun als bezahlen. Er hätte es verweigern und sich den Laden kaputtschlagen lassen können, und vielleicht hätte er so viel Glück gehabt, daß die Polizei noch rechtzeitig gekommen wäre, um zwei oder drei der Bande zu fangen und ihnen sechs oder zwölf Monate aufzubrummen. Aber das hätte denen nicht weh getan, da ihre brutale und gefährliche Lebensweise sie absolut furchtlos gemacht hatte; und er säße immer noch mit einem zerschlagenen Laden da, mit dem Gegenwert von vielen Pfund an beschädigten und unverkäuflichen Waren, dem Verlust von drei oder vier Verkaufstagen während der Reparatur und keinerlei Hoffnung auf Ersatzleistung von irgend jemandem. Folglich benutzte er seinen gesunden Menschenverstand, zahlte erst und meldete dann die Sache der Polizei; und ernsthafte Bürger nahmen sich seiner Sorgen an, schrieben Leserbriefe an die Zeitung und fragten, wozu wir denn die Polizei bezahlen würden usw., usw . . .

Dann, unmittelbar nach zwölf solcher Ladenüberfälle, geschah der Mord an den Roakes.

Wunderbar und undurchdringlich ist die Macht des Wortes. Hören Sie das feingeistige Echo von Shelley; das kalte Englischtum von Shakespeare; die heimatverbundene Stärke von John Bunyan. Genauso verhält es sich mit Gedanken; also auch besonders mit dem Gedanken, dessen Schriftzug und Klang MORD ist.

Nun ist ja Mord schon immer gedanklich mit Mitternacht, zumindest aber mit Dunkelheit verbunden gewesen; und diese beiden Vorstellungen von der unbekannten Seite der Natur vereinigen sich in ihrer Schrecklichkeit und erzeugen noch größere Schrecken. Auch hier wieder dichterische Gerechtigkeit. Aber harmonische Kombinationen von Schrecklichkeiten, obwohl sie einander verstärken, sind eben nur Schrecklichkeiten und daher weniger in der Lage, ans Herz zu gehen als Schrecklichkeiten, die mit ihrer Umgebung nicht in Einklang stehen; denn jetzt gesellt sich das Ungeheuerliche dazu. Die Vergewaltigung einer Frau ist schrecklich, aber zu verstehen. Die Vergewaltigung eines Kindes geht über das Schreckliche hinaus in Tiefen, die auszuloten der Verstand sich weigert. Mord um Mitternacht, obwohl er einen immer wieder schockieren wird, so wie er uns durch Jahrhunderte unserer Zivilisation schockiert hat, bleibt ein Schock in angemessenem Umfeld. Aber Mord bei Sonnenschein ist ein lähmender und abstoßender Gedanke. Er gibt unsere Seelen dem satanischen Schaudern preis, das etwa Blut auf Primeln hervorruft.

Man kann also den bitteren Beigeschmack eines bestimmten Augenblicks an einem sonnigen Nachmittag in der Great Talleyrand Street wahrnehmen. Aus einigen, wenigen, schreckerfüllten Worten eines Nachbarn kann ich die ganze Szene rekonstruieren.

Es war kurz nach drei Uhr an einem Nachmittag im September – einem September von ungewöhnlicher Hitze, es war heißer als im Sommer. Die Hitze breitete eine Decke über der Stadt aus, und in den Nebenstraßen stand das Leben still, verharrte in Schlummer, Dunst und Staub. In der Great Talleyrand Street standen die Autos vor den Geschäften und Häusern, als wollten sie sich nie mehr in Bewegung setzen. Selbst die Geschäfte hatten ihre Augen halb geschlossen. Laufburschen und arbeitslose Tagelöhner flegelten sich in der Nähe der Läden herum oder lagen davor, teilten sich neidisch jeden Fußbreit Schatten, den die Jalousien spendeten. Die verblaßten Häuser der Jahrhundertwende dampften und gaben ihren Mief ab. Über ihre ganze, grau-trübe Länge hinweg, beginnend in der Nähe von Gray's End bis zu ihrem dunstigen Ende irgendwo in St. Pancras, tanzte die Hitze in ihrem stinkenden Schimmer und kleidete beide Enden in eine Illusion von Unendlichkeit. Die modrigen Gerüche von Gemüseläden, vermischt mit den beißenden Dämpfen der Altkleiderläden, wurden in den Pfad der Sonne gesogen, schwebten in der Luft und belästigten die Nasen der Herumhockenden. Der Eiswagen, in den Farben Italiens bemalt, bildete den kühlen Mittelpunkt für die müßige Jugend. Eine Frau bot Chrysanthemen von einem Handkarren an, der turmhoch mit diesen Blumen beladen war. Ihr Karren und ihre Schürze brachten einen Fleck aus lebendigem Gold in das ausgetrocknete Braun der Straße.

Plötzlich tauchten inmitten dieser summenden Stunde eine Figur und eine Stimme auf. Die Gestalt kam vom oberen Ende der Straße und schrie ein Wort; und die dumpfe Silbe dieses einen Wortes brach durch die Hitze und den Staub und traf die Ohren jener, die sich in Hörweite befanden, mit der Wucht von kaltem Eisen. Die Straße erwachte nicht allmählich zum Leben. Sie explodierte.

Diejenigen, die am nächsten waren, rappelten sich auf und schrien – sie fragten nicht; die Kraft dieses Wortes ist so gewaltig, daß es immer mit einem Schrei beantwortet wird – sie schrien: »Wo? Wo?«

»Da drin – da – dreihundertzweiundneunzig!« Und der Mann rannte weiter zur Tentenden Street, immer noch »Mord!« schreiend, und diejenigen, die das Wort gehört hatten, rannten hin zur Hausnummer 392.

Der Laden mit seinen miteinander wetteifernden Gerüchen von Schinken, Käse, Wachs, Gewürzen, Keksen, Brot und eingelegten Gurken stand leer. Die atemlos Herbeigeeilten schauten hinten nach. Die kleine Tür führte vom Laden ins Hinterzimmer. Die obere Hälfte der Tür bestand aus Glas, und diese Hälfte wurde von einem schmutzigen Spitzenvorhang verdeckt. Dessen Zweck lag darin, die Leute im Hinterzimmer, wo sie sich zwischen den Stoßzeiten im Geschäft erholten, von den Augen der Kunden abzuschirmen, wobei die im Hinterzimmer wegen der besseren Lichtverhältnisse im Laden alle Neuankömmlinge sehen konnten. Aber da der Vorhang nur im Arbeitsalltag dienen mußte – das private Wohnzimmer befand sich oben –, hatte man ihn über seine Zeit hinaus weiter verwendet, und häufiges Waschen hatte so viele Löcher darin hinterlassen, daß er seinen Zweck längst nicht mehr erfüllte. Die Leute im Geschäft konnten durch diese Löcher geradewegs und klar in das Hinterzimmer sehen; sie konnten den kleinen Schreibtisch mit den Büchern und Rechnungen erkennen, konnten sogar oft die Geldkassette sehen und das Klimpern beim Geldzählen hören. Versuche haben belegt, daß man von der Schwelle der Ladentür aus ohne Mühe sehen konnte, was im Hinterzimmer vor sich ging.

Die Anführer der Menge schauten sich hastig im Laden und hinter den beiden kleinen Verkaufstheken um, dann erblickten sie durch die Löcher zum ersten Mal, was zu sehen sie gekommen waren.

Die Sonne stand hinter dem Haus. Sie schien durch das Gartenfenster und warf einen verschwommenen Tunnel aus tanzendem Sonnenstaub auf den abgewetzten Teppich und die blutige Leiche von Horace Roake. Er lag neben seinem Schreibtisch. Sein Hinterkopf war sauber eingeschlagen. Neben der Tür zum Hausflur lag die Leiche von Mrs. Roake. Sie lag mit erhobenen Händen da, als ob sie beten wollte. Ihr Kopf war gewaltsam nach hinten geworfen worden, der Hals gebrochen. Der jüngere der beiden Jungen, die ihre letzten Ferientage zu Hause verbracht hatten, Bert, lag in einer Ecke beim Fenster, beinahe in sitzender Haltung. Sein Kopf hing schrecklich zur Seite herunter und wies eine blutunterlaufene Stelle unter dem linken Ohr auf. Die Anführer schauten und sahen sich um; dann sagte jemand: »Das Mädchen!« Sie zogen die Tür zum Hausflur und zur Küche auf. Im sonnendurchfluteten Hausflur lag die verrenkte Leiche von Olive Roake. Auch ihr Kopf war nach hinten verdreht worden. Ein Blick auf die dunklen Abschürfungen an ihrem Nacken verrieten ihnen, wie sie ihren Tod gefunden hatte. Drei Blicke zeugten von der schrecklichen Gruppe, die sich hier Eintritt verschafft hatte: einer, der mit dem Messer getötet hatte, einer mit dem Knüppel, einer mit bloßen Händen.

Einige Sekunden lang konnten die drinnen nicht sprechen; aber als die Menge von der Straße sich ins Geschäft schob und die im Laden ins Hinterzimmer gestoßen wurden, drehten sich die drinnen um und stießen sie zurück; und dann schrie einer von ihnen, der seine Stimme wiedergefunden hatte, nutzlos, wie immer in solchen schwarzen Augenblicken: »Warum? Warum das alles – diese netten Leute – nur für ein oder zwei Pfund? Das ist – das war doch nicht nötig!«

Der Mann hatte recht, um so mehr, als später festgestellt wurde, daß diese Sache nicht wegen zwei oder drei Pfund begangen worden war. Der Schreibtisch war verschlossen, die Geldkassette sowie die beiden Kassen im Laden waren unbeschädigt. Offensichtlich war das kein willkürlicher Raubmord. Die Szene hatte etwas so Groteskes an sich, etwas, das auf mehr als Mord hindeutete: auf einen teuflischen Hintergedanken.

Diese Menschen, die ihr würdeloses, aber anständiges Leben in dieser ruhmlosen Nebenstraße geführt hatten, wurden durch ihren Tod noch weiter erniedrigt. Der eingeschlagene Schädel von Mr. Roake, der verdrehte Rumpf von Mrs. Roake, die makabre Verstümmelung der anmutigen Symmetrie von Jugend und Unschuld bedeuteten mehr als nur den Tod. Sie waren nicht nur tot, sondern man hatte ihnen auch den einen Augenblick der Erhabenheit verwehrt, der uns allen gewährt wird, jenen Frieden, der auch dem Häßlichsten und Bösartigsten Würde verleiht. Der Tempel der Heiligen Geistes war niedergerissen und so verächtlich liegen gelassen worden wie eine tote Katze im Rinnstein.

So lagen sie da im schwebenden Sonnenschein jenes Nachmittages, und so stand die Menge und starrte auf sie hinab, bis die Polizei eintraf. Wer hatte das getan? Wie konnten sie das in einem offenen Laden tun? Wie waren sie davongekommen?

Dann rief jemand, der die Familie kannte: »Wo ist Artie?« Daraufhin gingen einige nach oben und einige in den kleinen Garten. Aber alles, was sie fanden, waren ein offenes Schlafzimmerfenster und Anzeichen von Flucht. Kein Lebenszeichen von Artie.

Zwischen drei und halb vier an jenem Tag, an dem ich mich so böse geschnitten hatte, stattete mir Trink einen seiner Überraschungsbesuche ab. Ich hatte mich an diese Besuche gewöhnt. Er kam dann meist herein, stöberte ein bißchen herum, blätterte in neuen Zeitschriften oder Büchern, die ich besaß, machte ein paar bedeutungslose Bemerkungen, brachte ganz allgemein die Atmosphäre durcheinander und verschwand dann wieder. Er schien unbeschwerter und besser gelaunt als üblich. Etwas von dieser morgendlichen Stimmung, die ich an ihm bemerkt hatte, schien ihm geblieben zu sein. Müde und blaß war er ganz sicher – das Ergebnis seiner Nachtwanderung, nahm ich an –, aber es umgab ihn eine Heiterkeit, die sowohl neu als auch angenehm war. Beinahe zum ersten Mal im Leben fühlte ich mich restlos wohl mit ihm; war mir nicht mehr dieses gewissen Etwas bewußt, dem ich nie einen Namen geben konnte. In jener Viertelstunde schien ich ihm näher zu stehen, ihn besser zu kennen als je zuvor. Um es in eine grobe Redewendung zu fassen, er schien mehr Mensch zu sein. Er blieb nur eine kleine Weile, zappelte nicht herum, sondern saß geruhsam auf dem Sofa, in diesem völligen Wohlbefinden, das man nach langer, körperlicher Anstrengung empfindet. Ich machte eine Bemerkung darüber. Ich erzählte ihm, daß ich ihn von meinem Fenster aus gesehen hatte, wie er federnden Schrittes über den Platz ging, und sagte ihm, daß der federnde Gang und seine augenblickliche Stimmung den Beweis dafür lieferten, daß er viel körperliches Training brauchte und daß er wahrscheinlich feststellen würde, wie schon George Borrow vor ihm, daß dies ein starkes Vorbeugungsmittel gegen Niedergeschlagenheit war – oder gegen Leberschäden, fügte ich hinzu. Er lächelte; verwarf die Diagnose für seine Sorgen und ging bald darauf, oder entschwand vielmehr, so daß ich mir, als ich meine Arbeit wieder aufnahm, kaum sicher war, ob er überhaupt bei mir gewesen war.

Eine Stunde später etwa spürte ich, daß ich beunruhigt war und daß der Unruheherd, als ich ihn lokalisierte – im Unterbewußtsein, noch immer bei der Arbeit –, auf der Straße zu suchen war; ein Geräusch, das zunächst unter dem Nachmittagslärm zu vernehmen war, dann zu dessen Oberfläche drang und schließlich auftauchte. Es war das Geschrei von Zeitungsjungen.

Da meine Wohnung drei Stockwerke hoch liegt (ohne Aufzug), ließ ich mir keine Zeitung bringen, sondern rief einen Freund beim Evening Mercury an und fragte, was denn das für eine dicke Geschichte wäre. Er erzählte mir die Geschichte, soweit er sie kannte.

Nach dem ersten Schock dachte ich zuerst daran, was das wohl für Trink bedeuten würde. So schrecklich das Schicksal dieser Familie war, mir hatten sie nicht viel bedeutet, und ich konnte für sie nur das distanzierte und flüchtige Bedauern empfinden, das wir bei jedem Unglück verspüren, von dem wir erfahren. Sie werden wohl bemerkt haben, daß aus einer Laune der Natur heraus niemand Mitleid mit dem Ermordeten hat. Unser ganzes Interesse – ja, und eine perverse, halb schuldbewußte Anteilnahme – gilt dem Mörder. Aber für Trink, ihren Freund, würde das ein Schlag sein, ein besonders schwerer

Schlag, da er mit solch gespenstischer Ironie auf seine glückliche, beschwingte Stimmung folgte. Es schien, als hätte er sich gerade von seiner üblichen Schwermut etwas erholt, nur um wieder brutal in eine noch tiefere zurückversetzt zu werden. Zuerst dachte ich daran, ihn zu besuchen, dann dachte ich – lieber nicht. Er würde keine Eindringlinge wünschen.

Inzwischen brachten die Zeitungen eilends Extrablätter heraus, und da mich die Nachricht von der Arbeit weggerissen hatte und ich nicht zu ihr zurückkehren konnte, ging ich hinaus, kaufte die drei Abendzeitungen und setzte mich in eine Teestube, um sie zu lesen.

Kein Zweifel, daß die Affäre, nach dem Pressewirbel und der Diskussion um die Ladenüberfälle, die Presse wachgerüttelt und die Bevölkerung alarmiert hatte. Ich beobachtete das in den Gesichtern der Menge auf dem Heimweg und hörte es aus den beiläufigen Bemerkungen heraus, die Fremde untereinander in der Teestube und in den Bussen austauschten. Den ganzen Abend und die ganze Nacht trommelte und flatterte das Wort Mord durch die Straßen und Gassen und Vorstadtstraßen, und überall, egal wo es vorbeikam, hinterließ es einen Flecken der Beunruhigung. So sehr die Londoner an Mord gewohnt waren, so lässig und teilweise schnippisch sie mit allen Störfällen zurechtkamen, die Einzelheiten dieses Falles rührte sie, denn es handelte sich offensichtlich nicht um einen normalen Mord, im Zorn oder aus Rache begangen, oder um die Beseitigung von Leuten aus Gewinnsucht. Wie konnten diese kleinen Leute jemandem etwas angetan haben? Wer sollte sie aus dem Weg räumen wollen? Falls das das Werk der ›Boys‹ war, konnte demnächst jedermann dran sein. Falls es nicht das Werk der ›Boys‹ war, dann, so schrieb die Presse, konnte es sich nur um herumstreunende Geisteskranke von der Stärke und Wildheit eines Gorillas handeln. Und wenn die frei herumliefen, war niemand mehr sicher. Privathäuser und die Menschen auf der Straße wären völlig der Gnade solch furchtloser und wütender Kreaturen ausgesetzt. Inzwischen liefen sie frei herum; vielleicht zogen sie gerade jetzt umher und überlegten, wann sie wieder zuschlagen sollten; vielleicht saßen sie ja neben einem im Bus oder im Zug oder suchten sich unser Haus oder Geschäft für ihren nächsten Besuch aus. Sie rannten frei herum, und unterdessen verbreitete sich ihr schrecklicher Ruf schneller, als das je ein Künstler oder Prophet von seinem Ruf hoffen durfte. Scharenweise rannten Mütter aus der Gegend der Great Talleyrand Street, die von den Nachrichten und von den Vermutungen der Presse gehört hatten, es könne sich um herumziehende Wahnsinnige handeln, zu den Schulen ihres Stadtviertels, um ihre Kinder abzuholen. Sie waren sich immer der Gefahren bewußt, die um die Eingänge zu Kinderspielplätzen lauerten; heute wurde ihnen eine greifbarere und zerstörendere Gefahr zu Bewußtsein gebracht.

Das Geschrei der Zeitungsjungen hallte durch all die tausend kleinen Straßen der nahen und fernen Vororte, und ihr kräftiger Akzent kratzte an den Nerven glücklicher Haushalte. Menschen, die spät noch in ihren Gärten saßen, abgeschirmt von der Außenwelt, vernahmen im Zwielicht ein plötzliches Zittern des Vorhangs, als der vorbeiziehende Chor die Sommernacht mit Rufen aufstörte: »Schrecklicher Mord in Bloomsbury – Mord an Londoner Familie – Mord!« Es platzte in die Schlafzimmer von wachen Kindern, in die Arbeitszimmer der Gelehrten, in die Krankenzimmer, landete auf stillen Eßtischen, und wo auch immer das Geheul niederging, hinterließ es eine Wunde. Nachdem die Presse diese Wunde geschlagen hatte, bohrte sie weiter darin mit den detailliertesten Horrorberichten herum und gipfelte mit dem beunruhigenden Ratschlag an die Haushaltsvorstände, sich zu vergewissern, daß in dieser Nacht ihre Türen und Fenster fest geschlossen waren. Es war die Sensationsgeschichte des Tages, und jede Zeitung brachte eine Schilderung von Nachbarn und jenen, die zur Zeit, als das Verbrechen entdeckt wurde, in der Nähe des Geschäftes waren. Am Abend laß sich die Geschichte so:

Artie Roake war schnell gefunden und befragt worden. Freimütig erklärte er seine Abwesenheit mit der bedauerlichen Tatsache, daß er von zu Hause weggerannt war. Er konnte zwar ein paar Angaben machen, aber keine, die in irgendeiner Weise bei der Suche nach den Mördern helfen konnte.

Da dies sein letzter Ferientag war, hatte er, wie er sagte, sich einen faulen Tag gemacht. Nach dem Mittagessen war er nach oben gegangen, um sich hinzulegen. Seinen Bruder hatte er im Garten gelassen. Sein Vater und seine Schwester waren im Hinterzimmer des Ladens und seine Mutter im Laden selbst. Von zwei bis fünf Uhr gab es nicht viel zu tun. Die meiste Kundschaft kam vor zwölf oder zwischen fünf Uhr und Ladenschluß; am Nachmittag kamen nur vereinzelt Kunden. Er erinnerte sich, auf dem Bett gelegen zu haben, Jacke und Weste abgelegt, und dann erinnerte er sich an nichts mehr, bis er plötzlich aufwachte und feststellte, so berichtete er, daß er schweißgebadet war. Sein Kopf und seine Hände waren völlig naß. Er sprang vom Bett auf, stand einige Augenblicke unentschlossen da und dachte, es würde ihm schlecht werden. Und schlecht hätte ihm sehr wohl werden können angesichts der üblen Macht, die zu der Zeit die Luft jenes kleinen Hauses heimsuchte. Aus dem Sonnenlicht heraus war etwas aus den vergessenen Winkeln der Hölle auf das Haus zugekrochen, um seine Zimmer mit Gift zu überfallen und es mit dem schwarzen Blitz plötzlichen Todes in Brand zu stecken. In dem Augenblick, in dem er aufwachte, mußte dieses schleichende Übel bereits im Haus gewesen sein, und in seiner Gegenwart konnte auch das dickhäutigste und hölzernste Wesen nicht schlafen, denn ein uralter Instinkt, den wir von unseren Vorfahren, die im Wald lebten, geerbt haben, warnt uns vor solchen Erscheinungen. Wir können das Übel in unserer Nachbarschaft durch alle Kanäle der Wahrnehmung spüren, können es sogar mit der Haut sehen. Die starke Ausdünstung dieses Wesens mußte auf die Haut und die Sinne des Knaben eingewirkt haben, wie die Stärke eines verborgenen Reptils sich den Nerven der Vögel mitteilt, und er war aufgewacht, weil eine fremde und bedrohliche Gegenwart ihn geweckt hatte. Das muß es gewesen sein, und nicht ein Schmerzensschrei oder ein Schlag, der ihn geweckt hatte, weil er sagte, daß er in den wenigen Sekunden, in denen er halbwach und schwitzend dastand, die Stimme seiner Mutter im Gespräch gehört hatte. Erst einige Sekunden danach gefror ihm der Schweiß auf der Stirn, als er den Klang der Stimme seines Vaters vernahm, der drei langgezogene Silben von sich gab: »Oh – mein – Gott!«, und dann ein Geräusch, wie es der Kohlenhändler macht, wenn er einen leeren Sack auf den Gehsteig fallen läßt. Dann hörte er, beinahe gleichzeitig mit dem sackartigen Geräusch, einen dünnen Piepser, der mit einem Gurgeln endete, überlagert von einem überraschten »Oh« seines Bruders, danach eine leise, erstickte Stimme des Schreckens, die immer wieder »Nein – nein – nein« sagte. Und dann Stille. Und dann hörte er zwei scharfe, klickende Geräusche, wie beim Öffnen und Schließen einer Tür; danach entstand eine kurze Pause: dann schnelle Schritte im Treppenhaus. Hätte er den Mut gehabt, beim ersten Aufschrei seines Vaters nach unten zu laufen, wäre dieser Mut, so ist zu vermuten, umsonst gewesen. Hände hätten auf ihn gewartet, und auch er wäre mit einem Gurgeln verendet. Aber wenn er den Mut gehabt hätte, mit seiner Flucht zu warten, bis die Gestalt oder die Gestalten die Treppe weit genug hochgestiegen waren, daß er einen Blick auf sie hätte werfen können, hätte er womöglich einen Hinweis auf einen der Männer bekommen, der die Polizei auf die Spur der anderen gebracht hätte. Aber er wartete nicht ab. Er nahm Reißaus. Er bot den Reportern nicht die dünne Ausrede an, daß er Alarm schlagen oder Hilfe holen wollte. Er sagte, daß diese Geräusche und das Gefühl, die sich im Haus verbreiteten, ihm mit ihrer Andeutung eines unsichtbaren Schreckens so zugesetzt hätten, daß er an nichts und niemanden dachte; nur daran, da herauszukommen. Als er durch seine Tür spähte, konnte er, wie er sagte, gerade als die Schritte auf der Treppe näherkamen, einen Teil des Treppenhauses einsehen, und das Sonnenlicht warf einen Schatten, möglicherweise zwei Schatten, durch die Glastür vom Flur zum Garten, auf halber Höhe der Treppe. Er konnte das heftige Keuchen hören. Genau in dem Augenblick, in dem er schaute, begann der Schatten größer zu werden und sich zu bewegen. Mehr hatte er nicht gesehen. Mit ungeschickten Worten, so behauptete einer der Reporter, versuchte er darzustellen, daß er in diesem Schatten Schlimmeres spürte als einen tätlichen Angriff mit Todesfolge; er spürte etwas Entsetzliches. Es war entsetzlich, so entsetzlich, daß sogar seine kümmerliche Seele darauf angesprochen hatte. Also wandte er sich, angetrieben von etwas, das er nicht kannte, und zum ersten Mal in seinem Leben zur Eile gezwungen, vom Haus des staubigen Sonnenscheins und des Todes ab und der offenen Welt des Himmels und der Geschäfte und der Menschen zu. Er stürzte aus dem oberen Fenster und quer durch den Hinterhof und hielt erst inne, um nach Hilfe zu rufen, als er vier Straßen weiter war. Zu diesem Zeitpunkt führte der Ruf »Mord« zu seiner Verfolgung und Ergreifung.

Er legte sein Geständnis traurig, aber ohne Schamgefühl ab. Er wußte, meinte er, daß alles vorüber war; daß er nichts ausrichten konnte; daß sie alle tot waren. Aber wenn sie ihn drängten, woher er das wußte, erlitt er einen Rückschlag aus diesem Augenblick des Selbstbewußtseins in seine übliche, ochsenhafte Dummheit, und sie bekamen nicht mehr aus ihm heraus als ein mechanisches: »Weiß nich. Ich wußte es eben.«

Er wurde von der Polizei für weitere Verhöre in Gewahrsam genommen, und später stellte sich heraus, daß die Vernehmung sehr streng gewesen war. Aber obwohl zu Beginn ein Hauch von amtlichem und öffentlichem Verdacht auf ihm lag, konnte er die Polizei überzeugen, daß er wirklich nichts wußte, und man entließ ihn zu einem Onkel nach Hause.

Es wurden keine Waffen gefunden, keine Fingerabdrücke, keine brauchbaren Fußabdrücke. Es wurden auch keine verdächtigen Gestalten gesichtet, die sich dort aufhielten; jedenfalls niemand, der in diesem Stadtbezirk besonders aufgefallen wäre, denn in jenen nebligen Seitenstraßen gehörten merkwürdige Gestalten zum Gesamtbild, und die Häuser dort waren daran gewohnt, zu jeder Tages- und Nachtzeit verstohlene Fremde aufzunehmen. Da sie das Verbrechen zu Anfang als das Werk einer Bande ansah, wie gesagt wurde, verfolgte die Polizei ihre Ermittlungen in dieser Richtung, was bedeutete, daß in den nächsten paar Tagen alle bekannten Mitglieder von Banden aus North London und dem West End aufgegriffen und beinahe um den Verstand gebracht wurden durch Verhaftungen, Vernehmungen und Beschattungen. Schon zu dieser frühen Stunde wurde von der Verhaftung unerfreulicher Gestalten entlang der Ausfallstraßen von London nach Highgate, Ealing und Tooting berichtet. Mit allen Irrenanstalten in und um London herum wurde Verbindung aufgenommen, aber keine berichtete von irgendwelchen Abgängen. All jene auf der Liste der Polizei, die mit dem Drama zu tun gehabt haben könnten – Ladendiebe und Kassenspezialisten – wurden aufgesucht und befragt, und viele von ihnen kamen, da sie wußten, daß man sie ohnehin suchen würde, freiwillig zur Polizei und gaben zufriedenstellende Auskünfte über sich selbst.

Ein besonders heller ›Spezialist‹ hatte sich den Fall durch den Kopf gehen lassen und brachte Licht in das Dunkel der Polizei, indem er auf einen möglichen Schuldigen hinwies. Er hatte erfahren, daß Horace Roake 55 war, und von irgendwelcher Lektüre her wußte er, daß das männliche Klimakterium mit 55 eintrat, ein Alter, in dem bis dahin solide lebende Männer, besonders die von der ruhigen Sorte wie Roake, die sicheren Geleise verlassen und sich in unaussprechliche Abenteuer stürzen. War es nicht wert nachzufragen, ob es Mr. Roake geschäftlich schlecht ging, und da er dieses Alter hatte ...? Aber ein Konkurrenzblatt nahm in seiner Abendausgabe diese Fackel auf und löschte sie mit Beweismitteln der Bank, nach denen Roakes Geschäfte durchaus nicht schlecht gingen, und durch die privat erteilte Information des Polizeiarztes, daß weder Roake noch eines der anderen Opfer Selbstmord begangen haben könnte.

Dabei blieb es an diesem Abend. Am anderen Morgen gab es neue Einzelheiten, aber nichts, was auf eine Verhaftung hindeutete. Aus einigen dieser Details konnte man herauslesen, daß die Tat, falls sie überhaupt geplant war, sehr schlau geplant, die Zeit genau gewählt und alles sehr schnell ausgeführt worden war, denn die Opfer waren noch eineinhalb Minuten vor dem Zeitpunkt lebend gesehen worden, zu dem das Mordgeschrei anhob. Die wahrscheinlichste Vermutung war wohl die, daß es sich um die impulsive Tat einer herumziehenden Bande handelte.

Eine Frau gab freiwillig zu Protokoll, daß sie das Geschäft kurz nach drei – etwa zehn nach drei – besucht hatte und von Mrs. Roake bedient worden war. Niemand sonst war im Geschäft. Sie verließ den Laden und ging ein kleines Stück die Straße hinunter, um einer Freundin eine Nachricht zu hinterlassen, und nachdem sie die Nachricht hinterlegt hatte, kam sie wieder an dem Laden der Roakes vorbei und sah einen Mann, den sie nicht näher beachtete, an der Theke stehen, mit Kleingeld klimpern und ›Kundschaft‹ rufen. Sie selbst wohnte nur zwölf Häuser weiter. Sie hatte kaum ihre Tür hinter sich zugemacht, stand in der Tat noch auf der Türmatte und stellte gerade ihren Einkaufskorb ab, als sie den Schrei ›Mord‹ hörte. In dem unmittelbar folgenden Augenblick der Stille hörte sie eine Kirchenglocke Viertel nach drei schlagen, und das bedeutete, daß erst drei Minuten verstrichen waren, seit sie von Mrs. Roake bedient worden war, und nur eine, seit sie den Mann gesehen hatte.

Eine weitere Stellungnahme stammte von einem Mann, dessen Haus mit der Rückseite zu dem der Roakes stand. Er hatte Nachtschicht im Hafen und fing um vier Uhr an. Weil er das jeden Tag machte, wußte er genau, wann er von zu Hause in der Frostick Street losgehen mußte, um dort pünktlich anzukommen; er brauchte fünfzig Minuten, und er ging regelmäßig um zehn nach drei von zu Hause weg. Er zog sich gerade die Arbeitsstiefel an, sagte er, als er zufällig durch das Fenster schaute und sah, wie Mr. und Mrs. Roake im Hinterzimmer des Ladens, nun ja, wie er es nannte, sicherlich ohne die Absicht, abfällig zu klingen, herummachten und schmusten. Sie mußten sich daran erinnert haben, daß neugierige Augen sie beobachten konnten, denn sie zogen sich sofort vom Fenster in den dunkleren Teil des Raumes zurück. Um halb fünf kamen die Abendzeitungen im Hafen an, und er las, daß die Familie tot entdeckt worden war, ganze fünf Minuten, nachdem er Zeuge dieses kurzen, intimen Augenblicks zwischen Ehemann und Ehefrau gewesen war.

Eine der Morgenzeitungen irritierte mich besonders. Da war dieser ernsthafte junge Mann namens Osbert Freyne (gerade aus Cambridge gekommen), der mich gelegentlich besuchen kam, obwohl ich ihn nie willkommen hieß. Er saß dann da und schwätzte – reden konnte man das nicht nennen. Ich weiß nicht, warum er immer wieder kam, weil ich ihn immer so unhöflich behandelte, wie ich konnte, aber er kam dennoch und traf Trink, und er wußte von Trinks Bekanntschaft mit den Roakes.

Nun, eine Zeitung hatte einen Nachtrag zu der Talleyrand-Geschichte – einen Nachtrag von diesem ernsthaften jungen Mann. Wie die meisten unausgeglichenen Menschen seiner Art gab er zwar vor, den modernen Schreibstil zu verabscheuen, war sich aber andererseits nicht zu schade, damit Geld zu machen, wenn sich die Gelegenheit bot. Der Bursche hatte eine Unterhaltung (oder einen Schwatz) mit Trink gehabt und an die Zeitung als Interview mit ›einem intimen Freund der unglücklichen Familie‹ verkauft. Das Ergebnis bestand darin, daß Trink von der Polizei besucht und nach der Geschichte, den Gewohnheiten und den Freunden der Familie gefragt wurde; andere Journalisten folgten dem Beispiel der Polizei und machten den ohnehin schon miserablen Tag des armen Kerls noch miserabler.

Ich wußte, wie er sich fühlen mußte, denn ich selbst wurde von der Geschichte gerührt, obgleich völlig grundlos. Ich hatte kaum irgendein Interesse an diesen Leuten, aber jedesmal, wenn ich an diese Affäre dachte, durchlief mich ein eiskaltes Schaudern, als ob ich persönlich in irgendeiner Weise davon betroffen gewesen wäre; ein ganz und gar unvernünftiges Schaudern, das ich nicht abschütteln konnte, weil es mit dem gesunden Menschenverstand nicht zu erfassen war.

Unter den ersten, die überprüft wurden, waren die Zeugen, die sich zur Zeit des Alarms auf der Straße befanden. Auch das brachte nichts ein; tatsächlich trug es nur zur weiteren Verwirrung bei. Siebzehn Leute, die sich in der Nähe des Ladens aufgehalten hatten, wurden gefragt – Wer war der Mann, der aus dem Laden gerannt kam und Mord schrie? Keiner von ihnen kannte ihn. Dann wurden sie gefragt – Was für ein Mann war das? Nicht einer konnte eine klare Antwort geben. Elf waren so überrascht gewesen, daß sie gar nicht hingesehen hatten. Die anderen sechs – falls sie ihn angeschaut hatten, hatten sie ihn nicht richtig angesehen, gaben das aber nicht zu – gaben sechs verschiedene Beschreibungen ab. Einer hatte einen großen, untersetzten Mann mit rotem Gesicht gesehen. Einer einen kleinen Mann im Regenmantel. Einer hatte einen Mann gesehen, der nur mit Hose und Hemd bekleidet war – offensichtlich eine Verwechslung mit dem flüchtenden Jungen, Artie. Einer hatte einen dicken Mann im grauen Anzug und mit einer Melone gesehen. Einer hatte einen mittelgroßen Mann mit einer Stoffmütze und Cordhosen gesehen, wie man sie bei der Marine trug. Einer hatte einen Schwarzen gesehen.

Es schien jedoch ziemlich sicher zu sein, daß der Mann, der Mord rief, nicht der Mörder gewesen sein konnte, denn zwei Zeugen hatten Familienmitglieder weniger als zwei Minuten vor den Morden noch lebend gesehen, und ein Mann allein konnte für diese Massenabschlachtung in einer so kurzen Zeitspanne nicht verantwortlich sein. Der Mann, der herausgerannt kam, mußte der Mann gewesen sein, der von der Zeugin gesehen wurde, wie er dastand und ›Kundschaft‹ rief, und da dies nur eine Minute vor dem Alarm gewesen war, konnte er keinesfalls der Mörder sein. Er hatte sich nicht gemeldet, aber dafür konnte es eine Menge unschuldiger Erklärungen geben. Er konnte ein nervöser Mann gewesen sein, der von dem, was er gesehen hatte, so einen Schock erlitten hatte, daß er jegliche Verbindung mit der Geschichte vermeiden wollte. Oder er konnte ein ruhiger, scheuer Zeitgenosse gewesen sein, der nicht gerne in eine sensationelle Affäre verwickelt werden wollte. Nachdem er Alarm geschlagen hatte und befand, daß er keine nützliche Auskünfte über das hinaus anzubieten hatte, wovon sich die Menge ohnehin selbst überzeugen konnte, hatte er wahrscheinlich gedacht, seine Pflicht getan zu haben.

Allgemein wurde angenommen, daß es sich um das Werk einer Bande handelte – entweder einer Diebesbande, die vom Alarm gestört wurde, bevor sie an das Bargeld herangekommen war, oder aber, wie vorgeschlagen wurde, eine Bande von betrunkenen oder rauschgiftsüchtigen Schwarzen – und daß die Bande das Haus von hinten betreten haben mußte, andernfalls hätte jemand auf der Straße sie bemerkt. Die Öffentlichkeit klammerte sich an die Unterstellung, es handele sich um Schwarze, hauptsächlich, weil es naheliegend war und weil es eine willkommene Gelegenheit bot, etwas, was sie als ein unenglisches Verbrechen betrachtete, von sich abzuschütteln und denen anzulasten, die für sie unenglisch waren. In Gesprächen auf der Straße wurde die Polizei dafür kritisiert, daß sie sich nicht auf das Schwarzenviertel konzentrierte. Es nützte nicht viel zu erklären, daß alle befragten Schwarzen über ihren Verbleib Rechenschaft ablegen konnten. Wenn die Öffentlichkeit anstelle der Polizei wäre, wüßte sie schon, was zu tun sei, und so weiter.

Die Abendzeitungen jenes Tages brachten weitere Neuigkeiten, von denen keine weiterführte. Noch mehr verdächtige Gestalten in der Umgebung von London wurden festgenommen, und zwei Männer – einer, ein Soldat, in Sheerness, der andere, ein Landstreicher, in Gerard's Cross – hatten sich selbst der Polizei gestellt, wurden aber nur eine Stunde später wieder hinausgeworfen. Die Leute in der Nachbarschaft fingen nun an, sich an fremdartige und bedeutsame Begebenheiten rund um die Roakes zu erinnern, an die sie sich tags zuvor noch nicht erinnert hatten. Merkwürdige Besucher, Briefe mit jeder Post, plötzliches Ausgehen, spätes Heimkommen – all die zahllosen, alltäglichen Familiengeschehnisse, die, wenn sie einzeln betrachtet und von der Tragödie ins Rampenlicht gerückt werden, finster und schwergewichtig erscheinen. Wenn Mrs. Roake am Tag zuvor mit einem neuen Hut ausgegangen wäre, hätten sie auch das als möglichen Hinweis gewertet.

Von Tag zu Tag wurde die Geschichte umfangreicher, und all die dünnen Tatsachen wurden ausgeweitet, ob durch unzulässige Vermutungen oder ergänzende Berichte und Vergleiche mit ähnlichen Verbrechen.

Die Polizei ging einem Hinweis in Bristol nach. Eine kaputte und befleckte Fahrradpumpe war hinter der Mangel in der Waschküche gefunden worden und wurde von Fachleuten des Innenministeriums untersucht. Drei leitende Männer von Scotland Yard hatten London mit unbekanntem Ziel verlassen. Der Schreiber eines anonymen Briefes, der am Tag nach den Morden im Polizeirevier Bow Street eingegangen war, wurde gebeten, sich mit jedem beliebigen Polizeirevier in Verbindung zu setzen, wobei man ihm vollständigen Schutz vor allen Konsequenzen versprach. Eine Sondereinheit hatte einen ganzen Tag damit zugebracht, die Straße von Stoke Newington nach Waltham Cross zum durchkämmen. Nach zwei Männern, Norweger, wie man glaubte, wurde in Gravesend, Queenborough, Harwich, Grimsby, Hull und Newcastle Ausschau gehalten. Die Polizei wollte dringend mit diesen beiden Männern Verbindung aufnehmen. Höflich und hoffnungsvoll luden sie die beiden Männer ein, Scotland Yard einen Besuch abzustatten. Aber trotz dieser Einladungen, trotz amtlich ausgesetzter Belohnungen und solcher von Zeitungen, die sich auf viele hundert Pfund beliefen, konnte keine Hilfe von außen verpflichtet werden, keine ›Spitzel‹ – jene allgegenwärtigen Helfer im Kampf gegen das Verbrechen – meldeten sich, um ihre Kumpel zu verraten.

Schließlich, gegen Ende der Woche, warteten die Sonntagszeitungen mit einem Knüller auf. Alle diese kleinen Ablenkungsmanöver wurden abgesetzt und die Leute davon abgezogen. Die neue Geschichte lautete dahingehend, daß sich der Bezirksinspektor zusammen mit einer Sondereinheit auf den Weg nach Nottingham begeben hatte – in einem gepanzerten Polizeifahrzeug; außerdem wurde die Geschichte mit solch einem Unterton der Gewißheit verbreitet, daß die Sache besiegelt schien. Und das war sie auch. Die Presse und die Öffentlichkeit warteten begierig auf die Ergebnisse dieser Expedition. Und sie warteten. Nach zwei Tagen überging die Presse Nottingham, ein Ergebnis der Warterei, mit stolzem Stillschweigen. Es gab keine Berichte mehr über die Expedition nach Nottingham, sondern an deren Stelle ein ruhiges Nichtbeachten, als hätte es sie nie gegeben. Nottingham war noch immer auf der Landkarte von England, aber nicht mehr in den Nachrichten. Die Öffentlichkeit hörte nichts. Nicht ein Wort. Irgendwo zwischen London und Nottingham verschwand das Rätsel des Great-Talleyrand-Massakers, verkroch sich in das Tal der ungelösten Verbrechen und starb ebenso geheimnisvoll wie die Familie Roake.

Danach schwand das Interesse bei der Öffentlichkeit und bei der Presse. Aus der Aufmachergeschichte wurde eine einfache Spalte; dann wanderte diese Spalte von der Titelseite auf die nachgeordnete Nachrichtenseite; dann schrumpfte sie auf eine halbe Spalte zusammen und war nach drei Wochen völlig verschwunden. Das Rätsel, das Gesprächsgegenstand im Büro, im Geschäft, im Zug, im Restaurant und zu Hause gewesen war, war vergessen. Die besten Köpfe hatten daran gearbeitet und waren gescheitert, und obwohl ich, wie andere Amateure auch, eine eigene Theorie hatte, hielt keine von ihnen einer genauen Überprüfung stand.

Heute kenne ich das Rätsels Lösung, aber ich fand sie nicht durch eigene Gedankenanstrengung oder durch Gedanken, die sich auf die Arbeit von Fachleuten stützten. Wir suchten alle nach Geisteskranken oder, falls wir die verwarfen, nach einem denkbaren Motiv; und auf der Suche nach Motiven suchten wir natürlich nach herkömmlichen, menschlichen Beweggründen, die wir nachempfinden konnten und die man immer wieder bei Mordfällen antrifft. Keiner von uns dachte daran, ein neues Motiv zu erfinden; und genau darin lag des Rätsels Lösung. Keiner der Fachleute, sondern Stephen Trink, der Dilettant, war es, der mir zeigte, wo ich suchen mußte, der meine Suche von einer Bande wegführte und mir darlegte, wie diese Tode und das Desaster und die vergeblichen Bemühungen der Polizei das Werk von zwei Händen gewesen sein könnten, die ein und demselben Mann gehörten. Er gab mir sogar einen Hinweis auf den Mann.

Ungefähr einen Monat, nachdem es um die Affäre still geworden war, fand ich in meiner Morgenpost auf dem Teetablett einen Brief von Trink. Er war in einem Hotel im New Forest aufgegeben worden und ungewöhnlich lang für jemanden, der sonst höchstens Postkarten schrieb. Ein merkwürdiger Brief. Ich las ihn im Bett, und lange Zeit – eine Stunde lang, glaube ich – konnte ich mich nicht dazu bringen, aufzustehen und dem Tag zu begegnen. Als ich es schließlich doch tat, war es mir unmöglich zu arbeiten. Den ganzen Tag und die ganze Nacht wurde ich von einem Schreckensbild des verbotenen Wissens verfolgt und erledigte meine Alltagsbesorgungen mit einer Gänsehaut, wie man sie bekommt, wenn man ein Baby entdeckt, das mit dem kochenden Teekessel spielt, oder wenn man etwas Behaartes im Dunkeln berührt. Da wußte ich, was der Junge, was Artie hatte sagen wollen.

Da der Brief aber keine Bearbeitung oder Verdeutlichung benötigt, gebe ich ihn verbatim wieder.

Lieber T. B.,
da wir uns seit geraumer Zeit nicht getroffen haben, dachte ich, Sie würden sich über ein paar Worte von Stephen Trink freuen. Ich bin seit etwa einer Woche hier unter den Kiefern, auf der Suche nach ein bißchen Freiluftmassage für die angekratzten Nerven. Sie verstehen. Es war eine schreckliche Sache, und ich wollte niemanden sehen, besonders Freunde nicht. Ich bin hier und tue nichts und sehe nichts – ich atme nur und bin faul.

Ich nehme an, sie sind damit noch nicht weiter gekommen. Merkwürdig, daß die Polizei, so erstaunlich geschickt sie sich beim Rekonstruieren von wirklich verblüffenden und komplizierten Fällen anstellt, bei einem einfachen Fall oft überfordert ist. Aber Sie als Künstler wissen, wie oft ein subtiles Kunstwerk, von dem die Öffentlichkeit annimmt, es sei durch einen mühevollen und komplizierten Prozeß zustande gekommen, in Wirklichkeit mit leichter Hand gemacht worden ist; und wie dem einfachen Kunstwerk oft Monate der Planung und Verbesserung zugrunde liegen. Ich weiß nicht, ob Sie überhaupt daran gedacht haben, aber mir scheint, man hat sich die ganze Zeit durch das Zeitelement in die Irre leiten lassen. Man hat angenommen, daß bei dieser kurzen Zeit für so eine Sache eine Bande im Spiel gewesen sein muß. Dafür gibt es jedoch keinen zwingenden Grund. So wie Samuel Nicks ein Alibi erbracht hat, indem er etwas geschafft hat, was man für unmöglich gehalten hat – am frühen Morgen in Gad's Hill, Kent, ein Verbrechen zu begehen und abends um sieben desselben Tages in York gesehen zu werden – so hat auch dieser Mann die öffentliche Meinung getäuscht. Die Öffentlichkeit des siebzehnten Jahrhunderts glaubte, daß es einem Menschen unmöglich sei, am Morgen in Kent und am Abend in York zu sein; alle Pferde des Königreiches könnten ihn in dieser Zeit nicht so weit tragen. Also konnte es nicht geschehen sein, und Sam Nicks war nicht in Kent an jenem Tag. Aber es war geschehen. Genauso hier. Vier Morde mit unterschiedlichen Mitteln sind innerhalb von einer Minute und wenigen Sekunden begangen worden. Also sagen die Leute (und auch die Fachleute), indem sie sich auf allgemein Gültiges berufen, daß es das Werk einer Bande gewesen sein muß. Sie waren davon überzeugt, daß kein einzelner Mann das tun konnte, und folglich hatte es auch kein einzelner getan. Aber die öffentliche Meinung sagt ständig ›Das kann nicht sein‹ und muß dann ihre eigenen Worte schlucken. Sie und ich wissen, daß das, was sich ein Mann vorstellen kann, ein anderer vollbringen kann. Ich kann mir vorstellen, daß dies das Werk eines einzelnen gewesen ist, und ich bin auch überzeugt davon, daß es die Tat eines einzelnen Mannes gewesen ist. Das ist die Ausnahme zur Regel gewesen, und ich werde Ihnen darlegen, wie er es getan haben könnte und wie er davongekommen ist. Was das Davonkommen anbelangt, natürlich ist er davongekommen, indem er weggerannt ist. Falls Sie einwenden, daß ein rennender Mann zu einem solchen Zeitpunkt Aufsehen erregt haben muß, nun, wir wissen ja, daß er Aufsehen erregt hat. Er war schlau genug zu wissen, daß es darauf ankommt, wie er wegrennt, wenn man damit Erfolg haben will. Er tarnte seine Erscheinung und sein Weglaufen dadurch, daß er die Aufmerksamkeit der ganzen Straße auf sich zog. Er wußte genug, um zu wissen, daß sein Geschrei jedermann blenden würde. Sie mochten zwar sehen, aber sie würden nichts erkennen – was sie ja auch nicht taten, wie wir wissen. Alle ihre Sinne würden sich darauf konzentrieren, das Gehör zu verstärken. Sobald er um eine Ecke gebogen war, konnte er seinen Hut in die Tasche stecken und eine Mütze aufsetzen. Nichts hinterläßt einen schärferen Eindruck im Gedächtnis, und nichts verändert das Erscheinungsbild eines Mannes mehr als ein Hut. Dann konnte er seinen Mantel über den Arm hängen, zurückkehren und sich unter die Leute mischen.

Die Affäre machte, wie wir wissen, auf die Öffentlichkeit den Eindruck, als handelte es sich um das Werk einer brillanten und unbesiegbaren Bande von Planern, die auf keinen Fall zum ersten Mal zuschlugen; andernfalls konnte es nur das Werk einer Bande von gerissenen Geisteskranken gewesen sein. Das vermehrte noch die Schrecklichkeit dieser Affäre. Aber es war weder eine geplante Tat noch das Werk einer Bande. Es war das Werk eines Mannes, dem es in diesem Moment nicht auf das Ergebnis ankam. Und weil er unvorsichtig war, machte er keine Fehler. Wie so oft im Leben, erreichte er, der Nichtfachmann, im Handumdrehen das, was ausgebildete Köpfe sich Schritt für Schritt erarbeiten.

Nun zum wie. Wirklich ganz einfach. Der Kern des Rätsels ist der: Er war ein Mann von unglaublicher Schnelligkeit des Handelns und der Bewegung. Das ist alles.

Die Leute machen sich einfach nicht klar, daß es eine ganz einfache Sache ist, jemandem das Leben zu nehmen. Sie scheinen zu glauben, daß Gedanken, Planung, Kampf und Unordnung damit verbunden sind. Nichts dergleichen. Es ist genauso leicht wie das Schlachten eines Kaninchens – leichter als das Schlachten einer Henne. Ein Druck mit zwei Fingern auf einen bestimmten Fleck, oder ein scharfer Schlag auf einen Punkt hinten am Hals, und die Sache ist erledigt. Es macht einen Teil der Ironie aus, die das Leben der Kreatur Mensch zuteil werden läßt, daß der Hals, der seinen edelsten Körperteil unterstützt, sein schwächster ist. Sie könnten das ohne viel Federlesens im

Club tun, auf dem Oberdeck des Busses oder im Theater, oder in Ihrem oder im Hause Ihres Opfers. Erinnern Sie sich an den Morgen, an dem Sie mir Ihre Sammlung asiatischer Waffen gezeigt haben? Unter anderem hatten Sie eine Schachtel mit burmesischen Giftpfeilen. Sie haben sie aus ihrer Hülle genommen und mir gezeigt. Ich beugte mich nach vorne, meine Hände auf Ihren Schreibtisch gestützt, während Sie sie zwischen Daumen und Zeigefinger hin- und herdrehten. Eine winzige Bewegung eines winzigen Muskels an Ihrem Zeigefinger, und die Spitze hätte meine Hand berührt, und es hätte keinen Stephen Trink mehr gegeben. Nehmen wir an, es wäre Ihnen nicht gut gegangen, Sie hätten Magenkrämpfe gehabt, und mein Gesicht oder meine Stimme hätten Sie bis zur Weißglut geärgert. Eine wundervolle Gelegenheit. Unfälle passieren oft, wenn solche Dinge herumgezeigt werden. Sie könnten die Gelegenheit erkannt haben. Falls Sie das hätten, dann hätten Sie nur noch Ihre allgemeine Gutmütigkeit zurückhalten können – falls Sie von mir irritiert gewesen wären, so wie mich nur meine Gutmütigkeit davon abhält, einem glatzköpfigen Vordermann im Theater auf den Kopf zu hauen. In einer Sekunde wäre es geschehen gewesen, wohingegen es nicht nur Zeit kostet, jemanden zu erschießen oder ihm die Kehle durchzuschneiden, sondern oft auch noch Unordnung und Aufwand mit sich bringt, abgesehen davon, daß man extravagante Mittel einsetzt. Ein Schlag, ausgeführt mit festem Handgelenk, erfüllt den Zweck ohne jegliche Anstrengung und ohne großen Aufwand. Viele Menschen werden mit vier oder fünf Messerstichen umgebracht, oder mit einem Stück Blei, das aus einem Instrument verschossen wird, welches geladen und bei dem ein Hebel bestätigt werden muß und welches einen lauten Knall verursacht. Unnötig, und möglicherweise vergeblich. Weil kein Ergebnis erzielt werden kann, wenn dieses Stück Blei nicht eine ganz bestimmte Stelle trifft. Und dieses Stück Blei kann nichts ausrichten, was man nicht auch mit vier Fingern erledigen kann. Sie könnten sechs Freunde bei sich in Ihrem Zimmer haben, die sich Ihre Kuriositäten ansehen, und lediglich mit der Bewegung eines Dirigenten, der einen Dreivierteltakt angibt, brauchten Sie, in der Hand einen jener burmesischen Pfeile, die Hände dieser Freunde zu berühren. In fünf Minuten hätten Sie

Ihr warmes Zimmer voller Stimmen in ein Grabmal verwandelt. Und doch denken die Leute bei Mord immer noch, daß es dazu eines Revolvers, eines Messers oder Giftes bedarf; und Mörder brauchen immer noch fünf Minuten, um jemanden von vorn mit beiden Händen zu erdrosseln, wenn doch zwei Sekunden mit der Handkante von hinten dasselbe bewirken. Eben deshalb stellen sich die Unintelligenten Mord als etwas besonders Schwieriges vor, etwas, das Zeit und Energie braucht, und deshalb glauben sie immer noch, daß alle Morde die offensichtlichen Spuren eines Mordes aufweisen müßten. Ganz und gar nicht. Ich bin sicher, daß auf jeden Mord, der als Mord erkannt worden ist, sechs weitere Menschen kommen, die einen angeblichen Unfalltod erleiden oder ertrunken aufgefunden werden, ihr Leben aber genauso durch einen Mord verlieren.

Dieser Mann war, wie ich schon gesagt habe, schneller als die meisten von uns. Er schlenderte in das Geschäft. Während er ›Kundschaft‹ rief, ging er zur Tür des Hinterzimmers. Dort traf er auf Roake. Eine Bewegung. Mrs. Roake drehte sich wahrscheinlich um. Noch eine Bewegung. Das Mädchen kam durch die Tür zum Flur. Zwei Schritte und eine weitere Bewegung. Der Junge kommt durch den Garten ins Geschäft. Eine vierte Bewegung. Eine Bewegung mit einem Messer zum Hinterkopf von Roake. Ein Daumendruck für Mrs. Roake. Eine Bewegung mit beiden Händen für das Mädchen. Ein scharfer Schnitt durch den Hals des Jungen. Und die schlimme Tat war in nur wenigen Sekunden vollbracht. Eine Bewegung über seinem Kopf. Der andere Junge, der sich regt. Er wartet darauf, daß er herunterkommt. Der Junge kommt nicht herunter. Er vernimmt das Geräusch seiner Flucht. Dann flieht er selbst, indem er in vollem Lauf direkt auf die versammelte Menge zurennt und sein Verbrechen herausschreit.

Das ist alles.

Wenn ich diesen Brief überfliege, klingt das fast, als würde ich ihn mit leichter Feder schreiben, fürchte ich. Aber das tue ich nicht. Ich analysiere nur die Situation und die wahrscheinliche Geisteshaltung des Mannes. Die ganze Sache ist zu fürchterlich, als daß ich sie so ernsthaft behandeln könnte, wie sie natürlich für mich ist; es ist eher so, daß ich zu vergessen versucht habe, daß diese Menschen meine Freunde waren, indem ich versuchte, die Sache wie ein Problem zu behandeln.

Nun kommen wir zu der Frage, warum ein Mensch, der kein geborener Verbrecher und auch kein Geisteskranker ist, diesen Horror von Zerstörung angerichtet hat – keine leicht zu beantwortende Frage. Hier befinde ich mich auf gefährlichem und dünnem Boden, und bevor ich darlegen kann, was für mich wie eine einleuchtende Erklärung erscheint, muß ich Sie bitten, Ihren Kopf von Ihrem Verstand und all dem Wissen der Menschheit zu befreien, auf die man sein Urteil über menschliche Motive und Verhaltensweise fußen läßt. Man sollte nie sagen, daß ›man das nicht tut‹, oder daß dies oder jenes der menschlichen Natur widerspricht, weil Leute einfach alles tun und unserer landläufigen Vorstellung von der menschlichen Natur immer wieder zuwiderhandeln. Sie müssen das genauso klar erkennen wie eine neue wissenschaftliche Idee – ohne Bezug auf frühere Erkenntnisse oder Annahmen. Es bedeutet, verbotenes Land zu betreten, obwohl ich glaube, daß Sie heimlich schon in geheimere Winkel des menschlichen Gehirns gespickt haben als der Durchschnittsmensch.

Es fällt mir schwer, dies in sicheren, beruhigenden Sätzen zu schildern. Aber ich werde es versuchen.

Was ich als Lösung anbiete, ist dies. Dieser Mann hatte ein Motiv für sein fürchterliches Gemetzel. Aber nicht ein Motiv, das man allgemein verstehen würde. Weder Haß noch Mordlust und auch keine kranke Eitelkeit, die manchmal dumme Leute dazu bringt, schwere Verbrechen zu begehen. Nichts dergleichen. Und er war auch kein Irrer, den man nicht zur Rechenschaft für sein Tun heranziehen könnte. Er wußte genau, was er tat, und tat es absichtlich. Er beging mehr als nur ein Verbrechen: Er beging eine Sünde. Und er wollte das. Die meisten Menschen glauben, daß die Sünde der absolute Tiefpunkt ist, auf den der Mensch vor Gott sinken kann; aber dieser Mann ist nicht gesunken. Er stieg durch seine Sünde aus etwas auf, das übler war als Sünde. Dieses Etwas ist der Geist des unausgesprochenen, mächtigen Übels; etwas, das nicht nur die Seele des Menschen zersetzt, in dem es weilt, sondern auch die Seelen der Menschen, die in seiner Nähe sind, und auch die schöne Welt um ihn herum. Dieses Übel lebt nicht immer – tatsächlich tut es das nur selten – in Menschen, die wir als sündhaft bezeichnen. Beinahe immer in guten. Im Vergleich mit solchen Menschen sind die Sündhaften gesund. Denn diese Menschen, die Keimträger, sind für die Seelen der Menschheit gefährlicher als eine Million Verbrecher oder tausend Sünder. Sie können sich überall einschleichen. Wir haben keinen Schutz vor ihrer Ansteckungskraft. Sie tun nichts Böses, aber sie sind kleine Bienenhaufen des Bösen. Ebenso wie manche Leute eine ansteckende Krankheit verbreiten können, ohne selbst krank zu werden, so können diese guten Leute, ohne zu sündigen, die ansteckende Krankheit der Sünde unter Unschuldigen verbreiten. Sie führen ein tadelloses Leben. Ihre Sprache ist rein. Dennoch, wo immer sie gehen, hinterlassen sie eine graue Spur, die alles verschmutzt, was edel und ehrlich ist. Sie verbreiten Böses wie manche einsamen Häuser – selbst wunderschön – Böses ausstrahlen. Sie müssen selbst schon einmal solche Menschen getroffen haben – gute Menschen – und, nach etwa einer Stunde in ihrer Gesellschaft, sich schwach einer Ausstrahlung bewußt geworden sein und sich gewünscht haben, ein geistiges Fenster öffnen zu können. Glücklich diejenigen armen Seelen, die sich vor ihrem Tod selbst entdecken und beweisen können, was sie sind. Manche tun das. Weiß Gott, was diejenigen erwartet, die erst nach dem Tod die Verderbtheit ihrer Seele entdecken.

Diese Menschen besitzen etwas: eine furchterregende Essenz aus der Zeit der Schöpfung. Einen Besitz, dessen man sich nur auf eine Weise entledigen kann – auf eine schreckliche Weise. Man kann nicht genau sagen, wo das alles angefangen hat. Vielleicht nehmen fremdartige Sünden, in die kalten Herzen von seit Jahrhunderten verstorbenen Geschöpfen projiziert, aber ohne Substanz, das Wesen von Geistern an und wandern durch die Herzen der Menschen als Zellen des Übels. Und sie wandern weiter von Herz zu Herz, hinterlassen ihr Gift, bis sie schließlich mit einer echten Sünde zum Leben erweckt werden und dann, weil sie gelebt haben, sterben können. Niemand weiß es. Aber das ist meine Erklärung für diese Menschen – sie sind besessen. Besessen von einer radioaktiven Essenz des Bösen, und bevor sie gerettet werden können, müssen sie eine Sünde begehen. Geradeso wie Gift für manche Erscheinungsformen der Natur lebensnotwendig ist, die sterben, wenn man es ihnen verweigert, so mag die Sünde für diese Erscheinungsformen des Geistes lebensnotwendig sein. Sie müssen das geballte Übel ausdrücken und befreien, und man kann sie nicht davon reinigen, bevor es seinen Ausdruck gefunden hat, ebensowenig wie man einen Mann von einem Fieber befreien kann, ehe es nicht seinen Höhepunkt erreicht hat. Einmal nach außen gedrungen, kann man ihm begegnen, das Übel bestrafen und ihm vergeben; aber abstraktem Übel können wir nicht entgegentreten. Selbst Gott kann Satan nicht besiegen. Da gibt es nichts zu besiegen. Satan lebt in diesen Millionen von wandernden Bruchteilen des Bösen, und bis dieses Böse sich in einer Tat kristallisiert, bleiben alle Mächte des Guten machtlos.

Nehmen wir an, dieser Mann war einer von jenen bewußt von dieser substanzlosen Essenz des Bösen besessenen, sich dessen bewußt wie eines Fluches, der auf ihm und auf denen in seiner Umgebung lastet; davon gequält wie ein Mensch mit einer Schlange in seinem Busen, einer, der jahrelang ihren Drang, Ausdruck zu finden und ins Freie zu treten, bekämpft hat, bis er den Kampf nicht mehr verkraften konnte. Es bleibt ihm nur ein Ausweg – zu sündigen, schwer zu sündigen. Er ist schon immer von der Versuchung verfolgt worden zu sündigen. Sein ganzes Leben ist von Visionen und Verlockungen unaussprechlicher Sünden überschattet worden, aber auch von den erbitterten Kämpfen, den Verlockungen zu widerstehen. Immer wieder kämpft er gegen diese Versuchung an und gibt so dem Bösen immer wieder Unterschlupf, gibt ihm Zeit, zu wachsen und seine eigene Ausstrahlung zu stärken. Bis seine einzige wahre Hoffnung, es zu besiegen, darin liegt, sein Leben zu opfern.

Und dann endlich gibt er nach. Eines Tages kommt dieser Vulkanausbruch, dieser Wirbelsturm der Versuchung, stärker als alle, die er zuvor erlebt hat. Seine ganzen Widerstandskräfte gehen in einem Dammbruch unter. Mit einem Seufzer der Erleichterung gibt er nach. Und ganz plötzlich, mit dem Verschwinden seines Widerstands und mit dem Entschluß zur Sünde spürte er wohl, so glaube ich, wie die Heiterkeit der Resignation ihn erfüllte und seinen Herzschlag in Einklang brachte mit der irrenden Menschheit. Er ging wahrscheinlich die Straßen mit solch unbeschwerten Schritten entlang, wie er sie seit seiner Kindheit nicht mehr gekannt hatte. Seine ganzen Versuchungen hatten wohl auf die übelste Sünde abgezielt, die er sich vorstellen konnte, auf den tiefsten Abgrund schließlich, von diesem lästigen Unhold getrieben, ist es diese Sünde, die er begeht. Vielleicht hat er sich zu mehr hinreißen lassen, als er wollte. Vielleicht hatte er vorgehabt, nur einen umzubringen, aber während er einen Mord beging, brach der Unhold mit aller Macht aus ihm heraus und führte ihn tiefer und tiefer in die Wahnsinnsmetzelei. Aber die Sache war geschehen, die Sünde begangen, und in einem satanischen Augenblick befreit er sich von seinem Unhold, nicht, indem er ihn anbindet, sondern indem er ihn losläßt. Wie ein lange einbalsamierter Körper, der Luft ausgesetzt wird, hat er eine Minute zu leben, in der nächsten zerkrümelt der Unhold zu Staub, und er ist frei.

Das ist meine Theorie. Dieser Mann hätte ohne Sünde nie in Ruhe sterben können, denn seine Seele hatte ihm gar nicht gehört. Er war in Wirklichkeit ein Mann ohne Seele. Jetzt ist er ein Mann mit einer befleckten Seele, die gereinigt werden kann. Er hat auf dieser Erde noch rechtzeitig erkannt, wer er ist, um sich auf sein nächstes Stadium vorzubereiten. Durch diese Sünde kann er nun, wie jemand mit einer erfüllten, fehlgeleiteten Seele, seine Strafe abarbeiten und auf Erlösung hoffen.

Ich schätze, ich habe genug gesagt. Sie dürfen dies ruhig als ein weithergeholtes und lächerliches Hirngespinst abtun. Aber es ist kein Hirngespinst: Es ist eine Feststellung. Sie mögen sagen, daß kein Mensch, nicht einmal von einer übermächtigen Versuchung, dazu gebracht werden kann, diese abstoßende Mordtat zu begehen, nicht an einem Feind, sondern an einem Freund; oder daß man nach getanem Mord mit dieser Last leben kann. Ich kann nicht mit Ihnen darüber streiten, was der Mensch tun kann und was nicht. Ich sehe nur, was getan worden ist. Es ist zwecklos, mir zu sagen, das kann nicht geschehen sein. Ich kann nur sagen, daß es geschehen ist.

Was auch immer Sie von den Reaktionen der menschlichen Natur auf dieses oder jenes wissen mögen, ich jedenfalls weiß, daß ich jetzt, nach Jahren der Tortur, zum ersten Mal Frieden habe.

Ihr S. T.

Deutsch von Joachim Dörr

Schicke Klamotten

W. R. Burnett

Als der Geschäftsführer Blue und dessen Mädchen, Birdy, in den Laden kommen sah, drehte er sich zu Al, einem der Verkäufer, herum und sagte:

»Sieh dir die an, Al. Die Viehhöfe kommen in die Stadt.«

Al lachte, dann setzte er seine beste Geschäftsmiene auf, faltete die Hände über dem Bauch, legte den Kopf leicht zur Seite und ging Blue entgegen.

»Was darf ich für Sie tun, Sir?«

Blue war klein und stämmig. Er hatte dünne Beine, schmale Hüften, aber seine Schultern waren breit genug für einen Mann von eins achtzig. Sein Gesicht war rot und fleischig; seine Backenknochen waren so stark ausgeprägt, daß sie richtig aus seinem Gesicht herausragten. Er sah zu Al auf.

»Ich kauf' mir 'ne Ausstattung, versteh'n Sie«, sagte er. »Ich werd' diese Fetzen wegwerfen und mir was mit Klasse zulegen.«

»Ja, Sir«, sagte Al. »Wir wäre es mit einem unserer neuen Frühjahrsmodelle?«

»Er will 'nen grauen Anzug«, sagte Birdy und schob ihre neue Pelzstola zurecht.

»Zweireihig«, sagte Blue.

»Ja, Sir«, sagte Al.

»Aber zuerst will ich seidene Unterwäsche«, sagte Blue. »Ich staffier' mich neu aus, von oben bis unten.«

Der Geschäftsführer kam herbei und lächelte.

»Bedienen Sie den jungen Mann bestens, nicht wahr, Mr. Johnson.«

»Ja, Sir«, sagte Al.

»Warm heute, nicht wahr?« sagte der Geschäftsführer zu Birdy.

»Ja, kann man sagen«, sagte Birdy, nahm ihre Stola ab und warf sie sich über den Arm, wie es die Frauen in den Modeanzeigen machten.

Der Geschäftsführer ging in den Hintergrund des Ladens und sprach mit dem Kassierer.

»Das ist einer, der plötzlich eine Menge Geld in die Finger bekommen hat und der es auf die gleiche Tour wieder loswird.«

»Tatsache?« sagte der Kassierer. »Na, ich wünschte nur, der reiche Onkel, den ich gar nicht habe, würde sterben. Sehen Sie sich die Stola an, die sein Mädchen trägt. Die hat er auch nicht für fünf Dollar bekommen.«

Al breitete die seidene Unterwäsche auf der Theke aus, und Blue sah sich alles an. Birdy hielt ein lavendelfarbenes Unterhemd hoch.

»So was, Blue. Das ist genau das, was du nehmen solltest.«

»Sag bloß . . .« sagte Blue.

»Ja, Sir«, sagte Al, »das verkaufen wir sehr häufig. Gerade eben bekamen wir eine Bestellung über ein Dutzend von Mr. Hibschmann draußen in Lake Forest.«

»Wo die Stinkvornehmen herkommen«, sagte Birdy.

Blue betrachtete die lavendelfarbene Unterwäsche und sagte: »In Ordnung, ich nehm' auch ein Dutzend.«

Al blickte von seinem Bestellbuch hoch, warf dem Geschäftsführer einen Blick zu und blinzelte. Der Manager kam zu Blue, legte ihm die Hand auf die Schulter und sagte:

»Bester Herr, da Sie echte Klasse erkennen können, wenn Sie sie vor sich haben, will ich Ihnen etwas sagen. Wir haben gerade eine neue Sendung Krawatten hereinbekommen, die wir eben erst auspacken. Wenn Sie sie sehen möchten, schicke ich jemanden in den Lagerraum.«

»Aber sicher«, sagte Blue.

»Herzlichen Dank«, sagte Birdy.

»Das ist unsere beste Ware. Handgefertigte Krawatten aus dem besten Material, das man bekommen kann.«

»Wir wollen nur das Beste, nicht wahr, Blue?« sagte Birdy.

»Aber sicher«, sagte Blue.

Während der Manager nach den Krawatten schickte, kaufte Blue ein Dutzend Seidenhemden, eine massivgoldene Nadel, einige Manschettenknöpfe aus Onyx, einen Satz Kleiderbürsten und zwei Dutzend Socken. Al beugte sich über sein Bestellbuch und schrieb den Auftrag schnell auf, während er im Kopf die ungefähre Summe dieses warmen Regens ausrechnete. Nach ein paar Minuten kam ein Lagerjunge mit den Krawatten und stand mit offenem Mund daneben, als Blue ein Dutzend der teuersten aussuchte. Der Geschäftsführer bemerkte ihn.

»Laß den Rest der Ware bitte einfach hier«, sagte er laut, dann drehte er Blue den Rücken zu und flüsterte: »Mach, daß du rauskommst!« Der Lagerjunge verschwand in Richtung Keller. Lächelnd drehte sich der Geschäftsführer zu Blue um.

»Diese Krawatten kosten regulär vier Dollar pro Stück. Aber weil Sie uns so einen schönen Auftrag geben, lassen wir sie Ihnen für drei fünfzig.«

»Okay«, sagte Blue.

»Das sind aber mal tolle Krawatten, Blue«, sagte Birdy und schob ihren Arm unter den seinen. »Seh'n die nicht ganz wild aus?«

»Aber sicher«, sagte Blue.

Als sie mit dem Zubehör fertig waren, begann Blue die Anzüge zu probieren, die Al ihm brachte. Blue ging vor dem großen, dreiteiligen Spiegel auf und ab, schob die Brust raus, nahm Posen ein und studierte sein Profil, das er bisher noch nie gesehen hatte. Al klebte an seinem Ellenbogen, machte Vorschläge, half ihm bei einem Mantel und sagte ihm, wie toll er aussehe; und der Geschäftsführer hielt sich im Hintergrund und machte gelegentlich eine Bemerkung zu Birdy, die er mit ›Madam‹ anredete.

Nach langer Beratung mit Birdy wählte Blue zwei der teuersten Anzüge aus – einen Einreiher aus blauem Serge und einen grauen Zweireiher. Dann kaufte er einen grauen Filzhut für zwölf Dollar, einen kleinen Seglerhut für acht und einen Panama für achtzehn Dollar.

»Nun«, sagte Blue, »ich glaube, ihr Burschen bekommt soviel von meinem Kies, wie ihr nur könnt.«

»Was ist mit Schuhen?« warf Al ein.

»Bei Gott, die hab' ich vergessen«, sagte Blue. »Hey, Birdy, ich hab' die Schuhe vergessen. Is'n das nich' toll? Sieh dir diese Latschen an!«

Er hielt den Fuß hoch. Er trug große, derbe braune Schuhe, von denen einer ein Loch hatte, das von der Sohle bis auf die Haut ging.

»Nimm den Fuß runter, Blue«, sagte Birdy. »Was glaubst du, wo du hier bist?«

Blue kaufte ein Paar braune Halbschuhe, ein Paar schwarze und ein Paar weiß-braune Sportschuhe.

»Jetzt sind wir durch«, sagte Blue. »Ich denke, ich seh' wahnsinnig schnieke aus, wie auf'm Boul' Mich'.«

Al addierte die Rechnung. Birdy und der Manager führten ein langes Gespräch über das Wetter, und Blue stand vor dem Dreierspiegel und betrachtete sein Profil.

Al zögerte, bevor er Blue den Rechnungsbetrag nannte. Er rief den Manager herbei, um sich dessen Okay geben zu lassen, und sagte: »Bar oder auf Rechnung, Sir?«

Blue zog seine Brieftasche hervor, die prall mit großen Banknoten gefüllt war.

»Bar«, sagte er. »Wieviel?«

»Vierhundertundfünfundsechzig Dollar, Sir«, sagte Al.

Blue gab ihm fünf Einhundert Dollar-Noten.

»So«, sagte Blue, »ich möchte, daß Sie den grauen Anzug sofort zurechtmachen, damit ich ihn anziehen kann. Ich staffier' mich von Grund auf neu ein, und ihr Burschen könnt meine alten Lappen in den Mülleimer werfen.«

»Ja, Sir«, sagte Al.

»Ich hole sofort unseren Schneider. Wir haben einen Ankleideraum auf der zweiten Etage.«

Der Kassierer ließ seine Kasse rattern und gab dem Geschäftsführer das Wechselgeld.

»Wollen Sie für den Sommer verreisen?« fragte der Manager Blue, während er ihm das Geld gab.

»Yeah«, sagte Blue. »Ich und meine Freundin gehen nach New York. Das wird unsere erste Reise.«

»Das wird bestimmt nett«, sagte der Manager. »Sind Sie selbständig im Geschäft, Sir?«

Blue warf Birdy einen Blick zu, die ganz leicht den Kopf schüttelte.

»Ich bin im Ölgeschäft«, sagte Blue. »Ich hab' 'n paar Quellen. Ich komm' aus Oklahoma.«

»Das ist ja sehr interessant«, sagte der Manager.

Als sie das Café verließen, zog Blue seine Brieftasche hervor und gab dem Türsteher eine Fünf-Dollar-Note. Dem Türsteher traten die Augen aus dem Kopf, doch er schaffte es, sich zu verbeugen und zu lächeln.

»Ja, Sir, ja, Sir«, sagte er. »Wünschen Sie ein Taxi?«

»Aber sicher«, sagte Blue und hielt sich an Birdy fest, die noch betrunkener war als er.

»Aber sicher, da ham' se verdammt recht, daß wir 'n Taxi wünschen«, sagte Birdy. »Seh'n wir vielleicht aus wie Leute, die zu Fuß laufen?«

»Das 's richtig«, sagte Blue.

»Ja, Sir«, sagte der Türsteher, trat mitten auf die Straße und pfiff nach einem Taxi. Bevor das Taxi kam, hielt ein kleines Auto am Bordstein auf der anderen Straßenseite. Zwei Männer stiegen aus.

»Da ist er«, sagte der eine von ihnen und zeigte auf Blue.

»Hallo, Guido«, schrie Blue. »Sieh mich an. Bin ich nicht superschick wie Boul' Mich'?«

Guido lief über die Straße, packte Blue am Arm und schüttelte ihn hin und her. Er sagte:

»Werd' nüchtern, Junge! Kapier's doch! Du mußt nüchtern werden. Jemand hat gesungen, verstehst du? Ich und Bud hauen ab. Saint Louis wär' gar nicht so schlecht für uns.«

»Feiglinge«, sagte Blue.

»Aber sicher«, sagte Guido, »aber ich hab' 'nen Stapel Kies und will noch 'ne Menge davon haben, bevor sie mich abknallen. Irgend jemand hat Mikes Jungens was gesteckt. Jetzt suchen sie schon nach Pascal.«

»Was zum Teufel«, sagte Blue und lachte. »Sieh mich an, Guido. Seh' ich nicht klasse aus, wie Boul' Mich'? Ich hab' seidene Unterwäsche unter diesem Anzug am Körper. Sieh dir Birdy an.«

»Sieh mich an«, sagte Birdy. »Seh' ich nicht wie Boul' Mich' aus?«

»Hör doch«, sagte Guido, »vergiß den ganzen Quatsch und komm mit uns. Wir haben noch Platz in der Karre.«

»Nicht für mich«, sagte Blue. »Ich hab' keine Angst vor Mike Bova. Den leg' ich als nächsten um.«

»Okay«, sagte Guido, »du kriegst 'n prima Begräbnis.«

»Guido«, rief der andere Mann, »laß den Penner doch stehen.«

»Wiedersehen, Blue«, sagte Guido.
»Wiederseh'n«, sagte Blue.
»Tschüß, Guido«, sagte Birdy.
Guido ging über die Straße, setzte sich hinters Steuer, knallte die Autotür zu und fuhr ab. Das Taxi wartete, und der Türsteher half Birdy und Blue beim Einsteigen.
»Gute Nacht, Sir«, sagte er.

Birdy lag auf dem Sofa flach auf dem Rücken, die Arme unter dem Kopf verschränkt, und hatte ein leeres Glas auf dem Bauch stehen. Blue, in Hemdsärmeln, den Kragen zerknittert und die Krawatte aufgelöst, saß am Tisch und las eine zerknüllte Zeitung. Die Balken-Überschrift lautete:

BOVAS LEUTNANT ERSCHOSSEN
BEIM VERLASSEN SEINES BÜROS
VON GANGSTERN ERMORDET

»Hör dir das an!« sagte Blue. »Das komischste Ding, das jemals gedreht wurde. Da sitze ich in einem Zimmer auf der anderen Straßenseite, warte die Zeit ab und versuch', in 'ner Zeitschrift zu lesen, und Pascal sitzt da, lehnt den Kopf gegen die Wand und schläft. ›Jesses‹, sag ich, ›da ist Pete ja schon‹. Er kam direkt aus seinem Büro. Wir dachten, er käme erst in zwei Stunden oder so. Und ich sitz' einfach so da. Zum Teufel, ich konnt' mich nicht bewegen, verstehste, weil er so plötzlich da stand, nich' wahr, und ich dachte, der käme erst in zwei Stunden raus oder so. ›Pascal‹, sag' ich, ›Pete ist schon da‹. Aber Pascal, der macht nur die Augen auf wie 'n Fisch und sagt überhaupt nichts. Pete, der bleibt stehen und schaut direkt zu dem Fenster rauf, an dem ich sitze, verstehste, und ich frag' mich schon, ob der Kerl irgendwas weiß. Teufel auch, ich konnt' mich nicht bewegen. Ich war noch nicht so weit, nich' wahr? Na ja, also Pascal, der rutscht runter, fällt vornüber und knallt mit dem Kopf auf. Darüber muß ich lachen, aber ich konnt' noch immer nicht meinen Abzugsfinger bewegen. Pete da unten, der hält die Hand raus, als wollt' er nach Regen fühlen, und da geb' ich es ihm. Ich weiß auch nicht'. War 'n komisches Ding. Ich verpaßte es ihm, ohne es zu wissen, verstehste, und vorhin konnt' ich den Abzug nicht bewegen, als ich es wollte. Als die alte Thompson loslegt, springt Pascal auf und schreit: ›Was ballerste denn hier rum, du Penner? Is' doch noch viel zu früh.‹ Dann sieht er aus 'm Fenster, und da liegt Pete auf dem Pflaster, so tot wie die Zeitung von gestern, und 'ne alte Frau zeigt zu uns rauf. Wir lassen die Kanone verschwinden und machen uns über die Hintertreppe davon. Das war schon alles. Auf der Straße war kein Mensch zu sehen, also geh'n wir ganz gemächlich die Straße runter, und dann kommen wir zu 'nem Drugstore, gehen rein und kaufen uns 'n paar Zigaretten, weil wir unsere aufgeraucht hatten, als wir auf den Kerl warteten.«

»Gieß mir 'n kleinen Schluck ein, Schätzchen«, sagt Birdy.

Blue stand auf, zog einen großen Flachmann aus der Hüfttasche und goß Birdy einen Drink ein. Dann setzte er sich wieder hin, holte seine Brieftasche heraus und zog zwei Eisenbahn-Tickets hervor.

»Schau dir das an, altes Mädchen«, sagte er. »Wenn wir reisen, dann reisen wir richtig. Mit dem Twentieth Century nach New York. So sind wir, Kleine; denen werden wir's zeigen drüben in Brooklyn! Mann, diese Ostküstentypen denken doch, wir ballern immer noch hinter den Indianern her. Zum Teufel, gegen Chi sieht es bei denen aus wie beim YMCA. Yeah, ich kannte Ruby Welch, und das war 'ne große Nummer aus Brooklyn, aber was hat er gemacht, als Guido anfing, für ihn rumzuballern? Er wurde wegen Landstreicherei in den Knast gesteckt. O ja, wir kommen groß raus in New York, Kleine. Was sie da drüben brauchen, ist Mumm in den Knochen. Und das können wir ihnen geben. Wenn jemand einen braucht für die ganz große Nummer, dann ist Blue der richtige Mann für den Job. Ich bin mit 'ner Kanone in der Wiege geboren worden, ich bin der beste, den es überhaupt gibt. Jawoll, als Big Boy Pete aus dem Weg haben wollte, wen spricht er da als ersten an? Old Blue, jawoll, Sir, old Blue.«

Blue stand auf, ließ das Grammophon laufen und tanzte mit einem Stuhl durchs Zimmer.

»Hey«, sagte er, »komm schon, wir woll'n tanzen, Birdy. Wir sind große Klasse jetzt, Birdy; komm, wir tanzen. Sieh mich an! Wenn ich den Anzug anhätte, würd' ich wie der Prince of Wales aussehen. Boul' Mich', Kleine, ja, genau, Boul' Mich'. Denen auf der Fifth Avenue werden die Augen aus dem Kopf treten, Kleine, jawoll, Sir. Komm, laß uns tanzen.«

»Mir wird schlecht«, sagte Birdy.

Blue ging zu ihr und blickte auf sie hinab. Ihr Gesicht war bleich und erschöpft, sie hatte dunkle Ringe unter den Augen.

»Dir wird schlecht, Birdy?«

»Yeah. Ich kann nicht mehr so viel vertragen wie früher, als ich noch bei der Madam war. Bring mich ins Bett, Schätzchen.«

Blue hob Birdy hoch und trug sie ins Schlafzimmer. Birdy bekam einen Schluckauf.

»Gib mir 'n Glas Wasser«, sagte sie.

»Du willst kein Wasser«, sagte Blue, »du willst 'nen schönen, kräftigen Schluck.«

»Nein, gib mir 'n Glas Wasser.«

Sie legte sich aufs Bett und schlief schon, bevor Blue ihr das Glas Wasser bringen konnte. Er stand da und schaute sie an, dann ging er ins Wohnzimmer zurück, nahm einen langen, tiefen Schluck aus seinem Flachmann und hob die verknitterte Zeitung wieder auf. Aber er hatte den Bericht über die Ermordung von Big Pete mittlerweile so oft gelesen, daß er ihn schon auswendig konnte. Er saß da, starrte die Zeitung an, dann warf er sie auf den Boden, saß nur weiter da und rollte eine Zigarette zwischen den Handflächen.

Es war heller geworden. Er hörte einen Milchwagen am Haus vorbeifahren. Er stand auf und trat zum Fenster. Die Häuser waren noch dunkel, weit entfernt die Straße runter sah er eine Reihe erleuchteter Wagen der Hochbahn vor dem Horizont vorbeifahren, doch der Himmel war grau, im Osten wurden die ersten Wolken heller. Es war still. Blue begann zu spüren, wie still es war.

»Birdy«, rief er.

Alles, was er hörte, war ihr Schnarchen. Er ging wieder zum Tisch.

Das Telefon läutete, doch als er sich meldete, war niemand in der Leitung.

»Was soll 'n der Blödsinn?« sagte er.

Er setzte sich wieder an den Tisch, zog seine Brieftasche hervor und zählte sein Geld; dann holte er die Eisenbahnfahrkarten heraus und las jedes Wort, das aufgedruckt war. Wieder fiel ihm auf, wie still es war. Er stand auf, verstaute die Brieftasche und ging ins Schlafzimmer. Birdy schlief mit offenem Mund, flach auf dem Rücken und mit ausgebreiteten Armen. Blue legte sich neben sie und versuchte zu schlafen, aber er wälzte sich von einer Seite auf die andere; schließlich gab er es auf.

»Mir ist nicht nach Schlafen zumute«, dachte er. »Ich bin ganz aufgedreht bei dem Gedanken, mit dem Century nach Osten zu fahren. Ich, der alte Blue, im Century, schicke Klamotten wie 'n Filmstar und 'n klasse Mädchen. Jawoll, das bin ich. Boul' Mich' Blue.«

Er stand auf, zog seinen Anzug an und posierte vor dem Wohnzimmerspiegel.

»Boul' Mich' Blue«, sagte er.

Schließlich setzte er sich an den Tisch und legte eine Partie Solitaire, aber er hatte so viele schlechte Karten, daß er anfing zu pfuschen; dann verlor er das Interesse an dem Spiel.

»Jetzt weiß ich es«, sagte er, »ich brauch' was zu essen.«

Er stand auf und ging an den Kühlschrank, aber außer ein paar Stücken kaltes Fleisch war nichts drin.

»Zum Teufel!« sagte er. »Ich glaube, ich muß runter zu Charley's gehen.«

Er setzte seinen neuen weichen Hut auf, doch dann zögerte er. Wenn sie hinter Pascal her waren, dann waren sie auch hinter ihm her. Im Moment war niemand auf der Straße zu sehen, das war die beste Zeit, um einen Kerl umzulegen.

»Zum Teufel«, sagte er und knöpfte die Anzugjacke zu. »Ich hab' 'ne Glückssträhne. Die hält. Morgen sitzt Boul' Mich' Blue im Century. Jawoll, Sir. Ich hab' kein' Schiß vor so was wie Mike Bova.«

Als Blue das Apartmenthaus verließ, ging gerade die Sonne auf. Straßen und Gassen waren noch dunkel, doch über ihnen lag bereits ein bleicher, gelber Schimmer. Niemand war zu sehen; noch nicht einmal ein geparktes Auto.

»Teufel auch!« sagte Blue. »So sicher wie 'n Kaff.«

Auf der anderen Straßenseite wurde ein Fenster hochgeschoben, Blue duckte sich, ohne zu wissen, warum. Eine fette Frau steckte den Kopf heraus und starrte auf die Straße.

Bei Charley's war niemand, nicht einmal ein Kellner. Hinter der großen, vernickelten Theke dampften Kaffeemaschinen. Blue holte einen halben Dollar heraus und warf ihn auf die Theke. Wing, der Thekenmann, schaute aus der Küche heraus.

»Komm schon, Wing«, sagte Blue. »Mal 'n bißchen flotter.«

»Hab' dich gar nicht erkannt, Junge«, sagte Wing. »Du bist ja vielleicht rausgeputzt. Mußt es ja ganz ordentlich getroffen haben.«

»Hab' ich auch«, sagte Blue. »Mach mir 'n Sandwich und gib mir was von der Schlammbrühe.«

»Schlammbrühe? Zum Teufel«, sagte Wing. »Hab' den Java gerade erst gemacht.«

Blue lehnte sich an die Theke und betrachtete sich im Spiegel, während Wing in die Küche ging, um das Sandwich zu machen.

»Hey, Wing«, rief Blue. »Hast du gewußt, daß ich im Century nach Osten fahre?«

»Tatsache, wie?« rief Wing zurück. »Du bist jetzt Superklasse, wie, Blue?«

»Das is genau richtig«, sagte Blue.

Blue drehte sich um, um auf die Straße zu schauen. Er sah, wie ein Mann vorbeiging, und starrte ihn an. Der Mann war klein und trug einen Schlapphut, den er tief ins Gesicht gezogen hatte. Blue glaubte, ihn zu kennen, zog seine Knarre aus dem Unterarmholster hervor und schob sie in die Anzugtasche. Der Mann ging vorbei, ohne reinzuschauen.

»Ich bin zu rappelig«, sagte Blue. »Das liegt an dem miserablen Gin.«

Wing brachte das Sandwich und zapfte Blue eine Tasse Kaffee, dann lehnte er sich mit den Ellenbogen auf die Theke und sah zu, wie Blue aß.

»Nun«, sagte Wing, »ich hör', sie haben Big Pete erwischt.«

»Yeah«, sagte Blue.

»Ich wußte, daß sie ihn kriegen würden«, sagte Wing. »Ich hab' Insider-Informationen.«

»Tatsächlich?« sagte Blue.

»Das mußte so kommen«, sagte Wing.

»Yeah.«

Blue aß sein Sandwich auf, dann zündete er sich eine Zigarette an und trank seinen Kaffee. Inzwischen war es heller Tag geworden, die ersten Lastwagen fuhren an dem Restaurant vorbei.

»Nach Osten also, nicht wahr, Junge?« sagte Wing.

»Ja«, sagte Blue. »Ich hab' 'nen ordentlichen Anteil gekriegt und brauch' mir vorläufig keine Sorgen zu machen. Ich hab' gerade erst mein Mädchen von Kopf bis Fuß neu eingekleidet. Sieht sie nicht heiß aus? Und ich, ich trage seidene Unterwäsche.«

Er knöpfte sein Hemd auf und zeigte Wing seine lavendelfarbene Unterwäsche.

»Du bist ja wirklich ein Klasse-Junge«, sagte Wing. »Ich wette, du hast zehn Dollar für den Hut bezahlt, den du da trägst.«

»Zwölf«, sagte Blue. »Das war der beste, den sie hatten. Für 'nen Panama hab' ich achtzehn bezahlt. Gefällt dir dieser Anzug?«

»Der ist wahnsinnig«, sagte Wing; und dann, mit einer Andeutung von Neid in der Stimme: »Wenn ich nicht sauber bleiben müßte, könnt' ich vielleicht auch so schicke Klamotten wie du tragen.«

»Wie lange bist du noch auf Bewährung?«

»Reichlich lange. Und die Bullen sitzen mir im Nacken. Die dachten, ich würd' im Knast den Spitzel für sie machen. Aber das ist nicht meine Art.«

»Warum setzt du dich nicht nach Kanada ab?«

»Na sicher«, sagte Wing, »und land' wieder im Kittchen.«

Blue trank seinen Kaffee aus, zahlte die Rechnung und gab Wing einen Dollar Trinkgeld. Wing drehte die Banknote hin und her.

»Sag mal«, sagte er, »leg noch einen drauf, und ich geb' dir 'nen heißen Tip für Arlington.«

Blue lachte und warf Wing einen Silberdollar hin. »Vergiß das Trinkgeld«, sagte er. »Ich kenn' jede Menge besserer Wege, meinen Kies loszuwerden. Warum läßt du die Pferdchen nicht in Ruhe? Dagegen kommst du doch nicht an.«

»Das ist wie 'ne Sucht«, sagte Wing.

Blue schaute in den Spiegel und schob seinen Hut in den richtigen Winkel.

»Nun«, sagte er. »Ich geh' jetzt. Ich schick' dir 'ne Postkarte aus der Großen Stadt, Wing.«

Aber Blue hatte bemerkt, daß Wing nervös geworden war, sein Gesicht zuckte.

»Blue«, sagte Wing, »paß um Himmels willen auf. Ich sag' dir die Wahrheit, Junge. Einer von Mikes Jungens war kurz vor Tagesanbruch hier drin und quetschte mich aus über dich. Ich sag' dir die Wahrheit, Junge. Das ist nicht mein Kampf, und ich wollte keinen Ton sagen. Aber du bist 'n anständiger Bursche, Blue.«

Blue fuhr sich mit der Hand über das Gesicht und sagte: »Es war der Wolf. Ich hab' ihn vorbeigehen sehen.«

»Ja«, sagte Wing.

»Jesus!« sagte Blue. »Wie komm' ich am besten hier raus?«

»Ich könnt' dich oben unterbringen«, begann Wing.

»Nützt nichts«, sagte Blue. »Der Wolf hat mich gesehen.«

Wing nahm sich eine Tasse Kaffee und trank sie in großen Schlucken leer.

»Wenn sie rauskriegen, daß ich was gesagt habe, legen sie mich todsicher um«, sagte Wing.

Blue stand da und starrte die Theke an, dann zog er sich den Hut in die Stirn und schob die rechte Hand in die Tasche, in der sich die Pistole befand.

»Na«, sagte er, »der Durchgang ist nichts wert. Das ist auf meiner Seite 'ne Sackgasse. Die Seitenstraße bringt mich auch nirgends hin. Also bleibt mir nur die Vordertür offen. Teufel auch«, fuhr er fort und warf sich in die Brust. »Ich hab' 'ne Glückssträhne, Wing. Die hält.«

Wing nahm sich noch mehr Kaffee.

»Woll'n wir hoffen«, sagte er.

Blue ging zur Tür, schob den Kopf ein bißchen vor und blickte die Straße rauf und runter. Die Straßen waren leer, bis auf einen Lastwagen, der langsam in seine Richtung kam. Es war ein Tankwagen der Standard Oil.

»Wing«, sagte er. »Hat einer von Mikes Jungen hier irgendwo sein Versteck?«

»Wüßt' ich von keinem.«

»Okay«, sagte Blue. »Ich geh' jetzt.«

»Wiederseh'n«, sagte Wing.

Blue verließ das Restaurant, straffte die Schultern und ging langsam auf Birdys Apartmenthaus zu. Der Standard Oil-Tankwagen fuhr an ihm vorbei und weiter die Straße runter. Die Straße war still. An ihrem Ende konnte er einen Zug der Hochbahn sehen.

»Ich wünschte, ich säß' in dem Baby«, sagte er zu sich.

Je mehr er sich dem Apartmenthaus näherte, desto sicherer wurde er, daß seine Glückssträhne hielt. Zum Teufel, das war die erste Chance, seit er und Guido die große Detroit-Lieferung erwischt hatten. Er hatte Fahrkarten für den Century-Luxuszug, und wenn ein Mann Fahrkarten für den Century hat, dann benutzt er sie auch. Und das war noch nicht alles. Er war jetzt ein großes Tier; Big Boy hatte ihm einen Bonus versprochen; und er trug seidene Unterwäsche.

»Zum Teufel«, sagte Blue. »Es steht einfach nicht in den Karten.«

Gegenüber von Birdys Apartment sah er die fette Frau, die sich aus dem Fenster lehnte. Als er aufblickte, zog sie rasch den Kopf ein. Blue rannte auf die Tür zu, doch von der anderen Straßenseite ratterte eine Thompson-Maschinenpistole los. Blue stolperte, ließ seine Waffe fallen und rannte blindlings mitten auf die Straße; dann drehte er sich um und rannte genauso blindlings wieder auf das Haus zu. Ein Eisenzaun erwischte ihn genau unterhalb des Gürtels, und er krümmte sich zusammen und stürzte. Auf der anderen Straßenseite wurde ein Fenster zugeschlagen.

Deutsch von Benno F. Schnitzler

Trautes Heim

Philip MacDonald

Carl Borden trat aus Seamans Buchladen auf die sonnenüberflutete, gewundene kleine Hauptstraße von El Morro Beach. Er vergewisserte sich, daß seine Frau außer Sichtweite war, und ging dann durch den separaten Eingang in die Bar des Eagles Hotels. Er war ein großer, grobschlächtig und irgendwie zerstreut wirkender Mann mit unordentlichem blondem Haar und einem kleinen, seltsam charakterlosen Gesicht, das nur von den unerwartet großen, lebhaft blauen und stets bemerkenswert wachen Augen von seiner Nichtigkeit erlöst wurde. Borden war ein Schriftsteller von einigem Ruhm, mittelmäßigen Verkaufszahlen und – zumindest unter den beleseneren Kritikern – beachtlichem Ansehen.

Er setzte sich auf den ersten Hocker an der Bar und nickte dem Grundstücksmakler Dockweiler zu, einem ehemaligen Hollywood-Schauspieler; ebenso Dariev, dem auf Wandgemälde spezialisierten Russen, sowie – angedeutet – einigen weiteren Gästen, die an den Tischen saßen. Er lächelte kein bißchen – nicht einmal, als er beim Barmann ein Bier bestellte –, und Dockweiler sagte zu dem neben ihm sitzenden alten Parry: »Guck dir mal den Borden an! Frag mich, was mit dem los ist . . .«

Der Barmann, der aus irgendeinem Grund, den jeder längst vergessen hatte, immer nur Hiho genannt wurde, stellte Carls Drink auf den Tresen, sah ihn an und sagte: »Nun, Mr. Borden – wie geht's denn so?«

Carl sagte: »Danke, Hiho – oh, ganz gut, nehm ich an . . .« Er nahm einen tiefen Schluck aus dem Glas.

Hiho sagte: »Und Mrs. Borden? Auch alles gut?«

»Prächtig«, sagte Carl, und dann noch einmal: »Prächtig!« Er legte eine Dollarnote auf den Tresen, und Hiho nahm sie und ging zurück zur Registrierkasse.

Carl stütze sich mit den Ellenbogen auf den Tresen und vergrub sein Gesicht in den Händen; dann richtete er sich rasch wieder auf, als Hiho mit dem Wechselgeld zurückkam. Er strich es ein, trank sein Bier aus und stand auf. Er nickte Hiho kurz zu und trat ohne ein weiteres Wort wieder auf die Straße.

Seine Frau stand, den Arm voller Pakete, neben dem Wagen. Er sagte: »Hey, Annette – Momentchen!« und beschleunigte seine Schritte zu einem schwerfälligen Trotten.

Sie lächelte ihn an. Ein kurzes, breites Lächeln, ein wenig pferdegesichtig vielleicht. Sie stand schlank, aufrecht, kühl und gepflegt da wie immer, die blonde, normannische Frau in den Dreißigern. Jeder, der die Bordens nur flüchtig kannte, hielt sie für ein ›ideales Paar‹, wenngleich sich ihre wenigen engen Freunde neuerdings da nicht mehr so sicher waren.

Carl öffnete die Wagentür, nahm Annette die Pakete ab und verstaute sie auf der Rückbank. Sie sagte: »Vielen Dank, Carl«, und ließ sich auf dem Beifahrersitz nieder, während er hinter dem Steuer Platz nahm. Sie sagte: »Fahr doch bitte kurz bei Beatons vorbei. Ich hab' da noch ein *großes* Paket liegen.«

Er fuhr zur Las Ondas Road und parkte den Wagen auf der falschen Straßenseite, direkt vor einem weiß umzäunten kleinen Gebäude, auf dessen Dach ein Schild verkündete: BEATON UND SOHN – GARTENBEDARF.

Er betrat den Laden, und das Mädchen gab ihm eine riesige Papiertüte, vollgestopft mit einem Sortiment verschiedenster Artikel. Er nahm die Tüte – der Boden riß aus, und das ganze Sortiment ergoß sich auf den Boden.

Carl murmelte einen unterdrückten Fluch, und auch das Mädchen sagte »Oh, verdammt!« und sprang ihm eilends zur Hilfe. Er legte die Sachen, die er hatte auffangen können, auf die Ladentheke und bückte sich, um ein dickes Pamphlet mit dem Titel *Handbuch für Rosenzüchter* aufzuheben, sowie ein Paket, auf dem in weißer Schrift über einem roten, gekreuzten Totenkopf stand: UNKRAUT-EX.

Derweil hatte das Mädchen die übrigen Sachen aufgehoben. Unter weitschweifigen Entschuldigungen stopfte sie die gesamte Bestellung in zwei neue Tüten. Carl nahm eine unter jeden Arm und trat wieder auf die sonnige Straße, auf der er jetzt Dr. Wingate ausmachen konnte, der sich dem Wagen näherte. Carl rief: »Hallo, Tom!« und lächelte zum ersten Mal an diesem Morgen, als sich der so Angesprochene zu ihm umwandte und ihn erkannte.

»Selber hallo!« sagte Wingate. Er war ein Mann von Mitte vierzig, leicht dandyhaft gekleidet und – ungewöhnlich für einen Arzt – mit einem sorgsam gestutzten Knebelbart, den manche Menschen für vornehm hielten, während er andere lediglich an eine Ziege erinnerte. Er wandte sich dem Wagen zu, zog den Hut und wünschte Annette ein wenig förmlich einen guten Morgen. Er öffnete Carl die hintere Wagentür und half ihm, die beiden Pakete neben den anderen zu verstauen. Er sah Carl an, und sein Blick wurde einen Moment lang dienstlich streng. Er sagte: »Wie kommst du mit deinem Buch voran?«, und Carl zögerte, bevor er antwortete. »Prächtig! Ist natürlich echte Knochenarbeit – aber ich glaube, es wird schon!«

»Na denn ...« sagte Wingate, »bleib auf jeden Fall dran. Es ist zu gut, um aufzugeben.«

Carl zuckte die Schultern. »Wir müssen nach Hause, Carl«, sagte Annette ungeduldig, und er stieg in den Wagen, ließ den Motor an und winkte seinem Freund Lebewohl.

Er fuhr zurück durch die Stadt und dann landeinwärts die Hügel hinauf, bis er nach fünf Minuten den schmalen, steilen Weg erreichte, der zu seinem Haus führte, das einsam auf einer Klippe stand. Es war ein langgezogenes, mit grauen Ziegeln gedecktes Gebäude mit hohen Bäumen auf der Rückseite und einer von einem Rosenbeet eingefaßten Rasenfläche vor dem Haus. Auf der angrenzenden Kiesauffahrt zur Garage sprossen Teufelsgras und andere Unkräuter.

Als er den Wagen zum Stehen brachte, tauchte vor dem Haus ein riesiger Hund auf, der auf sie zugesprungen kam. Annette war als erste ausgestiegen. »Hallo«, sagte sie und streckte ihre Hand aus, um das Tier zu streicheln.

Der Hund wich zurück. Er stand in Hab-Acht-Stellung und starrte sie an. Es war ein Riesenschnauzer, so groß wie eine dänische Dogge, der auf den Namen G.B. hörte, weil irgend etwas an seinem Gesicht und in seinem spöttischen Blick Carl an den Dichter Shaw erinnerte.

Annette sah den Hund an, bevor sie mit einer knappen Kopfwendung ihren Mann fixierte. »Dieser Hund«, sagte sie schneidend. »Warum sieht er mich so an?«

Carl stieg aus dem Wagen. »Wie?« sagte er – und dann war der Hund auch schon über ihm, mit wie verrückt wedelndem Stummelschwanz, das riesige Maul zu einem feuchten, rotweißen Begrüßungsgrinsen geöffnet.

»Hallo, G.B.!« sagte Carl – und das Tier richtete sich auf den Hinterpfoten auf, legte die Vorderpfoten auf Carls Schulter und versuchte, dessen Gesicht abzulecken. Ihre Gesichter waren jetzt fast auf derselben Höhe.

»Es ist seltsam«, sagte Annette. »In letzter Zeit scheint er mich nicht mehr zu mögen.« Sie runzelte die Stirn.

»Ach, das bildest du dir nur ein«, sagte Carl, während der Hund sich wieder auf alle viere niederließ und daneben stand, als die Pakete aus dem Wagen geladen wurden.

Carl trug die meisten, Annette den Rest. Dann standen sie in der Küche, und Annette begann, ihre Einkäufe in den Schränken zu verstauen. Carl stand daneben und beobachtete sie. Seine blauen Augen blickten düster und sorgenvoll, und er sah aus wie ein verwirrter, kleiner Riesenjunge, der aus einem ihm unbegreiflichen Grund in eine Klemme geraten ist.

Annette wollte ans Eisfach, und er stand ihr im Weg. Sie packte seinen Arm, schob ihn beiseite und sagte scharf: »Verschwinde! Du bist zu groß für diese Küche!«

Aber er legte seine langen Arme um sie und zog sie an sich. »Annette«, sagte er, »was ist los, Liebling? Was ist es? Was habe ich dir getan?«

Sie suchte sich aus seiner Umarmung zu lösen – doch er hielt sie nur noch fester, zog sie noch enger an sich und vergrub sein Gesicht im kühlen, festen Fleisch ihres Halses.

»Carl!« sagte sie. Sie klang verblüfft. Er redete weiter gegen ihren Hals. Fast konnte man seiner Stimme die Tränen anhören. »Erzähl mir nicht, daß alles in Ordnung ist«, sagte er. »Sag mir nur, was es *ist*! Sag mir, was ich *getan* habe! Das geht jetzt schon seit Wochen so – vielleicht schon seit Monaten. Seit du von dieser Reise zurück bist. Du bist so – anders...«

Seine Frau stand regungslos. »Aber Carlo...« sagte sie gedehnt, »genau dasselbe Gefühl habe ich umgekehrt auch.«

Er hob seinen Kopf und sah sie an. »Es ist«, sagte er, »es ist fast so, als ob du mich wegen irgend etwas verdächtigen würdest. Und ich weiß nicht weswegen!«

Sie runzelte die Stirn. »Ich ...« sagte sie, »ich ...« Dann sagte sie lange nichts.

»Weißt du, was ich glaube«, fuhr sie schließlich fort. »Ich glaube, daß wir beide sehr dumme Menschen sind.« Die Falten verschwanden aus ihrem Gesicht, die Farbe kehrte zurück.

»Zwei dumme Menschen!« sagte sie noch einmal. »Menschen, die nicht mehr so jung sind, wie sie einmal waren. Menschen, die zu selten andere Menschen treffen – und anfangen, sich Dinge einzubilden ...«

Sie brach ab, als durch das offene Fenster das Geräusch eines Wagens drang, eines alten Wagens, der sich den Hügel hoch kämpfte. »Ah!« sagte sie, legte ihre Hände auf Carls Schultern und drückte ihm einen Kuß auf den Mundwinkel, »die Post – ich hol' sie!« Und sie ging rasch zur Seitentür.

Er unternahm keinen Versuch, ihr zu folgen, es hatte keine Andeutung gegeben, daß er das erledigen könne. Annette war wegen ihrer Briefe immer sehr eifersüchtig gewesen, in letzter Zeit, so kam es ihm vor, sogar noch mehr als früher.

Er blieb an Ort und Stelle stehen, seine kräftigen Schultern sackten in sich zusammen, und das Lächeln, mit dem er ihres erwidert hatte, verschwand langsam aus seinem Gesicht. Er schüttelte den Kopf und atmete tief ein. Dann trottete er einmal durch das große Wohnzimmer und zurück, bevor er schließlich in seinem Arbeitszimmer verschwand. Er setzte sich vor seine Schreibmaschine und starrte sie lange an.

Dann begann er zu arbeiten – langsam zunächst, schließlich aber mit echter, Seiten verzehrender Wut ...

Es dämmerte längst, und er hatte schon seine Schreibtischlampe eingeschaltet, als er ein leises Geräusch hinter sich hörte. Er zwang sich, in die Welt, die er nicht kontrollieren konnte, zurückzukehren, wandte sich um und sah seine Frau auf der Schwelle stehen. In ihrem Gärtner-Overall sah sie noch schlanker, beinahe jungenhaft aus. »Ich wollte dich nicht stören, Carl«, sagte sie, »ich wollte nur wegen dem Essen fragen.« Ihr Gesicht lag im Schatten, vielleicht lächelte sie.

Er stand auf, streckte seine Arme und räkelte sich. »Wann immer du willst«, sagte er und, als sie Anstalten machte, das Zimmer zu verlassen: »Warte einen Moment!«

Er ging zu ihr herüber, faßte sie bei den Schultern und sah

sie an. Einen Moment lang stand sie steif, dann warf sie plötzlich ihre Arme um seinen Hals, schmiegte ihren schlanken, weichen Körper an seinen und blickte zu ihm auf.

Es war ein langer und leidenschaftlicher Kuß – und er wurde nur von einem hartnäckig scharrenden, dumpf klopfenden Geräusch am Fliegengitter vor dem Fenster unterbrochen.

Abrupt löste sich Annette aus der Umklammerung ihres Mannes. Sie murmelte etwas wie *»Sacré chien . . . !«* und verließ rasch das Zimmer.

Bis auf das Licht, das die Schreibtischlampe auf den Tisch warf, war es jetzt völlig dunkel. Carl tastete nach dem Schalter und knipste die Deckenlampe an. Langsam trat er ans Fenster, öffnete es und ließ den großen Hund herein.

Das Tier stand direkt neben ihm, sein Kopf reichte bis über Carls Hüfte, und er streichelte ihn, wobei er ihn sanft an den Ohren zog. Dann schloß er das Fenster und ging aus dem Arbeitszimmer nach oben in sein eigenes Zimmer, wobei der Hund nicht von seiner Seite wich. Carl duschte und zog sich um. Als er fertig war, konnte er seine Frau in ihrem Zimmer hören. »Los, G.B.«, sagte er und ging mit ihm nach unten und weiter nach draußen.

Er fuhr den Wagen in die Garage, schloß sie ab und war noch immer draußen, als Annette ihn zum Abendessen rief.

Es war, wie jedes Abendessen, das Annette zubereitete, ein komplettes und abgerundetes Kunstwerk – und es war um so angenehmer, als sie fast wie früher wirkte. Sie war fröhlich, gesprächig – und obwohl der Hund direkt auf ihrem Weg in die Küche lag, beschwerte sie sich nicht, sondern ging um ihn herum.

Wie gewöhnlich nahmen sie den Kaffee im Wohnzimmer. Nach seiner zweiten Tasse stand Carl auf, streckte sich und schnippte in G.B.'s Richtung mit dem Finger, und der Hund lief sofort erwartungsvoll zur Tür. Carl stand vor seiner Frau und lächelte auf sie herab. Er wollte etwas sagen – aber sie kam ihm zuvor und sah ihn jetzt mit plötzlicher Sorge von unten an.

»Carlo«, sagte sie, »du siehst nicht gut aus . . . ! Ich glaube, du arbeitest zu hart . . . Vielleicht solltest du nicht ausgehen!«

Aber Carl tat sie verächtlich ab. »Ich fühle mich großartig!«

sagte er, beugte sich zu ihr herab, küßte sie auf die Stirn, ging zur Tür und war verschwunden.

G.B. sprang voran, als er pfeifend den steilen Abhang ihres Privatwegs und dann das sanftere Gefälle der Pasco Street hinabging.

Er war noch keine Viertelmeile gegangen, als sein langer, gemessener Schritt ins Stocken geriet. Er tapste unsicher noch ein wenig weiter, bevor er ganz stehenblieb. Er schwankte. Er fuhr sich mit der Hand an die Stirn und fand sie schweißnaß. Er humpelte zum Straßenrand und ließ sich auf einem Streifen Gras nieder. Eine große, schwarze Masse tauchte aus der Dunkelheit auf und stubste ihn mit feuchter Nase. Er murmelte etwas, nahm die Hände vom Gesicht, hielt sich statt dessen den Bauch, senkte seinen Kopf bis zwischen die Knie und begann sich zu übergeben ...

Der alte Parry saß, ein Buch auf den Knien und ein Glas neben sich, im Wohnzimmer. Er hörte ein Kratzen an der Verandatür, gefolgt von einem wiederholten, kurzen, tiefen und fordernden Bellen. Seine Knochen knackten, als er aufstand und die Tür öffnete. Er verbeugte sich und sagte: »Es ist mir eine Ehre, Mr. Shaw!« Parrys hohes Kichern brach jäh ab, als der riesige Hund an ihm hochsprang, den Saum seiner Jacke zwischen den Zähnen faßte und ihn mit sanfter, aber herrischer Gewalt nach draußen zu zerren begann.

»Irgendwas nicht in Ordnung, alter Junge?« fragte Parry und folgte dem Weg, den der Hund vorgab. Kurz darauf fand er den Kranken am Straßenrand.

Carl hatte aufgehört, sich zu übergeben, und saß jetzt etwas aufrechter. Aber es hatte ihn ganz schön erwischt, und er war schwach wie ein Kätzchen. Auf Parrys entsetzten Fragen murmelte er: »... schon wieder gut ... tut mir leid ... nur eine Magenverstimmung ...« Er versuchte ein Lachen – ein schwaches, grauenerregendes Geräusch. »Ich bin nicht betrunken«, sagte er. »Bin gleich wieder auf den Beinen – mach keine Umstände ...«

Aber Parry machte Umstände: Er hatte Carls Gesicht gesehen – lang, von Erschöpfung und einer seltsam grünlichen Färbung gezeichnet und mit einem ölig glänzenden Film überzogen. Irgendwie hatte er dem großen Kerl auf die Beine geholfen, ihn unter den wachsamen gelben Augen des Schnauzers irgendwie in sein Haus manövriert und halb sitzend, halb liegend auf das Sofa plaziert.

»Danke«, murmelte Carl. »Danke ... es geht schon ...« Er ließ sich in die Kissen zurücksinken und schloß die Augen.

»Warte eben ...« sagte der alte Parry, ging in seinen kleinen Flur und griff nach dem Telefon. Kaum eine Viertelstunde später hielt draußen ein Wagen, und Dr. Thomas Wingate kam mit seiner Arzttasche in der Hand herein.

Carl protestierte. Er fühlte sich schon viel besser, die Blässe seines Gesichts hatte inzwischen wieder eine natürlichere Färbung angenommen. Er wirkte schüchtern, als sei ihm die ganze Sache peinlich. Er war dem alten Parry dankbar und doch offensichtlich ob der ganzen Aufregung verärgert. Er richtete sich, G.B. zu seinen Füßen, ganz gerade auf und sagte mit fester Stimme: »Wirklich, ich bin wieder völlig in Ordnung! Nur ein Anflug von Leichenvergiftung oder so was.« Er blickte von seinem Gastgeber zu dem Arzt. »Schrecklich nett von dir, dich so um mich zu sorgen, Parry. Und danke, daß du vorbeigekommen bist, Tom. Aber ...«

»Aber gar nichts!« sagte Wingate, setzte sich neben ihn, hielt sein Handgelenk und nahm den Puls. »Was hast du gegessen?«

Carl brachte ein Grinsen zustande. »Ein besseres Abendessen, als du es je kriegen wirst«, sagte er – und dann: »Aber mittags habe ich nicht zu Hause gegessen, vielleicht war es *das*! Annette und ich waren im Hickory Nut, und ich habe frittierte Garnelen gegessen – eine doppelte Portion! Tom, ich wette, daß es das war!«

Wingate ließ sein Handgelenk los. »Schon möglich«, sagte er. Erneut betrachtete er Carls Gesicht und stand auf. »Dein Bauch spielt ja gerne verrückt.« Er wandte sich an Parry. »Ich fahre ihn noch rasch nach Hause«, sagte er.

Auch Carl stand auf. Er bedankte sich noch einmal wortreich bei Parry und folgte Wingate zu dessen Wagen. Sie steckten G.B. auf die Rückbank, und er nahm sofort hinter Carl Platz und blies ihm fürsorglich seinen Atem in den Nacken.

Als sie Carls Auffahrt erreicht hatten, verlangsamte Wingate die Fahrt, bis sie kaum mehr vorankrochen. Unvermittelt, wie um sein eigenes Unbehagen zu überspielen, platzte er los:

»Also, Carl, ich kenne dich ziemlich gut, sowohl als Patienten als auch als Mitmenschen. Dieser – sagen wir ›Anfall‹ – ist vielleicht gar nicht durch verdorbenes Essen verursacht worden. Oder verdorbenes Essen war nur eine von mehreren Ursachen. Mit anderen Worten, mein Freund, vielleicht ist das Ganze im Grunde eine Sache der ›Nerven‹, wie es immer heißt.« Sie waren in der Auffahrt zum Stehen gekommen, aber Wingate machte keine Anstalten auszusteigen. Im Dunkeln betrachtete er Carls Gesicht und sagte: »Jetzt mal nur als Arzt gefragt, Carl: Hast du in letzter Zeit – irgendwelche Sorgen?« Er schwieg lange, aber Carl sagte nichts. »Du bist in den letzten Wochen nicht ganz du selbst gewesen . . .«

Carl öffnete die Wagentür auf seiner Seite. »Ich weiß nicht, wovon zum Teufel zu redest«, sagte er barsch.

Als er aus dem Wagen stieg, ging die Haustür auf, und Annette kam auf die Veranda. Sie blickte suchend durch die Finsternis in ihre Richtung. Sie rief: »Wer ist da?« Ihre Stimme klang hoch und schrill.

»Ich bin's nur, Liebes«, sagte Carl. »Tom Wingate hat mich nach Hause gefahren.« Er öffnete die hintere Tür. G.B. sprang heraus und folgte seinem Herrchen und Wingate die Treppen hinauf zum Haus.

Annette stand in der Tür, als sie hereinkamen. Ihr Gesicht lag im Schatten, doch sie wirkte blaß. Sie erwiderte Wingates förmliche Begrüßung mit einer steifen Verbeugung, und Carl machte einen gequälten und unbehaglichen Eindruck. Er versuchte Wingate davon abzuhalten zu berichten, was geschehen war, aber ohne Erfolg. Tom erzählte Annette die ganze Geschichte, höflich und prägnant – und gab ihr Anweisungen.

Sie war überaus bekümmert. Sie sagte, Carl habe schon nach dem Essen schlecht ausgesehen, und sie habe versucht, ihn am Ausgehen zu hindern. Sie war äußerst höflich gegenüber Dr. Wingate, wiederholte beflissen dessen Anweisungen und wollte von ihm bestätigt bekommen, daß der Anfall nichts Ernstes gewesen sei. Aber die ganze Zeit über wirkte sie steif, und etwas Frostiges lag in ihrem Benehmen. Erst als Wingate gegangen war – was sehr bald geschah – taute sie auf, dann allerdings ganz und gar. Sie bestürmte Carl, machte ein Riesenaufheben um ihn, half ihm die Treppe hoch, pflegte und bemutterte ihn. Und als er bequem im Bett lag, küßte sie ihn mit all ihrer alten Zärtlichkeit.

»Carlo, *mon pauvre!*« sagte sie sanft, und dann: »Es tut mir leid, daß ich nicht so nett zu deinem Doktor war, *cheri.* Aber – aber – *eh bien,* du weißt doch, daß ich ihn nicht mag.«

Er klopfte ihr auf die Schulter, sie küßte ihn erneut – und ganz schnell war er eingeschlafen ...

Zehn Tage später wurde er erneut von Schmerzen geplagt. Diesmal kamen sie spät abends. Er saß schreibend in seinem Arbeitszimmer. Es war schon nach eins, und Annette war bereits vor Mitternacht zu Bett gegangen.

Diesmal war es viel schlimmer, geradezu quälend. Es begann mit schmerzhaften Krämpfen in den Oberschenkeln – und als er aufstand, um seine Beine zu lockern, verspürte er ein furchtbares Brennen in der Magengrube. Dann wurde er von einer plötzlichen Schwäche überfallen und ließ sich zurück auf den Stuhl sacken. Er krümmte sich vor Schmerzen, die Hände verzweifelt an den Bauch gepreßt. Dicke Schweißtropfen standen überall auf seinem Gesicht und seinem Hals. Er begann zu würgen. Mit letzter Kraft drehte er sich mit seinem Schreibtischstuhl, bis sein Kopf über dem großen metallenen Papierkorb schwebte. Er mußte sich aufs Heftigste übergeben, und es schien eine Ewigkeit zu dauern.

Endlich hörten die Krämpfe zumindest vorübergehend auf. Er versuchte den Kopf zu heben – und der ganze Raum verschwamm vor seinen Augen. Draußen kratzte G.B. an den Fliegengittern, und ein qualvolles Jaulen entfuhr seiner Kehle. Carl wischte sich mit der Hand kraftlos über den Mund und sah, daß seine Finger blutverschmiert waren. Er legte die Stirn auf die Schreibtischplatte, und es gelang ihm mit allergrößter Mühe, das Telefon zu packen und zu sich heranzuziehen ...

Genau zehn Minuten später kam in der Auffahrt quietschend ein Wagen zum Stehen. Wingate sprang heraus und rannte die Treppe hoch. Die Haustür war nicht abgeschlossen, und er war schon halb im Wohnzimmer, als Annette auf dem oberen Treppenabsatz auftauchte. Sie trug ein Nachthemd und versuchte, ihren Arm in einen Bademantel zu zwängen. »Was ist?« fragte sie aufgeregt. »Was ist los?«

»Wo ist Carl?« bellte Wingate, hörte dann ein Geräusch aus dem Arbeitszimmer, durchmaß mit drei schnellen Schritten den Raum und stieß die Tür auf.

Carl war auf allen vieren in der Nähe der Badezimmertür. Er hob seinen Kopf, blickte Wingate aus einem gespenstisch aussehenden Gesicht an und versuchte, etwas zu sagen. Das Zimmer war ein einziges Chaos – und neben seinem Herrchen, unweit des zerfetzten Fliegenfensters, das er durchbrochen hatte, stand G.B.

Carl versuchte aufzustehen, aber es mißlang. »Ganz ruhig!« sagte Wingate. »Schön langsam . . .« Er ging rasch zu dem kranken Mann, hob und zog ihn auf eine Couch und begann ihn zu versorgen. G.B. hörte auf zu jaulen und legte sich hin. Annette kam ins Zimmer und stand hinter Wingate. Ihr Haar war in festen Zöpfen nach hinten geflochten, und ihr blasses Gesicht glänzte unter einer Cremeschicht. Sie hatte die Augen aufgerissen, die Pupillen waren erweitert. Ein eigenartiges Geräusch – vielleicht ein schon bei der Geburt abgewürgter Schrei – war ihr entfahren, als sie den Raum betrat, aber jetzt schien sie sich wieder unter Kontrolle zu haben, obwohl ihre Hände noch immer zitterten. Sie setzte an, etwas zu Wingate zu sagen, aber er unterbrach sie, fast brutal.

»Heißes Wasser«, fuhr er sie an. »Handtücher. Ein Glas.«

Sie rannte aus dem Zimmer – und war schnell mit den verlangten Sachen zurück; dann blieb sie bei ihm und war ihm in der folgenden Stunde harter Arbeit eine tüchtige, zurückhaltende Helferin.

Gegen drei Uhr war Carl, wenngleich noch immer schwach und mit einem müden und ausgezehrten Gesichtsausdruck, halbwegs wieder hergestellt und lag bequem in seinem eigenen Bett. Er lächelte Wingate an, der gerade seine Tasche zuschnappen ließ.

»Danke, Tom . . .« sagte er, und dann: »Tut mir leid, daß ich dir solche Mühe mache.«

»Jetzt bist du wieder in Ordnung.« Wingate erwiderte müden Blicks sein Lächeln und wandte sich an Annette.

»Gehen Sie ruhig zu Bett, Mrs. Borden«, sagte er. »Er wird

jetzt schlafen – er ist erschöpft.« Er wandte sich zum Gehen, blieb jedoch, die Hand an der Türklinke, noch einmal stehen. »Ich komme morgen gegen halb neun wieder vorbei. Wenn er irgend etwas will, geben Sie es ihm nicht.« Annette kam auf ihn zu, aber er wehrte sie mit einer Handbewegung ab. »Machen Sie keine Umstände – ich finde allein hinaus«, sagte er und war verschwunden.

Ganz langsam kam Annette zum Bett zurück und blickte auf ihren Mann herab. Die getrocknete Gesichtsmaske war zu glänzenden Inseln zerbröselt, die von ausgetrockneten Tälern durchfurcht wurden, welche die Haut gespannt, faltig und bleigrau aussehen ließen.

Carl streckte seinen Arm aus und griff nach ihrer Hand. »Hab' ich dir Angst gemacht, Liebes?« sagte er. »Es tut mir schrecklich leid!«

Steif beugte sie sich über ihn. »Schlaf jetzt«, sagte sie. »Morgen früh geht es dir wieder besser.«

Und es ging ihm tatsächlich besser, von einer großen Trägheit und einer schmerzhaften Empfindlichkeit in der gesamten Bauchgegend einmal abgesehen. Er wachte kaum auf, als Wingate um halb neun kam, und war, als er fünf Minuten später ging, sofort wieder eingeschlafen.

Um zwölf stand er – wie ein Kind, das die Familie überraschen will – auf, wusch sich und kleidete sich an. Als er damit fertig war, war er ein wenig müde – allerdings nicht so sehr, wie er erwartet hatte. Er öffnete leise seine Tür und ging ebenso leise nach unten. Als er die Tür des Arbeitszimmers erreicht hatte, kam ihm Annette entgegen. Sie trug ihre übliche Hausarbeits-Kleidung und hatte einen Besen und ein Kehrblech in der Hand. Unter dem farbenfrohen Tuch, das sie um ihren Kopf gebunden hatte, wirkte ihr Gesicht merkwürdig hager und kantig.

Als sie ihn sah, stieß sie einen kleinen Schrei aus. »Carlo!« rief sie. »Du sollst doch nicht aufstehen! Du hättest mich rufen sollen!«

Er lachte sie zärtlich an, kniff sie in die Wange und küßte sie. »Mir geht's bestens«, sagte er. »Ein paar Schmerzen in der Bauchgegend – aber das ist gar nichts.« Er legte einen Arm um ihre Hüfte, und sie gingen gemeinsam ins Arbeitszimmer.

Sie machte ein großes Getue um ihn und half ihm gerade in den großen Stuhl neben dem Schreibtisch, als das Telefon klingelte.

Carl griff nach dem Hörer und sagte: »Hallo ...? Oh, hallo Tom ...«

»Du bist also aufgestanden?« kam Wingates Stimme durch die Leitung. »Wie fühlst du dich?«

»Bestens«, sagte Carl. »Allerdings ziemlich hungrig ...«

»Hast du schon was gegessen?« Die Stimme am Telefon klang plötzlich hektisch.

»Nein. Aber ich ...«

»Gut. Tu es nicht. Nicht, bevor du bei mir vorbeigekommen bist. Ich möchte dich untersuchen – ein oder zwei Tests durchführen – solange der Magen noch leer ist. Kannst du in meine Praxis runterkommen? Das wäre besser. Oder willst du, daß ich hochkomme?« Wingates Stimme war jetzt nicht mehr hektisch, im Gegenteil, sie klang noch beiläufiger als sonst.

»Sicher kann ich vorbeikommen«, sagte Carl. »Wann?«

»Sofort«, hallte es aus dem Telefon wider. »Ich schiebe dich dazwischen. Bis dann.« Carl legte auf. Er sah seine Frau an und lächelte reuevoll. »Ich darf noch nichts essen«, sagte er. »Tom Wingate will mich vorher untersuchen.« Er stützte sich auf den Armlehnen ab und kämpfte sich auf die Füße.

Annette stand wie vom Donner gerührt. »Ich komme mit«, verkündete sie. »Ich fahre dich.«

»Ach Blödsinn!« sagte Carl. »Ich weiß doch, daß du es nicht leiden kannst, mitten bei der Erledigung deiner Pflichten unterbrochen zu werden.« Er klopfte ihr auf die Schulter. »Mir geht es absolut bestens, Liebling. Wirklich! Meinst du nicht, ich hätte schon genug Aufsehen veranstaltet?«

»Oh, Carlo – du bist so töricht!« Ihr Gesicht war jetzt ganz weiß – und ihr Mund zuckte, als würde sie jeden Moment in Tränen ausbrechen.

Carl legte einen Arm um ihre Schulter. »Du mußt ganz schön geschafft sein, Liebes«, sagte er.

»Mir geht es sehr gut«, fuhr sie ihn an. »Ich bin kein bißchen müde.« Dann gelang ihr mit einiger Anstrengung ein Lächeln. »Aber vielleicht doch«, sagte sie. »Mach dir nichts draus, daß ich so grantig bin. Fahr zu deinem Doktor Wingate ...«

Sie hakte sich bei ihm unter, begleitete ihn durchs Wohnzimmer und gab ihm an der Haustür einen Kuß.

»Paß auf dich auf, Carlo«, sagte sie. »Und komm schnell wieder.« Sie schloß die Tür hinter ihm.

Als er die Garage betrat, kam G.B. angerannt – und in dem Augenblick, als Carl die Wagentür öffnete, sprang er hinein, um in all seiner Größe ordentlich auf dem Beifahrersitz Platz zu nehmen. Seine Zunge hing hechelnd aus dem Maul, und er grinste breit.

Carl lachte ihn an und verzog dann das Gesicht, weil das Lachen ihn schmerzhaft seine Bauchmuskeln spüren ließ. »Okay, du Penner«, sagte er, setzte sich hinters Steuer und fuhr rückwsärts aus der Garage.

Obwohl er langsam fuhr, war er bereits nach wenigen Minuten vor Wingates Praxis angelangt. Er übertrug G.B. die Verantwortung für den Wagen und machte sich auf den Weg zur Hintertür, dem Eingang der wenigen besonders Privilegierten.

Wingate stand an seinem Schreibtisch. Das Licht blendete Carl, so daß er Toms Gesicht nicht genau erkennen konnte, aber er wirkte älter als sonst und müde. Selbst sein kleiner Bart sah grauer aus. Er wies auf einen Stuhl, Carl setzte sich, und Wingate kam herüber, um seinen Puls zu fühlen. Er ließ Carl seine Zunge herausstrecken und betrachtete sie eingehend.

Carl grinste ihn an. »Du bist aber heute morgen verdammt dienstlich«, sagte er.

Doch Wingate erwiderte weder sein Lächeln noch die spöttische Bemerkung. Er setzte sich auf seinen Drehstuhl, starrte Carl an und sagte: »Du warst ziemlich krank gestern nacht, mein Freund«, um dann, als Carl ein »Wem sagst du das?« eingeworfen hatte, in scharfem Ton fortzufahren: »Du hast Glück, daß du noch lebst.«

Carls Grinsen erstarb – und er stieß ein überraschtes »Häh?« aus.

»Du hast gehört, was ich gesagt habe.« Wingate hatte einen Bleistift vom Schreibtisch genommen und spielte damit herum. Er sah nicht Carl, sondern den Bleistift an.

»Übrigens, das da gehört dir«, sagte er und wies auf ein zylindrisches, provisorisch in braunes Papier eingeschlagenes Paket, das auf einem Abstelltischchen stand. »Willst du es wieder mitnehmen?«

Carl sah ihn verwirrt an. »Was...? Er starrte verständnislos auf das Paket. »Wovon redest du eigentlich?«

»Das ist dein Papierkorb.« Wingate hatte seinen Blick noch immer auf den sich in seiner Hand drehenden Bleistift gerichtet. »Aus deinem Arbeitszimmer. Ich habe ihn gestern nacht mitgenommen...«

»Warum...? Oh – du meinst, um ihn reinigen zu lassen.« Carl wurde unsicher. »Was zum Teufel *soll* das alles?« platzte er heraus. »Worauf willst du hinaus, Tom?«

Wingate sah ihn an und atmete tief ein. Mit monotoner Stimme sagte er: »Das wirst du sehr bald erfahren. Wo hast du gestern gegessen?«

»Zu Hause natürlich. Was...«

»Sei mal einen Moment still. Also du hast zu Hause gegessen. Was war das Letzte, das du gegessen hast? Es muß so gegen Mitternacht gewesen sein.«

»Nichts... das heißt, Moment mal – das hatte ich vergessen. Ich habe eine Tasse Suppe gegessen – Annettes Zwiebelsuppe. Sie hat sie mir gebracht, bevor sie zu Bett gegangen ist. Aber das kann doch nicht...«

»Warte! Du hast diese Suppe also gegen zwölf gegessen. Und ungefähr eine Stunde später hattest du Krämpfe in den Beinen und im Magen, ein Schwächegefühl, Übelkeit, akute Schmerzen im Darm. Und du mußtest dich heftig übergeben. Eine Menge davon, wenngleich keineswegs alles, ist in diesem Papierkorb gelandet. Und eine Analyse seines Inhalts hat ergeben, daß du mindestens eineinhalb Gramm Arsen geschluckt haben mußt...«

Seine Stimme verlor sich in der Stille. Schließlich stand er auf, um Carl direkt in die Augen zu sehen, der seinerseits aufgesprungen war. Der Arzt legte seine Hand auf Carls Arm und drückte ihn wieder auf den Stuhl. Unbewußt wiederholte er dabei die Worte, die er auch in der vergangenen Nacht benutzt hatte. »Ganz ruhig!« sagte er. »Schön langsam!«

Carl setzte sich. Er war noch blasser geworden. Er fuhr sich mit zitternder Hand über die Stirn und versuchte zu lächeln.

»Das war aber ganz schön knapp«, sagte er – und dann:

»Eineinhalb Gran, ja? Das ist eine ziemliche Dosis, oder nicht?«

»Hätte durchaus tödlich gewesen sein können«, sagte Wingate. »Vielleicht hast du auch schon mehr geschluckt.«

»Wie zum Teufel soll ich das Zeug denn geschluckt haben?« sagte Carl. Er sah Wingate nicht direkt in die Augen, sondern blickte an ihm vorbei. »Mit dem Gemüse oder was? Man sprüht es doch mit Pflanzenschutzmittel ein, oder nicht?«

»Nicht in solch hohen Dosen.« Wingate ging zu seinem Stuhl zurück und setzte sich. »Und vor zehn Tagen hattest du schon einen Anfall. Die gleiche Sache – nur nicht soviel.« Seine Stimme klang völlig flach. »Und du hast beide Male zu Hause gegessen.«

Carl fuhr wieder aus seinem Stuhl hoch. Sein Gesicht war verzerrt, seine blauen Augen funkelten.

»Um Himmels willen«, rief er. »Bist du verrückt geworden? Was willst du damit andeuten?«

»Ich will überhaupt nichts andeuten.« Wingates Stimme war noch immer tonlos. »Ich stelle nur etwas fest. Binnen der letzten zehn Tage bist du zweimal mit Arsen vergiftet worden. Das zweite Mal sogar nachweislich.«

Carl warf seinen massigen Körper zurück in den Stuhl. Er setzte an, um etwas zu sagen, stieß aber nur ein unterdrücktes Stöhnen aus.

»Du glaubst doch nicht etwa, daß ich das gern tue, oder?« sagte Wingate. »Aber du mußt den Tatsachen ins Auge sehen, Mann. Die Wahrscheinlichkeit, daß es sich um einen Zufall handelt, ist eins zu zwei Millionen.«

Carl hielt die Lehnen seines Stuhls umklammert, bis seine Handgelenke weiß wurden. »Wenn ich dich nicht so gut kennen würde«, sagte er heiser, »würde ich dir den Hals umdrehen!« Seine Stimme wurde laut. »Siehst du denn nicht, daß es sich bei der ganzen Geschichte um einen merkwürdigen, schrecklichen Zufall handeln muß? *Weißt* du nicht, daß das, was du andeutest, völlig und absolut unmöglich ist?« Er brach unvermittelt ab und keuchte, als ob er zu schnell gerannt wäre.

Wingate saß regungslos da. Die Hände, auf die er seinen Kopf gestützt hatte, warfen einen Schatten über sein Gesicht. Er sprach, als hätte Carl nie ein Wort gesagt.

»Arsen ist leicht zu beschaffen«, sagte er. »Vor allem für Gärtner – Ameisen-Paste, Schweinfurter Grün, Rosen-Spray, Unkraut-Ex . . .«

»Gott verdammt noch mal!« Carl ließ seine Faust auf die Armlehne krachen. »Wir haben Unkraut-Ex im Haus – aber ich hab' ihr selbst aufgetragen, welches zu besorgen!«

Er erhob sich und stand drohend vor Wingate. »Ich gehe jetzt«, sagte er. »Und ich werde nicht zurückkommen. Ich glaube nicht, daß du, was das Arsen angeht, gelogen hast, aber ich weiß, daß du einen ungeheuren, bösen Fehler begehst mit deiner Vermutung, wie ich es eingenommen habe – einen Fehler, wie er einem Mann von deiner Intelligenz eigentlich nicht passieren dürfte!«

Er ging zur Tür, kam aber noch einmal zurück. »Und noch eins«, sagte er. »Ich kann dich nicht davon abhalten zu denken, was du willst« – seine Stimme zitterte jetzt vor unterdrückter Erregung – »aber ich *kann* dich davon abhalten, deine Gedanken auch laut zu äußern – und das werde ich tun! Wenn du über diese Geschichte gegenüber irgend jemanden auch nur eine Andeutung fallen läßt, werde ich dich erst halbtot prügeln und dich dann ruinieren! Und vergiß das bloß nicht – es ist mein Ernst!«

Er blieb einen Moment lang drohend vor dem anderen Mann stehen, aber Wingate rührte sich nicht, sah ihn nicht einmal an, bis Carl schließlich erneut zur Tür ging, sie öffnete und das Zimmer verließ. Er trat wieder ins Freie und ging zu seinem Wagen. Er war aschfahl. Er öffnete die Tür und ließ sich auf den Fahrersitz fallen. Er packte das Steuer mit beiden Händen und legte seinen Kopf darauf. Er atmete keuchend und in tiefen Zügen, die seinen ganzen Körper erschütterten. G.B. jaulte leise und leckte das Ohr seines Herrchens – und zwei Frauen, die vorbeikamen, betrachteten das Bild voller Neugier.

Vielleicht spürte Carl ihren Blick, denn er hob plötzlich den Kopf und sah sie. Er richtete sich auf und schob mit sanftem Druck den Kopf des Tieres zur Seite.

Ganz langsam fuhr er nach Hause. Annette hörte den Wagen und öffnete die Haustür, als er die Stufen hochstieg. »Was hat er gesagt, Carlo?« wollte sie sofort wissen. »Konnte er dir sagen, was mit dir los ist?« Ihr Gesicht schien noch verhärmter und ausgezehrter als zuvor.

Carl sah sie an – und schüttelte dann den Kopf. Er trat ins Haus und ließ sich in den erstbesten Sessel fallen. »Nein«, sagte er langsam, ». . . nein, konnte er nicht. Ich glaube nicht, daß er viel davon versteht . . .«

»Himmel, bin ich müde . . .« sagte er noch. »Komm, gib mir einen Kuß, Liebling.«

Sie kam, setzte sich auf die Lehne seines Sessels und küßte ihn. Sie zog seinen Kopf an ihre Brust und strich ihm übers Haar. Er konnte ihr Gesicht nicht sehen, während sie sprach.

»Aber, *chéri*«, sagte sie, »er muß doch *irgendwas* wissen.«

Carl seufzte. »Oh, er hat jede Menge medizinische Fachausdrücke benutzt, die alle mit *gastro* anfingen . . . Aber ich glaube nicht, daß er wirklich mehr weiß als ich – und das ist, daß ich nun mal einen nervösen Magen habe.« Er lehnte sich zurück und sah sie an. »Ich sag' dir was – vielleicht hast du doch recht, was Tom Wingate angeht. Nicht als Mensch, meine ich – aber als Arzt. Ich denke, beim nächsten Mal gehe ich zu jemand anderem . . .«

Annette sprang auf. »Jetzt haben wir aber wirklich genug über Ärzte geredet«, sagte sie. »Und ich, ich bin eine schlechte Ehefrau! Hier sitzt mein armer Mann, blaß und schwach, weil er kein Essen hat. Nur einen Moment, Carlo . . .«

Sie eilte in die Küche. Ihre Müdigkeit und Abgespanntheit schienen wie abgeschüttelt.

Carl blieb sitzen, wo er war. Er starrte vor sich hin, ohne daß seine Augen wahrzunehmen schienen, was sie sahen.

Binnen kürzester Zeit war Annette zurück. Sie trug ein kleines Tablett mit einem Löffel, einer Serviette und einer Schale, aus der es verführerisch duftete und dampfte.

»Voilà«, sagte sie, stellte das Tablett auf seine Knie, reichte ihm den Löffel und trat einen Schritt zurück, um ihm beim Essen zuzusehen.

Er erwiderte ihren Blick, lange und fest – und als sie sagte: »Nun mach schon, iß deine Suppe«, schien er es gar nicht gehört zu haben.

Völlig unvermittelt sagte er auf einmal: »Annette, liebst du mich?« und starrte sie weiter an.

Sie riß die Augen auf. Nach einem kurzen Moment sagte sie: »Aber ja – aber *selbstverständlich* doch, Carlo!«

Und dann fügte sie lachend hinzu: »Nun führ dich nicht auf wie ein Kleinkind! Iß deine Suppe – sie ist auch gar nicht mehr heiß.«

Er betrachtete den Löffel in seiner Hand, als sei er überrascht, ihn dort vorzufinden, legte ihn auf das Tablett, nahm die Suppenschale zur Hand und sah seine Frau über den Rand hinweg an.

»Santé!« sagte er – führte das Porzellan zum Mund und begann in großen Schlucken zu trinken...

In dieser Nacht hatte er keine Schmerzen.

Eine Woche verstrich, ohne daß sie zurückkehrten – eine Woche, in der er Dr. Thomas Wingate weder gesehen, noch ein Wort von ihm gehört hatte.

Es war nach elf Uhr abends, als er mit G.B. den letzten Abhang der Paso Street entlangschlenderte. Hinter ihm rief ihm der alte Parry ein letztes Gutenacht zu, und er wandte sich halb um und hob grüßend die Hand. Er hatte Parry auf dem Rückweg von einem außergewöhnlich langen Spaziergang am Briefkasten getroffen; eine Begegnung, die irgendwie zu ein paar gemeinsamen Drinks in Parrys Haus sowie einem langen Gespräch über Parrys Lieblingsthema geführt hatte, den geistigen Verfall der Menschheit.

Er erreichte den steilen Privatweg zu seinem Haus, verlangsamte seine Schritte für den Aufstieg und pfiff nach G.B., der auf der Stelle herbeigerannt kam und folgsam neben ihm hertrottete.

Carl summte vor sich hin, als er die Auffahrt und die Stufen zum Haus hinaufstieg. Er öffnete die Haustür und ließ erst den Hund herein, bevor er selbst folgte.

»Oh, mein Gott!« rief er.

Einen Augenblick lang, der ihm vorkam wie ein Jahrhundert, stand er regungslos da.

Annette lag auf dem Boden, häßlich verkrümmt, ihr Körper und das ganze Zimmer schrecklich besudelt.

G.B. starrte sie an und drängte dann durch die halb geöffnete Tür in die Küche. Man hörte ein dumpfes Geräusch, als er sich zu Boden plumpsen ließ.

Carl sank neben seiner dahingestreckten Frau auf die Knie. Er hob ihren Kopf, der schlaff in seinem Arm hing. Sie hatte die Augen geschlossen, und ihr verdreckter und geschwollener Mund stand offen. Sie atmete, aber nur ganz schwach – und als er nach ihrem Herzschlag fühlte, war der kaum wahrnehmbar...

Irgendwie fand er sich in seinem Arbeitszimmer am Telefon wieder... Wie von selbst wählten seine zitternden Finger eine Nummer...

Am anderen Ende meldete sich Wingate.

»Tom!« rief er mit schriller, hoher Stimme. »Tom! Ich bin's, Carl. Komm sofort her! Und *beeil* dich!«

Er legte den Hörer auf, seine Füße trugen ihn irgendwie zurück ins Wohnzimmer. Er fiel erneut auf die Knie und hielt seine Frau in den Armen...

Er hielt sie noch immer, als Wingate eintraf.

Wingate untersuchte sie und schüttelte den Kopf. Er befahl Carl aufzustehen und führte ihn ins Arbeitszimmer. »Du mußt den Tatsachen ins Auge blicken, Carl«, sagte er. »Sie... sie ist tot.«

Carl zitterte am ganzen Körper – seine Hände, sein Leib, sein Kopf, einfach überall.

»Setz dich hierhin«, sagte Wingate, »und rühr dich nicht vom Fleck!« dann verschwand er erneut im Wohnzimmer.

Er betrachtete die tote Frau, das Chaos um sie herum, das ganze Zimmer. Er starrte gerade die beiden Kaffeetassen auf dem Klavier an, als G.B. aus der Küche kam, zum Arbeitszimmer rannte und darin verschwand.

Wingate nahm die Tassen zur Hand, eine nach der anderen. Es waren kleine Tassen, und beide enthielten den matschigen Satz eines türkischen Mokkas. Er befeuchtete eine Fingerspitze und tupfte sie nacheinander in jede der beiden Tassen, wobei er sich jedesmal mit der Zungenspitze über die Fingerkuppe fuhr. Der zweite Test brachte das erwünschte Ergebnis – und mit entspannteren Gesichtszügen ging er zurück ins Arbeitszimmer.

Carl hatte sich nicht bewegt, aber das Zittern war stärker geworden. Der Hund saß neben ihm und sah ihm ins Gesicht.

Wingate legte eine Hand auf Carls bebende Schulter. Carl

versuchte, etwas zu sagen – aber seine Zähne begannen zu klappern, und er brachte kein Wort heraus.

»Du weißt es, nicht wahr?« sagte Wingate. »Sie hat es noch einmal versucht ... Du wolltest ja nicht, daß *ich* auf dich aufpasse – aber die Mächte des Schicksals haben es trotzdem getan!«

»Ich – ich – ich v-verstehe das nicht ...« murmelte Carl.

»Sie war sich ihrer Sache einfach zu sicher«, sagte Wingate. »Und irgendwas ist schiefgelaufen; irgendeine Kleinigkeit, die ihre Aufmerksamkeit abgelenkt hat.« Er hob die Schultern. »Und – na ja, sie hat die falsche Tasse genommen.«

»O mein *Gott*«, sagte Carl. Er verbarg sein Gesicht in den Händen, seine Finger gruben sich in die Schläfen. »Tom«, sagte er, »ich wünschte fast, es *hätte* mich erwischt!«

»Also, wirklich!« Wingate packte ihn jetzt am Arm. »Hör auf, dir das Hirn zu zermartern – tu einfach nur, was ich dir sage.«

Er zog Carl auf die Füße und führte ihn aus dem Arbeitszimmer die Treppe hinauf in sein Zimmer. G.B. folgte ihnen auf dem Fuß und lag wachsamen Blickes vor dem Bett, während Wingate Carl auszog, ihn ins Bett steckte und ihm schließlich eine Spritze in den Arm verpaßte.

»So!« sagte er. »In fünf Minuten bist du eingeschlafen ...«

Er wollte sich gerade abwenden, als Carl seinen Arm ausstreckte, Wingates Hand ergriff und sie festhielt.

»Geh nicht ...« sagte er. »Und dann: »Was ich in deiner Praxis zu dir gesagt habe – es tut mir leid, Tom ...« Wingate versuchte nicht, seine Hand wegzuziehen. »Vergiß es«, sagte er. »Ich hab' es schon vergessen.«

Und dann begann er mit einschläfernd monotonem Tonfall langsam und leise auf Carl einzureden. »Du mußt jetzt vor allem schlafen«, sagte er. »Ich werde mich um alles andere kümmern ... Bald wird dir das Ganze vorkommen wie ein Alptraum, den du schon halb vergessen hast ... Und mach dir keine Sorgen wegen der Öffentlichkeit und einem Skandal und dergleichen, Carl ... Es wird keine ... Also weißt du, ich war mir so *sicher* – daß ich die Geschichte trotz deiner Warnung Chief Nichols erzählt habe ... Er und ich werden dem Leichenbeschauer alles erklären ...«

Er ließ seine Stimme in der Stille verhallten – Carl Borden war eingeschlafen.

Erst drei Wochen später erlaubte sich Carl ein erstes Lächeln – und das auch nicht in El Morro Beach. Er war in San Francisco – und Lorna erwartete ihn.

Lächelnd fuhr er die Market Street hinauf, G.B. saß aufrecht neben ihm.

»Weißt du was, alter Junge«, brummte er. »Fast hätte ich beim zweiten Mal zuviel genommen!«

Das Lächeln wurde zu einem vergnügten Glucksen.

Deutsch von Kristian Lutze

Ich finde schon hinaus

Ngaio Marsh

Am fraglichen Abend war Anthony Gill unfähig zu essen, ruhig zu bleiben, nachzudenken, zu sprechen oder vernünftig zu handeln. Er lief von seiner Wohnung zum Jupiter-Theater, obwohl er wußte, daß niemand dort hinter den Kulissen sein würde, daß es für ihn nichts im Theater zu tun gab, daß er ruhig zu Hause hätte bleiben und sich allmählich umziehen, dann dinieren und dann, sagen wir um Viertel vor acht, hätte eintreffen sollen. Doch es war, als dränge ihn irgend etwas in seine Kleider, stieße ihn auf die Straße und zwänge ihn dazu, durch das West End zum Jupiter zu hetzen. Sein Verstand lag unter einem Film der Trägheit. Zusammenhangslose Zeilen aus dem Stück kamen ihm in den Sinn, doch ohne irgendeine besondere Bedeutung. Er ertappte sich, wie er einen vollständig irrelevanten Satz immerzu wiederholte: »Sie hat eine Art zu lachen, die einem Mann das Herz höher schlagen läßt.«

Piccadilly, Shaftesbury Avenue. »Hier gehe ich«, dachte er, als er in die Hawke Street einbog, »meinem Stück entgegen. Noch eine Stunde und neunundzwanzig Minuten bis dahin. Einen Schritt pro Sekunde. Es stürzt auf mich zu. Tonys erstes Stück. Armer junger Tony Gill. Mach dir nichts draus. Versuch's noch mal.«

Das Jupiter. Neonlichter: ICH FINDE SCHON HINAUS – *von Anthony Gill.* Und im Eingang die Plakate und Fotos. *Coralie Bourne mit H. J. Bannington, Barry George und Canning Cumberland.*

Canning Cumberland. Der Film über seinem Verstand riß, und da war die Sache an sich, und über diese mußte er nachdenken. Wie schlimm würde Canning Cumberland sein, wenn er betrunken auftrat? Brillant schlimm, sagte man. Er würde alle Kniffe anwenden. Cleveres Schauspieler-Zeug, mit dem er jeden anderen dumm dastehen ließ und jede schauspielerische Ausgewogenheit verhöhnte.

»In Mr. Canning Cumberlands Händen werden belanglose Dialoge und nicht überzeugende Situationen nahezu realistisch.« Was soll man mit einem betrunkenen Schauspieler anfangen?

Er stand im Eingang und spürte sein Herz pochen, und er fühlte sich innerlich klein und elend.

Denn es war natürlich ein schlechtes Stück. In diesem Augenblick und zum allerersten Mal war er davon wirklich überzeugt. Es war entsetzlich. Nur ein Highlight, eine starke Szene, und die war nicht sein Verdienst. Sie wurde ihm von Coralie Bourne vorgeschlagen: »Ich glaube nicht, daß das Stück, so wie Sie es mir geschickt haben, ankommen wird. Aber mir ist der Gedanke gekommen . . .«

Es war eine geniale Idee. Er hatte das Stück daraufhin umgeschrieben und fast sogleich und gänzlich unschuldig angefangen, sie für seine eigene zu halten, obwohl er zaghaft zu Coralie Bourne gemeint hatte: »Sie müßten eigentlich als Ko-Autorin erwähnt werden.«

Rasch, überschwenglich, hatte sie abgelehnt. »Das war doch nichts«, sagte sie. »Wenn Sie Dramatiker werden wollen, müssen Sie lernen, sich die Ideen von überall zu holen. Eine einzige Situation ist nichts. Denken Sie an Shakespeare«, fuhr sie leichthin fort. »Ganze Handlungen! Seien Sie nicht albern.« Später hatte sie mit derselben nervösen, gehetzten Miene gesagt: »Reden Sie mit niemandem darüber. Sie werden darin mehr sehen, als hinter meinem kleinen Vorschlag steckt, statt weniger. Bitte, versprechen Sie es.«

Er versprach es im Glauben, eine Geschmacklosigkeit begangen zu haben, als er Coralie Bourne, einer so berühmten Schauspielerin, vorgeschlagen hatte, als Ko-Autorin eines unbekannten Jünglings in Erscheinung zu treten. Und wie recht sie hatte, dachte er, denn natürlich wird es ein schauderhafter Flop werden. Sie wird bedauern, eingewilligt zu haben, darin mitzuwirken.

Als er so vor dem Theater stand, ließ er sich mögliche Alpträume durch den Kopf gehen. Wie reagierte das Publikum, wenn ein erstes Stück ein Reinfall war? Klatschte es ein bißchen, genug um den Vorhang hochziehen, um ihn dann rasch wieder vor einer sich unbehaglich fühlenden Schauspielerschar herunterfallen zu lassen? Wie spärlich durfte der Applaus für sie sein, um ihn ohne Gesichtsverlust davonkommen zu lassen? Und man hatte vor, hinterher zum Künstlerball in Chelsea zu gehen. Eine gräßliche Vorstellung. Mit dem Gedanken, er würde alles darum geben, sein Stück zurückzuziehen, wenn er nur könnte, wandte er sich um und betrat das Foyer. In den Büros brannte Licht, und er blieb unschlüssig vor einer Stellwand mit Fotos stehen. Unter diesen befand sich, viel kleiner als die der Hauptdarsteller, das von Dendra Gay, deren Augen direkt in seine blickten. *»Sie hat eine Art zu lachen, die einem Mann das Herz höher schlagen läßt.«* Er wandte sich um. Ein Mann kam aus dem Büro. »Mr. Gill? Telegramme für Sie.«

Anthony nahm sie entgegen und hörte im Hinausgehen, wie der Mann ihm nachrief: »Viel Glück für heute abend, Sir.«

In der Seitenstraße standen Warteschlangen vor den Türen zur Abendkasse.

Um halb sieben wählte Coralie Bourne die Nummer von Canning Cumberland und wartete.

Sie hörte seine Stimme. »Ich bin's«, sagte sie.

»Oh, Gott! Darling, ich habe gerade an dich gedacht.« Er sprach zu hastig, zu laut. »Coral, ich habe über Ben nachgedacht. Du hättest dem Knaben diese Szene nicht geben dürfen.«

»Das haben wir doch schon Dutzende von Malen durchgekaut, Cann. Warum es nicht an Tony weitergeben? Ben wird es nie erfahren.« Sie machte eine Pause und meinte dann nervös: »Ben ist verschwunden, Cann. Wir werden ihn nie wiedersehen.«

»Ich habe da so ein ungutes Gefühl. Immerhin ist er dein Ehemann.«

»Nein, Cann, nein.«

»Angenommen, er taucht wieder auf?«

»Er wird nicht auftauchen.«

Sie hörte ihn lachen.

»Mir steht das alles bis zum Hals«, dachte sie plötzlich. »Ich habe das einmal zuviel erlebt. Ich halte das nicht mehr aus ... Cann«, sagte sie laut in die Sprechmuschel. Aber er hatte schon aufgelegt.

Um zwanzig vor sieben betrachtete sich Barry George im Spiegel seines Badezimmers. »Ich sehe besser aus als Cann Cumberland«, dachte er. »Ich habe einen wohlgeformten Kopf, meine Augen sind größer und meine Kinnlinie klarer umrissen. Nie habe ich eine Vorstellung platzen lassen. Ich trinke nicht. Ich bin ein besserer Schauspieler.« Er drehte den Kopf ein wenig und rollte dabei die Augen, um die Wirkung zu prüfen.

»In der großen Szene«, dachte er, »bin ich der Star. Er gibt nur das Stichwort. So will es die Regie, und so hat der Autor es gewünscht. Ich muß mir die Kritiken besorgen.« Vergangene Kritiken kamen ihm in den Sinn. Er sah den Druck vor sich, den Umfang der Artikel; einen langen Zeitungsartikel über Canning Cumberland, dem abschließend noch ein Absatz hinzugefügt war: »Ist es zu unfreundlich, noch hinzuzufügen, daß Mr. Barry George im Kielwasser von Mr. Cumberlands Virtuosität mit einer Miene atemloser Unterwürfigkeit hinterhertrottet?« Und noch einmal: »Es ist für Mr. Barry George ein bißchen hart, dazu verpflichtet zu sein, zu dieser brillanten Vorstellung den Hintergrund abzugeben.« Am allerschlimmsten: »Mr. Barry George gelang es, einem Stichwortgeber nicht zu ähnlich zu sehen, eine Anstrengung, die seine Kräfte offensichtlich erschöpfte.«

»Ungeheuerlich!« sagte er lauthals zu seinem eigenen Abbild, wobei er das leichte Aufflackern von Gereiztheit in den Augen beobachtete. Alkohol, meinte er für sich, verursachte bei Canning Cumberland zwei Dinge. Er streckte die Finger. Eine schöne, ausdrucksstarke Hand. Die Hand eines Schauspielers. Alkohol zerstörte Cumberlands künstlerische Ganzheit. Überdies verschaffte er ihm diese teuflische Gerissenheit. Betrunken pflegte er den Rahmen eines Stückes zu sprengen, sein Gleichgewicht zu zerstören, seine Form zu ruinieren und sich selbst mit einer alles sprengenden Darstellungsweise zu produzieren, die das Publikum als genial mißverstand. »Während ich«, sagte er laut, »dem Autor lediglich den Respekt in Form einer getreuen Interpretation zolle. Pah!«

Er kehrte in sein Schlafzimmer zurück, kleidete sich vollständig an und rückte seinen Hut zurecht. Noch einmal hielt er das Gesicht dicht vor den Spiegel und betrachtete forschend sein Abbild. »Bei Gott!« sprach er zu sich selbst. »Er hat es einmal zu oft getan, alter Junge. Heute nacht werden wir abrechnen, nicht wahr? Bei Gott, das werden wir.«

Teils befriedigt, teils beschämt, denn genaugenommen hatte diese Szene einen Beigeschmack von Schmiere gehabt, nahm er seinen Gehstock in die eine und seinen Koffer mit dem Kostüm für den Künstlerball in die andere Hand und machte sich auf zum Theater.

Um zehn vor sieben schob sich H. J. Bannington durch die Schlange zur Galerie, wobei er immer wieder den Hut abnahm und »Herzlichen Dank« zu den erfreuten Ladies sagte, die ihn durchließen. Er hörte, wie sie seinen Namen murmelten. Er war auf dem Weg zum Bühnenzugang. Forsch marschierte er die hintere Gasse entlang, grüßte den Türwächter, schritt unter einer trüben Lampe hindurch, trat ein und begab sich auf die Bühne. Lediglich die Arbeitsleuchten waren eingeschaltet. Die Wände einer Innendekoration wuchsen gedämpft ins Dunkel.

Bob Reynolds, der Regisseur, kam durch den Souffleureingang. »Hallo, alter Junge«, sagte er. »Ich habe die Garderoben getauscht. Du hast die dritte von rechts; man hat deine Sachen schon reingebracht. Paßt's dir?«

»Zumindest besser als ein schwarzes Loch in WC-Größe, aber ohne dessen Ausstattung«, meinte H. J. säuerlich. »Ich nehme an, der große Mr. Cumberland verfügt immer noch über seinen Star-Raum?«

»Nun, ja, alter Junge.«

»Und wer, wenn ich fragen darf, ist neben ihm? In dem Raum mit dem anderen Gasofen?«

»Dort haben wir Barry George untergebracht, alter Junge. Du weißt doch, wie er ist.«

»Nur zu gut, alter Junge, und das Publikum, fürchte ich, ist auch dabei, es herauszufinden.«

H. J. wandte sich zum Gang vor den Garderoben. Der Regisseur kehrte zu den Bühnenaufbauten zurück, wo er auf seinen Assistenten traf.

»Was zwickt denn *den*?« fragte der Assistent.

»Er wollte eine Garderobe mit Ofen.«

»Ganz natürlich«, meinte der Assistent gehässig. »Er ist ja auch lange genug Gasableser gewesen.«

Rechts und links vom Gang, ganz dicht beim Bühnenende, befanden sich zwei Türen. Die Tür zur Linken stand offen. H. J. blickte hinein und wurde vom Geruch nach Theaterschminke, Puder, Fettcreme und Blumen begrüßt. Ein Gasofen summte gemütlich vor sich hin. Coralie Bournes Garderobiere legte gerade Handtücher aus.

»Guten Abend, Katie, mein Juwel«, grüßte H. J. »La Belle ist noch nicht hier?«

»Wir sind unterwegs«, sagte sie.

H. J. summte stilvoll: *»Bella figlia del amore«* und kehrte in den Korridor zurück. Der Star-Raum zur Rechten war geschlossen, aber er konnte Cumberlands Garderobier darin umhergehen hören. Er ging bis zur nächsten Tür, hielt inne, las die Karte, »Mr. Barry George«, trällerte ein ausgesprochen hämisches Liedchen, trat durch die dritte Tür ein und schaltete das Licht an.

Entschieden keine Hauptdarstellergarderobe. Kein Ofen. Immerhin ein Waschbecken und zwei einander gegenüber hängende Spiegel. Auf den Schminktisch hatte man einen Stapel mit Telegrammen gelegt. Immer noch singend griff er danach, wobei er sogleich eine Anzahl von Rechnungen aussortierte, die taktvollerweise ganz unten lagen, und einen Brief, der in einer auffallenden Schrift adressiert war.

Seine Stimme hätte mechanisch wiedergegeben und willkürlich abgeschaltet worden sein können, so abrupt endete sein Lied inmitten eines Refrains. Er ließ die Telegramme auf das Tischchen fallen, nahm den Brief und riß ihn auf. Sein Gesicht, elendig bleich, wurde endlos in den Spiegeln reflektiert.

Um neun Uhr läutete das Telefon. Roderick Alleyn nahm den Anruf entgegen. »Hier Sloane 8 44 05. Nein, Sie haben sich verwählt. *Nein.*« Er legte auf und kehrte wieder zu seiner Frau und seinem Gast zurück. »Dies ist das fünfte Mal in zwei Stunden.«

»Laß uns eine neue Nummer beantragen.«

»Es könnte Schlimmeres geben.«

Abermals läutete das Telefon. »Hier ist nicht 8 44 06«, warnte

Alleyn gleich. »Nein, ich kann nicht drei große Überseekoffer zur Victoria Station bringen. Nein, ich bin nicht die Instant All Night Delivery. Nein.«

»Die haben 8 44 06«, erklärte Mrs. Alleyn für Lord Michael Lamprey. »Ich nehme an, man hat sich bloß verwählt, aber Sie können sich nicht vorstellen, wie ärgerlich die Leute werden. Nun, weshalb möchten Sie Polizist werden?«

»Sie müssen wissen, es ist ein öder, harter Job . . .«, begann Alleyn.

»Oh«, sagte Lord Mike, während er die Beine streckte und kritisch seine Schuhe musterte, »ich denke keine Sekunde daran, daß ich mich sofort in falsche Bärte und Zivilkleidung stürzen würde. Nein, nein. Aber ich bin unverschämt gesund, Sir. Stark wie ein Pferd. Und ich halte mich in der Tat nicht für so dumm, wie Sie vielleicht zu vermuten geneigt sind . . .«

Das Telefon läutete.

»Ich schlage vor, Sie lassen mich rangehen«, meinte Mike und tat es auch.

»Hallo?« meldete er sich mit gewinnender Stimme. Er lauschte, während er seinem Gastgeber zulächelte. »Ich fürchte . . .«, begann er. »Also, warten Sie mal – ja, aber . . .« Sein Gesichtsausdruck wurde verblüfft und dann selbstgefällig. »Dürfte ich«, sagte er geistesgegenwärtig, »Ihren Auftrag wiederholen, Sir? Man kann nie sicher genug sein, nicht wahr? Anruf von Harrow Gardens Nr. 11, Sloane Square; wir sollen sofort einen Koffer für Mr. Anthony Gill ins Jupiter-Theater bringen. Sehr wohl, Sir. Danke, Sir. Abholen. Jawohl.«

Er legte den Hörer wieder auf und strahlte die Alleyns an.

»Was zum Teufel haben Sie vor?« fragte Alleyn.

»Er war schlicht keinen vernünftigen Argumenten zugänglich. Ich habe versucht, es ihm zu erklären.«

»Aber es könnte dringend sein«, stieß Mrs. Alleyn hervor. »Tatsächlich könnte es kaum dringlicher sein. Es handelt sich um einen Koffer für Tony Gill im Jupiter.«

»Nun, dann . . .«

»Ich bin mit dem Burschen in Eton gewesen«, sagte Mike. »Er ist vier Jahre älter als ich und war daher natürlich für mich irre bedeutend, während ich für ihn klein wie ein Wurm war. Dies hier wird ihm eine Lehre sein.«

»Ich meine, Sie sollten diesen Auftrag lieber sofort weiterleiten«, sagte Alleyn in entschiedenem Ton.

»Ich dachte eher daran, ihn persönlich auszuführen, müssen Sie wissen, Sir. Es wäre eine ziemlich trickreiche Art, in die Show zu platzen, nicht wahr? Ich habe versucht, eine Karte zu bekommen, aber das Haus war ausverkauft.«

»Falls Sie vorhaben, diesen Koffer abzuliefern, sollten Sie sich besser sputen.«

»Es ist im übrigen auch ganz eindeutig *die* Gelegenheit, sich etwas herauszuputzen, nicht wahr? Ich meine«, sagte Mike bescheiden, »würden Sie es als schrecklich zudringlich betrachten, wenn ich – nun, ich verspreche wiederzukommen und die Sachen zurückzubringen. Ich meine . . .«

»Wollen Sie andeuten, daß meine Kleidung eher nach einem Lieferanten aussieht als Ihre?«

»Ich dachte, Sie besäßen vielleicht Sachen . . .«

»Um Himmels willen, Rory«, sagte Mrs. Alleyn, »verkleide ihn und laß ihn gehen. Das einzig wichtige ist, dem armen Mann seinen Koffer zu bringen.«

»Ich weiß«, sagte Mike ernsthaft. »Es ist schrecklich süß von Ihnen. Genauso empfinde ich.«

Alleyn nahm ihn mit und steckte ihn in einen alten, etwas unsauberen Regenmantel, eine Stoffkappe und einen Schal.

»Sie würden nicht mal einen Dorftrottel mit totalem Dachschaden täuschen«, meinte er, »aber ziehen Sie ab.«

Er sah Mike nach, als dieser davonfuhr, und wandte sich dann wieder zu seiner Frau um.

»Was wird geschehen?« fragte sie.

»So wie ich Mike kenne, würde ich sagen, er landet im Ersten Parkett und geht mit der Hauptdarstellerin soupieren. Dies ist übrigens Coralie Bourne. Sehr schön und zwanzig Jahre älter als er, also wird er sich wahrscheinlich in sie verlieben.«

Alleyn griff nach seiner Tabakdose und schwieg einen Moment. »Ich frage mich, was wohl mit ihrem Ehemann geschehen sein mag«, sagte er. »Wer war das?«

»Ein ungewöhnlicher Bursche. Benjamin Vlasnoff. Gewalttätiger Charakter. Sah wie ein Bandit aus. Schrieb zwei ausgezeichnete Stücke und wurde dreimal wegen Körperverletzung verhaftet. Sie versuchte, sich von ihm scheiden zu lassen, kam aber nicht damit durch. Ich glaube, danach hat er sich nach Rußland davongemacht.« Alleyn gähnte. »Ich glaube, die Zeit mit ihm war grauenhaft für sie«, sagte er.

»All Night Delivery«, sagte Mike mit rauher Stimme und tippte sich an die Mütze. »Koffer. Einer.«

»Da ist er«, sagte die Frau, die die Tür geöffnet hatte. »Doch tragen Sie ihn vorsichtig. Er ist nicht abgeschlossen, und das Schloß springt auf.«

»Danke«, sagte Mike. »Zu Diensten. Kalt, was?«

Er trug den Koffer zum Wagen hinüber.

Es war eine kühle Frühlingsnacht. Sloane Square lag unter Nebelschwaden, und alle Lampen hatten einen Hof. Es war eine der Nächte, in denen sich vereinzelte Geräusche aus der vielfach verschmolzenen Stimme Londons heraushoben; dumpfe Sirenen meldeten sich gebieterisch unten vom Strom, und drüben von den Chelsea-Kasernen her ertönte ein Hornsignal. Eine Nacht, wie Mike dachte, für Abenteuer.

Er öffnete die hintere Tür des Wagens und wuchtete den Koffer hinein. Der Verschluß schnappte auf, und der Inhalt fiel heraus.

»Verdammt!« schimpfte Mike und knipste die Innenbeleuchtung an.

Auf dem Boden des Wagens lag ein falscher Bart.

Er war flammendrot und buschig und auf ein Kinnstück aufgeklebt. Dazu gehörte auch ein gestärkter Schnurrbart. Daran befanden sich gebogene Drähte, um das ganze Ding an den Ohren zu befestigen. Mike legte es behutsam auf den Sitz. Als nächstes hob er einen breitkrempigen schwarzen Hut auf, dann einen weiten Mantel mit Pelzkragen und zum Schluß ein Paar schwarze Handschuhe.

Mike pfiff nachdenklich vor sich hin und schob die Hände in die Taschen von Alleyns Regenmantel. Seine rechte Hand schloß sich um eine Karte. Er zog sie heraus. »Chief Detective-Inspector Alleyn«, las er. »C.I.D. New Scotland Yard.«

»Also ehrlich«, dachte Mike frohlockend, »das ist ein Geschenk.«

Zehn Minuten später rollte ein Wagen an den Bordstein des

dem Jupiter-Theater nächstliegenden Parkplatzes. Ihm entstieg eine Gestalt, die einen Koffer trug. Sie marschierte eilends die Hawke Street entlang und bog in die hintere Gasse zum Bühneneingang ein. Als sie unter der trüben Lampe hindurchging, blieb sie stehen, und derart undeutlich beleuchtet, ähnelte sie einer Illustration zu einer Spionagegeschichte aus der Zeit Eduards des VII. Das Gesicht lag gänzlich im Schatten, eine schwarze Höhle, aus der ein Feld von einem scharlachroten Bart hervorsprang, welches den einzigen Farbtupfer abgab.

Der Türhüter, der mit einem der Bühnenarbeiter gerade Luft schnappte, trat vor und starrte den Fremden an.

»Wünschen Sie irgendwas?«

»Ich bringe Mr. Gill diesen Koffer.«

»Er ist vorne. Sie können ihn bei mir lassen.«

»Tut mir sehr leid«, sagte die Stimme hinter dem Bart, »aber ich habe versprochen, ich würde ihn selber bei den Garderoben abstellen.«

»Dann werden Sie es ganz sein lassen müssen. Sorry, Sir, aber niemand darf ohne Karte rein.«

»Eine Karte? Na gut. Hier ist eine Karte.«

Er hielt sie ihm mit seiner behandschuhten Rechten entgegen. Der Hüter des Bühneneingangs wandte unwillkürlich den Blick von dem Bart, nahm die Karte und studierte sie im Licht.

»Ei verdammt«, machte er, »was liegt an, Chef?«

»Tut nichts zur Sache. Kein Wort darüber.«

Die Gestalt wedelte mit der Hand und passierte den Eingang.

»Hier!« sagte der Wächter aufgeregt zum Bühnenarbeiter. »Nun guck dir das an. Das ist 'n Plattfuß in Zivil, ganz klar.«

»*Zivile* Klamotten!« entfuhr es dem Bühnenarbeiter. »Die!«

»Hat sich verkleidet«, sagte der Türhüter. »Das isses. Hat sich selbst verkleidet.«

»Is' hinter diesem Bart verdammt verloren, wenn de mich fragst.«

Auf der Bühne sagte jemand mit hoher und wunderbar artikulierender Stimme: *»Ich habe den Blick aus diesen Fenstern immer verabscheut. Wenn das allerdings eines dieser Dinge ist, die du bewunderst... Mach das Licht aus, verdammt noch mal. Schau hin.«*

»Paßt jetzt auf«, flüsterte eine Stimme so dicht bei Mike, daß er einen Satz machte. »Okay«, sagte eine zweite Stimme über seinem Kopf. Die Beleuchtung des Bühnenbildes wurde bläulich. »Macht die Arbeitsbeleuchtung aus.« – »Arbeitsleuchten aus.«

Im Bühnenbild wurden Vorhänge beiseite gezerrt und ein Fenster aufgerissen. Ein Schauspieler erschien und lehnte sich ganz nah bei Mike hinaus, wobei er ihm ins Gesicht zu blicken schien, um dann ganz entschieden festzustellen: »Gott, es ist fürchterlich!«

Mike wich zurück in einen Gang, der lediglich durch eine geöffnete Tür erhellt wurde. Jenseits der Bühne brach ein gewaltiger Lärm aus.

»Saalbeleuchtung!« sagte die scharfe Stimme.

Mike bog in den Gang ein. Als er dies tat, trat jemand aus der Tür heraus. Er fand sich plötzlich von Angesicht zu Angesicht Coralie Bourne gegenüber, wundervoll gekleidet und stark geschminkt.

Einen Augenblick lang stand sie reglos da, dann machte sie eine seltsame Geste, gab einen leisen, keuchenden Laut von sich und fiel ihm direkt vor die Füße.

Anthony riß sein Programm in lange Streifen und ließ sie dann auf den Boden des Souffleurkastens fallen. Zu seiner Rechten, ober- und unterhalb von ihm befand sich das Publikum: manchmal lachend, manchmal still, manchmal wie ein einheitliches Wesen die Hände hebend und klatschend. Wie jetzt, da unten auf der Bühne Canning Cumberland mit einer fremden Stimme und von irgendeinem inneren Teufel getrieben das Fenster aufriß und sagte: »Gott, es ist fürchterlich!«

»Falsch! Falsch!« schrie Anthony innerlich, während er Cumberland haßte und auch Barry George haßte, weil der sich von diesen vier Worten überrollen ließ, und er haßte das Publikum, weil ihm dies gefiel. Mit einem langen Seufzer senkte sich der Vorhang nach dem zweiten Akt, und ein Geräusch wie prasselnder Regen erfüllte das Theater, schwoll ungeheuerlich an und dauerte fort, als die Saalbeleuchtung bereits wieder eingeschaltet war.

»Sie scheinen«, meinte eine Stimme hinter ihm, »Ihr Stück zu mögen.«

Es war Gosset, dem das Jupiter gehörte und der die Aufführung unterstützt hatte. Anthony drehte sich zu ihm um und stammelte dabei: »Er zerstört es. Es hätte die Szene des anderen Mannes sein sollen. Er stiehlt sie ihm.«

»Mein Junge«, sagte Gosset, »er ist Schauspieler.«

»Er ist betrunken. Es ist unerträglich.«

Er spürte Gossets Hand auf seiner Schulter.

»Die Leute beobachten uns. Sie stehen im Rampenlicht. Das ist eine große Sache für Sie: ein erstes Stück, und es läuft unglaublich. Kommen Sie, wir trinken einen, alter Junge. Ich möchte Sie bekanntmachen mit . . .«

Anthony stand auf, und Gosset, der ihm den Arm um die Schultern gelegt hatte, führte ihn nach allen Seiten lächelnd zum Ende des Raums.

»Tut mir leid«, sagte Anthony, »ich kann nicht. Bitte lassen Sie mich los. Ich werde mich mal hinter die Kulissen begeben.«

»Lieber nicht, mein Sohn.« Der Griff um seine Schulter wurde fester. »Hören Sie, mein Sohn . . .«

Doch Anthony hatte sich losgewunden und schlüpfte durch die Verbindungstür hinaus zur Bühne.

Am Fuß der halsbrecherischen Treppe stand Dendra Gay und wartete. »Ich dachte mir, daß du kommst«, sagte sie.

Anthony sagte: »Er ist betrunken. Er richtet mein Stück hin.«

»Es ist nur eine Szene, Tony. Er hört zu Beginn des nächsten Aktes auf. Es läuft kolossal.«

»Verstehst du nicht . . .«

»Und ob. Du *weißt*, daß ich es verstehe. Aber dein Erfolg, Tony, Liebling! Du kannst ihn hören und riechen und ihn bis ins Mark fühlen.«

»Dendra . . .«, sagte er verunsichert.

Irgend jemand kreuzte auf, schüttelte ihm die Hand und hörte nicht auf, sie zu schütteln. Kulissen wurden mit einem Stück Tau aneinander geknüpft. Ein Kronleuchter entschwebte in die Dunkelheit.

»Licht«, gebot Reynolds, und das Bühnenbild wurde darin eingetaucht. Eine entfernte Stimme begann zu singen. »Letzter Akt, bitte. Letzter Akt.«

»Ist Miss Bourne in Ordnung?« fragte der Regisseur plötzlich.

»Sie wird in Ordnung sein. Sie ist erst in zehn Minuten dran«, sagte eine Frauenstimme.

»Was ist mit Miss Bourne los?« fragte Anthony.

»Tony, ich muß gehen und du auch. Tony, es wird ganz großartig. *Bitte,* denk daran. *Bitte.*«

»Dendra . . .«, begann Tony, doch sie war fort.

Hinter dem Vorhang kündeten Hörner und Querflöten den letzten Akt an.

»Räumen bitte.«

Die Bühnenarbeiter kamen hervor.

»Saalbeleuchtung.«

»Saalbeleuchtung ausgeschaltet.«

»Bereithalten.«

Und während Anthony immer noch in der Ecke des Souffleurkastens zauderte, hob sich der Vorhang. Canning Cumberland und H. J. Bannington eröffneten den letzten Akt.

Als sich Mike neben Coralie Bourne niederkniete, hörte er, wie jemand den Gang hinter ihm betrat.Er drehte sich um und sah als Silhouette gegen die beleuchtete Bühne den Schauspieler, der durch ein Fenster der Bühnendekoration zu ihm herübergeblickt hatte. Die Silhouette schien die Geste zu wiederholen, die Coralie Bourne gemacht hatte, und sich an die Wand zu pressen.

Eine Frau in einer Schürze trat aus der offenen Tür.

»He – hier!« sagte Mike.

Drei Dinge passierten nahezu gleichzeitig. Die Frau schrie auf, sie kniete sich neben ihn, und der Mann verschwand durch die Tür zur Rechten.

Die Frau, welche jetzt Coralie Bourne in den Armen hielt, sagte angriffslustig: »Weshalb sind Sie zurückgekommen?« Dann schaltete sich die Gangbeleuchtung ein. Mike sagte: »Schauen Sie, ich bin schrecklich untröstlich« und nahm den breitkrempigen schwarzen Hut ab.

Die Garderobiere gaffte ihn mit offenem Mund an, Coralie Bourne produzierte einen merkwürdigen Laut in ihrer Kehle und öffnete die Augen. »Katie?« fragte sie.

»Es ist alles in Ordnung, mein Lämmchen. Er ist es nicht, Liebes. Mit dir ist alles in Ordnung.« Die Garderobiere riß den Kopf zu Mike herum. »Raus hier«, sage sie.

»Jawohl, natürlich, ich bin schrecklich . . .«

Er wich zurück und kollidierte mit einem jungen Mann, der sagte: »Fünf Minuten noch.«

Die Garderobiere rief ihm zu: »Sag ihnen, sie fühlt sich nicht wohl. Sag ihnen, sie sollen den Vorhang noch unten lassen.«

»Nein«, sagte Coralie Bourne energisch. »Ich fühle mich gut, Katie. Sag nichts. Katie, was war los?«

Sie verschwanden im Raum zur Linken.

Mike stand im Schatten eines Stapels von Kulissen neben dem Verbindungsgang. Auf der Bühne herrschte rege Aktivität. Er erhaschte einen Blick auf Anthony Gill, der am äußeren Ende mit einer jungen Frau sprach. Der Ausrufer redete gerade mit dem Regisseur, der jetzt in die Kulissen rief: »Ist Miss Bourne in Ordnung?«

Die Garderobiere kam in den Zwischengang und rief: »Sie wird in Ordnung sein. Sie ist erst in zehn Minuten dran.«

Der junge Mann begann mit seinem Sprechgesang: »Letzter Akt, bitte.«

Der Regisseur erteilte eine Reihe von Anordnungen. Ein Mann mit Monokel und einem buschigen Bart kam vom hinteren Ende des Ganges und blieb außerhalb des Bühnenbildes stehen, wo er sich straffte und an seinen Kleidern herumzupfte. Ein Geräusch von Hörnern und Querflöten ertönte. Canning Cumberland erschien aus dem Raum zur Rechten und kam auf dem Weg zur Bühne ganz dicht an Mike vorüber, wobei er eine Alkoholfahne hinter sich ließ.

Der Vorhang hob sich.

Hinter seiner Deckung nahm Mike verstohlen seinen Bart ab und stopfte ihn in die Tasche seine Mantels.

In der Nähe stand eine Gruppe von Bühnenarbeitern. Einer von ihnen flüsterte heiser: »Der hat vielleicht einen sitzen.«

»Quatsch, er wird klasse sein.« – »Also wird er vielleicht klasse sein. Und wieso? *Weil er* einen sitzen hat.«

Zehn Minuten vergingen. Mike dachte: »Diese Geschichte läuft ganz entschieden nicht plangemäß.« Er lauschte. Etwas wie Gespanntheit schien sich auf der Bühne aufzubauen. Canning Cumberlands Stimme schwoll zu einem lauten, aber verzerrten Ton an. Innerhalb des Bühnenbildes öffnete sich eine Tür. »Bemühen Sie sich nicht. Ich finde schon hinaus.«

Die Tür schlug zu. Cumberland stand auf einmal dicht bei Mike. Dann gab es, sehr nah, eine laute Explosion. Die Kulissen auf der Bühne bebten, Mike lief es eisig den Rücken hinunter, und Cumberland ging in seine Garderobe. Mike hörte, wie sich der Schlüssel drehte. Der Geruch nach Alkohol vermischte sich mit dem von Schießpulver. Ein Bühnenarbeiter trat an einen Tapeziertisch und legte eine Pistole darauf. Der Schauspieler mit dem Monokel machte seinen Abgang. Er sprach einen Augenblick mit dem Regisseur, ging an Mike vorbei und entschwand im Flur.

Gerüche. Es gab alle Sorten von Gerüchen. Unbewußt, noch immer aufs Stück lauschend, begann er, sie zuzuordnen. Klebstoff. Leinwand. Theaterschminke. Der Theaterbursche klopfte an die Türen. »Mr. George, bitte. Miss Bourne, bitte.«

Sie kamen heraus; Coralie Bourne mit ihrer Garderobiere. Mike hörte sie eine Türklinke drücken und irgend etwas sagen. Eine nicht identifizierbare Stimme antwortete ihr. Dann kamen sie und ihre Garderobiere an ihm vorbei. Die anderen sprachen mit ihr, worauf sie nickte und sich in sich selbst zurückzuziehen schien, mit gesenktem Kopf, bereit für ihren Auftritt. Kurz darauf straffte sie sich, eilte zur Tür des Bühnenbildes, riß sie auf und rauschte auf die Bühne. Eine Minute später folgte ihr Barry George.

Gerüche. Staub, ranzige Schminke, Stoff. Gas. Zunehmend der Geruch nach Gas.

Die Gruppe der Bühnenarbeiter entfernte sich hinter die Aufbauten an die Seite der Bühne. Mike schlängelte sich aus seiner Deckung. Er konnte den Souffleurkasten sehen. Dort stand der Regisseur mit verschränkten Armen und beobachtete das Geschehen. Hinter ihm waren die Schauspieler versammelt, die keinen Auftritt hatten. Etwas abseits standen zwei Garderobiers. Das Licht vom Bühnenbild fing ihre Gesichter ein. Coralie Bournes Stimme ließ die Verse wie auf Vogelschwingen ins Publikum schweben.

Mike begann, den Boden abzusuchen. Hatte er irgendeine Gasarmatur angestoßen? Der Theaterbursche kam an ihm vorbei, starrte ihn über die Schulter an und ging den Flur entlang, um anzuklopfen. »Fünf Minuten bis zum Vorhang, bitte. Fünf Minuten.«

Der Schauspieler, der auf älter geschminkt war, folgte dem jungen Ausrufer. »Gott, was für ein Gasgestank«, flüsterte er.

»Übel, was?« meinte der Inspizientengehilfe.

Sie starrten Mike an und gingen dann zu dem wartenden Grüppchen hinüber. Der Mann sagte etwas zu dem Regisseur, der daraufhin mit dem Kopf hochzuckte und schnüffelte. Er machte eine ungeduldige Handbewegung und kehrte zum Souffleurkasten zurück, wo er über den Kopf des Souffleurs hinweg langte. Irgendwo vom Schnürboden läutete eine Glocke, und Mike sah, wie ein Bühnenarbeiter die Brücke zum Vorhang erklomm.

Die kleine Gruppe nahe der Souffleurkabine wirkte aufgeregt. Sie schaute zum Gang hinüber. Der Theaterbursche nickte und kam zurückgerannt. Er klopfte an die erste Tür zur Rechten. *»Mr. Cumberland! Mr. Cumberland!* Ihr Auftritt.« Er rüttelte an der Türklinke. *»Mr. Cumberland! Sie sind dran!«*

Mike lief in den Gang. Der Gehilfe hustete würgend und zerrte an der Tür. »Gas!« rief er. »Gas!«

»Brechen Sie sie auf.«

»Ich hole Mr. Reynolds.«

Fort war er. Es war ein schmaler Gang. Von der Mitte des Ganges aus nahm Mike Anlauf, den Kopf gesenkt, eine Schulter nach vorn, auf die Tür zu. Sie gab ein wenig nach, und ein Übelkeit erregender Geruch stieg ihm in die Lungen. Eine überwältigende Flut von Lärm wogte irgendwo auf, und als er abermals Anlauf nahm, dachte er: »Draußen hagelt es.«

»Einen Augenblick, bitte, wenn es Ihnen nichts ausmacht, Sir.«

Es war ein Bühnenarbeiter. Er hatte einen Hammer und einen Schraubenzieher besorgt. Er steckte die Spitze des Schraubenziehers zwischen Schloß und Türrahmen, trieb ihn tiefer in den Spalt und stemmte die Tür auf. Schrauben knirschten, Holz splitterte, und Gas strömte in den Flur. »Keinen Steckschlüssel«, hustete der Bühnenarbeiter.

Mike wickelte sich Alleyns Schal so um, daß Mund und Nase geschützt waren. Halb vergessene Instruktionen vom Anti-Gas-Drill kamen ihm wieder in den Sinn. Der Raum kam ihm komisch vor, aber er konnte den im Sessel zusammengesunkenen Mann ganz deutlich sehen. Er duckte sich und lief los.

Er stieß gegen irgendwelche Sachen, als er rückwärts gehend den schweren Körper herausschleppte. In seinen Armen prickelte es. Eine schrille, penetrante Stimme kreischte in seinem Hirn. Er schwebte einen Moment und kam auf einem Betonboden inmitten mehrerer Beinpaare wieder auf die Erde. In weiter Ferne sagte gerade irgend jemand laut: »Ich kann Ihnen nur danken, daß Sie so freundlich aufnehmen, was, wie ich nur zu gut weiß, ein äußerst unvollkommenes Stück ist.« Dann setzte das Geräusch wie von Hagel wieder ein.

Ein himmlischer Strom frischer Luft ergoß sich in seinen Mund und die Nasenlöcher. »Ich könnte das essen«, dachte er und setzte sich auf.

Das Telefon läutete. »Stell dir vor«, überlegte Mrs. Alleyn, »du würdest es diesmal ignorieren.«

»Es könnte der Yard sein«, meinte Alleyn und nahm ab.

»Ist dort Chief Detective-Inspector Alleyns Wohnung? Ich spreche vom Jupiter-Theater aus. Ich rufe an, um Ihnen zu sagen, der Chief Inspector ist hier, und ihm ist ein kleines Mißgeschick widerfahren. Er ist in Ordnung, aber ich meine, es wäre doch gut, wenn ihn jemand heimfahren würde. Kein Grund zur Sorge.«

»Was für ein Mißgeschick?«

»Ehm – nun – hm – er hat eine kleine Gasvergiftung.«

»*Gasvergiftung*! In Ordnung. Danke, ich komme.«

»Wie ärgerlich für dich, Darling«, meinte Mrs. Alleyn. »Was für ein Fall ist das? Selbstmord?«

»Theater im wahrsten Sinne des Wortes, so wie es sich anhört. Mike steckt in Schwierigkeiten.«

»Was für Schwierigkeiten, um Himmels willen?«

»Hat sich selbst vergast. Er ist okay. Gute Nacht, Darling. Warte besser nicht auf mich.«

Als er beim Theater eintraf, lag dessen Vorderfront in tiefer Dunkelheit. Er fand den Weg über die hintere Gasse zum Bühneneingang, wo er angehalten wurde.

»Yard«, sagte er und zückte seine offizielle Karte.

»He«, sagte der Türwächter. »Wie viele gibt's denn noch von euch?«

»Der Mann da drinnen hat für mich gearbeitet«, erklärte Alleyn und marschierte hinein. Der Wächter folgte mit Protest.

Rechts vom Eingang befand sich ein riesiger Fundusraum, dessen Doppeltüren zurückgeschoben waren. Hier saß Mike in einem Lehnsessel und war ziemlich blaß um die Nase. Drei Männer und zwei Frauen, alle mit geschminkten Gesichtern, standen bei ihm, und dahinter eine Gruppe von Bühnenarbeitern mit Reynolds, dem Regisseur, und abseits von diesen wiederum drei Männer im Abendanzug. Die Männer sahen hilflos und schockiert aus. Die Frauen hatten geweint.

»Ich bin ganz schrecklich untröstlich, Sir«, sagte Mike. »Ich habe versucht, es zu erklären. Dies«, fügte er beiläufig hinzu, »ist Inspector Alleyn.«

»Ich kann das Ganze nicht verstehen«, sagte der älteste der Männer im Abendanzug gereizt zum Pförtner. »Sie sagten doch . . .«

»Ich habe seine Karte gesehen . . .«

»Ich weiß«, erklärte Mike, »aber Sie müssen verstehen . . .«

»Das ist Lord Michael Lamprey«, sagte Alleyn. »Ein Neuling im Police Department. Was ist hier passiert?«

»Dr. Rankin, wären Sie . . .?«

Der zweite Mann im Abendanzug trat vor. »Schon gut, Gosset. Es ist eine traurige Angelegenheit, Inspector. Ich habe gerade noch gesagt, daß die Polizei informiert werden muß. Wenn Sie mich begleiten würden . . .«

Alleyn folgte ihm durch eine Tür direkt auf die Bühne. Ein Tapeziertisch war in die Mitte gestellt worden, und auf diesem lag mit einem Laken bedeckt eine leblose Gestalt. Der Geruch nach Gas, der überall noch stark war, hing schwer über dem Tisch.

»Wer ist es?«

»Canning Cumberland. Er hatte die Tür zu seiner Garderobe abgeschlossen. Es gibt dort einen Gasofen. Ihr junger Freund hat ihn herausgeschleppt, wirklich tapfer, aber es war zu spät. Ich war vorne. Gosset, der Direktor, hatte mich zum Souper eingeladen. Es ist ein klarer Fall von Selbstmord, wie Sie feststellen werden.«

»Ich schaue mir lieber mal den Raum an. War jemand drin?«

»Gott bewahre. Es war schwer genug, ihn rauszuschaffen. Man hat das Gas am Haupthahn abgestellt. Es gibt keine Fenster. Man mußte die Doppeltür an der Hinterseite der Bühne öffnen und eine kleine, ins Freie führende Tür am Ende des Ganges. Vielleicht kann man jetzt hinein.«

Er ging voran zum Flur vor den Garderoben.

»Immer noch ziemlich stark«, meinte er. »Es ist der erste Raum rechts. Sie haben das Schloß aufgebrochen. Sie halten sich besser ein bißchen gebückt.«

Die kräftigen Leuchten über dem Spiegel waren noch eingeschaltet, und der Raum wirkte immer noch bewohnt. Der Gasofen befand sich links an der Wand. Alleyn hockte sich davor. Der Hahn war immer noch aufgedreht, der Griff stand parallel zum Fußboden. Die Oberseite des Heizofens, der Gashahn selbst und der Teppich davor waren mit cremefarbenem Puder bedeckt. Am Ende der Platte vom Schminktisch, ganz dicht beim Ofen, stand eine Dose mit diesem Puder. Auf dem Bord unter dem Spiegel waren Tiegel mit Theaterschminke aufgereiht. Dann kam ein Waschbecken, davor lag ein umgekippter Stuhl. Alleyn konnte eine Spur von Absätzen auf dem flauschigen Teppich erkennen, die zur unmittelbar gegenüberliegenden Tür führte. Neben dem Waschbecken stand eine Flasche Whiskey, zu drei Vierteln geleert, und ein Whiskeyglas. Alleyn hatte genug gesehen und kehrte in den Flur zurück.

»Ganz eindeutig«, meinte der dort herumstehende Arzt abermals, »nicht wahr?«

»Ich schau' mir erst mal die anderen Räume an, denke ich.«

Der direkt neben dem von Cumberland war wie der seine, nur seitenverkehrt und etwas kleiner. Der Heizofen befand sich quasi Rücken an Rücken mit dem von Cumberland. Die Ablage vom Schminktisch war mit fast der gleichen Auswahl an Schminktöpfen vollgestellt. Auch hier war der Hahn des Ofens aufgedreht. Es war genau dasselbe Fabrikat wie der andere, und Alleyn, der hier weniger durch Gasschwaden beeinträchtigt wurde, konnte ihn eingehender untersuchen. Es war der übliche Typ von Gasofen. Die Zuleitung erfolgte durch ein Rohr und einen dort angeschlossenen metallenen, flexiblen Schlauch mit einem Verbindungsstück aus Gummi. Es gab zwei Hähne, einer am Rohr und einer am Verbindungsstück des Schlauchs zum Heizofen selbst. Alleyn nahm den Schlauch ab und untersuchte die Verbindung. Sie war absolut solide, saß wie angegossen und war am Ende rot gezeichnet. Alleyn fiel eine borstige Faser von irgendeinem roten Zeug, das an Verpackungsmaterial erinnerte auf, die immer noch daran hing. Düse und Hahn waren aus Messing, und der Hahn wurde beim Aufdrehen nach vorn gezogen, so daß er genau parallel zum Fußboden lag. Hier war kein Puder verstreut worden.

Er sah sich eingehend im Raum um, ging wieder an die Tür und las die Karte. »Mr. Barry George.«

Der Arzt folgte ihm in die gegenüberliegenden Garderoben auf der linken Seite des Flurs. Von der Ausstattung her waren sie eine Wiederholung der beiden, die er bereits gesehen hatte. Doch hier hingen Frauenkleider herum, und es gab ein noch umfangreicheres Sortiment an Theaterschminke und Kosmetika.

In der Garderobe des Stars gab es massenweise Blumen. Alleyn las die Karten. Eine fiel ihm besonders ins Auge. »Von Anthony Gill als ein höchst unzulängliches ›Dankeschön‹ für den großartigen Einfall.« Vor dem Spiegel stand eine Vase mit roten Rosen. ›Für Deinen größten Triumph, Coralie Darling. C.C.‹ In Miss Gays Garderobe eine Tür weiter fand er nur zwei Sträuße. Einen von der Theaterleitung und einen ›von Anthony in Liebe‹.

Auch hier zog er in beiden Räumen die Gasleitung zum Ofen ab und besah sich die Verbindung.

»In Ordnung, nicht wahr?« fragte der Arzt.

»Völlig in Ordnung. Sitzen ganz stramm. Guter, solider grauer Gummi.«

»Nun, dann . . .«

Gleich daneben befand sich ein unbenutzter Raum, und diesem gegenüber ›Mr. H. J. Bannington‹. Keiner dieser Räume verfügte über einen Gasofen. Mr. Banningtons Schminktisch war mit dem üblichen Sortiment an Fettschminke, Zubehör für seinen Bart, einer Anzahl von Telegrammen und Briefen sowie mehreren Rechnungen überhäuft.

»Was die Leiche betrifft«, begann der Arzt.

»Nun, lassen Sie vom Yard einen Leichenwagen kommen.«

»Aber – in einem Fall von Selbstmord ist sicherlich ...«

»Ich halte es nicht für einen Selbstmord.«

»Aber, du meine Güte! – Wollen Sie etwa sagen, daß es ein Unfall war?«

»Kein Unfall«, sagte Alleyn.

Um Mitternacht strahlten die Lampen in den Garderoben, und Männer waren emsig mit dem Handwerkszeug ihres Fachs bei der Arbeit. Ein Constabler stand an der Bühnentür, und im Hof wartete ein Kleintransporter. Der vordere Bereich des Zuschauerraums war schwach erleuchtet, und dort im Parkett saßen Coralie Bourne, Basil Gosset, H. J. Bannington, Dendra Gay, Anthony Gill, Reynolds, die Garderobiere Katie und der Theaterbursche. Ein Constabler saß hinter ihnen, und ein anderer stand bei den Türen zum Foyer. Sie starrten über die Rückenlehnen hinweg auf den Feuerschutzvorhang. Von ihren Zigaretten kräuselten sich Rauchspiralen empor, und zu ihren Füßen lagen zerknüllte Programme. »Basil Gosset präsentiert ICH FINDE SCHON HINAUS von Anthony Gill.«

Im Direktionsbüro sagte Alleyn: »Sind Sie sich Ihrer Beobachtungen ganz sicher, Mike?«

»Ja, Sir. Ehrlich. Ich stand direkt vor dem Zugang zum Flur. Sie haben mich nicht gesehen, weil ich im Dunkeln stand. Hinter der Bühne war es sehr finster.«

»Sie werden es beeiden müssen.«

»Ich weiß.«

»Gut. Also schön, Thompson. Miss Gay und Mr. Gosset können nach Hause gehen. Bitten Sie Miss Bourne herein.«

Als Sergeant Thompson gegangen war, sagte Mike: »Ich hatte bislang keine Gelegenheit zu sagen, daß ich einen kompletten Narren aus mir gemacht habe. Ihre Karte zu benutzen und überhaupt alles ...«

»Verantwortungsloser Unfug kommt beim Yard nicht sonderlich gut an, Mike. Sie haben sich wie ein Clown aufgeführt.«

»Ich *bin* ein Narr«, meinte Mike geknickt.

Der rote Bart lag jetzt vor Alleyn auf Gossets Schreibtisch. Er nahm ihn und hielt ihn hoch. »Binden Sie ihn um«, sagte er.

»Sie könnte wieder in Ohnmacht fallen.«

»Ich glaube nicht. Jetzt den Hut: Ja – ja, ich verstehe. Kommen Sie herein.«

Sergeant Thompson führte Coralie Bourne herein und setzte sich dann mit seinem Notizbuch ans Ende des Schreibtischs.

Tränen hatten Spuren in dem Puder auf ihrem Gesicht hinterlassen, schwarze Tusche weggeschwemmt und die Theaterschminke schimmernd wie Schneckenbahnen freigelegt. Sie stand dicht bei der Tür und schaute Michael stumpf an. »Ist er wieder in England?« fragte sie. »Hat er Ihnen vorgeschlagen, das zu tun?« Sie machte eine ungeduldige Handbewegung. »Nehmen Sie das ab«, sagte sie. »Es ist ein ziemlich lausiger Bart. Hätte Cann nur genauer hingesehen . . .« Ihre Lippen bebten. »Wer hat Ihnen gesagt, Sie sollten das tun?«

»Niemand«, stammelte Mike, während er den Bart in die Tasche stopfte. »Ich meine – Tatsache ist, daß Tony Gill . . .«

»*Tony*? Aber er wußte doch von gar nichts. Tony würde so etwas nicht tun. Es sei denn . . .«

»Es sei denn?« wiederholte Alleyn.

Stirnrunzelnd meinte sie. »Tony wollte nicht, daß Cann die Rolle auf diese Weise anlegt. Er war wütend.«

»Er behauptet, es sei sein Kostüm für den Chelsea Arts Ball«, murmelte Mike. »Ich habe es hierher gebracht. Mir kam einfach die Idee, es anzuziehen – es war idiotisch, ich weiß – so aus Spaß. Ich hatte keine Ahnung, daß es Ihnen und Mr. Cumberland etwas ausmachen würde.«

»Bitten Sie Mr. Gill herein«, sagte Alleyn.

Anthony war leichenblaß und wirkte verwirrt und hilflos.

»Ich habe Mike alles erklärt«, sagte er. »Es war mein Kostüm für den Ball. Sie haben es von diesem Kostümverleih heute nachmittag vorbeigebracht, aber ich habe es vergessen. Dendra hat mich daran erinnert und diesen Kurierdienst angerufen – oder Mike – wie sich inzwischen herausgestellt hat.«

»Weshalb«, erkundigte Alleyn sich, »haben Sie ausgerechnet diese spezielle Verkleidung gewählt?«

»Habe ich gar nicht. Ich wußte nicht, was ich anziehen sollte, und war zu aufgedreht, um groß nachzudenken. Sie sagten, sie würden für sich Sachen ausleihen und dabei auch mir etwas besorgen. Sie sagten, wir würden alle als Charaktere aus einem russischen Melodram gehen.«

»Wer sagte das genau?«

»Nun – nun, es war Barry George, um genau zu sein.«

»Barry«, sagte Coralie Bourne. *»Es war Barry.«*

»Ich verstehe nicht«, sagte Anthony. »Weshalb sollte ein Kostüm alle dermaßen aus der Ruhe bringen?«

»Zufällig«, erklärte Alleyn, »war es eine Kopie des Aufzugs, den der Ehemann von Miss Bourne zu tragen pflegte, der überdies einen roten Bart hatte. Das war es, nicht wahr, Miss Bourne? Ich entsinne mich, ihn gesehen zu haben...«

»Oh, ja«, sagte sie, »das haben Sie sicher. Er war bei der Polizei bekannt.«

Mit einem Mal brach sie völlig zusammen. Sie saß in einem Lehnsessel beim Schreibtisch, aber außerhalb des Lichtkegels der beschirmten Lampe. Sie wand und krümmte sich, während sie immerzu mit der Hand auf die gepolsterte Lehne schlug. Sergeant Thompson saß mit gesenktem Kopf da, die Hand auf seine Notizen gelegt. Mike drehte ihr nach einem gequälten Blick auf Alleyn den Rücken zu.

Anthony Gill neigte sich über sie: »Nicht«, sagte er heftig. »Nicht! Um Himmels willen, hören Sie auf.«

Sie drehte sich von ihm weg und begann stockend zu Alleyn zu sprechen, wobei sie ganz allmählich ihre Selbstbeherrschung zurückgewann.

»Ich möchte es Ihnen erzählen. Ich will, daß Sie begreifen. Hören Sie zu.« Ihr Mann sei unwahrscheinlich brutal gewesen, erklärte sie. »Es war eine Art von Hörigkeit.« Doch als sie die Scheidung einreichte, legte er Beweise für den Ehebruch mit Cumberland vor. Sie hatten gedacht, er wisse von nichts. »Es gab eine widerwärtige Szene. Er sagte, er würde weggehen. Er erklärte uns, er werde uns auf der Spur bleiben, und sollte ich es nochmals versuchen, mich scheiden zu lassen, werde er zurückkommen. Er vertrug sich damals mit Barry ganz gut.«

Er hatte damals das Exposé für ein Stück hinterlassen, das er für sie und Cumberland hatte schreiben wollen. Darin gab es für sie beide eine wundervolle Szene. »Und jetzt wirst du sie nie kriegen«, hatte er gesagt, »denn es gibt keinen anderen Dramatiker, der dieses Stück für dich schaffen könnte, außer mir.«

Er sei ein sehr melodramatischer Mann gewesen, sagte sie, aber niemals lächerlich. Er kehrte in die Ukraine zurück, wo er geboren war, und seither hatten sie nichts mehr von ihm gehört. Nach einiger Zeit war sie fähig, sich vorzustellen, daß er tot wäre. Aber die Jahre der Warterei bekamen Canning Cumberland schlecht. Er trank regelmäßig und stellte sich, wenn es ihm besonders dreckig ging, jedesmal vor, daß ihr Mann im Begriff wäre zurückzukehren. »Er hatte wirklich eine gräßliche Angst vor Ben«, sagte sie. »Er schien für ihn wie ein Monster aus einem Alptraum zu sein.«

Anthony Gill meldete sich zu Wort: »Dieses Stück – war das . . .?«

»Ja. Es gab eine ungewöhnliche Ähnlichkeit zwischen Ihrem Stück und dem seinen. Ich habe sofort gesehen, daß Bens Schlüsselszene Ihr Stück enorm verstärken würde. Cann wollte nicht, daß ich sie Ihnen weitergebe. Barry wußte davon. Er meinte: ›Warum nicht?‹ Er wollte Canns Rolle haben und war außer sich, als er sie nicht bekam. Sie sehen also, als er Ihnen vorschlug, sich wie Ben zu kleiden und zurechtzumachen . . .« Sie wandte sich zu Alleyn. »Verstehen Sie?«

»Was tat Cumberland, als er Sie sah?« fragte Alleyn Mike.

»Er machte eine komische Handbewegung, als ob – nun, als erwartete er, ich würde ihn angreifen. Dann stürzte er einfach in seine Garderobe.«

»Er glaubte, Ben sei zurückgekommen, sagte sie.

»Waren Sie zu irgendeinem Zeitpunkt nach Ihrem Ohnmachtsanfall allein?« fragte Alleyn.

»Ich? Nein. Nein, das war ich nicht. Katie hat mich in meine Garderobe gebracht und ist bei mir geblieben, bis ich meinen Auftritt in der letzten Szene hatte.«

»Noch eine Frage. Können Sie sich zufällig erinnern, ob der Heizofen in Ihrem Raum irgendwie merkwürdig funktioniert hat?« Sie schaute ihn matt an. »Ja, er gab eine Art Plop von sich, meine ich. Ich schreckte auf. Ich war sehr nervös.«

»Sie gingen von Ihrer Garderobe aus direkt zur Bühne?«

»Ja. Mit Katie. Ich wollte zu Cann. Ich versuchte es an seiner Tür, als wir herauskamen. Sie war abgeschlossen. Er sagte: ›Komm nicht rein.‹ Ich sagte: ›Alles in Ordnung. Es war nicht Ben‹, und ging weiter zur Bühne.«

»Ich habe Miss Bourne gehört«, erklärte Mike.

»Da muß er bereits zu einem Entschluß gekommen sein«,

meinte sie. »Er war furchtbar betrunken, als er seinen letzten Auftritt hatte.« Sie schob sich das Haar aus der Stirn. »Darf ich jetzt gehen?« fragte sie Alleyn.

»Ich habe bereits ein Taxi bestellt. Mr. Gill, würden Sie nachschauen, ob es da ist? Miss Bourne, wären Sie so freundlich, in der Zwischenzeit im Foyer zu warten?«

»Darf ich Katie mit zu mir nach Hause nehmen?«

»Natürlich. Thompson wird sie holen. Können wir sonst noch etwas für Sie tun?«

»Nein danke, ich brauche nur die gute alte Katie.«

Alleyn hielt ihr die Tür auf und schaute ihr nach, wie sie zum Foyer schritt. »Kümmern Sie sich um die Garderobiere, Thompson«, murmelte er, »und holen Sie Mr. H. J. Bannington.«

Er sah Coralie Borne auf der untersten Stufe der Treppe zum ersten Rang kauern und den Kopf an die Wand lehnen. Dicht daneben, auf einer vergoldeten Staffelei, lächelte ein riesiges Foto von Canning Cumberland auf sie herunter.

H. J. Bannington sah ziemlich gräßlich aus. Er hatte sich mit der Hand über das Gesicht gerieben und sein Make-up verschmiert. Grellrote Schminke von seinen Lippen hatte das Kunsthaar besudelt, das man ihm angeklebt und zu einem Bart zurechtgestutzt hatte. Das Monokel saß immer noch in seiner linken Augenhöhle und verlieh ihm einen außergewöhnlich wüsten Charakter. »Hören Sie mal«, beschwerte er sich, »ich habe genug von dieser Veranstaltung. Wann können wir nach Hause?«

Alleyn gab ein paar besänftigende Phrasen von sich und brachte ihn dazu, sich zu setzen. Er überprüfte alle Schritte, die H. J. nach Cumberlands Bühnenabgang getan hatte, und stellte fest, daß seine Darstellung mit der von Mike übereinstimmte. Er fragte, ob H. J. irgendeine der anderen Garderoben aufgesucht habe, und wurde säuerlich beschieden, daß H. J. seinen Platz im Ensemble kenne. »Ich bin in meiner ungeheizten und kümmerlichen Hundehütte geblieben, herzlichsten Dank.«

»Wissen Sie, ob Mr. Barry George Ihrem Beispiel gefolgt ist?«

»Kann ich Ihnen nicht sagen, alter Junge. Er ist mir jedenfalls nicht zu nahe getreten.«

»Haben Sie über diese unselige Angelegenheit irgendwelche Theorien, Mr. Bannington?«

»Meinen Sie damit, weshalb Cann es getan hat? Na, man spricht nicht schlecht von den Toten, aber ich denke, es war ziemlich offensichtlich, daß er sturzbesoffen war. Voll wie 'ne Haubitze, als wir den zweiten Akt beendeten. Fragen Sie den großen Mr. Barry George. Cann hat Barry die große Szene mit beiden Händen entrissen und ihn bemitleidenswert aussehen lassen. Vom künstlerischen Standpunkt her ganz falsch, aber so war Cann nun mal im Rauschzustand.«

H. J.'s boshafte kleine Augen wurden schmal. »Der große Meister Mr. George«, meinte er, »muß sich jetzt recht unbehaglich fühlen. Man könnte sagen, er hätte einen Selbstmord auf dem Gewissen, meinen Sie nicht? Oder wissen Sie nichts davon?«

»Es war kein Selbstmord.«

Das Glas fiel H. J. aus dem Auge. »Gott!« rief er aus. »Gott, ich habe es Bob Reynolds gesagt! Ich habe ihm gesagt, daß die ganze Anlage überholt werden müßte.«

»Die Gasleitungen und die Sicherheitsventile, meinen Sie?«

»Natürlich. Ich habe vor Jahren in der Gasbranche gearbeitet. Man könnte sagen, ich bin immer noch dabei, mit einem kleinen Unterschied, ha-ha!«

»Ha-ha!« stimmte Alleyn höflich ein. Er beugte sich vor. »Hören Sie«, sagte er. »Um diese Nachtzeit können wir keinen Gasmann auftreiben, und wir brauchten höchstwahrscheinlich die Meinung eines Experten. Sie können uns helfen.«

»Well, alter Junge, ich bin eher scharf auf eine Mütze voll Schlaf. Aber natürlich . . .«

»Es wird Sie nicht lange aufhalten.«

»Gut, das hoffe ich auch!« sagte H. J. mit vollem Ernst.

Barry George war für den letzten Akt ganz bleich geschminkt worden. Farblose Lippen und Schatten unter den Wangenknochen und Augen unterstrichen geschickt seine Rolle als gebrochener, ins Vaterland zurückgekehrter Kriegsgefangener. Jetzt, im Schein der Bürolampe, wirkte er wie eine grob überzeichnete Jammergestalt. Sogleich begann er Alleyn zu erzählen, wie bekümmert und entsetzt er sei. Jeder, sagte er, habe seine Fehler, und der arme alte Cann mache da keine Ausnahme, aber sei es nicht furchtbar, wenn man bedachte, was alles mit einem Mann geschehen konnte, der sich so verkommen ließ? Er, Barry George, sei ungewöhnlich empfindsam und könne sich nicht vorstellen, daß er den grauenvollen Schock jemals wirklich überwinden werde. Was, fragte er sich, mochte dem zugrunde liegen? Was hatte den armen alten Cann zu dem Entschluß getrieben, allem ein Ende zu setzen?

»Miss Bournes Theorie«, begann Alleyn, und Mr. George lachte. »Coralie?« sagte er. »Sie hat also eine Theorie! Nun denn. Kümmern Sie sich nicht drum.«

»Ihre Theorie ist folgende: Cumberland sah einen Mann, den er irrtümlich für ihren Ehemann hielt, und trank aufgrund seiner krankhaften Angst vor dessen Rückkehr den größten Teil einer Flasche Whiskey, um sich dann selbst zu vergasen. Die Kleidung und der Bart, die ihn getäuscht hatten, waren, wenn ich richtig verstanden habe, von Ihnen für Mr. Gill bestellt worden.«

Diese Feststellung rief verblüffende Reaktionen hervor. Barry George brach in einen Schwall von Rechtfertigungen und Vorwürfen aus. Nicht im geringsten habe er vorgehabt, den armen alten Ben wieder auferstehen zu lassen, der zweifelsohne tot, aber wohlgemerkt in mancherlei Hinsicht einer der besten gewesen sei. Sie hätten alle vorgehabt, als exponierte Charaktere aus dem Melodram zum Ball zu gehen. Nicht um alles in der Welt – er gestikulierte und schwadronierte. Eine Spur von Schweiß rann unter seinem Haaransatz hervor. »Ich weiß auch gar nicht, worauf Sie hinauswollen«, schnauzte er. »Was wollen Sie andeuten?«

»Ich deute an, daß, von anderen Dingen mal abgesehen, Cumberland ermordet wurde.«

»Sie sind verrückt! Er hat sich selber eingesperrt. Man mußte die Tür aufbrechen. Es gibt da kein Fenster. Sie sind komplett irre!«

»Nicht doch«, sagte Alleyn müde, »lassen Sie uns all den Blödsinn von verriegelten Räumen vergessen. Also, Mr. George, Sie haben Benjamin Vlasnoff ziemlich gut gekannt. Wollen Sie uns erzählen, daß Ihnen niemals, als Sie Mr. Gill vorschlugen, einen Mantel mit Pelzkragen, einen schwarzen breitkrempigen Hut, schwarze Handschuhe und einen roten Bart zu tragen, in den Sinn gekommen wäre, seine Erscheinung könnte ein Schock für Miss Bourne und für Cumberland sein?«

»Ich war nicht der einzige«, stieß er hervor. »H. J. wußte Bescheid. Und wenn es ihn abgeschreckt hätte, wäre *sie* deswegen auch nicht gerade gram gewesen. Sie hatte längst genug von ihm. Jedenfalls, sollte es sich um Mord handeln, hat das Kostüm nichts damit zu tun.«

»Das«, sagte Alleyn, der sich erhob, »ist genau, was wir herauszufinden hoffen.«

In Barry Georges Raum stand Detective-Sergeant Bailey, ein Experte für Fingerabdrücke, neben dem Gasofen. Sergeant Gibson, ein Polizeifotograf, und ein uniformierter Constabler befanden sich nahe der Tür. Inmitten des Raumes stand Barry George, der von einem zum andern schaute und sich dabei auf die Lippen biß.

»Ich weiß nicht, warum er möchte, daß ich hierbei zuschaue«, sagte er. »Ich bin erschöpft. Ich bin emotional ausgebrannt. Was macht er eigentlich? Wo ist er?«

Alleyn befand sich nebenan in Cumberlands Garderobe mit H. J., Mike und Sergeant Thompson. Inzwischen hatten sich die Gasschwaden verzogen, und das Gasfeuer brannte anheimelnd. Sergeant Thompson hatte sich im Lehnsessel neben dem Öfchen breit gemacht. Sein Kopf war zur Seite gesunken, und er hatte die Augen geschlossen.

»Dies ist die Theorie, Mr. Bannington«, erklärte Alleyn. »Sie und Cumberland haben gerade ihren letzten Abgang hinter sich. Miss Bourne, Mr. George und Miss Gay sind alle auf der Bühne. Lord Michael steht direkt am Zugang zum Flur. Die Garderobiers und Bühnenarbeiter schauen sich das Schauspiel von der Seite her an. Cumberland hat sich in seine Garderobe eingeschlossen. Dort sitzt er, sturzbetrunken und tief schlafend. Das Gasfeuer brennt auf höchster Stufe. Am frühen Abend hat er sich gepudert, und eine dicke Schicht des Puders überzieht unangetastet den Hahn. Jetzt.«

Er klopfte an die Wand. Mit einer lauten Explosion erstarb

das Feuer. Dem folgte das Zischen von ausströmendem Gas. Alleyn drehte die Hähne zu.

»Wie Sie sehen«, sagte er, »habe ich einen ausgezeichneten Fingerabdruck auf der gepuderten Oberfläche hinterlassen. Nun kommen Sie mal mit nach nebenan.«

Nebenan appelierte Barry George stammelnd an ihn: »Aber ich hatte keine Ahnung. Ich weiß nichts davon. Ich *weiß* nichts.«

»Zeigen Sie es mal Mr. Bannington, ja, Bailey?«

Bailey kniete sich nieder. Der Einfüllstützen war vom Hahn am Heizofen entfernt worden. Er drehte den Hahn am Rohr auf und blies in den Schlauch.

»Eine Luftsperre, sehen Sie. Es funktioniert perfekt.«

H. J. starrte Barry George an.

»Aber ich verstehe nichts von Gas, H. J. Bitte, H. J., erklär ihnen ...«

»Einen Moment.« Alleyn entfernte die Handtücher, die über die Ablage des Schminktisches gebreitet waren, und gab den Blick auf ein sauberes Blatt Papier frei, auf dem das Verbindungsstück aus Gummi lag.

»Würden Sie diese Lupe nehmen und einen Blick darauf werfen, Bannington? Sie werden einen grellroten Spritzer darauf sehen. Ein sehr schwacher Klecks, aber eindeutig Theaterschminke. Und direkt oberhalb des Spritzers werden Sie ein borstiges Haar sehen. Eher so etwas wie Verpackungsmaterial. Aber das ist es nicht. Es ist Haar aus einem Theaterbart, nicht wahr?«

Die Lupe wackelte über dem Papier.

»Lassen Sie mich das für Sie halten«, erbot Alleyn. Er schob seine Hand über H. J.'s Schuler, zupfte mit einer flinken Bewegung ein Büschel Haar aus dessen falschem Schnurbart und ließ es auf das Papier fallen. »Identisch, sehen Sie? Kupferrot. Scheint am Verbindungsstück mit Mastix angepappt zu sein.«

Die Lupe fiel herunter. H. J. fuhr herum, starrte Alleyn eine Sekunde lang an und schlug ihm dann voll ins Gesicht. Er war ein kleiner Mann, aber es bedurfte dreier Männer, um ihn zu bändigen.

»In gewisser Hinsicht, Sir, ist es ganz praktisch, wenn sie sich auf Sie stürzen«, meinte Detective-Sergeant Thompson eine halbe Stunde später. »Wir können sie hübsch und ohne Umschweife und ohne ›würden Sie wohl mit auf die Wache kommen und Ihre Aussage machen‹-Geschwafel einbuchten.«

»Stimmt«, sagte Alleyn und strich sich über das Kinn.

Mike sagte: »Er muß in das Zimmer gegangen sein, nachdem Miss Bourne und Barry George aufgerufen worden waren.«

»So ist es. Er mußte sich beeilen. Der Theaterbursche konnte jede Minute auftauchen, und dann mußte er in seiner eigenen Garderobe sein.«

»Aber schauen Sie – was ist mit einem Motiv?«

»Deshalb, mein lieber Michael, sind wir jetzt um halb zwei in der Frühe immer noch in diesem elenden Theater. Sie bekommen so einen Einblick in die öderen, glanzlosen Aspekte der Mordkommission. Möchten Sie nach Hause?«

»Nein. Geben Sie mir einen neuen Auftrag.«

»Sehr gerne. Etwa zehn Fuß vorm Souffleurkasten steht eine Art Mülltonne. Durchwühlen Sie die.«

Um siebzehn Minuten vor zwei, als die Garderoben und der Flur durchgekämmt waren und Alleyn schon mehr als einen Fluch ausgestoßen hatte, kam Mike mit schmutzigen Händen zu ihm. *»Heureka«*, sagte er, »hoffe ich jedenfalls.«

Alle gingen in Banningtons Garderobe. Auf dem Schminktisch breitete Alleyn die Papierschnipsel aus, die Mike ihm gegeben hatte.

»Die waren ganz unten auf dem Boden der Tonne versteckt worden«, sagte Mike.

Alleyn schob die Fragmente hin und her. Thompson pfiff durch die Zähne. Bailey und Gibson murmelten etwas miteinander.

»Das hätten wir«, sagte Alleyn schließlich. Sie scharten sich um ihn. Der Brief, den H. J. Bannington sechs Stunden und fünfundvierzig Minuten zuvor an eben jenem Tisch geöffnet hatte, war wie ein Zick-Zack-Puzzle zusammengesetzt.

Lieber H. J.!

Nachdem ich den Monatsauszug meines Kontos gesehen habe, ging ich heute morgen bei meiner Bank vorbei und bekam einen Scheck gezeigt, der zweifellos eine Fälschung ist. Deine schauspielerische Vielseitigkeit, mein lieber H. J., wird nur noch von Deiner Unverfrorenheit als Schönschreiber erreicht. Aber Ruhm hat seine Nachteile. Der Kassierer hat Dich erkannt. Ich beabsichtige, entsprechende Schritte zu unternehmen.

»Nicht unterschrieben«, sagte Bailey.

»Sehen Sie sich die Karte an den roten Rosen in Miss Bournes Garderobe an. Unterzeichnet mit C.C. Es ist eine sehr prägnante Schrift.« Alleyn wandte sich zu Mike. »Möchten Sie immer noch Polizist werden?«

»Ja.«

»Gott schütze Sie. Kommen Sie morgen zu einem Gespräch in mein Büro.«

»Danke Ihnen, Sir.«

Sie gingen hinaus und ließen nur einen Constabler als Posten zurück. Es war ein kalter Morgen. Mike blickte zur Fassade des Jupiter-Theaters hinauf. Er konnte gerade noch die Umrisse der Neonschrift erkennen: ICH FINDE SCHON HINAUS *von Anthony Gill*.

Deutsch von Gisela Kirst-Tinnefeld

Der vierte Grad

Hugh Pentecost

»Ich stand dann immer an der Wiege und schaute auf ihn hinunter«, sagte Harvey, »und ich dachte immer, wie leicht es sein würde, ihn auf den Bauch zu drehen, und sein kleines Gesicht in das Kissen zu drücken – bis er tot wäre.«

Der Raum war dunkel bis auf den schwachen Widerschein einer Straßenlaterne. Der Schatten zeigte den Umriß von Paul Harvey, der auf der Kante des Sofas saß und seinen Kopf in den Händen vergraben hatte.

»Fahren Sie fort, Mr. Harvey«, sagte eine farblose Stimme, die aus einem unsichtbaren Winkel des Raumes kam. Harvey hatte von einem Mordimpuls gesprochen, aber die Stimme reagierte so ungerührt darauf, als hätte Harvey eine Annonce aus der Zeitung vorgelesen. Harvey bewegte seinen Kopf hin und her. »Ich krieg's einfach nicht auf die Reihe«, sagte er. »Es – es ist alles so durcheinander.«

»Das macht gar nichts«, sagte die Stimme. »Es ist mein Beruf, es zusammenzufügen. Machen Sie einfach weiter, Mr. Harvey. Sie sprachen gerade von dem Impuls, Ihren Sohn ersticken zu wollen.«

»Als der stärker wurde, verließ ich Ellen«, sagte Harvey.

»Ellen?«

»Meine Frau«, sagte Harvey. »Ich habe Ihnen wohl noch nicht von ihr erzählt, oder doch? Ich verließ sie und ging zu Ruby. Ich konnte sonst nirgendwo hin.« Er wand sich, als hätte er ein physisches Leiden. »Ruby war meine Sekretärin bei Verne Steiger. Sie ist ein komisches Mädchen – so gar nicht wie Ellen oder Lilli. Überhaupt nicht wie irgendeine Frau, die ich vorher geliebt hatte. Wir haben nicht denselben Geschmack, aber – nun, ich wußte, mit uns würde es niemals gutgehen. Da war ich ganz sicher.«

»Was würde nie gutgehen?« fragte die Stimme.

»Es war immer das gleiche«, sagte Harvey. »Genau wie bei

Steiger. Ich war da der Leiter der Verpackungsabteilung. Wissen Sie irgend etwas über Verne Steiger? Sie ist die hervorragendste Industriedesignerin Amerikas. Sehr clever, immer unter Hochdruck. Wir hatten unglaublich zu tun in meiner Abteilung – Packungen und Etiketten für Schnaps, Parfüm, für Arzneimittel aller Art, für Lebensmittel und auch Schmuck. Ich hatte zwanzig Designer unter mir. Und dann – dann passierte es. Wie es eben immer passiert.«

Das entfernte Heulen einer Krankenwagensirene kroch in den dunklen Raum und entfernte sich wieder.

»Eines Tages ließ Verne mich in ihr Büro kommen. Ein Mann war dort. Er war groß und schlank und trug einen Nadelstreifenanzug mit gepolsterten Schultern. Er sah aus wie der Geschäftsführer einer Werbeagentur. Verne stellte uns vor. Sie sagte, daß die Arbeit sich türmte. Daß ich gute Arbeit leiste, aber daß die Arbeit sich trotzdem türmt. Sie sagte, sie hätte sich deshalb entschlossen, einen Assistenten für mich einzustellen. Also, es klang sicher plausibel. Aber da wußte ich schon Bescheid. Sie hatte Wind davon bekommen, daß ich Ellen verlassen hatte. Sie wußte auch von Ruby. Es war eben ihre Art, einem den Rauswurf zu versüßen. In ein paar Wochen oder Monaten würde dieser ›Geschäftsführer‹ meinen Job haben. Darauf wollte ich nicht warten, wie Sie vielleicht verstehen können. Ich wollte nicht, daß es schon wieder passierte. Also – also kündigte ich.« Er wurde still bis auf sein schweres Atmen.

»Hat Verne Steiger versucht, Sie zum Bleiben zu bewegen?« fragte die Stimme.

»O ja, das hat sie«, sagte Harvey verbittert. »Sie gab vor, daß ich unersetzlich sei. Aber ich wußte Bescheid. Ich wußte längst, daß dieser ›Geschäftsführer‹ meine Stellung ruinieren würde, so wie stets jemand meine Stellung kaputtgemacht hat. Genau wie David sie kaputtgemacht hat.«

»David ist der Junge – Ihr Sohn?« fragte die Stimme.

Harvey nickte. »Ich traf Ellen in meinem letzten Jahr am College. Sie war – sie war einfach hinreißend. In der Sekunde, in der ich sie sah, wußte ich, daß es niemals jemand anders für mich geben würde. Sie hatte strohblondes Haar – ein bißchen so wie das von Lilli – und ein süßes, warmes Lächeln. Gleich, als wir zum ersten Mal miteinander sprachen, wußte ich, daß sie mich versteht – daß sie verstand, wie sehr ich sie brauchte. Ich wußte zu der Zeit schon, daß ich als Industriedesigner anfangen wollte. Ellen studierte Kunst. Wir hörten beide gern Musik, die gleiche Art von Musik. Wir mußten uns gar nicht gegenseitig bei Laune halten. Wir brauchten uns nicht einmal zu unterhalten. Wir wußten einfach alles voneinander – und hatten uns so viel zu geben.

Wir heirateten, als ich mein Diplom hatte. Wir hatten etwas Geld, also von Lilli, verstehen Sie. Ich bekam auch fast sofort einen Job bei Verne Steiger. Wir mieteten uns ein kleines Haus vor der Stadt, und ich pendelte. Wir waren glücklich – so verdammt glücklich!« Harvey Stimme brach. Dann holte er tief Luft und fuhr fort.

»Es dauerte gar nicht lange, bis Ellen mir sagte, daß sie ein Kind erwartete. Ich konnte sehen, wie glücklich sie war. Sie schien richtig zu leuchten. Die Liebe lief förmlich aus ihr heraus und in mich hinein. Eine herrliche Zeit war das. Ich kam so gut mit meiner Arbeit zurecht, daß ich zum Abteilungsleiter befördert wurde. Ich bekam mein eigenes Büro und eine Sekretärin – Ruby!« Er hielt erneut inne, und als er weitersprach, war seine Stimme fast erstorben.

»Das Kind kam zur Welt«, sagte er. Plötzlich ließ er die Faust in die geöffnete andere Hand klatschen. »Es war ein Junge. Wir nannten ihn David. An dem Tag, genau an dem Tag wußte ich, daß es wieder passiert war. Ich hatte Ellen verloren. Es drehte sich eben nicht mehr nur noch um sie und mich. Sie redete unaufhörlich von David. Sie kümmerte sich um ihn. Ich hatte das Gefühl, daß wir niemals allein waren. Sie hatte einen sehr leichten Schlaf, immer ein offenes Ohr für irgendein Geräusch aus dem Nebenzimmer – von David. David war ihr Leben geworden. David! David! – Tja, ich begann dann zu trinken. Ich konnte es einfach nicht aushalten. Ich fing an, meinen Zug zu verpassen. Ich wollte schließlich gar nicht mehr nach Hause kommen, bevor David schlief. Und wenn ich dann endlich heimkam, mußte ich gleich hineingehen und ihn ansehen. Da stand ich dann, schaute hinunter in die Wiege und dachte daran, wie leicht es wäre, nachts dort hineinzuschleichen, ihn umzudrehen und sein Gesicht so ins Kissen zu drücken, daß er nicht schreien konnte, gar kein Geräusch machen konnte. Und ihn dann so lange festzuhalten, bis . . .« Ein langes Schweigen folgte. »Ich verließ Ellen dann. Es war wieder passiert. Wie es eben immer passiert. So wie es auch mit Lilli war.«

»Wer war Lilli?« fragte die Stimme beiläufig aus dem Dunkel.

»Lilli? Na, Lilli war meine Mutter«, sagte Harvey, als hätte das vollkommen klar sein müssen.

»Ach so. Fahren Sie fort, Mr. Harvey.«

»Meinen Vater habe ich nie kennengelernt«, sagte Harvey. »Er war im ersten Weltkrieg gefallen. Ich wuchs bei Lilli auf. Wir wohnten auf dem Land. Schon komisch – ich kann mich im Moment an sie nur mit einem langen, weißen Abendkleid erinnern, wie sie sich über mein Bett beugt, ganz nah bei mir, ihre Wärme und ihr Duft in meinem Gesicht. Wir unternahmen alles gemeinsam. Sie las mir vor, wir machten Spaziergänge im Wald. Wir waren unzertrennlich. Ich habe sie geliebt – so sehr! Bis – bis er kam.« Der letzte Satz war ein unvermittelter Ausbruch.

»Sprechen Sie weiter«, sagte die Stimme ruhig.

»Sein Name war Daniel Steele. Er war Rechtsanwalt, der im Auftrag der Kanzlei tätig war, die den kleinen Besitz verwaltete, den mein Vater Lilli hinterlassen hatte. Mein Vater und er hatten sich in Europa kennengelernt. Er war ein stattlicher Mann mit offenem Gesicht und einem freundlichen Lächeln. Ich – ich mochte ihn am Anfang eigentlich ganz gern. Er kam dann aber immer öfter, und ich merkte an Lillis Verhalten, daß es nicht mehr geschäftlich war. Plötzlich nahm er eine Menge ihrer Zeit in Anspruch. Ja, und dann kam er, um den Maifeiertag bei uns zu verbringen. Ich weiß noch, wie Lilli hochkam, um mir einen Gutenachtkuß zu geben. Sie war wirklich sehr zärtlich, sehr liebevoll, aber sie schien in Gedanken weit weg zu sein. Sie wirkte nervös, aufgeregt. Und dann ging sie hinunter, wo er auf sie wartete. Ich konnte ihre Stimme von unten hören, aber ich verstand nicht, was sie sagten. Ich war ausgeschlossen – ausgeschlossen, als würde ich gar nicht dazugehören!

Dann hatte ich plötzlich das Gefühl, als müßte ich wissen, worüber sie sprachen. Ich mußte es einfach wissen! Ich kroch aus dem Bett und schlich zum Treppenabsatz. Da saß ich, umklammerte den Treppenpfosten und lauschte. Er redete! Er versuchte ihr klarzumachen, daß sie mich ins Internat schicken sollte. Er sagte ihr, sie würde mich zu sehr verwöhnen, und daß ich lernen müßte, auf eigenen Füßen zu stehen. Er sagte, daß mir das Internat guttun würde – daß ich von ihr fort müßte, damit ich lernen könnte, selbständig zu werden. Lilli klang gar nicht glücklich. Sie sagte ihm, daß es mir das Herz brechen würde, wenn ich weg müßte. Sie wußte das genau! Aber er sagte, ich würde es ihr später danken. Und dann – dann stimmte sie zu.« Harveys Stimme sackte so stark ab, daß sie fast nicht mehr hörbar war. »Ich konnte es nicht mehr ertragen. Ich schlüpfte zurück in mein Zimmer ins Bett. Meine Welt war eingestürzt. Ich rollte mich auf den Bauch und biß in mein Kissen. Ich wollte nicht, daß sie mich weinen hörten.«

»Und – sind Sie ins Internat gegangen?« fragte die Stimme.

»Allerdings bin ich das«, sagte Harvey. »Lilli und Daniel Steele brachten mich hin. Am Tag darauf wollten sie heiraten und zur Hochzeitsreise in die Karibik aufbrechen. Ich habe die Schule gehaßt, ich konnte mich überhaupt nicht eingewöhnen. Alles, woran ich denken konnte, waren sie – zusammen. Dann, nachdem ich drei Wochen da war, ließ mich der Direktor zu sich kommen. Mir war klar, daß ich keine Leistungen gebracht hatte. Aber – er schimpfte gar nicht. Er – er wirkte eher verstört. Schließlich zeigte er mir die Zeitung, die auf seinem Schreibtisch lag. Ich las die Schlagzeile: FLUGZEUG ABGESTÜRZT. Flugzeug kollidiert mit Allegheny-Gipfel. Keine Überlebenden. Direkt unter der Schlagzeile war ein kleiner Kasten mit den Namen der bereits identifizierten Toten. Die Namen sprangen mir förmlich von der Seite in die Augen. ›Mr. und Mrs. Daniel Steele‹.« Plötzlich hob sich Harveys Stimme und schrillte: »Er hat mir Lilli weggenommen. Für immer weggenommen!«

Die Stimme schwieg abwartend.

»So, jetzt wissen Sie es«, sagte Harvey nach einer Pause. »Es passierte immer wieder. Erst nahm er mir Lilli weg. Dann kam David und trennte mich von Ellen. Dann der Mann bei Verne Steiger. Und jetzt – und jetzt . . .«

»Haben Sie Edgar Fremont ermordet?« fragte die Stimme, so beiläufig, als würde sie nach der genauen Uhrzeit fragen.

»Nein! Nein!« schrie Harvey. Dann brach seine Stimme. »Ich – ich glaube nicht.«

»Erzählen Sie mir von Fremont.«

»Er – er war ein Eierkopf«, sagte Harvey.

»Ein was?«

»Ein Eierkopf. Das – das ist so ein Ausdruck von Ruby. Sie sagte immer, sie interessiert sich überhaupt nicht für Durchschnittsleute. Interessante Männer, abgedrehte Männer sind eher ihre Sache. Sie nennt sie Eierköpfe. Es ist nur ein Ausdruck.«

»Ich verstehe.«

»Als ich – bei Verne Steiger ausstieg, entschloß ich mich, freiberuflich weiterzumachen. Ich – ich zog dann hier in Rubys Wohnung ein. Es ist nämlich ihre Wohnung, müssen Sie wissen. Wir – wir haben nicht viel gemeinsam in Sachen Vergnügungen, aber immerhin trinken wir beide gern mal in etwas abseitigen Kneipen. An einem solchen Abend in einer dieser Kneipen kam Fremont rein und setzte sich nicht weit von uns hin. Er war kurz, hatte fast gar keinen Hals, aber sehr breite Schultern. Dadurch wirkte sein Kopf ziemlich groß im Vergleich zu Körper. Er sah irgendwie einsam und bedrückt aus. Ruby unterhält sich gern mit Fremden, und so kamen wir ins Gespräch. Fremont war zuerst recht scheu, kam dann aber ins Erzählen. Er sei Schriftsteller, sagte er. Er schrieb gerade an einem Roman und hielt sich mit Gelegenheitsarbeiten über Wasser, während er daran arbeitete. Er kannte nicht allzu viele Leute. Er hatte auch keine Freunde. Er tat Ruby und mir leid. Wir luden ihn ein, uns zu besuchen – jederzeit, sagten wir noch.

Na, er kam – oft. Ich mochte ihn gern. Wir sprachen dieselbe Sprache über Bücher und Kunst und Musik. Wir diskutierten hitzig über irgendwelche Themen, bis es Ruby langweilig wurde. Sie – sie hatte nie eine Ader für diese Dinge. Also, Fremont kam oft zu uns zum Essen und besuchte uns auch, ohne auf eine Einladung zu warten. Dann – dann fing es an, mir aufzufallen. Es passierte wieder. Ich spürte, wie sich Ruby zu ihm hingezogen fühlte. Ich stritt mich deswegen mit ihr – nicht nur einmal. Ich begann, viel zu trinken. Heute kam dann die Quittung. Wir hatten einen furchtbaren Krach. Sie – sie sagte, ich sollte machen, daß ich verschwinde, und nicht mehr zurückkommen. Ich – ich war nicht mal überrascht. Wie schon gesagt, es passiert immer wieder.«

»Aber Sie sind doch zurückgekommen«, sagte die Stimme. »Sie sind heute abend zurückgekommen.«

»Nicht in die Wohnung«, sagte Harvey. »Nicht, bevor die Polizei mich hier hochgebracht hat. Wissen Sie, ich war stark betrunken. Ich hatte in einer Straßenkneipe unten stundenlang getrunken. Ich saß allein an einem Ecktisch, als Fremont plötzlich vor mir stand. Er setzte sich mir gegenüber. Ich sah alles nur noch verschwommen. Er sah aus wie ein – wie ein monströser Wasserspeier, wie er da saß.

›Ich habe dich überall gesucht‹, sagte er zu mir.

›Geh weg‹, sagte ich.

›Du mußt schnellstens aus dieser Sache raus‹, sagte er. ›Du bringst dich um, Paul. Das ist Ruby nicht wert.‹

›Komisch, daß ausgerechnet du das sagst‹, sagte ich.

›Was meinst du damit, Paul?‹ fragte er.

›Ich meine damit, daß du der Grund bist, warum Ruby und ich uns gestritten haben. Das brauchst du gar nicht zu bestreiten, Fremont. Du liebst sie und hast sie mir weggenommen.‹

›Ich liebe sie?!‹ Ich weiß noch, daß er anfing zu lachen. Es klang verrückt. ›Ruby hat nichts für mich übrig, Paul. Nichts! Auch nicht für dich, aber das willst du ja nicht wahrhaben. Du bringst dich für eine billige Schlampe um, die dich verläßt, sobald sie dich ausgesaugt hat.‹

›Ich verbiete dir, so über Ruby zu sprechen‹, sagte ich. Aber ich wollte ihm glauben, daß er so dachte, verstehen Sie? Ich mußte es einfach glauben, denn dann – nun, vielleicht würde es nicht wieder passieren, wie sonst immer. Er blieb eine ganze Weile bei mir, erzählte mir, daß ich ohne Ruby besser dran wäre. Er – er klang genau so wie Daniel Steele, der Lilli sagte, ich wäre besser im Internat aufgehoben. Besser aufgehoben! Und dann die Trennung und der Tod. Schließlich ließ er mich allein. Und dann – dann fing ich an nachzudenken. Vielleicht wollte er ja nur sichergehen, daß ich Ruby nicht mehr traf. Vielleicht wollte er Ruby jetzt gleich sehen, wo er sicher sein konnte, daß ich nicht bei ihr war. Ich mußte es wissen – ich mußte es einfach wissen. Also ging ich raus. Ich – ich war viel betrunkener, als ich gedacht hatte.«

Er hielt erneut inne, um tief Luft zuholen. »Ich kam also hierher, um nachzusehen. Dieser – dieser alte Kasten hat eine Feuerleiter, die in den Innenhof führt. Ich nehme an, daß Sie das wissen. Ich – ich dachte, ich gehe in den Hinterhof und die Feuerleiter rauf. Ich ging dann hinten herum in den Hof. Ich – ich stolperte im Dunklen herum, und plötzlich waren überall Lichter und Polizisten. Sie schleppten mich hier hoch, und da lag Fremont auf dem Boden, das Gesicht weggeschossen. Und dann zeigten sie mir die Waffe – meine Waffe.«

»Ihre Waffe«, sagte die Stimme. »Und Lehm an der Feuerleiter im Hof. Und Lehm an Ihren Schuhen – aus dem Hof. Sie sind also wirklich ganz sicher, daß Sie nicht hier hochgeklettert sind?«

»Ich war sicher«, sagte Harvey, »bevor die Polizei anfing, mich zu bearbeiten. Ich war sicher. Aber ich war auch total betrunken. Und vielleicht – vielleicht habe ich es vergessen. Ich kenne diese Sachen, Doktor. Ich weiß, daß man manchmal, in Situationen wie diesen, plötzlich einen Ausfall hat. Vielleicht hatte ich auch einen Ausfall. Ist es – das, was Sie denken?«

»Nein«, sagte die Stimme.

Man hörte das Geräusch eines klickenden Lichtschalters, und Licht flutete in den Raum. Es enthüllte die Gestalt von Paul Harvey – schlank, dunkel, das wellige Haar feucht von Schweiß, die braunen Augen tief in den Höhlen, hilfesuchend. Auch die Stimme nahm Gestalt an, in der Form eines kleinen, grauen Mannes, eines unscheinbaren, grauen Mannes. Niemand würde je auf den Gedanken kommen, sich auf der Straße nach ihm umzudrehen. Nichts an ihm hätte Neugier hervorrufen können. Er war einfach nur klein und grau und neutral.

Der graue Mann sah sich mit gedankenvollem, nachsichtigem Blick im Raum um. Es handelte sich um ein Zimmer, das einem Mann von Geschmack – und so wirkte Paul Harvey – nichts von Reiz zu bieten hätte. Die eine Seite wurde von einer Couch eingenommen, auf der sich blaßrosa und grüne Satinkissen türmten. Auf einer Säule am Fenster stand ein Goldfischglas, das eine sich wiegende Wasserpflanze sowie zwei traurig wirkende Fische enthielt. In einer Ecke stand ein kleines Regal, voll beladen mit Souvenirs – Souvenirs aus Coney Island, aus Broadway-Schießbuden, aus Ramschläden, die die Third Avenue säumen. An der Wand hingen in billigen Rahmen Fotografien – Ferienschnappschüsse, intim und doch nichtssagend für Außenstehende. Dort hing auch ein Druck des müden Maxfield-Parrish-Bildes von dem nackten Jungen auf der Schaukel vor dem Hintergrund eines unwirklichen Himmels. Auf dem Kaminsims saß ein Plüsch-Pandabär, Wühltischware, der knopfäugig in den Raum starrte.

Der Webteppich auf dem Boden war rosa und ausgeblichen – außer in der Ecke bei der Wohnungstür, wo ein dunkler, unregelmäßiger Fleck an der Stelle zu sehen war, wo Edgar Fremont geblutet hatte und gestorben war.

Der graue Mann ging hinüber zu einer Tür, die zur Küche und zum Schlafzimmer führte. Er öffnete die Tür.

»In Ordnung, Lieutenant«, sagte er.

Drei Männer kamen aus dem Schlafzimmer: Lieutenant Mason von der Mordkommission und zwei Uniformierte. Mason war einer der hoffnungsvollen Nachwuchsleute der Abteilung – Universitätsabschluß, feine Kleidung. Er sah aus wie ein Geschäftsmann.

»Gut, Jungs. Ihr könnt ihn jetzt mit in die Stadt nehmen«, sagte Mason.

Die zwei Polizisten näherten sich Paul Harvey von beiden Seiten und halfen ihm auf die Beine.

»Einen Moment«, sagte Harvey. »Kann ich noch einen Augenblick mit ihr sprechen, Leutnant?«

»Nicht jetzt«, sagte Mason.

»Aber . . .«

»Nicht jetzt!«

Die Polizisten führten Harvey aus dem Raum. Das Geräusch ihrer Stiefel auf der Treppe war deutlich hörbar. Der kleine, graue Mann stand am Fenster und sah auf die Straße hinunter.

»Nun, Dr. Smith?« fragte Mason, als sie allein waren.

Dr. Smith seufzte. »Großer Gott, was Kinder doch durchmachen, ohne daß ihre Eltern auch nur eine Ahnung haben.«

Mason lächelte in sich hinein. Er hatte schon öfter mit Dr. Smith gearbeitet. Er wußte daher, daß man mit ihm nie sofort zur Sache kam. Mason erinnerte sich an den ersten Gedanken, der ihm damals zu dem kleinen, grauen Mann gekommen war – daß er der einzige Mensch war, der sich im Hotel unter dem Namen ›John Smith‹ einmieten konnte, und dem man das jederzeit abnehmen würde! Mason wußte aber auch, wie trügerisch das Erscheinungsbild von Dr. Smith war. Erst pflegte die Polizei einen Halunken unter Aufbietung aller zulässigen Methoden des dritten Grades gründlich in die Mangel zu nehmen, und wenn sie nichts aus ihm herausbekommen konnte, dann wurde Dr. Smith herbeigerufen. Die Motive für Mord, so behauptete dieser stets, finden sich nicht in Kontoauszügen oder Tresoren, nicht in offener Eifersucht oder Neid, sondern in den dunklen Korridoren der menschlichen Seele. Diese Gänge zu erforschen, mit Worten und Gedanken zu kämpfen, war das, was Dr. Smith als den ›Vierten Grad‹ bezeichnete.

»Ich kann mich einfach niemals mit jemandem unterhalten«, sagte Dr. Smith und wandte sich vom Fenster ab, »bevor Sie, Mason, und Ihre Leute ihn in einen Zustand der höchsten Angst versetzt haben. Irgendwann wird es so weit sein, daß der Psychiater als erster und nicht als letzter hinzugezogen wird.«

»Ich mache hier nur meinen Job«, sagte Mason grinsend. »Was halten Sie von Harvey, Doktor?«

»Was ich denke, zählt nicht als Beweis«, sagte Dr. Smith, »und Beweise sind doch das, worum es Ihnen zu tun ist.«

»Wir haben allerdings reichlich Beweise«, sagte Mason. »Wir haben die Nachricht, die Ruby Lewis für Harvey hinterlassen hat, bevor sie über das Wochenende zur Insel fuhr. Hier, die haben Sie ja noch gar nicht gesehen.« Mason nahm einen Brief aus der Tasche und reichte ihn Smith. Der Arzt setzte sich eine schwere Hornbrille auf die Nase.

›Paul‹, begann die Nachricht, ›ich habe genug von Dir und Deiner krankhaften Eifersucht auf Edgar. Ich fahre über das Wochenende zur Insel – Lambert House. Ich erwarte, daß Du Deine Sachen abgeholt hast, wenn ich zurück bin. Das ist endgültig. Ruby‹

»Das Motiv ist eindeutig«, sagte Mason. »Harvey war krankhaft eifersüchtig auf Edgar Fremont. Fremont kam hier rein, und als er durch die Wohnungstür kam, machte Harvey ihn fertig. Dann kletterte er die Feuertreppe zum Hof hinunter, und dort fanden wir dann ihn und seine Waffe. Seine Waffe! Motiv, Gelegenheit, Tatwaffe.«

»Soweit ich informiert bin, fanden sich keine Fingerabdrücke auf der Waffe.«

»Natürlich, er hat sie abgewischt«, sagte Mason.

»Nicht natürlich«, sagte der Arzt zu sich selbst. »Er wischte seine Fingerabdrücke von der Waffe, damit man ihn nicht fassen kann – nur, um dann im Hof fünfzehn Minuten lang zu warten, bis die Nachbarn die Polizei holten, die dann mit gellenden Sirenen hier eintraf, hochlief, die Leiche fand und endlich – Gott weiß, wie lange später – in den Hof ging und dort Harvey fand, der da immer noch auf sie wartete?«

»Er war betrunken«, sagte Mason. »Er wußte nicht, was er tat.«

»Aber es reichte, um seine Abdrücke von der Waffe abzuwischen?«

Mason hob die Schultern. »Dafür reicht es doch bei allen.«

Der Arzt zuckte die Achseln. »Physische Beweise fallen in Ihre Abteilung, Mason«, sagte er. »Sie hätten mich aber doch wohl nicht hinzugezogen, wenn Sie nicht selbst einige Zweifel hegten.«

Mason schenkte dem kleinen, grauen Mann ein schiefes Lächeln. »Ich hatte Mitleid mit Harvey«, sagte er. »Was sagen Sie dazu? Er tat mir leid.«

»Es besteht kein Anlaß, sich für eine sehr menschliche Regung zu schämen«, sagte Dr. Smith.

»Alles weist darauf hin, daß Harvey Fremont eine Falle gestellt hatte. Er lud ihn hierhin ein, legte sich auf die Lauer und erschoß ihn, als er eintraf. Das ist kaltblütiger Mord und bedeutet den Stuhl. Aber irgend etwas – also, wenn er natürlich ein Fall für die Klapsmühle wäre . . .«

»Das ist er nicht. Jedenfalls nicht im juristischen Sinn«, sagte Dr. Smith.

»Dann war's das wohl«, sagte Mason und seufzte.

»Harvey ist ein Mann, der mit dem schrecklichen Druck gelebt hat, der von einem Kindheitstrauma hervorgerufen wurde«, sagte Dr. Smith. »Das hat jede Beziehung und jede größere Krise in seinem Leben beeinflußt.«

»Und ihn schließlich zum Mörder gemacht«, sagte Mason.

»Ich bin da gar nicht so sicher, Mason; Sie suchen nach Mustern auf der Oberfläche – Indizien, Fingerabdrücke, Alibis. Ich suche nach inneren Mustern. Harveys ist klar. Jedesmal, wenn er mit einer bestimmten Situation konfrontiert war – und zwar eine, in der eine Frau, die ihm lieb und nah war und ihm dann von einem anderen Mann ›weggenommen‹ werden sollte – reagierte er auf die exakt gleiche Weise. Er rannte fort! Also, falls Harvey Fremont umgebracht hat, bedeutete das, daß er das Muster, das ihn sein Leben lang begleitet hat, plötzlich durchbrochen hätte. Nach allem, was wir von ihm wissen, hätte er diesmal doch bestimmt wegrennen müssen. Aber falls er Fremont wirklich getötet hat, dann hat er seine Verhaltensweise völlig über den Haufen geworfen. Warum? Warum?«

»Ich nehme mal an, irgendwann kam der Punkt, an dem ihm eine Sicherung durchgebrannt ist«, sagte Mason.

»Wir haben kein Recht, irgend etwas anzunehmen«, sagte Dr. Smith. »Zumindest muß ich etwas wissen, um zufriedengestellt zu sein. Erzählen Sie mir etwas von dem Mädchen, Ruby Lewis.«

»Da gibt's nicht viel zu erzählen«, sagte Mason. »Sie ist nicht Ihr Typ – ganz sicher nicht meiner! Sie ist wie dies Zimmer – wie ein grellbuntes Osterei in einem Kramladen. Aber sie ist sauber. Sie war den ganzen Abend über im Lambert Inn, dreißig Meilen von hier.«

»Ich möchte mit ihr reden«, sagte Dr. Smith. »Vielleicht kann sie uns etwas über Harvey erzählen, das vielleicht erklärt, was wir uns im Moment noch nicht so recht erklären können.«

»Spricht eigentlich nichts dagegen«, sagte Mason. »Sie ist im Schlafzimmer. Vielleicht gehen Sie besser zu ihr. Sie hat eine verständliche Abneigung, hier herein zu kommen. Wir haben ihr Fremont gezeigt, bevor wir hier saubergemacht haben. Es war ziemlich hart.«

»Bringen wir es hinter uns«, sagte Dr. Smith.

Mason ging zur Schlafzimmertür. »Ein Freund ist bei ihr. Ein Mann namens George Lambert, ihm gehört das Hotel, in dem sie wohnte. Er hat sie in die Stadt gefahren.«

Das Schlafzimmer war fast vollständig dunkel. Das einzige Licht wurde von einer schwachen Schirmlampe auf dem Nachttisch verbreitet. Ruby Lewis lag ausgestreckt auf dem Bett und betupfte ihre Augen mit einem Spitzentaschentuch. Eine alles überlagernde Wolke von Parfümdunst hing in der Luft. Ruby hatte flachsblondes Haar, das in Stufen geschnitten war, was ihm das Aussehen eines lockigen Heiligenscheins – eines künstlichen Heiligenscheins – verlieh. Ihr Teint hatte die Farbe von Pfirsicheis. Ihre Figur wischte alle Fragen, warum Männer sich sofort für sie interessierten, beiseite.

Ein Mann kam aus dem Dunkel und stellte sich in den schwachen Lichtkreis, den die Lampe produzierte. Er war großgewachsen und auf eine glatte Art gutaussehend. Seine Kleidung war ein wenig zu schick, und er trug eine karierte Weste, eine, wie sie Reiter bisweilen beim Sport trugen.

Mason stellte Dr. Smith Ruby und George Lambert vor.

»Ich habe schon von Ihnen gehört, Doc«, sagte Lambert. »Der Madden-Fall. Ich kannte Senator Maddens Sohn. Sie haben ihm da ganz schön aus der Klemme geholfen.«

»Ihnen gehört das Lambert-Haus, wo Miss Lewis bis heute Abend wohnte?« fragte Dr. Smith.

»So ist es, Doc. Und das ist gerade der Anfang. Ich plane eine ganze Hotelkette.«

»Dr. Smith möchte ein paar Fragen stellen«, sagte Mason. Ganz offensichtlich ärgerte er sich über Lamberts forsches Auftreten dem Arzt gegenüber.

»Sicher doch, sicher«, sagte Lambert. »Ruby und ich haben nichts zu verbergen. Unsere Alibis sind doch bombenfest, oder nicht, Inspektor?«

»Lieutenant«, sagte Mason scharf. »Ja, sie sind sattelfest, Mr. Lambert.«

Mit einem fröhlichen Lächeln, das andeutete, daß er auf alles vorbereitet war, drehte Lambert sich dorthin um, wo Dr. Smith bis gerade eben noch gestanden hatte. Dr. Smith war nicht mehr dort. Er war eins geworden mit den Schatten des Raumes.

»Ich glaube, Dr. Smith möchte Ihre Geschichte hören, Miss Lewis«, sagte Mason.

Ruby hob das Spsitzentaschentuch an ihre Augen. »Es ist furchtbar«, sagte sie. »Zu denken, daß das hier nicht passiert wäre, wenn ich schon lange einen Arzt für Paul geholt hätte.«

Ihre Stimme war desillusionierend und ließ ihre Charmekurve steil abfallen. Sie klang flach und nörgelnd.

»Sie haben keinen Zweifel daran, daß Harvey Fremont getötet hat?« Dr. Smiths Stimme kam aus einer dunklen Ecke des Raumes.

»Er war krankhaft eifersüchtig«, sagte Ruby. »Er war eifersüchtig auf alle Männer, aber er war krankhaft eifersüchtig auf Edgar.«

»Sie würden das gar nicht glauben, wenn Sie ihn nur so gesehen hätten«, sagte George Lambert. »Er war ein so ruhiger Typ.«

»Sie haben heute mit Harvey Schluß gemacht, nicht wahr, Miss Lewis?«

»Heute war es endgültig«, sagte sie. »Aber es hatte sich schon lange angebahnt. Wir hatten letzte Nacht einen Riesenkrach wegen Edgar. Heute morgen, als Paul ins Büro gegangen war, habe ich über alles nachgedacht. Ich habe mich dann entschieden, daß es vorbei war.«

»Sie hinterließen ihm also die Nachricht und fuhren hinaus zu Mr. Lamberts Hotel?«

»Ich mußte einen klaren Kopf bekommen«, sagte Ruby. »George hatte mir angeboten, wann immer ich wollte, zu ihm zu kommen.«

»Hatte außer Harvey irgend jemand einen Schlüssel zu Ihrer Wohnung?«

Ruby stemmte sich auf ihre Ellbogen hoch und starrte in das Dunkel. »Was glauben Sie eigentlich, was für ein Mädchen ich bin?« verlangte sie empört zu wissen.

»Ich habe keine Ahnung, Miss Lewis«, sagte der Arzt. »Deshalb frage ich Sie ja.«

»Ich war immer aufrichtig zu Paul«, sagte sie. »Aber er war trotzdem krankhaft eifersüchtig.«

»Das sagten Sie bereits. Sie sind mit dem Zug zum Lambert House gefahren?«

»Sehe ich aus, als hätte ich einen Rolls-Royce?« sagte Ruby, immer noch wütend. Sie ließ sich wieder in die Kissen sinken. »Kommt er auf den elektrischen Stuhl, oder wird er nur irgendwo eingewiesen?«

Mason antwortete diesmal. »Es ist ein eindeutig geplantes Verbrechen. Das bedeutet den Stuhl.«

»Für irgend jemanden«, sagte die farblose Stimme aus der Zimmerecke.

Ruby saß kerzengerade auf dem Bett. »Wollen Sie sagen, Sie glauben nicht, daß Paul es getan hat? Aber Sie haben ihn doch hier gefunden – es war seine Waffe – er war krankhaft eifersüchtig auf Edgar. Er . . .«

»Ich will nur die inneren Fakten mit den äußeren Fakten in Übereinstimmung bringen«, sagte Dr. Smith. »Ich möchte alles über Edgar Fremont wissen, was Sie mir sagen können, Miss Lewis.«

Rubys Stimme nahm einen seltsam harschen Ton an. »Er hatte eine Zukunft«, sagte sie. »Alle sagten, daß er ein bedeutender Schriftsteller wird. Er hatte sein Buch gerade einem von diesen Buchclubs verkauft – und an Hollywood. Er wäre reich und berühmt geworden.«

»Er mochte Sie nicht, oder, Miss Lewis?«

»Das würden Sie nicht glauben, wenn Sie wüßten, wie er versucht hat, mich und Paul auseinanderzubringen. Er wollte uns die ganze Zeit auseinanderbringen.«

»Wollte er Sie denn für sich allein haben?«

»Warum sollte er wohl sonst versucht haben, Paul und mich auseinanderzubringen?«

»Es könnte andere Gründe gegeben haben.«

»Hören Sie, Doc, machen Sie mal halblang«, sagte George Lambert. »Ruby muß sich so eine Behandlung von niemand gefallen lassen. Was für Gründe könnte er sonst schon gehabt haben?«

»Vielleicht mochte er Harvey«, sagte Dr. Smith. »Vielleicht dachte er, es wäre gut für Harvey, wenn er wieder zu seiner Frau und den Kindern zurückginge.«

»Wenn Paul das gewollt hätte, dann hätte ihn niemand aufgehalten«, sagte Ruby. »Paul wollte nichts anderes außer mich. Immer und immer wieder hat er gesagt, er würde mich niemals gehen lassen.«

»Er hat Sie bedroht?«

»Er spielte verrückt. Er sagte, er könnte es nicht ertragen, wenn mal was zwischen uns passieren würde. Er führte sich auf, als ginge es um Leben und Tod.«

»Es war dann ja auch eine Sache von Leben und Tod, nicht wahr?« sagte der Arzt ruhig.

»Hatten Sie Angst vor ihm?«

»Ich habe Ihnen doch schon gesagt, daß er verrückt spielte!« sagte Ruby.

»Natürlich hatte sie Angst vor ihm«, schaltete George Lambert sich ein. »Sie erzählte mir davon, als sie beide an einem Wochenende bei mir waren. Ich sagte ihr, sie könne jederzeit zu mir kommen, wenn Harvey sich danebenbenehmen würde.«

»Wenn ich nicht gewußt hätte, daß ich zu George kommen konnte, wäre ich längst verrückt geworden«, sagte Ruby. Sie sah zu Lambert auf, der an seiner geschmacklosen Weste herumfingerte.

»Was machte Paul Harvey eigentlich attraktiv für Sie?«, fragte Dr. Smith.

»Ich war seine Sekretärin. Alle sagten, er würde es weit bringen. Er war einer der besten Designer im Business. Ich war sicher, er würde mal Verne Steigers Partner sein.«

»Sie blieben aber bei ihm, als er Steiger verließ?«

»Na, ich dachte natürlich nicht, daß er alles hinwerfen und sich tottrinken würde. Ich dachte, er macht einen eigenen Laden auf.«

»Sie blieben also nur bei ihm, weil Sie erwarteten, daß er eine erfolgreiche Zukunft vor sich hatte?«

»Ist damit irgendwas nicht in Ordnung?« fragte Ruby spitz. »Eine Frau hat das Recht, etwas von einem Mann zu erwarten, oder etwa nicht?«

»Und wenn er das nicht erfüllt?«

»Man muß sehen, wo man bleibt«, sagte Ruby. »Deshalb habe ich mich ja von ihm getrennt.«

»Ich dachte, weil Sie Angst vor ihm hatten?«

»Das auch, ja. Er wurde verrückt wegen Edgar, das sage ich Ihnen doch die ganze Zeit.«

»Aber es gab gar keinen Grund für ihn, sich so zu verhalten, weil Fremont Sie ja gar nicht wollte«, sagte Dr. Smith.

»Dieses eingebildete Miststück«, sagte Ruby. »Er meinte, ich wäre nicht gut genug für ihn – und auch nicht für Paul.«

Es folgte eine längere Stille, bevor die Stimme erneut aus der Ecke sprach. »Was haben Sie jetzt für Pläne, Miss Lewis?«

»Pläne?«

»Ihr Verhältnis mit Harvey ist vorbei. Was kommt jetzt?«

»Ich glaube nicht, daß Sie das was angeht!« sagte Ruby.

»Du brauchst dich für nichts zu schämen, Kleines«, sagte George Lambert. Er wandte sich in die Richtung, aus der die Stimme kam. »Ruby und ich werden heiraten, Doc. Es wird Zeit, daß sie ein paar von den Sachen kriegt, die sie vom Leben erwartet.«

»Das könnte recht kostspielig für Sie werden, Mr. Lambert.«

»Nichts ist zu teuer für Ruby«, sagte Lambert.«

Der Arzt trat aus dem Dunkel, stellte sich in den Lichtkreis und blickte auf Ruby hinunter. »Passender könnte eine Grabsteininschrift für Miss Lewis nach meinem Empfinden nicht sein.«

»Nun hören Sie mal, Doktor . . .« Lamberts Stimme war zorngeladen.

Dr. Smith ignorierte ihn. »Ich habe das Gefühl, daß Miss Lewis normalerweise bekommt, was sie will. Einmal hat es allerdings nicht funktioniert.«

Ruby setzte sich auf. »Ich mag die Art nicht, in der Sie mit mir reden«, sagte sie. Sie blickte zu Mason hinüber. »Muß ich mir diese Unverschämtheiten anhören, Leutnant?«

»Sie hat Hollywood verpaßt, und das schillernde Leben als Frau eines erfolgreichen Schriftstellers. Sie wollten Fremont wirklich haben, nicht wahr, Miss Lewis? Und er hat Sie ausgelacht.«

George Lambert machte einen Schritt vorwärts und ließ seine große Hand auf Dr. Smiths Schulter fallen. »Das reicht jetzt von Ihnen, Doc«, sagte er.

»Oh, ich bin fertig«, sagte Dr. Smith. »Ich denke aber, daß Sie nachts nicht gut schlafen werden, Lambert – wenn Sie erst einmal verheiratet sind.«

»Was soll das heißen?«

»Nun, wenn die Hotelkette etwas mehr Zeit braucht als angenommen . . .«

»Was wollen Sie damit sagen?«

»Miss Lewis könnte enttäuscht sein.«

»Und?«

»Sie haßt es, enttäuscht zu werden, Mr. Lambert. Harvey hat sie enttäuscht, und er ist in ernsten Schwierigkeiten. Fremont hat sie enttäuscht, und er ist tot. Es scheint extrem ungesund zu sein, Miss Lewis zu enttäuschen.«

Rubys Stimme wurde schrill. »Bringen Sie ihn zum Schweigen, Lieutenant! Ich werde ihn verklagen! Er hat kein Recht, so zu reden! Ich werde . . .«

»Alibis fallen nicht in meinen Bereich«, sagte Dr. Smith, während er seine grauen Augen stetig auf George Lambert gerichtet hielt. »Ich weiß nicht, was an Miss Lewis' Alibi nicht in Ordnung ist, Lambert. Aber ich weiß, daß ich nicht für eine Million Doller in Ihrer Haut stecken möchte. Als Psychiater weiß ich, daß es Menschen gibt, die den unkontrollierbaren Drang zu Wiederholungstaten haben. Harvey ist ein Mann, der immerzu vor Katastrophen fortlief – bevor sie überhaupt eintraten! Genaugenommen machte er sie durch sein Weglaufen erst möglich. Er wollte der Gefahr durch Fremont durch Trinken entgehen.«

»Was hat dieses ganze hochtrabende Gequatsche mit mir zu tun?« wollte Ruby wissen.

»Ihr Verhaltensmuster ist viel aggressiver, Miss Lewis. Sie wollen Geld und Ansehen, und Sie laufen diesen Dingen hinterher. Zuerst ein bedeutender Designer, dann ein bedeutender Schriftsteller, jetzt eine Hotelkette. Was kommt dann, Miss Lewis? Und wie wollen Sie Lambert loswerden, wenn es an der Zeit ist, wieder eine Sprosse höher zu steigen?«

Lambert befeuchtete seine Lippen. »Mich loswerden?«

»Ich hoffe für Sie, daß die Hotelkette eine bombensichere Sache ist«, sagte der Arzt, »und daß Sie eine Menge Geld damit verdienen werden. Sonst . . .«

Ruby saß senkrecht auf dem Bett und kreischte. »Schafft diesen dreckigen alten Sack hier raus! Schafft ihn hier raus! Schafft ihn raus!«

»Wir gehen schon, Miss Lewis«, sagte Dr. Smith. Er wandte sich noch einmal Lambert zu. »Ihnen viel Glück, Mr. Lambert. Ich werde das Gefühl nicht los, daß Sie es brauchen werden. Kommen Sie, Mason.«

»Warten Sie!« sagte Lambert mit leicht zitternder Stimme. »Sie glauben, sie hat Fremont umgebracht und die Schuld auf Harvey geschoben?«

»Das läge im Bereich ihres Verhaltensmusters, Mr. Lambert. Ich denke, sie ist dazu imstande. Aber – nun, sie hat ein Alibi. Natürlich . . .«

Große Schweißperlen glänzten auf Lamberts Stirn. »Lieutenant«, sagte er zu Mason, »ich – ich glaube, ich möchte meine Aussage widerrufen.«

Eine Sturzflut von wüsten Beschimpfungen ergoß sich aus Rubys verzerrtem roten Mund. Lambert bewegte sich langsam vom Bett fort in Richtung Tür.

». . . es ist nicht so, daß ich gelogen hätte, verstehen Sie«, Mason las laut aus der neuen, maschinengeschriebenen Aussage von George Lambert vor, »ich habe Ihnen lediglich nicht alles gesagt. Ruby kam tatsächlich am späten Nachmittag an und ging auf ihr Zimmer, und sie war auch dort, als Sie um Mitternacht anriefen. Was ich nicht ausgesagt habe, ist die Tatsache, daß sie mich bat, ihr das Auto zu leihen, damit sie in die Stadt fahren konnte, um ins Kino zu gehen. Ich gab ihr das Auto und dachte mir auch nichts dabei, bis zu dem Zeitpunkt, an dem ich sie nach Ihrem Anruf nach New York fuhr. Da sagte sie, ›George, vielleicht ist es einfacher für mich, wenn du der Polizei nicht erzählst, daß ich im Kino war.‹ Ich fragte sie, warum, und sie sagte, daß alle, die mit Harvey zu tun haben, unter Verdacht stünden, und daß sie ein perfektes Alibi hätte und von der Polizei nicht weiter belästigt werden würde, wenn ich ihren Kinobesuch nicht erwähnte. Ich fand nichts Schlimmes daran, weil ich ja wußte, daß sie mit der Sache nichts zu tun hat – oder meinte, es zu wissen. Ich bin immer noch davon überzeugt, aber ich denke, Sie sollten alles wissen.«

Dr. Smith stand am Fenster von Masons Büro und blickte auf die Straße hinab, wo sich der erste frühmorgendliche Verkehr regte.

»Da gibt es kaum einen Zweifel«, sagte Mason. »Sie behauptet nach wie vor, daß sie im Kino war – eine Doppelvorstellung. Aber sie hat eine bemerkenswert schwache Erinnerung an die beiden Filme. Die fraglichen drei Stunden gaben ihr ausreichend Zeit, nach New York zu fahren, Fremont zu töten und zum Lambert House zurückzufahren, ohne Verdacht zu erregen. Sie hatte sich vermutlich mit Fremont verabredet . . . und er war gekommen, weil er Harvey helfen wollte. Aber es gibt da eine Sache, die mir zu schaffen macht, Doktor. Warum? Sie mußte Fremont nicht umbringen, um ihn loszuwerden. Er war ihr doch nicht im Weg.«

»Ich bin schlecht im Sprücheklopfen, vor allem bei abgegriffenen Sprüchen«, sagte der Arzt, »aber es gibt da doch etwas über die Wut einer beleidigten Frau – Fremont hatte sie abgewiesen. Harvey hatte für sie versagt, was eine Wiederbelebung der Beziehung vermutlich sehr schwierig machen würde. Es war ein perfekter Plan, es dem einen heimzuzahlen und den anderen loszuwerden.«

Mason nickte. »Wieso dachten Sie, daß Lambert umfallen würde?«

Dr. Smith kehrte dem Fenster den Rücken. Ein leises Lächeln umspielte seine Lippen. »Die karierte Weste«, sagte er. »Diese Weste, Mason, paßte zu Ruby Lewis' Wohnzimmer mit dem Stoffpanda und den Goldfischen. Beides paßte zusammen wie Topf und Deckel. Mir fiel auf – ohne sonderlich über Lambert Bescheid zu wissen, abgesehen von einem oberflächlichen Charaktereindruck – daß er und Ruby vom gleichen Schlag sind. Ich war ziemlich sicher, daß Lambert sich viel mehr für sich selbst interessiert als für irgendeine Frau, und sei sie noch so attraktiv. Er war das genaue Gegenstück von Ruby – selbstsüchtig, gierig, egoistisch.«

»Wie kamen Sie darauf, daß Rubys Alibi getürkt war?« fragte Mason.

»Das liegt an den verschiedenen Ansätzen, von denen wir ausgehen, Mason«, sagte Dr. Smith. »Sie betrachten die äußeren Umstände als unumstößlich und passen dem die inneren Umstände an. Mein Ansatz geht vom umgekehrten Fall aus. Ich glaube, daß die inneren Umstände unangreifbar sind. Die innere Wahrheit über Harvey machte mich sicher, daß er weglaufen würde, aber nicht töten. Somit blieben Lambert und Ruby, die beide durchaus fähig sind, jemand zu töten. Ruby erschien mir am wahrscheinlichsten, weil sie am meisten zu gewinnen hatte – Rache dafür, daß sie sitzengelassen und abgewiesen wurde, eine Hotelkette und einen Mann nach ihrem Geschmack.«

»Soviel zum Thema wissenschaftliche Verbrechensaufklärung«, sagte Mason trocken.

»Sie meinen, das Studium verkrüppelter Charaktere ist keine

Wissenschaft?« fragte Dr. Smith. Mason schob seinen Stuhl zurück und stand auf. »Ich werde mich hüten, eine solche Behauptung aufzustellen«, sagte er. Er drückte seine Zigarette im Aschenbecher auf dem Schreibtisch aus. »Ich möchte Sie um einen letzten Gefallen bitten, Doktor.«

»Bitte.«

»Ich möchte, daß Sie mich begleiten, wenn ich Paul Harvey die Nachricht überbringe, daß er frei ist«, sagte Mason. »Er hat einiges mitgemacht. Er hat Frau und Kind und viel Talent, und ich meine, es müßte doch einen Weg geben, ihm zu helfen, ins Leben zurückzukehren.«

»Selbstverständlich komme ich mit«, sagte Dr. Smith. »Es wird Zeit, daß Harvey aufhört, Angst vor Gespenstern zu haben.«

»Und das«, sagte Mason, »gilt für uns alle.«

Deutsch von Thomas Hoheigel

Abenteuer um Mitternacht

Michael Arlen

Heute erzählt man sich in ganz London von dem Gentleman, der, als er in einer Winternacht vor nicht allzulanger Zeit vom Grosvenor Square zum Carlos Place spazierte, von einer Dame auf eigenartige Weise angesprochen wurde, und von den seltsamen Ergebnissen, zu denen dies führte.

Zuvor hätte man an jenem Abend zwei Gentlemen von korrekter Erscheinung beobachten können, die an einem ruhigen Ecktisch im Restaurant eines Londoner Hotels, das für den gesellschaftlichen Rang seiner Gäste bekannt ist, gemeinsam dinierten. Unsere beiden Freunde, der eine vom Alter gezeichnet und grauhaarig, der andere jünger und hager und durch seinen melancholischen Ausdruck außergewöhnlich gutaussehend, schienen in eine Unterhaltung vertieft zu sein.

Der jüngere Gentleman sprach wenig und hörte, was nur angemessen war, seinem grauhaarigen Begleiter aufmerksam zu. Das war nicht überraschend, weil der Vater gerade seinem Sohn in den dringlichsten Worten verdeutlichte, daß nur eine reiche Heirat den Schrecken ihres überzogenen Kredits bei der Bank mildern konnte.

In vergangenen Tagen, als der letzte König von Navarra als Heinrich IV., erster und bester der aus dem Haus Bourbon stammenden französischen Könige, in die Geschichte einging, wurde die bergige Hälfte von Navarra, aus Gründen, auf die wir jetzt nicht eingehen können, zum Herzogtum Suiza. Die Herzöge von Suiza waren auf jene bemitleidenswerte, halbverhungerte Art und Weise königlich, die verächtlich nur als ›minder‹ bezeichnet wird. Mehrere Jahrhunderte lang wurde das Herzogtum Suiza als unabhängiges Königreich respektiert, vielleicht auch nur übersehen, und schließlich vergessen.

Die zwei Gentlemen beim Dinner waren Carlos XXVII., Herzog von Suiza, und sein einziger Sohn, Prinz Rudolf. Aber, wie der weltgewandte Vater seinem weltgewandten Sohn zu verstehen gab, hohe Titel wie Herzog und Prinz bedeuteten ohne das notwendige Bargeld zur deren Unterstützung nicht allzuviel.

»Kurz gesagt«, stellte Herzog Carlos fest, der gerne das Englisch sprach, das er den amerikanischen Besuchern, die die Spielkasinos seines Herzogtums vor seinem Exil gefüllt hatten, abgelauscht hatte, »wir sind völlig bankrott, Junge – wenn du nicht den Weihnachtsbaum schüttelst und dabei irgendeinen Effekt erzielst.«

Rudolf nippte an seinem Champagner mit dem melancholischen Ausdruck angesichts einer unabwendbaren Sache. »Unser Ruf«, gab er zurück, »reicht, um selbst den kräftigsten Weihnachtsbaum zum Verwelken zu bringen, wenn wir ihm nahekommen.«

»Du mußt ein süßes, junges unschuldiges Mädchen finden, Rudolf. Habe ich da nicht schon etwas von dir und dieser amerikanischen Erbin, Baba Carstairs, gehört? Ich kann nur hoffen, mein Freund, daß du auf das Mädchen als romantische Person Eindruck machst – denn du kannst äußerst romantisch *aussehen*, besonders wenn du lügst.«

Prinz Rudolf trank den letzten Schluck Champagner aus seinem Glas. »Lieber Vater«, sagte er schließlich, »bist du jemals verliebt gewesen?«

Herzog Carlos sah seinen Sohn mitleidig an.

»Oft«, antwortete er. »Warum, hast du vielleicht geglaubt, du hättest die Liebe erfunden?«

»Vielleicht«, meinte der junge Mann schwermütig, »ich hätte einige dringend notwendige Verbesserungen vorzuschlagen.«

»Willst du mir damit sagen, daß du noch immer nach diesem Revuemädchen verrückt bist, das du letztes Jahr in Paris getroffen hast?«

»Nein, nicht letztes Jahr, aber vor zehn Jahren, und kein Revuemädchen, aber ein Mädchen. Aber vielleicht wäre es für Männer wie uns besser, nicht einmal einen Gedanken an sie zu verschwenden.«

»Du siehst so romantisch aus, wenn du von ihr sprichst, Rudolf, daß ich sicher bin, daß du ihr viele Lügen erzählt hast. Vergiß sie, Junge. Denk an unsere Traditionen. Denk an unseren Namen. Denk an unseren überzogenen Kredit. Kurz gesagt, denk an Miss Carstairs.«

Nun, dies ist jener Prinz Rudolf, von dem erzählt wird, daß er, als er später in jener Nacht schwermütig zu seiner bescheidenen, in den verdrießlichen Schatten hinter den Clubs von Piccadilly gelegenen Wohnung spazierte, von einer Dame auf eigenartige Weise angesprochen wurde.

Er sah einen Wagen, lang und dunkel, von nüchterner Eleganz. Dieser fuhr nah an ihm vorbei, wie es solche Wagen zu tun pflegen, nicht lauter als das leichte Zucken der Barthaare einer Katze. Ein paar Meter vor ihm kam er zu einem Halt.

Als Rudolf daran vorbeiging, seinen schwermütigen Blick geradeaus gerichtet, dachte er daran, wieviel besser es für diese hübsche, nette, dumme kleine Millionärin Baba Carstairs wäre, wenn ein selbstsüchtiges Scheusal wie er sie in Ruhe lassen würde. Er mochte sie sehr gern, natürlich. Aber es wäre ihm nicht in den Sinn gekommen, sie zu heiraten, wenn sie arm gewesen wäre.

In jenem Augenblick geschah es, daß ein Blick aus seinem Augenwinkel von etwas Auffälligem, in der kalten Nacht Glänzendem angezogen wurde. Es waren eine Hand und ein Arm, der, mit Juwelen geschmückt, die sich hell gegen den schwarzen Hintergrund des Wagens abzeichneten.

»Kann ich Sie mitnehmen?« fragte eine leise Stimme.

Rudolf, der eine sehr gute Erziehung genossen hatte, zumindest was sein oberflächliches Verhalten betraf, zog seinen Hut in Richtung des glänzenden Arms und konnte gleichzeitig beobachten, daß die Hand schlank und jung und vermutlich so kühl wie die Stimme war.

»Sie sind sehr freundlich«, gab er zur Antwort. »Aber ich habe nur ein kurzes Stück zu gehen.«

»Sie haben nichts zu befürchten«, sagte die kühle Stimme.

Das korrekte und gleichgültige Profil des ältlichen Chauffeurs am Steuer offenbarte bis auf den Wohlstand seiner Arbeitgeber nichts. Rudolf, der näher an das offene Fenster herantrat, erblickte flüchtig das in den Schatten liegende Gesicht der Dame – und wurde von einem matten Parfüm leicht gestreift, das ihn so eindringlich an eine frühere Bezauberung erinnerte, daß er einen Augenblick lang noch einmal mit einem schlanken, schönen Mädchen durch einen Garten spazierte.

Er sagte sich selbst, daß er ein Narr sei, öffnete schnell die Tür und stieg ins Wageninnere.

»Danke«, sprach ihn die Dame an, »daß Sie sowohl mutig als auch höflich sind.«

Prinz Rudolf lächelte. »Ich glaube, daß es weder Mut noch Höflichkeit ist, was Männer dazu bringt, das auszuführen, worum schöne Frauen sie bitten.«

Er bemerkte, daß die Dame ihn mit äußerstem Ernst taxierte.

»Größe: einhundertachtzig Zentimeter«, sagte er, »Haar: schwarz; Augen: braun; ein kleines Muttermal auf der linken Wange; von sich selbst ziemlich überzeugtes Wesen; keine besonderen Eigenheiten . . .«

Ihr mattes Lächeln erreichte ihre ernsten Augen nicht, von denen er schon jetzt eine sehr hohe Meinung hatte. Sie waren aufrichtig und blau, von einer glänzenden Dunkelheit wie die blaue See, die vom Wind gepeitscht wurde. Die Haare der Dame waren blond und lockig, ohne dabei frivol zu wirken. Rudolf, in belanglosen Unterhaltungen erfahren, erkannte sofort, daß nur eine Sache von immenser Dringlichkeit diese Dame dazu genötigt haben konnte, sich an einen Fremden zu wenden, da sie sich von niederen Gelüsten nicht korrumpieren lassen würde.

»Und ich?« fragte sie.

Er bemerkte, was ihn aber keineswegs verwunderte, daß der Wagen sich in Bewegung gesetzt hatte. Es war ihm angenehm herauszufinden, daß er der Welt nicht so überdrüssig war, wie er eigentlich gedacht hatte.

»Und ich, Sir?« fragte sie. »Wie würden Sie die Fremde beschreiben, die Sie gekidnappt hat?«

»Ich mag Sie«, sagte Prinz Rudolf.

»Du meine Güte«, meinte die Dame, »Sie *sind* schnell.«

»Das bin ich in allem«, gab Rudolf zurück. »In der Minute, in der ich Sie erblickt habe, habe ich zu mir selbst gesagt, das ist eine Frau, wie ich sie wirklich mag.«

»Ich hatte keine Ahnung«, erwiderte die Dame, »daß eine Unterhaltung mit einem Fremden so einfach sein könnte, wie Sie sie machen.«

»Sie sind keine Fremde. Ich habe Sie sofort erkannt.«

»Mich? Sie haben mich erkannt?«

»Natürlich. Haben Sie noch nie von dem alten Witz von der Frau gehört, welcher ein Mann immer zu spät begegnet?«

»Zu spät? Du meine Güte, wofür?«

»Für seinen Seelenfrieden. Weil sie für gewöhnlich bereits verheiratet ist.«

»Da ich unverheiratet bin, Sir, ist Ihr Seelenfrieden gerettet. Aber vielen Dank für Ihre Komplimente über meine Erscheinung.«

»Nicht nur über Ihre Erscheinung, Madam. Ich bin auch von Ihrem Charakter sehr erbaut.«

»Dann sind Sie also ein Hellseher?«

»Ein Kenner – ein Student der Träume.«

»Träume? Haben wir von Träumen gesprochen?«

»Nein, aber das werden wir. Wenn Männer träumen«, sagte Prinz Rudolf, »wenn sie von der Art von Glück träumen, das ihnen oft verboten ist zu besitzen, weil sie in Eile geheiratet haben, oder aus irgendeinem anderen dummen Grund – dann sind ihre Träume von Gedanken an die perfekte Gefährtin erfüllt. Es ist nicht erforderlich, die Augen zu schließen, um sie zu beschreiben. Sie muß selbstverständlich exquisit sein, aber sie sollte nicht nachdrücklich Wert auf die kleinen Dinge legen, die gerade in Mode sind, wie es manche sonst kluge Frauen zu tun pflegen. Ihre Schönheit sollte einen gewissen Ernst mit sich bringen, denn versteht sie nicht vieles und vergibt doch alles, besonders die Gier und die Ausflüchte der Männer? Sie muß natürlich klug sein, aber nicht zu klug, um niemals einen Fehler zu begehen, niemals ein Risiko einzugehen, niemals aus Romantik zu seufzen, niemals sich selbst zu verletzen. Sie wird immer ihr Möglichstes probieren, keinem anderen weh zu tun, und in jeder noch so schwierigen Zeit wird sie Zuflucht darin finden, über sich selbst zu lachen, denn vor allen Dingen ist sie mit den Umgangsformen des Herzens gesegnet.«

»Du meine Güte«, gab sie zurück, »ich wußte nicht, daß die Träume der Männer dermaßen gut über Liebenswürdigkeiten unterrichtet sind. Ihr Ruf, Prinz Rudolf, bereitet einen Zuhörer kaum auf solche Gefühle vor.«

»Madam, in Ihrer Gesellschaft hatte ich es mir für einen Augenblick erlaubt, alles bis auf die wenigen Seiten, die das Beste in mir darstellen, zu vergessen. Aber jetzt, nachdem Sie mich an mein gewöhnliches Selbst erinnert haben, muß ich zugeben, daß ich nichts lieber täte, als Sie zu küssen und auf die Konsequenzen zu pfeifen.«

»Dieser Tadel«, sagte sie, »war äußerst verdient. Denn niemand hätte höflicher sein können als Sie. Sie haben mich bisher nicht gefragt, woher ich Sie kenne, wohin wir fahren, oder wer ich bin. Ich habe Sie dank einiger Fotografien erkannt. Ich bin Ihnen vom Restaurant, wo Sie diniert haben, gefolgt. Wir fahren zu meinem Haus, welches hier am Belgrave Square liegt. Mein Name spielt keine Rolle. Und ich möchte Sie bitten, Sir, daß Sie mir einen Gefallen erweisen. Wissen Sie, ich entschuldige mich für nichts. Mein Benehmen ist zu empörend, als daß Entschuldigungen irgendeinen Wert besäßen. Wenn Sie es wünschen, können Sie jetzt gute Nacht sagen, mein Wagen wird Sie nach Hause bringen, und ich werde um eine lehrreiche Unterhaltung mit einem Mann von Welt reicher sein.«

Keinesfalls abgeschreckt von ihrem Ernst, lachte Rudolf aus vollem Herzen. Er hatte sich seit vielen Monaten nicht mehr so fröhlich gefühlt.

»Miss X«, sprach er sie an, »Sie waren es, die von meinem Ruf gesprochen hat. Also, wenn Sie denken, daß Sie mich so einfach loswerden können, sind Sie verrückt.«

Ihre aufrichtigen Augen taxierten sein Gesicht. Er wurde durch die tiefgründige Verachtung ernüchtert, die ein dunkles Licht zum dunklen Glanz ihrer Augen hinzuzufügen schien. Er hätte diese Verachtung schon vorher bemerkt, wäre er nicht, wie es seine Art war, so mit dem Versuch beschäftigt gewesen, eine schöne Frau zu beeindrucken.

»Haben Sie vor nichts Angst, Prinz Rudolf?«

Sie standen jetzt auf dem Gehweg vor dem Haus, und er überblickte flüchtig das dunkle, beeindruckende Gebäude.

»Vor einer Menge Dinge«, antwortete er, »aber vor keinem möglichen Schaden, der mir von Ihnen zugefügt werden könnte.«

»Vielleicht«, sagte sie, »täuschen Sie sich in dem Punkt.«

Ein älterer Diener ließ sie ein. Rudolf hatte, als er sich auf der großen Diele seines Mantels entledigte, Zeit genug, sich des beträchtlichen Wohlstands seiner Umgebung bewußt zu werden. Über dem großen Kamin, in dem die Asche eines Feuers matt glomm, maß einer von Van Dycks Reitern die Welt mit einem Blick ab, während an einer anderen Wand das düstere und mürrische Gesicht eines Rembrandts hing.

Dann wurde ihm der Weg in eine lange, vertäfelte Bibliothek gewiesen. Sie war matt erleuchtet, und vor dem Kamin am anderen Ende standen die geheimnisvolle Dame und ein großer, blonder, rotgesichtiger Bulle von einem Mann in etwa seines Alters.

»Das ist mein Bruder«, stellte die Dame vor, »Mr. Geraldine. Ich bin Iris Geraldine.«

Mr. Geraldines ziegelroter Teint biß sich mit der Blässe seiner kalten, blauen Augen. Er machte keine Anstalten, die Feindseligkeit zu verheimlichen, mit der er das matt lächelnde Gesicht seines Gastes taxierte.

»Jetzt wissen Sie«, sprach er diesen an, »warum ich meiner Schwester gesagt habe, daß sie Ihnen nicht ihren Namen nennen soll, weil Sie, hätten Sie ihn gekannt, sicherlich nicht hierher gekommen wären.«

»Sie schätzen mich falsch ein, Mr. Geraldine. Um einer Frau wie Ihrer Schwester willen würde ich freiwillig viel mehr riskieren als die unangenehme Begegnung mit einem Mann wie ihrem Bruder. Nun, was wollen Sie von mir?«

»Sicherlich können Sie, Prinz, leicht erraten, was ich . . .«

»Warten Sie«, unterbrach ihn Rudolf barsch. »Bevor wir weitermachen, werden Sie so freundlich sein, mir einen Platz anzubieten. Ich danke Ihnen. Dann werden Sie mich zu einem Drink einladen. Danke. Ich bevorzuge Brandy.«

Auf Mr. Geraldines ansehnlichem ziegelrotem Gesicht stand ein kampfbereites Grinsen. Man konnte sofort erkennen, daß er gut mit Pferden umgehen konnte, daß Hunde auf sein Pfeifen hörten, und daß er sowohl Tritte verteilen als auch einstecken konnte.

»Iris«, er drehte sich seiner Schwester zu, »vielleicht läßt du Prinz Rudolf und mich jetzt lieber allein.«

Miss Geraldine hatte den von ihr entführten Gast nicht einmal kurz angesehen. Sie saß, ziemlich starr, in einem hohen Queen-Anne-Sessel, den Blick in die sich sprunghaft ändernden Farben des hellen Feuers gesenkt.

»Ich bin hier«, sagte Prinz Rudolf, »auf Miss Geraldines ausdrückliche Einladung, und ich genieße ihre Gesellschaft sehr. Ich hoffe, Sie werden bei uns bleiben, Miss Geraldine. Ohne Zweifel ist Ihr Bruder ein großartiger Mensch, aber er ist nur halb so schön anzuschauen, wie Sie es sind.«

Sie hielt ihren kleinen Kopf sehr ruhig und aufrecht, und ihm war klar, daß sie es vorzog, seine Anwesenheit zu ignorieren. Sie sprach, zum Feuer gewandt, mit ihrer leisen, kühlen Stimme so, als würde sie nur laut denken. »Ich sehe es nicht gerne mit an«, erwiderte sie, »wie ein Mann gedemütigt wird, egal, wie sehr er es verdienen mag.«

»Das werde ich riskieren«, gab er zurück. »Fangen Sie an, Mr. Geraldine. Wie Sie erwähnt haben, weiß ich, daß Sie der Präsident der großen und berühmten Privatbank der Geraldine Brothers sind, und daß Sie zudem der Verwalter des Vermögens von Miss Carstairs sind.«

»Nicht nur ihr Verwalter, Prinz, sondern ebenso der beste Freund und Vertraute ihres verstorbenen Vaters. Sie hat mir erst heute nachmittag erzählt, daß sie sich dazu entschlossen hat, Sie zu heiraten.«

»Das hätte sie zuerst mir erzählen sollen«, meinte Prinz Rudolf, »aber ihre Entscheidung macht mich so glücklich, daß ich ihr vergeben muß. Vielen Dank für Ihre Glückwünsche, Mr. Geraldine.«

»Sie besitzt ein großes Vermögen«, sagte Mr. Geraldine trocken.

»Das hat mir mein Vater seit Wochen jeden Tag erzählt. Er wird das sehr gerne hören, wo er es in letzter Zeit so schwer gehabt hat. Wie angenehm es ist, nette junge Mädchen wie Miss Carstairs zu treffen, die nichts anderes im Sinn haben, als ein bißchen Sonnenschein in das Leben von müden, alten Männern wie meinem Vater zu bringen. Wenn ich es ihm morgen berichte, wird er sehr gerührt sein.«

»Das wird er nicht«, entgegnete Mr. Geraldine, »weil Sie es ihm nicht berichten werden.«

Prinz Rudolfs Aufmerksamkeit schien in jenem Augenblick einer erschöpfenden Studie von Iris Geraldines Profil gewidmet zu sein, und daß er sehr viel von diesem hielt, war deutlich an seinem Gesichtsausdruck abzulesen.

»Und warum nicht?« fragte er abwesend.

»Sie werden Ihrem Vater nicht erzählen, daß Sie Miss Carstairs heiraten werden, weil Sie es nicht tun werden.«

»Alle Beschwerden in diesem Fall«, gab Rudolf zurück, »sollten direkt an Miss Carstairs adressiert werden. Es ist ihr Leben. Es ist ihr Geld. Es sollte ihre Hochzeit sein. Und ich bin ihre Wahl.«

»Ein so junges Mädchen«, sagte Mr. Geraldine, »weiß nicht immer, was das beste für sie ist. Ich kann Baba nicht verbieten, Sie zu heiraten, weil sie alt genug ist. Ich kann sie nicht überzeugen, indem ich ihr erzähle, daß Sie, trotz Ihres großen Namens, ein bekannter Verschwender und Abenteurer sind, daß Sie sowohl für Ihre Affären mit Frauen und für Ihre Gewandtheit, Ihre Rechnungen bezahlen zu lassen, berüchtigt sind, weil sie all diese Fakten als Verleumdungen eines mißverstandenen, gutaussehenden und romantischen Prinzen abtut.«

»Und das zu Recht. Das sollte Sie lehren, Mr. Geraldine, keine häßlichen Gedanken in die Köpfe junger Mädchen zu setzen. Warum sollten Sie, nur weil Sie niemand je für romantisch gehalten hat, seit Sie ein kleiner Junge in Seidenhosen waren, auf mich eifersüchtig sein?«

»Ich bin niemals eifersüchtig«, erwiderte Mr. Geraldine, »auf einen Gauner.«

»Habe ich richtig verstanden, Mr. Geraldine, daß Sie mich gerade einen Gauner genannt haben?«

»Das haben Sie. Das habe ich.«

»In diesem Fall«, gab Prinz Rudolf zurück und stand von seinem Sessel auf, »brauche ich einen weiteren Brandy. Sie haben großes Interesse in mir geweckt, Mr. Geraldine. Würden Sie mir bitte Ihre Theorie erläutern?«

»Das ist keine Theorie, Prinz, sondern eine Tatsache. Aber ich würde sie viel lieber nicht ausführen – und das werde ich nicht, wenn Sie versprechen, Miss Carstairs nicht wiederzusehen.«

»Aber das würde nicht gutgehen, Mr. Geraldine. Das arme Mädchen würde sehr empört sein. Mein armer Vater würde sehr enttäuscht sein. Und meine armen Gläubiger würden sehr wütend sein.«

»Nun gut«, sagte Mr. Geraldine grimmig. »Sollten Sie Ihre Verlobung mit Miss Carstairs offiziell bekanntgeben, werde ich die geeigneten Behörden informieren, daß sich in meinem Besitz ein Scheck befindet, der von einem Mr. John Anderson zu Ihren Gunsten ausgestellt und von Ihnen eingelöst worden ist, von dem ich allen Grund zum Verdacht habe, daß es sich um eine Fälschung handelt.«

»Aber wieso Verdacht?« fragte Prinz Rudolf. »Sie wissen, daß es eine Fälschung ist.«

»Als geben Sie zu, daß Sie Andersons Unterschrift auf einem Scheck über 1000 Pfund gefälscht haben?«

Prinz Rudolf sah flüchtig zu Iris Geraldine herüber – und erkannte augenblicklich, zu seiner Überraschung und Verwirrung, daß etwas in ihm schmerzvoll pochte. Er konnte dieses merkwürdige Phänomen nicht einfach als Störung seiner Herztätigkeit abtun, weil er sein Herz seit Jahren als ledrigen Veteran betrachtete, beständig und unverrückbar auf derselben Stelle, in einer dunklen Wolke von Zigarettenrauch fixiert. Aber er war ein vernünftiger Mann und mußte sich der Tatsche stellen, daß der alte Veteran hier wie das Herz eines Jungen pochte, nur weil eine schöne junge Frau mit aufrichtigen Augen ihn ernst und unpersönlich betrachtete, so wie ein Wissenschaftler wohl eine Made betrachten würde.

»Mr. Geraldine«, sagte er schließlich, und in seiner Stimme klang zum ersten Mal kein Spott mit, »als John Anderson letzte Woche gestorben ist, haben Sie nicht, als sein Testamentsvollstrecker, eine Notiz zwischen seinen Papieren gefunden, die auf mich verweist?«

»Das habe ich nicht.«

»Ich glaube schon, daß Sie das haben. Ich glaube, daß Sie diese Notiz in Ihrem Besitz haben. John Anderson war ein Spieler, und wie fast alle Spieler war er ein sehr ehrlicher Mann. Behaupten Sie noch immer, daß er keinen Brief in seiner Handschrift mit einem Verweis auf mich hinterlassen hat?«

»Das habe ich bereits gesagt, Prinz Rudolf.«

»Dann möchte ich zu Protokoll geben, Mr. Geraldine, daß Sie ein Lügner sind. Der Grund dafür könnte die Tatsache sein, daß Sie schlecht erzogen worden sind, aber die Tatsache bleibt bestehen, daß Sie ein Lügner sind. Vor einem Jahr hat John Anderson mit mir um hundert Pfund gewettet, daß ich seine Unterschrift nicht fälschen könnte und ohne Verdächtigung damit durchkommen würde. Es sollte ein Scheck über tausend Pfund sein, so daß die Unterschrift bei der Bank genau geprüft werden mußte. Ich hatte Erfolg, gab Anderson die tausend Pfund in bar zurück, der mir das Geld von der Wette, die ich gewonnen hatte, sowie eine Quittung über die Summe des gefälschten Schecks gab. Ich habe diese Quittung. Unter seinen Papieren haben Sie bereits einen von ihm unterzeichneten Brief gefunden, der die Begleitumstände des gefälschten Schecks erklärt.«

»Prinz Rudolf«, erwiderte Mr. Geraldine, »natürlich bin ich sehr froh, daß Sie John Andersons Quittung haben. Wenn es zu einer Untersuchung durch die Polizei kommt, wird diese Quittung ohne Zweifel den Dreh- und Angelpunkt Ihrer Verteidigung darstellen. Sie könne sogar zu Ihrem Freispruch führen, ja, das würde sie wahrscheinlich auch, aber mangels irgendeines Briefes in John Andersons Habseligkeiten, der Sie von jeder Schuld befreien würde, fürchte ich, daß in der Öffentlichkeit ein großer Zweifel daran existieren würde, ob Sie nicht doch ein gewöhnlicher Schwindler sind. Ich habe diesen Brief bisher nicht unter Andersons Habseligkeiten gefunden. Sollte mir dies gelingen, wird es mir natürlich ein Vergnügen sein, Sie das wissen zu lassen.«

»Vielen Dank, Mr. Geraldine. Ich kann nur zurückgeben, daß, wäre ich ein Kannibale, ich Sie erst in Worcestersauce ertränken müßte, bevor ich in der Lage wäre, Sie zu verspeisen. Verstehe ich also richtig, daß Sie mir das Leben sehr verleiden würden, sollte ich Miss Carstairs nicht aufgeben?«

»Ich ziehe es vor, es so auszudrücken, Prinz, daß, sollten Sie nicht damit einverstanden sein, dieses fehlgeleitete Mädchen aufzugeben, ich mein Bestes versuchen werde, um ihr zu zeigen, welche Art von Mann Sie wirklich sind. Wie Sie wissen, erlangt sie nach dem letzten Willen ihres Vaters das Vermögen an dem Tag, an dem sie heiratet. Und sie hat mir heute erzählt, daß es ihr festes Vorhaben sei, da sie sehr reich und Sie sehr arm seien, Ihnen einen sehr ansehnlichen Geldbetrag zu überlassen, der Ihnen ein komfortables Einkommen zum Leben zusichern würde.«

»Ich wünschte mir«, seufzte Rudolf, »daß mein Vater hätte hören können, was Sie gerade gesagt haben. Sein Enthusiasmus wäre äußerst rührend.«

»Ich fürchte, daß er enttäuscht sein wird, Prinz. Aber um Sie beide nicht zu sehr zu deprimieren, und weil Sie immerhin dazu gezwungen sind, ein ansehnliches Vermögen aufzugeben, bin ich hier und jetzt darauf vorbereitet, Ihnen einen Scheck über viertausend Pfund auszuschreiben. Ich werde Ihnen diesen an jenem Tag zusenden, an dem mir Miss Carstairs berichtet, daß sie sich entschlossen hat, Sie nicht zu ehelichen.«

»Du meine Güte«, sagte Rudolf, »ich erkenne, daß ich einen weiteren Brandy haben muß. Danke, Mr. Geraldine. Ihr Brandy ist hervorragend. Haben Sie von viertausend Pfund gesprochen?«

»Das habe ich – lediglich als, Sie verstehen, kleinen Trost ...«

»Nonsens, mein Bester – es ist ein großer Trost. Immerhin, gibt es etwa viele Männer, deren Charme mit viertausend Pfund beziffert werden könnte? Ich fürchte, Sie sind ein Schmeichler, Mr. Geraldine.«

Das ansehnliche rote Gesicht des Bankiers war, für einen Mann, der ein verächtliches Angebot machte, seltsam angespannt, und Rudolf beobachtete ihn aufmerksam.

»Dann akzeptieren Sie also, Prinz? Sie sind damit einverstanden, Miss Carstairs in Frieden zu lassen?«

Aber Rudolfs Aufmerksamkeit schien jetzt einer weiteren sorgfältigen Untersuchung von Miss Geraldines kühlem Profil gewidmet zu sein.

»Ich bemerke mit Bedauern«, sagte er, »daß Miss Geraldines Mißbilligung gegenüber meiner Person dermaßen gestiegen ist, daß sie sich, wäre sie nicht eine Dame, in solch altmodischen Worten wie Schwindler, Gigolo und Schurke ausdrücken würde.«

»Schurke«, erwiderte Iris Geraldine, »ist ein häßliches Wort. Aber sehr zutreffend. Ich würde es vorziehen, Prinz, wenn Sie sich nur an meinen Bruder wenden würden. Ich bin lediglich als Zeuge eines Geschäftsabkommens anwesend.«

»Nicht im geringsten«, gab Rudolf mit plötzlicher Schärfe zurück. »Es handelt sich um ein romantisches Abkommen.«

Sie starrten ihn verwundert an. Er lächelte auf seine melancholische Weise. Mr. Geraldine blickte flüchtig zu seiner Schwester hinüber und lachte. Es war die Art von Lachen, für die man einen Burschen von kleinem Wuchs niedergeschlagen hätte, aber er war ein Bulle von einem Mann.

»Diese Menschen«, lachte er, »können alles romantisch erscheinen lassen.«

»Welche Menschen, Mr. Geraldine?«

»Romantische Menschen, Prinz – romantische Verschwender.«

»Nun, ich kann Ihnen versprechen, daß Ihre Schwester das, was ich sagen werde, weitaus romantischer finden wird als Sie. Ich werde Ihnen eine Geschichte erzählen.«

»Mir nicht«, warf Miss Geraldine temperamentvoll ein. »Ich gehe zu Bett.«

»Diese Geschichte, Miss Geraldine«, sagte Rudolf langsam, »handelt von Ihrer Schwester.«

Sie starrten ihn entsetzt an. Aber seine dunklen Augen sahen nur Iris Geraldines noch immer blasses Gesicht, das sie ihm endlich voll zuwandte.

»Sie kannten sie?« seufzte sie.

»Wäre sie nicht gewesen«, antwortete Prinz Rudolf, »wäre ich heute nacht nicht hier.«

»Reine Hirngespinste!« warf Geraldine schroff ein. »Diana ist vor mehr als zehn Jahren gestorben.«

»Vor zehn Jahren, drei Monaten und fünf Tagen, mein Freund. Ich bin nur in Ihren Wagen eingestiegen, Miss Geraldine, weil ich das matte Parfüm, das Sie tragen, erkannt habe. Es wird von einem unbedeutenden Parfümeur in Paris hergestellt, und ich gab die erste Flasche Diana. Dann zahlte ich meinem Freund Louvois, dem Parfümeur, aus sentimentalen Gründen genügend Geld, um die Rechte an dem Parfüm zu kaufen – damit niemand anderes als Diana Geraldine es jemals benutzen konnte. Ich war damals ein reicher Mann, wissen Sie. Louvois sollte ihr, solange er im Geschäft war, alle sechs Monate eine Flasche an diese Adresse schicken.

Ungefähr ein Jahr, nachdem sie bei diesem Autounfall in der Nähe von Fontainbleau ums Leben gekommen war, schickte mir Louvois einen Brief, den er aus England erhalten hatte. Der Brief kam von einer Mädchenschule in der Nähe von Ascot und war von einem Schulmädchen geschrieben worden. Sie schrieb, daß das im voraus bezahlte Parfüm aus Paris, welches man

Miss Geraldine geliefert hatte, offensichtlich für ihre ältere Schwester, die tot sei, bestimmt war, aber ob es bitte dennoch weiterhin an die Adresse am Belgrave Square geschickt werden könnte, so daß sie es, wenn sie erwachsen sein werde, in Erinnerung an ihre liebe Schwester benutzen könne. Dieser Brief war unterzeichnet mit ›Iris Geraldine‹.

Jetzt verstehen Sie, warum ich so bereitwillig mit Ihnen gekommen bin, als Sie mich einluden. Ich habe Ihnen erzählt, daß Sie für mich keine Fremde sind, nicht wahr?«

»Diana«, sagte Iris Geraldine so leise, daß sie kaum zu verstehen war, »war die reizendste ältere Schwester, die ein kleines Mädchen haben konnte. Ich war vierzehn, als sie starb, und da unser Vater und unsere Mutter lange zuvor gestorben waren, war sie für mich alles auf der Welt – alle Heldinnen in einem. Und so hing ich dermaßen an dem eigenartigen Parfüm, welches ihr, wie sie einmal ihrer kleinen Schwester erzählt hatte, ein Märchenprinz gegeben hatte, damit sie es für immer und ewig benutzte.«

»Nun«, bemerkte Mr. Geraldine bitter, »dieser Prinz hat heute verdammt wenig mit einem Märchen gemeinsam.«

Rudolf lächelte. »Nun ja, das ist nur zu wahr. Aber Sie müssen bedenken, daß ich damals dreiundzwanzig war – und Diana war zwanzig. Junge Menschen, Mr. Geraldine, meinen es manchmal wirklich sehr ernst, wenn es um solche Belanglosigkeiten wie das Verliebtsein geht.«

»Jetzt, nachdem Sie Iris verletzt haben«, warf ihr Bruder barsch ein, »indem Sie Erinnerungen an ihre Schwester aufgewühlt haben, darf ich Sie fragen, was Sie damit bezweckt haben?«

»Er hat mich nicht verletzt«, meinte Iris. Ihre Augen lagen im Verborgenen. Ihre Stimme klang, als stände sie hinter einem unsichtbaren Vorhang. »Das hatten Sie auch nicht beabsichtigt, oder, Prinz?«

»Indirekt, meine Liebe, fürchte ich, muß ich es doch tun – das heißt, durch Ihren Bruder. Mr. Geraldine, ich habe Ihnen von Diana erzählt, weil sie immer wieder von Ihnen gesprochen hat, ihrem älteren Bruder und dem Kopf der Familie. Sie haben ohne Zweifel bereits bemerkt, daß ich Sie nicht mag. Das liegt nicht nur an Ihren Umgangsformen, die selbst auf einen betrunkenen Seemann einen ungünstigen Eindruck machen würden. Es liegt daran, daß Diana Sie nicht mochte, was Ihnen natürlich bekannt ist.

Daß Sie ein Tyrann sind, braucht man nicht weiter zu erwähnen. Aber ein Tyrann zu sein ist kein Verbrechen – tatsächlich ist es manchmal sogar ein Vorteil. Einen Augenblick, Mr. Geraldine. Ich weiß außerdem, daß Sie trotz Ihrer respektablen Fassade eines großen Bankiers ein skrupelloser Spekulant sind. Diana – im Alter von zwanzig, als Sie fünfundzwanzig waren – hat Ihren wahren Charakter vermutet.

Nun möchte ich die Schlußfolgerung äußern, daß Sie als Miss Carstairs' Verwalter mit einem Teil ihres Kapitals gespielt haben und in den kürzlichen Börsenturbulenzen schwere Verluste erlitten haben. Warten Sie. Zu ihrer Hochzeit werden Sie ihre Kontoauszüge ihren Rechtsanwälten vorlegen müssen, mit dem Ergebnis, daß Sie sich selbst auf der Anklagebank wiederfinden werden. Das ist der Grund, warum Sie nicht wollen, daß sie heiratet, bevor Sie Ihre Verluste zurückgewinnen können.

Das sind alles bloße Vermutungen, werden Sie sagen, und ohne Zweifel werden Sie mir erzählen, daß ich unrecht habe. Aber in einem Punkt kann ich Sie beruhigen. Ich werde Miss Carstairs nicht heiraten.

Der Grund ist gewiß nicht, daß ich Sie gerne retten möchte, sondern weil ich mich heute nacht zum zweiten Mal in meinem Leben verliebt habe, obwohl ich befürchte, daß die Dame das nicht im geringsten gutheißt. Ich kann nur hoffen, daß ich mit der Zeit ihre Billigung gewinne.

Aber das ist eine andere Geschichte. Morgen werde ich Miss Carstairs raten, ihre Rechtsanwälte darum zu bitten, sich die . . .«

Mr. Geraldine kaute auf seiner Zigarre herum. Seine kalten Augen waren nachdenklich, aber auf seinem stark geröteten Gesicht lag ein Grinsen. Dieses Grinsen rührte ohne Zeifel von einem Vorfahren her, den man auf frischer Tat ertappt hatte, als er einen bewaffneten Raubüberfall beging, und der gewußt hatte, daß das Spiel zu einem Ende gekommen war.

»Iris«, sagte er, »irgend jemand hätte mich vor der Intelligenz von Prinzen warnen sollen. Ich beginne jetzt zu verstehen, wie selbst die gerissensten Bankiers von London dazu überredet worden sind, Ihnen Geld zu leihen.«

»Mein Vater, Mr. Geraldine, der mehr als sechzig Jahre Erfahrung damit hat, den gerissensten Bankiers von London und New York Geld zu schulden, meint, daß die Zeiten nicht mehr das sind, was sie mal waren.«

Mr. Geraldine lächelte zu ihm herüber. Seine Augen waren dabei kalt und wachsam. »Prinz Rudolf, ich würde es nicht mögen, auf der Anklagebank zu sitzen, um beschuldigt zu werden, das Kapital meiner Klienten veruntreut zu haben.«

Rudolf nickte mitfühlend. »Ich genausowenig. Anderer Leute Geld zu nehmen ist eine feine Sache, wenn man damit ungeschoren davonkommt. Wenn man einen schlechten Charakter mitbekommen hat – wie den Ihren oder den meines Vaters –, ist es alles eine Frage des Glücks.«

»Dann tut es mir leid, daß Sie nicht Ihr Vater sind, Prinz. Wenn Sie er wären, würde ich Ihnen nach sechs Monaten zehntausend Pfund dafür anbieten, daß Sie während dieser Zeit Ihren Mund halten. Aber da Sie nicht er sind, fürchte ich, daß ich etwas drastischere Maßnahmen ergreifen muß, etwa mich erschießen. Aber ich mag den Gedanken daran überhaupt nicht.«

Rudolf nickte mitfühlend. »Ja, der Selbstmord hat eine Endgültigkeit, die sich mit einem wachen Verstand nie vereinbaren läßt. Ich würde keinen Selbstmord begehen, Mr. Geraldine. Das würde wahrscheinlich mehr Menschen enttäuschen als erfreuen.«

»Aber, mein lieber Prinz, was kann ich sonst tun? Miss Carstairs hat mich sowieso nie gemocht. Und wenn Sie ihr morgen von Ihren Vermutungen erzählen, wird sie nur zu begierig darauf sein, ihre Rechtsanwälte zu konsultieren.«

Rudolf drehte sich zu Miss Geraldine. »Wie denken Sie darüber, Iris?«

»Ich denke«, antwortete sie sehr ernst, »daß mein Bruder lange mit dem Feuer gespielt hat und daß er sich letztlich die Finger verbrannt hat. Ich denke, daß die heutige Nacht für ihn einen Wendepunkt zu seiner Besserung darstellt.«

»Dann denken Sie nicht, daß er sich erschießen wird?«

Sie lächelte unsicher. »Sie sind zwei grausame Kinder, nicht wahr?«

»Mr. Geraldine«, sagte Rudolf, »haben Sie das gehört? Sie sind ein grausames Kind.«

»Sie ebenso«, gab Mr. Geraldine zurück. »Nehmen Sie sich noch einen Brandy.«

»Danke. Dann denken Sie, Iris, ich sollte Miss Carstairs nichts erzählen?«

»Ich kann Ihnen versprechen«, sagte Geraldine, »daß ihr Kapital innerhalb von sechs Monaten vollständig sein wird. Außerdem würden viele unschuldige Menschen einen Verlust erleiden, wenn es jetzt zu einer Entscheidung kommt. Später werden sie das nicht mehr.«

»Aber ich esse morgen mit dem Mädchen zu Mittag«, gab Prinz Rudolf zu bedenken, »und ich könnte vielleicht etwas ausplaudern.«

»Sie könnten das Mittagessen absagen«, sagte Iris kalt.

»Aber ich hasse es, allein zu essen, Iris. Ich habe eine Idee. Würden Sie mit mir zu Mittag essen?«

»Ich bin bereits verabredet.«

Rudolf wandte sich an Geraldine. »Da haben Sie es, mein Freund. Ich habe mein Bestes getan. Sie mag mich nicht. Sie will mit mir nicht zu Mittag essen. Ich fürchte, daß Sie nun doch Selbstmord begehen müssen.«

»Unsinn, Iris«, sagte ihr Bruder. »Natürlich kannst du mit ihm zu Mittag essen.«

»Aber ich will es nicht«, antwortete sie.

»Sie mag mich nicht«, warf Rudolf hilflos ein. »Geben Sie es auf, Geraldine.«

»Ich mag Sie«, brauste Iris auf. »Es ist nur so, daß Sie solchen Unsinn so plausibel erscheinen lassen können, daß ich es nicht wage, mich Ihnen allein auszuliefern.«

»Das ist großartig«, sagte Rudolf.

»Unglücklicherweise werden wir an einem öffentlichen Ort essen, und ich werde nicht in der Lage sein, Ihnen allzuviel anzutun.«

»Aber Sie können immer noch reden«, erwiderte Iris.

»Das werde ich. Ich werde eine Heirat vorschlagen.«

»Ich werde ablehnen.«

»Natürlich. Dann werde ich ausführen, daß Ihnen die Voraussicht fehlt. Weil Sie, wenn Sie diese Voraussicht hätten, wissen würden, daß es reine Zeitverschwendung ist, einen Mann abzulehnen, den Sie am Ende doch akzeptieren werden.«

»Nun gut«, gab Iris zurück. »Mir fehlt die Voraussicht.«

»Mr. Geraldine«, sagte Prinz Rudolf, »wir haben meinen Vater vergessen. Vor einiger Zeit haben Sie mich einen Gauner genannt ...«

»Das war Politik, Prinz. Anderson hatte mir die wahre Geschichte erzählt.«

»Politik kostet Geld, Mr. Geraldine. Als Bezahlung für Ihre Politik werden Sie so gütig sein, sich die unsterbliche Dankbarkeit meines Vaters zu verdienen, indem Sie ihm morgen die Summe von viertausend Pfund in Scheinen im Namen eines anonymen Verehrers schicken. Dieses Geschenk wird ihm sowohl finanziell als auch moralisch großes Vergnügen bereiten, weil er nie irgendwelche Verehrer hatte, anonyme oder sonstige. Gute Nacht, Mr. Geraldine. Ihr Diener, Iris. Ich werde morgen um eins nach Ihnen schicken lassen.«

Die zwei Männer gaben sich die Hände. Es war eine stille und nachdenkliche Zeremonie, die sie augenscheinlich genossen.

Iris, plötzlich von blühender Gesichtsfarbe ging auf den Flur hinaus. Prinz Rudolf fand sie dort, und sie schlenderte mit ihm zur Vorhalle. Ganz leicht berührte sie seinen Arm.

»Danke, daß Sie meinen Bruder nicht ruiniert haben. War das wegen Diana?«

»Wegen Diana und Iris«, antwortete er. »Wegen der Verzauberung und der Sanftmut. Weil ich ein glücklicher Mann bin, heute nacht herausgefunden zu haben, daß diese, selbst in dieser Welt, niemals aussterben.«

Er bückte sich, um ihre Hand zu küssen, und während er das tat, berührten zitternde Lippen sanft seine Stirn.

»Gütiger Gott«, flüsterte sie, »wer hätte gedacht, daß Sie solch ein Schatz sind!«

Deutsch von Ingo Dierkschnieder

Studie in Weiß

Nicholas Blake

»Passendes Wetter für diese Jahreszeit«, bemerkte der Redselige im Brustton der Überzeugung.

Der Tiefsinnige, der neben ihm im Zugabteil saß, starrte hinaus auf die Schneemassen, die an der Fensterscheibe vorbeiwirbelten. Er erwiderte:

»Es gefällt Ihnen wirklich? Nun, es ist ein übler Schneesturm, bei dem man keinen Hund vor die Tür jagen würde. Hängt jedoch davon ab, was Sie mit *passend* meinen. Eine Statistik der letzten fünfzig Jahre würde aufzeigen . . .«

»Heißen Sie Joad, Sir?« fragte der Redselige und zwinkerte den anderen Fahrgästen im Abteil auffällig zu.

»Nein, Stansfield, Henry Stansfield.« Der Tiefsinnige, ein Mann mit gesunder Gesichtsfarbe, dessen Hände beständig auf den Knien seines braunen Tweedanzuges lagen, hätte ein wohlhabender Farmer sein können, wäre da nicht dieser durchdringende, ruhige, nachdenklich forschende Blick gewesen, mit dem er jetzt seine Mitreisenden einen nach dem anderen in Augenschein nahm.

Was er sah, war nicht sonderlich bemerkenswert. Ihm gegenüber, von links nach rechts, saßen eine Freizügige, die das Zwinkern des Redseligen allein auf sich bezogen hatte und es fertigbrachte, ihren engen Rock mühsam noch höher über ihre Knie zu schieben; ein farbloser, nervöser kleiner Mann, der wie ein Anwalt aussah, unaufhörlich auf seinem Sitz herumrutschte, alle fünf Minuten auf seine goldene Uhr sah und dann seine *Times* mit einem Geräusch aufschlug, als würde er mit einem juristischen Pergament rascheln; und ein Stutzer, herausgeputzt wie ein Pfau, mit dem unverschämten und doch unsicheren Blick der sorglosen Jugend.

»Ich heiße Percy Dukes«, sagte der Redselige. »P. D. für meine Freunde. Gemischtwarenhändler. Zu Ihren Diensten. Nun, in anderthalb Stunden sind wir über die Grenze, und dann nichts wie ab zu den Glockenblumen des schönen Schottlands!«

»Glockenblumen im Januar? Sie Optimist«, warf die Freizügige ein.

»Sind Sie Schotte, mein Herr?« fragte die Gemütliche, die links neben Stansfield saß.

»Außen ein Engländer« – Percy Dukes klopfte auf seinen grauen Anzug, zog eine Taschenflasche aus der Gesäßtasche seiner Hose und nahm einen kräftigen Schluck – »und innen Scotch.« Sein lautes Lachen, oder der Schneesturm, ließ den Eisenbahnwagen erzittern. Die Freizügige kicherte.

»Das werden Sie brauchen, falls wir in Schneeverwehungen geraten und über Nacht festsitzen sollten«, sagte Henry Stansfield.

»Sind Sie eine Unke, Sir?« Erneut hallte das Abteil von seinem Lachen wider.

»Ich halte einen solchen Zwischenfall nicht für sehr wahrscheinlich«, sagte der Nervöse. »In Lancaster hat mir der Stationsvorsteher versichert, daß der Zug durchkommen würde. Allerdings haben wir bereits eine bestürzende Verspätung.« Ein weiteres Mal wurde die goldene Uhr zu Rate gezogen.

»Es ist schon sonderbar«, merkte der Tiefsinnige nachdenklich an, »daß wir glauben, die Zeit lediglich durch den Blick auf die Zeiger einer Uhr gemächlich oder aber rasend schnell vergehen lassen zu können. Fahren Sie oft mit diesem Zug, Mr . . .?«

»Kilmington. Arthur J. Kilmington. Nein, ich habe ihn bislang erst einmal genommen.« Der Nervöse sprach mit einem trockenen Edinburger Akzent.

»Ah, ja, das müßte am Siebzehnten des letzten Monats gewesen sein. Ich entsinne mich, Sie im Zug gesehen zu haben.«

»Nein, Sir, Sie irren sich. Es war der Zwanzigste.« Mr. Kilmingtons dünne Lippen schnappten wieder zusammen, wie ein Gummiband um ein Bündel juristischer Dokumente.

»Der Zwanzigste? Tatsächlich? Das war der Tag des Zugüberfalls. Ein großer Fischzug, scheint es. Und es war eben dieser Zug. Er hatte diese besondere Weihnachtspost geladen. Die Säcke verschwanden einfach, irgendwo zwischen Lancaster und Carlisle.«

»Ach, es ist schon schlimm«, seufzte die Gemütliche. »Ich weiß wirklich nicht, worauf wir heutzutage zusteuern.«

»Wir steuern auf den Ort des Verbrechens zu, Ma'am«, sagte der redselige Mr. Dukes. Der Zug quälte sich keuchend die letzte Steigung vor Shap Summit empor.

»Ich habe in den Zeitungen nichts darüber entdecken können, wo der Raub stattgefunden hat«, murmelte Henry Stansfield. Dukes richtete seinen irgendwie trüben Blick auf ihn.

»Haben Sie alle Zeitungen gelesen?«

»Ja.«

Plötzlich herrschte in dem Abteil eine gereizte Stimmung. Nur der Stutzer, der träge seine Fingernägel betrachtete, schien davon unberührt zu bleiben.

»Welche Zeitung haben Sie denn gelesen?« hakte Stansfield nach.

»Gar keine.« Dukes klopfte Stansfield aufs Knie. »Aber ich kann meinen Verstand gebrauchen. Ist doch alles völlig klar. Sie wollen einen Postsack aus einem Zug werfen – nicht wahr? Der Zug muß langsam fahren, oder der Sack wird aufplatzen, wenn er auf dem Boden aufprallt. Es gibt nur eine Stelle zwischen Lancaster und Carlisle, von der man schon vorher *weiß*, daß der Zug dort sehr langsam fahren wird. Shap Bank. Und am langsamsten ist er auf dem letzten Stück der Steigung, also dort, wo wir uns gerade befinden. Können Sie mir folgen?«

Henry Stansfield nickte.

»Nun, wenn Sie so oft auf dieser Strecke gefahren wären wie ich, hätten Sie bemerkt, daß die Schienen etwa eine Meile vor Shap Summit über eine Brücke führen. Unter der Brücke verläuft eine Straße: eine hübsche, einsame Straße, verstehen Sie? Die einzige Straße in dieser Gegend, die auf den Schienenstrang trifft. Dort schmeißen Sie den Sack aus dem Zug. Ihre Kumpel sammeln ihn ein, laufen den Bahndamm herunter, werfen die Beute in den Wagen, der bei der Brücke auf sie wartet, und schon ist das Ding gelaufen!«

»Sie sollten als Detektiv arbeiten, Mister«, rief die Freizügige mit schmachtendem Blick.

Mr. Dukes verschränkte die Arme vor der Brust und schaute zufrieden drein. »Vielleicht bin ich einer«, sagte er mit einem prustenden Lachen. »Aber vielleicht bin ich auch nur der gute alte P. D., der weiß, wie man seinen Verstand gebraucht.«

»Ach, was die Leute nicht alles anstellen«, sagte die Gemütliche. »Es gibt so schrecklich viel Unredlichkeit heutzutage.«

Der Stutzer blickte verächtlich von seinen Fingernägeln auf. Man hörte Mr. Kilmington murmeln, die Sicherheitsvorkehrungen in den Eisenbahnen seien skandalös, und der Wachmann des Zuges habe ernstlich gemaßregelt werden müssen.

»Der Wachmann kann nicht überall zugleich sein«, sagte Stansfield. »Vermutlich muß er von Zeit zu Zeit seine Runde durch den Zug machen, und . . .«

»Dann soll er das auch tun und sich nicht etwa in seinem Gepäckwagen einschließen und schlafen«, unterbrach ihn Mr. Kilmington mit übermäßigem Eifer.

»Sprechen Sie aus persönlicher Erfahrung, Sir?« fragte Stansfield.

Der Stutzer erhob seine Stimme und sagte mit nachgemachtem amerikanischem Akzent: »Hört mal, Leute! Wenn die Gangster die Postsäcke bei der Brücke rauswerfen wollten, wie der Mann da behauptet – ich meine, wie konnten sie sicher sein, daß der Wachmann zu genau diesem Zeitpunkt nicht im Gepäckwagen sein würde?« Er zupfte an den Hosenbeinen seines in grellen Farben karierten Anzuges.

»Die Frage ist berechtigt«, sagte Percy Dukes. »Ich nehme an, daß zwei Komplizen im Zug waren – einer, der den Wachmann unter irgendeinem Vorwand aus seinem Gepäckwagen gelockt hat, und ein anderer, der sich um die Säcke kümmern konnte.« Er wandte sich an Mr. Kilmington. »Sie haben irgendwas davon gesagt, daß der Wachmann sich in seinem Wagen einschließen würde. Nun, wenn ich jetzt einer von der mißtrauischen Sorte wäre, wenn ich der gute alte Sherlock H. persönlich wäre« – abermals blinzelte er Kilmingtons Mitreisenden unübersehbar zu – »würde ich mir langsam Gedanken über Sie machen, Sir. Sie sind mit diesem Zug gefahren, als der Überfall stattfand. Sie sind zum Wagen des Wachmanns gegangen. Sie *sagen*, Sie hätten ihn schlafend vorgefunden. Sie haben den Wachmann nicht zufällig herausgerufen, damit . . .?«

»Ihre Andeutung ist ungeheuerlich! Ich rate Ihnen, sehr vorsichtig zu sein, Sir, wirklich sehr vorsichtig«, sagte Mr. Kilmington nachdrücklich, und seine präzise Stimme zitterte vor Empörung, »oder Sie könnten sich dabei ertappen, daß man Sie aufgrund Ihrer Äußerungen verklagen kann. Ich möchte, daß Sie wissen, daß ich . . .«

Aber was er sie wissen lassen wollte, sollte ein Geheimnis bleiben. Der Zug, der seit kurzem hinter Shap Summit langsam wieder abwärts gerollt war, fing plötzlich an zu rattern und zu erzittern wie ein Fieberkranker im tiefsten Delirium, als jemand die Unterdruckbremsen betätigte. Dann, mit der dumpfen Wucht einer Faust, die in ein Federkissen schlägt, grub sich die Lokomotive in eine Schneewehe, die sich in einem Einschnitt unmittelbar hinter einer Kurve aufgetürmt hatte.

Es war genau fünf Minuten nach sieben.

»Was ist das?« fragte die Freizügige mit ziemlich schrillem Tonfall, als von der Lokomotive ein heftiges Schnauben und Prusten zu vernehmen war.

»Ich schätze, wir sind in eine Schneeverwehung gefahren.«

»Er versucht, rückwärts wieder herauszukommen. Das hat doch keinen Zweck. Die Räder drehen jedesmal durch. Das ist ja zum Brüllen!« Percy Dukes hatte auf der windgeschützten Seite des Zuges seinen Kopf aus dem Fenster gesteckt. »Kommen Sie zum Wintersport nach Cumberland!«

»Wache! Wache, hören Sie!« rief Mr. Kilmington. Aber der blaugekleidete Mann eilte nach einem kurzen Blick ins Abteil weiter den Gang entlang. »Wirklich! Ich *werde* diesen Mann anzeigen.«

Henry Stansfield ging hinaus auf den Gang und öffnete ein Fenster. Obwohl der Wagen auf dieser dem Wind zugewandten Seite eigentlich durch den Einschnitt hätte geschützt sein müssen, traf ihn der Schneesturm wie ein eisiger Schlagring ins Gesicht. Er gesellte ich zu einer Gruppe von Fahrgästen, die ausgestiegen waren und zur Lokomotive stapften. Als sie sie erreichten, trat ihnen gerade der Wachmann aus dem Führerstand entgegen. Es bestehe kein Grund zur Besorgnis, sagte er. Falls sie nicht durchkämen, werde man ihnen eine zusätzliche Lok schicken, um den Zug zurück nach Penrith zu ziehen. Er wolle sich gerade auf den Weg machen, um an den Gleisen hinter ihnen ein Warnsignal anzubringen.

Der Zugführer erneuerte seine Anstrengungen, die Lokomotive rückwärts wieder freizubekommen. Aber wegen ihres Gewichts, der Steigung hinter ihr, der vereisten Schienen und der Umklammerung durch die Schneewehe konnte er sie nicht von der Stelle bewegen.

»Wir müssen sie freischaufeln, Kumpel«, sagte er zu seinem Heizer. »Besorg ihnen Schaufeln aus dem vorderen Gepäckwagen. Jedenfalls werden die Spinner auf diese Weise nicht erfrieren.« Er deutete auf die Gruppe von Passagieren, die im Licht des offenstehenden Heizkessels auf er Stelle traten und sich inmitten der wirbelnden Schneemassen wie verrückt die Arme rieben.

Percy Dukes, der inzwischen hinzugekommen war, stellte sich sofort in den Mittelpunkt der Gruppe, nannte den rußgesichtigen Heizer ›Schneeball‹, beschwor seine Gefährten ›zu graben wie die Weltmeister‹, und gab vor, ein Rudel Bernhardiner ausgemacht zu haben, die jeder ein Fäßchen Branntwein um den Hals trugen. Aber als die Leute nach zehn Minuten angestrengten Schaufelns die vorderen Räder der Lok freigelegt hatten, konnten sie sehen, daß diese durch den Zusammenstoß mit der Schneewehe aus den Gleisen gesprungen waren.

»Damit ist alles klar, Charlie. Du wirst bis zum Telefonkasten zurückgehen und Hilfe rufen müssen«, sagte der Lokführer.

»*Falls* die Leitung noch nicht unterbrochen ist«, entgegnete der Heizer freudlos. »Es ist mehr als eine Meile bis zu diesem Kasten, und außerdem geht's bergauf. Was glaubst du, wer ich bin? Captain Scott?«

»Wenigstens hast du den Wind im Rücken, Kumpel. Bis dann.«

Unter den Fahrgästen war bei diesen Worten ein bestürztes Stimmengewirr laut geworden. Ein oder zwei von ihnen äußerten lautstark ihre Verdrossenheit und wurden vom Lokführer durch den Vorschlag zum Schweigen gebracht, daß er sie an jeden beliebigen Ort bringen würde, falls sie zunächst die Freundlichkeit besäßen, seine Lok wieder auf die Gleise zu heben. Nachdem die anderen Passagiere sich auf den Weg zurück zu den Waggons begeben hatten, bat Henry Stansfield den Lokführer um Erlaubnis, für ein paar Minuten zu ihm in den Führerstand klettern und dort seinen Mantel trocknen zu dürfen.

»Aber natürlich.« Der Lokführer schnaubte verächtlich. »Haben Sie das eben gehört? ›Ich muß heute nacht noch nach

Glasgow kommen.‹ So ein Blödsinn! Bei Bert – das ist mein Wachmann – ist das was anderes: Er hat ein Anrecht darauf, ein bißchen verärgert zu sein. Seiner Frau geht's sehr schlecht. Ich dachte erst, sie würde noch vor Weihnachten sterben; aber er hat ihr den besten Chirurgen aus Glasgow besorgt, und jetzt ist sie auf dem Wege der Besserung, sagt er. Er besucht sie jeden Abend in der Privatklinik, wenn er von der Arbeit kommt.«

Stansfield plauderte fünf Minuten mit dem Mann. Dann kam der Wachmann zurück und hauchte in seine Hände – ein kleiner, ledergesichtiger Bursche, der beunruhigt dreinschaute.

»Wir werden es heute nacht nicht mehr schaffen, Bert. Hat Charlie es dir schon erzählt?«

»Ja. Ich bezweifle, daß einige der Fahrgäste deswegen einen Freudentanz aufführen werden«, sagte der Wachmann trübselig.

Henry Stansfield ging zurück in sein Abteil. Die Luft dort war stickig, und man konnte bereits die ersten Anzeichen von Kälte verspüren. Er fragte sich, wie lange die Dampfheizung noch vorhalten würde. Nun, das hing vermutlich von der Wassermenge im Kessel der Lokomotive ab. Das Erfrieren in einem englischen Zug gehörte nicht unbedingt zu der Vielzahl von möglichen Todesarten, die er sich für sich selbst ausgemalt hatte.

Arthur J. Kilmington war nervöser als je zuvor. Als der Wachmann den Gang entlangkam, fragte er ihn, wo sich das nächste Dorf befand, und sagte, er müsse unbedingt mit Edinburg telefonieren – ein höchst wichtiger Termin –, um seinem Klienten Bescheid zugeben, daß er die Verabredung voraussichtlich nicht einhalten konnte. Der Wachmann sagte, zwei Meilen nordöstlich gebe es ein Dorf; man könne die Lichter sehen, wenn man sich oberhalb des Einschnitts befand. Aber er warnte Mr. Kilmington vor dem Versuch, trotz des Schneesturms dorthin zu gelangen. Es wäre besser, auf die zweite Lok zu warten, die sie voraussichtlich noch vor 21.00 Uhr erreichen würde.

Eine Weile senkte sich Schweigen über das Abteil; das ungläubige Schweigen von zivilisierten Leuten, die sich plötzlich in der mißlichen Lage von Schiffbrüchigen wiederfinden. Dann schlug der redselige Mr. Dukes vor, daß sie sich, da sie ein oder zwei Stunden hier festsitzen würden, doch miteinander bekannt machen sollten. Die Gemütliche stellte sich jetzt als Mrs. Grant vor, die Freizügige als Inez Blake; mit betonter Lässigkeit, als werfe er einem Bettler ein Geldstück zu, nannte auch der Stutzer seinen Namen: Macdonald – I. Macdonald.

Das Gespräch begann sich wieder um den Zugüberfall zu drehen – und um die Kriminellen, die ihn verübt hatten.

»Sie müssen sehr schlau gewesen sein«, sagte Mrs. Grant in ihrem eintönigen ländlichen Singsang.

»Kein Verbrecher ist schlau, Madam«, beeilte sich Stansfield einzuwerfen. Sein nachdenklicher Blick wanderte langsam von Macdonald zu Dukes. »Weder die kleinen Fische noch die großen Anführer. Sie sind ziemlich unmenschlich, einer wie der andere. Ein Schuß Gerissenheit, eine große Dosis Feigheit, und der Rest ist Dummheit und Prahlerei. Sie sind zu dumm für irgend etwas anderes als Verbrechen und so zerfressen von Minderwertigkeitsgefühlen, daß sie sich früher oder später alle dadurch verraten, daß sie mit ihren Untaten angeben. Sie halten sich selbst gerne für tolle Kerle, aber sie sind so armselig wie tote Fische – sie sind ja nicht einmal schlau genug, ihre Vorgehensweisen zu ändern; aus diesem Grund spürt die Polizei sie auch auf.«

»Ich stimme Ihnen voll und ganz zu, Sir«, schnappte Mr. Kilmington. »In meinem Beruf habe ich eine Menge Verbrecher zu Gesicht bekommen. Und ich darf behaupten, daß es keinem von ihnen jemals gelungen ist, gegen mich zu bestehen. Diese Leute sind leicht zu durchschauen, Sir, sehr leicht.«

»Gentlemen, Sie haben zweifellos recht«, sagte Percy Dukes bedächtig. »Aber die Polizei hat die Kerle, die diesen Überfall verübt haben, noch nicht erwischt.«

»Das werden sie noch. Und sie werden auch das Smaragdarmband der Gräfin von Axminster aufspüren. Ich wette, die Räuber haben nicht damit gerechnet, es in einem der Postsäcke zu finden. Es ist rund fünfundzwanzigtausend Pfund wert.«

Percy Dukes fiel die Kinnlade herunter. Der Stutzer pfiff anerkennend. Überwältigt, entweder von der stickigen Luft im Abteil oder den Gedanken an Smaragde im Wert von fünfundzwanzigtausend Pfund, stieß Inez Blake ein leises Stöhnen aus und sackte ohnmächtig auf Mr. Kilmingtons Schoß.

»Ich muß doch sehr bitten! Hören Sie! Meine werte junge Dame!« rief dieser Held aus. Sofort machte sich eine besorgte Aufregung breit, die von allen Besitz ergriff, außer von dem kalt blickenden jungen Macdonald, der sich kurz über das Mädchen beugte und, ohne sich zu den anderen umzudrehen, sagte: »Hey, Sie – hören Sie auf, die junge Dame zu betatschen, und lassen Sie sie sich auf dem Sitz ausstrecken! Ja, ich rede mit Ihnen, Kilmington.«

»Wie können Sie es wagen? Das ist eine Ungeheuerlichkeit!« Der kleine Mann stand so unvermittelt auf, daß das Mädchen fast auf den Boden gefallen wäre. »Ich habe lediglich versucht . . .«

»Ich kenne Leute Ihres Schlages. Schmutzige alte Männer. Also, lassen Sie die Finger von ihr. Ich warne Sie.«

Hierauf breitete sich ein schockiertes Schweigen aus. Einen Moment lang schnappte Kilmington sprachlos nach Luft; dann sah er die unerbittliche Härte in Macdonalds stählernem Blick, griff sich seinen schwarzen Hut und stürmte aus dem Abteil. Henry Stansfield schien versuchen zu wollen, ihn zurückzuhalten, besann sich dann aber anders. Mrs. Grant folgte dem kleinen Mann nach draußen und kehrte bald darauf zurück. Sie hatte ihr Taschentuch in Wasser getränkt und betupfte Miss Blakes Stirn. Es war genau 20 Uhr 30.

Als sich die Gemüter wieder beruhigt hatten, wandte sich Mr. Dukes an Stansfield. »Sie sagten, diese Halskette der – wer war es doch gleich? – Gräfin von Axminster sei fünfundzwanzigtausend Pfund wert? Ganz schön gewagt, einen Gegenstand von solchem Wert mit der Post zu verschicken. Sind Sie sich da sicher?«

»Was den Wert betrifft? Oh, ja.« Henry Stansfield sprach hinter vorgehaltener Hand, wie ein Dummkopf, der ein Geheimnis verrät. »Lassen Sie uns nicht in die Einzelheiten gehen. Aber ich habe einen Freund, der bei der Cosmopolitan arbeitet – der Gesellschaft, bei der das Schmuckstück versichert ist. Davon stand auch nichts in den Zeitungen. Törichte Frau. Sie wollte es zu Weihnachten bei irgendeinem großen Familientreffen in Schottland tragen, hat vergessen, es mitzunehmen, und dann nach Hause geschrieben, daß man es ihr als Einschreibsendung zuschicken sollte.«

»Fünfundzwanzigtausend Pfund«, sagte Percy Dukes gedankenverloren. »Junge, Junge!«

»Ja. Einige Leute wissen gar nicht, wann sie Glück haben, nicht wahr?«

Dukes' feistes Gesicht schwabbelte auf seinen Schultern wie eine Kugel aus Schweinefett. Der junge Macdonald polierte seine Nägel. Inez Blake las in ihrem Magazin. Nach einer Weile merkte Percy Dukes an, daß der Schneesturm abflaute; er werde ein bißchen frische Luft schnappen gehen und nachschauen, ob schon irgend etwas von der zweiten Lokomotive zu sehen sei. Er verließ das Abteil.

Vor dem Fenster schwebten jetzt nur noch vereinzelte Schneeflocken herab und nicht mehr dichte Schneemassen. Es war 20 Uhr 55. Kurz darauf ging Inez Blake nach draußen; und zehn Minuten danach machte Mrs. Grant Stansfield darauf aufmerksam, daß es vollständig aufgehört hatte zu schneien. Weder Inez noch Dukes waren zurückgekehrt, als Henry Stansfield um 21 Uhr 30 beschloß nachzufragen, was mit der zweiten Lokomotive geschehen war. Der Wachmann befand sich nicht in seinem Gepäckwagen, der direkt hinter Stansfields Wagen angehängt war. Deshalb drehte Stansfield sich um, ging den Gang entlang zum vorderen Personenwagen, kletterte nach draußen und rief zum Führerstand der Lok herüber.

Der Wachmann lehnte sich heraus und sagte: »Sie muß aufgehalten worden sein. Charlie ist mit seiner Nachricht durchgekommen, und sie haben versprochen, die Lok würde spätestens bis neun Uhr hier eintreffen. Aber es kann nicht mehr lange dauern, Sir.«

»Haben Sie irgend etwas von einem Mr. Kilmington gesehen oder gehört – kleiner, nervöser Kerl, schwarzer Hut und Mantel, blauer Anzug? Er war in meinem Abteil. Ich bin gerade eben durch den ganzen Zug gegangen, und er scheint nicht drin zu sein.«

Der Wachmann dachte einen Moment lang nach. »Ach ja, Ihr kleiner Reisegefährte. Der, der mich nach einem Telefon in dem Dorf gefragt hat. Ja, der ist weggegangen.«

»Er hat sich auf den Weg ins Dorf gemacht, meinen Sie?«

»Zweifellos hat er das, wenn er nicht im Zug ist. Er hat noch einmal mit mir gesprochen – muß so ungefähr um neun Uhr gewesen sein – und gesagt, er würde aufbrechen, wenn die zweite Lok nicht innerhalb der nächsten fünf Minuten ankäme.«

»Und seitdem haben Sie ihn nicht mehr gesehen?«

»Nein, Sir. Während der letzten halben Stunde habe ich mich mit meinen beiden Kollegen hier unterhalten, direkt nachdem der kleine Mann mit mir gesprochen hatte.«

Henry Stansfield ging nachdenklich entlang des Schienenstranges zurück. Als er aus dem Lichtschein trat, der aus den Abteilen auf den Schnee fiel, schaltete er seine Taschenlampe ein. Direkt hinter dem letzten Wagen fiel die östliche Seite des Einschnitts steil nach unten ab und verschmolz auf Höhe der Gleise mit dem Moorland. Obwohl es völlig aufgehört hatte zu schneien, blies aus nordöstlicher Richtung noch immer ein eiskalter Wind, der ihm ins Gesicht schlug und es taub werden ließ. Zwanzig Meter vor ihm wurde im Licht seiner Taschenlampe eine Fährte sichtbar, die sich bereits halb mit Schnee gefüllt hatte. Sie mußte von mehr als einer Person hinterlassen worden sein und führte nach Nordosten auf das Moor zu. Es sah so aus, als hätten sich mehrere Fahrgäste auf den Weg ins Dorf gemacht, dessen Lichter in weiter Ferne eisig funkelten. Stansfield wollte dieser Fährte eben folgen, als er hörte, wie sich ihm von den Schienen her knirschende Schritte näherten. Er schaltete die Taschenlampe aus; sofort schien es, als hätte man ihm einen Sack über den Kopf geworfen, so undurchdringlich und pechschwarz war die Dunkelheit. Die Schritte kamen näher. In letzter Sekunde schaltete Stansfield die Lampe ein und tauchte die untersetzte Gestalt Percy Dukes' in Helligkeit. Der Mann stieß einen halblauten Fluch aus.

»Zur Hölle! Also, was soll das, mich eine halbe Stunde in dieser verdammten . . .?«

»Haben Sie Kilmington gesehen?«

»Ach, Sie sind das. Nein, wieso sollte ich ihn gesehen haben? Ist er nicht im Zug? Ich bin ein ganzes Stück die Schienen entlanggelaufen, um nach der zweiten Lok Ausschau zu halten. Bis jetzt ist noch nichts zu sehen. Es ist verdammt kalt hier – ich gehe jetzt weiter.«

Bald darauf ging auch Stansfield weiter, aber auf der Fährte, die in Richtung Dorf führte. Der Lichtstrahl seiner Taschenlampe schwankte und schaukelte über den tiefen Schnee. Er spürte den frostigen Wind bis auf die Knochen. Kein Wunder, daß diese Fahrgäste wieder umgekehrt sind, dachte er, als er nach wenigen Hundert Metern das Ende der Fährte erreichte. Dann begriff er, daß sie keinesfalls umgekehrt waren. Er sah, daß das, was er für einen Schneehügel gehalten hatte, der eine entfernte Ähnlichkeit mit einer liegenden menschlichen Gestalt besaß, in Wirklichkeit eine menschliche Gestalt war, die der Schnee zugedeckt hatte. Er schaufelte ein wenig Schnee beiseite und drehte die Person behutsam auf den Rücken.

Arthur J. Kilmington würde sich auf dieser Welt über nichts mehr aufregen. Sein Aktenkoffer lag unter ihm begraben; sein schwarzer Hut war leicht mit Schnee bedeckt und lag dort, wo er hingefallen war, neben dem Kopf. Nach Stansfields flüchtiger Untersuchung schien es keine Spuren von Gewaltanwendung zu geben. Aber Kilmingtons Augäpfel waren hervorgetreten, und sein Gesicht war dunkelrot angelaufen. So sehen Menschen aus, die man erwürgt oder erstickt hat, dachte Stansfield. Er kniete sich kurzerhand wieder hin und leuchtete mit seiner Lampe in das tote Gesicht. Ihm wurde vor Entsetzen fast übel. Mr. Kilmingtons Nasenlöcher waren dick mit Schnee verkrustet, der in ihnen zu Eis gefroren war, und auch den Mund hatte man ihm brutal mit Schnee vollgestopft.

Und hier wäre er liegengeblieben, sinnierte Stansfield, an diesem öden Fleck. Tagelang, vielleicht sogar wochenlang, wenn das Wetter sich gehalten hätte oder neuer Schnee gefallen wäre. Und wenn schließlich das Tauwetter gekommen wäre (was in jenem Jahr tatsächlich erst zwei Monate später geschah), wäre auch der Schnee in seinem Mund und seinen Nasenlöchern getaut, und es wäre nichts geblieben, was auf einen Mord hingedeutet hätte – nur die Leiche eines ungeduldigen kleinen Anwalts, der während eines Schneesturms versucht hatte, das Dorf zu erreichen, und an der Anstrengung gestorben war. Vielleicht hätte sogar niemand danach gefragt, wie es möglich war, daß ein so akkurater, pedantischer kleiner Kerl das Wagnis des zwei Meilen langen Fußmarsches in diesen Schuhen auf sich genommen hatte – und ohne eine Lampe, um in der rabenschwarzen Finsternis nicht vom Weg abzukommen. Denn Stansfield hatte in den Taschen des Manns lediglich die folgenden Dinge gefunden – und sonst nichts: ein Notizbuch, einen Füllfederhalter, ein Taschentuch, ein Zigarettenetui, ein goldenes Feuerzeug, zwei Briefe und etwas Kleingeld.

Stansfield machte sich auf den Rückweg, um Hilfe zu holen. Aber nach nur zwanzig Metern bemerkte er andere Fußspuren, die von der Hauptfährte nach links führten. Diese Spuren schienen frischer zu sein – es lag weniger Schnee in den Abdrücken – und anscheinend stammten sie von nur einer Person. Er verfolgte die Spur und ging dabei neben ihr her. Wer auch immer diese Fährte hinterlassen hatte, war in einem leichten Rechtsbogen zurück zu den Gleisen gegangen und etwa einhundertfünfzig Meter oberhalb der Stelle auf die Schienen getroffen, an der die Hauptfährte abzweigte. An diesem Punkt stand eine Streckenarbeiterhütte. Die Tür war nicht abgeschlossen, und so trat Stansfield ein. In der Hütte befand sich nichts außer einem kalten Kohleofen. Es roch nach Zigarrenrauch ...

Eine halbe Stunde später kehrte Stansfield in sein Abteil zurück. In der Zwischenzeit hatte er dem Zugpersonal geholfen, Kilmingtons Leiche zurückzutragen, die dann im Gepäckwagen des Wachmanns eingeschlossen wurde. Außerdem hatte er eine interessante Entdeckung bezüglich der Schritte gemacht, die Kilmington vor seinem Tod unternommen hatte. Man konnte davon ausgehen, daß der Anwalt nach der Auseinandersetzung mit Macdonald und der kurzen Unterredung, die der Wachmann bereits erwähnt hatte, in ein anderes Abteil gegangen war. Der letzte Personenwagen des Zuges, der auf den Gepäckwagen des Wachmanns folgte, gehörte zur Ersten Klasse und war kaum belegt. Aber in einem der Abteile fand Stansfield einen schlafenden Fahrgast. Er weckte ihn, beschrieb ihm Kilmington und fragte, ob er den Anwalt schon einmal gesehen hätte.

Der Passagier erzählte Stansfield mürrisch, daß ein kleiner Mann mit dunklem Mantel, unter dem die Hosen eines blauen Anzuges hervorgeschaut hatten, an die Tür seines Abteils gekommen war und sich kurz mit ihm unterhalten hatte. Nein, der Fahrgast hatte sein Gesicht nicht besonders gut sehen können, denn er war sehr schläfrig gewesen, und der andere Mann hatte außerdem höflich seinen schwarzen Homburg gezogen, um ihn zu grüßen. Der Türrahmen hatte ihm bereits einen Teil der Sicht genommen, und der Hut hatte dann den Rest des Gesichts verdeckt. Nein, der Mann hatte das Abteil nicht betreten; er war lediglich vor der Tür stehengeblieben und hatte nach der Uhrzeit gefragt (der Passagier hatte auf seine Uhr gesehen und ihm mitgeteilt, es sei 20 Uhr 50); dann hatte der Mann noch gesagt, daß er beabsichtigte, ins nächste Dorf aufzubrechen, falls die zweite Lokomotive nicht bis spätestens 21 Uhr eingetroffen war.

Daraufhin war Stansfield zum Führerstand der Lok gegangen. Der Wachmann, den er dort antraf, erzählte ihm, daß er gegen 20 Uhr 45 dem Heizer entgegengegangen war, der sich auf dem Rückweg vom Telefonkasten befand. Er war bis zu der Stelle gegangen, an der er einige Zeit zuvor die Signallampen aufgestellt hatte; hier hatten er und der Heizer sich kurz vor neun Uhr getroffen, wie der letztere bestätigte. Nachdem sie wieder beim Zug eingetroffen waren, war der Wachmann in den letzten Wagen geklettert und hatte Kilmington gesehen, der allein in einem Erster-Klasse-Abteil saß. Bei dieser Gelegenheit hatte der Anwalt dem Wachmann auch von seiner Absicht erzählt, ins Dorf aufzubrechen, falls die zweite Lokomotive nicht innerhalb der nächsten fünf Minuten ankommen würde. Dann war der Wachmann wieder aus dem Zug gestiegen und nach vorne zur Lok gegangen, um sich im Führerstand mit seinen beiden Kollegen zu unterhalten.

Diese Aussagen schienen unbestreitbar darauf hinzudeuten, daß Kilmington kurz nach 21 Uhr ermordet worden war. Auf dem Rückweg zu seinem Abteil überdachte Stansfield alles noch einmal. Seine Mitreisenden waren inzwischen alle anwesend.

»Nun, haben Sie ihn gefunden?« fragte Percy Dukes.

»Kilmington? Oh, ja, ich habe ihn gefunden. Im Schnee da draußen. Er war tot.«

Inez Blake stieß einen leisen, gekünstelten Schrei aus. Wie durch Zauberei verschwand das unentwegte höhnische Grinsen vom Gesicht des jungen Macdonald und machte einer Leichenblässe Platz. Mr. Dukes biß sich auf die Lippen.

»Der arme kleine Mann«, sagte Mrs. Grant. »Er hat sich also doch auf den Weg gemacht. Er ist wohl erfroren, oder?«

»Nein«, erwiderte Stansfield lakonisch, »er ist ermordet worden.«

Diesmal schrie Inez Blake wirklich, und wie ein Echo war aus weiter Ferne ein gellendes Pfeifen zu vernehmen: Die zweite Lok traf endlich ein.

»In Penrith wird uns die Polizei erwarten, also sollten wir alle uns möglichst Gedanken über unsere Aussagen machen.« Stansfield wandte sich an Percy Dukes. »Zum Beispiel Sie, Sir. Wo waren Sie zwischen 20 Uhr 55, als Sie den Wagen verließen, und 21 Uhr 35, als ich Sie auf Ihrem Rückweg traf? Sind Sie sicher, daß Sie Kilmington nicht gesehen haben?«

Dukes, der nicht länger redselig war, und dessen Schweinsäuglein tief in sein fettes Gesicht eingesunken waren, fragte Stansfield, wer – zur Hölle – er zu sein glaubte.

»Ich bin Untersuchungsbevollmächtigter, beauftragt von der Cosmopolitan Versicherungsgesellschaft. Davor war ich Detective Inspector bei der Kriminalpolizei. Hier ist mein Ausweis.«

Dukes warf nur einen kurzen Blick darauf. »Ist schon in Ordnung, alter Junge. Ich wollte nur sichergehen. Heutzutage kann man niemandem mehr trauen.« In seiner Stimme lag die schmeichlerische, ölige Herzlichkeit eines kleinen Geschäftsmanns, der versucht, ein Geschäft mit einem bedeutenderen Partner abzuschließen. »Ich habe lediglich einen kleinen Spaziergang gemacht, Sie verstehen schon – mir ein wenig die Beine vertreten. Ich habe keine Menschenseele gesehen.«

»Wen hatten Sie zu sehen erwartet? Haben Sie nicht in der Streckenarbeiterhütte dort hinten auf jemanden gewartet und währenddessen eine Zigarre geraucht? Mit wem haben Sie mich verwechselt, als Sie sagten: ›Was soll das, mich eine halbe Stunde warten zu lassen?‹.«

»Immer langsam, alter Junge.« Percy Dukes klang beleidigt. »Ja, ich habe einen Blick in die Hütte geworfen und dabei auch ein paar Züge aus meiner Zigarre genommen. Dann bin ich zum Zug zurückgeschlendert und habe Sie auf dem Weg getroffen. Ich war mit niemandem verabredet, als . . .«

»Oh, ich *muß* es einfach sagen«, unterbrach Miss Blake ihn rechtschaffen. Sie konnte es kaum erwarten, Stansfield zu erzählen, daß sie, als sie kurz nach Dukes aus dem Abteil gegangen war, Stimmen von draußen vor dem Toilettenfenster gehört hatte. »Ich habe die Stimme dieses Gentlemans erkannt«, fuhr sie fort und nickte in Dukes' Richtung. »Er sagte etwas wie: ›Du wirst uns ein weiteres Mal helfen, Kumpel, also gewöhn dich besser an diesen Gedanken. Du steckst bis zum Hals mit drin – und du kannst jetzt nicht mehr zurück.‹ Und eine andere Stimme, irgendwie murmelnd, es hätte Mr. Kilmington sein können – ich weiß nicht, sie klang jedenfalls schottisch – sagte: ›Einverstanden. Ich treffe Sie in fünf Minuten; da ist eine Streckenarbeiterhütte ein paar hundert Meter die Gleise entlang. Wir müssen darüber reden‹.«

»Und was haben Sie dann gemacht, junge Dame?« fragte Stansfield.

»Ich habe weiter vorne im Zug zufällig einen Bekannten getroffen und eine Zeitlang mit ihm geplaudert.«

»Ach, ja?« fragte Macdonald bedrohlich. »Du verlogene kleine . . .!«

»Halten Sie den Mund!« befahl Stansfield.

»Das habe ich wirklich«, sagte das Mädchen und beachtete Macdonald nicht. »Ich werde Sie ihm vorstellen, wenn Sie es wünschen. Er wird Ihnen bestätigen, daß ich mindestens für eine halbe Stunde bei ihm war.«

»Und was ist mit Mr. Macdonald?«

»Ich sage nichts«, gab dieser mürrisch zurück.

»Mr. Macdonald sagt nichts. Mrs. Grant?«

»Ich bin seitdem die ganze Zeit hier im Abteil gewesen, Sir.«

»Seitdem . . .?«

»Seitdem ich rausgegangen bin, um mein Taschentuch zu befeuchten, nachdem diese junge Dame in Ohnmacht gefallen war. Mr. Kilmington war unmittelbar vor mir gegangen, wie Sie sich erinnern werden. Ich sah, wie er den Gepäckwagen des Wachmanns betrat.«

»Haben Sie irgend etwas davon gehört, wie er erwähnte, daß er ins Dorf gehen wollte?«

»Nein, Sir. Er eilte lediglich in den Gepäckwagen, und dann hörte ich, wie er etwas davon sagte, daß diesmal nicht abgeschlossen wäre und daß er den Wachmann deswegen melden würde.«

»Ich verstehe. Und Sie haben während der ganzen Zeit hier mit Mr. Macdonald gesessen?«

»Jawohl, Sir. Außer für ungefähr zehn Minuten, die er nicht im Abteil war, direkt nachdem Sie gegangen waren.«

»Weshalb haben Sie das Abteil verlassen?« fragte Stansfield den jungen Mann.

»Nur ein bißchen frische Luft geschnappt, Kumpel.«

»Sie haben nicht zufällig außer der Luft auch noch Mr. Kilmingtons goldene Uhr geschnappt?« Stansfield hielt seinen Blick unerbittlich auf Macdonalds Gesicht gerichtet, dessen unverschämte Miene sichtlich darunter zerbröckelte.

»Ich weiß nicht, was Sie meinen«, versuchte er sich zu wehren. »Das muß ich mir von Ihnen nicht gefallen lassen.«

»Ich meine, ein Mann ist ermordet worden, und wenn die Polizei Sie durchsucht, wird sie seine goldene Uhr in Ihrem Besitz finden. Das wird kein allzu gutes Licht auf Sie werfen, mein junger Freund.«

»Nein! Geben Sie uns eine Chance! Es war doch nur ein Scherz, verstehen Sie?« Der beklagenswerte Macdonald jammerte jetzt und verlor völlig seinen amerikanischen Akzent. »Er hat mich geärgert – die hochnäsige Art, wie er sagte, es sei keinem jemals gelungen, gegen ihn zu bestehen. Also wollte ich ihm eine kleine Lektion erteilen – ich hätte sie ihm zurückgegeben, sofort hätte ich das getan, aber ich konnte ihn danach nicht mehr finden. Es war nur ein Scherz, das versichere ich Ihnen. Und außerdem war es Inez, die die Uhr gestohlen hat.«

»Du dreckiger kleiner Schweinehund!« kreischte das Mädchen.

»Mund halten, alle beide. Sie können Ihren Scherz der Polizei von Penrith erklären. Hoffentlich lachen die sich nicht tot.«

In diesem Moment ging ein Ruck durch den Zug, und dann setzte er sich langsam die Steigung hinauf in Bewegung. Er hielt am Telefonkasten, damit Stansfield in Penrith Bescheid geben konnte, und ratterte dann weiter nach Süden.

Auf dem Bahnsteig von Penrith wurde Stansfield von einem Inspektor und einem Sergeant der Bezirkspolizei erwartet. Bei ihnen war der Gerichtsmediziner. Dann, nach einem kurzen Aufenthalt im Gepäckwagen, wo der Arzt den schwarzen Mantel des Wachmanns zurückschlug, den man über die Leiche gebreitet hatte, und mit seiner vorläufigen Untersuchung begann, gingen sie weiter zu Stansfields Abteil. Der Wachmann, der auf seine Anweisung hin das Abteil abgeschlossen hatte, als der Zug in den Bahnhof einfuhr, und der die Insassen im Auge behielt, öffnete jetzt die Tür. Der Inspektor trat ein.

Zuerst durchsuchte er Macdonald. Nachdem er bei ihm die Uhr gefunden hatte, nahm er Macdonald und Inez Blake wegen des Diebstahls fest. Dann machte der Inspektor sich daran, eine Verhaftung wegen vorsätzlichen Mordes vorzunehmen . . .

Wen nahm der Inspektor wegen des Mordes an Arthur J. Kilmington in Gewahrsam?

Der Autor hat Ihnen nicht weniger als acht Anhaltspunkte geliefert; diese acht Hinweise sollten Ihnen, wenn Sie logisch vorgehen, nicht nur die Identität des Mörders verraten, sondern auch das Motiv für das Verbrechen und die Art und Weise, wie es verübt wurde.

Nicholas Blake greift folglich auf eine große Tradition zurück: die reine, unverfälschte Detektivgeschichte. Die große Tradition von Poe, Gabouriau, Collins, Doyle, Zangwill, Futrelle, Freeman, Chesterton, Post, Bramah, Crofts, Christie, Bailey, Sayers, MacDonald, Berkeley, Biggers, Van Dine, Allingham, Hammett, Carr, Simenon, Gardner, Stout und so vielen anderen. Und deshalb hätte man die vorliegende Geschichte mit einem Titel versehen können, der diese große Tradition noch deutlicher widergespiegelt haben würde: »Studie in Weiß – oder – Im Zeichen der Acht.«

Wir möchten Ihnen nahelegen, sich auf die Herausforderung des Autors einzulassen, bevor Sie weiterlesen. Und wenn Sie die acht Anhaltspunkte gedeutet haben, vergleichen Sie Ihre Auflösung mit der von Mr. Blake.

Auflösung zu Studie in Weiß

Nicholas Blake

Der Inspektor verhaftete den Wachmann wegen des vorsätzlichen Mordes an Arthur J. Kilmington.

Inez Blake hatte Kilmington um 20 Uhr 25 während ihrer vermeintlichen Ohnmacht die Taschen geleert und seine goldene Uhr sofort an ihren Komplizen Macdonald weitergegeben. Wir wissen allerdings, daß Kilmington ständig auf die Uhr sah. Es ist undenkbar, daß er die Uhr nicht vermißt und eine Szene gemacht haben würde, falls man ihn erst nach 21 Uhr umgebracht hätte. Diese Annahme wird durch die Aussage des Fahrgastes aus der Ersten Klasse unterstützt, der angegeben hatte, von einem Mann, auf den Kilmingtons Beschreibung zutraf, um 20 Uhr 50 nach der Zeit gefragt worden zu sein: Hätte es sich tatsächlich um Kilmington gehandelt, hätte er selbstverständlich, bevor er jemand anderen fragte, zuerst versucht, auf seiner eigenen Uhr nachzusehen, ihren Verlust bemerkt und den Diebstahl gemeldet. Die Tatsache, daß Kilmington den Diebstahl weder dem Wachmann meldete, noch daß er in sein eigenes Abteil zurückkam, um nach der Uhr zu suchen, beweist, daß man ihm umgebracht haben mußte, *bevor ihm der Verlust auffiel* – das heißt, kurz nachdem er das Abteil um 20 Uhr 27 verlassen hatte. Aber der Wachmann behauptete, um 21 Uhr mit Kilmington gesprochen zu haben. Folglich mußte er lügen. Und warum sollte er lügen, außer, um sich selbst ein Alibi zu verschaffen? Das ist Hinweis Nummer eins.

Der Wachmann behauptete, um 21 Uhr mit Kilmington gesprochen zu haben.

Um 20 Uhr 55 war der Schneesturm jedoch bis auf einen leichten Schneefall abgeflaut und legte sich bald darauf völlig. Als Stansfield die Leiche entdeckte, lag sie unter dem Schnee begraben. Demnach mußte Kilmington ermordet worden sein, *während der Schneesturm noch tobte* – das heißt, einige Zeit vor 21 Uhr. Auch das belegt, daß der Wachmann log, als er angab, Kilmington hätte um 21 Uhr noch gelebt. Das ist Hinweis Nummer zwei.

Henry Stansfield, der im Auftrag der Cosmopolitan Versicherungsgesellschaft das Verschwinden der Smaragde der Gräfin von Axminster untersuchte, rekonstruierte den Ablauf des Verbrechens wie folgt:

Motive: Die Frau des Wachmanns war vor Weihnachten schwer erkrankt. Ungefähr zur Zeit des Zugüberfalls hatte er ihr jedoch den besten Chirurgen aus Glasgow und einen Platz in einer Privatklinik besorgt (Aussage des Lokführers; Hinweis Nummer drei.) Das Gehalt des Wachmanns reicht für eine so teure Behandlung im allgemeinen nicht aus. Es schien deshalb wahrscheinlich, daß der Mann aus Verzweiflung zugestimmt hatte, gegen ein beträchtliches Bestechungsgeld an dem Zugüberfall mitzuwirken.

Welche Rolle hat er dabei gespielt? Während der Ermittlungen hatte der Wachmann behauptet, daß er seinen Gepäckwagen für fünf Minuten verlassen hatte, während der Zug das letzte Stück der Steigung bei Shap Bank erklomm. Aber Kilmington, der ebenfalls mit diesem Zug unterwegs war, hatte zu diesem Zeitpunkt den Wagen des Wachmanns abgeschlossen vorgefunden und kündigte jetzt an (nach Aussage von Mrs. Grant; Hinweis Nummer vier), den Wachmann deswegen zu melden. Letzterer wußte, daß Kilmingtons Beschwerde seiner eigenen Aussage widersprechen und ihn so seiner Komplizenschaft bei dem Verbrechen überführen würde. Er hatte den Gepäckwagen nämlich für einige Minuten abgeschlossen, um die Postsäcke selbst herauszuwerfen, und als Kilmington an die Tür klopfte hatte der Wachmann vorgetäuscht, geschlafen zu haben (Kilmingtons eigene Aussage). Aus diesem Grund mußte Kilmington zum Schweigen gebracht werden.

Stansfield hatte Percy Dukes bereits im Verdacht, der Organisator des Raubes gewesen zu sein. Im Verlauf der Reise hat sich Dukes dreimal verraten. Zunächst einmal kannte er die Stelle, an der man die Säcke aus dem Zug geworfen hatte, obwohl diese Tatsache in den Zeitungen nicht erwähnt worden war.

Dann wußte Dukes, daß eine Smaragd*halskette* gestohlen worden war, obwohl man auch das vor der Presse geheimgehalten hatte. Stansfield hatte ihm eine Falle gestellt, indem er von einem Armband sprach, doch an einem späteren Punkt des Gesprächs erwähnte Dukes eine ›Halskette‹.

Und schließlich war seine völlige Fassungslosigkeit über die (falsche) Behauptung Stansfields, die Smaragde wären fünfundzwanzigtausend Pfund wert, die Reaktion eines Kriminellen, der glaubt, von dem Hehler, an der er sie verkauft hat, komplett betrogen worden zu sein.

Dukes plante inzwischen einen zweiten Zugüberfall und beabsichtigte, den Wachmann zu zwingen, erneut als Komplize tätig zu werden. Inez Blakes Aussage (Hinweis Nummer fünf), gehört zu haben, wie er sagte: »Du wirst uns ein weiteres Mal helfen, Kumpel«, etc., deutete ganz klar auf die Beteiligung des Wachmanns beim ersten Raub hin. Es handelte sich mit nahezu absoluter Sicherheit um den Wachmann, zu dem Dukes diese Worte sagte, denn nur ein Bediensteter der Eisenbahn hätte von der Existenz der Streckenarbeiterhütte neben den Gleisen gewußt und vorgeschlagen, sich dort mit Dukes zu treffen. Außerdem, falls Dukes seine Pläne für den nächsten Überfall auf ebendiesen Zug mit irgend jemandem *außer* einem Bediensteten der Eisenbahn besprochen hätte, hätte jemand, der sie möglicherweise dabei beobachtete, Verdacht schöpfen können.

Ablauf: Um 20 Uhr 27 betritt Kilmington den Wagen des Wachmanns. Er droht, den Wachmann zu melden, und ist sich nicht im klaren darüber, welche unheilvollen Konsequenzen das für den Mann nach sich ziehen würde. Vermutlich unter dem Vorwand, ihm den Weg ins Dorf zeigen zu wollen, lockt der Wachmann Kilmington aus dem Zug, begleitet ihn bis außerhalb des erleuchteten Bereichs, schlägt ihn nieder (Stansfield hat den leichten Bluterguß bei seiner kurzen Untersuchung des Körpers nicht entdeckt), trägt ihn zu der Stelle, an der Stansfield die Leiche entdeckt hat, und stopft ihm Schnee in Mund und Nasenlöcher.

Anstatt es dabei bewenden zu lassen, beschließt der Wachmann, sich ein Alibi zu verschaffen. Er nimmt den Hut seines Opfers, geht zum Zug zurück, zieht seinen eigenen dunklen Mantel an, entdeckt einen einzelnen schlafenden Fahrgast, gibt sich als Kilmington aus, der nach der Uhrzeit fragt, und erhärtet dieses Bild, indem er behauptet, er würde ins Dorf aufbrechen, falls die zweite Lokomotive nicht innerhalb der nächsten fünf Minuten auftauche. Dann kehrt er zu der Leiche zurück und legt den Hut neben sie (Stansfield fand den Hut – verglichen mit dem Körper – nur leicht von Schnee bedeckt vor; Hinweis Nummer sechs).

Außerdem fiel dem Fahrgast auf, daß der Fragesteller blaue Hosen trug (Hinweis Nummer sieben).

Die Uniform des Wachmanns war blau, Dukes' Anzug hingegen grau und der von Macdonald in grellen Farben kariert – also konnte der Maskierte keiner der beiden letzteren gewesen sein.

Es ist mittlerweile 20 Uhr 55. Der Wachmann beschließt, sein Alibi noch zu untermauern, indem er dem zurückkehrenden Heizer entgegengeht. Er nimmt eine Abkürzung von der Leiche zur Streckenarbeiterhütte. Verglichen mit der breiten Fährte, die in Richtung Dorf führt, ist die Spur, die er dabei hinterläßt, mit weitaus weniger Schnee gefüllt, als Stansfield sie entdeckt (Hinweis Nummer acht). Deshalb muß sie einige Zeit nach dem Mord verursacht worden sein und kann nicht Percy Dukes zur Last gelegt werden.

Der Wachmann trifft den Heizer unmittelbar nach 20 Uhr 55. Sie gehen zurück zum Zug. Der Wachmann wird von Dukes beiseite genommen, der nach draußen gegangen ist, um ›frische Luft zu schnappen‹. Das folgende Gespräch wird von Inez Blake mitangehört. Der Wachmann sagt Dukes, er würde sich kurz darauf in der Streckenarbeiterhütte mit ihm treffen. Er beabsichtigt, Dukes auf diese Weise in Verdacht zu bringen, sollte der Mord durch irgendeinen Zufall entdeckt werden, denn Dukes würde schwerlich erklären können, warum er eine halbe Stunde lang allein in einer kalten Hütte gesessen haben sollte, während Kilmington scheinbar zur gleichen Zeit in nur hundertfünfzig Metern Entfernung ermordet wurde.

Der Wachmann geht jetzt nach vorne zur Lokomotive und bleibt für die nächsten vierzig Minuten dort, um sich mit seinen Kollegen zu unterhalten. Somit hat er für die Zeit zwischen 20 Uhr 55 und 21 Uhr 40 ein Alibi.

Sein Plan hätte durchaus aufgehen können, wären da nicht

jene drei unglücklichen Umstände gewesen, mit denen er keinesfalls rechnen konnte: Stansfields Anwesenheit im Zug, die Tatsache, daß sich der Schneesturm kurz nach 21 Uhr legte, und der Diebstahl von Arthur J. Kilmingtons Uhr.

Deutsch von Thomas Haufschild

Der Phantomgast

Frederick Irving Anderson

Um Mitternacht wurde der Schnee vom Wind davongetrieben; die Böen fuhren ratternd gegen die Fensterläden, zerrten an der alten, rostigen Glocke in ihrer Aufhängung, bis sie wimmernde Geräusche von sich gab, und entlockten den gefrorenen Ästen der kargen Bäume ein Ächzen. Es war zwanzig Grad unter Null – zu kalt für Schnee. Der Verkehr war zum Erliegen gekommen; nur der Schneeflug schob sich wie ein träges Raumschiff durch diese weiße Nacht – ein geisterhaftes, zischendes Ungetüm, das Schnee ausatmete und ihn gegen die Straßenlaternen schleuderte und sie in kleine, grelle Sonnen verwandelte. Im Haus rumpelte es in den Heizkörpern, und die alte Katze streckte schläfrig und zufrieden ihre Pfoten aus.

Es war keine Nacht, in der Reisende an der großen Vordertür des Crossing House klingelten; und doch schaute der Wirt, Mr. Elam, einer alten Gewohnheit gemäß auf, als die alte Uhr zur vollen Stunde schlug, und er erhob sich, um höflich einige Geistwesen zu begrüßen, die zur Geisterstunde auftauchten, seit die ersten Besitzer das Zeitliche gesegnet hatten, und die es nach Gastfreundschaft verlangte. Weder Hagel noch Regen, weder Wind noch Dunkelheit, lediglich Schnee konnte sie abhalten. Allgemein waren sie als die Phantomgäste bekannt. Im Hotelregister wurden sie immer oben auf der Seite geführt. Ihre ätherische Anwesenheit vertrieb die Geister der Leere. Sie waren für ein gutes Hotel etwa so notwendig, wie man Zyanid für Silber braucht – oder als Futter für Küchenschaben.

Zuerst einmal verschloß Elam alles – sogar das Katzenloch im Holzschuppen. Er löschte die Lichter, machte das Radio aus und verriegelte das Nachtschloß. An der Treppe lauschte er mit dem letzten, müden Zögern eines vorsichtigen Hausbesitzers. Unter dem grünen Schirm seiner Schreibtischlampe schlug er im Register eine andere Seite auf, und obenhin schrieb er in der alten, verschnörkelten Handschrift das Datum des neuen Tages:

Freitag, der siebenundzwanzigste Januar. Aus einem geheimen Kästchen nahm er vier verschiedene Federhalter, vier Gefäße mit verschiedenfarbiger Tinte; und ohne zu zögern schrieb er die vier Phantomgäste auf und wies ihnen Zimmer zu:

Horace Manton, Harwinton, Conn.	E	18
J. H. Boles, Slocum, Mass.	E	27
Enid Wallins, N. Y. C.	E	7
Herbert Huffner, New Haven	E	10

Vorsichtig räumte Elam die Werkzeuge seiner List beiseite, und dann hinterließ er für Frau Wallins, die stets den Siebenuhrzug nahm, eine Nachricht. Nachdem er so dem Aberglauben seiner leibhaftigen Gäste Rechnung getragen hatte, schlich er zu seiner Wohnung hinter den Treppen. Ohne seine engelsgleiche Frau zu wecken, die im grellen Schein einer Lampe schlief, zog er seine Schuhe aus und verstaute sie in einem numerierten Sack aus Papier. Das war die einzige Extravaganz, die er sich gestattete; er besaß ein Paar Schuhe für jeden Tag im Monat. Er kroch ins Bett und dachte an seinen Sohn, der weit weg in der Schule weilte. So angenehm waren ihm diese Gedanken, daß er gar nicht wußte, wo die Gedanken aufhörten und die Träume begannen.

Die Türglocke erklang um zwei Uhr in der Nacht. Als seine Füße die Hausschuhe gefunden hatten, erschauderte er und fragte sich, ob da irgendein Selbstmörder kam, der nach der letzten göttlichen Salbung verlangte, die ein Gastwirt zu veräußern hat. In seinen Bademantel gehüllt ging er hinaus und wischte den Frost von der Scheibe in der Tür. Nein, dort standen zwei Leute. Ein Wagen war in den Wall aus Schnee am Straßenrand gefahren. Zwei Männer beugten sich über den Wagen, der wie ein großer Kessel dampfte. Der Wagen war schon eingefroren; bald würde er endgültig den Geist aufgeben. Die Nacht stellte sich ironischerweise als eine recht schöne Nacht heraus. Elam zog den Riegel zurück, machte ein Licht an und ging an den Tresen zurück; er blätterte das Register um, eine Hand auf das Buch gelegt – irgendwelche Narren werden dieses Register tatsächlich einmal zuklappen, ohne zu ahnen, daß dadurch noch am selben Tag jemand in diesem Haus sterben wird. Es war eine Vorsichtsmaßnahme, einen Fuß auf den Alarmknopf zu stellen und nach dem Griff des .45ers unter dem Tisch zu fassen. Die beiden Männer traten ein; sie klopften sich den Schnee ab, rieben sich die Hände warm und schüttelten sich wie Hunde, als sie ihre Mäntel auszogen. Sie zitterten in der wohligen Wärme im Raum. Der eine Mann war klein und stämmig, der andere groß und schlank. Sie trugen Sachen, die viel zu elegant für sie waren.

»Schnüffler – Menschenjäger«, dachte Elam. Er hatte siebzehn Lokale in New York besessen, er kannte diese Sorte Typen. Solche Kerle strebten immer nach einer seltsamen Eleganz in der Kleidung.

»Wir müssen unseren Wagen hier unterstellen«, sagte der kleine, fette Mann.

»Der Schneepflug wird ihn bis morgen begraben«, sagte Elam. »Mehr können wir nicht für Sie tun.«

»Oh, einer von diesen schlauen Bauern, wie?« entgegnete der fette Mann. »Nun, vielleicht haben Sie recht. Wie lange haben Sie denn schon auf uns gewartet, alter Mann?«

»Hundertundfünfunddreißig Jahre«, entgegnete Elam.

»Ich bin froh, daß Sie dageblieben sind«, sagte der andere. »Wir brauchen mit Sicherheit Hilfe. Wie sind die Aussichten auf ein schönes Zimmer? Sehr gut?«

»Und wie sieht es mit einem kräftigen Drink aus?« mischte sich der andere ein.

»In diesem Haus gibt es keinen Alkohol«, erwiderte Elam.

Was immer für eine Entgegnung auf diese traurige Mitteilung hätte folgen mögen, sie wurde durch eine wahrhaft erstaunliche Erscheinung zunichte gemacht. Enid Wallins, eine von Elams treuesten Phantomgästen, die sich seit mehr als sechs Jahren stets oben auf der Seite eingetragen hatte, wählte diesen Augenblick, um zum Leben zu erwachen. Der stämmige Mann hatte sich als Matt Glennon aus New York eingetragen, als seine Augen zu der Unterschrift eine Spalte höher wanderten und er heiser aufstöhnte: »Schau her, Tony!« Tony schaute hinüber und erstarrte zur Salzsäule.

»Enid Wallins!« schrie er; seine Augen schienen ihm aus dem Kopf zu springen. »Hier. Ich will verflucht sein. Da steht unsere große Nummer!«

Sie schauten einander dumm an. Glennon war der erste, der seine Fassung wiedergewann. Er wandte sich an Elam.

»Ist sie noch im Haus?« wollte er wissen.

»Sie ist noch nicht abgereist«, erwiderte Elam matt.

»Lebt sie?« brüllte Tony.

Elam starrte ihn voller Verblüffung an.

»Wir werden sie rausholen und nachsehen!« verkündete Tony.

»Sie werden niemanden herausholen!« sagte Elam.

»Sie reden mit Polizisten!« knurrte Glennon. Mit einer ruckartigen Bewegung warf er seine kleine Dienstmarke auf den Schalter. Büro des Bezirksstaatsanwaltes, New York.

Elam leckte sich die Lippen. Der direkteste Weg war immer der einfachste. Er wollte schon sagen: »Meine Herren, Sie müssen sich gar nicht aufregen. Im Hotelgewerbe haben wir mit dem törichten Aberglauben unserer Stammgäste zu tun. Eines von diesen Dingen ist, daß es einige nicht mögen, in ein leeres Haus einzukehren. Also schreiben wir oben auf eine Seite Phantasienamen. Enid Wallins ist ein solcher Phantasiename. Ich habe ihn immer wieder benutzt. Ich kenne keine Person, die diesen Namen trägt. Soweit ich weiß, gibt es eine solche Person auch gar nicht. Sie ist ein Phantasiegebilde, ein Vorwand – ein Phantomgast . . .«

Aber das sagte Elam nicht. Der große, schlanke Tony streckte plötzlich seinen langen dünnen Arm aus; seine Finger erstickten die Worte in Elams Kehle. Er sprang über den Schalter und schlug Elams Kopf gegen die Wand hinter ihm. Aber Elams flinke Hand zog den .45er hervor, und im nächsten Moment war Tony wieder auf dem Rückzug; seine Hände hatte er erhoben, und er starrte in die reglose Mündung der Waffe. Elam reckte seinen gequälten Nacken und stöhnte.

»Ihr wollt wohl ungemütlich werden, was?« keuchte er. »Wollt mich ein bißchen weichprügeln, wie? Haltet bloß eure Hände oben, ihr beiden.«

»Wir sind Polizisten!« widersprach Glennon mit matter Stimme. »Nicht auf dieser Seite der Staatsgrenze!« sagte Elam leise und strich sich vorsichtig über den Nacken. »Noch einen Muckser von euch, und ihr schlaft in einem Iglu. Also, was soll das Ganze?«

»Es ist schon in Ordnung . . . alles in Ordnung«, versuchte Glennon zu besänftigen. »Vielleicht war Tony ein wenig zu grob. Aber wer wäre das nicht gewesen? Nun, hören Sie zu. Wir haben unsere Ausweise auf den Tisch gelegt. Stecken Sie jetzt Ihre Kanone weg. Niemand wird Ihnen etwas tun.«

»Sie ganz bestimmt nicht«, entgegnete Elam. Er senkte die Waffe, blieb aber auf der Hut. Er kannte diese Typen. Wenn er diese handliche Waffe nicht gehabt hätte, dann hätten die beiden ihn fertiggemacht, ihn fürchterlich verprügelt, bloß um etwas aus ihm herauszukriegen. »Nun, was soll das Ganze?« fragte er. »Was ist das für eine Frau, nach der ihr sucht? Und was wollt ihr von ihr?«

Tony nahm langsam seine Hände herunter, aber noch immer blickte er argwöhnisch auf die Waffe.

»Sie ist das Corpus delicti in einem aufsehenden Mordfall«, erwiderte er. »Wir suchen seit acht Monaten nach ihrer Leiche. Das wird eine schlechte Nachricht für jemanden sein. Gibt es keine Möglichkeit, daß ich einen Drink bekomme, alter Mann?«

»Nun, diese Frau hier ist noch lange nicht tot«, sagte Elam. »Oder vielleicht steht sie immer wieder von den Toten auf, was?« fügte er sarkastisch hinzu.

»Möglicherweise ist sie ja gar nicht tot«, erwiderte Glennon. »Wir wissen nur, daß sie spurlos verschwunden ist. Und nun taucht sie plötzlich auf und springt uns förmlich ins Gesicht. Können wir einen Drink kriegen? Wie sieht die Frau überhaupt aus?«

»In diesem Haus gibt es keinen Alkohol«, entgegnete Elam abwesend. Er dachte nach. Sein Kopf schmerzte, die Beule war so groß wei ein Ei; er wollte sich bei diesen beiden gewalttätigen Typen nicht zum Lügner machen. »Bei dem Namen muß eine Verwechslung vorliegen«, sagte er leichthin.

»Nein«, erwiderte Glennon. »Es ist ein zu seltsamer Name. Wie sieht die Frau aus?«

Im Lauf der Jahre hatte Elam richtige Geschichten für einige der älteren unter seinen Phantomgästen erfunden. Er hatte das Bild von Enid Wallins ausgeschmückt, das er vor Augen hatte. Er hatte den Namen aus den Namen von zwei Hügeln der Stadt zusammengesetzt, Eno und Wallins. Er hatte sich seinen Phantomgast als eine interessante, schwierige Frau mit einer gewissen Vergangenheit vorgestellt...

»Wie sieht sie aus?« fragte Glennon erneut.

»Eine Klassefrau!« erwiderte Elam. »Sie ist ungefähr dreißig und blond. Sie hat eine tolle Figur und erinnert irgendwie – an ein Pferd.«

»An ein Pferd?« wiederholten die beiden Schnüffler in einem Atemzug.

Elam erschauerte, als sie sich rasch einen Blick zugeworfen hatten. Wenn es stimmte, was die Philosophen sagten, daß eine Idee nicht ohne den Verstand existieren kann, der sie aufnimmt, dann lebte Enid Wallins jetzt, denn die beiden Männer glaubten an sie und waren entsetzt. Elam senkte seine Stimme.

»Wir reden zu laut«, sagte er. »Sie schläft direkt über uns.« Die beiden blickten gedankenverloren auf das große Etagen-Verzeichnis, auf dem die Räume aufgeführt waren. »Ich glaube, sie züchtet Jagdhunde auf einer Farm in Vermont. Sie hat ihre Reise hier unterbrochen.« Es fiel ihm nun leicht zu lügen, und er teilte die Geschichte in kleine Stückchen ein.

»Oh, sie ist also schon früher einmal hier gewesen?« fragte Glennon, der den Kopf schüttelte und zu sich selbst sprach. Elam zitterte; er ging nun weiter, geriet, je stärker er seine Phantasie bemühte, immer tiefer in die Sache hinein. Der Morgen nahte; er würde das alles überdenken müssen.

»Ja, ein- oder zweimal im Jahr«, erklärte er. »Sie kommt... nun, seit ungefähr fünf oder sechs Jahren.«

Ihre Stimmen hatten sich nun alle zu einem verschwörerischen Flüstern gesenkt, was die gegenseitige Nähe noch verstärkte.

»Wann war sie zum letzten Mal hier?« fragte Glennon.

Elam nahm eines der alten Register aus dem letzten Herbst und blätterte darin.

»Da haben wir es«, sagte er. »Am 13. Oktober. Sie kam ziemlich spät an und ist früh am Morgen abgereist, um den Siebenuhrzug zu nehmen.«

Da stand tatsächlich ihre Unterschrift in derselben Handschrift. Die beiden Polizisten betrachteten sie wie betäubt.

»Wie ist sie hierhergekommen?« fragte Glennon und blickte Elam argwöhnisch an. »Mit dem Auto?«

»So ist sie gewöhnlich angekommen«, erwiderte Elam schlagfertig. »Fährt bis hierher mit dem Auto, dann schickt sie ihren Chauffeur voraus und führt mit dem Salonwagen am Morgen in die Stadt.« Er pfiff leise vor Erleichterung. Er hatte sich schon gefragt, wie er ihre Anwesenheit erklären konnte, da kein Wagen im Schuppen stand. Die beiden Schnüffler verglichen die Unterschriften.

»Ich würde zehn Dollar für einen Drink bezahlen!« erklärte Tony mit einem Seufzen. In seiner augenblicklichen Hochstimmung ließ Elam sich erweichen. Warnend hob er seinen Zeigefinger und öffnete verstohlen die Standuhr hinter dem Schalter. Zur Überraschung der beiden Männer nahm Elam ein Gewicht heraus. Seine kluge Frau hatte jedes Versteck im Haus gefunden, nur dieses nicht. Elam konnte es sich erlauben, es ein wenig förmlich zu machen. Er zog den Stöpsel aus der Flasche und goß drei großzügige Drinks ein. Stumm prosteten sie dem Register zu, das über ihnen lag.

»Geht ins Bett«, flüsterte Elam dann, als ihm wieder bewußt wurde, wie weit die Zeit fortgeschritten war. »Ich wecke euch morgen früh rechtzeitig.«

Als er die beiden Männer auf Zehenspitzen zu ihrem Zimmer geführt hatte, kehrte er ins Büro zurück. Er stand da und hielt seinen schmerzenden Kopf in den Händen. Mehrere Male hielt er die Zeit an, dann setzte er die Uhr nach jeder Unterbrechung verstohlen wieder in Betrieb. Was für verdammte Scherereien ihm sein Nacken machte – und die Einfältigkeit dieser Burschen hatte ihm diese Sache eingebrockt! Am frühen Morgen würden sie ihn als Lügner entlarven. Und Enid, die interessante, schwierige Frau mit einer gewissen Vergangenheit, würde aufhören zu existieren und für immer aus seinem Leben verschwinden.

Die Gewohnheit, alltägliche Dinge zu tun, ließ ihn Stiefel, eine Mütze und Handschuhe anziehen, und mit einer Schneeschaufel ging er hinaus in die Kälte, um einen Weg bis zur Straße zu schaufeln – bevor die Leute ihn am Tag benutzten. Der eingefrorene Wagen, der dieses ganze Unheil heraufbeschworen hatte, lag unter einer Schneeschicht begraben. Sauber und geräumt wand sich die Straße zwischen Wällen aus Schnee dahin. Die Bundesstraßen waren offen! Sie konnte also davonkommen, sie konnte überall hingehen. Sie mußte fliehen, noch vor dem Morgengrauen!

»Ich muß darüber nachdenken«, sagte er vage. Er ging zurück, löschte wieder die Lichter und kroch wieder ins Bett, um nachzudenken. Aber nicht zu seiner engelsgleichen Frau. Er ging in das Zimmer 7 hinauf und kroch in Enids Bett. Mit offenen Augen lag er da. Dann erhob er sich wieder und ging zum Wandschrank, in dem Vorräte aufbewahrt waren. Mit dem Krimskrams, den Hotelgäste in zwanzig Jahren vergessen hatten, konnte man ein Museum eröffnen. Er wählte einen zerrissenen Strumpf aus, der ganz dünn und fein war. Ein zusammengeknülltes Taschentuch. Einen Handschuh mit einem ungewöhnlichen Muster – er hatte sich immer gefragt, an welche Hand ein solcher Handschuh wohl paßte. Eine Puderdose, einen Lippenstift und Schreibpapier, das so dünn wie Pergament war. Dann plazierte er diese Dinge an gewissen Stellen im Zimmer. Schließlich nahm er Enids Federhalter und schrieb in ihrer stolzen, großen Schrift auf eine Seite:

– gefährliche Feinde, wie Poeten – und Wespen, die einmal stechen und sterben, in unserer Anschauung; aber Du, mein Freund, bist von morgen, von morgen und von mor . . .

Er zerriß diesen bruchstückhaften Brief in kleine Fetzen und warf sie in den Papierkorb. Dann kroch er wieder in sein Bett hinter der Treppe, wo seine engelsgleiche Frau im Licht der Lampe den Schlaf der Gerechten schlief.

»Ich kenne das Haus«, sagte Parr, der stellvertretende Polizeichef, und nahm seinen kalten Blick für einen Moment von dem armen Tony. Er nickte seinem Freund Oliver Armiston zu, der gerade hereingekommen war. »Dort ist J. P. Morgan immer wegen des Blaubeerkuchens hingegangen. Dort haben sie den angeklagten Industriellen Lefty Linkowitz versteckt, als es für ihn gefährlich wurde. Es ist nicht weit von Three Corners entfernt, wo ein guter Mann Meineide in drei Staaten zugleich leisten kann, wenn er auf drei Beinen zu stehen vermag. Was machen wir nun, Tony?«

Der unglückliche Tony war als Überbringer schlechter Nachrichten vom Büro des Staatsanwaltes herübergeschickt worden, und in der letzten halben Stunde war er ordentlich zusammengestaucht worden. Mr. Parrs letzte Frage war lediglich rhetorischer Natur gewesen. Er fuhr fort: »Ich nehme an, diese junge, schöne Frau mit dem Park-Avenue-Flair ist in all dem Schnee auf ihren hohen Absätzen davonspaziert, ohne auf der Hauptstraße über Gebühr Neugier zu erregen?«

Tony wand seine gepflegten Hände. Die Frau war verschwunden, war ohne Zweifel einfach so verschwunden, nachdem sie kaum angekommen war – ohne eine Spur der Umstände, die mit ihrer Abreise verbunden gewesen waren. Sie hatte nicht den Frühzug genommen, wie sie es sonst immer getan hatte. Die Taxen hatte der schreckliche Frost noch lahmgelegt gehabt. Matt war mit dem Auto dort geblieben, er würde jeden Stein im Haus umdrehen. Aber die Straßen waren alle wieder offen; die Frau konnte überall hingegangen sein.

»Zu Fuß?« fragte der stellvertretende Polizeichef.

Tony wand wieder seine Hände.

»Hatte sie Flügel oder Skier? Oder wie?«

Keine Antwort.

»Haben Sie irgendein anderes Lebenszeichen dieser Dame gesehen als ihre Unterschrift in dem Register?« fragte Parr weiter. »Nein, Sie haben sich schlafen gelegt. War diese Frau wirklich leibhaftig da, Tony? Oder war das alles nur ein Geist?«

Tony verschränkte hastig die Arme. Oh, sie war dagewesen! Man konnte ihre leibhaftige Anwesenheit spüren – er dachte wieder an den Moment, als die drei Männer ihre Gläser hoben und diesem Belüftungsloch in der Decke zuprosteten.

»Das ist ein harter Bursche«, rief er gepeinigt aus. »Wenn ich ihn eines Tages dabei schnappe, daß er die Staatsgrenze überquert ... Er hat extra durch dieses Loch gesprochen, damit sie ihn hörte!«

»Hat jemand im Haus außer diesem zuvorkommenden Besitzer mit dem .45er diese Frau gesehen?« fragte Parr.

Tony sagte: »Nein, sie ist nach Mitternacht eingetroffen – und sie ist vor Tagesanbruch einfach so verschwunden.«

»Und ist sie vorher schon einmal dagewesen?«

»Ja, Sir. Im letzten Oktober!« rief Tony. Er war sich seiner Sache nun sicherer. »Fünfmal, zehnmal. Wir haben alle alten Register durchgesehen. Sie kommt und geht. Wohnt immer in

Nummer Sieben – dem Zimmer mit dem Belüftungsrohr im Boden.«

Tony hatte die Daten von dem ersten Auftauchen der Dame mit ihrer sonderbaren Handschrift notiert. Die erste Unterschrift stammte vom 22. April sechs Jahre zuvor.

»Das war ein paar Tage, nachdem die Leichenstarre einsetzte«, sagte Parr und betrachtete die zeitliche Aufstellung. Mit einem knappen Nicken entließ er Tony. Als der arme Teufel die Tür mit der vorsichtigen Höflichkeit eines Mannes schloß, der sich mißverstanden glaubte, wandte sich Parr mit einem schiefen Lächeln an Armiston, seinem Freund und gelegentlichen Mitarbeiter, wenn es um so rätselhafte, schwere Verbrechen ging, daß zu der harten Arbeit auf der Straße Phantasie und Einfallsreichtum kommen mußten.

»Die verschwundene Braut«, sagte er gedankenvoll. »Sie verschwand vor sechs Jahren vor dem Altar. Ihr Mann nahm eine andere Frau mit in die Flitterwochen und lebt mit ihr seit dieser Zeit als seine Ehefrau. Wir suchen seit acht Monaten nach ihren sterblichen Überresten.«

»War es Mord?«

»Ja, mit diesem Gedanken beschäftigen wir uns«, sagte der stellvertretende Polizeichef. »Und diese beiden Trottel stoßen letzte Nacht zufällig auf diese Frau – doch schon ist sie wieder weg, läuft durch den Schnee wie ein verängstigtes Kaninchen.«

»Aha«, sagte Oliver, »ein Fall von Wiedergeburt. Sind das ihre sterblichen Überreste?«

Er wandte sich den Beweisstücken aus dem Zimmer Nummer Sieben zu, die auf dem Tisch lagen. Der zerrissene Brief war von Tony liebevoll wieder zusammengesetzt worden. Oliver schüttelte den Kopf. Das Papier stammte kaum aus einer einfachen Schreibwarenhandlung; es war viel zu auffällig und ähnelte Pergament – es war die Art Papier, die Bankleute in den letzten Tagen der New Era geliebt hatten. Aber er nickte anerkennend über die Handschrift. Sie hatte eine schwungvolle, eindrucksvolle Eleganz. »Das ist ein wunderschöner Federhalter«, sagte er. »So einen würde ich auch gerne besitzen. Seltsam«, fügte er hinzu, »welchen Eindruck man von einem solchen fragmentarischen Brief gewinnt. Ich wüßte eine Frau, die aus dem Stegreif geschrieben haben könnte. Ich denke an eine Frau, die vor etlichen Jahren zur höheren Gesellschaft gehörte. Eine tragische, faszinierende Gestalt, die stets Tränen in der Stimme hatte. Sie wirkte immer völlig ausgeglichen, sich ihrer selbst bewußt – und verlor doch ständig. Am Ende ging sie zur Bühne und spielte in einem Stück von Shaw mit. Sie hatte großen Erfolg. Schließlich brachte sie sich um. Diese Frau hätte diesen Federhalter benutzen können. Nun, wollen wir uns einmal anschauen, was sie zu sagen hatte.«

Er las die wenigen Zeilen dieses fragmentarischen Satzes. Proust mit einem Hauch von Walpole. Man übernimmt eine ziemliche Verantwortung, wenn man Bestseller schreibt. So viele traurige Frauen borgen sich von einem die Gedanken aus, um ihr Mäntelchen nach diesem Wind zu hängen. Oliver nahm dann den kaputten Strumpf. Er war sehr dünn und erinnerte beinahe an Spinnweben. Ein paar Frauen würden so einen Strumpf nur ein- oder zweimal tragen. Man konnte sie für ungefähr 25 Cents das Paar in den kleinen Läden abseits der großen Avenues kaufen, in Läden, die Liebende bedienten, die etwas ganz Besonderes suchten. Das zerdrückte Taschentuch war aus so feinem, edlem Tuch hergestellt, daß man an das Weberschiffchen einer Novizin in einem stillen Kloster denken mußte, wo die Zeit noch mit Perlen auf einer Schnur gezählt wurde. Der Handschuh stammte aus der Rue de la Paix. Lippenstift, aber kein Rouge. Die Frau hatte wahrscheinlich große, runde Augen und bevorzugte ein ausdrucksloses Weiß als Make-up, dachte Oliver.

»Du bist doch ein sehr fähiger Sportsmann, Parr«, sagte Oliver. »Kannst du sie dir nicht vorstellen?«

»Das Zeug würde bei den Geschworenen sicher großen Eindruck machen«, sagte der Polizist und lächelte.

»Das liegt an den Umständen«, entgegnete Oliver. »Es wirkt überzeugend, es sind aber keine direkten Beweise. Es schmeichelt uns, gestattet uns zu zeigen, wie klug wir sind. Überlege einmal, wie dieses Brieffragment sich zu einem Ganzen fügt. Nun, wenn sie eine Haarnadel zurückgelassen hätte oder ein zerrissenes Band von ihrem Korsett oder einen Strumpf aus Baumwolle . . .« Armiston verzog das Gesicht. »Parr, war das alles so arrangiert, daß du es finden solltest?«

Der stellvertretende Polizeichef strich sich nachdenklich über das Kinn.

»Ich habe diese ganze Sache nicht sehr ernst genommen«, begann er. »Es ist eigentlich ein Verdacht, den der Bezirksstaatswanwalt gehabt hat. Er hat ein wenig herumgeschnüffelt – und er kommt gelegentlich zu mir, um sich moralische Unterstützung zu holen. In diesem Fall aber gibt es weder einen Ankläger noch eine Leiche; Dutzende von Leuten sind verdächtig, aber offensichtlich gibt es gar keinen richtigen Verdacht. Wo ist das Motiv für einen Mord? Warum sollte ein Mann das Risiko eingehen, ganz öffentlich eine Frau zu heiraten, bevor er sie ermordet? Wir können vielleicht annehmen, daß er geplant hat, sie loszuwerden, ansonsten hätte er nicht eine andere Frau gehabt, die sofort ihren Platz einnimmt.« Parr hielt inne und runzelte die Stirn.

»Aber nun, da sich herausstellt, daß die Leiche lebt und wohlauf ist«, warf Oliver ein, »ändert sich das Bild vollständig.«

»Ja«, erklärte Parr. »War das ganze Zeug so arrangiert, damit wir es finden? Das machte es dann zu einem sehr netten Fall, Oliver, wenn es so wäre – eine Angelegenheit für dich. Nehmen wir an, er hat sie wirklich ermordet und sie durch eine andere Frau ersetzt, und er ist damit durchgekommen. Er geht dann noch einen Schritt weiter. Er setzt eine andere Frau in das Hotelregister, die seine ermordete Braut verkörpert. Vielleicht ist dies das perfekte Verbrechen, von dem ihr Kriminologen immer in euren Salons redet, Oliver. Nehmen wir weiter an, daß man erwartet, daß wir zufällig auf die Lady stoßen. Ja, das ist gut.« Parr schüttelte den Kopf. »Aber nein, sie konnten die Ereignisse von gestern nacht nicht voraussehen. Das war purer Zufall.«

»Ich schätze, es ist zu einfach gedacht, eine zufällige Übereinstimmung der Namen anzunehmen?«

»Warum ist die Frau dann wie ein verängstigtes Kaninchen weggelaufen?« fragte Parr. Elam wäre sehr erfreut gewesen, hätte er durch irgendein Belüftungsrohr in der Decke dem angestrengten Nachdenken des großen Mr. Parr lauschen können. Seine Enid war höchst lebendig und steckte tief in der Sache drin. »Außerdem ist es ein seltsamer Name – nein, es ist unwahrscheinlich, daß es ein Zufall war.«

»So ein Wort wie unwahrscheinlich gibt es gar nicht, Parr«, erklärte Oliver. »Die Wahrscheinlichkeit wird immer geringer, ja, sie geht gegen null – aber sie erreicht null nie. Es ist ein mathematisches Problem. Nehmen wir an, ein Esel trommelt sich zufällig auf einer Schreibmaschine in die Ewigkeit, und letzten Endes schreibt er nur Sonette. So erklären manche Leute Shakespeare. Stimmt die Beschreibung der Frau?«

»Wir haben eine vage Beschreibung der Braut – eine schwarzhaarige Madonna mit großen Augen und weißer Haut«, erwiderte Parr.

»So habe ich sie mir vorgestellt«, sagte Oliver.

»So hat sie auch der Besitzer des Hotels beschrieben«, sagte Parr. »Er weiß nicht viel über sie. Sie erinnerte ihn irgendwie an Pferde, sie hat eine Pferdezucht irgendwo in Vermont.«

»Wie lautet ihr Name?« fragte Oliver.

»Enid Wallins«, sagte der stellvertretende Polizeichef so zärtlich wie ein Killer, der den Abzug betätigt. Verstohlen beobachtete er, welche Wirkung seine Worte zeitigten. Oliver explodierte förmlich.

»Enid Wallins?« rief er.

»Einen Moment«, entgegnete Parr. »Du willst mir doch nicht sagen, daß du sie und ihren Mann gerade erst gestern abend im Chaffard's gesehen hast.«

»Aber ich habe sie wirklich gesehen!« rief Armiston. »Gregory Wallins, der Jockey . . .«

»Ein Freund von dir?« wollte der stellvertretende Polizeichef wissen.

»Nun, ich . . . man muß nach Pferd riechen, um bei solchen Leuten dazuzugehören«, sagte Oliver. »Aber ich kenne sie seit Jahren. Ich war auf den Bermudas, als sie in den Flitterwochen dorthin kamen«, fügte er mit beinahe schriller Stimme hinzu.

»War die Braut eine schwarzhaarige Madonna?«

»Sie war eine große, gertenschlanke Blondine«, sagte Oliver.

»Da siehst du es«, sagte der Polizist zufrieden. »Wir können beweisen, daß er drei Tage, bevor er mit deiner Blondine in die Flitterwochen segelte, eine Brünette geheiratet hat.«

»Das kann nicht sein!« rief Oliver gereizt. »Dieser Gregory Wallins ist ein Schweinehund und ein Trunkenbold, aber er stammt aus gutem Hause.«

»Meinst du, sie sind im Who ist Who der besseren Gesellschaft aufgeführt?«

»Zweifellos. Die Wallins sind da immer aufgeführt gewesen.«

Parr schüttelte langsam den Kopf.

»Nein, Gregory nicht«, sagte er. »Sie haben seinen Namen vor sechs Jahren gestrichen.«

Das machte Oliver nachdenklich.

»Zum Teufel!« murmelte er. Er nahm das Buch hervor, in dem alle die registriert waren, die sich zur Elite zählten. Gregory Wallins stand nicht da. Darauf gab es einfach keine schlüssige Antwort. Neben der Schmach, aus seinem Club geworfen zu werden, gab es nichts Schlimmeres für jemanden aus der höheren Gesellschaft, als aus ihrem Who ist Who gestrichen zu werden. Neue Namen wurden nur ungern aufgeführt. Gelegentlich wurde ein alter Name gestrichen. Irgendein geheimnisvoller *arbiter elegantiarum* senkte dann seinen Daumen. Aber warum? Da konnte man genausogut versuchen, einen Beichtstuhl abzuhören. Oliver schritt durch den Raum und schob seine weiße Locke zurück.

»Und selbst wenn es so ist, Parr«, sagte er und hielt inne, »wohin führt dich das? Ein Fall von Mädchenhandel. Du sprichst von einem hypothetischen Mord. Und im selben Atemzug erklärst du mir, daß die Frau zurückgekehrt ist. Du bist wie ein aufdringliches altes Weib.«

»Mir kannst du diese Sache nicht wie einen Säugling auf die Türschwelle legen«, sagte der stellvertretende Polizeichef lachend. »Das ist eine Sache des Bezirksstaatsanwaltes.«

»Und wie ist er auf diese Angelegenheit gestoßen?«

»Das ist ebenfalls eine seltsame Geschichte«, erwiderte Parr. »Wenn du Gregory Wallins wärst, und du wolltest heimlich heiraten, was würdest du dann im Zeitalter von Zeitungen und zudringlichen Kameras tun?«

»Eine schwierige Frage. Er steht oft in der Presse.«

»Was ist mit Gretna Green?« fragte Parr. »Einer von diesen oberschlauen Friedensrichtern, die an der Grenze wohnen und die am Samstagabend die verliebten Ausreißer aufgabeln und sie im Handumdrehen verheiraten. Da werden keine Fragen gestellt. Die meisten Paare kommen aus Connecticut. Das ist keine Neuigkeit mehr. Hast du schon mal von dem Friedensrichter Markum gehört?«

Wer hatte nicht von Mister Markum aus Ageton gehört, der jede Menge Leute verheiratete. Er hatte ein Schild an seiner Hütte, auf dem stand: »Heirat zu herabgesetzten Preisen. Keine Bedingungen – unbegrenzte Garantie.« Vor ein paar Jahren hatte man sich in den Zeitungen über ihn lustig gemacht.

»Da hast du es«, sagte Parr. »Dein Freund Gregory sieht ja auch wie ein Stallbursche aus. Er wäre mit seinem Durchschnittsgesicht überhaupt nicht aufgefallen – wenn er nicht statt mit einer Zweidollarnote mit hundert Dollar bezahlt hätte. Und selbst dann wäre noch alles gutgegangen, wenn nicht ein paar Tage später ein Fotograf das glückliche Paar auf dem Weg zu den Bermudas fotografiert hätte. Eine große, gertenschlanke Blondine statt einer Brünetten. Der Friedensrichter, der sie verheiratet hatte, sah das Bild und machte sich Sorgen. Er trat von seiner Garantie zurück und betrachtete nachdenklich die zweite, die andere Frau.«

»Die ganze Geschichte klingt nun schon weniger verrückt«, gab Oliver zu.

»Aus irgendeinem geheimnisvollen Grund ist Wallins danach aus dem Who is Who der höheren Gesellschaft gestrichen worden«, sagte Parr. »Irgend jemand hat etwas davon gewußt. Nun, der Friedensrichter hatte sie jedenfalls vergessen. Aber vor einem Jahr kamen die Wallins allmählich zurück. Wallins wurde Master in Cowdrey. Du weißt, es gibt nichts besseres als ein Pferd und ein Hindernis, um einen Mann wieder in die Zeitungen zu bringen. Und Greg brach sich gelegentlich das Schlüsselbein, was eine Nachricht und ein Foto wert war. Nun, das rief dann den Friedensrichter auf den Plan, er ging in die Stadt und erzählte von der anderen Braut. Der Bezirksstaatsanwalt biß an – und seitdem sucht er ein wenig herum. Und zwei von seinen jungen, klugen Bullen sind dann gestern nacht während des Schneesturms auf die schwarzhaarige Madonna gestoßen.«

In diesem passenden Moment wurde die Tür geöffnet, und Morel, Parrs junger, gutaussehender Assistent schob eine große, bucklige Gestalt mit wäßrigen Augen und traurigem Gesicht in das Zimmer. Der Mann war gekleidet, wie man sich im Winter in den Bergen anzieht. Natürlich war dies der Friedensrichter Markum höchstpersönlich.

»Nun«, rief Parr und sprang auf, um dem Mann seine Hand entgegenzustrecken. »Wie sieht es auf dem Heiratsmarkt heute morgen aus, Markum?«s

»Wie es um diese Jahreszeit halt so geht«, erklärte Markum und blickte Oliver unter dunklen Augenbrauen an. »Die Neigung der jungen Männer zu heiraten hat im Moment etwas nachgelassen.« Er setzte sich und wischte sich über die Stirn. Die Hitze hier machte ihm zu schaffen.

»Das ist Mr. Armiston, ein berühmter und gefeierter Kriminologe«, sagte Parr. »Ich war so frei, ihn zu meiner Unterstützung hierher zu bitten. Ich nehme an, Sie haben gehört, daß die... die Dame Nummer eins wieder auferstanden ist?«

Der Friedensrichter nickte.

»Sehr bedauerlich«, knurrte er. Dann hielt er inne und blickte von Oliver zu Parr. »Dieser Gentleman ist einer von uns?« fragte er vorsichtig.

»Aber sicher«, entgegnete Parr. »Sprechen Sie ganz offen. Was ist daran so bedauerlich?«

»Ich fürchte, ich habe den Bezirksstaatsanwalt verärgert«, erklärte der Friedensrichter traurig. »Ich habe gestern abend etwas mit den ehrlichsten Absichten getan. Der Staatsanwalt hat mich gebeten, Ihnen das zu geben und zu gestehen.« Er mühte sich ab, einen sperrigen Gegenstand aus seiner Tasche zu zerren.

»Was sollen Sie gestehen?« sagte Parr.

»Der Staatswanwalt hat es Erpressung genannt«, erklärte der alte Mann traurig. Er blickte Parr mit Unschuldsmiene an. Als er den sperrigen Gegenstand endlich aus der Tasche gezogen hatte, beugte er sich vor und legte ihn auf den Tisch. Es war ein durchweichtes Bündel Geldscheine. Die Geldscheine wurden durch Gummibänder zusammengehalten.

»Eintausend Dollar in Fünf- und Zehndollarscheinen«, knurrte der Mann mit Grabesstimme. »Mr. Wallins war so freundlich, mir das Geld zu geben.«

Danach trat eine tiefe Stille ein. Der stellvertretende Polizeichef Parr erhob sich nachdenklich und schritt zu seinem Pfeifenständer hinüber, den er ansonsten kaum benutzte. Nach genauer Betrachtung wählte er eine Pfeife aus, stopfte sie, zündete sie an an und nahm gedankenvoll seinen ersten Zug, während er wieder zurückging und sich setzte.

»Sind Sie nun fertig?« fragte Markum, und Parr nickte. »Ich bin genauso«, sagte der Friedensrichter. »Ich kann nicht denken, wenn ich nicht rauche.« Er fingerte eine Pfeife und einen Tabaksbeutel aus seiner Tasche; Parr hielt ihm ein Streichholz hin, als er seine Pfeife gestopft hatte.

»Ich habe ihn gestern abend getroffen«, erklärte Markum traurig. »Was für ihn ziemlich unerwartet kam. Es war in einem teuren Restaurant. Er hatte eine Dame bei sich. Eine wunderschöne Blondine! Ich habe ihr Bild schon in den Sonntagszeitungen gesehen ...« Der Friedensrichter entzündete noch ein Streichholz. »Ich schätze, er hat mich nicht erkannt. Die meisten erkennen mich hinterher nicht mehr. Ich habe ihm aber gesagt, wer ich bin. Ich sagte zu ihm: ›Sir, ich glaube, Sie haben immer noch Gefallen an dem, was ich für Sie getan habe‹.«

Parr wischte mit seinem Ärmel über seine Pfeife; Oliver spielte nervös mit einem Streichholz herum.

»Mister Wallins hat nichts gesagt«, fuhr Markum fort und schüttelte den Kopf. »Vielleicht hat ihm mein Aufzug nicht gefallen. Sie wissen, dort, wo ich herkomme, ziehen wir uns schon wie im Winter an. Ich sagte zu Mister Wallins: ›Sir, ich sammle Spenden für ein Jugendlager. Ich lege für Sie eine Spende von tausend Dollar fest.‹ Eine Weile dachte er darüber nach. Ich habe dann gesagt: ›Sir, wenn es Ihnen nichts ausmacht, hätte ich das Geld gern in Fünf- und Zehndollarscheinen, und keine fortlaufenden Seriennummern bitte‹.« Wieder herrschte eine Zeitlang Schweigen.

»Nun«, fuhr Markum fort und schaute Parr mit traurigem Hundeblick an, »nach einiger Zeit stand er auf und entschuldigte sich bei seiner Dame – ihr schien die ganze Zeit nicht wohl zu sein. Er führte mich durch einen Gang zur Vordertür und führte mich nach draußen. Er sagte: ›Guten Abend. Ich treffe Sie um elf Uhr morgen früh im Grand Central‹.«

»Und er hat Sie getroffen?« fragte Parr.

»Aber ja«, erwiderte Markum erstaunt.

»Mit dem Geld?«

»Ja«, sagte der Friedensrichter. »Er war sehr nett zu mir. Er kaufte mir einen Fahrschein und brachte mich zum Zug und wartete, bis der Zug abfuhr. Ich bin an der 125. Straße ausgestiegen und zurückgekommen.«

Parr betätigte eine Klingel, und als Morel hereinkam, sagte er: »Sie nehmen zwei Männer und setzen sie auf Wallins und seine Blondine an. Sie und Pelts folgen in einigem Abstand und sehen zu, was Sie mitkriegen können.«

»Etwas habe ich noch vergessen«, sagte Markum und griff nach einem Streichholz. »Ich habe ihm gesagt, daß ich wiederkommen und ihm sagen würde, wie die Dinge laufen. Er aber entgegnete mir: ›Nein, ich komme zu Ihnen.‹ Darauf habe ich gesagt: ›Das ist gut, wenn Sie nicht zu lange damit warten‹.«

Über diese Leute wird immer alles umfassend berichtet und festgehalten. Das gehört mit zu dem Gesellschaftsspiel. Oliver kannte ein paar kluge junge Männer, die mit der Abfassung des neuen Who is Who der höheren Gesellschaft befaßt waren, und für einen Moment dachte er daran, welche Chancen er hatte herauszufinden, was einer von ihnen wußte. Aber wahrscheinlich wußte niemand etwas, außer dem großen Meister der Gesellschaft höchstpersönlich – und niemand würde zugeben, daß er wüßte, wer das war. In einigen wenigen Fällen wußte Oliver von ein paar edlen Namen, die man so in das gesellschaftliche Abseits geschoben hatte; die beste Mutmaßung dafür war immer eine *declassé* Heirat. Man konnte nicht von Stand sein, ohne daß alle Damen und Gentlemen im Who is Who der Gesellschaft aufgeführt waren.

»Auf jeden Fall«, meinte Armiston nachdenklich, »ist sie nicht seine Frau. Sie ist nur eine weiße Sklavin, die unter seinem Schutz steht.«

Damit schob er vorläufig alle Gedanken an die große, gertenschlanke Blondine beiseite, die sich wie eine Komplizin ein wenig unwohl gefühlt hatte, als Markum erklärt hatte, daß er das Geld in Fünf- und Zehndollarscheinen wünschte.

Also wandte er sich der schwarzhaarigen Madonna zu.

Die Heirat war amtlich dokumentiert. Die Behörden wie auch der Friedensrichter Markum würden sich darum kümmern. Die Lizenz als Jockey für den Gentleman Wallins war in Ordnung; er hatte wahrheitsgemäß ausgefüllt und unterschrieben. Aber die Frau! Am Altar hatte sie ein gebrochenes Schlüsselbein gehabt, wie der Schreiber notiert hatte, und deshalb hatte der Schreiber alle Dokumente für sie ausgefüllt, und sie hatte sie unterschrieben – mit ihrem Stempel. Das gebrochene Schlüsselbein bot dafür die Entschuldigung. Diese Leute, die ständig mit Pferden zu tun haben, sammeln gebrochene Schlüsselbeine wie andere Auszeichnungen. Die Braut wurde in aller Freimütigkeit vorgestellt als Enid Wolfert, zweiundzwanzig Jahre, aus Shanghai, China . . .

»Man kann einen Meineid schwören, was die Liebe bei der Heirat angeht, aber solch ein Meineid löst nicht das heilige Band der Ehe«, sagte Oliver zu sich selbst. Shanghai war sicher weit genug entfernt, um irgendwelche Neugier zu entmutigen, sollte sie denn auftauchen. Dann dachte Oliver zufällig an seinen Freund Facey, der gerade in der Stadt war. Facey war im Dienste der Regierung schon überall gewesen, vor allem aber in China. Oliver machte ihn im Club ausfindig.

»Facey«, sagte er. »Du bist schon überall gewesen, und du kennst jeden in China.« (Tatsächlich ist China, was die Weißen angeht, ein recht kleines Land.) Wer ist oder wer war Enid Wolfert?«

»Ich habe eine Enid Wolfert in Shanghai gekannt«, erwiderte der hagere, pferdegesichtige Officer unvermittelt. »Sie war eine Amerikanerin.«

»Natürlich war sie eine Amerikanerin«, sagte Oliver.

»Nein«, entgegnete Facey. »Nicht natürlich, sondern eine künstliche.«

»Was soll das heißen?«

»Ich habe den Begriff ›Amerikanerin‹ im Sinne der Chinesen benutzt. Ich glaube, ihr richtiger Name lautete Enid Wolfert, aber sie benutzte ihn nicht. Sie war ›taufeuchte Pflaumenblüte‹ oder ›wogende Sumpflilie‹, irgend so etwas.« Er blickte Oliver neugierig an, und Armiston schaute ihn erstaunt an. »Gehört sie zu deinen Freunden?« fragte Facey.

»Eine amerikanische Frau? Was hast du damit gemeint?« wollte Oliver wissen.

»Es ist ein alter chinesischer Brauch«, sagte Facey. »Es bedeutet etwas ganz anderes als bei uns. Als Minister Taft vor vielen Jahren auf seiner berühmten Weltreise in Shanghai war, hörte er von diesem Sprachgebrauch zum ersten Mal, und er protestierte so empört, daß es meiner Überzeugung nach sogar offizielle Bemühungen gegeben hat, diesen Sprachgebrauch abzuschaffen – in seiner delikaten Bedeutung, die die Chinesen so meisterhaft beherrschen.«

»Du meinst, es bedeutete eine recht zügellose Frau – eine Shanghai Lil?« rief Armiston.

»Ja, in gewisser Weise«, erwiderte Facey. »Aber sie lebt irgendwie behüteter, wir kennen diesen Typ Frau bei uns nicht. Sie ist die Gefährtin eines chinesischen Gentleman. Oh, heb jetzt nicht in frommem Entsetzen deine Hände! Wenn du einen chinesischen Gentleman kennen würdest, würdest du zweimal über unsere eigene Kultur nachdenken. Was ist mit dieser Frau?« fragte er dann abrupt.

Facey gehörte nun auch irgendwie dazu, und daher erzählte Oliver ihm die ganze Geschichte.

»Es ist durchaus möglich«, erklärte Facey. »Gregory Wallins war vor fünf oder sechs Jahren drüben und hat wie üblich einen Mordskrach geschlagen.« Er erzählte Armiston eine Menge über diese besondere amerikanische Frau.

Der wie immer gelassene Parr warf seine Zigarre weg und steckte sich eine Pfeife an, als Oliver ihm von den Ergebnissen seines Gesprächs mit dem Regierungsbeamten berichtete.

»Wallins hat immer einen Geschmack für besondere Frauen gehabt«, sagte der stellvertretende Polizeichef. Er wußte mehr über die ersten Familien New Yorks als mancher Doktor der höheren Gesellschaft.

Während sie zunächst die etwas abgeschwächte Hypothese, sie sei ermordet worden, außer acht ließen, betrachtete Armiston die Beweise für ihre, wie er es nannte, neo-mundane Existenz. Sie schien ausreichend mit Geld ausgestattet zu sein. Er dachte an den schrecklich teuren Strumpf, an das Taschentuch aus dem Kloster und an den Maßhandschuh. Sie hatte eine Pferdezucht in Vermont, und sie hatte es sich zur Gewohnheit gemacht, einen Mann mit dem Wagen zu schicken und den Frühzug in die Stadt zu nehmen. Parrs Untergebene gingen die Akten und Aufzeichnungen durch. Eine solche Frau, die in Vermont Pferde züchtete und einen Chauffeur beschäftigte, sollte doch irgendwo in den Akten zu finden sein. Aber sie war nicht zu finden. Nichts wurde gefunden. Parr tat das als unbedeutend ab.

»Vielleicht führt sie ihre Farm unter dem Namen eines Gestüts«, sagte er. »Und vielleicht hat sie ihren Wagen und den Chauffeur nur gemietet – viele reiche Leute tun das, um bei einem etwaigen Unfall die Rechtsanwälte hereinzulegen.«

Der Schaffner im Salonwagen, der das Frühstück im Zug servierte, erinnerte sich an einige Frauen, auf die die Beschreibung passen mochte.

»Es ist eine hübsche Angelegenheit für die Gerüchteküche«, sagte Oliver schließlich.

»Du meinst, ob die polizeilichen Untersuchungen angemessen sind?« fragte Parr. »Nein«, sagte er tonlos. »Dennoch werde ich einen Blick darauf halten.«

»Ich werde weiter die Spur verfolgen«, sagte Oliver.

»Laß es uns auf einem anderen Weg versuchen. Warum hat dieser ehrenwerte Gentleman so leichthin tausend Dollar gezahlt? Warum fühlte sich die Blondine plötzlich so unwohl, als der alte, üble Friedensrichter ihnen sagte, daß er das Geld am liebsten in Fünf- und Zehndollarscheinen haben wollte?«

»Sie leben in Schande zusammen, mein guter Freund«, erklärte der stellvertretende Polizeichef lächelnd.

»Aber die beiden sind ziemlich etabliert«, wandte Oliver ein. »Eigentlich braucht es mehr als ein Ammenmärchen und einen verkommenen Friedensrichter, der es erzählt, um die beiden zu beunruhigen. Du hast neulich etwas angesprochen, das wir Kriminologen ein perfektes Verbrechen nennen. Der Mörder begeht seinen Mord. Der Mörder fühlt sich sicher, aber als zusätzliche Vorsichtsmaßnahme findet er eine andere Frau, die wie ein Geist überall im Land erscheint. Wenn er wirklich einmal beschuldigt wird, muß er sie gar nicht in persona vorführen. Er kann sich immer auf Elam als Zeugen berufen. Alles, was er benötigt, sind Zweifel an der Mordversion. Es ist ein gutes Arrangement, Elam!« Oliver hielt in einem Moment einer sonderbaren, unlogischen Ahnung inne. (Man sagt, Logik findet sich zu hundert Prozent nur in einem Irrenhaus.) »Vielleicht ist Elam ein verdammter Lügner? Wer ist dieser Elam?«

»Ein kluger, alter Mann«, sagte Parr. »Sein Vater leitete vierzig Jahre lang das Grand Dominion Hotel in der Fulton Street.«

»Ich erinnere mich an seine Hammelkoteletts!« erklärte Oliver seufzend.

»Mit gesalzenen Walnüssen!« murmelte Parr, dem vor Hunger das Wasser im Mund zusammenlief.

»Parr«, rief Oliver, »entweder weiß Gregory Wallins von diesem geheimnisvollen Hotelgast, oder er weiß nichts davon.«

»Er soll nichts davon wissen?« fragte der Polizist mit schneidender Stimme.

»Vielleicht weiß er gar nichts davon«, erwiderte Oliver. »Spielen wir diesen Gedanken einmal durch.«

Parr pfiff leise. »Verdammt!« sagte er. »Das ist gut.«

»Wie wäre es, sie ihm in den Schoß zu legen und zu sehen, wie er reagiert?« schlug Oliver vor.

Parr betätigte die Klinge. Morel, sein gutaussehender Assistent, erschien. Morel sah nicht wie ein Polizist aus; die Unterwelt hielt ihn auch nicht für einen Polizisten. Er hatte selbst nie eine Verhaftung vorgenommen, aber er war immer dabei, wenn es um die feineren Fälle ging, wie Parr sich ausdrückte.

»Sie sind Reporter der höheren Gesellschaft, Morel«, sagte Parr. »Suchen Sie sich aus dem Gästebuch des Crossings House ein paar ehrenwerte Namen aus, die das Hotel in der letzten Woche besucht haben. Dann möchte ich eine Notiz in der Klatschspalte der *Tribune* und der *Times* lesen: ›Zu den erlauchten Gästen des Crossings House während der Skisaison gehörte in der letzten Woche Enid Wallins sowie Mister und Misses Soundso. Stellen Sie ein paar Namen zusammen.«

»Würdest du damit noch einen oder zwei Tage warten?« fragte Oliver plötzlich. »Ich würde selbst gern hinauffahren und mich ein wenig umsehen – oder selbst Ski fahren. Dazu bin ich noch nicht zu alt.«

Oliver betrieb sportliche Aktivitäten lediglich als Nebenbeschäftigung, obschon er auf dem Schießstand eine ganz passable Figur abgab. Der *dernier cri* in den Schaufenstern der Sportgeschäfte erschreckte ihn, und er entschloß sich, als Kompromiß eine alte Norfolkjacke aus seiner Studentenzeit, eine Mütze mit einer Feder und eine wollene Kniebundhose zu tragen. Er ließ das lebhafte Durcheinander im Zug hinter sich, um sich in ein eigenes, friedliches Abteil zurückzuziehen. Im blauen Abendlicht fand er sich im Crossings House ein.

»Ich bin gekommen, um einen Blaubeerkuchen zu essen«, sagte er zu Elam. »Wie sind die Aussichten, danach auch ein Zimmer zu bekommen? Nicht sehr gut, wie ich sehe.« Eine Menge Unterschriften standen auf dem Belegungsplan des Tages. Skier und Stöcke standen an den Wänden im Korridor, und Nagelschuhe waren in dunklen Ecken zusammengestellt worden. »Kann ich vielleicht ein Zimmer sehen?« fragte Oliver, und als Elam die Stirn runzelte, fügte er hinzu: »Ich stehle keine Handtücher oder Glühbirnen.« Elam mochte es nicht besonders, Zimmer zu zeigen; manche Leute sehen nicht nur unter, sondern auch in die Betten. Also zeigte er Armiston das lauteste Zimmer im Haus: die Nummer Sieben, direkt über seinem Büro. Er sollte es nehmen oder lassen, Oliver war hocherfreut.

»Oh, da ist ja ein alter Freund von mir!« rief Oliver und hielt vor einer gerahmten Fotografie inne. »Der Baron. Das erinnert mich an die Zeiten im alten Grand Dominion. Oh, was machte er doch für Hammelkoteletts.«

»Das ist mein Vater«, erklärte Elam. Er schaute Oliver argwöhnisch an. Viele Leute behaupteten, mit seinem Vater, dem alten Gastronom, befreundet gewesen zu sein. »Mit was hat er seine Hammelkoteletts serviert?« fragte er verschlagen.

»Mit gesalzenen Walnüssen!« rief Oliver.

Elam streckte seine Hand aus. Er hatte einen zupackenden Händedruck.

Das Eis war gebrochen; es war bloß eine Sache der Glaubwürdigkeit; die gesalzenen Walnüsse sorgten dafür. Dieser Bursche würde seinen .45er nicht auf ihn anlegen, dachte Oliver. Er und Elam hatten einiges zu besprechen, das vielleicht zu etwas führen würde.

Die Gespräche übers Skilaufen im Gesellschaftsraum ebbten gegen Mitternacht ab, und die Skiläufer bahnten sich lautstark einen Weg ins Bett. Oliver setzte sich, um einen flüchtigen Blick in ein altes Exemplar von Sigismund Rüstig zu werfen, während Elam aufräumte. Nach einer Weile tauchte Elam mit einem Korb alter Speisekarten auf. Das war eine wahre Schatztruhe. Er und Oliver lasen voller Hunger die Geschichte jener Tage der Völlerei, wenn ein Mann erst einmal seinen Gürtel entfernte, bevor er den Kellner rief; als Schnepfen, Wachteln, Waldhühner, Schildkröten, Wildenten und Hammelkeule in der Fulton Street auf den Gast warteten.

Oliver holte seine Taschenflasche hervor, um ihren Erinnerungen die richtige Würze zu verleihen. Sie redeten von Fatty Bliss, Diamond Jim Brady, von Larry Jerome, Doctor Parkhurst und Brian G. Hughes. Schließlich offenbarte Elam das Geheimnis seiner Standuhr.

»Wir sagten den Kellnern nicht, was wir essen wollten«, erklärte Oliver. »Sie haben es uns gesagt, und wir haben es dann gegessen.«

»Unsere Gäste schauten sich über die Schwingtür das Essen der Kellner an, bevor sie hereinkamen«, sagte Elam.

»Was war Ihre erste Tätigkeit im Hotelgewerbe?«

»Zuerst war ich im A. T. Stewart's an der Kasse«, sagte Elam. »Nur die Söhne von Gentlemen brauchten sich zu bewerben. Dann wurde ich wegen meiner Handschrift ins Kassenbüro befördert.«

Er nahm einen Federhalter und schrieb schnell, in einer eleganten, altertümlichen Handschrift mit vielen Schnörkeln und Bögen.

»Meine erste Aufgabe war es, die Phantomgäste aufzuschreiben und ihnen Zimmer zuzuweisen«, sagte Elam.

»Phantomgäste?«

»Aber gewiß«, erklärte Elam. »Die Unterschriften auf den ersten drei oder vier Reihen sind immer getürkt. Zu dem Aberglauben im Hotelgewerbe gehört, den Tag niemals mit einem leeren Haus zu beginnen. Die erste Aufgabe, die mein Vater mir übertrug, lautete, diese falschen Namen aufzuschreiben. Ich will sie Ihnen zeigen.«

Das war ein Geschäftsgeheimnis, das so unantastbar war wie die Tricks eines Magiers. Aber es war schon Geisterstunde; die Phantomgäste würden bald ankommen, und außerdem kannte dieser Armiston den Baron und seine gesalzenen Walnüsse. Elam holte seinen Federhalter und Tinte; und dann schrieb er flink ungefähr ein Dutzend Unterschriften – keine zwei schienen von derselben Hand zu stammen.

Der erstaunte Armiston warf einen Blick auf die Namen:

Amos Corning
Horace Manton
J. H. Boles
Enid Wallins

Oliver klappte der Unterkiefer herunter. Er starrte sprachlos vor sich hin.

»Ich bin gut, nicht wahr?« rief Elam, der sehr erfreut über die Wirkung war, die seine Kunst auf seinen Zechkumpanen erzielte. »Unglaublich!« keuchte Oliver. »Enid Wallins.« Ihre Unterschrift mit ihrer typischen Eleganz und ihrer Anmut sprang ihm förmlich ins Gesicht. *Sie war ein Phantomgast*, eine Ausgeburt der Phantasie, ein Ausdruck des Aberglaubens. *Dann war es Mord.*

Der Raum war groß und luxuriös; die erlesenen Möbel waren in Gruppen arrangiert. Drucke mit Sportmotiven hingen an den Wänden; außerdem standen einige seltene Bronzestatuen da, darunter eine von Rodin. Andere, nicht so kostbare Statuen zeigten stolze Jäger und einen Mann mit einem Jagdhund. Alles erinnerte darüber hinaus irgendwie an Pferde, man konnte beinahe den Geruch von Ledersätteln spüren. Gregory Wallins saß tief in seinem Sessel; seine Morgenzeitung fiel ihm aus der Hand, die andere stieß gegen einen Drink, von dem er noch nichts getrunken hatte. So saß er schließlich etliche Minuten da. Balzac hatte in einer seiner Geschichten einen Künstler beschrieben, der die Fähigkeit besaß, einen leblosen Gegenstand so zu malen, daß alle Betrachter voller Erstaunen und Entsetzen ihre Augen darauf richteten. Dieser Maler hätte vielleicht auch diese fallende Zeitung malen können; keiner hätte diese Zeitung betrachten können, ohne eine düstere Vorahnung zu haben. Nach einiger Zeit schlug eine Uhr, die mit der Figur eines Jägers verziert war. Wallins erhob sich und lief den Korridor hinunter zum Zimmer seiner Frau, das er dann auch betrat. Sie saß ebenfalls neben einer Zeitung, die zu Boden gesunken war, und blickte nicht auf, als er in das Zimmer kam. Als er sich aber setzte, warf sie einen Blick auf seine Zeitung und dann auf ihn.

Unter der Überschrift *Greenwood* stand in der Klatschkolumne:

»Zu den ehrenwerten Gästen dieser Skisaison im Crossing House zählen in dieser Woche Trotter Mason, die Fosters, Enid Wallins, Foster Stone . . .«

Irgendein Geräusch von der Straße brach den Bann.

»Wo liegt Greenwood?« fragte sie und leckte sich über die Lippen.

»In den Bergen von Connecticut«, sagte er. »Oben an der Staatsgrenze.« Er trank sein Glas aus.

»Du trinkst jetzt besser nicht mehr soviel, nicht wahr?« riet sie ihm. Leise fragte sie ihn dann: »Hältst du es für möglich?«

Er schüttelte den Kopf. »Nein.«

»Du meinst, du bist dir nicht sicher? Denk nach!« rief sie. »Sei endlich einmal einer Sache sicher.«

»Dieser Erpresser, dieser Friedensrichter, weiß etwas«, murmelte er. »Vielleicht glaubt er, er kann mich aus der Reserve locken. Ich werde selber nach dem Rechten sehen müssen.«

»Was soll ich davon wissen?« fragte sie.

»Nichts«, entgegnete er und erhob sich. »Ich bin geschäftlich zur Küste gefahren.«

Fünf Minuten später saß er in seinem Wagen und fuhr in Richtung Norden. Zwei Männer folgten ihm.

Unten in der Centre Street telefonierte der stellvertretende Polizeichef Parr mit der Polizei von Greenwood. Das ganze Unternehmen würde außerhalb seines Bezirkes stattfinden und war eine Sache der dortigen Polizei. Parr würde nur die ›Gaststars‹ stellen: Pelts, einer von Parrs besten Leuten, spielte den Hotelpagen; Morel war der Oberkellner. Pin Point Annie, die Parr einmal aus einem Feuer gerettet hatte, als sie noch ein Zigarettengirl war, fungierte als Lockvogel.

»Du kommst nicht zu unserer kleinen Party?« fragte Parr Oliver. Armiston schüttelte den Kopf. Ihm gefielen Verbrechen lediglich auf eine abstrakte, akademische Art und Weise. Er hatte nichts dagegen, in einer Besprechung zu sitzen, mit seinem Stock zu spielen und diesen oder jenen Vorschlag zu machen – etwa, wie man einen stummen Geist in die Arme seines Mörders zurücktrieb. Aber bei der Jagd dabei zu sein, zu sehen, wie die Falle zuschnappte – das war nicht angenehm.

Als Gregory Wallins sich als ›Lou Fetty‹ eintrug, sagte Elam: »Front! Zeige diesem Gentleman das Zimmer sechs.«

Wallins hatte sich hervorragend unter Kontrolle. Er ging das Register durch und blätterte die Seiten um: »Enid Wallins.« Da stand ihr Name. Er wußte nicht einmal mehr, ob er ihre Handschrift je gesehen hatte. Aber da stand der Name. Er klappte das Buch zu und wandte sich um. Der Alkohol, den er getrunken hatte, gab ihm Mut.

»Sie Idiot!« rief Elam aufgebracht. »Was haben Sie da getan?«

»Was habe ich denn getan?« Wallins grinste ihn betrunken an.

»Sie haben das Buch zugeklappt.«

»Ja und?«

»Das bedeutet, daß in diesem Haus jemand sterben wird!« rief Elam voller Angst. Er hatte gewußt, daß es passieren würde; selbst jetzt, da das Haus voller Polizisten war und er sich zusammenreißen sollte, erbleichte er vor Zorn. Grinsend ging Wallins davon.

»Wer wohnt neben meinem Zimmer?« fragte Wallins, als Pelts, der Page, die Reisetasche öffnete, um die Sachen einzuräumen. Pelts ging zu ihm hinüber und flüsterte: »Eine tolle Frau! Große Augen, ein bleiches Gesicht und dunkles, bläuliches Haar. Zu fein, um zu den Mahlzeiten in den Salon zu kommen.«

»Wie heißt die Dame?«

»Ich werde es herausfinden, Sir.«

»Wohnt noch jemand auf dem Gang?«

»Nein, Sir. Er liegt ein wenig abseits von den anderen Zimmern des Hauses.«

»Du kannst mir mein Abendessen aufs Zimmer bringen«, sagte Gregory. »Und hole mir etwas zu trinken.« Er gab Pelts eine Zehndollarnote; das gehörte zu seinen größten Lastern, wie verächtlich und protzig er Untergebene behandelte.

Pelts hängte die Sachen aus Wallins' Taschen in den Schrank und tastete sie nach Waffen und Patronen ab. Er fand zunächst nichts. Im Wintermantel aber steckte eine .25er mit einem Schalldämpfer. Geschickt klappte er die Trommel heraus und ließ sie mitsamt den Patronen verschwinden. Er ging hinaus und begab sich zu der Vorratskammer, wo ihn Pin Point Annie mit großen Augen anschaute.

»Die sind für dich, Schwester«, sagte Pelts und reichte ihr die Patronen. »Da steht dein Name drauf.«

Als er das Abendessen und etwas Alkoholisches auf das Zimmer brachte, arrangierte er zunächst die Dinge auf dem Tisch, dann rückte er Gregorys Stuhl zurecht und reichte ihm die Serviette.

»Die Dame heißt Enid Wallins, Sir«, flüsterte er. »Sie kommt aus China. Ich glaube, sie trägt irgendwelche chinesischen Klunker als Schmuck, Sir.«

Gregory Wallins schauderte.

»Hier ist es ja so kalt wie in einem Eisschrank«, knurrte er. »Sorg für mehr Wärme und laß mich dann allein.« Pelts drehte den Heizkörper auf. Verstohlen schob er nun die Trommel, die jetzt mit Platzpatronen versehen war, in den Revolver zurück.

Die Illusion war perfekt. Wie Oliver schon gesagt hatte, als er den Strumpf, das Taschentuch und den Handschuh betrachtete, man brauchte nur etwas Konkretes, um einen Verstand, der dazu neigte, sich Dinge einzubilden, ein gewisses Bild zu suggerieren. Eine Frau, die chinesische Klunker als Schmuck trug!

Bis dahin hatte die Sache auf des Messers Schneide gestanden. Die Unterschrift war das größte Problem gewesen – Parr hatte sein Augenmerk vor allem darauf gerichtet. Ein Dutzend Augen hatten Gregory heimlich dabei beobachtet, wie er sich die Unterschrift in dem Register anschaute. Schließlich aber hatten Parr und seine Leute gewonnen.

»Nun gut«, sagte Pin Point Annie, als man ihr die letzten Hinweise gab.

Sie kroch in Enids Bett, zog die Bettdecke ganz hoch und lag da und wartete. Der Mond stand hoch am Himmel und warf tiefe Schatten. Unten im Salon ließ der Trubel der Skiläufer allmählich nach; Schritte waren auf der Treppe zu hören, eines nach dem anderen erloschen die Lichter; das Haus schlief. Es war zwei Uhr in der Nacht, als ein erstickter Schrei wie aus dem Nichts drang, dann eine flehende Stimme: »Gregory! Nein, nein!«

Dann war ein leises Geräusch zu hören, das klang, als habe jemand mit einem Stock in den tiefen Schnee geschlagen.

In diesem Moment stürzten Morel, der Oberkellner, und Pelts, der Page, herein.

Gregory Wallins starrte immer noch auf die Gestalt im Bett. Er wankte betrunken hin und her wie er da im Mondlicht stand. Die beiden Männer fesselten ihn geschickt. Elam kam mit zerzausten Haaren herein, als sie den taumelnden Gregory durch die Halle führten.

»Was zum Teufel geht hier vor?« rief er heiser und hielt sich damit genau an seine Anweisungen.

»Hat er sie erwischt? Gehen Sie und schauen Sie nach«, wies Morel ihn ruhig an.

Aus dem Zimmer drang Elams Stimme: »Ja, ich ... ich fürchte, er hat sie erwischt.«

»Ruf die Polizei«, sagte Morel. Schwere Schritte stolperten die Treppe hinunter. Pin Point Annie setzte sich auf, gähnte und streckte sich. Sie schob die Decke beiseite und zog die kugelsichere Weste aus. »Die hatte ich nur für den Fall eines Falles«, sagte sie zu sich selbst.

»Ich schätze, jeder Mensch spricht sich in seinem Herzen für das frei, was er getan hat«, sagte der stellvertretende Polizeichef Parr und setzte sich in seinen Lieblingssessel neben Olivers Schreibtisch.

»Ist das auch bei Gregory Wallins so?«

»Aber ganz genauso«, erwiderte Parr. »Das Erstaunliche ist, daß dieser Nichtsnutz sich zum ersten Mal in seinem Leben wirklich verliebt hat – in diese gertenschlanke Blondine. Sie stammt aus Rußland. Er ist ihr auf seine Art treu gewesen. Aber als er in Shanghai war, hat ihn diese andere Frau, diese ›Amerikanerin‹, angefleht, ihn zurück mit in die Staaten zu nehmen. Das hat er dann getan. Aber als er ihr dann ›Goodbye‹ sagen wollte, erwiderte sie: ›O nein! Ich bin entehrt.‹ Er hielt das für eine gewöhnliche Epressung und bot ihr Geld an. Sie aber sagte: ›Nein! Heirate mich!‹ Er stand aber kurz davor, die andere Frau zu heiraten.«

Parr schaute auf und spreizte die Hände.

»Nun, er hat dieses ›amerikanische Mädchen‹ geheiratet«, sagte er grimmig. »Er lockte sie mit einem Ammenmärchen wieder in den Wald zum Schuppen, den der Friedensrichter billig an Jungvermählte vermietete. Dann ertränkte er sie im Beaverkill-Fluß, oder zumindest glaubte er, sie ertränkt zu haben. Dann fuhr er mit seiner anderen Braut in die Flitterwochen.«

»Warte einen Moment, Parr«, erklärte Oliver. »Du sagst, er hat geglaubt, sie ertränkt zu haben. Wußte er nicht genau, ob er Erfolg gehabt hatte?«

Parr schüttelte den Kopf. »Nein«, entgegnete er, »er glaubt noch immer, daß sie irgendwie aus dem Wasser gelangt und dann geflohen ist.«

»Was hast du dann gegen ihn in der Hand?« rief Oliver. »Du hast kein corpus delicti für das Verbrechen von damals. Oder hast du vor, ihn wegen versuchtem Mord an der getürkten Szene in diesem Hotel anzuklagen?«

»Wir haben sein von ihm unterschriebenes Geständnis«, sagte der stellvertretende Polizeichef voller Zufriedenheit. »Und wir haben die Leiche finden können.«

»Wie bitte?«

»Die dortige Polizei rückte mit der Geschichte von einer Frau heraus, die genau zu der Zeit damals ertrunken ist«, erklärte Parr lächelnd. »Sie haben Fotos gemacht. Und die Frau hatte ein gebrochenes Schlüsselbein!«

Oliver starrte ihn erstaunt an. Dann war die Sache mit dem gebrochenen Schlüsselbein doch keine Lüge gewesen.

»Es war nur dieses kleine ›Wenn‹, das ein perfektes Verbrechen verhindert hat, von dem ihr Kriminologen in euren Salons doch so gerne redet«, sagte Parr. »Denn es gibt immer ein ›Wenn‹. Wenn sie sich nicht das Schlüsselbein gebrochen hätte; wenn Gregory dem Friedensrichter nicht hundert Dollar gegeben hätte, statt mit einer Zweidollarnote zu zahlen; wenn die Jungs vom Bezirksstaatsanwalt mit Elam nicht zu rauh umgegangen und ihn wütend gemacht hätten . . .« Parr hielt inne und schaute Oliver an. »Warte nur, bis der arme Teufel aufwacht und entdeckt, daß sein Verbrechen wirklich perfekt war – wenn er nur vernünftig genug gewesen wäre, alles auf sich beruhen zu lassen.«

Deutsch von Reinhard Rohn

So einfach wie das Abc

Ellery Queen

Diese Story ist für eine Ellery-Queen-Kurzgeschichte schon ein sehr ›altes Semester‹. Die Geschichte spielte sich in Ellerys unbekümmerten Jugendzeiten ab, als er mit seinen detektivischen Gaben noch recht verschwenderisch umging, und als ein rothaariges Mädchen namens Nikki Porter sich erst seit kurzer Zeit als seine Sekretärin verdingte. Aber diese Geschichte ist längst noch nicht schal und abgestanden; sie hat noch immer ein frisches, kräftiges Aroma. In Amerika gibt es Gourmets, die bei jedem Rezept, das aus den Jahren 1861–1865 stammt, genüßlich mit der Zunge schnalzen. Diesen Menschen läuft schon bei der bloßen Erwähnung gewisser Zutaten das Wasser im Mund zusammen, zum Beispiel Bloody Angel, Minié balls, Little Mac, *Tenting Tonight*, General Grants Lieblings-Whiskeymarke oder Father Abraham. Diese Leute sind diejenigen, für die der Bürgerkrieg der ›große Krieg‹ gewesen ist. Es sind Romantiker, wenn man so will; Menschen, die die Geschichte würzen und garnieren. In ihren Träumen stehen sie am nächtlichen Potomac einsam auf Posten, hören das Donnern explodierender Munitionszüge, das Prasseln des Lagerfeuers, die Schreie und das wilde Gebrüll auf dem Schlachtfeld. Sie gehen des Nachts durchs Lager, durch den feuchten Schlamm, und beugen sich im Licht der Laternen, die in den Zelten der Feldärzte hängen, voller Mitleid über die Verwundeten. Diese Leute sorgen dafür, daß die Flaggen weiter flattern und das Efeu auf den Gräbern der Veteranen immer grün bleibt.

Ellery ist einer dieser Männer, und deshalb widmete er sich mit besonderer Leidenschaft einem Fall in Jacksburg, Pennsylvania, in dem drei Veteranen aus dem Bürgerkrieg im Mittelpunkt standen.

Es kommt oft vor, daß Menschen unbeabsichtigt auf die interessantesten Dinge stoßen, und unbeabsichtigt kamen Ellery und Nikki nach Jacksburg. Es war Ende Mai. Ellery hatte in der Kongreßbibliothek in Washington Nachforschungen angestellt, und nun waren er und Nikki in Ellerys Wagen auf der Rückfahrt nach New York. Vielleicht hatte der Anblick des Potomac, oder der Gedanke an Arlington oder an das Lincoln-Denkmal Ellerys Entscheidung beeinflußt, einen Umweg über Gettysburg zu machen, wo eine der größten Schlachten des Krieges stattgefunden hatte. Außerdem war Nikki noch nie dort gewesen, und sie interessierte sich brennend dafür.

Die beiden überquerten also die Grenze zwischen Maryland und Pennsylvania und verbrachten ungezählte Stunden mit Wanderungen über den Culp's Hill, Seminary Ridge, Little Round Top und Spangler's Spring. Als sie schließlich weiterreisten, waren Ellery und Nikki so ergriffen, daß sie sich weder der Zeit noch des Ortes bewußt waren, oder der dunklen Wolken, die am Himmel aufzogen, und auch nicht der Richtung, in welche die Schnauze von Ellerys offener Luxuskarosse wies. Daher wurden sie bald unsanft vom Wecker der Natur aus ihrem Schlummer gerissen, als der Himmel seine Schleusen öffnete und Ellery und Nikki bis auf die Haut durchnäßt wurden. Hinter ihnen, am Horizont, schien in Gettysburg, im grellen Licht der Blitze, wieder solch eine Schlacht zu toben wie im Jahrhundert zuvor. Ellery hielt und zog das Verdeck über das große Cabrio, doch seine Stimmung sank auf den Nullpunkt, als der Motor streikte, weil offensichtlich die Zündung naß geworden war. Nun saßen sie irgendwo in der Einsamkeit fest, und Nikki beklagte sich:

»In den nassen Sachen können wir nicht weiterfahren, Ellery!«

»Demnach wäre die andere Alternative, in den nassen Sachen hier stecken zu bleiben. Nein. Ich werde die Kiste schon wieder zum Laufen bringen ...« Doch in diesem Augenblick schimmerten durch Regen, Dunst und Dunkelheit die Lichter eines Hauses, das sich ein Stück die Straße hinauf befand, und Ellerys Stimmung hob sich schlagartig.

»Immerhin werden wir erfahren, wo wir jetzt sind und wie weit es bis dorthin ist, wo wir jetzt sein *wollten.* Vielleicht gibt's da oben sogar eine Autowerkstatt.«

Es war ein kleines weißes Haus, das durch einen kleinen, von Kletterrosen bewachsenen Zaun von einer kleinen schlammigen

Straße getrennt wurde. Der Mann, der den beiden triefnassen Wanderern die Tür öffnete, war ebenfalls klein und wettergegerbt, und er besaß ein Gesicht, so zerfurcht wie die Landschaft Pennsylvaniens. Er lächelte gastfreundlich, doch sein Lächeln wurde besorgt, als er sah, wie naß die Besucher waren.

»Ein Nein lasse ich nicht als Antwort gelten«, sagte er mit bemerkenswert tiefer Stimme. »Das ist eine ärztliche Anweisung meinerseits ... obwohl ich vermute, daß Sie mein Schild gar nicht gesehen haben – ist nämlich größtenteils von Efeu überwachsen. Haben Sie Sachen zum Wechseln?«

»Oh, ja!« sagte Nikki beinahe unterwürfig.

Ellery zögerte. Schließlich war er ein Mann. Das Haus sah gepflegt und sauber aus; vor ihm brannte ein verlockendes Feuer im Kamin, und hinter ihm prasselte der kalte Regen auf den Schlamm. »Na ja, vielen Dank ... aber wenn wir nur mal Ihr Telefon benützen dürften, um eine Autowerkstatt anzurufen ...«

»Geben Sie mir einfach die Schlüssel zum Kofferraum.«

»Aber wir können Ihr Haus doch nicht in einen Gasthof verwandeln ...«

»Es ist immer dann ein Gasthof, wenn der liebe Gott Wanderer hierher schickt. Außerdem werden Sturm und Regen die ganze Nacht anhalten, und die Straßen in der Gegend werden schlammig und unbefahrbar.« Der alte Mann zwängte sich in einen Regenmantel und zog sich Gummistiefel an. »Ich werde Lew Bagley von der Autowerkstatt Bescheid sagen, daß er Ihren Wagen abschleppt. Aber jetzt geben Sie mir erst einmal den Kofferraumschlüssel.«

Und so kam es, daß sie eine Stunde später, während draußen das Unwetter tobte, gemütlich im kleinen Wohnzimmer saßen, die Bäuche gefüllt mit Dr. Martin Strongs selbstgekochtem Schweinefleisch mit Kartoffeln, dem hausgemachten Mohnkuchen und Kaffee. Der Doktor lebte allein und kochte selbst. Er war außerdem, erklärte er mit einem Kichern, Bürgermeister und Polizeichef der Kleinstadt Jacksburg.

»Viele Einwohner Jacksburgs haben zwei und mehr Berufe. Bill Yoder, dem das Eisenwarengeschäft gehört, ist unser Bestattungsunternehmer, Lew Bagley von der Autowerkstatt ist Chef der Freiwilligen Feuerwehr, Ed McShane ...«

»Mögen Sie noch so viele Berufe haben, Dr. Strong«, sagte Ellery, »ich werde Sie vor allem als Guten Samariter in Erinnerung behalten.«

»Halleluja«, sagte Nikki.

»Sagen Sie einfach Doc zu mir«, erwiderte ihr Gastgeber. »Na ja, was mich betrifft, Mr. Queen, ich bin eigentlich nur aus Eigennutz Bürgermeister und Polizeichef. Wir Jacksburger wohnen weit vom Schuß. Man ist schon dankbar, wenn mal ein neues Gesicht auftaucht. Die fünfhundertvierunddreißig Gesichter in Jacksburg kenne ich in- und auswendig.«

»In Ihrer Funktion als Polizeichef haben Sie nicht sehr viel zu tun, nehme ich an«, sagte Ellery.

Doc Strong lachte. »Gar nichts. Im vergangenen Jahr allerdings . . .« Er runzelte die Stirn und stand auf, um das Kaminfeuer neu anzufachen. »Was sagten Sie vorhin, Miss Porter? Mr. Queen ist eine Art Detektiv?«

»Eine *Art* Detektiv?« erwiderte Nikki. »Mein lieber Doc, er hat Fälle gelöst, die einfach unglaublich . . .«

»Mein Vater ist Inspektor bei der New Yorker Polizei«, unterbrach Ellery sie und quittierte den Enthusiasmus seiner neuen Sekretärin mit einem strafenden Blick. »Ich stecke nur hin und wieder meine Nase in einen Fall. Was ist denn letztes Jahr geschehen, Doc?«

»Ich habe mich deshalb daran erinnert«, erwiderte der Bürgermeister von Jacksburg nachdenklich, »weil Sie gesagt haben, daß Sie heute in Gettysburg gewesen sind. Und daß Sie sich außerdem für Kriminalfälle interessieren . . .« Er hielt inne; dann sagte er abrupt: »Ich bin ein Dummkopf, aber ich mache mir Sorgen.«

»Worüber denn?«

»Tja . . . morgen ist Memorial Day, und zum erstenmal im Leben freue ich mich nicht darauf. Dabei wird gerade in Jacksburg viel Aufhebens um den Memorial Day gemacht. Nicht jedes Dorf kann mit Stolz von sich behaupten, noch drei Veteranen des Bürgerkrieges zu seinen Einwohnern zählen zu dürfen.«

»Drei!« rief Nikki. »Das läßt darauf schließen, wieviel man hier in Jacksburg als Arzt zu tun hat – oder eben nicht, was?«

Doc Strong lächelte. »Aber ich hätte wohl besser sagen sollen, daß in Jacksburg drei Veteranen gewohnt *hatten*. Da war zum einen Caleb Atwell, siebenundneunzig Jahre alt, von der Familie Atwell ... in der Gegend hier gibt's Dutzende von Atwells, müssen Sie wissen. Dann Zach Bigelow, fünfundneunzig; er wohnt bei seinem Enkel Andy und dessen Frau und den sieben Kindern. Und schließlich Abner Chase, vierundneunzig, Cissy Chases Urgroßpapa. Aber morgen können nur noch zwei von den dreien mitfeiern. Caleb Atwell ist letztes Jahr am Memorial Day gestorben.«

»A, B, C«, murmelte Ellery.

»Bitte?«

»Manchmal denke ich wie ein Buchhalter, Doc. Atwell, Bigelow und Chase. A, B, C. Ist mir sofort aufgefallen. Man könnte es als die Gabe der blitzartigen Systematisierung bezeichnen. A ist letztes Jahr am Memorial Day gestorben. Ist das der Grund für Ihre Sorgen, was den morgigen Feiertag betrifft? B folgt auf A? So was in der Art?«

»B folgt immer auf A«, sagte Doc Strong ein bißchen unwirsch. »Obwohl ... ich fürchte, eben *nicht* immer. Ach, wenn es doch so einfach wäre! Vielleicht sollte ich Ihnen erzählen, wie Caleb Atwell gestorben ist ... Jedes Jahr waren Caleb, Zach und Abner so was wie die Stars auf unserer Gedenkfeier zum Memorial Day, die unten am Kriegerdenkmal auf dem alten Soldatenfriedhof an der Hookerstone Road abgehalten wird. Der älteste der drei ...«

»Das ist ... war A. Caleb Atwell.«

»Ganz recht. Als Ältester hatte Caleb immer das Vorrecht, den Zapfenstreich auf einem mittlerweile ziemlich ramponierten Signalhorn zu blasen, das sie von ihrem ehemaligen Freiwilligenregiment mitgebracht haben. Zach Bigelow, als Zweitältester, war immer der Standartenträger, und Ab Chase, der Junior, hatte jedes Jahr den Kranz ans Kriegerdenkmal gelegt.

Tja, am Memorial Day im letzten Jahr war Caleb also gerade dabei, den Zapfenstreich zu blasen, und Zach Bigelow stand mit seiner Standarte in den Regimentsfarben da, und Ab Chase mit dem Kranz. Wie seit zwanzig Jahren an jedem Nachmittag des Memorial Day. Und dann, ganz plötzlich, mitten in einem hohen Ton, bricht Caleb zusammen und gibt den Löffel ab. Ist so tot wie eine Kirche am Montag.«

»Er hatte sich gewiß überanstrengt«, sagte Nikki mitfühlend. »Aber was für ein romantischer Tod für einen Veteranen des Bürgerkrieges.«

Doc Strong betrachtete sie mit einem seltsamen Blick. »Kann sein«, sagte er. »Falls Sie diese Art Romantik mögen.« Er stocherte im Kamin, daß die Funken stoben.

»Aber was Calebs Tod betrifft«, sagte Ellery mit einem Lächeln, denn damals war er noch jung, »waren Sie doch bestimmt nicht mißtrauisch. Schließlich war er siebenundneunzig Jahre alt, und da kann man ja mit so etwas rechnen.«

»Ich war trotzdem mißtrauisch«, erwiderte der Gastgeber. »Ich hatte Caleb nämlich tags zuvor gründlich untersucht, und für sein Alter war er kerngesund. Ich hätte mein ärztliches Diplom darauf verwettet, daß Caleb leicht und locker über hundert Jahre alt wird. Der gesündeste alte Knacker, der mir je über den Weg gelaufen ist. Alter Knacker! Mein Gott, wie rede ich über den Toten, diesen ehrenhaften Soldaten. Caleb hatte bei der Schlacht am Second Bull Run ein Auge verloren . . . Ich weiß. Ich werde alt und sentimental. Jedenfalls sag' ich mir das immer wieder.«

»Was für einen Verdacht hatten Sie denn, Doc?« Ellery verbot sich jetzt zu lächeln, aber nur wegen Dr. Strongs offensichtlichem Unbehagen.

»Das wußte ich selbst nicht«, sagte der Landarzt kurz angebunden. »Bin mit dem Antrag, eine Autopsie vornehmen zu dürfen, von Atwell zu Atwell gelaufen, aber die Familie wollte nichts davon wissen. Haben mich als Esel bezeichnet, als Schande für meinen Berufsstand, weil ich einen siebenundneunzig Jahre alten Mann aufschnippeln wolle, der sowieso an Altersschwäche gestorben sei. Und dann habe ich festgestellt, daß ich im Grunde genommen das gleiche dachte. Mit dem Ergebnis, daß wir Caleb unversehrt und in einem Stück beerdigt haben.«

»Ich bitte Sie, Doc. In diesem Alter kann es jeden erwischen, und das wissen Sie. Also gab es einen anderen Grund für Ihr Mißtrauen. War es irgendein Motiv, von dem Sie wußten?«

»Na ja . . . vielleicht.«

»Dann war Mr. Atwell gewiß ein reicher Mann?« mutmaßte Nikki.

»Er hat immer gesagt, außer seinem Stolz, ein Veteran zu sein, besäße er gar nichts«, erwiderte Doc Strong. »Aber andererseits gab es jemanden, der nur darauf wartete, daß Caleb das Zeitliche segnete, weil er von Calebs Tod profitierte ... Falls die verrückte alte Geschichte tatsächlich stimmen sollte ... Wissen Sie, es gibt in Jacksburg so was wie eine Legende über die drei alten Knaben, Mr. Queen. Ich habe die Geschichte zum erstenmal gehört, als ich noch ein kleiner Junge war. Die Leute haben sich damals erzählt – und sie erzählen es sich noch heute –, daß Caleb, Zach und Ab im Jahre '65, als sie zur gleichen Kompanie gehörten, eine Art Schatz gefunden hätten.«

»Schatz ...« Nikki fing an zu hüsteln.

»Schatz«, wiederholte Doc Strong beharrlich. »Die drei haben ihn damals hierher nach Jacksburg gebracht und versteckt, erzählt man sich. Und dann haben sie sich geschworen, niemals jemandem zu verraten, wo sie diesen Schatz vergraben hatten. Natürlich gibt es jede Menge ähnlicher Geschichten aus dem Krieg –« er starrte Nikki mit gestrengem Blick an –, »und die meisten Leute fangen entweder an zu hüsteln oder werden hysterisch, wenn sie so was zu hören bekommen. Aber an der Geschichte von Caleb, Zach und Ab ist irgend etwas dran ... irgendwas, an das ich immer schon geglaubt habe. Aber ich werde erst dann freier atmen können, wenn die Zeremonie morgen vorbei ist und Zach Bigelow das Signalhorn, das er nach dem Tod des alten Caleb bekommen hat, bis zum nächsten Jahr wieder weglegt. Als ältester Überlebender bläst Zach morgen den Zapfenstreich.«

»Die drei Alten haben den Schatz vergraben und seit damals kein Wort darüber verloren, wo das Versteck ist?« Ellery lächelte wieder. »Wenn man bedenkt, daß es sich um einen Schatz handelt, erscheint mir das unvorstellbar, Doc. Man kann sich ein solches Verhalten eigentlich nur dadurch erklären, daß es gar keinen Schatz gibt.«

»Man erzählt sich«, murmelte Jackburgs Bürgermeister, »daß sie einen Eid geschworen haben ...«

»Daß keiner den Schatz anrührt, bis nur noch einer von ihnen am Leben ist«, sagte Ellery und lachte hellauf. »Eine typische Der-letzte-Überlebende-kriegt-alles-Geschichte. So ist es doch bei den meisten dieser Märchen, Doc.« Ellery erhob sich und gähnte. »Ich habe das Federbett im zweiten Gästezimmer schon rufen hören. Nikki, du nimmst das erste. Geh auch zu Bett; deine Augen hängen ja schon bis auf den Boden. Und Ihnen, Doc, möchte ich den Rat geben, auch nicht mehr lange aufzubleiben. Sie haben keinen Grund, sich den Kopf zu zerbrechen. Allenfalls darüber, wie Sie die Kinder ruhig halten, wenn Sie morgen den flammenden Aufruf Präsident Lincolns vor der Schlacht von Gettysburg vorlesen.«

Wie sich herausstellte, spielte die Nacht eine überaus wichtige Rolle bei den Vorbereitungen Doc Martin Strongs auf seine bürgermeisterlichen Pflichten am Memorial Day. Ellery und Nikki erwachten, machten sich frisch, zogen sich an und gingen mit strahlenden Augen und in leicht zerknitterter Kleidung die Treppe hinunter – nur um feststellen zu müssen, daß der Bürgermeister von Jacksburg bereits in der Küche hantierte.

»Morgen, Morgen«, sagte Doc Strong freundlich, aber geistesabwesend. »Ich machte Ihnen noch schnell was zum Frühstück, bevor ich mich ein Stündchen aufs Ohr lege.«

»Sehr freundlich von Ihnen«, sagte Nikki. »Aber es ist zu schade, daß Sie nicht mit uns frühstücken. Haben Sie letzte Nacht schlecht geschlafen?«

»Ich habe überhaupt nicht geschlafen. Hab' mich im Bett hin und her gewälzt, und als ich gerade eingenickt war, klingelte das Telefon, und Cissy Chase ruft an. Ein ärztlicher Notfall.«

»Cissy Chase?« Ellery blickte ihren Gastgeber an. »Haben Sie diesen Namen nicht gestern abend erwähnt . . .?«

»Stimmt, Mr. Queen. Sie ist Old Abner Chases Urenkelin. Cissy ist Waisenkind und die letzte Verwandte vom alten Ab. Sie macht ihm die Wohnung und kocht ihm das Essen, seit sie zehn Jahre alt war. Nun aber . . .« Doc Strongs Schultern sackten herab.

Ellery sagte schuldbewußt: »Dann war es Old Abner, der . . .?«

»Ich war die ganze Nacht bei Old Abner. Heute morgen um halb acht ist er von uns gegangen.«

»Am Memorial Day!« Nikkis Stimme hörte sich wie die eines kleinen Mädchens an, das zum erstenmal mit irgendwelchen unerfreulichen Tatsachen des Erwachsenenlebens konfrontiert wird.

Stille breitete sich aus; das einzige Geräusch war das Brutzeln von Doc Strongs Speck in der Pfanne.

Schließlich fragte Ellery: »Woran ist Abner Chase denn gestorben?«

»Apoplexie.«

»Ein Schlaganfall?«

Doc Strong blickte Ellery an. Er schien zornig zu sein, doch dann schüttelte er den Kopf und sagte: »Ich bin zwar kein Arzt von der Majo-Klinik, Mr. Queen, und ich nehme an, es gibt vieles auf dem Gebiet der Medizin, das ich niemals erlernen werde, aber ich kann durchaus einen Gehirnschlag erkennen, wenn ich einen zu sehen kriege, und bei Ab Chase habe ich einen gesehen. Ein Mann von vierundneunzig Jahren ist dem natürlichen Tod so nahe gekommen, daß man jeden Moment und immer damit rechnen muß, abberufen zu werden. Nein, bei Old Ab sind die Umstände des Todes eindeutig.«

»Außer«, murmelte Ellery, »daß es – wieder – am Memorial Day passiert ist.«

»Der Mensch ist ein seltsames Lebewesen. Wirft man ihm Lügen vor, verschlingt er sie bis zum letzten Rest. Erzählt man ihm die Wahrheit, würgt er daran herum. Vielleicht wird der Allmächtige seines undankbaren Jobs alle paar tausend Jahre müde und erlaubt sich einen kleinen Scherz zur Aufmunterung.« Doc Strong blickte zwar Ellery an, hatte aber mehr zu sich selbst gesprochen.

»Möchten Sie die Eier auf eine bestimmte Weise zubereitet haben?« fragte er.

»Überlassen Sie die Eier mir, Doc«, sagte Nikki. »Gehen Sie lieber nach oben und machen Sie Ihr Nickerchen.«

»Wird wohl das beste sein ... wenn ich an die vielen ehrenvollen Aufgaben denke, die heute, wie in jedem Jahr, vor mir liegen«, sagte der Bürgermeister von Jacksburg mit einem Seufzer. »Zumal die Feierlichkeiten diesmal viel ernster sein werden als sonst, jetzt, wo Ab Chase tot ist. Bill Yoder hat gesagt, daß er einem alten Mann seinen Respekt erweisen und ihn heute würdevoll bestatten wird. ›Ich werde Ab nicht einfach verscharren‹, hat er gesagt ... obwohl es für Ab ja letztendlich aufs gleiche herauskommt. Aber Bill Yoder hat recht. Würden wir Ab Chases Beerdigung zwischen die vielen Feierlichkeiten am heutigen Tag quetschen, dann wäre es sogar für Abs unsterbliche Seele nicht einfach, den Überblick zu behalten. Übrigens, Mr. Queen, ich habe heute morgen auch mit Lew Baley gesprochen. Ihr Wagen ist in einer Stunde fertig. Ein Sonderservice, weil Sie Gast des Bürgermeisters sind.« Doc Strong kicherte. »Wann wollten Sie eigentlich abreisen?«

»Ich *hatte* die Absicht . . .« Ellery hielt stirnrunzelnd inne. Nikki musterte ihn mit vorwurfsvoll-ängstlichem Blick. Sie hatte bereits gelernt, gewisse plötzliche Veränderungen der Queen-Physiognomie richtig zu deuten. »Ich frage mich«, murmelte Ellery, »wie Zach Bigelow die Nachricht aufnehmen wird.«

»Er kennt sie bereits, Mr. Queen. Ich habe auf dem Nachhauseweg kurz bei den Bigelows hereingeschaut. War zwar ein ziemlicher Umweg, aber ich hielt es für besser, Zach schnellstmöglich zu benachrichtigen.«

»Der arme alte Mann«, sagte Nikki. »Wie mag es wohl sein, wenn man erfährt, daß man der letzte Überlebende ist?« Sie schlug ein Ei in die Pfanne.

»Ich kann nicht behaupten, daß Zach tief betroffen war«, sagte Doc Strong. »Ich kann mich nur erinnern, daß er gesagt hat: ›Teufel noch mal, wer soll denn jetzt den Kranz ans Grab legen, wo ich das Signalhorn kriege?‹ Na ja, Zach ist fünfundneunzig. In diesem Alter bedeutet einem der Tod wohl nicht mehr soviel wie einem jungen Hüpfer von dreiundsechzig, wie ich einer bin. Um wieviel Uhr, sagten Sie, möchten Sie abreisen, Mr. Queen?«

»Nikki«, murmelte Ellery, »haben wir irgendeinen Grund zur Eile?«

»Nicht, daß ich wüßte.«

»Ich auch nicht. Außerdem wäre es nicht patriotisch. Was meinen Sie, Doc? Ob es die Einwohner von Jacksburg wohl stört, wenn ein fremdes Yankee-Pärchen aus New York sich selbst zu den Feierlichkeiten aus Anlaß des Memorial Day einlädt?«

Das Einkaufsviertel von Jacksburg bestand aus einem gepflasterten Stück Straße, das am einen Ende bis zum blinden Auge eines defekten Verkehrsschilds und am anderen Ende bis zu den zwei Zapfsäulen vor Lew Bagleys Autowerkstatt und Tankstelle reichte. Dazwischen befanden sich ein paar Läden, deren Fassaden dringend einen neuen Anstrich brauchten; sie dösten in der Sonne träge vor sich hin und genossen den freien Tag. Rote, weiße und blaue Girlanden waren kreuz und quer über die Durchgangsstraße gespannt worden, und ein paar schäbige Wohnhäuser, von deren Giebeln schlaff die amerikanische Flagge hing, markierten beiderseits der Straße den Ortsausgang.

Ellery und Nikki fanden das Haus der Chases genau dort, wo es sich nach Doc Strongs Angaben befinden mußte – hinter Bagleys Autowerkstatt gleich um die Ecke, zwischen der efeubewachsenen Kirche und dem Spritzenhaus der Freiwilligen Feuerwehr von Jacksburg. Doch die Wegbeschreibungen des Bürgermeisters waren eigentlich überflüssig gewesen, denn die Veranda vor dem Chase-Hause war die einzige, auf der sich Menschen tummelten.

Ein untersetztes, breitschultriges Mädchen in einem schwarzen Sonntagskleid saß in einem Schaukelstuhl inmitten der Versammelten. Ihre Nase war so rot wie ihre großen Hände, und sie versuchte, die Beileidsbekundungen und die tröstenden Worte, die von allen Seiten auf sie hereinprasselten, lächelnd zu beantworten.

»Danke, Miss Plum... Das stimmt, Mr. Schmidt, ich weiß... aber Opa war ein so zäher alter Knochen, Emerson, daß ich's immer noch nicht fassen kann...«

»Miss Cissy Chase?«

Hätte ein Spion der konföderierten Armee diese Worte gesagt – die Stille hätte nicht plötzlicher und tiefer sein können. Jacksburgs Augen musterten Ellery und Nikki mit kalter, abweisender Neugier.

»Mein Name ist Queen, und die junge Dame hier ist Miss Porter. Wir nehmen als Gäste von Bürgermeister Strong an den Feierlichkeiten zum Memorial Day teil...« – erstauntes Gemurmel breitete sich auf der Veranda aus – »... und er hat uns gesagt, wir sollen hier auf ihn warten. Mein Beileid zum Ableben Ihres Urgroßvaters, Miss Chase.«

»Sie müssen sehr stolz auf ihn gewesen sein«, sagte Nikki.

»Danke. Ja, das war ich. Es kam alles so plötzlich ... Möchten Sie sich nicht setzen? Oder nein, ja ... kommen Sie ins Haus. Mein Urgroßvater ist nicht da ... ich meine, er liegt schon drüben bei Bill Yoder ...«

Das Mädchen war sichtlich durcheinander und fing an zu weinen, und Nikki nahm sie beim Arm und führte sie ins Haus. Ellery blieb noch einen Moment auf der Veranda und wechselte ein paar der Situation angemessene Worte mit den Nachbarn, die zwar immer noch neugierig waren, aber nicht mehr abweisend; dann folgte er den beiden jungen Frauen ins Haus. Es war ein tristes kleines Haus mit einem dunklen, muffig riechenden Wohnzimmer.

»Aber, aber, es besteht doch gar kein Grund, sich so aufzuregen – darf ich Cissy zu Ihnen sagen?« fragte Nikki. »Außerdem ist es besser, wenn Sie sich hier im Haus und nicht draußen bei den vielen Leuten aufhalten. Sieh doch, Ellery, das arme Ding ist ja noch ein Kind!«

Und kein besonders hübsches Kind, dachte Ellery – bei der Figur, der roten Nase, den großen Händen und dem leeren Blick.

»Wie ich gehört habe, soll die Parade zum Soldatenfriedhof hier vor Ihrem Haus beginnen, Cissy«, sagte er. »Übrigens, sind Andrew Bigelow und sein Großvater Zach schon hier?«

»Weiß ich nicht«, sagte Cissy niedergeschlagen. »Das alles ist wie ein Alptraum.«

»Das kann ich nachempfinden. Und Sie sind ganz allein. Haben Sie denn keine Verwandten mehr, Cissy?«

»Gar keine.«

»Und es gibt keinen jungen Mann, der ... äh ...?«

Cissy schüttelte den Kopf und fing wieder an zu weinen. »Wer sollte *mich* denn heiraten?« schluchzte sie. »Das hier ist mein einziges schönes Kleid, und es ist schon vier Jahre alt. Wir haben von Urgroßopas Rente gelebt ... und von dem Geld, das ich hin und wieder nebenbei verdient habe. Aber das war nicht oft, und viel schon gar nicht. Und jetzt ...«

»Ich bin sicher, Sie werden eine Arbeitsstelle finden, Cissy«, sagte Nikki herzlich und zuversichtlich.

»In Jacksburg?«

Nikki schwieg.

»Cissy.« Ellery bemühte sich, seine Stimme beiläufig klingen zu lassen. »Doc Strong hat uns von einem Schatz erzählt. Wissen Sie was darüber?«

»Ach, die olle Kamelle.« Cissy zuckte die Schultern. »Nur das, was Urgroßopa mir darüber erzählt hat, und er hat es immer ein bißchen anders erzählt. Aber es war auf jeden Fall im Bürgerkrieg. Urgroßopa und Caleb Atwell und Zach Bigelow trennten sich von ihrer Einheit ... um das Gelände zu erkunden, oder Vorräte zu holen oder so was. Es war irgendwo unten im Süden, und die drei haben die Nacht in einer alten Villa verbracht, die halb niedergebrannt war. Am nächsten Morgen haben sie die Ruine durchsucht. Wollten nachschauen, ob noch was Brauchbares zu holen war. Und dann haben sie im Keller diesen vergrabenen Schatz gefunden. Geld, hat Urgroßopa immer gesagt, ein riesiges Vermögen. Sie hatten Angst, das Geld mitzunehmen. Darum haben sie's an Ort und Stelle vergraben. Im Keller der Villa. Und dann haben sie eine Karte gezeichnet, um den Ort später wiederfinden zu können. Tja, und dann war der Krieg vorbei, und die drei sind hingeritten, haben den Schatz ausgegraben und den Pakt geschlossen.«

»Ach, ja«, sagte Ellery. »Der Pakt?«

»Sie haben sich gegenseitig geschworen, kein Wort über den Schatz zu sagen, bis nur noch einer von ihnen am Leben ist. Der Letzte sollte dann alles bekommen. Warum sie das getan haben, weiß ich nicht. Tja, das ist jedenfalls so ungefähr die Geschichte, die mir Urgroßopa erzählt hat.«

»Hat er nie gesagt, wieviel Geld es ist?«

Cissy lachte plötzlich. »Ein paar hunderttausend Dollar! Ich will damit nicht sagen, daß Urgroßopa 'ne Macke hatte, aber Sie wissen ja, wie alte Männer so sind.«

»Und er hat Ihnen nie einen Hinweis gegeben, wo er und Caleb und Zach den Schatz vergraben hatten, nachdem sie hierher in den Norden zurückgekehrt waren?«

»Nein. Immer, wenn ich danach gefragt habe, hat er nur gelacht und sich vor Vergnügen aufs Knie gehauen.«

»Vielleicht«, sagte Ellery plötzlich, »vielleicht ist an dieser alten Lügengeschichte doch was dran.«

Nikki starrte ihn an. »Aber Ellery! Du hast doch gesagt ... Cissy, haben Sie das gehört?«

Doch Cissy ließ sich nur tiefer in den Sessel sinken. »Falls es den Schatz gibt, kriegt jetzt sowieso der alte Zach das ganze Geld.«

Dann kam Doc Strong ins Zimmer, munter wie ein Fisch im Wasser in seinem frisch gebügelten blauen Anzug, dem Hemd mit dem steifen Kragen und der Fliege, und hinter ihm strömten noch mehr Leute herein. Ellery und Nikki mußten Cissy Chase wieder an die Einwohner von Jacksburg abtreten.

»Falls irgendwas an der Geschichte dran ist«, flüsterte Nikki Ellery zu, »und falls Bürgermeister Strong recht hat, dann hat Bigelow, dieser alte Gauner, seine Freunde ermordet, um sich das Geld unter den Nagel zu reißen!«

»Warum hat er dann so lange gewartet, Nikki? Er ist doch selbst schon fünfundneunzig.« Ellery schüttelte den Kopf.

»Aber wie erklärst du dir dann ...?«

»Ich weiß es nicht.« Und damit hüllte Ellery sich in Schweigen. Doch sein Blick schweifte zu Dr. Strong hinüber, und er wartete. Als der kleine Bürgermeister zufällig in seine Richtung schaute, faßte Ellery ihn noch fester ins Auge, und dann führte er ihn zur Seite und flüsterte ihm ins Ohr ...

Die Prozession – fast jedes Gefährt aus Jacksburg nahm daran teil, wie Doc Strong stolz verkündete, und das waren immerhin mehr als hundert Vehikel – setzte sich um Punkt vierzehn Uhr in Bewegung.

Nicki war zwar verlegen, aber nicht überrascht ob der Tatsache, daß sie und Ellery im vordersten Wagen Platz nehmen durften, einem altersschwachen, aber auf Hochglanz polierten offenen Pullman-Cabrio, das Lew Bagley aus gegebenem Anlaß beigesteuert hatte. Und im gleichen Augenblick, als Nikki sich erhob, erspähte sie auf dem mittleren der drei Vordersitze den grauen, wackelnden Greisenkopf unter einem Hut, wie ihn die Soldaten der Nordstaatenarmee ein halbes Jahrhundert zuvor getragen hatten. Es war der alte Zach Bigelow; er hielt seinen kleinen, dürren Oberkörper in straffer, soldatischer, wenn auch bedrohlich schwankender Haltung. Zach saß zwischen dem

Fahrer und einem fetten, stiernackigen Mann mit brutalen Gesichtszügen, bei dem es sich, wie Nikki vermutete, um Andy Bigelow, den Enkel des alten Kriegers, handelte. Nikki warf einen Blick über die Schulter, was sich als nicht so einfach erwies, denn eine flatternde Unionsflagge, die man an der Rückwand des Wagens befestigt hatte, versperrte ihr fast völlig die Sicht. Aber immerhin sah Nikki, daß Cissy Chase im zweiten Wagen saß; sie hatte ihr Gesicht mit einem Schleier verhüllt und hielt den Kopf weinend an die Schulter einer stämmigen Frau gedrückt. Nachdem sie diese Feststellungen gemacht hatte, nahm Nikki wieder Platz und lehnte sich zwischen Ellery zu ihrer Linken und Bürgermeister Strong zu ihrer Rechten an die blumengeschmückte Rückbank des Kabrios und starrte wartend auf die Nacken der beiden Bigelows – der eine dürr und faltig, der andere rot und feist. Als Doc Strong Nikki und Ellery den Fahrgästen vorstellte, nickte Nikki dem letzten und einzigen Jacksburger Überlebenden der glorreichen Unionsarmee nur flüchtig zu, und das auch nur in Anerkennung seiner historischen Bedeutung.

Ellery hingegen gab sich herzlich und freundlich, sogar zum brutal aussehenden Enkelsohn des alten Chase. Er beugte sich vor.

»Wie soll ich Ihren Großvater anreden, Mr. Bigelow?« fragte er sehr leise.

»Er ist General«, erwiderte Andy Bigelow sehr laut. »Stimmt's, Opa?« Er strahlte den Tattergreis an, doch Zach starrte nur stolz vor sich hin und hielt sich an einer ramponierten Umhängetasche fest, die er auf dem Schoß liegen hatte. »Er wurde als Gefreiter entlassen«, meinte der Enkel leise zu Ellery und fügte hinzu: »Aber er redet nicht gern darüber.«

»General Bigelow . . .«

»Das ist sein taubes Ohr«, sagte Andy. »Sie müssen es ihm ins andere Ohr rufen.«

»General Bigelow!«

»Hä?« Der alte Mann drehte den wackelnden Kopf und starrte suchend umher. »Red lauter, junger Mann. Hier wird nicht geflüstert.«

»General Bigelow!« brüllte Ellery. »Was machen Sie mit dem vielen Geld, wo's jetzt Ihnen allein gehört?«

»Hä? Geld?«

»Der Schatz, Opa«, röhrte Andy Bigelow. »Das hat sich sogar bis New York herumgesprochen! Der Mann will wissen, was du mit dem Geld machst!«

»Ach? Ja?« Old Zachs Stimme klang wütend und belustigt zugleich. »Ich kann heute kaum sprechen, Andy. Krieg' Halsschmerzen davon.«

»Wie groß ist denn die Summe?« rief Ellery.

Old Zach beäugte ihn. »Wir sind aber mächtig neugierig, was?« Dann kicherte er krächzend. »Als ich, Caleb und Ab es das letzte Mal gezählt haben, da war's fast eine Million Dollar. Jawohl, Sir, eine Million Dollar.«

Verblüffenderweise fiel das linke Auge des Alten plötzlich zu. Ein verschwörerisches Blinzeln? »Wird 'ne dicke Überraschung für die Besserwisser und Klugscheißer geben. Wartet's nur ab.«

»Eine Million Dollar! Cissy hat gesagt«, flüsterte Nikki Dr. Strong zu, »daß es nur zweihunderttausend sind.«

»Jedesmal, wenn Zach darüber redet, wird die Summe größer«, erwiderte der Bürgermeister gelangweilt.

»Ha! Ich hab' gehört, was du gesagt hast, Martin Strong!« rief Zach Bigelow, und sein dürrer Kopf fuhr auf dem dünnen Hals so schnell herum, daß Nikki vor Angst, der Alte könnte sich das Genick brechen, zurückzuckte. »Wart's nur ab! Dir werd' ich's zeigen, du Kurpfuscher. Du Windbeutel!«

»Na, na, Zach«, brüllte Doc Strong. »Spar dir deinen Atem für den Zapfenstreich.«

Zach Bigelow kicherte krächzend, umkrampfte die Schultertasche mit seinen Gichtfingern und starrte so stolz nach vorn, als hätte er soeben die Konföderierten in die Flucht geschlagen.

Ellery hüllte sich in Schweigen. Seltsamerweise musterte er nicht den alten Zach, sondern Andy Bigelow, der neben seinem Großvater saß und eine unsichtbare Menschenmenge am Straßenrand angrinste, als hätte auch er einen triumphalen Sieg davongetragen – oder würde es in Kürze.

Die Sonne brannte heiß vom Himmel. Männer schälten sich aus ihren Mänteln, und Frauen fächelten sich mit Taschentüchern Kühlung zu.

So schenke denn, o Herr, unseren Helden des Krieges . . .«

Kinder spielten zwischen den Gräbern Fangen, verfolgt von ihren fluchenden und schwitzenden Müttern. Auf den meisten Gräbern lagen frische Blumen.

». . . diesen tapferen Männern, die unser aller Liebe und Verehrung verdient haben . . .«

Auch amerikanische Flaggen ragten aus einigen Gräbern.

». . . weil sie ihr höchstes Gut gegeben haben im ehrenvollen Kampfe . . .«

Doc Martin Strongs Stimme war tief und fest – so ganz anders als die Stimme des hochgewachsenen, häßlichen Mannes, der als sein Vorredner fast die gleichen Worte gesprochen hatte, aber mit einem irgendwie bedauernden Unterton.

». . . schenke ihnen die ewige Ruhe und gib, daß sie nicht ganz umsonst gestorben sind . . .«

Der Doc stand auf dem Sockel des Kriegerdenkmals, das mit Flaggen und Girlanden geschmückt war und die militärisch exakt ausgerichteten Reihen verwitterter steinerner Kreuze mit den Argusaugen eines Feldwebels zu mustern schien.

». . . und sorge dafür, daß unsere große Nation durch dein segensreiches Wirken . . .«

Ein Flaggenträger stand mit der Fahne der amerikanischen Veteranenvereinigung, Sektion Jacksburg, in Hab-acht-Stellung zwischen dem Bürgermeister und den Einwohnern. Vor den Gräbern hatten Mitglieder der American Legion mit altmodischen Sharpsgewehren Posten bezogen.

». . . und das segensreiche Wirken ihrer vom Volke gewählten Regierung . . .«

Neben dem Bürgermeister stand General Zach Bigelow, der die muskelbepackte Schulter seines riesigen Enkels, der neben ihm stand, tapfer verschmähte; der Alte schwankte leicht, hielt sich aber so gerade wie der Lauf einer Sharps; die Schultertasche hatte er sich umgeschnürt.

. . . niemals vom Antlitz dieser Erde vertilgt werden soll.«

Der Alte Mann nickte ungeduldig und begann, an der Schultertasche herumzufummeln.

»Kompaniiiie! Präsentiert – das Gewehr!«

»Fang an, Opa!« rief Andy Bigelow.

Der Alte grummelte etwas vor sich hin. Er hatte Schwierigkeiten, das Signalhorn aus der Schultertasche zu ziehen.

»Warte mal! Ich helf' dir!«

»Laß den alten Mann in Ruhe, Andy«, sagte der Bürgermeister von Jacksburg leise zu dem Hünen. »Wir haben's nicht eilig.«

Endlich hatte Zach das Signalhorn aus der Tasche gezerrt. Es war ein altes Armeehorn, mindestens so alt wie Zach Bigelow, zerkratzt und ein bißchen eingedellt.

Der alte Mann setzte es an die Lippen.

Jetzt zitterten seine Hände nicht mehr.

Jetzt waren sogar die Kinder ruhig.

Und der Alte begann den Zapfenstreich zu spielen.

Als Spielen konnte man es eigentlich nicht bezeichnen. Zach blies, und krächzende Geräusche drangen aus dem Instrument. Manchmal auch gar kein Geräusch, obwohl er so kräftig hineinpustete, daß die Adern an seinem dürren Hals anschwollen und sein Gesicht eine knallrote Farbe annahm. Hin und wieder nuckelte er am Mundstück, blies hinein oder sog die Luft ein, um den Speichel aus dem Instrument zu pusten. Auf jeden Fall blies und blies er, und die Äste der Bäume auf dem Soldatenfriedhof wogten im warmen Wind, und die Erwachsenen standen ganz aufrecht da und lauschten ergriffen, als wäre das Geblöke süße Musik.

Und dann, plötzlich, verstummte das musikalische Gemetzel. Old Zach Bigelow traten die Augen aus dem Kopf. Mit blechernem Scheppern fiel das Signalhorn auf den Sockel des Kriegerdenkmals.

Für einen Augenblick schien alles wie eingefroren – das nervöse Zerren der Kinder an den Ärmeln der Eltern, das Räuspern und Füßescharren der Zuhörer.

Dann explodierte entsetztes Gemurmel in das Vakuum aus Stille, und Nikki riß ungläubig die Augen auf, die sie zuvor geschlossen hatte, als der letzte Jacksburger Bürgerkriegsveteran zusammenbrach und zu Füßen von Doc Strong und Andy Bigelow liegen blieb ...

»Sie hatten von Anfang an recht mit Ihrer Besorgnis, Doc«, sagte Ellery.

Sie waren in Andy Bigelows Haus, in das auch Old Zachs Leichnam vom Soldatenfriedhof aus transportiert worden war. Das Haus war voller schnatternder Frauen und kreischender Kinder, aber in diesem Zimmer waren nur ein paar wenige, und die schnatterten und kreischten auch weniger laut. Den Verblichenen hatte man auf eine Couch gelegt, und eine Steppdecke war über ihn gebettet. Doc Strong saß in einem Schaukelstuhl neben dem Leichnahm.

»Es war mein Fehler«, murmelte er. »Ich habe Calebs Mund letztes Jahr nicht untersucht. Ich habe das Mundstück des Signalhorns nicht untersucht. Es war mein Fehler.«

Ellery versuchte ihn zu trösten. »Dieses Gift ist im Körper nur sehr schwer festzustellen, Doc. Das wissen Sie selbst. Und die ganze Sache war ja wirklich lächerlich. Sie hätten's bei einer Autopsie herausfinden können, Doc, aber die Atwells haben Sie ja nicht an den alten Caleb herangelassen.«

»Sie sind tot. Alle drei.« Doc Strong hob den Kopf und blickte grimmig drein. »Wer hat das Mundstück vergiftet?«

»Allmächtiger, was gucken Sie mich so komisch an?« sagte Andy Bigelow. »Das Gift hätte jeder ans Mundstück schmieren können.«

»Jeder, Andy?« rief der Bürgermeister. »Als Caleb Atwell starb, hat Zack das Signalhorn an sich genommen, und es hat ein Jahr lang in diesem Haus gelegen!«

»Jeder hätte es tun können«, behauptete Bigelow hartnäckig. »Das Horn hing über dem Kamin, und jedermann konnte sich nachts dorthin schleichen ... Und das Horn war nicht hier, als der alte *Caleb* gestorben ist, und *er* hat am letzten Memorial Day auf dem Ding geblasen. Wer hat das Horn denn in *seinem* Haus vergiftet?«

»So kommen wir nicht weiter, Doc«, murmelte Ellery. »Bigelow, hat Ihr Großvater jemals etwas über den Schatz erzählt? Wo er versteckt ist?«

»Ich nehm's an.« Der Mann leckte sich über die Lippen und blinzelte, als wäre ihm dieses Beinahe-Geständnis erst in diesem Augenblick klar geworden. »Worauf wollen Sie hinaus?«

»Das das Geld das Motiv für die Morde war.«

»Davon weiß ich nichts. Jedenfalls hat keiner außer mir ein *Recht* auf das Geld.« Andy Bigelow holte Luft und blies seinen gewaltigen Brustkorb zu beeindruckender Größe auf. »Als Ab Chase starb, war mein Opa der letzte Überlebende. Also gehörte das Geld Zach Bigelow. Und weil ich sein nächster Verwandter bin, gehört es jetzt mir.«

»Dann weißt du also, wo es versteckt ist, Andy!« Der Doc war aufgesprungen, und seine Augen funkelten.

»Ich sag' jetzt gar nichts mehr. Verschwindet! Raus aus meinem Haus!«

»Vergiß nicht, daß ich in Jacksburg das Gesetz vertrete, Andy«, sagte der Doc leise. »Und hier geht's um einen Mordfall. Wo ist das Geld?«

»Sie wußten es nicht, stimmt's, Bigelow?« sagte Ellery.

»Natürlich nicht.« Er lachte wieder. »Sehen Sie, Doc? Er steht auf Ihrer Seite. Aber sogar er sagt, daß ich, Andy Bigelow, nicht weiß, wo das Geld ist.«

»Ich habe gesagt, Sie *wußten* es nicht«, erwiderte Ellery. »Bis vor ein paar Minuten.«

Bigelows Grinsen erlosch. »Wovon reden Sie überhaupt?«

»Zach Bigelow hat heute morgen einen kurzen Brief geschrieben. Sofort, nachdem der Doc ihm gesagt hatte, daß Abner Chase tot ist.«

Bigelows Gesicht wurde grau.

»Und dann hat Ihr Großvater diesen Brief in einen Umschlag gesteckt . . .«

»Wer hat Ihnen das erzählt?« rief Bigelow.

»Einer Ihrer Sprößlinge. Und als Sie vorhin mit der Leiche Ihres Großvaters vom Soldatenfriedhof nach Hause kamen, da sind Sie als erstes hinauf in sein Schlafzimmer geschlichen und haben sich den Umschlag geholt. Geben Sie ihn her.«

Bigelow ballte die Fäuste. Dann lachte er wieder. »Also gut, ich werde Ihnen den Brief zeigen. Zum Teufel, ich werde Sie das Geld für mich ausgraben lassen! Warum auch nicht? Es steht mir ja rechtmäßig zu. Hier, lesen Sie. Und schauen Sie sich den Umschlag an! Opa hat meinen Namen draufgeschrieben!«

Das stimmte. Und die Nachricht, die im Umschlag steckte, war ebenfalls mit Tinte geschrieben, von ein und derselben zittrigen Hand.

›Lieber Andy jetzt wo Ab Chase auch tod ist – wenn mir irgentwas passirt findest du das Geld das wir die vilen Jahre verstekt haben in einer Kiste aus Eisen *im Sarg in dem wir Caleb Atwell beerdigt haben.* Ich überlase das ganze Geld dir mein gelibter Enkel weil du nähmlich ein so liber Enkel für deinen Grossvater gewesen bist. Dein Opa Zach Bigelow.‹

»In Calebs Sarg«, sagte Doc Strong nach einem tiefen Atemzug.

Ellerys Gesicht blieb unbewegt. »Wie schnell können Sie die Erlaubnis für eine Exhumierung beschaffen, Doc?«

»Sofort«, erklärte der Doc. »Ich bin der stellvertretende Leichenbeschauer dieses Bezirks.«

Und so suchten sie sich ein paar Männer zusammen und gingen zurück zum alten Soldatenfriedhof, und in der hereinbrechenden Dämmerung gruben sie Caleb Atwells sterbliche Überreste aus und öffneten den Sarg und fanden zwischen den Knien der Leiche eine gehämmerte Schatulle aus Eisen mit einer Verschlußspange, doch ohne Schloß. Und während zwei kräftige Männer Andy Bigelow festhielten, um ihn daran zu hindern, sich in den schon leicht verrotteten Sarg zu stürzen, hielt der Bürgermeister-Polizeichef-stellvertretender-Leichenbeschauer-Arzt Martin Strong den Atem an und hob den Deckel der Schatulle.

Und sie war randvoll mit vermoderten Geldscheinen.

Konföderierten-Dollars.

Alle schwiegen eine Zeitlang, sogar Andy Bigelow.

Dann sagte Ellery: »Es war zu erwarten. Die drei hatten das Geld im Keller einer alten Südstaatenvilla gefunden – wie könnten es da Nordstaaten-Dollar sein? Als sie ihren Schatz nach dem Krieg wieder ausgruben und das Geld hierher nach Jacksburg brachten, hatten sie vielleicht noch die schwache Hoffnung, daß es wenigstens ein bißchen was wert sein könnte. Als sie aber einsehen mußten, daß das Geld völlig wertlos war, haben sie beschlossen, sich einen kleinen Spaß damit zu machen. Das alles war nur ein kleiner Scherz dieser drei alten Halunken seit ... na ja, grob geschätzt, 1865. Als Caleb vergangenes Jahr am Memorial Day gestorben ist, sind Abner und

Zach wahrscheinlich auf die Idee gekommen, daß Caleb die Ehre zufallen sollte, auf ewig Hüter ihres Konföderiertenschatzes zu werden, nach dem Motto: der letzte kriegt alles. Also hat einer der beiden, Zach oder Ab, diese Schatulle irgendwie in Calebs Sarg geschmuggelt, bevor der Deckel draufgenagelt wurde. Zachs letzter Brief, in dem er von ›Vermögen‹ und seinem ›geliebten Enkel‹ faselt – und wenn man berücksichtigt, wie wir Zachs geliebten Enkel heute erlebt haben –, war nichts weiter als der letzte Scherz des alten Recken.«

Jeder kicherte; doch die Leiche starrte die Versammelten unglückselig an, und rasch breitete sich wieder Schweigen aus, um erst durch einen gemäßigten Fluch Andy Bigelows und dann durch Doc Strongs verblüfften Ausruf gebrochen zu werden: »Aber dann bleibt ja die Frage offen, wer die Morde begangen hat, Mr. Queen!«

»Tja, Doc, das muß ich zugeben«, erwiderte Ellery; dann sagte er in völlig verändertem Tonfall: »Ich schlage vor, wir legen Old Caleb jetzt wieder in den Sarg und schütten das Grab zu. Dann werden wir ihn ein zweites Mal exhumieren, und Sie nehmen eine Autopsie vor, Doc – und danach können wir den Fall des Memorial-Day-Mörders zu den Akten legen.«

Ellery legte den Fall in der Stadt zu den Akten, in der hereinbrechenden Dunkelheit, auf der Veranda von Cissy Chases Haus, das zentral gelegen und für jedermann leicht zugänglich war. Ellery und Nikki und Doc Strong und Cissy und Andrew Bigelow – der immer noch wie betäubt wirkte und die eiserne Schatulle umklammert hielt – sie alle waren auf der Veranda, während Lew Bagley und Bill Yoder und alle anderen Einwohner Jacksburgs, wie es schien, sich auf dem Rasen und dem Gehsteig versammelt hatten und lauschten. Es lag ein Hauch von Traurigkeit in der Luft, denn alle spürten, daß hier und jetzt etwas Spannendes und Aufregendes zu Ende ging, und so etwas gab es selten in dieser Stadt.

»Diesmal ist es eine ernste Sache«, begann Ellery, »und kein Scherz, wie ihn sich die drei alten Halunken erlaubt haben – auch wenn sie so alt waren, daß der Tod es leid geworden war, noch länger auf sie zu warten. Die Antwort auf unsere Fragen ist so einfach wie die Anfangsbuchstaben ihrer Nachnamen. Wer wußte, daß der angebliche Schatz aus Konföderierten-Dollars bestand und aus diesem Grunde wertlos war? Nur die drei alten Männer. Daß einer von ihnen die Absicht hatte, die beiden anderen zu ermorden, scheidet also aus. Denn wer begeht schon einen Mord für ein paar Fetzen alten, wertlosen Papiers? Deshalb muß der Mörder eine Person sein, die der Meinung war, daß es sich tatsächlich um einen Schatz handelte und die einen rechtmäßigen Anspruch auf das *vermeintliche* Vermögen gehabt hätte – denn bis heute morgen gab es ja keinen Hinweis auf das Versteck des Geldes.

Wir wissen nun, daß die Der-Letzte-kriegt-alles-Abmachung der alten Ganoven purer Unsinn gewesen ist, den sich Caleb, Zach und Abner hatten einfallen lassen, um wenigstens ein bißchen Spaß für ihr Geld zu bekommen und um ein Geheimnis um sich und ihre Kriegserlebnisse zu ranken. Aber unser Mörder wußte das nicht. Unser Mörder ging von der Annahme aus, daß die *ganze* Geschichte der Wahrheit entsprach – andernfalls hätte unser Unbekannter seine Morde gar nicht erst geplant.

Nun, wer hätte einen rechtmäßigen Anspruch auf das Vermögen anmelden können, wenn der letzte der drei alten Männer starb – jener Überlebende also, dem angeblich alles zufallen sollte?«

»Der Erbe dieses letzten Überlebenden«, sagte Doc Strong und erhob sich.

»Und wer ist der Erbe des letzten Überlebenden?«

»Zach Bigelows Enkel, Andy.« Und der kleine Bürgermeister von Jacksburg starrte Bigelow zornig an, und von der Menschenmenge drang ein bedrohlich-dumpfes Gemurmel auf die Veranda, und Bigelow wich entsetzt bis an die Wand hinter Cissy zurück, als wollte er dort Schutz suchen. Doch Cissy trat zur Seite.

»Sie haben geglaubt, dieses Vermögen gibt es wirklich«, sagte Cissy verächtlich zu Bigelow, »darum haben Sie Caleb Atwell und meinen Großvater ermordet, damit Ihr Großvater der letzte Überlebende wird, so daß Sie dann nur noch ihn umbringen mußten, um sich das Geld unter den Nagel zu reißen.«

»Ja, Ellery, genauso war's!« rief Nikki.

»Unglücklicherweise, Nikki, war's ganz und gar nicht so. Ihr alle geht davon aus, daß Zach Bigelow als der letzte Überlebende ...«

»Das war er doch!« sagte Nikki.

»Wie könnte es auch anders sein?« sagte Doc Strong. »Caleb und Abner sind vorher gest ...«

»So gesehen stimmt das«, erwiderte Ellery. »Aber ihr alle vergeßt dabei, daß Zach Bigelow *rein zufällig* dieser letzte Überlebende gewesen ist. Ist Abner Chase heute früh an einer Vergiftung gestorben? Oder durch andere gewaltsame Einwirkung? Nein, Doc. Sie waren ja vollkommen sicher, daß er an einem Gehirnschlag gestorben ist. Also eines natürlichen Todes, und nicht durch Gewalteinwirkung. Ist Ihnen denn nicht klar, daß Abner Chase *heute abend noch leben würde,* wäre er nicht in den Morgenstunden verschieden? Und sehen Sie denn nicht, was das bedeutet? Zach Bigelow hätte – als Zweitältester – heute *trotzdem* das vergiftete Signalhorn an die Lippen gesetzt, genauso, wie Caleb Atwell es vor einem Jahr getan hat ... *und in diesem Augenblick wäre Abner Chase der letzte Überlebende gewesen.*«

»Und wer wäre Abner Chases letzter lebender Erbe gewesen? Wer wäre das Mädchen gewesen, dem Abners ›Vermögen‹ zugefallen wäre, wenn er sich dereinst – auf natürliche Weise oder mit ihrer Nachhilfe – ins Jenseits zu seinen alten Mitstreitern ins große Biwak gesellt hätte?«

»Sie haben mich belogen, Cissy«, sagte Ellery und hielt das Mädchen, das vor ihm zurückschrak, an den Armen fest, während die Bürger Jacksburgs von Entsetzen gepackt wurden – beinahe genauso wie am Nachmittag auf dem Soldatenfriedhof. »Sie haben so getan, als würden Sie die Geschichte vom Schatz für Unsinn halten, aber *erst,* nachdem Ihr Urgroßvater unglücklicherweise an einem Gehirnschlag gestorben war – nur wenige Stunden, bevor der alte Zach vom Gift am Mundstück des Horns getötet wurde und Sie dieses große, große Vermögen ohnehin nicht mehr geerbt hätten.«

Deutsch von Wolfgang Neuhaus

Geld zu verbrennen

Margery Allingham

Haben Sie schon mal einen Mann gesehen, der Geld anzündet? Echtes Geld – nur um sich eine Zigarette anzustecken, nur um damit anzugeben? Ich habe das schon mal miterlebt. Und wo Sie gerade das Wort ›Psychologe‹ erwähnen – da hat sich mir einfach der Magen umgedreht, die Kehle zugeschnürt. Jetzt denken Sie wahrscheinlich, ist die aber zimperlich. Aber das hat auch seine Gründe.

Ich bin in dieser Straße aufgewachsen, bin hier zur Schule gegangen – sie war gleich um die Ecke –, und als ich wiederkam, nach meiner Lehrzeit bei den besten Schneidern hier im Lande und in Frankreich, hab' ich dieses alte Haus hier gepachtet und meine eigene kleine Damenschneiderei eröffnet, wie Sie sehen. Und damals war es auch, daß ich Louise wiedersah – und wie sie sich verändert hatte.

Wir sind zusammen zur Schule gegangen; sie war eine kleine Schönheit mit ihrem blonden, wehenden Haar und ihrem selbstsicheren Lächeln. Die anderen Kinder pflegten sie zu necken, denn sie sah besser aus als irgendeine von uns. Die Straße war damals genauso wie jetzt. Adelaide Street, in Soho: schäbig und dreckig und doch auch romantisch, denn fast jede Pforte führt von der Straße aus zu irgendeinem kleinen Restaurant. Hier können Sie in allen Sprachen der Welt essen. Manche sind teure Schuppen wie das Ritz, andere aber so preiswert wie das Le Coq au Vin, das Louises Papa gehörte; es hatte nur einen Eßraum, und als einzige Zierde stand eine Palme in einem weißgestrichenen Trog draußen vor der Tür.

Louise hatte eine kleine Schwester und einen Vater, der zwar kaum ein Wort Englisch sprechen konnte, dafür aber über einen um so eindrucksvolleren Blick verfügte, wenn er einen mit seinen stolzen, fremdartigen Augen unter den gewölbten Augenbrauen anschaute. Ich wußte gar nicht, daß Louise auch eine Mutter hatte, bis eines Tages diese grauhaarige Frau aus dem Keller unter dem Restaurant auftauchte, um ein Machtwort zu sprechen – und Louise, die eigentlich mit mir zu einem Tanzvergnügen gehen wollte, wurde zur Küchenarbeit im Coq au Vin verdonnert.

Eine ganze Zeitlang haben wir uns noch Geburtstagskarten geschickt, und dann hörte selbst dieser Kontakt auf; aber dennoch habe ich noch oft und gern an sie gedacht – und als ich in unsere Straße zurückkehrte, war ich froh, den Namen Frosné immer noch unter dem Schild des Coq au Vin zu sehen. Der Laden sah viel freundlicher aus, als ich ihn in Erinnerung hatte, und schien ganz gut zu laufen. Auf jeden Fall schnitt er im Vergleich zum Glass Mountain, den Adelbert auf der anderen Seite der Straße betrieb, nicht mehr so schlecht ab wie früher. Heute gibt es kein Restaurant mehr in der Straße, das diesen Namen führt, und auch keins, das nach Adelbert benannt ist, aber die Gäste früherer Jahre erinnern sich bestimmt noch an ihn – nicht etwa, weil das Essen so gut war, sondern weil Adelbert ein schrecklich eingebildeter Mensch war, und dabei besaß er anstelle seiner Augenlider nur zwei Fettwülste.

Ich machte Louise einen Besuch, sobald ich etwas freie Zeit hatte. Es war ein Schock für mich, denn ich kannte sie kaum wieder; sie aber erkannte mich sofort und kam hinter der Kasse hervor und begrüßte mich in einer Weise, die fast pathetisch wirkte. Mir war so, als sähe ich eine dünne Eisschicht auf ihrem Gesicht zerbrechen – als hätte mein unerwartetes Auftauchen eine Schranke niedergerissen.

Sie erzählte mir die ganzen Neuigkeiten in zehn Minuten. Die Eltern waren beide tot. Zuerst war die Mutter gestorben, doch der Vater hatte noch einige Zeit gelebt, und in dieser Zeit hatte Louise die ganze Verantwortung auf sich nehmen müssen, auch für die verrückten Einfälle des Vaters. Aber sie beklagte sich nicht. Inzwischen war es für sei ein bißchen leichter geworden, denn Violetta, die kleinere Schwester, hatte einen Freund, der willens war, für einen Hungerlohn im Restaurant zu arbeiten, um das Gewerbe zu lernen.

Es hörte sich nach einer Erfolgsstory an, aber ich dachte mir im stillen, daß Louise ganz schön teuer dafür bezahlt hatte. Sie war ein Jahr jünger als ich, wirkte aber so, als ob das Leben sie ausgezehrt hätte, hart und glatt wie ein ausgebleichter Knochen unter der Sonne. Ihr blondes Haar hatte seinen Goldschimmer verloren, und ihre dichten Wimpern wirkten strohig. Und da war noch etwas anderes: Sie schien sich irgendwie verfolgt zu fühlen, was ich überhaupt nicht verstehen konnte.

Bald schon wurde es mir zur Gewohnheit, sie einmal die Woche im Restaurant zu besuchen, um mit ihr zu Abend zu essen, und bei diesen kleinen Mahlzeiten geriet sie ins Erzählen. Es war offensichtlich, daß sie zu niemandem sonst über persönliche Dinge sprach; doch aus irgendeinem Grunde hatte sie Vertrauen zu mir. Trotzdem brauchte ich Monate, um herauszufinden, was mit ihr los war. Als die Wahrheit dann schließlich ans Licht kam, war mir, als hätte ich es eigentlich ahnen müssen.

Das Coq au Vin war hochverschuldet. Als Mama Frosné noch lebte, war die Familie nie einen Penny schuldig geblieben, aber in dem Zeitraum von gut einem Jahr, das zwischen ihrem und seinem Tod verstrich, hatte Papa Frosné es irgendwie geschafft, fast viertausend Pfund von Adelbert zu leihen – und er hatte obendrein noch jeden Cent davon in einem halben Dutzend seniler Projekte verloren.

Louise mußte es nun in Raten zu fünfhundert Pfund zurückzahlen. Als sie mir zum erstenmal davon erzählte, schaute ich ihr gerade in die Augen und entdeckte, daß es ihr das Leben zur Hölle machte. Es gibt Menschen, glaube ich, die Schulden gut verkraften können – so wie manche Männer das Saufen. Kann sein, daß es ihre Gesundheit untergräbt, aber sie werden trotzdem nie allzu schäbig aussehen. Andere hingegen leiden schrecklich unter ihren Schulden. Und Louise sah aus, als stünde sie beim Teufel persönlich in der Kreide.

Ich machte ihr natürlich keine Vorhaltungen; schließlich war es ihr Restaurant. Ich versuchte nur, ihr mein Mitgefühl zu zeigen, doch plötzlich sagte sie ganz überraschend:

»Es ist gar nicht die Arbeit, die ewigen Sorgen, diese Knauserei. Was ich wirklich hasse, ist – wenn ich ihn bezahlen muß, diese schreckliche Zeremonie.«

»Du bist ja viel zu empfindlich«, sagte ich zu ihr. »Wenn du das Geld erst mal auf der Bank hast, kannst du ihm doch einfach einen Scheck schicken, oder?«

Sie sah mich mit einem seltsamen Blick an; ihre Augen unter den bleichen Wimpern hatten die Farbe von Blei.

»Da kennst du Adelbert schlecht.« erwiderte sie. »Er ist ein seltsamer Mensch. Ich muß ihm die Raten bar bezahlen, und er macht jedesmal eine richtige kleine Vorstellung daraus. Er kommt also wie verabredet, nimmt einen Drink, und am liebsten ist es ihm, wenn noch Violetta dabei ist, als Zeugin, so daß wir auch noch einen Zuschauer haben. Wenn ich mich nicht aufgeregt zeige, fängt er an zu reden und zu reden, bis ich's endlich bin. Er sei halt ein Psychologe, sagt er – er wisse immer genau, was in mir vorgeht.«

»So würde ich ihn nicht gerade nennen«, sagte ich. Mir war ganz elend: Ich hasse solche Geschichten.

Louise zögerte einen Moment. »Ich habe zusehen müssen, wie er das meiste von dem Geld verbrannt hat«, sagte sie schließlich. »Nur so, zum Spaß. Hier, vor meinen Augen.«

Ich war entsetzt. »Das kann doch nicht dein Ernst sein!« rief ich aus. »Der Mann ist ja verrückt.«

Sie seufzte, und ich schaute sie zweifelnd an.

»Hör mal, er ist zwanzig Jahre älter als du! Da war doch wohl nichts zwischen euch. Du weißt schon . . . nicht *das*?«

»Nein. Nein, bestimmt nicht, Ellie.« Das glaubte ich ihr – sie hatte mir ja alles ganz offen erzählt und verstand anscheinend genausowenig wie ich, was Adelbert eigentlich wollte. »Er hat zwar mal mit Papa über mich gesprochen, als ich noch klein war. Richtig um mich angehalten, weißt du, wie das früher so üblich war. Hab's nie herausgefunden, was der Alte geantwortet hat, aber der hat sich ja immer sehr deutlich ausgedrückt. Ich weiß nur noch, daß sie mich dann eine Zeitlang im Haus eingesperrt haben, und danach hat Mama immer so getan, als ob ich irgendwas angestellt hätte; und dabei hatte ich doch nicht einmal mit dem Mann geredet – er war ja nun nicht gerade jemand, den ein junges Mädchen überhaupt anschauen würde, oder? Aber das ist ja jetzt schon Jahre her. Es ist natürlich möglich, daß Adelbert es nie vergessen hat – aber das wäre doch schon krankhaft, nicht?«

»Darauf kannst du Gift nehmen«, sagte ich. »Das nächste Mal spiele *ich* den Zeugen.«

»Das wird Adelbert gefallen«, meinte Louise grimmig. »Ich glaube, ich werde dich beim Wort nehmen. Du muß ihn dir mal anschauen!«

Dann sprachen wir über andere Dinge, aber meine Gedanken kreisten weiter um die Geschichte. Ich konnte sie beide vom Fenster meines Ladens beobachten, und es schien, als ob ich sie jedesmal, wenn ich aufblickte, sah: die stille, verschlossene Frau, die jeden Penny zusammenkratzte, und den fetten Mann auf der anderen Seite der Straße, der sie von seiner Tür aus beobachtete, mit einer heimlichen Genugtuung in seinem fahlen Gesicht.

Schließlich hielt ich die Anspannung nicht mehr aus, und wenn mir das passiert, muß ich einfach darüber reden – ich kann nicht anders.

In unserer Straße gab es keinen, dem ich das zu erzählen gewagt hätte, aber ich erwähnte es einmal einer Kundin gegenüber. Es war eine Mrs. Martin, die mir vom ersten Augenblick unserer Bekanntschaft sympathisch gewesen war; sie hatte nach dem Kleid gefragt, daß ich als erstes Stück in meinem Schaufenster ausgestellt hatte. Ich war ihre Lieblingsschneiderin, und sie hatte mich überdies an ein oder zwei andere Damen weiterempfohlen; sie lebte im noblen Hampstead, weit weg von Soho. Eines Tages war ich gerade dabei, ihr ein Kleid abzustecken, als sie plötzlich von Männern anfing, und wozu die sich hergeben würden, wenn ihr Stolz einmal verletzt wäre – und ehe ich wußte, was ich tat, war ich schon mit Louises Geschichte herausgerückt. Natürlich nannte ich keine Namen, aber es mag mir herausgerutscht sein, daß sich alles in dieser Straße abspielte. Mrs. Martin war eine liebe, kleine Dame mit einem freundlichen Gesicht, und sie war entsetzt.

»Wie schrecklich«, rief sie wieder und wieder, »ach Gott, wie schrecklich! Vor ihren Augen das Geld zu verbrennen, nachdem sie so hart dafür gearbeitet hat. Er muß ja wahnsinnig sein. Und sehr gefährlich.«

»Nun ja«, erwiderte ich hastig. »Immerhin gehört das Geld ja dann schon ihm, und ich glaube auch nicht, daß er allzuviel davon verbrennt. Nur eben genug, um meine Freundin zur Weißglut zu bringen.« Es tat mir schon leid, daß ich geschwatzt hatte. Ich hatte nicht damit gerechnet, daß Mrs. Martin sich so aufregen würde. »Das zeigt einem halt nur, wie andere Menschen leben.« Ich war nun mit dem Abstecken fertig und hoffte, daß sie das Thema fallen lassen würde. Da hatte ich mich aber verrechnet. Die bloße Vorstellung, daß jemand Geld verbrannte, übte auf sie eine größere Faszination aus als auf mich. Während der ganzen Anprobe plauderte sie munter weiter und ich konnte sie nicht dazu bringen, damit aufzuhören. Dann, als sie schon ihren Hut aufgesetzt hatte und im Begriff war zu gehen, meinte sie plötzlich: »Miss Kaye, mir ist da eben etwas eingefallen. Mein Bruder ist stellvertretender Polizeichef bei Scotland Yard. Vielleicht weiß er einen Weg, wie man diesen schlimmen Menschen daran hindern könnte, die arme Frau so zu quälen. Soll ich ihm einen kleinen Wink geben?«

»Oh, nein! Bitte nicht!« rief ich. »Das würde sie mir nie verzeihen. Die Polizei kann gar nichts tun, um ihr zu helfen. Nehmen Sie es mir bitte nicht übel, aber ich möchte nicht, daß Sie es irgendwem weitererzählen.«

Sie schien sehr gekränkt, aber sie gab mir ihr Versprechen. Natürlich nahm ich es ihr nicht ab. Wenn eine Frau auch nur mit dem Gedanken spielt, eine Geschichte weiterzutragen, ist es schon so gut wie passiert. Ein oder zwei Tage lang war ich ziemlich nervös, denn ich wollte auf keinen Fall weiter in die Sache verwickelt werden, aber da nichts geschah, beruhigte ich mich wieder. Ein paar Tage später ging ich zu Vaughan's, dem Fachhandel für Schneiderzubehör. Ich kam gerade mit meinen Paketen heraus, als ein Mann auf mich zu trat. Ich wußte sofort, daß es einer von der Kripo war; er sah genau danach aus, sauberer kurzer Haarschnitt, brauner Regenmantel und dieser besondere Ausdruck, wenn einer einen sicheren Job hat und man doch nicht genau ausmachen kann, was er eigentlich arbeitet. Er bat mich, mit zu seiner Dienststelle zu kommen, und ich konnte es nicht gut ablehnen. Anscheinend war er mir bis hierher gefolgt, bis wir weit genug von der Adelaide Street entfernt waren und keiner, der mich kannte, sah, daß er mit mir Kontakt aufnahm.

Er brachte mich zu seinem Vorgesetzten, der auf seine Art ein wirklich netter alter Herr war – auf niemandes Seite stehend außer seiner eigenen, wie das bei der Polizei so ist; aber ich hatte den Eindruck, daß er in Ordnung war, was man von vielen Leuten nicht gerade behaupten kann. Er stellte sich als Detective Inspector Cumberland vor, bot mir einen Stuhl an und schickte jemanden nach einer Tasse Tee. Dann begann er, mich über Louise auszufragen.

Ich bekam es mit der Angst zu tun, denn wenn man einmal sein Business in der Adelaide Street hat, muß man auf seinen guten Ruf achten und kann sich keinen Ärger mit den Nachbarn leisten. Ich stritt daher alles ab und behauptete, daß ich Louise kaum kannte.

Damit kam ich aber bei Cumberland nicht durch. Ich muß zugeben, er wußte, wie er mich zu nehmen hatte. Er horchte mich so lange über meine persönlichen Angelegenheiten aus, bis ich geradezu wünschte, über etwas anderes sprechen zu können, was es auch sei. Zum Schluß gab ich nach, denn schließlich beging ja niemand eine Straftat im eigentlichen Sinn – zumindest sah es für mich nicht so aus. So erzählte ich ihm alles, ließ es ihn Stück für Stück aus mir herausholen, und als ich schließlich zum Ende gekommen war, lachte er mich aus, wobei er mir mit seinen kleinen schlauen Augen unter den buschigen Brauen zuzwinkerte.

»Na«, meinte er. »So schlimm ist die ganze Sache ja wohl nicht.«

»Nein«, erwiderte ich mürrisch. Ich kam mir wie ein Idiot vor.

Er seufzte und lehnte sich in seinem Sessel zurück.

»Jetzt gehen Sie mal und vergessen dieses kleine Interview«, sagte er. »Aber damit Sie nicht noch mal auf solche Ideen kommen, lassen Sie mich eines klarstellen: Auch die Polizei hat ihr Business, in gewisser Weise. Und das bedeutet, daß ein Beamter in meiner Position Nachforschungen anstellen muß, wenn er eine Anfrage von oben bekommt. Das sehen Sie doch ein? Er mag zwar im stillen denken, daß es nicht gerade ein schlimmes Verbrechen ist, Geld zu zerstören – wir nennen das übrigens ›das Gesicht der Königin verunstalten‹ –, aber in jedem Fall muß er seine Nachforschungen anstellen und irgendeinen Bericht abgeben. Dann kann der Vorfall ... äh ... zu den Akten gelegt werden, und niemand braucht sich weiter den Kopf darüber zu zerbrechen, nicht wahr?«

»Ja«, pflichtete ich ihm bei, und mir fiel ein Stein vom Herzen. »So ist es wohl am besten.«

Dann ließen sie mich gehen, und damit schien die Sache ausgestanden zu sein. Ich hatte meine Lektion schon verstanden und habe niemandem gegenüber mehr etwas davon erwähnt. Ich wollte auch Louise nicht mehr sehen: Ich fand immer neue Entschuldigungen, um nur nicht zum Essen zu ihr zu gehen. Doch wenn ich aus dem Fenster schaute, konnte ich sie immer noch sehen, wie sie hinter der Kasse saß; und ich sah Adelbert auf der anderen Straßenseite hinter seiner Tür lauern.

Ein oder zwei Monate lang war alles friedlich. Dann erfuhr ich, daß Violettas Freund keine Lust mehr zur Arbeit im Restaurant hatte und in den Norden gezogen war, um dort zu arbeiten. Er hatte Violetta vor die Wahl gestellt, mit ihm zu kommen oder dazubleiben, und so waren sie auf und davon, ohne sich groß zu verabschieden. Mir tat Louise leid, die auf diese Weise alleingelassen wurde; so ging ich dann, sie wieder zu besuchen.

Sie kam aber ganz gut zurecht – tatsächlich hatte sie großes Glück gehabt, denn sie hatte im Handumdrehen einen neuen Kellner gefunden, und ihre vortreffliche Küchenhilfe ließ sie ebenfalls nicht im Stich; zusammen konnten sie den Laden schmeißen. Trotzdem war Louise ziemlich einsam, und ich nahm meine alte Gewohnheit wieder auf, einmal in der Woche zu ihr zum Essen zu kommen; natürlich bezahlte ich dafür, aber sie leistete mir Gesellschaft und aß auch selbst mit.

Ich hütete mich davor, Adelbert zu erwähnen, aber eines Tages, kurz vor dem halbjährlichen Zahltag, fing Louise selbst damit an und fragte mich geradeheraus, ob ich mich an das Versprechen erinnerte, das ich ihr gegeben hatte. Da Violetta jetzt als Zeugin ausfiel, hatte Louise Adelbert von mir erzählt, und es schien, daß er sich sehr darauf freute, mich dabeizuhaben.

Nun hatte ich mich eigentlich aus der Affäre ziehen wollen, aber das konnte ich nicht, ohne Louise vor den Kopf zu stoßen; also sagte ich zu. Und ich gebe auch zu, daß ich neugierig war: Dies hier war wie eine Liebesgeschichte, bei der aber die Liebe keine Rolle spielte, zumindest in meinen Augen nicht.

Der Zahltermin war auf den Johannistag gelegt, eine halbe Stunde, nachdem das Restaurant geschlossen hatte. Als ich am Coq au Vin anlangte, waren die Läden heruntergelassen und die Eingangstür schon zugesperrt. Der neue Kellner stand draußen, um ein bißchen frische Luft zu schnappen; er öffnete die Küchentür, damit ich hineingehen konnte. Ich stieg die dunkle Treppe zum Restaurant hoch und fand die beiden schon am Tisch, wo sie auf mich warteten.

Es war sehr dunkel in dem Raum, nur eine einzige Lampe brannte über dem Tisch in der Nische, in der sie saßen. Ich konnte sie mir genau ansehen, als ich näher kam: Sie bildeten wirklich ein außergewöhnliches Paar.

Kennen Sie vielleicht diese kleinen chinesischen Götterfiguren, diese fetten Männchen, die sich die Leute auf den Kaminsims stellen, damit sie ihnen Glück bringen? Man sagt, daß sie lächeln, aber mir kommt es so vor, daß manche nur so tun als ob und ihre chinesischen Gesichter durch die verzogenen Mundwinkel steif und grausam erscheinen. Adelbert erinnerte an eine solche Figur. Er trug bei der Arbeit immer ein schwarzes Dinnerjackett, doch an ihm wirkte es fast wie ein Umhang, denn es war aus dünnem Stoff und hing in schlaffen Falten um seine Gestalt. Und er saß da als gedrungene und schwabbelige Masse vor der weißgetäfelten Wand.

Louise dagegen, mit ihrem schwarzen Kleid und ihrer engen Strickjacke, wirkte hager und hart wie ein Stock. Plötzlich wurde mir klar, daß sie ihn rasend machen mußte; ihr ganzes Gebaren drückte aus, wie sehr sie ihn verachtete. Sie gab ihm nur das, was sie ihm schuldete. Ich hatte noch nie einen derart unbeugsamen Menschen gesehen; sie war ihm durchaus gewachsen.

Auf dem Tisch stand eine kleine Flasche Dubonnet, aus der sich beide schon ein Gläschen eingeschenkt hatten. Louise reichte auch mir eins.

Die ganze Vorstellung machte einen sehr förmlichen Eindruck. Obwohl beide schon ihr ganzes Leben lang in London zu Hause waren, hatte ihr französisches Erbe immer noch einen großen Einfluß. Beide gaben mir artig die Hand, und Adelbert rückte mit dem Fuß einen Stuhl für mich zurecht, wobei er die Andeutung einer Verbeugung machte.

Louise hielt den großen Umschlag schon in ihrer Handtasche bereit; sie bewachte sie, als wäre es ein Schoßhündchen. Als ich den ersten Schluck getrunken hatte, nahm sie den Umschlag heraus und schob ihn dem Mann hin.

»Fünfhundert«, sagte sie. »Die Quittung ist schon drin, fertig ausgefüllt. Würden Sie dann bitte unterschreiben?«

Sie hatte einen höflichen Ton angeschlagen, aber die Atmosphäre in dem kleinen Raum war spürbar geladen. Sie haßte ihn, und er bekam nur das, was ihm zustand, sonst nichts.

Er starrte sie einen Augenblick mit schrägem Blick an, als wartete er auf etwas – irgendeine Gefühlsregung wie Groll oder Selbstmitleid vielleicht. Aber es kam nichts, und schließlich nahm er den Umschlag in seine Wurstfinger und riß ihn auf. Heraus fielen fünf brandneue grüne Geldpäckchen. Da lagen sie auf dem weißen Tischtuch, und ich konnte nicht umhin, sie anzustarren. Es war nicht gerade ein Vermögen, aber für Leute wie Louise und mich, die jeden Penny sauer verdienen müssen, war es schon eine ganz ordentliche Summe, deren Erwerb viele Stunden Plagen und Entbehrungen bedeutete.

Mir gefiel die Art ganz und gar nicht, in der Adelbert die Banknoten befingerte, und der heimliche Funke Mitgefühl, der in mir aufgekeimt war, starb schnell wieder ab. Jetzt konnte ich mir vorstellen, wie es gewesen wäre, hätte Adelbert seinen Willen durchgesetzt und Louise vor Jahren geheiratet, als sie fast noch ein Kind war – er hätte sie abscheulich behandelt. Der Mann war ein richtiges Ekel; er konnte wohl nicht anders. Ich schielte zu Louise hinüber und sah, daß sie ganz unbewegt schien. Sie saß einfach da, die Hände im Schoß gefaltet und wartete auf ihre Quittung.

Adelbert begann das Geld zu zählen. Ich habe immer die Schnelligkeit von Bankkassierern beim Geldzählen bewundert, aber die waren nichts im Vergleich zu Adelbert. Er ging mit den Geldpacken um wie ein Spieler mit seinem Kartenspiel – unter seinen Händen schien jeder Geldschein lebendig zu werden und eine Verlängerung seiner Hand zu bilden. Er liebte das Geld über alles, das konnte man sehen.

»Es stimmt«, sagte er schließlich und steckte die Geldbündel in die Innentasche seines Jacketts. Dann unterzeichnete er die Quittung und reichte sie Louise hinüber. Sie nahm sie entgegen und steckte sie in ihre Tasche. Ich nahm an, daß die Angelegenheit jetzt erledigt sei, und wunderte mich schon, warum Louise soviel Aufhebens davon gemacht hatte. Ich prostete ihr zu, sie erhob gleichfalls ihr Glas, und ich wollte schon aufstehen, als Adelbert mich zurückhielt.

»Warten Sie noch«, sagte er. »Jetzt wollen wir erst mal in Ruhe eine Zigarette rauchen und noch ein Gläschen trinken – wenn Louise uns noch ein spendiert.«

Er lächelte, Louise jedoch nicht. Sie schenkte ihm ein neues Glas ein und saß in beharrlichem Schweigen da und wartete, daß er es austrank. Er hatte es gar nicht eilig. Langsam zog er das Geld wieder aus der Tasche und ließ seine fette Hand darauf ruhen, während er sein Zigarettenetui herumgehen ließ. Ich nahm eine Zigarette, Louise lehnte ab. Auf dem Tisch stand einer dieser Streichholzständer aus Metall, und er machte eine Bewegung darauf zu. Ich lehnte mich auch vor, denn ich erwartete, daß er mir Feuer geben würde; aber da lachte er nur und lehnte sich wieder zurück.

»Damit schmeckt's noch viel besser«, meinte er und löste einen Schein von dem obersten Päckchen. Er zündete ihn an und hielt mir die Flamme hin. Ich hatte mir schon gedacht, daß das kommen würde, und verzog keine Miene. Wenn Louise keinerlei Gefühlsregung zeigte, so konnte ich das auch. Ich beobachtete interessiert, wie der Schein verbrannte; und dann nahm er noch einen und zündete ihn gleichfalls an.

Als Adelbert merkte, daß er uns nicht beeindrucken konnte, fing er an zu plaudern. Er sprach in ganz normalem Ton über die Plagen und Mühen der Restaurantbesitzer – über die harten Zeiten und wie mühselig es sei, in aller Herrgottsfrühe aufzustehen und mit dem Koch zum Markt zu fahren; und wie die Kunden bis tief in die Nacht an den Tischen sitzen blieben, als ob es keinen Morgen gäbe. All das war natürlich direkt an Louise gerichtet – er rieb ihr in aller Deutlichkeit unter die Nase, was für ein erfolgreicher Mann er doch war. Sie aber blieb vollkommen unbeeindruckt, mit ausdruckslosen Augen und einem harten Zug um den Mund.

Als er sah, daß er auch damit nicht durchdrang, wurde er persönlicher. Er rief die Erinnerung an unsere Mädchenzeit zurück und wie wir uns doch durch die ganze Plackerei und die Sorgen verändert hätten. Das ärgerte mich, aber doch nicht allzusehr, denn schon bald wurde mir klar, daß er sich an mich überhaupt nicht mehr erinnern konnte. Louise hingegen lebte ganz deutlich in seiner Erinnerung: jede Einzelheit ihrer Erscheinung – und das, was er dazudichtete.

»Sie hatten wunderschönes goldenes Haar«, sagte er. »Augen so blau wie ein klarer, stiller See, und Ihr Mund war weich, Sie haben so gerne gelacht. Wo ist das alles nur geblieben, he? – Hier.« Er tätschelte den Geldpacken, dieser Schweinehund. »Alles hier gelandet, Louise. Ich bin ein Psychologe, ich weiß über all diese Dinge Bescheid. Und was nützt es mir jetzt? Gar nichts.«

Er machte mich frösteln. Fasziniert schaute ich zu, wie er plötzlich ein ganzes Geldpäckchen in die Hand nahm und es aufschüttelte, bis es wie Kopfsalat aussah. Louise zuckte nicht einmal mit der Wimper, und sie ließ sich schon gar nicht dazu herab, etwas zu sagen. Sie schaute ihn an, als ob er ein Nichts wäre, ein zufälliger Passant auf der Straße. Ich starrte sie an und vergaß für einen Moment, auf Adelbert zu achten – in Windeseile hatte er ein neues Streichholz entzündet, und schon brannten die Scheine. Ich vergaß meine Zurückhaltung.

»Passen Sie doch auf!« schrie ich. »Was tun Sie denn?«

Er lachte wie ein ungezogenes Kind, fröhlich und triumphierend. »Und Sie, Louise? Was meinen Sie dazu?«

Sie verzog aber keine Miene, und so saßen die beiden da, in einen stummen Kampf ihrer Blicke versponnen. Inzwischen stand jedoch das Geld in hellen Flammen.

Im Grunde ging mich die ganze Sache ja nichts an; vielleicht war gerade deshalb ich diejenige, die die Beherrschung verlor.

Ich schlug ihm das Geld aus der Hand. Mit einer abrupten Bewegung fegte ich die hundert Banknoten aus seiner Reichweite. Sie verteilten sich über den ganzen Raum: auf den Fußboden, auf das Tischtuch. Überall lagen brennende Scheine.

Wie ein Irrer stürzte Adelbert ihnen nach – man hätte so einem fetten Kerl gar nicht solch flinke Bewegungen zugetraut.

Es war die eine Banknote, die mir ein Loch in den Strumpf brannte, durch die dann schließlich die Wahrheit ans Licht kam. Ich fühlte, wie ein Funken das Nylon ansengte, schaute unter den Tisch und packte den verkohlten Schein. Dann hielt ich ihn nach oben gegen das Licht. Wir sahen alle im gleichen Moment, daß damit etwas nicht stimmte. Die Druckerfarbe war zerlaufen und hatte einen Streifen in der Mitte hinterlassen, wie die Äderung in einem Marmorstein.

Eine lange Stille folgte; doch plötzlich gab es ein Geräusch – jedoch nicht von uns, sondern von der Küchentür her. Sie öffnete sich, und herein trat der neue Kellner, nur sah er jetzt völlig verändert aus, denn er hatte seinen Mantel mit einem anderen vertauscht, der ein Polizeiabzeichen trug; und hinter ihm betrat Inspektor Cumberland den Raum. Sie gingen auf Adelbert zu, und der Jüngere faßte ihn an der Schulter. Cumberland kümmerte sich nur um das Geld. Er trat die schwelenden Flammen aus und sammelte die Überbleibsel und die vier intakten Geldpäckchen auf dem Tisch. Dann grinste er beiläufig.

»Haben wir Sie endlich erwischt, Adelbert. In flagranti. Wir haben uns nämlich schon lange gefragt, wer hier in der Gegend wohl die Blüten in Umlauf bringt, und als wir dann hörten, daß jemand Geld verbrennt, dachten wir uns, da müssen wir doch mal nachforschen.«

Ich verstand immer noch nicht so ganz und hielt den Schein hoch, den wir vorhin alle angestarrt hatten.

»Mit dem hier stimmt was nicht«, sagte ich dümmlich.

Er nahm ihn mir aus der Hand und brummte zustimmend.

»Da ist was faul mit all diesen Scheinen, meine Liebe. Miss Frosnés Geld ist wohlbehalten in seiner Tasche; Sie haben ja selbst gesehen, wie er es eingesteckt hat. Das hier sind ein paar Fehldrucke von der Bande. Jeder Geldfälscher besitzt solche – in der Regel sollten sie nie aus der Druckwerkstatt gelangen. Der hier ist übrigens ein ganz mieses Exemplar; ich wundere mich, daß er ihn überhaupt verbrannt hat, wenn man mal das Risiko bedenkt. Wahrscheinlich ging es Ihnen gegen den Strich, ihn einfach wegzuwerfen, was, Adelbert? Was für ein Geizhals Sie doch sind!«

»Wie haben Sie das nur herausgefunden?« fragte Louise und schaute mich an.

Cumberland rettete mich.

Er lachte. »Auch ein Polizist kann ein guter Psychologe sein, Madam.«

Deutsch von Barbara Först

Der gütigste unter allen Brüdern

David Alexander

Kevin McCarty, Laienbruder im Seminar, genoß es gerade, die Rosensträucher im Garten der Einrichtung zu stutzen, als ihn die Nachricht erreichte, daß seine junge Schwester Rose Kathleen von eigener Hand gestorben war und damit eine Todsünde begangen hatte. Der Todesfall allein war schon tragisch, aber als noch schrecklicher erwiesen sich der Brief und das Paket, die Kevin McCarty am ersten Tag der Aufbahrung erhielt. Rose Kathleen hatte beide Sendungen eigenhändig adressiert – mit derselben Hand, mit der sie sich das Gift an den hübschen Mund geführt hatte.

Der arme Kevin las den Brief immer wieder durch, und das, was seine Schwester niedergeschrieben und zusammen mit dem Paket an ihn geschickt hatte, kurz bevor sie sich das Leben nahm, erwies sich als lange und traurige Geschichte. Kevin hatte geglaubt, Rose Kathleen, seit dem Tod der Mutter seine einzige Verwandte auf der ganzen Welt, wäre Schauspielerin am Theater gewesen. Er war mit ihrem Beruf zwar nicht ganz einverstanden, aber schließlich handelte es sich doch um ehrliche Arbeit und bei Rose Kathleen um eine junge und strahlende Schönheit. Niemandem konnte es schaden, sie dort im Rampenlicht zu sehen, denn der bloße Anblick strahlender Schönheit hatte noch nie jemandem weh getan. Wie sich nun jedoch zeigte, war Rose Kathleen eigentlich gar keine Schauspielerin gewesen, sondern ›Tänzerin‹. Die Anführungszeichen stammten von ihr selbst. Sie hatte spezielle Auftritte in Rory O'Bannons Nachtclub *Zum Feigenblatt* gehabt, und ihr Brief besagte, daß ›Tänzerinnen‹ dort weniger tanzten, sondern vielmehr in blauen Lichtkegeln standen und ihre Körper vor den betrunkenen Gästen entblößten. Zu späterer Stunde wurden die Tänzerinnen auch gezwungen, diejenigen Kunden zu unterhalten, die das nötige Kleingeld mitführten, um sie für ihre Gunst zu entlohnen. Rose Kathleen hatte all das getan, weil sie unerklärlicherweise in Rory O'Bannon verliebt gewesen war.

Kevin McCarty kannte Rory O'Bannon nur allzu gut. Sie beide waren in derselben gewundenen Straße in Greenwich Village aufgewachsen. Schon als Kind war Rory ein Schlägertyp gewesen, ein übergroßer Kerl mit unstetem Blick und einer wirren Matte aus roten, gekräuselten Haaren. Damals hatte sich Kevin McCarty nie gewehrt, wenn Rory ihn attakierte. Der Grund lag nicht darin, daß Kevin zerbrechlich und klein und oft kränklich war. Sein Mut reichte vollkommen aus, aber er konnte Gewalt einfach nicht ertragen, und es war ihm unmöglich, einen Schlag auszuteilen, der vielleicht ein Lebewesen verletzte. Aus diesem Grund zog es ihn später auch zu dem Frieden und dem geistlichen Leben hin, das der Orden ihm bot.

Der schiefe Rücken von Kevins schmaler Nase war das Ergebnis von Prügeln, die Rory O'Bannon ihm eines Tages, als Kevin gerade auf dem Rückweg von der St.-Ignatius-Gemeindeschule war, völlig grundlos verabreicht hatte. Bei Witterungsumschwüngen hatte Kevin manchmal Schmerzen im linken Arm. Vor langer Zeit hatte ihm Rory O'Bannon den Arm auf den Rücken gedreht, und als Kevin sich weigerte, seine Mutter mit der Bezeichnung zu belegen, die Rory hören wollte, brach er ihn.

Kevin McCarty hatte sich nicht so weit von der Welt vor den Mauern des Seminars entfernt, daß er keine Zeitungen mehr las oder nicht hin und wieder Radio hörte. Er wußte, was aus Rory O'Bannon geworden war. Die Polizei hatte Rory schon häufig verhaftet, und ebensooft war er von Ausschüssen zur Verbrechensbekämpfung verhört worden. Nur einmal jedoch hatte er tatsächlich ins Gefängnis gehen müssen, als man nämlich eine tödliche Waffe bei ihm fand. Man erzählte sich, Rory O'Bannon sei ein Vertrauter Martellos, der dem Syndikat vorstand, und handele mit solch widerwärtigen Waren und Dienstleistungen wie Drogen und Prostitution. Wenn man ihn jedoch verhörte, berief er sich auf seine verfassungsmäßigen Rechte und verweigerte entweder die Aussage oder behauptete, ein guter Bürger zu sein, der seine Steuern zahlte, und das einzige, was ihm wirklich nachgewiesen werden konnte, war die Tatsache, daß er einen Nachtclub von zweifelhaftem Ruf besaß.

Das Entkleiden im blauen Lichtkegel der Scheinwerfer und Stunden später die Unterhaltung von Rorys Kunden waren noch nicht das Schlimmste, was Rose Kathleen in ihrem Brief schilderte. Sie hatte, wie es schien, eine Zeitlang mit Rory O'Bannon auf eine Art und Weise zusammengelebt, wie es nur zwischen Eheleuten sein sollte. Als Rory ihrer überdrüssig wurde, verfiel sie den Drogen, mit denen der Gangster handelte. Wenig später war sie nicht einmal mehr dazu in der Lage, sich als ›Tänzerin‹ ihren Lebensunterhalt zu verdienen. Sie brauchte das Zeug einfach, schrieb sie, also verkaufte sie das einzige, was sie feilzubieten hatte. Letztlich konnte sie das Leben, das sie führte, nicht mehr ertragen, nahm das Gift und lud damit eine weitere Sünde auf ihre arme junge Seele, die schon von so vielen Narben gezeichnet war.

In dem Paket, das mit dem Brief eintraf, fand Kevin ein Tagebuch voller Einträge in der kindlichen Krakelschrift seiner kleinen Schwester. Sie hatte es in der Zeit geführt, die sie mit Rory O'Bannon zusammengelebt hatte, und darin Namen und Daten und Orte aufgelistet, die sich um den Verkauf von Betäubungsmitteln und andere illegale Transaktionen drehten. Der Name Martello tauchte häufig auf. Rose Kathleen hatte sich überlegt, daß die Informationen in dem kleinen Buch es Kevin vielleicht ermöglichen würden, für den Untergang von Rory O'Bannon und seiner Dynastie der Korruption zu sorgen.

Nach Rose Kathleens Begräbnis suchte Kevin McCarty Vater Francis auf, den Rektor des Seminars, und unterrichtete ihn über den Inhalt des Briefes und des Tagebuchs. Vater Francis kannte Kevins Familie und die Gegend, in der sie lebte, seit vielen Jahren. Er sagte: »Du mußt den Brief und das Tagebuch an Danny Meighan schicken, mein Sohn. Er ist im Nachbarhaus aufgewachsen und war während der Kindheit dein Freund. Ich glaube, auch er hat deine kleine Schwester geliebt. Danny ist heute Polizist, weißt du.«

Kevin McCarty schüttelte den Kopf. »Ich werde Danny selbst aufsuchen, Vater. Wenigstens das will ich tun. Danny kann allerdings Rory O'Bannon nicht seiner Sünden wegen töten, und Rory muß sterben. Ich bin es, der dafür zu sorgen hat. Ich bin gekommen, um Ihnen das zu sagen, Vater. Ich muß meinen Gelübden entsagen und wieder in die Welt zurückkehren.«

Der alte Priester starrte ungläubig auf den zerbrechlichen jungen Mann, dessen bleiche Haut auch durch die Sonne im Garten niemals braun zu werden schien. »Deine Gelübde . . .« sagte er.

»Die Jesuitengelübde des Gehorsams und der Armut«, antwortete Kevin McCarty. »Ich bin arm genug, was meine Mittel angeht, Vater. Und ich bin auf eine Art und Weise gehorsam, die Sie niemals verstehen können. Ich gehorche der Stimme in mir, die sagt, daß Rory O'Bannon sterben muß.«

»Der Rat des Teufels«, sagte Vater Francis.

»Ich gestehe freimütig, daß es der Teufel ist und nicht Unser Himmlischer Erlöser, der von mir Besitz ergriffen hat«, antwortete Kevin McCarty. »Aber es ist meine Mission, dafür zu sorgen, daß Rory O'Bannon stirbt, und ich kann mich nicht davor drücken. Ich möchte nicht lästern, Vater, bin aber doch der Meinung, daß manche Menschen so gemein und böse sind, daß der Herr in seiner Güte und Nachsicht nichts gegen sie ausrichten kann. Der Teufel ist als einziger solchen Leuten wie Rory O'Bannon gewachsen.«

»Mein Sohn«, sagte Vater Francis, »du leidest an einem starken Schock und großem Kummer und bist ganz durcheinander. Ist dir eigentlich klar, worauf deine Worte hinauslaufen, daß du nämlich planst, Rory O'Bannon zu ermorden?«

»Rory O'Bannon muß sterben«, wiederholte Kevin McCarty stur.

Der alte Priester schüttelte lächelnd den Kopf. »Nein, mein Sohn«, sagte. »Ich mache mir keine Sorgen um dich. Du bist der gütigste unter all unseren Brüdern. Du bist einer der gütigsten Menschen, die auf der Erde gewandelt sind, seit unser Erlöser am Kreuz starb. Ich fürchte nicht um dich, sage ich. Deine jetzige Stimmung geht vorüber. Du kannst niemanden töten. Du kannst keinem Lebewesen Schmerz zufügen. Gehe, wenn du mußt, aber ich werde noch keinen Bericht an den Pater Provinzialis weiterreichen. Ich vertraue fest darauf, daß du zurückkehrst.«

»Ich gehe wieder in die Welt hinaus, Vater«, sagte Kevin McCarty. »Rory O'Bannon muß sterben, und ich bin derjenige, der beauftragt ist, dafür zu sorgen.«

Kevin McCarty verließ das Seminar in zerknitterten Kleidern, die längst aus der Mode waren, und hatte nichts als den Brief und das Tagebuch im Gepäck.

Sein dringendstes Problem bestand darin, eine vorübergehende Verdienstmöglichkeit und eine Unterkunft zu finden, während er an die eigentliche Aufgabe heranging. Da er ausgesprochen naiv war, machte er sich über diese Frage keine großen Sorgen. Als Junge hatte er für Freunde seines Vaters, die Gilberto-Brüder, Lebensmittel ausgeliefert und später in ihrem Delikatessen-Geschäft an der Bleecker Street gearbeitet. Er hatte vor, einfach die Gilbertos aufzusuchen und sie um seinen alten Job zu bitten. Was Geld anging, waren seine Bedürfnisse sehr begrenzt.

Er stellte fest, daß der alte Laden immer noch so war wie früher, lang und schmal und dunkel und erfüllt mit den Gerüchen von altem Käse und pikantem Paprika. Auch die Gilbertos – Jacomo, Harry und Charley – hatten sich, außer daß sie älter geworden waren, nicht verändert. Sie waren geschwätzig und freundlich und gingen ganz in ihrem Geschäft auf. Der Hirschkopf hing immer noch oben an der Wand. Sämtliche Gilbertos waren Jäger. Kevins Vater hatte sie manchmal auf ihren Jagdausflügen begleitet, die sie bis ins Innere des Staates New York, nach New Jersey und sogar bis nach Kanada führten. Der Hirsch, dessen Kopf hier an der Wand hing, war vom ältesten der Brüder, Jacomo, geschossen worden. Die Trophäe war inzwischen verstaubt und sah schäbig aus, und eines der Geweihenden war abgebrochen. Bei ihrem Anblick und dem anklagenden Ausdruck in den Glasaugen war Kevin McCarty schon immer schlecht geworden.

Die drei Gilberto-Brüder begrüßten ihn überschwenglich. Zuerst konnten sie gar nicht glauben, daß er das geistliche Leben aufgegeben hatte und wirklich seinen alten Job wiederaufnehmen wollte. Als sie endlich überzeugt waren, gaben sie ihm die Arbeit äußerst bereitwillig und entschuldigten sich für die bescheidene Höhe des Gehaltes, das sie sich zu zahlen leisten konnten. »Wir werden alt, wir drei«, sagte Charley. »Die Stunden schleppen sich hin. Wir können ein wenig Hilfe gebrauchen.«

Kevin fand eine möblierte Ein-Zimmer-Wohnung praktisch

direkt gegenüber des Ladens. Der Raum lag im ersten Stock an der Frontseite des Hauses, so daß Kevin dort am Fenster sitzen und den Lastwagen und Autos und Handkarren und dem Gewimmel der Iren und Italiener auf der Straße zuschauen konnte. In der Ferne erblickte er die alte Kirche, wo er seine erste Kommunion empfangen hatte.

Er brauchte ungefähr eine Woche, um sich zurechtzufinden und einen Plan zu entwickeln, wie er Rory O'Bannon töten konnte.

Die Gilberto-Brüder waren damit einverstanden, daß er den Laden jeden Morgen um acht Uhr öffnete, und sie händigten ihm dazu den Schlüssel aus. Um zehn Uhr kam Jacomo dazu, später dann Harry und schließlich Charley, der das Geschäft bis zehn Uhr abends geöffnet hielt. Kevin ging gewöhnlich um fünf, aber wenn besonders viele Kunden kamen, blieb er oft noch bis lange nach der Abendbrotzeit. Er aß in den Imbißbuden der Nachbarschaft und bekam selbst nie richtig mit, was er sich dort eigentlich bestellte. Manchmal vergaß er die Mahlzeiten ganz und war dann überrascht, wenn er mitten in der Nacht aufwachte und ihm der Magen vor Hunger schmerzte.

Er rief auf dem Mercer-Street-Polizeirevier an und erfuhr, daß Detective Danny Meighan diese Woche in der Schicht von vier Uhr bis Mitternacht arbeitete. Eines Abends ging er dorthin, um den alten Freund wiederzusehen. Danny führte ihn in ein kleines, verschwiegenes Büro neben dem Arbeitsraum der Detectives, wo sie unter sich waren.

Sie tauschten Erinnerungen an ihre Kindheit auf den Straßen von Greenwich Village und dem gepflasterten Spielplatz hinter der St.-Ignatius-Schule aus. Schließlich sprachen sie über Rose Kathleen, in die Danny Meighan als kleiner Junge verliebt gewesen war, und unvermeidlicherweise auch über Rory O'Bannon.

»Ich wußte, daß sie sich mit ihm eingelassen hatte, während du bei den Priestern warst«, sagte Danny. »Ich habe auf meine tölpelhafte, törichte Art versucht, es ihr auszureden, aber es brachte nichts, überhaupt nichts. Ich dachte daran, dir zu schreiben, hatte dann aber Zweifel, ob es helfen würde, und fürchtete, dir nur Sorgen zu machen und dir das stille und heilige Leben zu verderben, das du führtest. Wenn junge Mädchen so werden, kann man gar nichts machen. Es ist eine Art von Wahnsinn, schätze ich. In meinem Beruf erlebe ich eine Menge Frauen, die genauso sind. Je übler die Männer, desto fester scheinen sie junge Mädchen wie Rose Kathleen im Griff zu haben.«

»Jetzt stell dir mal vor«, sagte Kevin McCarty, »denk dir einfach mal, daß ein junges Mädchen, das mit einem Mann wie Rory O'Bannon ging, ein Tagebuch geführt hat. Stell dir mal vor, daß sie darin Namen genannt und Orte aufgelistet hat, wo Drogen verkauft und andere illegale Sachen gemacht wurden. Wenn die Polizei ein solches Dokument hätte, könnte sie dann etwas unternehmen?«

Dannys Meighans Augen wurden schmal. »Kevin, mein Junge, willst du damit sagen, daß deine Schwester so ein Tagebuch hinterlassen hat?«

»Komm schon, Danny«, entgegnete Kevin McCarty. »Es geht nur um ein Was-wäre-wenn, ein Spiel, wie wir es auch als Kinder immer gespielt haben. Du wurdest selbst bei den Jesuiten erzogen. Du solltest ihren Hang zu Diskussionen und Spekulationen kennen.«

»Abstrakt, wie?« fragte der junge Polizist. »Nun, Kevin, mein Junge, wenn du Beweise von der Art hast, die eher konkret sind als abstrakt, dann händigst du sie besser der Polizei aus, ohne weiter über abstrakte Voraussetzungen zu argumentieren oder zu spekulieren.«

Kevin schüttelte den Kopf. »Der Mann der Tat!« sagte er. »Aber jetzt erzähle mir doch mal: Falls ich so ein Buch für dich hätte, was würde passieren, Danny?«

»Die Polizei würde über alle dort genannten Personen Nachforschungen anstellen und alle erwähnten Adressen durchsuchen. Bei ausreichenden Beweisen würde sie Verhaftungen vornehmen.«

»Und was geschähe mit den verhafteten Personen?«

»Sie kämen selbstverständlich vor Gericht. Das von dir erwähnte Tagebuch könnte sich bei der Untermauerung der Anklage als wertvoll erweisen.«

»Wie sähen die Strafen aus?«

Danny Meighan lachte in sich hinein. »Keine Jesuitentricks!« warnte er. »Wenn sie sich als schuldig erwiesen und die Polizei ihren Fall richtig vorbrächte, würden die Geschworenen sie schuldig sprechen, und der Richter würde sie verurteilen.«

»Wie sähe das Strafmaß aus?« wiederholte der zerbrechliche Mann hartnäckig seine Frage.

»Der Polizist zuckte die Achseln. »Wer weiß? Zehn Jahre vielleicht. Eher fünf.«

»Das reicht nicht«, meinte Kevin McCarty. »Rory O'Bannon ist ungefähr in unserem Alter. Wenn er wieder aus dem Gefängnis käme, wäre er immer noch jung genug, um weitere Mädchen zugrunde zu richten und noch mehr Drogen an Schulkinder zu verkaufen. Jemand wie Rory O'Bannon sollte zum Tode verurteilt werden.«

Danny Meighan fuhr zurück. »Und das von dir? Von einer gütigen Seele wie dir, die keiner Fliege etwas zuleide tun könnte? Aber du hast natürlich recht, und ich stimme dir vollkommen zu. Es gab bereits etliche Gesetzentwürfe, die den Verkauf von Drogen zu einem Kapitalverbrechen erklären wollten, das die Todesstrafe nach sich zieht, aber keiner davon wurde verabschiedet.«

Kevin McCarty stand auf. »Es war schön, dich zu sehen«, sagte er. »Entschuldige, daß ich deine Zeit mit Gedankenspielen in Anspruch genommen habe, aber Rory O'Bannon muß sterben. Das ist mein fester Entschluß.«

Der Detective wirkte noch erstaunter.

»Jetzt warte mal, mein lieber Freund«, sagte er. »Willst du damit sagen, daß du das Gesetz in die eigene Hand nehmen und persönlich Rory O'Bannon niederschießen möchtest? Dann muß ich dich warnend darauf hinweisen, daß selbst die Tötung einer verlausten Ratte wie Rory nach dem Gesetz Mord wäre!«

Kevin McCarty nickte. Sein Gesicht war sehr ernst. »Ich weiß«, antwortete er. »Sollte ich über etwas weniger Abstraktes stolpern, rufe ich dich vielleicht wieder an, Danny.«

»Tu das«, sagte Danny Meighan. »Und sei vorsichtig, Kevin, mein Junge! Typen wie Rory O'Bannon sind ein bißchen viel für Jesuitenbrüder, die Blumen züchten und über Abstraktionen nachdenken.«

Kevin McCarty war kein Detektiv, aber es bereitete ihm kaum Schwierigkeiten, Rory O'Bannons Adresse herauszufinden. Während der Untersuchungen über seine Verbrechen hatten die Zeitungen sich ausgiebig über Rorys Luxus-Penthouse am Park verbreitet. Zwei Tage lang behielt Kevin jeweils nach Feierabend von einer Parkbank aus den Hauseingang im Auge und fütterte die Tauben mit Krümeln aus einer mitgebrachten Tüte, bekam jedoch niemanden zu sehen, der Rory auch nur im geringsten ähnelte. Am dritten Abend verließ er das Geschäft früher und bezog seinen Posten bereits vor dem Abendessen. Seine Mühen wurden belohnt. Ein massiger Mann mit energischem Gesicht und widerspenstigen roten Haaren, die den Rand seines Homburg-Hutes säumten, kam aus dem Glas- und-Chrom-Eingang des Apartment-Blocks stolziert, zu beiden Seiten flankiert von Männern mit ausdruckslosen Gesichtern, lächerlich ausgepolsterten Schultern und Hüten, die eine Nummer zu groß wirkten. Die drei setzten sich in eine bereitstehende Limousine, die in ihrer schwarz-glänzenden Lackierung einem Leichenwagen ähnelte. Kevin hatte Rory nicht mehr gesehen, seit der junge Schläger damals in die Besserungsanstalt gekommen war, aber er erkannte ihn mühelos wieder. Die Zeitungen hatten von seinen Bildern nur so gestrotzt. Rory war sehr groß geworden und hatte einen regelrechten Wanst entwickelt, aber sein Gesicht zeigte nach wie vor denselben wilden, grausamen Ausdruck wie damals. Eine ganze Woche lang saß Kevin jeden Abend da, hielt Ausschau und fütterte die Tauben. Jeden Abend tauchten Rory, die Männer mit den leeren Gesichtern und das große Auto auf, das wie ein Leichenwagen aussah. Rory schien einem ebenso regelmäßigen Lebenswandel nachzugehen wie nur irgendein respektabler Bürger. Sein Zeitplan variierte von einem Abend zum nächsten nur um Minuten.

Kevin McCarty hatte keine Bedenken, seine Abendwachen wieder zu beenden. Die Tauben waren inzwischen so fett, daß sie fast platzten, denn zahllose weitere Leute fütterten sie ebenfalls. Kevin McCarty wußte jetzt, wo er Rory O'Bannon finden konnte, wenn er ihn finden wollte.

Am zweiten Samstag nach seiner Rückkehr in die Welt des Lärms und der Eile und der bösen Menschen nahm Kevin einen Bus in das stille Dorf am Hudson, wo das Seminar seinen Sitz hatte. Priester sind normale Menschen, und wie für normale Menschen typisch, haben sie ihre Hobbies. Vater Francis'

Steckenpferd war die Fotografie. Er besaß eine Kamera mit zahlreichen unterschiedlichen Objektiven und Filtern und hatte einen großen Wandschrank zur Dunkelkammer ausgebaut. Er hatte ganze Alben mit seinen Aufnahmen von den Patres und Seminaristen und Brüdern bei der Arbeit, beim Studium und bei geistlichen Übungen gefüllt. Er hatte eine ausgeprägte Zuneigung zu dem gütigen Bruder Kevin McCarty entwickelt und ihm die Grundlagen solcher Dinge wie Belichtungszeiten und Brennweiten beigebracht.

Vater Francis war außer sich vor Freude, als Kevin McCarty an diesem sonnigen Samstagnachmittag in sein Studierzimmer trat, das voller blasser Gipsheiliger war, die über dunklen Bücherreihen brüteten. Er glaubte, ein verlorener Bruder wäre heimgekehrt, und obwohl er bezweifelte, daß er so kurzfristig einen richtigen Willkommensschmaus organisieren konnte, war er doch uneingeschränkt bereit, zur Feier des Tages die besten Dosendelikatessen der Seminarküche zu öffnen. Als er feststellen mußte, daß Kevin keineswegs für immer zur Gemeinde zurückkehren wollte, sondern nur gekommen war, um sich seine Kamera auszuleihen und die Dunkelkammer zu benutzen, wurde Vater Francis' faltiges Gesicht lang.

»Und was ist mit deiner fixen Idee über diesen O'Bannon?« wollte er wissen.

»Ich habe ihn ein paarmal gesehen, aber nur aus der Ferne«, gab Kevin ausweichend zur Antwort.

Der alte Mann stand vor einem Rätsel, gestattete es Kevin jedoch, seine Foto-Ausrüstung zu benutzen, wenn er auch eine seltsame Vorahnung hatte, die Kamera und die Entwickler könnten dazu benutzt werden, um Satans Werk zu tun.

Kevin hatte das Tagebuch mitgebracht. Er fotografierte mehrere Seiten, die er im voraus markiert hatte. Er entwickelte die Negative und hängte die Bilder vor Vater Francis' Ventilator zum Trocknen auf.

Während er darauf wartete, daß die Abzüge fertig wurden, trank er mit dem alten Mann zusammen ein Glas Wein und erzählte ihm dabei von den Gilberto-Brüdern und ihrer Freundlichkeit sowie von Danny Meighan. Er vermied es, die Bilder anzusprechen, die er gemacht hatte, wie auch das Thema seiner toten Schwester oder Rory O'Bannons. Als die Abzüge trocken waren, tat er sie in einen Umschlag, steckte den Umschlag in die Tasche und verabschiedete sich von dem alten Priester.

Vater Francis drückte Kevin den Arm. »Mein Sohn«, sagte er, »mische dich nicht in Gottes Aufgaben ein! Bislang habe ich noch keinen Bericht über dich an den Pater Provinzialis gesandt.«

»Es ist nicht Gottes Aufgabe, sich um Rory O Bannon zu kümmern«, erwiderte Kevin McCarty.

Während der nächsten beiden Tage tat er nur wenig mehr, als an der Ladentheke zu stehen, zu essen, wenn er hungrig war, und auf seinem Zimmer am Fenster zu sitzen und in Gedanken einen Brief zu formulieren. Als er mit dem Text endlich zufrieden war, brachte er die Worte zu Papier.

Lieber Rory,
Du erinnerst Dich vielleicht aufgrund unserer gemeinsamen Kindheit an mich oder durch meine verstorbene Schwester Rose Kathleen, möge Gott ihrer Seele Frieden schenken. Ich schreibe Dir, weil Rose Kathleen ein Tagebuch geführt hat, das sich jetzt in meinem Besitz befindet. Fotokopien bestimmter Seiten aus dem kleinen Buch liegen diesem Brief bei. Du wirst feststellen, daß Dein Name häufig auftaucht, was auch für die Namen von Mr. Martello und anderen Personen gilt.

Ich habe noch nicht entschieden, was ich mit diesem kleinen Buch anfangen soll. Ich denke, es ist meine Pflicht, es den Behörden zu übergeben. Bevor ich das jedoch tue, möchte ich gerne mit Dir reden. Wenn Du über diese Angelegenheit mit mir diskutieren möchtest, ehe ich zur Polizei gehe, mußt Du Dich buchstabengetreu an meine Anweisungen halten.

Du wirst nächsten Sonntag genau 15 Uhr 15 das Zimmer im ersten Stock an der Vorderseite des Hauses aufsuchen, das zu der untenstehenden Adresse gehört. Du wirst allein kommen. Ich kann von meinem Fenster aus die Straße überblicken, und wenn Du in Begleitung kommst, wird man Deine Begleiter nicht einlassen. Auch Du wirst zu keinem anderen Zeitpunkt eingelassen als genau um 15 Uhr 15 am Sonntag.

Es kann natürlich sein, daß Du befürchtest, ich wollte Dich in eine Falle locken. Ich versichere Dir jedoch, daß Du mich ganz allein antreffen wirst, und Du erinnerst Dich womöglich noch daran, daß ich weder groß noch stark bin. Bestimmt muß ich Dich nicht erst groß darauf hinweisen, daß Du unbewaffnet zu erscheinen hast. Wenn Du eine Falle befürchtest, wäre es töricht, der Polizei auch noch etwas gegen Dich in die Hand zu geben, nicht wahr?

Solltest Du Punkt 15 Uhr 15 Sonntag nicht eintreffen, werde ich gleich zur Polizei gehen, und das Tagebuch wird sich um 15 Uhr 30 in ihrer Hand befinden. Falls es dazu kommt, werden Du, Mr. Martello und die anderen zweifellos verhaftet, und ich werde dafür sorgen, daß Mr. Martello erfährt, wer seine Verhaftung hätte verhindern können, indem er sich einfach mit mir unterhielt.

Kevin McCarty

Er gab den Brief mitsamt den Anlagen zur Post. Anschließend ließ er in einem kleinen Geschäft an der Bleecker Street Duplikate der Schlüssel von Haus- und Zimmertür anfertigen. Danach ging er zur Mercer Street und stieg die Treppe zum Büro der Detectives hinauf.

Als er und Danny wieder in dem kleinen Büro unter sich waren, sagte Kevin: »Danny, mein Junge, ich bin inzwischen vom Abstrakten zum Konkreten fortgeschritten. Wenn du genau das tust, was ich dir sage, kannst du Rory O'Bannon am nächsten Sonntagnachmittag vielleicht verhaften und zugleich eine Menge Beweise für seine Schuld in die Hand bekommen.« Er reichte dem Detective die Zweitschlüssel. »Suche nächsten Sonntag um 15 Uhr 30 diese Adresse auf.« Er schrieb sie auf einen Zettel und reichte ihn Danny Meighan. »Der dicke Schlüssel ist für die Haustür. Steige dann eine Treppenflucht hinauf und wende dich nach links zu dem Zimmer an der Frontseite. Öffne dessen Tür mit dem schmalen Schlüssel. Das ist alles, was du tun mußt. Wenn dir jedoch deine Dienstmarke und eine mögliche Beförderung etwas bedeuten, sei um Punkt 15 Uhr 30 dort, nicht eine Minute früher oder später.«

Danny Meighan protestierte lautstark. Er wollte wissen, was Kevin McCarty im Schilde führte, und warnte ihn davor, daß Rory O'Bannon so gefährlich sei wie eine Klapperschlange.

Kevin winkte ab. »Entweder spielst du nach meinen Regeln«, sagte er, »oder ich blase die ganze Sache ab.«

Das nächste Problem des gütigen Bruders bestand darin, an eine Schußwaffe zu gelangen. Er kannte sich in diesen Dingen nicht gut aus, dachte sich jedoch, daß man eine Art Erlaubnis brauchte, um Feuerwaffen zu erwerben. Ihm fiel keine gute Ausrede ein, auf deren Grundlage er einen Waffenschein hätte beantragen können. Am einfachsten wäre es, eines der Jagdgewehre zu benutzen, die die Gilbertos in einem Wandschrank im Hinterzimmer ihres Feinkostgeschäftes aufbewahrten. Damit verband sich jedoch ein moralisches Problem. Kevin McCarty hatte auf seine schlichte Art überhaupt keine Schwierigkeiten damit, richtig von falsch zu unterscheiden, aber sich zwischen zwei Sünden zu entscheiden, war etwas ganz anderes. Schließlich kam er zu dem Schluß, daß eine Lüge weniger schwerer wog als ein Diebstahl. Eines Morgens trat Kevin, ehe die übrigen Gilbertos eintrafen, an Jacomo heran, den ältesten der Brüder. Er hielt ihn für den leichtgläubigsten unter den dreien.

»Mr. Jacomo«, sagte er und war sich dabei bewußt, wie falsch seine Stimme klingen mußte, »ein Freund hat mich gebeten, nächsten Sonntag mit ihm im Wald auf die Jagd zu gehen. Ich möchte Sie fragen, ob Sie mir eines Ihrer Gewehre leihen würden.«

Jacomo war so leichtgläubig nun auch wieder nicht. Er musterte Kevin stechend und zwirbelte sich heftig den Schnurrbart. »Du! Auf die Jagd gehen! Na, ich erinnere mich, wie dein Vater dir das Schießen beibringen wollte, als du noch ein Junge warst. Schon ein Kaninchen mit Luftgewehrschrot zu streifen, war zuviel für dich! Ich glaube, du bist jetzt hinter größerem Wild her als Eichhörnchen und Kaninchen, und dafür gebe ich dir das Gewehr nicht.« Der alte Mann drehte sich entrüstet den Schnurrbart. »Außerdem hast du keinen Jagdschein.«

Später am selben Tag nahm Jacomo seinen Angestellten noch einmal auf die Seite. »Ich wollte nicht so grob sein«, sagte er. »Hör auf mich, denn ich bin alt und kannte deinen Vater, möge er in Frieden ruhen. Du bist nicht für Gewalttätigkeiten geschaffen. Überlaß es Gott und der Polizei, die Übeltäter zu bestrafen.«

Also wußten die Gilbertos bereits über seine Schwester und

über Rory O'Bannon Bescheid. Alle hatten es schon gewußt, wie es schien – alle außer Kevin McCarty. Er war zu sehr mit den Blumen im Garten des Seminars beschäftigt gewesen.

So sah er sich schließlich gezwungen, gleich zwei Sünden zu begehen. Gelogen hatte er bereits. Jetzt mußte er noch stehlen.

Am Freitag dieser Woche, zwei Tage, nachdem er den Brief abgeschickt hatte, blickte Kevin zum Fenster des Ladens hinaus und sah, daß das Haus, in dem er wohnte, von zwei Männern gemustert wurde. Die Schultern der beiden waren lächerlich ausgepolstert und ihre Hüte eine Nummer zu groß. Die große, schwarze, an einen Leichenwagen erinnernde Limousine war nicht zu sehen, ebensowenig Rory O'Bannon. Die beiden Männer mit den ausdruckslosen Gesichtern spazierten die Straße hinunter zu einer Eckkneipe. Wenig später kamen sie zurück und betraten Gilbertos Delikatessengeschäft. Sie mußten mit dem Barkeeper gesprochen haben, der mit Kevin aufgewachsen war. Sie kamen schnurstracks auf Kevin zu. Er bereitete gerade ein ›Helden-Sandwich‹ – ein kompletter kleiner Laib italienisches Brot, in der Mitte aufgeschnitten und gefüllt mit gewürztem Fleisch und Käse – für einen Handwerker aus der Gegend zu. Als die beiden sahen, wie klein und sanft Kevin war, wechselten sie Blicke miteinander und mußten fast lachen. Kevin wurde mit dem Sandwich fertig und blickte die beiden Männer mit den ausdruckslosen Gesichtern fragend an, als hätte er sie noch nie zuvor gesehen.

»Geben 'se mir so eins«, sagte der erste Mann und deutete auf das dicke Sandwich.

»Machen 'se zwei draus«, meldete sich der zweite Mann.

Kevin bereitete die Sandwichs zu und fragte dann: »Senf?«

»Ja, mit Senf«, sagte ein Mann mit ausdruckslosem Gesicht.

»Das ist okay«, sagte der andere.

»'ne Flasche Wein«, sagte einer.

»Machen 'se zwei draus«, sagte der andere.

Keiner der Gilbertos war in der Nähe. Kevin öffnete die Weinflaschen auf dem Ladentisch. Einer der Männer mit den ausdruckslosen Gesichtern zog ein Messer, klappte es auf und hielt Kevin mit dem Blick fest. Er schnitt das Sandwich in zwei Hälften und fragte dabei: »Heißen Sie McCarty?«

»Ja«, antwortete Kevin.

Der Mann mit dem ausdruckslosen Gesicht sagte: »Sie bekommen am Sonntag Besuch. Um 15 Uhr 15. Seien Sie nett zu ihm. Geben Sie ihm, was er möchte. Wir warten draußen.«

Der Mann mit dem ausdruckslosen Gesicht legte das Messer mit offener Klinge auf den Ladentisch. Die beiden Männer mit den ausgepolsterten Schultern verzehrten ihre Sandwichs und tranken ihren leichten Wein. Sie musterten Kevin, während sie aßen und tranken. Als sie fertig waren, legten sie eine Banknote auf den Tisch. Einer klappte das Messer zu und steckte es ein. Er schob Kevin einen halben Dollar als Trinkgeld zu.

»Seien Sie nett zu ihm«, wiederholte er.

Die beiden Männer mit den ausgepolsterten Schultern und den Hüten, die eine Nummer zu groß waren, gingen, ohne sich noch einmal umzudrehen.

Kevin McCarty sah Rorys Leibwächter weder an diesem Tag noch am Samstag wieder.

Der Tag, den Kevin der Aufgabe gewidmet hatte, die er des Satans Werk nannte, war ein Sonntag, dem Gottes strahlende Sonne Glanz schenkte. Die Bleecker Street war geschmückt mit kleinen italienischen Mädchen in gestärkten Rüschenkleidern, und sie drückten Sträuße aus weißen und roten Rosen an sich. Ihre Augen glänzten nach der ersten Kommunion.

Zur Mittagsstunde überquerte Kevin die Straße zum Delikatessengeschäft und öffnete die große Tür mit seinem Schlüssel. Er nickte mehreren Faulenzern zu, die auf der Straße herumlungerten. Die Faulenzer wußten, daß er in diesem Laden arbeitete – sie würden sich nichts dabei denken, daß er ihn zu einem Zeitpunkt betrat, an dem das Geschäft eigentlich geschlossen war. Kevin ging gleich ins Hinterzimmer und schaltete eine matte Glühlampe an. Er holte sich einen Schraubenzieher aus dem Werkzeugkasten der Gilbertos. Die Tür zum Wandschrank, in dem die Gewehre aufbewahrt wurden, war mit einem Vorhängeschloß gesichert. Es verband zwei Ringe miteinander, die mit Tür und Wand verschraubt waren. Innerhalb von fünf Minuten hatte Kevin einen der Ringe entfernt, und die Tür ging knarrend auf. Kevin McCarty hatte noch nie einen Abzug betätigt, aber er wußte durchaus etwas über Feuerwaffen. Sein Vater hatte ihn, bewegt von der Hoffnung, sein Sohn würde sich dadurch für die Jagd interessieren, mit der Reinigung seiner Gewehre beauftragt. Kevin gefielen das Gewicht und die Balance eines Marlin-Gewehres. Er holte es aus dem Ständer hervor und lud es mit der passenden Munition. Er fühlte sich nicht übermäßig schuldig dabei. Die Waffe würde ja zurückgebracht werden, wenn er seine Aufgabe erledigt hatte. Bei der Munition war das natürlich nicht möglich. Eine einmal abgefeuerte Patrone ist zu nichts mehr nutze. Er hatte sich allerdings nur eine Patrone genommen, da er nicht mehr brauchen würde.

Er holte das Tagebuch seiner Schwester aus der Tasche und verstaute es dort, wo die Marlin gestanden hatte. Das war ein ziemlich sicheres Versteck.

Er riß ein langes Stück braunes Metzgerpapier von einer Rolle ab, wickelte das Gewehr in ein unförmiges Paket und band eine dicke Schnur darum. Er schraubte den Ring, der immer noch am Vorhängeschloß hing, wieder an die Wand und kehrte in sein Zimmer zurück, das unförmige Paket unter den Arm geklemmt.

Zu Hause packte er die Waffe aus und stopfte Papier und Schnur in einen Blechmülleimer, auf den weiße Lilien gemalt waren. Er lehnte die geladene Waffe hinter dem Vorhang ans Fenster, nahm die Bibel vom Tisch und setzte sich in den Sessel vor dem Fenster. Es war gerade erst 12 Uhr 30.

Um zehn nach drei warf Kevin einen Blick auf den laut tickenden Wecker auf dem Tisch. Er legte sich die Bibel in den Schoß, beugte sich leicht vor und blickte zum Fenster hinaus. Er sah eine Limousine heranfahren, so groß und schwarz wie ein Leichenwagen. Sie fuhr sehr langsam unterhalb seines Fensters vorbei. Er sah ein verschwommenes Gesicht darin an die Scheibe gedrückt.

Der Wagen fuhr bis an die Ecke weiter und wurde dort in eine Parkbox manövriert. Drei Männer stiegen aus. Einer davon war Rory O'Bannon. Die beiden anderen trugen Anzüge mit ausgepolsterten Schultern und Hüte, die eine Nummer zu groß waren. Kevin lächelte. Rory fürchtete sich davor, allein zu kommen. »Wir warten direkt draußen«, hatte einer der Männer gesagt. Die beiden schienen sich jetzt mit Rory zu streiten. Schließlich setzte sich einer von ihnen wieder ins Auto, während der andere forsch die Straße entlangging und vor Gilbertos Delikatessengeschäft Stellung bezog. Rory O'Bannon überquerte die Straße auf Kevins Seite. Als er auf Höhe des Hauses war, nahm er die Nummern auf der Tür in Augenschein. Die Klingel in Kevins Zimmer läutete. Es war exakt 15 Uhr 15. Kevin legte die Bibel auf den Tisch und drückte auf den Türöffner. Dann sah er zum Fenster hinaus, um sicherzugehen, daß Rory allein eintrat. Er öffnete die Zimmertür, ließ sie leicht offenstehen und kehrte zu dem Sessel am Fenster zurück, wo er das Gewehr durch die Vorhänge ertasten konnte. Die Treppenstufen ächzten unter Rorys Gewicht.

Jemand klopfte leise an die Tür.

»Komm herein, Rory. Ich bin ganz allein.«

Rory O'Bannons massige Gestalt füllte den Türrahmen aus. Die wild blickenden Augen zuckten argwöhnisch in dem kleinen Zimmer hin und her. Dann war der große Mann mit drei Schritten an dem Sessel, packte Kevin unter den Armen und zog ihn grob hoch. Ohne etwas zu sagen, klopfte er ihm die Taschen und Achselhöhlen ab. Er stieß ihn zurück, riß die Tür zum Wandschrank auf und spähte hinein. Sogar unter dem Bett sah er nach. Endlich war er zufrieden. Er betrachtete Kevin nachdenklich, lachte kurz und unangenehm, setzte sich auf eine Stuhlkante und fragte: »Hast du das Tagebuch? Wie sieht das Geschäft aus?«

»Ich habe das Tagebuch nicht hier«, antwortete Kevin. »Ich habe es an einer Stelle versteckt, die nur mir bekannt ist. Es gibt eine Möglichkeit, wie du mich davon abhalten kannst, es der Polizei zu übergeben. Wir wollen einander richtig verstehen, Rory. Du hast mich einmal verprügelt, damit ich etwas sage, was ich nicht sagen wollte. Es hat nicht funktioniert. Ich weiß, daß deine Männer unten stehen. Ihr könnt mich allerdings nicht entführen, denn die Bleecker Street ist stark bevölkert. Ihr könntet mich nie bis zu deinem Wagen schleppen.«

»Wieviel willst du?« fragte Rory. »Aber warte, ich muß dir erst etwas erzählen. Es ist nicht viel wert. Es ist deshalb nicht viel wert, weil deine kleine Schwester eine Süchtige und ein Flittchen war. Ein Richter oder Geschworene würden den Behauptungen einer Süchtigen und eines Flittchens keinen großen Glauben schenken. Trotzdem könnte es ein bißchen Probleme machen, und Martello mag keine Probleme. Er ist bereit, ein bißchen zu bezahlen, nur damit keine Schwierigkeiten entstehen.«

Kevin McCarty warf einen verstohlenen Blick auf die Uhr. 15 Uhr 23. Noch sieben Minuten. Vielleicht hatte er die Zeit schlecht geplant. Vielleicht hätte er nur zehn Minuten einplanen sollen statt fünfzehn. Er tat so, als überlegte er sich, welche Summe er verlangen sollte. Die Uhr tickte laut, aber allzu langsam.

Endlich sagte er: »Ich möchte kein Geld, Rory. Ich habe einmal als Jesuit das Gelübde der Armut abgelegt. Ich möchte lediglich eine Theorie beweisen. Die Jesuiten sind groß darin, Theorien zu beweisen, Rory.«

Die Uhr tickte. 15 Uhr 25. Noch fünf Minuten.

»Laß das zweideutige Gerede«, erwiderte Rory ärgerlich. »Was willste nun beweisen?«

»Ich hatte schon immer die Theorie, daß du feige bist, Rory. Das möchte ich beweisen.«

Rory O'Bannons Gesicht wurde dunkelrot. Er stand auf und machte einen Schritt auf den zerbrechlichen, ruhigen Mann zu. Kevin McCarty war nicht aufgestanden, aber er hielt plötzlich ein Gewehr in der Hand. Das Gewehr war direkt auf Rory O'Bannon gerichtet.

15 Uhr 26.

»Komm nicht näher, Rory!« warnte ihn Kevin McCarty. »Das Gewehr ist geladen. Setz dich wieder auf den Stuhl.«

Rory setzte sich. »Du heimtückische Ratte«, sagte er.

»Nein«, sagte Kevin McCarty. »Nein, Rory, du bekommst deine Chance, wie ich es dir versprochen habe. Ich halte dich für feige. Ich glaube nicht, daß du den Mumm hast, einen Menschen zu töten. Ich will beweisen, daß du nicht dazu fähig bist.«

15 Uhr 27.

Kevin McCarty blickte zum Fenster hinaus. Der große schwarze Wagen parkte nach wie vor weiter unten an der Straße. Der Mann mit dem ausdruckslosen Gesicht stand angespannt und reglos auf der anderen Straßenseite. Dann sah Kevin Danny Meighan näherkommen. Er ging so langsam, daß es einen schier verrückt machen konnte.

»In genau einer Minute werde ich zu dieser Tür dort hinausgehen, Rory«, sagte Kevin McCarty. »Ich hole mir das Tagebuch und gehe direkt zur Polizei. Es gibt nur eins, womit du mich aufhalten kannst. Du kannst mich umbringen.«

»Du bist doch wohl übergeschnappt!« sagte Rory. »Hör mal, ich bezahle ja, kapiert? Ich zahle dir reichlich. Du kannst das Geld der Kirche geben.«

Danny Meighan stand jetzt vor dem Haus. Er sah auf einem Zettel nach, ob es auch die richtige Adresse war. Er setzte den Fuß auf die Treppe. Kevin McCarty stand auf. Er durchquerte das Zimmer und blieb vor der Tür stehen. Unten hörte er, wie jemand die Treppe heraufkam. Er warf Rory O'Bannon das Gewehr in den Schoß und sagte: »Es ist gesichert. Zieh den kleinen Hebel rechts zurück, um es zu entsichern.« Er legte die Hand auf den Türgriff. »Erschieße mich jetzt, Rory, oder ich gehe zu den Cops. Stell sicher, daß du mich auch richtig triffst – andernfalls erzähle ich den Cops, wo sie das Tagebuch finden können.«

Rory hob das Gewehr, einen Ausdruck völliger Überraschung im Gesicht.

Ein Mann kam mit vorsichtigen Schritten den Flur herab.

»Lebwohl, Rory O'Bannon«, sagte Kevin McCarty und drehte den Türgriff.

Ein plötzliches Krachen füllte das kleine Zimmer aus.

Kevin McCarty brach zusammen.

Der gütigste unter allen Brüdern lebte gerade noch sechzig Sekunden lang. Aber das reichte.

Er lebte noch lange genug, um zu hören, wie die Tür aufgestoßen wurde, um zu sehen, wie dort Danny Meighan stand, einen Revolver in der Hand. Er lebte noch lange genug, um das vergebliche Klicken des Abzugs an dem jetzt leeren Gewehr zu hören, um zu hören, wie es zu Boden fiel und Rory schrie: »Nicht schießen! Erschießen Sie mich nicht, Copper!«

Er lebte gerade noch lange genug, um gewiß zu sein, daß Rory O'Bannon für den Mord an Kevin McCarty auf dem elektrischen Stuhl sterben würde.

Deutsch von Thomas Schichtel

Einbahnstraße

Anthony Armstrong

Ohne den kleinen Mr. Harold Bent, der ganz offensichtlich die Tatsache vergessen hatte, daß der Verkehr um den Trafalgar Square nur in einer Richtung verlief, wäre der Körper von James Wellson erst fünf Minuten später entdeckt worden, als es dann tatsächlich der Fall war. Er wäre zudem eine halbe Meile von der Stelle entfernt aufgefunden worden, an der man ihn fand. Und schon fünf Minuten und eine halbe Meile können für einen Mörder außerordentlich nützlich sein, ganz besonders in London.

Und so war es geschehen:

Als die Verkehrsampeln ihm freie Bahn signalisierten, bog der Taxifahrer George Travers mit seinem Fahrzeug um die Südostecke des Trafalgar Square und zwängte sich in dem üblichen Slalomlauf in den Verkehrsstrom aus Richtung Whitehall, um sein Fahrziel in der Gegend von Pall Mall anzusteuern. Wie er es immer in derart wilden Strudeln aus chaotischen, völlig rücksichtslosen Automassen zu tun pflegte, stieß er zwischen seinen Zähnen eine beständige Flut von Verwünschungen gegen sämtliche Wagen aus, die ihn schnitten, sich von ihm nicht schneiden lassen wollten, und vor allem gegen die Fußgänger, die sich der Tatsache in keiner Weise bewußt zu sein schienen, daß so etwas wie ein Auto überhaupt existierte.

Üblicherweise war diese auf alles und jeden zielende Schimpfkanonade eher automatisch und insgesamt höchst überflüssig, doch plötzlich schien sie ausnahmsweise einmal gerechtfertigt. Als er nämlich die nächste Straßenecke erreichte, trat der oben erwähnte Mr. Harold Bent von dem Bürgersteig in der Mitte und lief direkt vor Georges Taxi auf die Fahrbahn, wobei er den Kopf beharrlich in die andere Richtung gedreht hielt und folglich nur um Haaresbreite von etlichen Autos verfehlt wurde.

Auf der Stelle drückte George empört auf seine Hupe, um mit

deren mißtönendem Signal den anderen sogleich zur Salzsäule erstarren zu lassen, während er an ihm vorüberdonnerte; doch dieses eine Mal funktionierte es nicht. Anstatt wie angewurzelt zu verharren, sprang der Fußgänger mit einem wilden Satz nach vorn.

Mit einem wüsten Fluch kurbelte George am Lenkrad – zu spät. Der Kotflügel des Taxis erwischte den anderen über dem linken Knie. Sein Hut flog in die eine Richtung, während der Regenmantel, den er über dem Arm getragen hatte, in hohem Bogen in die andere Richtung segelte, was George zu Tode erschreckte, da er im ersten Moment dachte, es wäre der Körper seines Opfers.

»... ! Der erste ... Unfall ... in achtzehn Jahren!« stammelte er, ebenso wütend wie entgeistert, als sein Taxi nach wenigen Metern kreischend zum Stillstand gekommen war. Im nächsten Augenblick erkannte er jedoch zu seiner Erleichterung, daß der Fußgänger nicht in einer tödlichen Blutlache auf der Fahrbahn lag, sondern sich bereits aus dem Schmutz aufgerappelt hatte, seinen Hut von einem der Umstehenden entgegennahm, seinen Mantel von einem anderen, und dann wütend auf ihn zu gehumpelt kam. Georges Erleichterung wurde allerdings genauso schnell von einem Gefühl tiefster Empörung verdrängt, weil der andere offensichtlich zornbebend die Überzeugung vertrat, daß George an allem schuld sei, weil er auf der falschen Seite der Straße gefahren sei.

»Auf der falschen Seite der Straße!« stotterte er. »Am Trafalgar Square gibt es bloß eine Seite der Straße. Sie sind ja völlig ...«

Aber Mr. Harold Bent hörte ihm gar nicht zu. Energisch redete er auf die sich rasch vergrößernde Menge der Zuschauer ein. »Er hätte mich umbringen können! Ich habe schließlich nach rechts geguckt, oder etwa nicht?«

»Ich hab' nichts gesehen«, erwiderte vorsichtig ein großer, schwerfälliger Mann.

»Ich hab' Sie nur da liegen sehen«, sagte ein kleiner Mann mit einem Schal, der sich auch nicht als Zeuge zur Verfügung stellen wollte.

Enttäuscht öffnete das Opfer die Tür des Taxis und wandte sich an den Fahrgast, ohne auf Georges wilde Flüche und das ungeduldige Gehupe eines Busses der Linie 11 hinter ihnen zu achten.

»Sagen Sie doch mal, mein Herr!« fing er an. »Sie haben doch alles mit angesehen und . . .« Er brach ab und wandte sich um. »Heh!« sagte er unvermittelt zu George. »Was ist denn mit Ihrem Fahrgast lost? Ist er krank oder so was?«

Die umstehende Menge drängte nach vorn, um einen Blick auf die zusammengesunkene Gestalt eines dicklichen, dunkelhaarigen jungen Mannes zu erhaschen, der nach vorne vom Sitz geglitten war und nun langsam auf den Wagenboden sackte.

»Der ist nach vorn geschleudert worden und hat sich selbst k. o. geschlagen«, meinte der große, schwerfällige Mann gleichmütig.

»Vielleicht hat er einen Herzanfall?« schlug der Mann mit dem Schal hoffnungsvoll vor, gleichfalls ohne sich zu rühren.

»Vermutlich ist er bloß durch den Schock ohnmächtig geworden«, stellte Mr. Bent kurzentschlossen fest. »Man sollte ihm den Kragen öffnen oder so was . . .«

Doch mittlerweile hatte sich ein Polizist durch die Menge gepflügt und das Kommando übernommen. Vorsichtig hievte er die bewegungslose Figur auf den Sitz zurück; dann wandte er sich um. »Ist irgend jemand von Ihnen Arzt?«

»Gibt es hier einen Arzt?« schwappte es wie eine Welle nach außen. Einen Augenblick später erschien eine lange Gestalt in schwarzem Mantel dort, wo die Menge um die Tür herum einen kleinen, freien Raum gelassen hatte. Er kniete sich in das Taxi, machte eine kurze Untersuchung und sagte dann leise zu dem Beamten: »Dieser Mann ist tot!«

»Das gibt's doch nicht!« sagte Wachtmeister Robinson, für einen Moment aus seiner Gleichgültigkeit aufgerüttelt. »He! Was denn, Schock oder Unfall? Oder ist er mit dem Kopf gegen . . .«

»Nein«, antwortete der Doktor, immer noch mit der gleichen leisen, ernsten Stimme. »Soweit ich sehen kann, ist er erstochen worden – dort unter dem rechten Arm steckt noch der Griff des Dolches . . .«

Eine Woche war vergangen, und zwei Männer saßen in bequemen Sesseln in einem kleinen, gemütlich eingerichteten Wohnzimmer in einem der Außenbezirke Londons. Beide rauchten Pfeife, und zwischen ihnen stand eine halbleere Flasche Bier. Das ganze verriet eine Atmosphäre von Entspannung und Zufriedenheit, trotz der Tatsache, daß der jüngere Mann, Inspektor Painton, besorgt aussah.

»Ich bin darüber alles andere als glücklich, Dad«, sagte er und kaute an seiner Pfeife. »Da ist dieser Kerl, James Wellson, der mitten in der belebtesten Gegend von London erstochen wird, in der Mittagszeit und keine fünfhundert Meter von Scotland Yard entfernt, und wir sind noch keinen Schritt weiter als am Anfang.«

Ex-Superintendent Painton, ein großer Mann, der ungefähr so solide gebaut war wie ein Trockendock, grinste über das ganze Gesicht. »Und obwohl du, wie der alte Osborn zu sagen pflegte, einer der vielversprechendsten jungen Inspektoren bist, möchtest du dennoch wie üblich mit deinem alten Vater darüber reden, der sich längst auf sein Altenteil zurückgezogen hat.«

»Warum du je in den Ruhestand gegangen bist, werde ich...«

Sein Vater bedeutete ihm zu schweigen.

»Laß uns in jedem Fall darüber reden. Es tut diesem angeblich so scharf und logisch denkenden Gehirn gut, sich wieder einmal mit einem rätselhaften Mordfall zu beschäftigen, also fang einfach an. Ich bin natürlich recht gut über all das auf dem laufenden, was in den Zeitungen gestanden hat.«

Das Gesicht seines Sohnes hellte sich ein bißchen auf, und er zog einige Blatt Papier aus seiner Tasche. »Gut. Nun, wie du vermutlich weißt, läßt sich aus der Aussage des Taxifahrers ersehen – wenn man all die Flüche abstreicht, was sie auf annähernd die Hälfte reduziert –, daß er gegen Mittag vor einem Pub in der Nähe des Oxford Circus von dem Ermordeten angehalten wurde. Der Begleiter dieses Mannes fiel ihm in diesem Augenblick nicht besonders auf – er wandte ihm den Rücken zu und stieg schnell ein –; das einzige was er bemerkte, war, daß er ziemlich klein war, einen leichten Regenmantel trug, aber keinen Hut. Wellson – das ist der Ermordete – sagte ihm, wohin er fahren sollte – eine Adresse in Pall Mall –, aber er teilte dem Fahrer mit, daß er seinen Freund vorher an der Südostecke des Trafalgar Square herauslassen sollte. Also fährt er die Regent Street hinunter, dann Haymarket, biegt links in den Trafalgar Square ein, aber gerade, als er zur National Gallery kommt, klopft der Mörder an die Scheibe und will aussteigen. Er wird darauf hingewiesen, daß dies die Nordwestecke ist; die Südostecke wäre bei Charing Cross, schräg gegenüber. Er erwidert, daß dies die Ecke sei, die er gemeint habe, und draußen ist er.«

»Dann ist dies das erste Mal, daß der Taxifahrer seine Stimme hört? Ich hoffe, es stört dich nicht, wenn ich unterbreche, mein Junge: Ich versuche bloß, mir ein Bild zu machen.«

»Natürlich, völlig in Ordnung ... Ja, und er sagt, er hatte eine rauhe Stimme, so als habe er einen sehr schlimmen Hals gehabt. Es ist auch das erste Mal, daß er sein Gesicht sieht, und er bemerkt, daß er einen kleinen schwarzen Schnurrbart hat. Außerdem trägt er braune Handschuhe.«

»Also habt ihr keine hilfreichen Fingerabdrücke auf dem Türgriff, dem Knauf der Waffe oder sonstwo gefunden?«

»So ist es. Nun, er sagt also dem Fahrer, er solle weiter nach Pall Mall fahren, ruft seinem Gefährten im Wagen zu ›Bis dann‹ ...«

»Der natürlich keine Antwort gab?«

»Nein. Denn zu diesem Zeitpunkt war er offensichtlich schon tot, aber vermutlich so in die Ecke gedrückt worden, daß es natürlich aussah.«

Der ältere Mann füllte sein Glas nach, dann streckte er seinen riesigen Körper so, daß er noch bequemer saß – ganz als wolle er seinem Geist mehr Raum geben. »Was denkst du, mein Sohn, weshalb er gerade an dieser Stelle ausgestiegen ist?«

»Weil er seinen Job erledigt hatte.«

Hier nickte sein Vater drei oder vier Mal bedächtig zu sich selbst.

»Er wollte keinen Moment länger bei der Leiche bleiben, als er unbedingt mußte. Und er hatte recht damit; denn in der Tat dauerte es ja nur ein paar Minuten, bis Wellsons Leiche durch einen unvorhersehbaren Unfall vorzeitig entdeckt wurde. Nicht, daß uns das helfen würde. Unser Mörder, ein kleiner

Mann mit einem Schnurrbart – den er sicherlich inzwischen abrasiert hat – und einer heiseren Stimme, die er vermutlich verstellt hatte, läuft frei in London herum, und wir haben keinerlei Spur.«

»Was ist mit der Waffe?«

»Nichts, das uns helfen würde. Eines dieser dünnen Papiermesser aus Stahl, wie man sie überall kaufen kann, das extrem scharf geschliffen worden ist. Und es ist mit großem Sachverstand benutzt worden.«

Der Ex-Superintendent grunzte und machte sich daran, seine Pfeife wieder zu stopfen. Dann fragte er: »Und gibt es keine Hinweise an Wellsons Ende?«

»Gar keine. Das Ziel des Taxis war bloß die Ecke Pall Mall und James' Street, was uns absolut nicht weiterhilft, und in dem Pub am Oxford Circus haben wir nichts weiter als einen Barmann, der glaubt, sich an ihn zu erinnern und daran, daß er mit einem kleinen Mann etwas getrunken hat. Aber der Laden war sehr voll, und er hatte zuviel zu tun, um sonderlich viel zu bemerken. Und doch sagt er, daß dieser andere Kerl, wer immer es gewesen sein mag, keinen Schnurrbart hatte, keinen Regenmantel, und daß überhaupt Wellson den Pub allein verlassen habe.«

»Was ist mit Wellsons Hintergrund?«

»Viel gibt es da nicht rauszufinden. Er war unverheiratet und lebte als Untermieter in Hampstead. Er war tagsüber nie zu Hause – er arbeitete in einem Ingenieurbüro. Er hatte eine Menge Kneipenfreunde, aber keine aktuellen Feinde, von denen wir wüßten. Unglücklicherweise hatte er allerdings zu viele potentielle Feinde aus seiner Vergangenheit.«

»Das heißt?«

»Nun, er hat uns eine verdammte Menge Arbeit bereitet. Den ganzen Krieg über war er nämlich als eine Art reisender Kontrolleur im ganzen Land unterwegs, und er scheint sich darauf spezialisiert zu haben, mit Frauen in all den verschiedenen Städten, die er aufsuchen mußte, ein bißchen herumzuspielen. Das waren normale Frauen, deren Männer eingezogen waren. Daher dürfte es so ungefähr jeder betrogene Ehemann auf ihn abgesehen haben – sobald er es rausbekam, was normalerweise erst der Fall gewesen sein wird, wenn er nach Hause kam, also eine gute Weile, nachdem die Liason mit Wellson vorbei war. Natürlich ist es so gut wie unmöglich, all diese Frauen zu überprüfen – über gut fünf Jahre lauter verschiedene Städte –, ganz besonders, wo er seine Affären zweifellos so geheim gehalten hat wie nur irgend möglich.«

»Hm«, machte der ältere Mann, und es klang ziemlich verwirrt. Er nahm noch einen Schluck Bier. »Da hast du tatsächlich einen ganz schön harten Brocken, Jack, nicht wahr?«

»Und sogar dieses Motiv ist eine bloße Vermutung – allerdings habe ich Wellsons Hintergrund recht sorgfältig überprüft und kein anderes finden können, das ähnlich wahrscheinlich wäre.«

»Es ist vermutlich auch das richtige. Als Arbeitshypothese wollen wir es jedenfalls einmal gelten lassen. In Ordnung? Also, der Mörder hat erst kürzlich entdeckt, daß Wellson irgendwann einmal seine Frau verführt hat, und jetzt sinnt er auf nichts anderes als auf größtmögliche Rache. Und dann? Wußte Wellson, wer er war?«

»Nein«, sagte der Inspektor mit Entschiedenheit. »Oder er wäre ihm mit Sicherheit aus dem Weg gegangen. Und doch mußte er ihn gut genug kennen, um ihn in seinem Taxi ein Stück mitzunehmen, auf einer Strecke, die ein ganzes Ende abseits von der direkten Route nach Pall Mall liegt. Es kann also kein beliebiger Mitfahrer gewesen sein, der zufällig den gleichen Weg hatte.«

»Ein gutes Argument«, stimmte sein Vater zu.

»Also muß es der andere darauf angelegt haben, seine Bekanntschaft zu machen, und sein Ziel war es, ihn zu ermorden. Aber« – hier verfinsterte sich sein Gesicht – »warum können wir nirgends den kleinsten Hinweis darauf finden, daß sie zu irgendeinem Zeitpunkt *vor* dem Mord zusammen gesehen worden sind? Wir kennen jeden Winkel, den Wellson aufzusuchen pflegte.«

»Ah!« Ex-Superintendent Painton nahm noch einen ordentlichen Schluck Bier. »Hier allerdings denke ich . . .«, verkündete er großartig und schloß die Augen.

Nach zehn Minuten öffnete er sie wieder und leerte sein Glas. »Ich glaube, ich habe da etwas, Jack«, sagte er. »Hm, du hast da wohl zwei falsche Schlüsse gezogen . . .«

»He, immer langsam, Dad!« rief der andere verärgert. »Du klingst ja ganz so, als wäre ich irgend so ein dämlicher Plattfuß und nicht beim C. I. D.«

»Wenn du erst einmal so lange im Geschäft gewesen bist wie ich ...«, begann sein Vater. »Wie dem auch sei ... Du hast – korrekt – angenommen, daß der Mörder seine Stimme verstellt hat, um den Taxifahrer zu täuschen. Aber im selben Atemzug hast du vorausgesetzt, daß sein Aussehen – der Schnurrbart also – echt war. Warum aber sollte der nicht genauso falsch gewesen sein? Mit anderen Worten: Wenn auch die meisten Kriminellen ein Verbrechen begehen und dann ›verschwinden‹, indem sie ihr Aussehen verändern, warum sollten wir nicht hier einen haben, der sein Aussehen speziell für das Verbrechen verändert hat? Das würde heißen, daß der Mörder, so wie ihn der einzige Zeuge gesehen hat, nicht einfach nach der Tat verschwunden ist, sondern daß es ihn nie gegeben hat.«

Jack Painton mußte zugeben, daß sein Vater hier auf etwas gestoßen war. »Was erklären würde, warum wir keine Spur von so einem Mann mit einem Schnurrbart gefunden haben, der jemals zu Wellsons Bekanntenkreis gehört hätte ... Aber warte mal! Der Mörder würde sich doch mit Sicherheit nicht plötzlich einen Schnurrbart angeklebt haben, um mit einem Kerl im Taxi zu fahren, der ihn sonst ganz anders kannte?«

Der ältere Mann lächelte nachsichtig. »Oh, das hat er auch nicht eher getan, als bis er ihn umgebracht hatte. Im Taxi. Er hat ja auch die verstellte Stimme nicht vorher benutzt. Erinnere dich, er ist ganz schnell eingestiegen, und der Fahrer hat ihn weder sprechen hören noch sein Gesicht gesehen, ehe er ...«

»Ich hab's kapiert«, sagte sein Sohn leicht verärgert. »Du willst sagen, daß der Mann, den wir finden müssen, ein Typ ist, mit dem Wellson vor seinem Tod zu tun hatte, und der da weder seine Stimme verstellte noch einen falschen Schnurrbart trug. Nichts leichter als das.«

»Du brauchst gar nicht sarkastisch zu werden, Jack. Zumindest wissen wir, daß er klein ist – er kann sich ja wohl schlecht bloß für diese Tat die Beine abgeschnitten haben. Und« – selbstzufrieden zog er an seiner Pfeife – »hatte nicht ein kleingewachsener Mann in diesem Pub am Oxford Circus mit Wellson gesprochen?«

»Ja, schon. Aber er hatte keinen Regenmantel, und er ist auch nicht mit Wellson rausgegangen.«

»Jetzt stell dich doch nicht so kindisch an, Jack! Wir haben es ganz offensichtlich mit einem cleveren Mann zu tun. Der Pub war gedrängt voll, und in solch einer Menge bekommt man nicht alles mit. Warum sollte er nicht seinen Regenmantel auf einem Stuhl liegen gehabt haben, wo der Barmann ihn nicht sehen konnte, und ihn dann angezogen haben, um schnell hinauszugehen, als der Mann gerade einmal nicht hinschaute? Dann hatte er immer noch reichlich Zeit, um sein Opfer einzuholen, bevor Wellson ein Taxi gefunden hatte. Die Chancen, dort draußen eins gleich vor der Tür zu finden, dürften etwa eins zu hundert stehen.«

Inspektor Paiton überlegte einen Moment, dann hellte sich seine Miene auf. »Weißt du, Dad, so ungefähr könnte sich das Ganze abgespielt haben, glaube ich. Dein Gehirn arbeitet noch immer ziemlich präzise. Ich werde gleich morgen früh als erstes zu dem Pub gehen, um all das noch einmal zu überprüfen ... Ach ja, aber hattest du nicht gesagt, ich sei von noch einer falschen Voraussetzung ausgegangen?«

»O ja. Du nimmst als gegeben an, daß der Mörder an dieser Ecke des Trafalgar Square ausgestiegen ist, weil er dort gerade seinen Job erledigt hatte. Das klingt mir nicht so, als träfe es zu.«

»Warum nicht? Was sagt dein präzise arbeitendes Gehirn zu diesem Punkt?«

»Das weiß ich noch nicht«, sagte der Ex-Superintendent schlicht. »Gib mir noch etwas Zeit. Und gib mir noch eine Flasche Bier. Um mein Gehirn brauchst du dir noch keine Sorgen zu machen, aber ich habe eine ordentliche Figur zu versorgen.«

Nach einem tiefen Zug und fünf Minuten mit geschlossenen Augen und ohne ein Wort kam wieder schwerfälliges Leben in ihn. »Ja«, sagte er. »Ja.«

»Spuck es schon aus, du alter Ex-Superdetektiv«, sagte sein Sohn grinsend.

»Hier liegt der Fehler. Er würde nicht lange brauchen, um die Tat zu begehen, und es wäre nur natürlich gewesen, wenn er sich an irgendeiner beliebigen Stelle auf dem Weg nach Pall Mall hätte absetzen lassen. Aber er besteht auf einer Ecke des

Trafalgar Square, die ganz vom Weg ab liegt. Warum? Und er macht diesen Fehler mit der Ecke. Und nun müssen wir uns fragen: War es ein Fehler?«

»Warum nicht? Nicht jeder in London weiß genau, wo Norden ist und wo Süden und so weiter.«

»Ganz gleich; wenn wir trotzdem annehmen, daß er tatsächlich gleich zu Beginn die richtige Ecke genannt hat, an die er auch wollte: Von Haymarket aus wäre das keine halbe Minute zu Fuß. Das normale wäre also gewesen, ihn dort rauszulassen, und das Taxi hätte sofort rechts abbiegen und direkt nach Pall Mall weiterfahren können. Da er aber nach der Südostecke fragte, mußte der Taxifahrer den ganzen Weg um zwei Seiten des Square nehmen, um ihn dort abzusetzen und dann auch noch weiter die dritte Seite entlang zu fahren, denn der Trafalgar Square hat Einbahnverkehr. Es sieht in der Tat so aus, als habe er gewollt, daß das Taxi einmal ganz herum mußte, und als habe er dennoch . . . Mein Gott!« Er hievte seinen massigen Körper in eine nahezu senkrechte Position. »Was für ein genialer Geistesblitz!«

»Was ist? Was?« Aufgeregt sprang sein Sohn auf die Füße. »Glaubst du, du hast es?«

»Ich wette ganz Scotland Yard gegen einen Taschendieb, daß ich's habe«, trompetete er triumphierend los. »Dieser Mörder ist ein äußerst verwegener Mann. Daß er am hellichten Tag einen Menschen in einem Taxi umbringt, beweist es. Aber wenn meine Theorie zutrifft, dann übertrifft sein nächster Schachzug sogar das noch an Kühnheit. Hör zu! Er hat vorhergesehen, daß wir auf seine Verkleidung kommen und anfangen könnten, nach ihm zu suchen, so wie er als wirkliche Person aussieht und vorher wie nachher existiert hat. Also hat er außer acht gelassen, was wir über ihn zu früheren Zeiten herausfinden mochten, sich aber furchtbar große Mühe gegeben, *hinterher* nicht verdächtigt zu werden.«

»Wie das?«

»Wen von allen Personen, die mit dem Fall zu tun haben, hast du am wenigsten in Verdacht?«

Jack Painton dachte nach. »Mich selbst!« sagte er mit einem Lächeln. »Hast du etwa das gemeint?«

»Gut, gut. Und dann?«

»Nun, den Taxifahrer, den Arzt, den Wachtmeister Robinson, der den Leichnam entdeckt hat, den ...«

»*Hat* der Wachtmeister ihn entdeckt?«

»Oh, nein, dieser kleine Typ – wie hieß er noch gleich, Harold Bent, der angefahren worden war, natürlich ...«

»Und da hast du ihn auch schon«, meinte sein Vater kichernd wie ein Schuljunge. »Wer würde schon einen Mann verdächtigen, der aus purem Zufall die Leiche vor einer ganzen Schar von Zeugen entdeckt und bei dieser Geschichte selbst beinahe ums Leben gekommen wäre?«

»Nun, da bin ich ... Aber wie denn?«

»Hör zu!« Er sprach mit triumphierender Stimme, immer wieder von seinem eigenen Kichern unterbrochen. »Er war der kleine Kerl in dem Pub. Er schlüpft nach draußen, zieht seinen Regenmantel an, läßt sich mitnehmen und verbirgt sein Gesicht vor dem Fahrer. Er erledigt die Sache. Dann tarnt er sich mit dem Schnurrbart und der verstellten Stimme und steigt aus, sobald er den Taxifahrer dazu gezwungen hat, drei Seiten des Trafalgar Square zu umrunden. Sobald der Wagen weiterfährt, zieht er Mantel und Handschuhe aus und setzt den Hut auf, den er aus der Manteltasche geholt hat. Dann kürzt er über die vierte Seite des Square ab, was ihm reichlich Zeit verschafft, diesen Unfall mit dem Taxi herbeizuführen, das er gerade eben verlassen hat. Er braucht bloß ein paar Meter zu gehen, während das Taxi drei Seiten des Square umrunden muß, ganz abgesehen von dem zu erwartenden Zeitverlust an der einen oder anderen Ampel. Er wartet, und da kommt es; er spurtet los, quer über die Straße. Vergiß nicht, der Fahrer sagte, daß er auf sein Hupen hin nicht etwa stehen geblieben ist, sondern geradezu nach vorne zu springen schien. Es machte ihm nichts aus, ein gebrochenes Bein zu riskieren – um so besser als Beweis für seine Unschuld. Kurz und gut, dein Star-Zeuge ist auch dein Mörder.«

Er hustete, trank sein Bier aus und sagte feierlich: »Sehr gute Schlußfolgerungen eines der vielversprechendsten jungen Inspektoren beim C. I. D. Du wirst das ganze Verdienst dafür zugesprochen bekommen.«

Jack Painton rief am nächsten Morgen seinen Vater an. »Du hast wie üblich auf der ganzen Linie recht, Dad«, sagte er.

»Harold Bents Frau lebte in einer Stadt oben im Norden, wo Wellson eine Zeit arbeitete. Er verführte sie, während Bent als Kriegsgefangener in Burma saß, und später beging sie ihrer Gewissensbisse wegen Selbstmord. Ihrem Mann hinterließ sie einen Abschiedsbrief. Sobald er zurück war, machte sich Bent auf die Suche nach dem Kerl, und erst vor kurzem ist er ihm auf die Spur gekommen. Dann hat er seinen Plan ausgeheckt.«

»Hast du ihn eingesperrt, den armen Teufel?«

»Nun, nein. Und auf eine Art bin ich froh, daß ich es nicht tun mußte ... Weißt du, Dad, das Schicksal hat auf eine merkwürdige Weise eingegriffen. Bent ist gestern überfahren worden – ausgerechnet am Trafalgar Square, und heute morgen ist er gestorben ...«

Deutsch von René Blum

Ein hundsgemeiner Mord

Mignon G. Eberhart

Die Lautsprecheranlage krächzte: »Dr. Marrer – Dr. Marrem – Dr. Richard Marrrry« durch den Krankenhauskorridor. Ich interpretierte es als »Dr. Richard Marly« und ging zur Rezeption. Dort verwies man mich an ein Telefon. Jean war am Apparat: »Richard – man hat eben im Park auf mich geschossen!«

»Komisch. Es klang gerade so, als ob du gesagt hättest, jemand habe auf dich geschossen.«

»So ist es. Im Park. Aber ich glaube, er wollte Skipper treffen. Ich bin mit ihm Gassi gegangen. Und du weißt doch, heute abend ist die Preisverleihung in der Hunde-Ausstellung ...«

»Wer hat denn auf dich geschossen?«

»Das weiß ich nicht. Ich konnte nichts sehen. Da war so dichtes Gebüsch. Ich bin zur Straße zurückgelaufen und hab' Skipper hinter mir hergezogen. Dort hab' ich mir ein Taxi genommen. Ich glaube, jemand will verhindern, daß Skipper an der Ausstellung teilnimmt.«

»Ruf die Polizei an.«

»Was sollte ich denen denn sagen?« fragte sie ganz richtig. »Richard, kannst du nicht heute abend dorthin kommen und – na ja, ein bißchen die Augen offen halten? Ich lass' dir eine Eintrittskarte an der Kasse hinterlegen.«

Unser Verhältnis hatte sich wegen dieser Hunde-Show leicht abgekühlt. Denn Jean beharrte freundlich, aber bestimmt darauf, daß mein Hund Butch, ein Kerryblue-Terrier, mit Sicherheit niemals eine Siegerkokarde bekommen würde.

»Mich kriegst du aber nicht dazu, an ihm herumzukritisieren; das sollen mal andere machen«, hatte sie ausweichend gesagt.

Aber sie war der festen Überzeugung, daß Butchs Beine zu sehr oder zu wenig wie Ofenrohre aussähen und daß seine Decke zu schwarz oder zu blau sei – kurz, er kam für eine

Preisverleihung nicht in Frage. Dagegen hoffte Jean zuversichtlich, daß Skipper, der Kerryblue, den sie trainiert und ausgebildet hatte, den ersten Preis machen würde.

Ich schluckte also meinen Stolz hinunter und sagte, ich würde kommen. Jean hängte auf. Ich beendete meine Visite, so schnell es ging und fuhr nach Hause. Jean war nicht der Typ, der wegen nichts Wind macht. Andererseits kam mir ein Mordanschlag auf Jean – oder Skipper – höchst unwahrscheinlich vor.

Über Hunde waren wir uns nähergekommen, und deswegen hatten wir uns auch beinahe wieder getrennt. Sie war als Patientin zu mit gekommen, nachdem sie sich in einen Kampf zwischen einem ihrer vierbeinigen Schüler und ihrer geliebten alten Katze gemischt hatte. Wie es Friedensstiftern manchmal so geht, hatte Jean die einzigen Wunden davongetragen. Vielleicht hatte ich die Behandlung ja ein bißchen in die Länge gezogen; jedenfalls sahen wir uns häufiger.

Ihr Vater war gestorben, als sie noch ein Kind war, und hatte sie und ihre Mutter fast mittellos zurückgelassen. Ihr einziges Talent war, so hatte mir Jean erzählt, daß sie Katzen, Hunde und andere Kleintiere liebte und gut mit ihnen umgehen konnte. Als sie erwachsen war, hatte sie aus dieser Fähigkeit einen Beruf gemacht. Zusammen mit ihrer Mutter begann sie eine kleine Zucht in ihrem Häuschen auf dem Lande. Ihr Einkommen war zunächst bescheiden. Das änderte sich jedoch, als Jean anfing, Hunde auszubilden und sie zur Ausstellungsreife zu trainieren. Sie besaß die nötige Geduld dazu, und Skipper war ihr erster Hund, mit dem sie erfolgreich die erforderlichen Ausstellungen absolviert und die entsprechenden Pokale kassiert hatte. Zielsicher waren sie auf dem Weg zum Höhepunkt seiner – und ihrer – Karriere: Wenn er heute den ersten Preis bekäme, wäre das ein Erfolg, den sie auch für sich und ihr professionelles Können verbuchen könnte. Denn die »Heather Dog Show« war eine der wichtigsten Zuchtausstellungen des Jahres.

Skipper gehörte, soweit ich wußte, einer Mrs. Florrie Carrister, einer ziemlich betuchten Dame, die in der Nähe von Jean auf dem Lande lebte. Sie war geschieden. Ihr Ex-Mann, Reginald Carrister, war Börsenmakler in der Stadt und Erbe eines beträchtlichen Vermögens. Darüber hinaus wußte ich nichts von Skipper – abgesehen davon, daß Jean ihn für einen wesentlich feineren Hund hielt als meinen Butch.

Es gab absolut nichts, was erklären würde, weshalb jemand auf Jean oder Skipper ein Preisschießen veranstalten sollte. Ich konnte mir zwar vorstellen, daß es bei Hunde-Ausstellungen eine harte Konkurrenz gab, aber ich konnte nicht glauben, daß irgendein konkurrierender Hundebesitzer zu solchen Mitteln greifen würde.

Zu Hause angekommen, erklärte ich Suki, meinem Koch, Diener und Anrufbeantworter, wohin ich gehen wollte, tätschelte Butch tröstend den Kopf und sagte ihm, keiner seiner Artgenossen in der Zuchtschau könne ihm das Wasser reichen. Dann machte ich mich wieder auf den Weg, diesmal zum Alten Arsenal, wo die Ausstellung stattfand.

Die gesamte Umgebung des Alten Arsenals glich einem Tollhaus: ankommende Taxis, abfahrende Taxis, aufflammende Blitzlichter, wenn pelz- und juwelengeschmückte Damen in Begleitung ihrer Herren oder Hunde (allesamt so sorgfältig gebürstet und gekämmt, daß kein Haar am falschen Platz lag, und so behutsam hereingeführt, als läge die Bank von England an der Leine) ins Foyer schritten. Meine Eintrittskarte lag an der Kasse für mich bereit, und ich betrat das überfüllte Arsenal. Es bestätigte mich wieder mal in meinem Verdacht, daß alle Welt Hunde liebt.

Ich kaufte ein Programm. Ein Platzanweiser zeigte mir den Weg, ich ging die Treppe hinauf und landete in einer Loge. Es war eine schwach besetzte Endloge mit ausgezeichneter Sicht. In der ersten Reihe saßen zwei Frauen und unterhielten sich wortreich. Dabei sahen sie einigen Hunden zu, die in der Arena ruhig ihre Runden drehten. Außer ihnen saß noch ein Mann in derselben Reihe, jedoch an der Wandseite der Loge. Er lehnte sich aufmerksam übers Geländer. Eine der beiden Frauen vorn drehte sich um, unterbrach ihren Redefluß und sprach mich an:

»Dr. Marly? Ich bin Mrs. Carrister. Jean hat mich gebeten, die Karte für Sie hinterlegen zu lassen.« Sie war ziemlich groß, hatte plumpe, abfallende Schultern und hockte formlos in ihren Sitz gekauert. Die Frau neben ihr auf dem Sitz zum Gang drehte sich gleichfalls um, und man stellte uns vor: »Miss Runcewell – Dr. Marly. Sie wissen doch, Jeans Freund.«

Mrs. Carrister wandte sich wieder an mich. »Ich habe Skipper mit sechs Wochen aus Miss Runcewells Zucht gekauft.«

Miss Runcewell, piekfein in Tweedkostüm, Handschuhen und Lederhut, machte ein bescheidenes Gesicht. Mrs. Carrister warf einen Blick in die Arena: »Oh, da ist ja Jean!«

Ich setzte mich zwei Reihen hinter sie und schaute Jean zu. Sie war immer ein hübscher Anblick: schlank und hochgewachsen, mit kurzem dunklen Haar und ausdrucksvollen blauen Augen. Sie trug einen blauen Rock, ein gutgeschnittenes weißes Jackett und ein rotes Halstuch. Geschickt und akkurat dirigierte sie einen prachtvollen amselschwarzen Collie durch die Prüfung. Ich sah allerdings nicht, wie ich hier aufpassen sollte wie ein Schießhund, worum Jean mich ja im Vertrauen gebeten hatte. Es gab zuviel und gleichzeitig zu wenig, auf das man aufpassen konnte.

So richtete ich mein Augenmerk wieder auf die Hunde in der Arena und ihre vorgeschriebene Prüfungsprozedur. Ich kam zu dem Schluß, daß bei den Tausenden von Zuschauern niemand vor aller Augen Gewalt anwenden würde. Die beiden Frauen vor mir redeten ständig, vor allem Mrs. Carrister war überhaupt nicht zu bremsen. Der Mann auf der anderen Seite der Loge schaute ebenfalls den Hunden zu. Nach dem zweiten Durchgang verließ Miss Runcewell kurz die Loge und kam mit zwei Gläsern Orangensaft zurück. Eins davon reichte sie Mrs. Carrister. Kurz bevor der nächste Durchgang begann, kam ein Mann die Stufen herunter, setzte sich in die Reihe vor mir und tippte Mrs. Carrister auf die Schulter. »Hallo Florrie«, sagte er liebenswürdig.

Im Gegensatz zu ihr sah er gut aus; er war Mitte Vierzig und elegant gekleidet. Sie drehte sich um und sagte: »Oh, Reginald.« Auch Miss Runcewell drehte sich um und sagte: »Guten Tag.« Mrs. Carrister stellte mich vor: »Das ist Dr. Marly – mein Ex-Mann, Mr. Carrister.«

Wir nickten uns zu. Mrs. Carrister sagte: »Jetzt kommt die ›Feldprüfung‹. Heute abend klappt alles ganz pünktlich, weil die Show im Fernsehen übertragen wird.«

Dann wanderten ihre Blicke zurück zur Arena, und sie nahm ihre Unterhaltung mit Miss Runcewell wieder auf, die allerdings nur selten zu Wort kam. Mr. Carrister legte seinen zusammengefalteten Mantel über die Knie. Ich fühlte mich plötzlich sehr unbehaglich.

›Feldprüfung‹ – oder wie es das Programm präziser formulierte: ›Gebrauchsvorführung: Jagdhunde im Einsatz‹ – das hieß doch, daß da auch geschossen wurde, oder? Aber Jean trat ja nicht in der ›Feldprüfung‹ auf. Also konnte doch gar nichts passieren! Inzwischen wurden Strohbüschel und Gestrüpp in die Arena geschoben. Es sah aus, als ob Birnams Wald anrücke auf Dunsinan -- nur daß Gebüsch und Gestrüpp hier auf Holzbrettern befestigt war und von Hilfskräften getragen wurde. Sie stellten die Attrappen in strategischen Abständen auf dem grünen Bodenbelag ab. Ein Setter-Paar trat auf, das von einem Mann im roten Jägerhemd an der Leine gezogen wurde. Dann krachte ein Schuß – und die sogenannte ›Feldprüfung‹ nahm ihren Anfang. Es waren aber offenbar nur Platzpatronen, die da knallten.

Ich lehnte mich zurück, und ehe ich mich versah, nahmen mich das farbenprächtige Schauspiel und die phantastische Vorführung der Jagdhunde gefangen. Sogar Mrs. Carrister hatte aufgehört zu reden. Und ob sich Mr. Carrister vor mir überhaupt bewegte, nahm ich gar nicht mehr wahr. Die Vorführung war derart faszinierend, daß am Schluß keiner in der Loge auch nur ein Wort sagte.

Der Mann auf der anderen Seite erhob sich, und um sich nicht an Mrs. Carrister vorbei zum Gang zu drängen, kletterte er über die Sitzreihe und verließ die Loge. Sein Gesicht kam mir plötzlich vage bekannt vor, doch irgend etwas an ihm erschien mir fremd und ungewohnt. Seine Kleidung? Aber er trug einen ganz gewöhnlichen dunklen Mantel und einen Hut. Er war sofort verschwunden. Die Hilfskräfte erschienen wieder und räumten die Staffage weg. Ich überlegte noch und kam zu dem

Schluß, daß ich den Mann irgendwann einmal im Krankenhaus gesehen haben mußte.

Die Vorführung ging unverzüglich weiter, und ich verspürte auf einmal eine gewisse Spannung in der Luft. Mrs. Carrister schien noch aufmerksamer auf ihrem Sitz zu kauern, Miss Runcewell saß aufrecht und ziemlich steif da, und Mr. Carrister rief mir über die Schulter zu: »Jetzt geht's los. Die Endausscheidung!«

Mein Pulsschlag stieg. Ich beugte mich vor und sah, wie die Hunde in die Arena kamen, jeder mit schnellen, stolzen Trippelschritten. Dann kam Jean mit Skipper. Ich mußte zugeben, daß er ein ausgesprochen schöner Hund war. Er bewegte sich mit unglaublicher Grazie und Leichtigkeit, die flache Schnauze hoch erhoben, um jedes Kommando von Jean mitzubekommen. Mr. Carrister drehte sich noch einmal kurz zu mir um: »Es ist erstaunlich, was Jean mit diesem Hund angestellt hat. Einem Kerryblue kann man nämlich nicht leicht was beibringen – höchstens mit dem Holzhammer.«

»Das sehen Sie aber falsch«, sagte ich. »Ich habe auch einen Kerryblue, und der versteht alles.«

Er lächelte nachsichtig. »Sehen Sie doch mal, wie Skipper dasteht. In Wirklichkeit will er nichts anderes, als auf alle losgehen und sie ordentlich aufmischen.«

Es stimmte schon, der Kerryblue bebte leicht vor Anspannung. Es stimmte auch, daß ein prächtiger Dobermann einen Chesapeake neben ihm mit unverhohlener Drohgebärde fixierte. Jean beugte sich herab, um sich aus irgendeinem Grund an der Schnauze des Kerryblue-Terriers zu schaffen zu machen. Ihre absolute Gelassenheit angesichts von Skippers höchst eindrucksvollem Gebiß fand ich doch recht beachtlich. Und nun nahm die Bewertung mit einer endlosen Parade ihren Anfang. In dem Moment hörte ich ein seltsames allgemeines Gemurmel im Arsenal. Und dann sah ich es.

Inzwischen hat man mir glaubhaft versichert, so etwas könne bei einer Hunde-Ausstellung niemals passieren. Ich kann dazu nur sagen, daß es passiert ist. Ein fremder, unbeaufsichtigter Kerryblue-Terrier hatte sich auf rätselhafte Weise in die Parade eingeschlichen und marschierte munter mit. Er war vielleicht etwas dunkler als Skipper, vielleicht auch nicht so gestylt wie er, sicherlich ein bißchen zottelig, aber voller Lebensfreude. Ich erhob mich in plötzlicher Panik. Es war mein Hund – Butch!

Verstand er wirklich alles? Wollte er in die Show reinplatzen und Skipper Konkurrenz machen? Einen Moment lang war ich so verstört, daß ich es für möglich hielt. Doch dann entdeckte er Jean und sprang ungestüm an ihr hoch. Skipper nahm ihm das berechtigterweise übel und ging auf ihn los, was allerdings nicht sehr klug von ihm war. Butch ist ein gutmütiger Kerl – solange man ihn nicht ärgert. Im Nu brach in der Arena die Hölle los. Ich konnte gerade noch sehen, wie der Aussteller des Dobermanns über den Boden geschleift wurde, weil er dummerweise die Leine nicht losließ. Eine Welle der Panik rauschte durch das Arsenal. Aussteller und Preisrichter rannten und schrien durcheinander, Trillerpfeifen schrillten, Polizisten stürmten im Laufschritt durch den Haupteingang, in der verständlichen Annahme, hier sei ein Aufstand im Gange. Miss Runcewell sprang auf und stürzte auf die Treppen los, ich ihr nach.

Da sie sich auskannte, schlugen wir uns auf schnellstem Wege durch die Flure in Richtung Aufgang zur Arena. Alles bebte vom Widerhall der wahrhaft titanischen Hundekämpfe. Ich war Miss Runcewell hart auf den Fersen, denn ich bekam es mit der Angst zu tun. Butch ist zwar bemerkenswert intelligent, aber er konnte schwerlich einen Taxifahrer angewiesen haben, ihn zum Arsenal zu bringen. Trotzdem, sein Auftritt zu dem Zeitpunkt war sicher kein Zufall. Sobald wir am Anfang zur Arena angekommen waren, verschwand Miss Runcewell im Getümmel.

Mir versperrte ein tobsüchtiger Platzanweiser den Weg. Er fuchtelte wild mit einem Besen herum, um einen Coonhound in Schach zu halten, hatte damit jedoch sichtlich keinen Erfolg. Ich spürte einen stechenden Schmerz am Knöchel und pflückte einen winzigen Mops ab. Er hatte sich bloß vom allgemeinen Aufruhr anstecken lassen und gab mich ganz gutwillig wieder frei. Dann packte mich jemand: Es war Suki. Er trug einen flotten Homburg, außerdem einen Spazierstock und ein wildes Glitzern in den Augen.

»Ich habe nur getan, was Sie mir gesagt haben. Jemand hat angerufen und gesagt, Sie wollten, daß ich ihn hierherbringe, genau zu diesem Zeitpunkt, ihn an der Arena von der Leine lasse und – ahhh –«

Dann vergaß er seine orientalische Gelassenheit und stürzte sich Hals über Kopf in den Tumult. Er verlor seinen Hut und drosch mit seinem Spazierstock auf alles ein, was sich bewegte, einschließlich eines Preisrichters, der sich seinerseits vergaß und zurückdrosch. Dabei traf er aus Versehen einen Aussteller; der schlug wahllos zurück – und erwischte einen Polizisten voll am Kinn. Diese Kettenreaktion wäre endlos so weitergegangen, hätte mich nicht der Polizist am Schlafittchen gepackt. Er ließ mich jedoch gleich mit einem lauten Schrei wieder los und versuchte sich aus den Fängen eines riesigen Chow-Chow zu befreien.

Plötzlich, wie durch ein Wunder, lösten sich Mensch und Tier wieder aus dem Knäuel. Man kann nicht sagen, daß die Ordnung sofort wiederhergestellt war. Aber feststeht, daß Preisrichter und Aussteller bei Zuchtschauen ziemlich hart im Nehmen sind. Die Hunde wurden nach und nach aus dem Gewimmel gezerrt. Ein Notarzt und ein paar Mädchen in Rot-Kreuz-Tracht bauten am Rande der Arena hastig einen Behandlungstisch auf. Ihr erster Patient war der Polizist, der mich am Kragen gepackt hatte. Er hatte einige Schwierigkeiten, sein Hosenbein aufzurollen, weigerte sich aber standhaft, sich seiner Beinkleider zu entledigen.

Ich wühlte mich gerade aus einem der letzten kleinen Kriegsschauplätze heraus, als ich Suki, Jean und ein paar andere entdeckte, denen es gelungen war, Butch und Skipper zu trennen. Erstaunlicherweise guckten sich die Hunde nur tief in die Augen. Sie zwinkerten sich zwar nicht gerade zu, aber sie sahen doch auf einmal sehr zufrieden mit sich aus. Jeans Wangen waren gerötet, doch sie winkte beruhigend ab. Jemand rief: »Schaffen Sie diesen Hund da raus!« Suki und ich gehorchten, allerdings mit einigen Schwierigkeiten, denn Butch wollte offensichtlich dableiben. Schließlich schafften wir es aber doch, ihn aus der Arena zu ziehen und anzuleinen. Ich bat Suki, ihn nach Hause zu bringen. Butch guckte mich ziemlich vorwurfsvoll an, trottete aber hinter Suki her und verschwand.

Mittlerweile hatten alle Hunde in der Arena in unglaublichem Tempo wieder ihren Platz eingenommen und schauten höchst befriedigt drein.

Über Lautsprecher kündigte man, noch etwas mitgenommen von den Ereignissen, an, das Richten ginge jetzt weiter. Ich machte mich wieder auf in Mrs. Carrister Loge. Dort angekommen, hielt ich inne und schaute mich noch etwas keuchend um. Dort schien alles verändert. Miss Runcewell hatte sich ebenfalls keuchend auf der Armlehne eines Sitzes in der letzten Reihe niedergelassen. Mr. Carrister war aufgestanden und schaute auf die Arena hinab. Mrs. Carrister hatte sich noch tiefer in ihren Sitz in der ersten Reihe gekauert. Der vierte Insasse war noch nicht wieder zurück. Die Zuschauer im Arsenal johlten noch ziemlich ausgelassen. Doch als das Richten weiterging, wurde es auf einmal still. Jean schaute nach oben und suchte mich. Ich winkte ihr aufmunternd zu. Dann sah ich, daß ihre Blicke nach unten wanderten.

Unwillkürlich stand ich auf. Jean starrte noch immer bleich und unverwandt zu uns hin, als ich neben Mrs. Carristers ankam und sah, was Jean schon von unten aus gesehen hatte. Mrs. Carrister saß immer noch ganz in sich zusammengesunken in ihrem Sitz. Zu sehr.

Sie war tot.

Auf einmal waren auch Mr. Carrister und Miss Runcewell neben mir. Wir alle sahen den schrecklichen nassen roten Fleck auf Mrs. Carristers weißer Bluse unter ihrer Kostümjacke. Mir war sofort klar, daß ich nichts mehr für sie tun konnte. Ich schickte Carrister los, um die Polizei zu holen. Gerade jetzt wollte ich keine Panik auslösen. Ich erinnere mich noch, daß ich Miss Runcewell anfuhr, sie solle endlich ruhig sein. Sie schluckte und gehorchte. Am Rande bekam ich mit, daß die Bewertung fortgesetzt wurde. Ich sah kurz zu Jean hin, sie war bleich, aber beherrscht und ließ Skipper die Prüfung absolvieren. Dann kam die Polizei und umstellte die Loge.

Ein Polizist sagte, die Dame sei erstochen worden. Sie suchten alles nach dem Messer ab, ohne Erfolg. Plötzlich erhob sich ein brausender Applaus. Kameras blitzten, und Jean bekam den

Pokal überreicht. Skipper hatte also den ersten Preis gekriegt, Mrs. Carrister war ermordet worden – und ich wußte, wer es getan hatte.

Ich wußte nur nicht, wie ich es beweisen sollte.

Etwas später tappte die Polizei noch immer im dunkeln, doch Jean und ich durften mit Skipper nach Hause gehen. Skipper gähnte so herzhaft, als wollte er uns alle verschlucken. Wir nahmen ein Taxi und fuhren zu mir. Jean glaubte, nun sei alles vorbei, und meinte, ich sei ganz wundervoll gewesen. Das fand ich sehr schmeichelhaft, nur wußte ich, daß die Nachforschungen gerade erst begonnen hatten. Die Polizei hatte ihre Antennen ausgefahren, in der Hoffnung, irgendeinen Hinweis aufzufangen. Und die Polizei hat bemerkenswert gute Antennen.

Das Messer war immer noch nicht aufgetaucht. Aber die ältere Beamtin, die bei Jean und Miss Runcewell die Leibesvisitation durchgeführt hatte, war davon überzeugt, daß von uns keiner die Tatwaffe hatte; ebenso wie der Sergeant, der mich und Mr. Carrister durchsucht hatte. Ich hatte ein paar halblaute Bemerkungen über den Winkel der Einstichwunde aufgeschnappt. Daraus ging hervor, daß jeder von uns als Mörder in Frage kam.

Dennoch, ein paar Fakten hatten sich ergeben. Niemand kannte die Identität des vierten Logenbesuchers, zumindest behaupteten das alle. Ich konnte nicht mehr dazu sagen, als daß mir sein Gesicht bekannt vorkam, nicht aber seine Kleidung. Die Beamten warfen sich daraufhin verständlicherweise skeptische Blicke zu.

Mr. Carrister beteuerte, zwischen ihm und seiner Exfrau habe gutes Einvernehmen bestanden. Er bestritt, sie getötet zu haben, gab aber freimütig zu, daß er ihr eine extrem hohe Summe als Unterhalt zahlte. Ebenso freimütig gab er zu, daß er als einziger die Loge nicht verlassen hatte.

Jeans Geschichte von dem Schuß im Park förderte zutage, daß sowohl Miss Runcewell als auch Mr. Carrister eine Waffe besaßen und daß keiner von beiden ein Alibi für die fragliche Zeit hatte. Allerdings hatten sie beide auch kein plausibles Motiv, Jean oder Skipper abzuknallen. Ich brachte die Rede auf

Butchs kleinen Ausflug in die Arena und den mysteriösen Telefonanruf, der dazu geführt hatte. Doch der diensthabende Beamte schaute mich nur groß an und sagte irgendwas über Streiche, und daß junge Leute eben so seien. Da ich leider nichts beweisen konnte, unterdrückte ich die Bemerkung, daß Ärzte, die gern Karriere machen möchten, in ihrer Freizeit sicher nicht gerade ständig Hunde aufeinander loszuhetzen pflegten. Kurz danach dann gestattete – um nicht zu sagen nötigte – man Jean und mich zu gehen.

Suki hatte es schon aus dem Radio erfahren und erwartete uns; für Jean hielt er heiße Milch und Sandwiches bereit, mir drückte er einen Whisky-Soda in die Hand, den ich dankbar entgegennahm. Als die Hunde aufeinandertrafen, gab es noch einen Moment der Spannung. Doch so seltsam es war, sie schienen sich jetzt als alte erprobte Kameraden zu betrachten. Sukis ausführlicher Bericht über das bewußte Telefongespräch trug auch nicht viel zur Klärung bei. Er war sich nicht sicher, ob er wirklich mit einer Frau gesprochen hatte, oder ob es ein Mann war, der eine Frauenstimme nachmachte. »Aber Befehl ist Befehl, Herr Doktor«, sagte er. »Ich habe Butch durch den Seiteneingang zur Arena gebracht, und zwar genau um elf, wie man mir gesagt hatte. Na ja, und dann . . . habe ich ihn von der Leine gelassen. Niemand hat mich daran gehindert. Tja, und als Butch all die anderen Hunde sah . . .« Er zuckte resigniert die Achseln.

Jeder, überlegte ich, der ein Programm für die Veranstaltung hatte, wußte auch, daß der letzte Teil auf elf Uhr angesetzt war. Das wären immerhin ein paar tausend Leute. Ich wußte eigentlich nicht weiter. Doch Jeans Blick verriet, daß sie so etwas wie ein handfestes Wunder erwartete. Also bat ich Suki, mir meinen Revolver zu holen.

Ich merkte, das machte Eindruck. Jean bekam große Augen. Aber Suki mit seiner unerträglichen Ruhe erklärte, er habe sich schon gedacht, daß ich den Revolver brauchen würde. Und mit diesen Worten zog er ihn aus seiner Tasche. »Dann lade ihn«, wies ich Suki an, um etwas verlorenes Terrain zurückzugewinnen.

»Oh, das habe ich schon getan, Herr Doktor.« Und damit legte er ihn neben mir auf den Schreibtisch.

Aber Jean schaute mich immer noch erwartungsvoll an. Eine Reihe von Fragen sollte ich dann wohl noch stellen. Also fragte ich: »Jean, hat Mrs. Carrister je über ihren Mann gesprochen?«

»O ja. Sie hat so ziemlich über alles gesprochen. Sie hat ständig nur geredet. Ich hab' schließlich gar nicht mehr richtig zugehört. Aber offengesagt, da war auch nichts, was man als Beweis verwenden könnte. Sie hat sich gut mit ihm verstanden. Und ebenso mit Miss Runcewell. Sie sind oft zu mir rausgekommen, um zu sehen, wie Skipper sich inzwischen machte. Mrs. Carrister hatte es sich in den Kopf gesetzt, daß Skipper gewinnen sollte. Wenn das klappte, wollte sie ihre eigene Zucht aufziehen.«

»Mrs. Carrister? Wußten ihr Mann oder Miss Runcewell davon?«

»Ob ihr Mann das wußte, kann ich nicht sagen. Aber mit Miss Runcewell hat sie oft davon gesprochen. Weißt du, wenn Skipper nationaler Champion werden würde, dann wäre ... also er ist ein ungeheuer wertvoller Hund. Schon was er so als Deckrüde einbringen könnte, wäre beachtlich.«

»Dann wäre sie also eine Rivalin, oder besser gesagt eine Konkurrentin von Miss Runcewell.«

»Oh, das hat Miss Runcewell nichts ausgemacht. Ich habe mal gehört, wie sie sagte, Mrs. Carrister könne ja ihre Zucht übernehmen. Daher nehme ich an, daß sie sowieso aus dem Geschäft raus will. Wahrscheinlich wollte sie Mrs. Carrister alles verkaufen.«

Nach einer Weile fragte ich: »Haben sie dich mal über mich oder über Butch ausgefragt?«

»O ja. Sie haben alle möglichen Fragen gestellt. Ich habe ihnen von Butch erzählt, und ... na ja, daß er nicht gerade ausstellungsreif ist. Aber er ist süß.« Butch hörte seinen Namen und legte sein mächtiges Haupt mit aufreizendem Gleichmut auf Jeans Schoß. Butch hat eine Menge Charaktereigenschaften – aber er ist nicht süß.

Das Telefon klingelte, und ich nahm ab. »'err Doktor«, sagte eine Stimme mit stark französischem Akzent. »'ier ist Henri.«

»Henry!« rief ich, und plötzlich ging mir ein Licht auf. »Henry. Sie waren das vorhin in der Loge!«

Ein Schwall von englisch-französischem Mischmasch drang

mir ins Ohr. »Meine 'erz, sie geht nischt gut. *Le docteur* sagen, keine Aufregung. *Il faut que je parte toute de suite . . .«*

»Wieso 'aben Sie . . . ich meine, sind Sie gegangen?«

Er erklärte es mir umständlich. »Danke«, sagte ich schließlich. »Nein, ich bin sicher, das wird die Polizei verstehen. Geben Sie mir Ihre Nummer.«

Das tat er, und ich hängte auf. Jean sah mich fragend an. Ich sagte: »Das war Henry. Er ist Oberkellner bei . . .« ich nannte ein berühmtes Restaurant in der Stadt. »Mrs. Carrister hat ihm eine Logenkarte für heute abend besorgt. Er ist aber nach der Feldprüfung gegangen.«

Ich ging ins Schlafzimmer und holte mein privates Notizbuch. Mir erschien das genug Beweismaterial. So wählte ich die Nummer eines früheren Patienten von mir, der ein hoher Beamter bei der Polizei ist. In dem Moment ging vorn im Flur sozusagen die Hölle los.

Meine Hand tastete nach dem Revolver. Ich erinnerte mich dann aber, daß er ja noch auf dem Schreibtisch lag. So rannte ich in den Flur, mitten in ein ohrenbetäubendes Gebell hinein. Mr. Carrister verschwand gerade mit Mühe und Not in meinem Arbeitszimmer, Jean und Suki zerrten Butch zurück, und Miss Runcewell gelang es, Skippers Leine zu fassen zu bekommen. Da die Hunde aber lediglich übermütig waren und keinerlei gewalttätige Absichten hegten, begaben wir uns daraufhin ins Arbeitszimmer. Dort fanden wir einen äußerst ungehaltenen Mr. Carrister vor, der sich auf meinen Schreibtisch gerettet hatte.

Miss Runcewell sagte: »Ich habe mir Sorgen um Sie gemacht, Jean. Sie waren nicht in Ihrem Hotel. Deshalb dachten wir, Sie wären vielleicht hier.« Mit festem Griff hielt sie Skipper an der kurzen Leine.

Mr. Carrister maß Butch mit kühlem Blick und sagte: »Ich will ganz offen sein, Doktor, Sie waren ja auch in der Loge heute abend. Wenn Sie den Mord betreffend irgendeinen Verdacht haben, so hätte ich den gern gewußt.«

»Aber sicher doch«, antwortete ich. »Ich rufe sofort die Polizei an und sage ihnen, sie können den Täter verhaften.«

Er war blaff, Jean warf mir einen bewundernden Blick zu, und ich nahm den Hörer und wählte die Nummer.

»Hallo«, meldete sich mein Freund, das hohe Tier bei der Behörde, schläfrig.

»Hier spricht Dr. Marly. Schicken Sie mir doch bitte ein paar Beamte vorbei. Sie können die Person verhaften, die Mrs. Carrister ermordet hat . . . Ja, ich habe Beweise.«

Hinter mir gab es eine Bewegung. Die Hunde schlugen an, ich griff nach meinem Revolver. Mein Freund am Telefon schrie: »Sind da die Hunde los?«

»Beeilen Sie sich!« rief ich und ließ den Hörer fallen, unglücklicherweise auch meinen Revolver.

Miss Runcewell war schon an der Haustür. Die beiden Hunde jedoch drängten sie rückwärts in den Garderobenschrank. Wir anderen halfen mit großem Tohuwabohu noch etwas nach. Dann schloß Suki sorgfältig die Schranktür ab. Mr. Carrister beäugte Butch mißtrauisch und suchte wieder auf meinem Schreibtisch Zuflucht. Von dort oben fragte er: »Wollen Sie etwa sagen, daß *sie* Florrie ermordet hat? Wie kommen Sie darauf?«

»Weil Miss Runcewell genau wußte, daß Sie heute abend in der Loge sein würden. Außerdem wußte sie, daß Sie ein einleuchtendes Motiv hatten, Ihre Frau zu töten.«

»Wie???« machte Mr. Carrister.

»Das war ein geschicktes Ablenkungsmanöver«, erklärte ich. »Ihre Frau war offenbar sehr redselig.« Carrister nickte leidgeprüft. »Ich bin sicher, daß sie Miss Runcewell erzählt hat, Sie würden mit in der Loge sitzen. Irgendwann hat sie ihr auch von mir und meinem Hund erzählt. Sie hat auf Jean geschossen – nicht etwa, um sie oder Skipper zu treffen – sondern nur um Jean dazu zu bringen, mich um Hilfe zu bitten. Sie sollte mich ins Arsenal einladen. Und dann, später, unter dem Vorwand, Orangensaft zu holen, hat sie Suki angerufen und ihm gesagt, er solle meinen Hund zum Arsenal bringen . . .«

»Aber der hat doch den ganzen Aufruhr verursacht!«

»Das genau war Miss Runcewells Absicht. Die Polizei sollte glauben, daß Mrs. Carrister getötet wurde, während die allgemeine Aufmerksamkeit durch das – äh – Durcheinander bei Butchs glorreichem Auftritt abgelenkt war. Sie hat schon dafür gesorgt, daß sie sich während dieses Zeitraums weit weg von der Loge befand. Sie dagegen blieben, wie sie gehofft hatte, dort und wurden folglich verdächtigt. Tatsächlich aber wurde Ihre Frau während der Feldprüfung ermordet. Deshalb konnte die Polizei auch das Messer nicht finden. Sie hat es in das nächste Strohbüschel geschmissen, und damit wurde es bei der Umdekorierung abtransportiert.«

»Aber woher wissen Sie denn das?«

»Henri – ein Bekannter von mir – befand sich ebenfalls in der Loge. Er ist nach der Feldprüfung gegangen und dabei über die hintere Sitzreihe geklettert, um Mrs. Carrister nicht zu stören. Wie Sie wissen, saßen wir in einer Endloge. Er hat mir eben gerade erzählt, er hätte gesehen, wie ein Messer in die Buschdekoration geworfen wurde.«

»Aber *warum* hat sie meine Frau getötet?« fragte Mr. Carrister.

Da gab es nur eine einzige Erklärung. So sagte ich: »Ich glaube, Sie werden entdecken, daß Mrs. Carrister Miss Runcewell das nötige Geld für ihre Zucht geliehen hat. Wahrscheinlich haben sie das Ganze freundschaftlich regeln wollen. Obwohl Mrs. Carrister ausdrücklich keine Sicherheiten verlangt hat, wollte sie sich dann doch Miss Runcewells Zucht unter den Nagel reißen. Damit hätte sie ihr aber den Lebensunterhalt genommen. Und Miss Runcewell wußte, daß sie das vorhatte. Sie hat jedoch die freundschaftliche Fassade aufrechterhalten, bis Mrs. Carrister sich endlich zum Handeln entschloß. Da ist Miss Runcewell ihrerseits zur Tat geschritten.«

Jean hakte sich bei mir ein. »Aber Richard, ich weiß, daß du den Mörder schon kanntest, bevor Henry angerufen hat! Woher wußtest du, wer es war?«

»Oh«, sagte ich. »Das. Na ja, also während der Feldprüfung hörten *beide* Frauen plötzlich auf zu reden – Mrs. Carrister aus naheliegenden Gründen und Miss Runcewell, weil sie wußte, daß Mrs. Carrister tot war.«

An jenem Abend hat Mr. Carrister Jean Skipper geschenkt. Einerseits eine schöne Geste, andererseits ein trauriger Anlaß.

Nachdem er gegangen war, betrachtete Jean die beiden Hunde nachdenklich. »Sie scheinen sich zu vertragen«, meinte sie.

Das schon. Aber zwei Kerryblues in einem Haushalt? Schließlich sagte ich: »Butch mag ja nicht ausstellungsreif sein, aber . . .«

»Aber er ist dein Hund«, lächelte Jean, »und er *ist doch* süß.«

Deutsch von Swantje Naumann

Auf einen Cop ist immer Verlaß

Octavus Roy Cohen

Die Stimme am anderen Ende der Leitung sagte: »Ich spreche vom Flughafen in Los Angeles«, doch Johnny Norton kam es nicht so vor. Die Stimme drang über sechstausend Meilen Ozean zu ihm, von einer brütendheißen Insel im Südpazifik her. Er hatte die Stimme das letzte Mal vor einem halben Dutzend Jahren gehört, nachts, in einem Unterstand. Sie hatte gesagt:

»Was hast du denn, Johnny? Warum sagst du denn nichts?«

Die Stimme am Telefon sagte: »Was hast du denn? Warum sagst du denn nichts?«

Johnny riß sich zusammen. Er sagte: »Tex Graham!« und die Stimme erwiderte: »Natürlich bin ich es! Wer sollte es sonst sein?«

»Na hör mal, Kumpel. Nach all diesen Jahren . . .«

»Habe ich dir nicht versprochen, du wirst mich wiedersehen, wenn wir erst mal von dieser miesen Insel runter sind? Wie geht's dir, du alter Scheißkerl?« Er benutzte immer noch die gute, altmodische, liebevolle Ausdrucksweise der Marines.

»Mir geht's gut, Tex. Und dir?«

»Alles in Butter. Wie läuft's? Bist du verheiratet oder so was?«

»Ja. Seit sechs Monaten. Wir leben in Hollywood.«

»Ich weiß. Hab' deinen Namen im Telefonbuch gefunden. Rechtschaffender Bürger, was? Womit verdienst du denn deine Brötchen?«

»Ich habe einen ziemlich guten Job.«

»Dann nimm dir mal frei. Ich ziehe heute nacht um zwei wieder ab. Hast du 'nen Wagen?«

»So 'ne Art.«

»Spring rein. Bring dein Eheweib mit. Wir essen zusammen und plauschen ein bißchen über alte Zeiten. Wie lange wirst du hierher brauchen?«

»Vielleicht vierzig Minuten.«

»Ich warte im American-Airlines-Gebäude. Mann, Junge, es wird gut sein, dich mal wieder zu sehen. Besonders, ohne daß die Schlitzaugen uns die Hölle heiß machen.«

Johnny Norton legte den Hörer auf. Er war ein großer, blonder junger Mann, 28 Jahre alt, Gewicht um die achtzig Kilo. Er stand mit dem Rücken zur Wand und starrte seine Frau Mary an, die ebenso blond war und deren Augen dieselbe blaue Farbe wie die seinen hatten. »Das war Tex Graham«, sagte Johnny.

»Nein!«

»Doch. Er ist am Flughafen. Hat uns zum Essen eingeladen: dich und mich.«

Sie kam zu ihm herüber und legte ihre Hand auf seinen Arm. »Es tut mir echt leid, Johnny«, und er erwiderte: »Ich muß es tun, Schätzchen. Ich bin ein Cop.«

Ja, er war ein Cop. Sie hielt ihn für den bestaussehenden Cop in Los Angeles. Komisch, wie sehr sie seine blaue Uniform mit der großen goldenen und silbernen Polizeimarke, dem schwarzen Gürtel und dem perfekt gebügelten Hemd erregte. Sie schaute ihn nun von oben bis unten an und fragte: »Wo ist deine Waffe?«

»Hab' sie bei Eddie Morgan gelassen. Er legt neue Griffschalen für mich ein. Morgen früh zum Appell wird er sie fertig haben.« Dann bemerkte er die Frage in ihren Augen und sagte: »So eine Sache ist es nicht, Schätzchen. Tex weiß nicht, daß ich ein Cop bin. Ich werde Zivilkleidung tragen.«

»Es wird nicht leicht sein, nicht wahr, Johnny?«

»Das kannst du laut sagen.«

»Mußt du gehen?«

»Klar. Es ist lange her. Es ist mein Job, ihn für das FBI zu identifizieren.«

»Warum?« fragte sie. »Wenn sie doch sein Foto haben?«

»Weil die Jungs hier vor Ort ihn nicht kennen. Er könnte sich verändert haben, seit das Foto gemacht wurde: absichtlich oder sonstwie. Aber er kann sich nicht so sehr verändert haben, daß ich ihn nicht wiedererkennen würde.«

Johnny tat ihr leid. Es war ein mieser Auftrag. Er hatte ihr nie viel über den Krieg erzählt, doch alles, was er ihr erzählt hatte – jedes Erlebnis –, hatte sich um Tex Graham gedreht. Sie beobachtete ihn, als er eine Nummer wählte.

»FBI? ... Ist da Connor? ... Hilton? ... Können Sie einen von ihnen erreichen? ... Klar, ist es wichtig ... Hier spricht Officer Norton, Hollywood Division ... Jemand, den sie haben wollen, ist in der Stadt ... Nein, ich werde gleich das Haus verlassen ... Sagen Sie ihnen, sie sollen den Lieutenant anrufen. Ich sag ihm, was los ist.«

Er rief das Revier an und ließ sich zum Lieutenant durchstellen:

»Hier ist Johnny Norton, Lieutenant. Erinnern Sie sich an diese Tex-Graham-Sache, von der das FBI uns erzählt hat?«

»Der Typ, mit dem Sie zusammen bei den Marines waren? Der Typ, den sie wegen Mordes und Raub in Oklahoma suchen?«

»Genau der. Nun, er ist hier. Nur bis zwei Uhr heute nacht. Connor und Hilton, die beiden FBI-Agenten: ich habe sie gerade angerufen. Sie sind nicht zu erreichen. Sie sind mächtig scharf auf diese Festnahme. Ich habe eine Nachricht hinterlassen, daß sie Sie anklingeln sollen, sobald sie zurückkommen.«

»Und wie sieht's aus, Johnny?«

»Ich treffe Tex gleich am Internationalen Flughafen. Das American-Airlines-Gebäude. Er hat Mary und mich zum Essen eingeladen; also wenn wir nicht in der Hütte sind, dann sitzen wir vielleicht auf der Aussichtsplattform. Wenn irgend etwas anders kommt als geplant, rufe ich Sie an.«

»Sollen wir ein paar Detectives hinschicken?«

»Wie Sie wollen, Lieutenant. Aber das Baby gehört dem FBI. Ich werde in Freizeitkleidung sein.«

»Passen Sie auf sich auf.«

»Zum Teufel! Lieutenant, ich habe mit dieser Sache nichts zu tun. Wie ich schon sagte, es ist ein Ding des FBI. Von mir wollten sie nur, daß ich Laut gebe, wenn er sich bei mir meldet, und ihnen dann dabei helfen, ihn zu identifizieren. Was sie tun, wenn sie ihn haben, ist deren Sache. Ich drängle mich nicht vor.«

Der Lieutenant sagte okay, und Johnny legte auf. Er zog seine Uniform aus und arrangierte sie pedantisch auf einem Bügel im Schrank der winzigen Wohnung. Dann zog er ein Sporthemd, legere Hosen und einen Sakko an. Seine schwarzen Schuhe vertauschte er mit braunen. Er blickte Mary an, versuchte zu lächeln und ließ es dann wieder sein, weil doch nichts daraus wurde.

Sie verstand. Sie verstand immer, wie Johnny sich fühlte. Sie sagte: »Deshalb komme ich ja mit dir.«

»Das wirst du nicht tun.«

Sie trat dicht an ihn heran und nahm seine Hände in die ihren. »Der Grund, weshalb ich mitkomme«, erklärte sie, »ist, daß du dich ziemlich mies fühlen wirst, wenn die Sache erst einmal vorbei ist.«

Er war dankbar, und das sagte er auch. Es war ja nicht so, als würde er sich in Gefahr begeben. Die Bühne gehörte einzig dem FBI. Sie sagte: »Laß dich davon nicht runterziehen, Johnny. Was du zu tun hast, ist nicht leicht, aber es ist dein Job.«

»Ich weiß. Aber ich wünschte von Herzen, der Kerl wäre irgendwo anders hingegangen. Das FBI ist in jedem Teil des Landes so vorgegangen, in dem Tex einen Kumpel hat. Was weh tut, ist . . . nun, verdammt noch mal! Ich liebe diesen Kerl.«

»Er ist ein Mörder, nicht wahr?«

»Ja, sicher. Aber nicht in meiner Erinnerung . . .«

Nein, da nicht. Er erinnerte sich an den Stützpunkt und die harte Ausbildung in Panama. Dann der Krieg. Gute Zeiten und schlechte Zeiten. Er erinnerte sich an Tex Graham als den zähesten Mariner in einer zähen Einheit. Er war stolz darauf gewesen, Tex' bester Freund zu sein.

Tex war ein Killer gewesen, selbst bei den Marines. Aber man hatte die Dinge einfach an anderen Maßstäben gemessen. Es war dein Job zu töten, wenn du selbst überleben wolltest. An ein oder zwei Orten war es ein kleiner Krieg gewesen. Selbst auf Tarawa schien er nur klein, weil er und Tex gewöhnlich auf Patrouille waren, abseits von der großen Show. In solchen Situationen war ein Mann auf sich selbst gestellt. Nur er und sein Kumpel und ein paar andere bildeten die Patrouille. Man hatte getan, was man tun mußte, und versucht, nachher nicht mehr darüber nachzudenken.

Tex hatte nicht lange gebraucht, um zu wissen, wo es langging. Er sagte, er hätte es immer schwer gehabt, da mache ihm etwas so Unwichtiges wie ein Krieg auch nichts aus. Der Dschungel – nun, der hatte ihm nicht sonderlich gefallen, aber er hatte sich auch daran gewöhnt. Schon bald brachte er Johnny und den anderen Männern in der Abteilung alles bei. Sie machten ihn zum Corporal, doch lieber hätten sie ihn kaputtgemacht, wenn er auf Patrouille nicht so unverzichtbar gewesen wäre. Was er erwischen wollte, erwischte er auch.

Er und Johnny waren sich immer sehr nah. Sie redeten viel, wenn sie die Zeit dazu hatten. Das war eine komische Sache: Johnny wußte, welche Seite oben war, aber Tex' Sichtweise der Dinge – gelegentlich kam er schlichtweg nicht damit klar. Er versuchte dann, es einfach abzutun, sich selbst zu überzeugen, daß Tex nur Spaß machte. Aber er wußte, daß es ihm wirklich ernst war. Er hatte guten Grund, es zu wissen ...

Auf der Fahrt zum Flughafen legte Johnny seiner jungen Frau kurz die Lage dar. Er sagte, sie hätten Tex auf einer Tragbahre von Tarawa heruntergeholt, und das war das letzte Mal, daß er den Typ gesehen hatte. Er hatte nicht einmal mehr von ihm gehört, bis jetzt. Aber er hat genug *über* ihn gehört: Das war etwas anderes.

Johnny vermochte nicht mit Sicherheit zu sagen, ob Tex immer schon einen schlechten Zug an sich gehabt hatte ... im Krieg konnte man das nicht erkennen. Aber seither war er zweifellos schlecht geworden. Ein halbes Dutzend Verbrechen, die schließlich mit Bankraub und Mord in Oklahoma ihren Höhepunkt fanden. Und da hat das FBI sich der Sache angenommen. Sie hatten Tex von oben bis unten durchleuchtet. Sie hatten mit jedem Kontakt aufgenommen, von dem sie herausfanden, daß er je ein Kumpel von Tex gewesen war: Johnny eingeschlossen. Irgendeines Tages, irgendwo, so dachten sie sich, würde Tex mit einem von ihnen Kontakt aufnehmen. Offensichtlich hatten sie die Karten richtig gelesen, denn genau das hatte Tex getan.

»Da ist nur eins, über das ich mir Sorgen mache, Johnny«, sagte sie. »Bist du sicher, daß er nicht weiß, daß du Polizist bist?«

»Ja. Wenn er es wüßte, hätte er mich nie angerufen.«

Die ganze Sache erschien ihr zu phantastisch. Das ihr Johnny und dieser Tex Graham enge Freunde gewesen waren, schien unglaublich: einer durch und durch anständig, der andere durch und durch schlecht; einer stolz darauf, ein Cop zu sein, der das Verbrechen und die Verbrecher haßte, während der andere sich mit Waffengewalt alles nahm, was er haben wollte.

Nun, was Johnny zu tun hatte, war simpel genug: Er mußte sich einfach mit Tex treffen und ihn beschäftigt halten, bis das FBI auftauchte. Dann mußte er sozusagen mit dem Finger auf ihn zeigen. Johnny haßte diesen Auftrag, doch es gab nichts, was er dagegen machen konnte. Wenn du ein Cop bist, dann läßt du einen Mörder nicht entwischen, selbst wenn er dein Freund ist. Sicher, du haßt es, ihn zu verhaften oder auch nur dabei zu helfen; du wünschst, jemand anders würde das tun. Doch wenn da niemand anders ist, dann befolgst du einfach deine Befehle und tust es selbst.

Es war schon dunkel, als sie den Flughafen erreichten. Johnny sprach eine letzte Warnung aus. Er sagte: »Laß dir nichts anmerken, Schätzchen. Tex ist ein scharfer Hund. Gib ihm nicht die leiseste Ahnung, daß du darauf wartest, daß etwas geschieht.«

»Wird es Ärger geben, Johnny?«

»Sicher nicht. Tex wird die Typen nicht erkennen. Sie werden ihn von beiden Seiten in die Zange nehmen und verhaften, bevor er überhaupt merkt, was ihm geschieht.« Er nahm eine seiner Hände vom Lenkrad und legte sie beruhigend über die ihre. »Ich würde dich nie in eine gefährliche Sache hineinziehen: Das weißt du.«

Sie erwiderte, ja, das wisse sie – aber deshalb machte sie sich trotzdem Sorgen. Es war nicht die physische Gefahr; sie verließ sich auf sein Wort, daß keine bestand, doch sie wußte, daß er sich schlecht fühlte, daß er viel darum geben würde, nichts mit der ganzen Sache zu tun zu haben.

Am Flughafen brannten unzählige Lampen und Lichter. Sie fanden einen Parkplatz, stiegen aus und gingen zu Fuß weiter. Sie kamen bei der TWA, der United, der Western und der Pan American vorbei und gingen schließlich in das Gebäude der American Airlines hinein. Es war ein recht kleines Gebäude, mit Schaltern und Schalterangestellten und Gepäckträgern und einem Zeitungskiosk und Lautsprechern, die von der Wand aus nuschelnd die Ankünfte und Abflüge der Maschinen verkündeten, Passagiere aufriefen, die noch nicht eingecheckt waren oder ihr Gepäck noch nicht hatten wiegen lassen.

Sie traten ein. Ein Mann erhob sich von einem Ledersessel und stürmte auf sie zu. Er war etwa Dreißig und hatte ungefähr Johnnys Größe und Statur. Er hatte schwarze Augen und Haare, und er sah aus, als würde er sich überall zurechtfinden.

Er packte Johnny und schüttelte ihm überschwenglich die Hand. Er nannte ihn bei einer ganzen Menge Schimpfnamen und fluchte, doch alles in liebevollem Ton. Dann wandte er sich um und schaute Mary an, und Johnny sagte: »Das ist mein Weib, Tex.«

Tex streckte ihr seine große, muskulöse Hand entgegen. Er sagte, er sei erfreut, sie kennenzulernen, und wie sie bloß auf den Gedanken gekommen sei, einen nutzlosen Mistkerl wie Johnny Norton zu heiraten. Er hatte einen leichten texanischen Akzent, und er war so arglos und so erfreut über das Wiedertreffen seines Kriegskameraden, daß er Mary leid tat.

Tex begann, ihr Dinge über Johnny zu erzählen. Er war ein großer Maulheld. Er erzählte von Mädchen und trug dabei so dick auf, daß sie wußte, daß er nur Spaß machte. In der Zwischenzeit sah sie, wie Johnny immer wieder verstohlen zur Tür blickte und nach den FBI-Agenten Ausschau hielt, die die Verhaftung durchführen sollten.

»Wie wär's mit etwas zu mampfen?« erkundigte sich Johnny. »Bist du hungrig?«

»Hast du je gesehen, daß ich keinen Hunger hatte?«

»Sie haben hier im Gebäude ein sehr gutes Restaurant.«

»Zum Teufel damit«, donnerte Tex. »Ich lebe in Restaurants, besonders in Flughafenrestaurants. Wie wär's, wenn deine Frau uns etwas Schönes kocht: Ich fliege erst um zwei Uhr morgens weiter.«

Das war es, was Tex sagte, doch Johnny wußte, daß er etwas viel tiefer Gehendes meinte.

Tex war schon lange auf der Flucht. Er wurde gesucht. Er wußte nie, wo oder wann sie ihn erwischen würden, und die Aussicht, mehrere Stunden an einem öffentlichen Ort zu verbringen, mußte ihn zwangsläufig nervös machen. Natürlich zog Johnny es vor, genau da zu bleiben, wo er gerade war, und so versuchte er es mit Hinhalten. Er sagte: »O Mann! Tex –

Mary hat sich nicht vorgestellt, heute abend noch an den Kochtopf zu müssen.«

Tex grinste sie an. »Nicht einmal für einen alten Freund ihres Mannes?« und Mary erwiderte: Sicher, sie werde ihm gern ein Abendessen kochen. Tex war begeistert. Wie ein kleiner Junge. Er sagte, es wäre toll, sich in Johnnys Heim ausruhen zu können, das Essen von Johnnys Frau zu essen, ein paar Stunden zu plauschen.

Mary sah, daß ihrem Mann nicht gefiel, welche Richtung die Dinge nahmen. Sie wußte, daß er innerlich dem Lieutenant die Hölle heiß machte, weil er nicht genügend Druck beim FBI gemacht hatte, daß er wütend auf das FBI war, weil sie nicht am Flughafen waren. Sie hatte Angst, daß Johnny sich verraten würde, also nahm sie selbst die Zügel in die Hand. Sie sagte, sie würden zusammen zurückfahren, und am Supermarkt anhalten und Bier und ein paar andere Sachen kaufen. Johnny verstand, was sie vorhatte, und er spielte mit.

Auf der Fahrt wunderte sie sich immer wieder über die Männergespräche. Komisch, wie die winzigste Kleinigkeit aus ihrer gemeinsamen Dienstzeit wichtig zu sein schien. Sie lachten über Dinge, die ihr persönlich nicht sonderlich komisch erschienen, und sie war klug genug zu erkennen, daß sie vor allem über die Teile lachten, die sie beide nicht aussprachen.

Sie näherten sich einem Supermarkt, der noch geöffnet hatte, und sie wies Johnny an, dort zu halten. Mit entschiedener Stimme sagte sie: »Ihr beide bleibt im Wagen. Ich brauche nur ein paar Minuten.«

Sie vergewisserte sich, daß die beiden ihr nicht folgten, bevor sie zu einer Telefonzelle an der Rückseite des Supermarktes lief. Sie rief das Hollywood-Revier an und ließ sich zum Lieutenant durchstellen. Sie nannte ihren Namen und fragte, was falsch gelaufen wäre.

Der Lieutenant erwiderte: »Das frage ich Sie, Mrs. Norton. Ich habe gerade einen Anruf von diesen FBI-Jungs am Flughafen erhalten, die wissen wollen, wo Sie sind.«

Sie sagte ihm, wo sie waren, und erklärte, daß sie Tex Grahams Spiel mitspielen mußten, damit er ihnen nicht auf die Schliche kam. Außerdem war Johnny nicht bewaffnet, ganz im Gegensatz zu Tex. Sie sagte, sie würden jetzt nach Hause fahren, und daß sie Essen kochen würde, und daß sie den Abend gemeinsam verbringen würden, bis es für Tex Zeit wurde, wieder zum Flughafen zurückzufahren.

»Ich setze mich gleich mit den Typen vom FBI in Verbindung«, versprach der Lieutenant. »Sie werden wahrscheinlich Ihr Mietshaus überwachen, wenn Sie dort angekommen sind.«

»Sie wissen, welches unsere Wohnung ist?«

»Nein. Wir haben nur die Adresse.«

»Sie ist im ersten Stock, auf der Nordseite des Gebäudes. Wir haben die hintere Wohnung. Eine liegt nach vorn heraus, und zwei auf der Südseite. Genauso ist es im zweiten Stock.« Sie senkte die Stimme: »Wird es Ärger geben?«

»Nicht da, wo Sie sind. Wir werden wahrscheinlich ein paar von unseren Leuten hinschicken, um dem FBI Schützenhilfe zu leisten. Sie werden das Haus von allen vier Seiten überwachen. Machen Sie sich keine Sorgen: Sie werden nicht die Wohnung stürmen. Sie gehen kein Risiko ein – sie würden sich nie ein Feuergefecht in einer kleinen Wohnung liefern, solange eine Frau und ein Polizist darin sind.«

»Wie werden sie ihn sich schnappen?«

»Wenn er herauskommt. Und sehen Sie, Mrs. Norton – da wird ein Mann hinter dem Haus sein. Warum finden Sie nicht eine Ausrede, um rauszugehen: Sie wissen schon, um den Müll rauszubringen oder so was? Sie können ihm dann die Lage erklären.«

»Ich habe einen Müllschlucker«, erwiderte sie. »Wenn mir eine andere Ausrede einfällt, werde ich . . .«

»Gut. Aber immer vorsichtig. Dieser Graham ist ein gemeiner Hund.«

Sie hängte ein, kaufte Bier, einen Laib Brot und ein paar andere Dinge, die sie nicht brauchte, damit sie genügend in der Einkaufstüte hatte, um ihre lange Abwesenheit zu erklären. Als sie wieder in den Wagen stieg, bemerkte sie den fragenden Blick ihres Mannes und erwiderte ihn mit einem kaum wahrnehmbaren Nicken. Sie setzten aus der Parklücke zurück und machten sich auf den Heimweg.

Beinahe hätte sie dem Lieutenant gesagt, daß sie Angst hatte. Doch wenn sie es sich genau besah, war sie eher besorgt als verängstigt: besorgt hauptsächlich deshalb, weil sie wußte, daß etwas geschehen würde, doch nicht wann oder wo oder wie. Immer wieder sagte sie sich, daß der Mann, dessen kräftiger Leib dort eingezwängt zwischen ihr und ihrem Mann hockte, ein Mörder war, und daß, was noch wichtiger war, in dem Moment, in dem sie ihn schnappten, auch sein eigenes Leben verwirkt war. Sie hatte Angst vor dem Unbekannten, hatte Angst, daß ihr Mann sich vielleicht durch eine Unvorsichtigkeit verriet. Und sie hatte eine Furcht, die größer war als all das: *Sie fürchtete sich vor den Detectives, die ihre Wohnung überwachen würden.*

Johnny Norton arbeitete in Uniform, und er war noch nicht lange im Hollywood-Revier. Er kannte viele der Männer unten, doch er hatte ihr oft erzählt, daß er kaum mit den Detectives zu tun hatte. Sie hatten nicht viel Kontakt miteinander, die Detectives und die uniformierten Cops. Bei den wenigen Malen, an denen er mit Verdächtigen oder Berichten hatte in den zweiten Stock gehen müssen, hatte er mit dem Leiter der Tagesschicht gesprochen, und Johnny war immer in Uniform gewesen.

Und da war noch etwas. Johnny arbeitete am Tage. Die wenigen Detectives, die er kannte – und die auch ihn kannten – arbeiteten ebenfalls in dieser Schicht. Schichtwechsel war um siebzehn Uhr, und die Männer, die dann ihren Dienst antraten, waren ebenso Fremde für ihn, wie er für sie fremd war.

Nein, die Detectives der Nachtschicht würden ihn nicht kennen. Die FBI-Agenten schon, denn sie hatten mit ihm über diese Sache gesprochen. Doch zwei FBI-Agenten konnten nicht gleichzeitig an allen vier Seiten des Gebäudes sein. Und wenn es Ärger gab, bestand die Gefahr, daß einer der Cops nicht wußte, wer Tex Graham und wer Johnny Norton war.

Sie kamen nach Hause, parkten den Wagen am Bordstein und gingen ins Haus. Johnny knipste das Licht an, und Tex sagte: »Nette Bude. Auf den Inseln hatten wir es nicht so hübsch, was, Johnny?« und Johnny erwiderte: Nein, hübsch hatten sie es nicht gehabt. Er führte Tex zu ihrem bequemsten Sessel, drängte ihm Zigaretten auf und forderte ihn auf, es sich gemütlich zu machen.

Mary nahm die Hüte und Mäntel der Männer und hängte sie in den Garderobenschrank im Flur neben dem Schlafzimmer.

Dann ging sie in die Küche und bereitete das Essen zu. Sie konnte sie reden hören. Tex zündete eine neue Zigarette an. »Was für ein Leben das war«, sagte er. »Keiner hat auch nur einen Scheißdreck auf irgend etwas gegeben, außer da wieder rauszukommen. War egal, ob man sich an die Regeln hielt oder nicht. Als es mich auf Tarawa erwischte, war das wie ein Urlaubsticket.«

»Was haben sie mit dir gemacht?«

»Haben mich nett wieder zusammengeflickt, nachdem sie mich fanden. Aber es waren schlimme fünf Stunden, während ich so dalag und nur darauf gewartet habe, daß die Schlitzaugen gleich über mich stolpern. Sie mochten Marines nicht.«

»Das kannst du laut sagen.«

»Jedenfalls haben unsere Jungs mich gefunden. Sie haben mich mit irgendeinem Zeugs vollgepumpt, und ich bin im Feldlazarett wieder aufgewacht. Und das nächste, was ich weiß, ist, daß ich wieder auf dem Stützpunkt bin. Dann auf einem Schiff. Dann schließlich auf dem Hauptstützpunkt. War 'ne nette Sache!« Tex grinste Johnny an. »Du hast nie einen Kratzer abbekommen, oder?«

»Nee. Aber der Rest der Jungs hat dich mächtig vermißt. Die Patrouille war einfach nicht mehr dasselbe.«

Mary hörte mit halbem Ohr zu. Ansonsten kümmerte sie sich weiter um das Abendessen: Schweinekotelett, gebackene Bohnen, eine Dose Spargel, Brötchen, Kaffee, ein einfacher Salat. Sie holte drei Apfeltaschen aus dem Gefrierfach und ließ sie etwas auftauen, um sie nachher warm als Nachtisch zu servieren.

Am liebsten wäre sie hinausgegangen, um mit einem von denen zu reden, die dort Posten bezogen hatten. Doch sie hatte Angst. Tex war ein scharfer Hund. Es könnte ihm komisch vorkommen, und dann würde er ihr vielleicht nachgehen, um zu sehen, was los war. Ihr blieb nur übrig, zum Hinterfenster zu gehen und durch einen Spalt in der Jalousie über dem Spülbecken zu spähen. Halb verborgen im Schatten sah sie einen Mann mit einem Gewehr. Ob FBI oder Cop, vermochte sie nicht zu sagen. Aber sie waren da. Vorne, hinten und an den Seiten. Tex hatte keine Chance zu entkommen. Sie würden ihn festnehmen oder erschießen. Egal wie, mit der Latte von

Anklagepunkten war er sowieso so gut wie tot. Es paßte nicht zu dem Gelächter, das aus dem anderen Zimmer zu ihr herüberdrang.

Sie wußte nicht, worüber sie lachten; doch es mußte ein sehr persönliches, intimes Erlebnis sein, denn sie hatten sich nur flüsternd darüber unterhalten. Da war diese Kriegsseite an Johnnys Leben, von der sie viele Dinge nie erfahren würde. Es kam ihr in den Sinn, was für ein wunderbarer Abend es für Johnny hätte sein können, wäre sein Freund nicht der gewesen, der er war.

Das Abendessen war in Ordnung. Es war schon zehn Uhr, als sie schließlich mit dem Abwaschen fertig war und sich im Wohnzimmer zu ihnen gesellte. Von draußen war kaum ein Laut zu hören gewesen.

Sie konnte die Anspannung in Johnnys Augen sehen. Sie wußte nicht viel, doch sie wußte eine ganze Menge mehr als Johnny, und er mußte sich ganz schöne Sorgen machen. Zeitweise schien es so, als würde er gar nicht zuhören, was Tex erzählte. Gelegentlich schaute er sie an, doch sie wagte nicht, ihm ein verstohlenes Zeichen zu geben, sei es auch nur zur Ermutigung. Ihr blieb nur zu lächeln und den Eindruck zu vermitteln, daß alles unter Kontrolle war.

Die Zeit arbeitete gegen sie. Die Zeiger der Uhr auf dem Kaminsims krochen voran, näher und näher an den Moment heran, in dem Tex sich zum Aufbruch erheben würde. Das war es, was ihr angst machte. Es waren die Minuten, die dann folgten, wenn das Spiel in andere Hände übergehen würde. Sie hatte längst kein Mitleid mehr mit Tex. Alles, woran sie noch denken konnte, war ihre Sorge um Johnny.

Früher oder später würde das Feuerwerk losgehen. Es ging nicht anders. Und wenn es losging, dann war Johnny sicher dumm genug, sich unbewaffnet auf Tex zu stürzen. Verdammtes Pflichtbewußtsein. Johnny war sich seiner Verantwortung als Polizist zu bewußt. Und sie wußte, daß er alles in seiner Macht Stehende tun würde, um sie zu schützen, wenn der Ärger losging ...

Tex stand auf und trat hinaus in den Flur. Sie sah, wie er die Garderobenschranktür öffnete. Er fingerte in seiner Manteltasche herum und kam mit einem frischen Päckchen Zigaretten zurück.

Tex grinste sie an und ging zum Nordfenster hinüber. Er zog die Jalousie einen winzigen Spalt zurück und blickte hinaus. Dann sagte er: »Netten Ausblick habt ihr«, und kehrte wieder zu seinem Sessel zurück.

Er setzte sich, öffnete die Zigarettenschachtel und zündete eine an. Dann griff er unter sein Jackett und holte einen .45er Armeerevolver hervor. Er blickte Johnny geradewegs in die Augen und sagte leise: »Du bist ein Cop, nicht wahr, mein Junge?«

Johnny schützte Erstaunen vor und fragte ihn, wie er denn auf die Idee gekommen sei.

»Als ich gerade eben meine Zigaretten geholt habe. Deine Uniform hängt dort im Schrank.«

Johnny versuchte zu grinsen. »Ist es so schlimm, ein Cop zu sein?« fragte er.

»Ja.« Tex' Stimme war tonlos. »Besonders wenn draußen noch andere Cops rumstehen. Ich habe zwei von ihnen vom Fenster aus gesehen. Einer hat ein Gewehr. Du hast es gewußt, nicht wahr, Johnny?«

Johnny erwiderte: Ja, er habe es gewußt, und das beste wäre, wenn Tex sich selbst stellen würde. Es sei eine ganz schön üble Sache, sagte Johnny, einen alten Freund ans Messer zu liefern.

»Man spielt so aus, wie die Karten liegen, Johnny«, erklärte Tex. »Für mich sieht das ganz schön mies aus, aber ich bin ja auch nicht auf deiner Seite des Zauns zu Hause.«

Und Johnny kam in Fahrt. Er fragte, warum Tex so dumm gewesen sei, sich bei ihm zu melden. »Sie haben sich gedacht, daß du das tun würdest, wenn du mal nach L. A. kommst. Sie haben dich schon erwartet.«

»Wie viele sind da draußen?«

»Ich weiß nicht.«

»Zu viele, Tex«, sagte Mary. »Du hast keine Chance.«

Er schüttelte den Kopf. »Ein Mann hat immer eine Chance, solange er noch atmet. Weißt du, weshalb sie hinter mir her sind?«

Und Johnny sagte: »Ja, Raub und Mord.«

»Also bin ich dran.« Tex schwieg eine Weile. »Wenn sie vorhätten, hier hereinzustürmen, dann hätten sie es längst getan. Das bedeutet, ich bin sicher, solange ich hier drinnen bleibe.«

Johnny pflichtete ihm bei.

»Aber ich kann hier nicht ewig hocken bleiben. Ich muß versuchen zu fliehen.«

»Du würdest nicht weit kommen, Tex.«

»Wenn die mich hoppnehmen, ist das auch nicht sonderlich gesund, Johnny. Erinnerst du dich an die Sache auf einer dieser kleinen Inseln, das erste Mal, als wir zusammen auf Patrouille waren? Da haben wir auch keine große Chance gehabt, so wie es aussah. Aber wir haben uns den Weg freigeschossen, oder?«

»Einige von uns zumindest.«

»Weißt du, daß war die Nacht, in der du angefangen hast, mir zu gefallen. Zum Teufel, wir hatten mächtig Spaß bei der Grundausbildung und in Panama und all das, aber in dieser Nacht hast du es geschafft. Ich wette, du bist ein wirklich großartiger Cop.«

Es gab nichts, was Johnny darauf erwidern konnte. Nach ungefähr einer halben Minute schaute Tex zu Mary hinüber und stellte eine Frage. »Hast du telefoniert, als du in dem Supermarkt warst?«

Sie nickte.

»Was haben sie dir gesagt?«

»Nur, daß sie die Wohnung überwachen würden.«

»Wo ist deine Waffe, Johnny?« fragte er.

Johnny erklärte, daß er sie nicht habe: Er hatte sie bei dem Typen gelassen, der ihm neue Griffschalen einlegen wollte.

»Du bist genauso verrückt wie ich – triffst dich mit mir, ohne eine Waffe zu haben.«

Johnny erklärte, daß er davon nichts gewußt habe, als er das Revier verließ. Der Anruf sei erst gekommen, als er schon zu Hause war.

»Und wie wolltest du mich hoppnehmen?«

»Das wollte ich gar nicht. Zwei FBI-Agenten sollten das am Flughafen tun. Ich habe alles so lange hinausgezögert, wie es ging, in der Hoffnung, daß sie bald auftauchen würden. Als sie es nicht taten . . . zum Teufel, Tex, du bist schließlich kein Idiot. Ich mußte auf deine Vorschläge eingehen, oder du hättest Lunte gerochen.«

»Das hätte ich.« Wieder versank er ins Grübeln. »Du mußt mich hier rausbringen, Johnny.«

»Das ist unmöglich.«

»Du mußt. Ich kenne mich hier nicht aus. Aber du. Es muß doch irgendeinen Ausgang geben, den sie nicht bewachen.«

»Keine Chance, Tex. Du weißt, daß die Typen da draußen so was nicht übersehen würden.«

»Denk nach, Junge. Es wäre viel gesünder, wenn dir etwas einfallen würde. Was ich meine, ist, daß ich mich nicht kampflos ergeben werde.«

»Was kannst du schon groß machen?«

Tex blickte verlegen drein. »Es würde mir nicht gefallen, deine Frau mit in die Sache hineinzuziehen, Johnny, aber es gibt keine andere Möglichkeit.«

»Und das heißt . . .?«

»Nun, bis jetzt sind sie wegen ihr noch nicht reingekommen. Also würden sie nie das Risiko eingehen, sie zu erschießen, egal, was passiert. In Kürze werde ich rausgehen. Und sie nehme ich mit. Wenn nur einer sich bewegt, erschieße ich sie. Das meine ich ernst, Johnny.«

Ja, er meinte es ernst. Er würde es tun, weil es das einzige war, was er tun konnte. Tex sagte zu Mary: »Betrachte es mal von meiner Seite . . .«

Sie erwiderte, daß sie es versuchen wolle, aber ob er wirklich glaube, er könne es über sich bringen, eine Frau zu erschießen?

»Sicher. Warum nicht? Wenn es meine einzige Chance ist? Das solltest du mir glauben, Mary.«

Johnny erklärte ihr, daß er Tex glaubte. Und er fuhr fort: »Aber sieh mal – was hättest du davon? Eine kleine Verschnaufpause vielleicht. Früher oder später erwischen sie dich doch.«

»Später. Das ist besser als jetzt. Und noch eins, Junge: Fang hier ja nichts an, nur weil du Angst um sie hast. Es würde mir leid tun, dir 'ne Kugel verpassen zu müssen, aber dann müßte es sein.«

»Ich weiß. Die Sache ist nur die, Tex, ich denke noch immer nicht, daß es funktionieren wird. Ehrlich, das glaube ich nicht. Da gibt es nur eins, was mir einfällt.«

»Was?«

»Laß mich mit einem der Jungs da draußen reden. Oder laß mich das Revier anrufen. Die blasen die ganze Sache ab.«

»Aber sie würden mir weiter auf den Fersen bleiben, nicht wahr?«

»Ja, ich denke schon.«

Mary blickte von einem zum anderen. Zwei Freunde, die sich leise und ruhig miteinander unterhielten. Es fiel ihr so schwer, sich zu überzeugen, daß ihr Leben in Gefahr war; daß Tex auf die Dauer nicht die geringste Chance hatte; daß Johnny mitten drin in dem Schlamassel steckte. Es schien nichts wirklicher als ihre Scherze darüber, was angeblich auf der anderen Seite der Welt geschehen war.

Mit überraschender Gelassenheit sagte sie: »Wir stecken in einer Sackgasse, oder, Tex? Die Männer dort draußen werden nichts tun, solange wir alle zusammen hier drinnen sind. Sie können die Wohnung bis in alle Ewigkeit überwachen. Wir können nicht so lange hier herumhocken.«

»Das werden wir auch nicht. Wie ich schon sagte, du und ich werden hier zusammen rausgehen. Wir gehen ganz dicht nebeneinander, und ich werde meine Waffe auf dich gerichtet haben. Sie werden nicht schießen. Sie werden uns nicht einmal nahe kommen.«

Johnny sagte: »Ich habe ein Dutzend Pläne durchdacht, Tex – alle möglichen Tricks. Aber du würdest merken, daß es Tricks sind.«

Tex nickte. »Du hast mich durchschaut. Weißt du, es ist komisch -- du hast mich in diese Lage gebracht, und ich bin nicht einmal sauer auf dich.«

Johnny sagte, er denke nur an Mary, an niemanden sonst.

»Das dachte ich mir schon. Du würdest das Risiko eingehen, aber sie würdest du nie in Gefahr bringen. Sie ist eine tolle Frau, Johnny. Nicht viele Kerle haben so ein Glück.«

Die Zeiger der Uhr bewegten sich noch immer. Die Zeit wurde langsam knapp. Tex lehnte sich in seinem Sessel zurück, ohne in seiner Wachsamkeit nachzulassen. Es sah so aus, als wäre er des Redens müde, und so schwiegen sie beide auch. Ihre Blicke trafen sich, und Mary lächelte ganz leise. Es war ihr zwar nicht gerade nach Lächeln zumute, doch sie wollte Johnny zeigen, daß sie keine Angst hatte.

Doch sie hatte Angst. Schreckliche Angst. Sie hatte schon den ganzen Abend über Angst gehabt, seit sie den Flughafen verlassen hatten, seit sie aus dem Fenster gespäht und den Detective mit dem Gewehr gesehen hatte. Da hatte sie gewußt, daß es ernst werden würde.

Fünf Minuten verstrichen. Tex sagte leise: »Du würdest mich doch nicht belügen, oder Johnny?«

»Nein. Schon wegen Mary nicht.«

»Diese Typen da draußen sind Detectives, nicht wahr?«

»Ja.«

»Du bist ein Uniformierter. Wieviel Detectives kennst du?«

»Recht wenige.«

»Wie viele kennen dich?«

»Noch weniger. Und keiner der Jungs ist bei der Nachtschicht.«

»Wir werden jetzt in der Wohnung herumgehen, Johnny. Du wirst ganz vorsichtig hinausschauen. Sag mir, ob du die Männer auf dieser Seite und nach hinten raus kennst.«

Johnny stand auf. Mary tat es ihm nach. Tex hielt sich dicht bei ihnen, die Waffe im Anschlag. Johnny tat, wie man ihm befohlen hatte, und dann waren sie wieder im Wohnzimmer. »Ich kenne keinen der drei Typen, die ich gesehen habe«, erklärte Johnny.«

»Du solltest dir da besser ganz sicher sein, Johnny. Wenn das, was ich vorhabe, schiefgeht, muß Mary dafür bezahlen.«

»Ich lüge dich nicht an, Tex. Natürlich weiß ich nicht, wer vorn steht oder an den Seiten. Wenn die FBI-Agenten dort sind, die kenne ich, und sie kennen mich.«

Wieder versank Tex in Nachdenken. Dann sagte er leise: »Es kann funktionieren, Johnny. Es kann klappen.«

Johnny wartete.

»Erinnerst du dich noch, daß wir bei den Marines manchmal unsere Sachen untereinander getauscht haben?«

»Was ist damit?«

»Warum sollten wir es nicht wieder tun können?«

Johnny sagte, er wisse nicht, worauf Tex hinauswolle.

»Das hier. Stell dir vor, ich ziehe deine Uniform an. Dann nehme ich Mary, und wir schlüpfen zur Hintertür hinaus. Ich tue so, als wäre ich du, und Mary hilft mir dabei. Wenn die Männer dort hinten dich nicht kennen, dann merken sie auch nicht, daß wir die Rollen getauscht haben. Wenn du mich aufs

Kreuz gelegt hast, werde ich mich hinter Mary verstecken, wenn die Ballerei anfängt. Also solltest du dir besser ganz sicher sein.«

Johnny erwiderte nachdenklich: »Vielleicht ist das wirklich eine Idee, Tex. Aber es reicht nicht.«

»Was stimmt denn nicht daran?«

»Du erzählst den Kerlen dahinten, daß du ich bist. Warum sollten sie darauf hereinfallen?«

»Weil sie nicht wissen, was hier drinnen los ist. Weil sie nicht wissen, daß ich dir auf die Schliche gekommen bin, daß du ein Cop bist. Ihnen wird es nicht so komisch vorkommen wie uns. Ich werde sagen, daß du gleich durch die Vordertür hinausgehen wirst, und daß Mary und ich wieder hineingehen müßten. Sie werden mir glauben, denn sie halten mich ja für dich. Sie werden nach vorn gehen, um den anderen Bescheid zu sagen. Mary und ich werden dann zur nächsten Straße weitergehen.«

»Und dann?«

»Ich schnapp' mir 'nen Wagen. Jeder Fahrer hält an, wenn ein Cop es ihm befiehlt. Ich zwinge den Typen dazu, mich hinzufahren, wo immer ich hinwill. Was hältst du davon, Junge?«

Johnny sagte, daß sich der erste Teil ganz vernünftig anhöre, doch die Sache mit dem Wagen ... zum Teufel, in ein paar Minuten würde die Meldung rausgehen, jeden Wagen mit einem Zivilisten am Steuer und einem Cop und einem Mädel bei sich zu verfolgen.

»Sie werden uns nicht sehen können, wenn wir erst einmal im Wagen sind«, erklärte Tex. »Mary und ich werden uns auf den Boden legen, damit man uns nicht sieht. Sie wird keinen Mucks von sich geben, ebensowenig wie der Typ am Steuer. Dafür werde ich schon sorgen.«

»Du wirst doch nicht ...« Johnny blickte flehentlich zu Mary.

»Sie? Nicht, wenn sie mich nicht dazu zwingt. Zum Teufel, Kumpel, ich mag sie. Sie ist ein gutes Mädchen. Nun, sonst noch was mit meinem Plan nicht in Ordnung?«

Johnny sagte: »Du gehst mit Mary raus. Du hast die Waffe auf sie gerichtet. Das wird nicht sonderlich gut aussehen.«

»Ich werde sie nicht auf sie gerichtet haben, Junge. Ich halte sie bereit, das ist alles. Ich bin du, verstehst du? Wir gehen einfach zu den beiden Detectives hin und fangen an zu reden. Ich sage, du wärst mal kurz aufs Klo gegangen oder so was, daß sie sich aber besser beeilen sollten.« Er zuckte mit den Achseln. »Okay, es ist nicht perfekt – das gebe ich ja zu. Aber es ist das Beste, was mir einfällt. Und ich kann nicht einfach hier sitzenbleiben.«

Johnny schien bei all dem nicht ganz wohl zu sein. Er blickte seine Frau an und sagte, daß es wohl so sein müsse. Er sagte: »Versuch keine komischen Sachen, Schätzchen. Ich kenne Tex. Er würde wirklich tun, was er sagt.«

Sie erwiderte, daß sie das verstanden hätte. Doch sie sorgte sich um Johnny. Tex fragte, warum.

»Weil die Detectives ihn nicht kennen«, gab sie barsch zurück. »Wenn wir weg sind, wird Johnny hinausgehen. Sie werden denken, du bist es. Sie könnten schießen.«

Doch Johnny sagte: »Ich werde mich nicht von der Stelle rühren, Liebling. Ich rufe das Revier an und sage ihnen, was los ist. Bis die wieder Meldung hierher gemacht haben, seid ihr längst über alle Berge.«

Tex nickte zustimmend. »Halt sie so lange wie möglich hin, Junge. Du mußt immer an Mary denken.«

Tex zog sich um. Die Uniform paßte ihm ganz gut, alles in allem betrachtet. Er steckte seinen Armeerevolver in Johnnys leeres Halfter. Dann sagte er: »Hätte nie gedacht, daß ich mal in so einer Kluft stecken würde.«

»Ich sollte besser noch mal einen Blick aus dem Fenster werfen, nur um ganz sicher zu gehen«, sagte Johnny.

Tex stand ganz dicht hinter ihm. Johnny ließ sich Zeit: er mußte ganz sicher sein, und schließlich war er es. Die beiden Detective hinter dem Haus hatte er zwar schon mal im zweiten Stock des Reviers gesehen, aber er kannte noch nicht einmal ihre Namen. Das sagte er Tex.

Sie schauten einander an, und Johnny bat: »Paß auf Mary auf, ja?«

»Klar doch.«

Sie lächelte ihrem Ehemann zu. »Alles wird gut gehen«, erklärte sie.

Johnny ging zurück ins Wohnzimmer. Tex sagte etwas zu Mary. Dann öffnete er die Tür, und sie traten hinaus in die

Nacht. Die Tür schloß sich hinter ihnen. Johnny stand reglos da: angespannt, nervös, wartend. Das Spiel war ihm nun aus den Händen genommen worden. Er konnte nichts weiter tun, als dastehen und sich um seine Frau Sorgen zu machen.

Für eine schier endlos scheinende Zeitspanne war alles vollkommen still. Dann hörte er barsche Stimmen und die Geräusche eines Handgemenges. Darauf hatte er gewartet. Er lief durch die Küche, riß die Hintertür auf und stürmte hinaus. Eine Taschenlampe blendete ihn. Eine Stimme, die er nicht kannte, von einem Mann, den er nicht sehen konnte. Sie sagte: »Bleib stehen, Kumpel.« Er erstarrte.

Dann kam jemand aus der Dunkelheit auf ihn zu, und Marys Arme schlangen sich um seinen Hals. Sie weinte. Schluchzend stammelte sie: »Johnny, Liebling ... Johnny, Liebling ...« immer und immer wieder.

Die Taschenlampe erlosch. Er drückte Mary fest an sich und strich ihr zärtlich über den Kopf. Er sah sieben oder acht Männer umherlaufen, dann nahmen drei von ihnen Gestalt an und kamen zu ihm herüber. Ein Mann sagte: »Ist das Tex Graham?«

Und Johnny erwiderte: Ja, das sei er. Er konnte nun besser sehen. Er konnte sehen, daß sie Tex die Hände mit Handschellen auf den Rücken gefesselt hatten.

Tex sagte: »Ich hätte nie gedacht, daß du das Risiko eingehen würdest, solange ich Mary in meiner Gewalt hatte, Junge.«

Johnny erwiderte nichts.

»Ich dachte, du würdest die Wahrheit sagen, als du sagtest, du würdest die beiden Kerle hinten im Hof nicht kennen.«

»Das habe ich auch«, erwiderte Johnny.

»Erzähl doch nichts. Wir sind zu dem Typen hier hingegangen. Ich habe meine kleine Rede abgelassen. Und was passiert? Bevor ich weiß, wie mir geschieht, hat er sich schon auf mich gestürzt. Er hat meine Schußhand gepackt und etwas zu dem anderen Typen da gesagt. Und dann hatte ich auch schon die Handschellen an. Das wäre nicht so schnell passiert, wenn sie dich nicht gekannt hätten.«

Doch Johnny erklärte: »Ich bin dir gegenüber ehrlich gewesen, Tex. Aber trotzdem habe ich mir gedacht, daß es genau so geschehen würde.«

AUFGABE FÜR DEN LESER: *Woher wußte Johnny, daß die Detectives sich nicht von Texs Verkleidung täuschen lassen würden? Wieso hat Johnny sich gedacht, daß Tex festgenommen werden würde und Mary so in Sicherheit wäre?*

Tex sagte, das verstehe er nicht.

»Als du vorschlugst, meine Uniform anzuziehen, habe ich so getan, als wäre ich dagegen«, erklärte Johnny. »Aber ich habe von Anfang an erwartet, daß das geschehen würde.«

»Aber woher, Junge? *Woher?*«

»Wegen etwas, das du selbst gesagt hast, Tex. Du sagtest, die Typen draußen würden nicht wissen, was in der Wohnung los wäre. Stimmt. Doch was war das Wichtigste, was sie nicht wußten? Daß du herausgefunden hast, daß ich ein Cop bin. Also, wenn jemand in Uniform vor die Hintertür tritt, dachte ich mir, daß sie auf den ersten Blick merken würden, daß ich es nicht bin. *Sie würden nie glauben, daß ich meine Zivilklamotten ausziehe und in meine Uniform steige, direkt vor den Augen eines Mannes, der vom FBI gesucht wird und nicht weiß, daß ich ein Polizist bin!*«

Deutsch von Ute Thiemann

Das verdorrte Herz

Jean Potts

Beim Geräusch des in den Fahrweg einbiegenden Wagens war Voss sofort hellwach. Kein Sekundenbruchteil Benommenheit. Sein Bewußtsein klickte sich sofort in den Zustand präziser Betriebsbereitschaft, genauso wie in der letzten Nacht. Er saß auf der Kante seines Bettes – das von Myrtle war natürlich leer – und griff nach seiner Uhr. Es war erst Viertel vor acht. Schon? dachte er, als der Wagen auf dem Fahrweg anhielt. Er hatte niemanden schon so bald erwartet. Nicht daß es wichtig gewesen wäre. Er war jederzeit bereit.

Er wartete auf das nächste Geräusch, das ein Klopfen an der Außentür der Veranda sein würde. Auch der Schlafraum schien zu warten, atemlos still bis auf das Surren des elektrischen Ventilators, der die träge Luft unermüdlich umherwirbelte. Die Hitze – die unbarmherzige südamerikanische Hitze – schob sich an den losen Leisten der Fensterrollos vorbei. Sogar jetzt, am frühen Morgen, gab es kein Entkommen vor ihrem zermürbenden Gleißen. Er hätte daran gewöhnt sein müssen, denn er war schon lange genug hier. Mehr als zehn Jahre des Herumhängens in diesem unbeschreiblichen Klima, an diesem verlassenen Ort in tiefster Rückständigkeit, wo niemals etwas passierte, außer der Hitze …

Da. Jemand klopfte. In seiner Pyjamahose und Hausschuhen schlurfte Voss zur Veranda hinaus. Frank Dallas – der gute alte Frank – wartete an der Außentür und spähte durch die üppig wuchernde purpurfarbene Bougainvillea hinein. Er sah frisch und gesund aus. Sein weißer Leinenanzug hatte noch keine Zeit gehabt zu knittern, und sein sich lichtendes Haar zeigte noch immer die Spuren eines Kammes.

»Auf, auf, du Faulpelz! Der Morgen gehört dir!«

War da vielleicht ein leichter Unterton in seiner Stimme? Voss konnte keinen entdecken. Und auch keine Spur von Besorgnis in Franks offenem, strahlendem Gesicht. Entspanne dich, sagte er zu sich selbst. Es ist zu früh – er ist aus einem anderen Grund hier.

»Hallo. Was soll das, brave Bürger um diese Zeit aus dem Bett zu jagen ...« Gähnend öffnete er die Außentür. »Wie spät ist es denn überhaupt, zum Teufel?«

»Viertel vor acht. Zeit, daß du aufstehst. Hör mal, Voss ...« Frank senkte seine Stimme zu einem verschwörerischen Flüstern. »Myrtle ist fort, nicht wahr?«

»Sicher.« Er sagte es automatisch, ohne Zögern. »Sie ist für ein paar Tage zu ihrer Schwester gefahren. Sie ist früh losgefahren, schon vor sechs heute morgen.«

»Ja. Sie erzählte mir, daß sie das vorhätte. Darum dachte ich, es wäre sicher vorbeizukommen. Ich habe diesen Brief hier, den Enid mir für dich gegeben hat. Sie war gestern ganz aufgeregt, die Ärmste, und hat resigniert, wie sie es immer getan hat. Nun, das hat mich auch irgendwie mitgenommen. Wie dem auch sei, was diesen Brief betrifft, so habe ich versprochen, dafür zu sorgen, daß du ihn bekommst ...«

Der arme alte Frank hatte es niemals geschafft, seine Nervosität bei seiner Rolle als Mittelsmann abzulegen. Er war heute so zappelig – und, wie Voss vermutete, insgeheim genauso ängstlich –, wie er es schon vor sechs Monaten gewesen war, als Voss und Enid ihre heimliche Affäre begonnen hatten. Selbst glücklich verheiratet, hatte Frank die romantische, neugierige Veranlagung einer jungfräulichen Tante. Außerdem war er, als amerikanischer Konsul, Enids Vorgesetzter. Ganz natürlich, ganz praktisch für ihn, sich darauf einzulassen. Spaß für jedermann. Zuerst großer Spaß. In letzter Zeit, nun – es wäre zu einfach zu sagen, Enid wäre zu ernst, zu leidenschaftlich, zu stark gefühlsbetont. Das waren eigentlich die maßgebenden Qualitäten an ihr, die diese Affäre von anderen unterscheiden, die Enid selbst zu einem solch unwiderstehlichen Magneten für Voss machten. Nur daß er nicht mehr darauf eingehen konnte. Er wollte kein Schürzenjäger sein, er wollte ein treuer, unter einem unglücklichen Stern stehender Liebhaber sein – und er hatte die Kraft verloren. Es war, als habe Myrtle sein Herz zugrunde gerichtet.

Dieser Umschlag in seiner Hand, in Enids hastiger Schrift beschrieben – ihr Abschiedsbrief, oder zumindest mußte sie ihn als solchen gedacht haben, als sie ihn schrieb –, selbst er konnte seine gefühllose und verkrüppelte Seele nicht erreichen. Durch seine eigene Trägheit eine Liebe wie die von Enid zu verlieren und doch nicht mehr zu verspüren als eine Art schuldbewußter Mattigkeit ...

Letzte Nacht hatte er etwas mehr verspürt, na gut. Plötzlich und impulsiv wie ein Blitz flammte Myrtles Gesicht in seinem Bewußtsein auf. Belebt von Bosheit, genau wie letzte Nacht – das vulgäre, grobe, wissende Gesicht seiner Frau. »Also verläßt dich deine Freundin«, hatte sie gesagt. »Ich höre, daß sie es aufgegeben hat. Meine Güte, ich hätte niemals gedacht, daß du sie gehen lassen würdest ...«

Sie weidete sich in ihrem eigenen Werk – denn es war *ihr* Werk. Die tödlichen Jahre, in denen er mit Myrtle verheiratet gewesen war, hatten beinahe seine Fähigkeit zerstört, überhaupt etwas empfinden zu können. Beinahe. Aber nicht ganz, die letzte Nacht hatte das bewiesen. Haß war übriggeblieben. Und wenn er hassen konnte, dann konnte er auch lieben. Also mußte er, nach alledem, Enid nicht verlorengeben.

Es würde einige Zeit dauern, bis die Gefühllosigkeit von ihm abfiele. Voss war noch immer von der Wucht der Erleichterung verblüfft – was, wenn man alles bedachte, wirklich ein Glück war. An diesem Morgen brauchte er, wenn überhaupt jemals in seinem Leben, ein nicht von Gefühlen verwirrtes Bewußtsein, einen Geist, der so kühl und präzise funktionierte wie eine Maschine.

»Dir geht's gut, nicht wahr, alter Freund?« fragte Frank besorgt. »Es kommt in Ordnung.« Er hielt inne, sich seines eigenen Ausdrucks tiefer und mächtiger Leidenschaft bewußt, als er Enids Brief zärtlich auf den Korbtisch legte. »Es ist nur, daß – nun, ich schätze, du weißt, was ich für Enid empfinde.«

»Ich weiß. Es ist hart.«

Frank barst vor Sympathie. Es wäre herzlos – und mehr als das, es wäre taktlos –, ihm die Chance zu verweigern, alles loszuwerden. »Trink einen Kaffee mit mir«, sagte Voss. »Wir müssen ihn uns selbst kochen. Myrtle gibt dem Mädchen immer frei, wenn sie wegfährt. Ich würde lieber im Klub essen als hier oben alleine. Das Mädchen ist sowieso eine lausige Köchin, aber wir können von Glück sagen, daß wir überhaupt jemanden haben, der so weit nach hier draußen kommt.« Ihr Haus stand abgelegen für sich, am äußersten Rand der amerikanischen Kolonie. Als welch ein glücklicher Zufall sich das letzte Nacht erwiesen hatte!

Voss verspürte eine angespannte, nervöse Erregung, Lampenfieber ähnlich, als er in die Küche voranging. Hier war es passiert, genau hier am Ausguß ... Ein weiterer glücklicher Zufall – die Fliesen waren leicht zu reinigen gewesen. Aber gab es vielleicht irgendeinen verräterischen Hinweis?

Es gab keinen. Nicht den geringsten. Er atmete wieder leichter. Zurück auf die Veranda, das Kaffeetablett zwischen sich und Voss, begann Frank ernst, aber ziemlich zusammenhanglos zu reden. So was passiere eben, meinte er. Nicht daß es ihn eigentlich etwas angehe. Aber aus einer bestimmten Perspektive betrachtet, sei es so im Grunde das Beste überhaupt – daß Enid weggefahren sei, meinte er. Enid sei wirklich zu jung für Voss, und sie würden sicher darüber hinwegkommen. Und das wichtigste eigentlich: Ein Mann könne eine Frau wie Myrtle nicht einfach sitzenlassen, nicht, wenn er ein Gewissen hatte.

»Nein«, stimmte Voss mit schwachem Lächeln zu. »Ich könnte Myrtle nicht einfach sitzenlassen.« Aber nicht wegen seines Gewissens, fügte er im stillen hinzu. Er dachte über die letzte Nacht nach, auf der Suche nach irgendeinem winzigen Skrupel, einem Aufflackern von Reue. Da war nichts. Dieser außergewöhnliche Mangel an jeglicher Art Empfindung ...

»Myrtle ist auch ein feiner Kerl, weißt du.« Frank nahm sein Taschentuch heraus und wischte über seine feuchten, roten Brauen. »Ich habe sie immer gemocht.«

Oh, sicher! Myrtle bedeutete mehr Spaß als ein Käfig voller Affen. Jeder sagte das. Der Motor jeder Party. Plötzlich überfiel Voss die Erinnerung an diese endlose Kette von Parties, monoton, fast identisch, sie lastete auf ihm wie ein physisches Gewicht. Für gewöhnlich saß er bei solchen Anlässen da und trank, jeder Nerv straff gespannt als Protest gegen Myrtles heisere Stimme, gegen die gerötete, nachlässige Gelöstheit ihres Gesichts. Aus irgendeinem Grund – vielleicht, weil es ihre Üppigkeit und ihr Feuer gewesen waren, die ihn zu Anfang angezogen hatten – übten ihr exaltiertes Gehabe eine Art qualvoller Faszination auf Voss aus. Das ist deine Frau, pflegte er sich zu sagen, schau sie dir an, hör ihr zu – sie gehört ganz dir.

»Was ich sagen will, fuhr Frank mühsam fort, ist folgendes: »Wenn zwei Menschen es so viele Jahre lang geschafft haben wie du und Myrtle, nun, dann können sie nicht einfach in Sekundenschnelle alles wegwerfen. Myrtle weiß nichts, nicht wahr?«

Auf diese spezielle Frage war er nicht vorbereitet, und so zögerte Voss. Aber er brauchte nur einen Moment, um zu erkennen, daß es gefährlich wäre, Frank darin zu bestärken – wie er es gern getan hätte –, daß Myrtle natürlich nichts wußte. Nur ein romantischer Unschuldsengel wie Frank konnte sich vorstellen, daß die Affäre ein Geheimnis hätte bleiben können. Höchstwahrscheinlich hatte Myrtle selbst es bei jedem abgeladen, den sie kannte. Es war viel besser, auf Nummer Sicher zu gehen, für den Fall, daß die Frage später aufkommen würde. »Sie vermutet es wahrscheinlich«, sagte er vorsichtig. »Aber ich glaube nicht, daß sie denkt, es wäre ernst. Du weißt, wie das an Orten wie diesem ist – es gibt ständig irgendwelche Flirts.«

»Sicher, das weiß ich«, sagte Frank, ganz der Mann von Welt. »Gut, noch eine Sache. Da sie jetzt ein paar Tage fort ist, wirst du die Gelegenheit haben, dich sozusagen zusammenzureißen. Sie hätte sich keine bessere Zeit aussuchen können.«

»Das hätte sie sicher nicht«, sagte Voss aufrichtig und fügte, als sein Besuch aufstand, um zu gehen, noch hinzu und dabei war er sich einmal mehr seines eigenen Ausdrucks tiefer, mächtiger Leidenschaft bewußt: »Vielen Dank, daß du mir den Brief gebracht hast, Frank. Und für die moralische Unterstützung.«

Die Dinge hätten nicht besser laufen können, dachte er. Solange sein Geist auf diese bewundernswerte, mechanische Weise funktionierte, gab es keinen Grund, warum er nicht auch durch den Rest des Morgens gehen sollte, ohne mit der Wimper zu zucken. Es war nur sorgfältige Planung gefordert und ein kühler Kopf. Er hatte den kühlen Kopf, gut. Und – dank Myrtle – das verdorrte Herz, das nichtsdestotrotz wieder lebendig werden würde. Alles zu seiner Zeit.

In diesem Moment, in dem er sich noch selbst beglückwünschte, ließ Frank seine Bombe fallen. Zufällig, als nachträglichen Einfall, als einen letzten Scherz, der ihm einfiel, als er seinen Wagen schon halbwegs erreicht hatte. »Vermutlich hat Myrtle Pepper mitgenommen, nicht wahr?« rief er zurück. »Natürlich. Ich habe niemals erlebt, daß sie auch nur einen halben Block weit ohne diesen Hund gegangen wäre.«

Voss selbst blieb unversehrt. Aber die Welt um ihn herum schwankte, und dann, mit geradezu erhabener, zeitlupenhafter Wirkung, brach sie in Stücke. Außer Frank, der noch immer dort draußen stand und erwartungsvoll lächelte.

»Oh, ja.« Voss' Stimme klang schwach und verschwommen in seinen eigenen Ohren nach. »Natürlich hat sie Pepper mitgenommen. Myrtle geht niemals ohne Pepper irgendwohin.«

»Vermutlich in seinem Reisekorb? Der einzige Hund in der Gegend, der sein eigenes maßgeschneidertes Reiseabteil hat.« Ein weiteres Winken zum Abschied, und Frank war fort.

Es war unglaublich. Nur allmählich war Voss in der Lage, die Bedeutung seines Fehlers zu begreifen, die Hinterlist seines eigenen Bewußtseins, das so fehlerlos zu arbeiten schien, das jede andere Einzelheit beachtet hatte und doch – von allen schmählichen Dingen – Pepper vergessen hatte.

Denn Pepper und Myrtle waren einander ergeben. Sie betrachtete sich als seine »Mutter‹. Er war ein kleiner, beagleähnlicher Hund, freundlich und extrovertiert, dessen Ergebenheit Myrtle gegenüber ihn nicht davon abhielt, sich gelegentlich eine Nacht außerhalb zu erlauben, und er hatte sich auch die letzte Nacht für eine dieser Eskapaden ausgesucht.

Voss schloß die Augen. Die Veranda schien wie gestern abend von Myrtles schrillen Rufen widerzuhallen: »Hierher, Peppy, Peppy!« Aber sie hatten umsonst auf das Geräusch des durch das Gebüsch und den Fahrweg heraufhechelnden Pepper gewartet, auf seine freudige Stimme, die verkündete, daß er wieder zu Hause war. Normalerweise hätte Myrtle ihn weiter gerufen, in Abständen, bis Pepper sich gezeigt hätte – wie er es früher oder später immer tat –, beschämt und stolz gleichermaßen. Normalerweise wäre es egal gewesen, daß er noch nicht zurück war.

Aber es war nichts normal, was die letzte Nacht und diesen Morgen betraf. Das war genau der Punkt: Voss mußte diese außergewöhnliche, verworrene, unerklärliche Zeitspanne normal *erscheinen* lassen. Das mußte er. Aber es war unmöglich, weil er alle seine Berechnungen ohne Pepper gemacht hatte.

Ein Strom der Panik durchlief ihn. Er zwang sich stillzustehen und nachzudenken. Jetzt war nicht die Zeit, den Kopf zu verlieren oder in nutzlose Selbstanklagen zu verfallen. Er mußte nachdenken, so wie er letzte Nacht nachgedacht hatte, mit dieser wunderbaren, nichts überstürzenden Präzision ...

Pepper auf freiem Fuße, der durch die Nachbarschaft jagte und die Aufmerksamkeit auf sich zog, war eine erschreckende Gefahr. Aber die kleine Bestie zu rufen würde diese Tatsache noch vernichtender publik machen: Daß er nicht da war, wo er sein sollte, und vor allem, daß Voss es wußte.

Aber er konnte jetzt nichts anderes tun als warten.

Er rieb seine feuchtkalten Hände an seiner Pyjamahose. Seine Knie drohten unter ihm nachzugeben. Aber es war irgendwie undenkbar, sich hinzusetzen. Er stand in der Mitte der Veranda, schaute auf die Außentür, wo sich die Bougainvillea emporrankte und versuchte ins Haus zu gelangen. Sie waren die Personifizierung Myrtles, diese sprießenden Ranken. Die grellen, purpurartigen Blüten waren ihre Farbe, und die Art, wie sie über alles hinwegwuchsen, ihre grenzenlose Gewöhnlichkeit – das war Myrtle, wie sie leibte und lebte.

Er konnte nichts anderes tun als warten.

Dann war Pepper plötzlich da. Er bellte reumütig, als sei er bestrebt zu verdeutlichen, daß er nur vorschlug – und auf keinen Fall forderte –, hineingelassen zu werden. Und als Voss zur Außentür taumelte und sie öffnete, stolzierte der Hund in dem wenig überzeugenden Versuch, beiläufig zu wirken, herein. Über und über zitternd brach Voss in einem Korbstuhl zusammen. Er konnte den kleinen Hund auf der Suche nach einem freudigeren Willkommen davontappen hören. Und trotz allem, was nun geschehen konnte, wiederholte die Erinnerung für ihn die ganzen (fast) fehlerlosen Pläne der letzten Nacht, nachdem ... Nun, einfach nachdem. Es hatte so ausgesehen, als wäre alles mit solch magischer Genauigkeit abgelaufen. Zuerst die vom Himmel gesandten Umstände von Myrtles Besuch bei ihrer Schwester, die (Gott segne sie) in einer Stadt im Landesinneren lebte, deren Zufahrt nicht stark befahren, sehr kurvenreich und an manchen Stellen abschüssig war. Ideal für Voss'

Zwecke. Wer würde schon um drei Uhr dreißig morgens draußen sein, um ihn sehen zu können, entweder, wenn er das Haus verließ – mit Myrtles Körper und seinem Fahrrad auf dem Rücksitz ihres Wagens –, oder wenn er allein auf seinem Fahrrad zurückkehrte? Die Antwort war: niemand. Er hatte die ganze mondlose, leere Welt für sich selbst gehabt. Er hatte den Absturz – wie auch alles andere – mit traumähnlicher Präzision durchgeführt. Und wenn Myrtles Körper und ihr Wagen zu kleinsten Teilchen zerschmettert am Boden der Schlucht gefunden wurden, wer würde da große Nachforschungen anstellen. Unfälle passierten ständig, und Myrtle war eine notorisch unvorsichtige Fahrerin.

Er hatte an alles gedacht, einschließlich Myrtles Koffer, den sie, nur allzu zuvorkommend, bereits gepackt hatte, und den neuen Hut, den sie für ihre Reise gekauft hatte. Er hatte einen roten Schleier, nicht ganz derselbe Farbton wie der Blumenputz. Vertraue Myrtle. Er war sehr stolz gewesen, daß er an den Hut gedacht hatte.

Nur daß er Pepper vergessen hatte. Sie ging niemals ohne ihn irgendwohin. Sie würde eher nackt losgehen als ohne Pepper. Sie traute ihm nicht so weit, daß sie ihn auf dem Beifahrersitz hätte sitzen lassen. Die Möglichkeit, daß etwas in der vorbeifliegenden Landschaft sich als zuviel für seine neugierige Art erweisen könnte, ängstigte sie. Also ließ sie einen speziellen Reisekorb für ihn anfertigen. Der Korb, mit Pepper darinnen, wurde auf den Boden vor den Beifahrersitz gestellt, selbst bei den kürzesten Fahrten.

Wenn der Korb nicht in Gebrauch war, wurde er in einer Ecke der Garage aufbewahrt. Und dort war er auch jetzt, zusammen mit Voss' eigenem Wagen, den er für die Fahrten zu seinem Arbeitsplatz benutzte. Wenn er nur letzte Nacht zufällig in jene Ecke geschaut hätte ... Er mußte ihn loswerden. Und er mußte Pepper loswerden. Zumindest war Pepper hier, unter seiner Kontrolle, und tanzte nicht länger in der Öffentlichkeit herum. Vielleicht war er bereits bemerkt worden? Vielleicht, antwortete Voss sich selbst grimmig. In diesem Falle wäre es einfach sein Wort gegen das eines anderen. Na schön, sein Wort. Aber es gab keine wie auch immer geartete Ausrede für einen gesunden und munteren Pepper hier im Haus oder den verräterischen Korb in der Garage. Voss erinnerte sich seiner eigenen schwachen Stimme, mit der er Frank geantwortet hatte: »Oh, ja. Natürlich hat sie Pepper mitgenommen.« Das war seine Geschichte, und um sie aufrechtzuerhalten, mußten sowohl Pepper als auch der Reisekorb in dem Wagen am Boden der Schlucht sein.

Nun, er konnte sie dorthin bringen. Er hatte seinen eigenen Wagen. Er sah, mit einem Aufflammen der Erregung und neu aufkeimender Hoffnung, daß noch Zeit genug war, daß er noch immer eine Chance hatte. Eine weitaus unsicherere Chance als die, welche er letzte Nacht beim Schopfe ergriffen hatte, als niemand in der Nähe gewesen war, um sein Kommen und Gehen zu bemerken. Jetzt war hellichter Tag. Dennoch würde er ziemlich sicher sein, wenn er (und Pepper und der Korb) erst einmal auf der Straße waren, die zu der Schlucht führte. Dorthin zu kommen, war der gefährliche Teil. Um die Biegung zu erreichen, mußte er durch einen Teil der amerikanischen Kolonie fahren – letzte Nacht hatte sie dunkel und still dagelegen, aber jetzt, am Morgen summte sie vor Geschäftigkeit. Bestimmt würde ihn jemand sehen. Nicht daß das notwendigerweise verhängnisvoll sein mußte. Der Punkt war, daß irgendwer ganz bestimmt Pepper hören würde, der von dem Moment an, wo er in seinen Korb gesteckt wurde, wie verrückt bellte, und zwar so lange, bis er seinen Bestimmungsort erreicht hatte. Nein, das war ein Risiko, das er einfach nicht eingehen konnte. Er mußte Pepper beseitigen, ihn für immer ruhigstellen, *bevor* er auf seine letzte Reise ging.

Wie sollte er es tun? Das war das Problem, wenn man es auf den Kern brachte.

Wie auf ein Stichwort erschien Pepper im Flur zwischen der Veranda und dem Wohnzimmer. Sein Gesicht drückte eine freundliche Anfrage aus. Wenn sich dies als ein Versteckspiel erweisen sollte, so schien sein Verhalten auszudrücken, dann konnte man auf ihn zählen. Er war immer zu Spaß und Spielen bereit. Wenn andererseits sein Lieblingsmensch tatsächlich fortgegangen sein und ihn zurückgelassen haben sollte . . .

Nun, Pepper war kein Rassehund. Man würde ihn niemals ausgestreckt auf irgend jemandes Grab vorfinden, und er würde niemals die Nahrung verweigern und apathisch dasitzen, bis er zu einem Schatten seiner selbst wurde. Die Liebe kam schnell zu diesem schmalen, kräftigen, lebhaften kleinen Wesen.

Voss sah ihn an, und Pepper, der die Betrachtung als Interesse mißverstand, trottete zu ihm hinüber, ganz Ungezwungenheit. Mein Gott, dachte Voss, er würde sich sogar *mir* anschließen, nach einer gewissen Zeit. Was natürlich genau das war, was Pepper nicht gegeben sein würde. Das wußte er jedoch nicht. Er wußte nicht, daß Voss' Herz ganz verdörrt war, daß er auch nicht das kleinste bißchen Sympathie für irgendein Lebewesen aufbringen konnte. Mit freundlicher Einfältigkeit setzte sich der Hund zu seinen Füßen hin – zögernd, mit heftig wedelndem Schwanz, den gesprenkelten Kopf herausfordernd aufgerichtet. Er schien zu lächeln.

»Geh weg«, sagte Voss kalt.

Pepper konnte einen Wink verstehen. Noch immer freundlich schlenderte er hinüber zur Wohnzimmertür.

Ein Gewehr wäre die einfachste Lösung. Ein sauberer Schuß – es würde wie die Fehlzündung bei einem Auto klingen, falls es zufällig jemand hören sollte – und ein schnelles, unauffälliges Begräbnis. Das war bei einem so kleinen Körper wie Peppers kein Problem. Aber Voss besaß kein Gewehr.

Nun, es gab Gas. Nur daß keines da war. Hier war alles elektrisch.

Wo mußte man zustechen, um einen Hund zu töten? Das heißt . . . Voss schaute hinüber zu der Tür, wo Pepper saß und auf das kleinste Zeichen der Ermutigung lauerte. Sein Körper mußte in groben Zügen genauso sein wie der eines Menschen. Aber irgendwie wurden seine Vorderbeine, Voss' Meinung nach, zu einer hoffnungslosen Komplikation. Pepper war nicht groß, aber er war stark und zäh. Und er liebte das Leben. Er würde mit aller Macht daran festhalten.

Voss wandte sich von Peppers vertrauensvollem Blick ab und schaute, als er sich umwandte, auf die Bougainvillea. Auf eine Ranke, die sich ihren Weg durch die Außentür ertrotzt hatte, wahrscheinlich, während er Pepper hineingelassen hatte. Sie schwang dort umher und suchte nach einem Halt. Voss ging hinüber, schob sie wütend hinaus und klemmte die Außentür dagegen.

Von Zeit zu Zeit verließ Pepper seinen Posten, um eine weitere ergebnislose Tour durchs Haus zu unternehmen. Nach jeder Runde sah er ein bißchen weniger unbefangen aus und ein wenig ängstlicher. Jetzt trottete er hinüber zu Voss und bellte ein paarmal. Nicht laut, aber hartnäckig.

Er müßte ruhiggestellt werden, bis die Art der endgültigen Beseitigung beschlossen wäre. Futter würde vermutlich reichen. Voss stand auf. Hier war zumindest etwas, das er tun konnte. Und überhaupt hatte Pepper, da er bereits zum Tode verurteilt war, Anspruch auf ein kräftiges Frühstück. Der Hund eilte Voss voraus in die Küche, wieder ganz Eifer und gute Laune.

Die Beschäftigung, das Öffnen der Dose mit dem Hundefutter und das Füllen von Peppers Wassernapf, war beruhigend. Aber Voss war entsetzt zu sehen, daß es jetzt schon neun Uhr dreißig war. Er hätte schon vor einer Stunde im Büro sein sollen. Er rief sofort an, mit der ersten Entschuldigung, die ihm in den Sinn kam.

Seine Sekretärin sagte, sicher, sie verstehe, daß er Kopfschmerzen habe, und ob er schon Tomatensaft probiert habe? Oder ein Hundehaar?

Er verspürte einen gefährlichen Drang zu lachen und zu lachen. »Ich komme nach dem Mittagessen«, sagte er frostig und legte auf. Inzwischen hatte sich Pepper, voller Frieden und Frühstück, auf seinen Lieblingsplatz unter dem Eßzimmertisch zu einem Nickerchen zurückgezogen. Sein runder Bauch hob und senkte sich rhythmisch. Ab und zu legte sich seine Stirn in Falten, oder seine Pfoten zuckten eifrig bei der Jagd nach einem Traumhasen. Während Voss ihn beobachtete, spürte er, wie ihn eine fast hypnotische Schläfrigkeit überkam.

Das Schrillen des Telefons ließ ihn aufspringen, mit wildem Blick und plötzlich in kalten Schweiß gebadet. Nach dreimaligem Läuten hatte er jedoch seinen Verstand wieder beisammen und war in der Lage, mit normaler, ruhiger Stimme zu antworten.

»Bist du es, Voss? Stimmt etwas nicht? Warum bist du nicht im Büro?« Myrtles Schwester klang beunruhigt. Aber das war schließlich immer so.

Und sie unterbrach einen immer. Er hatte kaum begonnen, ihr von seinen Kopfschmerzen zu erzählen, als sie ihn unterbrach. »Aber, Voss, warum ich anrufe – was ist mit Myrtle passiert? Ich dachte, sie wollte früh losfahren. Ich warte schon seit Stunden auf sie.«

»Du meinst, sie ist noch nicht angekommen?« Er hielt inne, gerade lange genug. »Aber das verstehe ich nicht. Sie ist schon vor sechs hier losgefahren . . .«

»Vor sechs! Aber jetzt ist es schon halb elf, und es sind nur drei Stunden Fahrt – allerhöchstens!«

»Ich weiß«, sagte er und war sich bewußt, daß der leichte Anklang von Verärgerung in seiner Stimme einen überzeugenden Eindruck vermittelte: Sorge machte Leute oft mürrisch. »Sie sollte inzwischen ganz bestimmt da sein. Ich verstehe das nicht. Ich sollte besser . . . Ich kann nachfragen bei . . .«

»Jetzt beruhige dich. Es muß eine einfache Erklärung geben.«

»Ich wüßte nicht, welche«, sagte er scharf. »Gott sei Dank, daß du mich angerufen hast. Ich werde sofort mit Frank Dallas sprechen. Er wird wissen, was zu tun ist. Inzwischen, wenn du etwas hörst . . .«

»Das werde ich. Natürlich werde ich dich anrufen.« Ihre Stimme zitterte.

Alles verlief genau nach Plan. Er hatte den Anruf von Myrtles Schwester erwartet. Die einzige Veränderung war, daß sein nächster Schritt – dem guten, alten Frank von seinem Problem zu berichten – jetzt verschoben werden mußte, bis Pepper tot war und am Boden der Schlucht lag.

Pepper kam herein und blieb auf der Türschwelle stehen, um herzhaft zu gähnen und nacheinander alle vier Pfoten zu strecken. Sein Anblick ließ Voss frösteln. Er hatte einen Moment lang eine deutliche, erschreckende Vision nicht nur von seinem eigenen Risiko, sondern auch von seiner eigenen Unverantwortlichkeit angesichts dieses Risikos. Wie hatte er soviel Zeit mit unentschlossenem Zögern verstreichen lassen können? Welche Art Streiche spielte sein Verstand ihm, daß er unbekümmert herumsaß, wo Pepper noch hier war, um seine Geschichte in tausend Scherben gehen zu lassen?

Pepper oder ich, dachte er. Leben oder Tod. Hund frißt Hund. Jetzt war er auf einmal in heller Aufregung, weil die Zeit so knapp wurde, eilte zu der Anrichte im Eßzimmer und riß das Tranchiermesser aus der Schublade. Pepper sprang freudig um ihn herum. Wie leicht es sein würde, ihn an der Schnauze zu packen, seinen Kopf zurückzubiegen und schnell mit einem Schnitt . . .

Nur nicht hier drinnen. In der Küche. Fliesen statt eines Bastteppichs.

Aber in diesem Moment kam er – der Anruf, der zur Explosion brachte, was von seiner ursprünglich sorgfältig geplanten Aufstellung noch übriggeblieben war. Es war Frank, und seine Stimme war eher noch herzlicher als sonst, in dem durchschaubaren Versuch, seinen Kummer zu verbergen. »Schau, Voss, ich bekam gerade einen Anruf von Myrtles Schwester. Es scheint so, als wäre Myrtle noch nicht aufgetaucht . . .«

Verdammt sei die Frau, verdammt sei sie! Aber verdammt sei auch er, daß er nicht vorausgesehen hatte, daß sie nichts Eiligeres zu tun haben würde, als Frank selbst anzurufen, anstatt es ihm zu überlassen. Er machte einen verzweifelten Versuch zu retten, was überhaupt noch zu retten war. »Ich weiß. Ich habe versucht, dich zu erreichen, aber es war besetzt.«

»Jetzt gerate nicht in Panik, Voss. Wie ich schon deiner Schwägerin gesagt habe, gibt es jede Menge einfacher Erklärungen. Pepper ist vielleicht reisekrank geworden. Das wird er manchmal, weißt du. Ich kümmere mich sofort darum und rufe dich an, sobald wir es herausgefunden haben.«

Er mußte sich von dem Gedanken trennen, Pepper und den Reisekorb hinaus zur Schlucht zu bringen. Ihn einfach streichen – es war keine Zeit mehr. Es war jetzt gerade noch Zeit genug, ihn zu töten, seinen Körper und den Korb vorläufig zu verstecken und zu hoffen, daß sein Fehlen in dem Autowrack zunächst nicht bemerkt werden würde. Später dann . . .

Dann kam ihm eine Idee – die beste Möglichkeit, die offensichtliche Methode, an die er sofort hätte denken sollen. Er konnte Pepper einschläfern, so wie es ein Tierarzt tun würde. Übermütig vor Erleichterung eilte Voss ins Badezimmer und riß die Tür des Medizinschränkchens auf. Sowohl er als auch Myrtle bekamen Schlaftabletten verschrieben. Eine Handvoll davon . . .

Eine einsame Kapsel polterte in seinem eigenen Medizinfläschchen umher. Myrtle hatte ihre offenbar eingepackt. Sie waren nirgends zu finden. Es war hoffnungslos, aber er konnte sich nicht dazu bringen, mit der Suche aufzuhören. Nicht bis das Telefon klingelte.

Dieses Mal klang Franks Stimme, die vor der üblichen Herzlichkeit troff, besänftigend bedeutungsvoll. »Voss, ich fürchte, du mußt dich auf eine schlechte Nachricht vorbereiten ... Es ist ein Unfall passiert, ein schlimmer Unfall ... Ich werde in zehn Minuten bei dir sein, alter Junge.«

Zehn Minuten, und Pepper war noch immer da, um die ganze ›Unfall‹-Geschichte als Lüge zu enttarnen. Denn seine Gegenwart würde Frank überraschen. Sie würde ihn dazu bringen, sich zu wundern und zu fragen, was nicht gefragt werden durfte. Pepper stand an Voss' Knie, die Frage ›Was kann ich für dich tun, Herrchen?‹ lag auf der Spitze seiner warmen, pinkfarbenen Zunge.

»Du kannst sterben«, flüsterte Voss.

Noch zehn Minuten – jetzt vielleicht nur noch neun. Voss warf einen gequälten Blick durch den Raum mit seinem Durcheinander an geschmacklosen Farben und Mustern, seinem Wirrwarr an Tand, den Myrtle angeschleppt hatte.

Der Briefbeschwerer lag genau auf dem Tisch neben ihm. Schwer. Ein solider, häßlicher Klumpen Onyx, der genau in seine Hand paßte. Ein vernichtender Schlag auf den braunen Fleck zwischen Peppers Ohren, und der Rest würde einfach sein.

Den Briefbeschwerer umklammernd, setzte Voss sich hin und klopfte einladend auf seinen Schoß. »Komm her, Peppy«, sagte er.

Pepper sprang sofort hinauf. Er war daran gewöhnt, gehalten und gestreichelt zu werden. Voss schmiegte den Kopf des kleinen Hundes in die Krümmung seines linken Armes und hob langsam den Briefbeschwerer, balancierte ihn aus, hielt seine Augen, seine Hand und seinen Willen auf den einen, alles zerschmetternden Schlag konzentriert.

Aber er konnte sich nicht dazu bringen, es zu tun. Jetzt, in diesem ungelegenen, todbringenden Augenblick spürte er, wie sich sein verdorrtes Herz regte und zum Leben erwachte – wie es das eigentlich für Enid hätte getan haben sollen.

Sein Arm senkte sich, der Briefbeschwerer schlug dumpf auf den Boden auf. Er ergriff Peppers warmen, kräftigen Körper mit beiden Händen und starrte hinab in die vertrauensvollen Augen. Er mochte dieses einfältige, freundliche Tier nicht wirklich lieber als bisher. Aber es war so, als halte er hier, mit Peppers gedrungener Persönlichkeit, einen Lebensmotor in Händen. Er setzte in ihm einen Strom in Gang, der die Betäubung schmelzen ließ und als triumphierender Fluß von Wärme ganz durch ihn hindurchpochte. Ja, triumphierend, obwohl er verloren war und das auch wußte, obwohl er das Geräusch von Franks Wagen bereits hören konnte.

Seine Hände schlossen sich krampfhaft über Pepper, der das Geräusch auch gehört hatte und darum kämpfte freizukommen. Dann stieß Voss ein hilfloses Lachen aus – oder vielleicht war es auch ein Schluchzen – und ließ ihn los.

Vor Begrüßungsgebell fast berstend, rannte Pepper hinaus auf die Veranda. Kurz darauf folgte Voss ihm zur Außentür und wartete dort – wartete auf Frank.

Deutsch von Karin König

Das Mädchen, das ein Monster heiratete

Anthony Boucher

Von Anfang an schien die ganze Sache mit überstürzter Hast angegangen worden zu sein. Der Hochzeitstermin war festgesetzt, noch bevor offiziell die Verlobung bekanntgegeben wurde; Doreen war so überaus beharrlich, daß Marie sofort nach Hollywood kommen mußte, um die Brautjungfer zu spielen; der Polterabend hatte bereits begonnen, als Marie dort eintraf; und sie hatte kaum Zeit gehabt, noch blitzschnell zu duschen und sich umzuziehen, als sie schon neben ihrer Kusine Doreen stand und dem Mörder vorgestellt wurde.

Nicht, daß sie es in diesem Augenblick schon ganz genau gewußt hätte. Und dann – während einer von Doreens Freunden aus dem Stegreif einen Bebop-Hochzeitsmarsch auf dem Klavier spielte, ein anderer versuchte, sich einen dazu passenden Reim auszudenken, und alle anderen »*Dar*ling . . .!‹ und ›Aber *mein* Agent sagt . . .‹ und ›Der Schnaps fließt hier ja wirklich in Strömen!‹ und ›*Live im Fernsehen?* Aber meine Liebe, wie *unhistorisch!*‹ sagten – dann bedurfte es nur noch einer fast vergessenen Kleinmädchenerinnerung, die sich irgendwo in ihrem Hinterstübchen regte, und einiger Instinkte eines großen Mädchens, die sich ganz oben rührten. Später sollte es mit der Hilfe des Mannes in Grau und seines seltsamen Freundes mit der unsichtbaren Fliege erschreckend eindeutig werden. Noch aber war es verschwommen und undefinierbar, und vielleicht war es gerade deshalb um so entsetzlicher.

Marie hatte es darauf angelegt, ihn nicht zu mögen. Doreen war nur ein Jahr älter als sie (nämlich 27) und sah ein Jahr jünger aus; die Vorstellung, daß sie einen Mann heiratete, der die Fünfzig schon überschritten hatte, war irgendwie obszön. Marie war auf etwas wie Peter Arno vorbereitet, und für einen Augenblick war es eine Erleichterung, daß er so unauffällig aussah – einfach ein Mann wie der Lebensmittelhändler an der Ecke . . . oder nein, eher wie der Drogist, der nette, der zugleich Bischof bei den Heiligen der Letzten Tage war. Und danach schien es einen Augenblick lang eine angenehme Überraschung, daß er so umgänglich, freundlich, ja sogar charmant war, auf eine Weise, wie man sie bei ganz normalen älteren Männern nicht erwartet. Er erkundigte sich nach ihrer Familie (die natürlich auch die von Doreen war) und stellte Fragen über Utah und wie es heute in Salt Lake City aussah, und die ganze Zeit über erweckte er den Eindruck, daß er diese Fragen nur stellte, weil sie im Zusammenhang mit *ihr* standen.

In diesen ersten kurzen Augenblicken schien sich die Hollywood-Party aufzulösen, und es war fast, als wäre sie noch in Salt Lake, und es war völlig erklärlich, daß Doreen ihn heiraten wollte, ganz gleich, wie alt er war – und ganz gleich, wie sehr eine Kleinmädchenerinnerung versuchte, den Namen LUTHER PEABODY (in sehr fetten Lettern) und das dazu gehörige Foto (viel jünger) unterzubringen.

In diesem Augenblick hatte Doreen gesagt: »Luther, kümmere dich um Marie, ja? Ich muß die Gastgeberin spielen« und war verschwunden. Marie war allein mit Luther Peabody, und die Party wirbelte um sie herum wie ein außer Kontrolle geratener Film. Es lag weniger an dem, was er sagte, oder an der Art, wie er sie berührte, als er sie beiläufig zur Bar führte, obwohl die Worte entschieden zweideutig waren und die Berührung auch nicht üblich war zwischen einem Bräutigam und der Brautjungfer. Es lag eher daran, daß die Stimme und die Finger zu sanft waren und die Augen – die Augen, die sie fixierten, sie allein, als wären nur sie beide im Zimmer – die Augen viel zu hart.

Die Kleinmädchenerinnerung war noch immer bruchstückhaft; doch woraus auch immer sie bestand, sie bewirkte, daß die Erwachsene plötzlich eine Gefahr erkannte. Ohne eine bewußte Erinnerung daran stellte Marie fest, daß sie Peabody hatte stehen lassen, hinter zwei Männer geschlüpft war, die sich über Gewerkschaftsrichtlinien für das Fernsehen unterhielten, und dann einen Stuhl mit hoher Lehne in einer dunklen Ecke gefunden hatte.

Sie zitterte am ganzen Körper, als hätte man sie, auf irgendeine seltsame öffentliche Weise ungeheuer aufgebracht. Und sie dachte, daß im Vergleich zu Peabody sogar ein lüsterner und ungeheuer reicher Peter Arno einen sauberen und willkommenen Schwager ergeben hätte.

In dieser Ecke fand der Mann in Grau sie.

»Sie sind Doreens Kusine Marie«, stellte er fest. »Mein Name ist MacDonald. Sie haben ja nichts zu trinken. Oder besser«, fügte er hinzu, »Sie hatten nichts.« Und er gab ihr einen der beiden Martinis, die er in den Händen hielt.

Sie brachte es durch ein ungeheures Wunder fertig, nichts zu verschütten; dennoch mußte sie zweimal nippen, bevor sie ihr Gesicht zu einem angemessenen Lächeln verziehen und sagen konnte: »Vielen Dank, Sir.«

»Gut«, sagte er. »Ich war mir nicht sicher, wie ich mich bei Ihnen verhalten soll. Bei Mädchen aus Salt Lake weiß man ja nie.«

»Oh, aber ich bin keine Heilige.«

»Wer ist das schon? Gott sei Dank.«

»Ich meine« (das Lächeln kam nun leichter) »ich bin keine Heilige der letzten Tage, keine Mormonin. Doreen auch nicht. Als unsere Väter nach Salt Lake City kamen, waren sie beide schon verwitwet und hatten uns am Hals. Sie haben Mädchen aus Utah geheiratet, und diese gewaltige ›Mormonenfamilie‹, über die Sie in Doreens Pressemitteilung lesen können, ist nur eine Stief-Familie.«

»Erinnern Sie Doreen gelegentlich daran«, sagte er trocken. »Sie hat nie ein Wort ihrer Pressemitteilungen korrigiert. Einschließlich« (sein Blick wanderte durch den überfüllten Raum) »des Worts ›Starlet‹. Wie lange bleibt man eigentlich ein Starlet? Ist das ein ewiger Zustand, wie Jungdemokrat? Die knöpfen mir noch heute Beiträge ab, obwohl ich das Geld besser schon längst in ein Toupet investiert hätte.«

»Oh, aber *Sie* sind jung!« erwiderte sie hastig. Sie hätte niemals etwas so Gewöhnliches gesagt – er mußte Ende Dreißig sein. Aber sie zitterte wenigstens nicht mehr, und er war ganz nett und übte eine beruhigende Wirkung auf sie aus und war keineswegs wie ein Erinnerungsfetzen mittleren Alters mit weichen Fingern und Augen aus der Hölle.

Mac-Sowieso schien fast ihre Gedanken gelesen zu haben. Er sah zur Bar hinüber, wo Luther Peabody gerade mit der Assistentin des dritten Laufburschen irgendeines Kolumnisten flirtete. »Sie sind gerade erst gekommen, nicht wahr?« fragte er.

»Ja«, sagte Marie unbehaglich. »Es kam alles so plötzlich . . .«

»Und Sie wollen so schnell wie möglich von hier fort.«

Es war keine Frage. »Ich habe einen Wagen . . .«

»Und das«, sagte MacDonald, »ist Catalina.«

Sie parkten an einem Steilhang in Palos Verdes. Die Sonne ging gerade unter.

»Es ist wunderschön«, sagte Marie leise, »auf einem so hohen Gipfel zu stehen und etwas Neues zu betrachten. Das Gefühl, dies ist der Ort.«

»Königreiche der Welt . . .« murmelte MacDonald. »Wissen Sie, ich habe Doreen kennengelernt, als sie gerade hier angekommen war. Eine Freundin, die fürs Radio arbeitet, machte uns miteinander bekannt.« Seine Stimme wurde seltsam hart.

»Haben Sie sich . . .« Doch Marie brachte den Satz nicht zu Ende. Sie kannten sich schon fast gut genug für so eine Frage, aber eben nur fast.

». . . in Doreen verliebt?« MacDonald lachte. »Gott im Himmel, nein. Nein, ich dachte an das Mädchen, das uns miteinander bekannt gemacht hat. Einer meiner besten Freunde hat es umgebracht.«

Plötzlich waren das Foto und die fetten Lettern sehr klar, und Marie kannte die Geschichte, für die sie standen.

MacDonald übersah nicht, daß sie plötzlich zusammenfuhr, und musterte sie neugierig. »Deshalb habe ich Sie erkannt – weil ich Doreen schon damals kannte. Heute sehen Sie ihr nicht mehr ähnlich, aber bevor sie als Starlet aufgebaut wurde . . . Und sie hatte denselben Blick in den Augen wie Sie . . . ›Dies ist der Ort‹ . . .«

»Und jetzt . . .« sagte Marie.

»Und jetzt«, wiederholte MacDonald. Nach einem kurzen Schweigen fuhr er fort: »Hören Sie, Sie erzählen mir besser davon, oder? Mit Doreen können Sie nicht darüber sprechen, und es hilft Ihnen nicht weiter, wenn Sie es für sich behalten und daran ersticken.« Fast zu ihrer Überraschung nickte Marie. »Aber zuerst noch einen Martini.«

Die Bar am Meer war klein, fast leer und der ideale Ort, um das Leben zu genießen. »Nicht, daß ich es darauf abgesehen hätte. Sehen Sie mich doch an.« Marie fuhr sich mit den Händen durchs Haar und versuchte zu lächeln.

»Sie haben eine schöne Frisur. Das ist der große Unterschied zwischen Ihnen und der ehemaligen Doreen. Sie hat ihr Haar immer glatt getragen.«

»Ich glaube, sie hätte sich niemals eine Dauerwelle machen lassen, weil sie damit eingestanden hätte, daß sie immer eifersüchtig auf mein Haar gewesen ist. Nein, das ist gehässig, und ich hätte es nicht sagen dürfen; aber ich glaube, das ist das einzige an mir, worum Doreen mich immer beneidet hat. Und es ist Ihre Schuld. Ich habe es nur gesagt, weil man sich mit Ihnen so angenehm unterhalten kann.«

»Eine Berufskrankheit«, sagte der Mann, dessen Beruf sie nicht kannte.

Die Getränke kamen, und der Kellner ging, und Marie versuchte, die richtigen Worte für das zu finden, was ihr solche Angst machte. »Na ja«, sagte sie, »ich ... weiß, was es bedeutet, den falschen Mann zu lieben. Nicht nur einfach den falschen Mann, sondern einen Mann, der *falsch* ist. Ich war Sekretärin in einem Strahlenlabor oben in Berkeley, und da war dieser Wissenschaftler ... Sie kennen seinen Namen bestimmt, er hat Schlagzeilen gemacht. Er war – es ist ein melodramisches Wort, aber es ist wahr – er war ein Verräter, und ich habe ihn monatelang geliebt und hätte mir nie träumen lassen, wie er innerlich wirklich ist. Ich wollte ihn sogar verteidigen und ihm beistehen, doch nach dem Schuldspruch ließ er die Maske dann fallen, und zum ersten Mal ... Na ja, deshalb bin ich nach Utah zurückgekehrt. Und deshalb verstehe ich, daß Doreen diesen Mann lieben kann, ohne ihn wirklich zu kennen ... und deshalb muß ich etwas *unternehmen.*

Es ist nicht nur ›weibliche Intuition‹ oder die Tatsache, daß kein Mann jemals zulassen würde, daß seine Augen so hart oder seine Finger so weich werden. Es liegt an dem, woran ich mich erinnere. Es muß schon lange her sein, vielleicht fünfzehn Jahre. Ich glaube, ich war noch auf der Junior High-School. Aber da war dieser große Fall in Portland oder Seattle oder irgendwo. Er war ein ... ein Blaubart, und er hatte seine soundsovielte Frau getötet. Es stand in allen Zeitungen und war in aller Munde. Und als Sie etwas über einen Mord sagten, fiel mir alles wieder ein, und ich sah die Zeitungen vor mir. Es waren derselbe Name und dasselbe Gesicht.«

Nun war es heraus, und sie leerte ihren Martini mit einem Zug.

MacDonald zeigte keinerlei Überraschung. »Das ist nicht derjenige«, sagte er ruhig, »an den ich dachte. Vielleicht, weil wir offensichtlich zu unterschiedlichen Zeiten in der High-School waren. Komisch, wie Mord Kinder fasziniert. Ich werde niemals Winnie Ruth Judd vergessen, obwohl ich nicht mal die Hälfte davon verstand. Und derjenige, der mir einfiel, war etwas früher, vielleicht ein, zwei Jahre. Genau hier in L. A. Derselbe Name, dasselbe Gesicht.«

»Aber es kann nicht derselbe sein. Zweimal? Er wäre beim ersten Mal in die Gaskammer gekommen.«

»Damals noch an den Strick. Aber er muß freigesprochen worden sein, sowohl hier als auch in Portland oder wo auch immer. Unsere unschuldigen kindlichen Seelen erinnern sich an das Grauen, aber nicht an den Prozeß.«

»Aber man hätte ihn doch nicht zweimal freigesprochen, oder?«

»Mein liebes Mädchen, wenn Sie wüßten, wie viele Mörder freigesprochen werden, selbst Mehrfachtäter ... Nun, Sie haben sich an einen Mann mit dem richtigen Beruf gewandt.«

Vielleicht war es der Martini. Plötzlich spürte sie, daß alles in Ordnung kommen würde. Dieser ruhige Mann in Grau würde wissen, was zu tun war.

»Eigentlich«, fuhr er fort, »bin ich Lieutenant MacDonald, L. A. P. D., Mordkommission. ich will mich ja nicht loben, aber der Freund, der die Radiosprecherin ermordet hat, sitzt jetzt in San Quentin, lebenslänglich. Und Sie können Doreen alle Informationen vorlegen, die ich offiziell oder inoffiziell über Luther Peabody auftreiben kann. Ganz gleich, wie sehr sie sich in ihn verliebt hat, es dürfte ihr schwerfallen, die Augen davor zu verschließen.«

»Lieutenant MacDonald, ich liebe Sie«, sagte Marie. »Und Sie werden Ihre Akten sofort überprüfen und es mich wissen lassen?«

»Akten?« sagte MacDonald. »Natürlich. Und«, fügte er absichtlich geheimnisvoll hinzu, »ich glaube, wir haben eine Quelle, die noch besser ist.«

»Ich sehe verdammt noch mal nicht ein«, widersprach Doreen wütend, »wieso du gestern einfach so von der Party davonlaufen mußtest. Es war eine verdammt ausgelassene Party, und als Brautführerin gehörst du einfach dazu. Außerdem war Luther sehr verletzt. Er mag dich, und du hast ihm keine Gelegenheit gegeben, es dir auch zu zeigen.«

Marie zerrte an einem Strumpf und konzentrierte sich darauf, die Naht geradezuziehen. »Liebst du Luther wirklich?« fragte sie.

»Ich glaube schon. Ich mag ihn. Ich bin gern mit ihm zusammen. Auch, wenn wir nicht im Bett sind. Oh...! Würdest du mal meinen Reißverschluß hochziehen? Er klemmt immer... Was ist los? Habe ich dich schockiert?«

»Na ja, ich hatte nicht gedacht... Ich meine, er ist so...«

»Alt? Hör zu, Liebes, es gibt keinen Ersatz für Erfahrung. Wenn du ein paar dieser jungen Glamourboys aus Hollywood kennen würdest...«

»Doreen...« Nachdem Marie den Reißverschluß hochgezogen hatte, konzentrierte sie sich auf ihren anderen Strumpf.

»Ja?«

»Vielleicht hätte ich es als Hausgast nicht tun sollen, aber ich habe einen Freund eingeladen, auf einen Cocktail vorbeizukommen.«

»Ach? Ich hatte gehofft, du würdest den Nachmittag mit Luther und mir verbringen, und wir könnten nachholen, was wir gestern versäumt haben. Wen denn?«

»Diesen netten MacDonald, den ich auf der Party kennengelernt habe.«

»Mac? Ist das der Bursche, mit dem du davongelaufen bist? Na, der ist ganz in Ordnung... wenn man ernste Bullen mag. Ihr beide könnt ja über mich herziehen. Doreen Arlen, die Versagerin.«

»Ach, Doreen, ist es so schlimm?«

»Nein, entschuldige bitte, daß ich überhaupt geboren bin.

Ich handle gerade mit CBS was aus, und ein unabhängiger Produzent will... Ist das schon Luther? Wie sehe ich aus? Schnell!«

Aber es war nicht Luther Peabody. Es war Lieutenant Donald MacDonald, und er sagte: »Hallo, Doreen. Ich hoffe, es ist nicht ungehörig, aber ich habe noch einen Gast mitgebracht.«

Doreen zuckte die Achseln. »Warum sagt mir eigentlich nie jemand...?« Dann hielt sie inne. Sie und Marie starrten unwillkürlich MacDonalds Begleiter an.

Es war ein kleiner Mann, fast unmenschlich hager. Sein Alter mochte zwischen vierzig und sechzig Jahren liegen, und er würde wahrscheinlich auch noch mit achtzig so aussehen. Zuerst fiel Marie die Leichenblässe seiner Haut auf – fast wie die Haut eines Höhlenbewohners, oder eines Toten. Dann sah sie das strahlende Blau seiner Augen und dahinter einen so starken seltsamen Ausdruck, daß sie – trotz der abnormen Blässe, trotz der skeletthaften Dürre – auf einmal ganz genau wußte, daß dieser Mann auf eine ureigene, intensive Weise lebendig war.

»Miss Doreen Arlen«, sagte MacDonald, »Miss Marie Arlen, darf ich Ihnen Mr. Noble vorstellen?«

»Ein Freund von Mac ist auch und so weiter«, sagte Doreen. »Kommen Sie rein. Luther ist noch nicht da; wollen Sie den Barkeeper spielen, Mac?«

Und irgendwie waren sie plötzlich alle im Wohnzimmer, und MacDonald mixte Drinks, und eine Party war im Gange, und MacDonalds Mr. Noble hatte noch immer kein einziges Wort gesagt. Erst, als MacDonald mit Doreen darüber stritt, ob sie noch ein Tablett Eiswürfel holen sollten (»Bei einem Martini kommt es darauf an, daß der Shaker voll Eis ist!«), beugte sich Mr. Nobel zu Marie und sagte: »Richtig.«

»Wie bitte?«

»Sie lagen richtig.« Und Mr. Noble schwieg wieder, bis MacDonald mit dem Tablett mit den Drinks herumging und er darauf den Kopf schüttelte und sagte: »Sherry?«

»Klar«, sagte Doreen. »In der Küche steht eine Flasche. Nichts besonderes, hauptsächlich zum Kochen, aber...«

»Gut«, sagte Mr. Noble.

MacDonald flüsterte Doreen etwas zu, als sie aufstand, und

sie kehrte mit einem Wasserglas, der Flasche Sherry und dem verwirrten, aber resoluten Blick einer Gastgeberin zurück. Marie beobachtete, wie Mr. Noble mit seiner bleichen Hand das Wasserglas füllte.

»Sie lagen richtig.« Was wußte er? Weshalb hatte MacDonald ihn mitgebracht?

Es klingelte erneut, und diesmal war es Luther. Er küßte Doreen, nicht ganz so beiläufig, wie man normalerweise vor Fremden eine Braut küßt, und ging dann mit einem verwandtschaftlichen Strahlen zu Marie weiter. *Wenn er mich küssen will...* dachte sie mit plötzlichem Entsetzen.

Und Mr. Noble sah von seinem Wasserglas mit Sherry auf und sagte ganz ruhig: »Peabody.«

Luther Peabody betrachtete Doreen erwartungsvoll. »Liebling, willst du uns nicht beka...?« begann er und sah dann erneut Mr. Noble an. Lieutenant MacDonald hatte sich an die Bar zurückgezogen. Er lächelte. Peadody starrte das knöcherne weiße Gesicht an, als versuchte er, es mit Fleisch und Farbe auszufüllen.

»Lieutenant Noble«, sagte er plötzlich. Es war nicht die Stimme, mit der er zu den Frauen gesprochen hatte.

»Vormals«, sagte Mr. Noble. »Bin nicht mehr im Berufsleben. Aber das gilt nicht für Sie, was, Peabody? Noch immer in derselben Branche?«

»Doreen!« Luther Peabodys Stimme hatte ihre Kraft zurückgefunden, und auch eine neue Würde. »Was hat diese... diese absurde Gegenüberstellung zu bedeuten? Es stimmt, daß Lieutenant Noble vor vielen Jahren, wahrscheinlich, um in seinem Beruf als Polizist voranzukommen, mich wegen des Unfalltods meiner ersten Frau als Mörder verfolgt hat. Es ist öffentlich bekannt, daß ich freigesprochen wurde. Die Gerichte haben meine Unschuld erklärt. Warum sollte diese Tragödie meiner Jugend...?«

Marie konnte es einfach nicht glauben, doch sie hätte geschworen, daß Doreen drauf und dran war, schallend zu lachen. Mr. Noble sah weiterhin Luther an, doch seine hellblauen Augen wirkten dabei seltsam unbeteiligt, als ginge etwas hinter ihnen vor. »Phoenix«, sagte er. »Drei Jahre später. Der gleiche ›Unfall‹ – Sturz von einer Stehleiter. Ebenfalls eine

Lebensversicherung mit doppelter Summe bei Unfalltod. Mangelnde Beweise. Keine Verurteilung.«

»Seht ihr?« protestierte Peadoby. »Ein weiterer unglücklicher . . .«

»Santa Fé. Zwei Jahre darauf. Der gleiche Unfall. Die gleiche Versicherung. Freigesprochen. Seattle. Weitere drei Jahre später.« Er nickte Marie zu. »Der gleiche Unfall. Keine Versicherungspolice. War auch nicht nötig; beträchtliches Vermögen der Frau. Drei Prozesse. Drei Geschworenenjurys, die zu keiner eindeutigen Entscheidung finden konnten. Der Staat stellte die Verfahren ein. Eine lange Pause; Seattle war sehr ertragreich gewesen. Butte, erst nach acht Jahren. Der gleiche Unfall. Die Frau hat überlebt. Weigerte sich, Anklage zu erheben, ließ sich jedoch scheiden. Las Vegas. Vier Jahre darauf. Freigesprochen.«

»Sie haben den komischen Fall ausgelassen, Nick«, warf MacDonald ein. »Berkeley, zwei Jahre vorher. Verurteilt zu zwei Monaten wegen Belästigung. Er hat einer Frau, der er den Hof machte, eine Haarsträhne abgeschnitten, und ihr hat das gar nicht gefallen.«

»Fernandez«, sagte Mr. Noble geheimnisvoll.

»Sie verstehen die Anspielung doch sicher, Mr. Peabody? Ihr Kollege Raymond Fernandez aus New York, bekannt als ›Der Mörder der einsamen Herzen‹. Er stand auch auf Haar. Er hat es für Liebesbeschwörungen benutzt, doch etwas Fetischismus spielte auch hinein. Wie ist es mit Ihnen? Einigen anderen Opfern waren auch amateurhaft Haare entfernt worden.«

»Vergleichen Sie etwa *mich*, Sir, mit einer brutalen Bestie wie Fernandez?«

»Wenn ich genau darüber nachdenke«, fuhr MacDonald ruhig fort, »ziehe ich das mit dem Fetischismus wieder zurück; brutale Bestien gehen direkter vor. Zweifellos war die Magie sein vorherrschendes Motiv. Der wahre Fetischist gibt sich normalerweise wie ein anständiger, unauffälliger Bürger. Sie stimmen doch zu, Nick, daß wir Mr. Peabody grundlos beleidigt haben? Er und Fernandez haben völlig unterschiedliche Einstellungen zu Haaren, wenn auch nicht unbedingt zu . . .« Er vollendete den Satz nicht.

Marie hielt die Luft an und beobachtete Doreen. Ihre Kusine sah noch immer Luther Peabody an – nicht voller Furcht und

Haß, nicht mit unsterblicher Liebe, sondern ziemlich unmißverständlich mit unterdrückter Heiterkeit.

»Lieutenant MacDonald!« explodierte Luther mit angemessenem Zorn. »Ihr ehemaliger Kollege mag durchaus verantwortungslos sein, und ich vermute, daß er mehr als nur ein wenig betrunken ist« (Mr. Noble füllte seelenruhig sein Wasserglas auf), »doch Sie sind Polizeibeamter. Sie wissen, daß das Gesetz mir gegenüber keine Anklagen vorzubringen hat und Ihre Unterstellungen skandalös sind. Das ist nicht mein Haus, sondern das meiner Verlobten. Ich überlasse es ihr, Sie und Ihren Sherry trinkenden Freund des Grundstücks zu verweisen.«

Nun brach Doreen in ein lautes, hallendes Gelächter aus. »*Dar*ling! Du bist so süß, wenn du wütend bist.«

Sie war die einzige Person im Zimmer, der kein Erstaunen ins Gesicht geschrieben stand.

»Hören Sie, Mac«, fuhr sie fort, »das alles weiß ich schon längst. Ich habe mich an die Zeitungsartikel und die Fotos erinnert. Deshalb bin ich ja überhaupt mit Luther ausgegangen. Ich wollte mal sehen, wie so ein echter, lebendiger, niemals schuldig gesprochener Blaubart wirklich ist. Dann lernte ich ihn kennen, und ich mag ihn, und er muß mir nichts erklären. Er wird mir sagen, daß es *wirklich* alles Unfälle waren und das Schicksal es auf ihn abgesehen hat. Aber das muß er nicht, denn ich sage es ebenfalls, und ich sage es Ihnen, Mac, und Ihnen, Mr. Noble. Und ich will niemanden hinauswerfen, doch . . . glauben Sie wirklich, daß es noch viel Sinn hat zu bleiben?«

»Aber warum, Doreen? Um Himmels willen, *warum?*«

Die Mädchen gingen früh zu Bett. Sogar Luther Peabody schien von Doreens Reaktion aus der Fassung gebracht worden zu sein und war kurz darauf gegangen. (»Ich will, daß du mit diesem wunderbaren Vertrauen allein bist, meine Liebe, das du mir entgegenbringst.«)

»Ich habe es dir doch gesagt, Liebes. Ich mag ihn. Vielleicht glaube ich ihm sogar.«

»Aber das *kannst* du nicht! Es können nicht alles nur unschuldige Zufälle sein. Da kommt zu viel zusammen. Und diese komische Sache mit dem Haar . . .«

»Das«, gestand Doreen ein und tätschelte ihr langes, glattes Haar, »könnte einem Mädchen zu denken geben. Aber ganz ehrlich, er schenkt meinem Haar keine ungeziemende Beachtung. Er hat wirklich nichts von einem Fetischisten an sich.«

Marie griff nach dem kleinen Buch auf dem Nachttisch. Es war ein Lehrbuch über Karate für Frauen vom Women's Army Corps. »Also glaubst du ihm?«

»Na schön, es besteht eine Chance von fünf Prozent, daß ich mich irre. Ein Mädchen muß sich verteidigen können, sage ich immer. Wenn sie es will.«

»Ist es das? Du *willst* es nicht? Stehen die Dinge so schlecht, daß du absichtlich versuchst . . .?«

Doreen zündete sich eine Zigarette an. »Es tut mir leid. Ich brauche dein überwältigendes Utah-Mitgefühl nicht, vielen Dank. Doreen kann auf sich selbst aufpassen. Und ich will mich *nicht* absichtlich in den Tod stürzen. Schlafen wir jetzt, oder muß ich ins Wohnzimmer gehen und nachsehen, welche wunderbaren zwanzig Jahre alten Wiederholungen das Fernsehen heute abend anbietet?«

»Darf ich dir eine Frage stellen, Doreen?«

»Machen wir einen Handel. Ich will dir auch etwas sagen. Eine Bemerkung pro Nase. Du zuerst.«

»Hat er . . . hat er mit dir über eine Lebensversicherung gesprochen?«

»Natürlich. Das ist doch nur vernünftig, oder? Weißt du, er steht besser da, als du zu glauben scheinst, und ich bin jung und gesund, und deshalb sind die Prämien niedrig. Er hat gerade die erste Rate einer Lebensversicherung für mich bezahlt. Über hundert Riesen. Und nachdem nun deine schlimmsten Befürchtungen bestätigt wurden . . .«

»Oh, Doreen! Wie *kannst* du nur?«

»Ich möchte dich um einen Gefallen bitten. Geh noch nicht zu den Seemöven und dem Tabernakel zurück. Bleib noch eine Weile hier. Wenn du willst, suchen wir dir einen Job; ich habe da so meine Beziehungen.«

»Dann glaubst du also *doch*, du brauchst jemanden, der . . .«

»Ich habe gesagt, ich glaube ihm, oder? Es ist nur . . . Na ja . . . ach, vergiß es! Fahr nach Hause, wenn du willst. Heirate einen Fundamentalisten und brenne mit ihm nach Arizona durch. Luther heiratet immer nur eine nach der anderen – und wenn er mich heiratet, wird er verheiratet bleiben.«

»Ich bleibe. Natürlich bleibe ich, Doreen. Aber . . . du bist nicht nur meine Kusine. Du warst immer meine beste Freundin. Und jetzt . . . jetzt verstehe ich dich überhaupt nicht mehr.«

»Was ist neu daran?« fragte Doreen und schaltete das Licht aus.

Es war eine kleine, geschmackvolle Hochzeit, die in der Sma' Kirk O' the Braes begangen und nur kurzzeitig von der Tatsache überschattet wurde, daß die Brautführerin den Bräutigam kein einziges Mal ansah.

Während des Gottesdienstes mußte Marie unwillkürlich daran denken, was die Ehe für sie bedeutete, oder besser, welche Bedeutung sie von ihr erhoffte. Und hier waren Doreen und Luther . . .

»Warum? *Warum?«* Die Tränen standen ihr in den Augen, als MacDonald ihr in seinen Wagen half, nachdem das Brautpaar zu einem Wochenende in Palm Springs aufgebrochen war.

»Wir werden«, sagte MacDonald, »Sie zu dem besten Mann in L. A. bringen, der Ihnen diese Frage beantworten kann. Sie haben ihn schon kennengelernt, obwohl er damals keinen seiner brillanteren Auftritte hatte. Das ist das zweite Mal, daß Luther Peabody ihn geschlagen hat, und wenn ich Nick einer so menschlichen Reaktion für fähig hielte, würde ich sagen, daß es an ihm nagt.«

»Wer *ist* er, Mac? Diese ganze Szene war so seltsam . . .«

Während sie in die Innenstadt von Los Angeles fuhren, gab ihr MacDonald einen kleinen Überblick über die Laufbahn von Nicholas Joffe Nobles, ehemaliger Lieutenant der Polizei von Los Angeles. Wie der beste Kopf der Mordkommission von Los Angeles hereingelegt worden war, um die Suppe für einen schrägen Captain auszulöffeln, gegen den wegen Bestechlichkeit ermittelt wurde; wie der plötzliche Verlust des Jobs und des Rufs in schlechten Zeiten bewirkte, daß er das Geld für eine Operation seiner Frau nicht aufbringen konnte; wie ihr Tod ihn gebrochen hatte, bis er schließlich auf der Straße landete und nur noch von Sherry lebte . . . und von Rätseln.

»Als ich vor zehn Jahren meinen ersten Fall bearbeitete«, sagte MacDonald, »verwies mich einer der alten Hasen aus der Mordkommission an ihn. Sie hatten einen Spitznamen für ihn ... die Spinner-Abteilung. Wenn ein Fall nicht den geringsten Sinn ergibt – und bei Gott, bei dem war es so! –, füttert man Nick Noble mit den Fakten. Er wirft gewissermaßen einen Blick auf die Sache, und plötzlich macht es *klick* ... und dann ergeben die Fakten ein Muster.

Ich habe ihm viel von Doreen erzählt. Er hat noch einiges über Peabody ausgegraben, besonders von dem Fall in Seattle. Wie ich es sehe, haben wir hier zwei Probleme: Warum ist Doreen entschlossen, einen vermeintlichen Massenmörder zu heiraten, und wie in Gottes Namen sollen wir einen weiteren ›Unfall‹ verhindern? Nun, wenn es auf diese Fragen eine Antwort gibt, werden wir sie im Café Chula Negra erfahren, in der dritten Nische links.«

Das kleine mexikanische Café lag an der North Main Street, in der Nähe des neuen Federal Building und der alten mexikanischen Kirche, kurz hinter dem neuen Freeway, über den sie in die Innenstadt gefahren waren. Es gab dort eine neue Jukebox mit ein paar sehr alten Schallplatten und billigen neuen Sherry in alten Gläsern mit Sprüngen.

In der dritten Nische auf der linken Seite saß der bleiche, kleine Mann, ein halbvolles Glas vor sich. Er sagte »Mac« zu MacDonald und »Miss Arlen« zu Marie und fuhr dann mit einer weißen Hand über seine scharfe, weiße Nase. »Eine Fliege«, sagte er. »Klebt geradezu da.«

Da war keine Fliege. Marie sah peinlich berührt zu Boden. »Lieutenant MacDonald meint«, sagte sie dann, »vielleicht könnten Sie ...«

»Ich habe Macs Geschichte gehört«, unterbrach sie Mr. Noble. »Ich brauche Ihre. Erzählen Sie.«

Und während MacDonald die adrette, junge mexikanische Kellnerin herbeiwinkte und mehr Sherry bestellte, erzählte Marie. Als sie fertig war, musterte sie erwartungsvoll die hellblauen Augen. Aber es schien nicht *klick* zu machen. Statt dessen schüttelte Mr. Noble den Kopf, vielleicht verärgert, vielleicht aber auch nur, um die lästige, unsichtbare Fliege zu verscheuchen.

»Nicht genug«, sagte er. »Kein Muster.«

»Die Frage nach dem Täter ist eine Sache«, sagte MacDonald. »Hier geht es um die Frage nach dem *Motiv.* Warum sollte ein junges Mädchen absichtlich einen Blaubart heiraten? F. Tennyson Jesse hat eine ziemlich ausgeklügelte und überzeugende Theorie über willige Opfer ausgearbeitet, Leute, die es absichtlich darauf anlegen, ermordet zu werden.«

»Aber Doreen ist überhaupt nicht so!« protestierte Marie.

»Ich weiß. Miss Jesse würde Ihnen zustimmen; Doreen paßt nicht in das Schema. Einige Frauen legen es auf morbide, sensationelle Erfahrungen an und suchen sich primitive, oftmals seltsame Männer aus.«

»Man liest gelegentlich von Menschen, die hypnotisiert worden sind«, sagte Marie zögernd. »Luther hat so komische Augen . . .«

»Zeitungsquatsch«, sagte Noble. »Sie weiß, was sie tut. Es reicht nicht. Kein Muster.« Er trank sein Glas aus.

»Und wir können offiziell keine Maßnahmen ergreifen, um sie zu schützen«, sagte MacDonald. »Das ist das frustrierende daran. Ohne eine Anzeige können wir das Geld des Steuerzahlers nicht verschwenden. Die Versicherungsgesellschaft ist genauso hilflos. Heute war Dan Rafetti von der Southwest National bei mir. Er wollte den Anwälten der Southwest ein paar unserer Akten über Peabody zeigen, hatte aber keine große Hoffnung. Die Gesellschaft kann dem Policeninhaber nicht vorschreiben, wen er als Nutznießer einsetzen soll. Sie kann nur die Auszahlung verweigern – wenn es zu spät ist.«

Marie erhob sich langsam vom Tisch. »Es war sehr nett von Ihnen, mich hierher zu bringen, Mr. MacDonald.« Sie hoffte, daß sie ihre Stimme unter Kontrolle hatte. »Und es war sehr dumm von mir zu glauben, daß Sie und Ihr Freund ein Wunder bewirken können. Ich dachte, zumindest Sie als Beamter könnten sie schützen.«

»Warten Sie einen Augenblick, Marie!« Auch MacDonald hatte sich erhoben.

»Schon in Ordnung, Mr. MacDonald. Ich komme allein nach Hause. Zumindest bin ich dann da – *wenn* Doreen aus Palm Springs zurückkommt –, um sie zu . . .«

»Sie?« Nobles Stimme war scharf und trocken. »Wohnen Sie bei ihnen? Nachdem sie gerade erst geheiratet haben?«

»Warum? Ja. Doreen hat mich darum gebeten.«

»Erzählen Sie«, befahl er.

Zögernd setzte sie sich wieder und erzählte. Die blauen Augen wurden trüb, und hinter ihnen schienen die Gedanken zu rasen. Plötzlich nickte er. »M. O. zusammenfassen.«

»Peabodys *modus operandi?* Er ist immer noch genauso wie bei Ihrem Fall. Anscheinend ein leichtes Schlafmittel, und wenn die Frau dann bewußtlos ist, mit einer Handkante ein scharfer Schlag gegen das Genick. Die Verteidigung führt stets Genickbruch aufgrund eines Unfalls an, bei dem das Opfer unter dem Einfluß eines leichten, angeblich selbst verabreichten Betäubungsmittels gestanden hat. Es ist fast unmöglich, das Gegenteil zu beweisen.«

Erneut legte sich ein Schleier vor die Augen. Als sie wieder klar wurden, strahlten sie fast schmerzhaft hell.

»Das Muster ist klar«, sagte er. »Das Motiv offensichtlich. Aber der Beweis . . . Jetzt hören Sie zu. Sie beide.«

Die süße, dralle Kellnerin füllte das Wasserglas ohne Aufforderung nach.

Doreen und Luther waren vor zwei Tagen aus Palm Springs zurückgekehrt, und die Flitterwochen waren bildlich wie auch wortwörtlich zu Ende.

Wie konnte sie weiterhin dort wohnen? fragte sich Marie. Selbst, um Doreen zu retten . . . Doch Mac und Nick Noble hatten gesagt, es sei nur eine Sache von ein paar Tagen. Marie drückte sich in die Ecke, in der Mac sie erstmals angesprochen hatte, und versuchte, nicht auf den wütenden Streit zu hören.

»Aber das ist doch nur der verdammte gesunde Menschenverstand, Luther!« schrie Doreen. »Wir haben das Glück, daß Marie mit einem Bullen ausgeht und er durchsickern läßt, daß sie in Seattle den Fall neu eröffnen. Willst du einfach hier sitzen und warten, bis sie dich ausliefern?«

Luther Peabodys Tonfall war zu gelassen, um als Schreien bezeichnet zu werden, kam Doreen in der Lautstärke jedoch gleich. »Der Bezirksstaatsanwalt von Seattle wäre ein Idiot, wenn er den Fall neu eröffnen wollte. Ich wurde freigesprochen ...«

»Das wurdest du nicht! Die Geschworenen konnten zu keinem Urteil gelangen. Sie können dich noch einmal anklagen, und das werde ich nicht zulassen!«

»Na gut, es war kein Freispruch. Aber ich wurde in drei anderen Fällen freigesprochen. Sie können mich nicht verurteilen. Mir geht es hier sehr gut, vielen Dank, und ich bleibe.«

»Ich werde *nicht* mit einem Mann verheiratet sein, der wegen Mordes angeklagt wird! Wir können woanders hingehen – irgendwo hin, abhauen ... eine Weile einen anderen Namen benutzen, bis Gras über die Sache gewachsen ist ...«

»Meine liebe Doreen, ich bleibe hier.«

»Und ich weiß auch, warum! Diese unverschämt reiche Zinn-Erbin aus Bolivien, die wir in Palm Springs kennengelernt haben! Ich werde dafür sorgen, daß du mit mir verreist, solange sie hier in der Stadt ist. Aber du würdest lieber bleiben und dich anklagen oder ausliefern oder was auch immer lassen, ganz gleich, was das für einen Skandal geben wird! Denkst du denn gar nicht an meine Karriere?«

»Verzeih bitte die Frage, meine Liebe, aber ... welche Karriere?«

Und danach, dachte Marie aufgewühlt, wurde es ziemlich unangenehm. Und der Plan ging auch nicht auf. Das Gerücht über Seattle sollte Luther unter Zeitdruck setzen, ihn nervös machen und dazu bringen, von hier zu verschwinden. Mac hatte den Dienst mit einem anderen Lieutenant getauscht und eine Woche Urlaub genommen, so daß er auf eigene Faust handeln konnte. Er und ein Privatdetektiv, den er angeheuert hatte, beobachteten abwechselnd das Haus. Und falls Marie das geringste Anzeichen dafür entdecken sollte, daß etwas nicht stimmte, sollte sie das Zeichen geben ... Wie sah das Zeichen noch aus? Sie war so müde ...

Die Frischverheirateten waren in getrennte Zimmer gestürmt. Sie hatten sogar aufgehört, sich gegenseitig durch das Haus anzubrüllen. Sie war so müde, aber es war so eine Mühe, zu Bett zu gehen ...

Marie gelang es, ihre Finger so kräftig in ihre Schenkel zu graben, daß sich ihre Augen öffneten. »Beim geringsten Anzeichen, daß etwas nicht stimmt . . .« Natürlich. Zuerst würde er den Wachhund betäuben. Er hatte ihr die Tasse Kakao gebracht, die Doreen gemacht hatte. Sie mußte das Zeichen geben . . . das Zeichen . . .

Sie würde wochenlang blaue Flecken haben, doch sie kniff sich weiterhin in den Schenkel. Doreen beharrte darauf, die Jalousien im ganzen Haus geschlossen zu halten, damit das Sonnenlicht nicht hindurchfallen und den Teppich ausbleichen konnte. Wenn MacDonald sah, daß die Jalousien *geöffnet* waren . . .

Als ihre Hand von der Schnur glitt und ihre Augen sich schlossen, hörte sie das befriedigende Klappern der Jalousien.

»Sie sollten mich doch schon vor einer Stunde ablösen«, sagte der Mann von der Detektei O'Brien vorwurfsvoll.

»Ich weiß«, schnappte MacDonald. »Ich habe zwar Urlaub, aber das hält einen gewissen Captain von der Mordkommission nicht ab, mich wegen ein paar Einzelheiten eines Berichts, den ich letzten Monat geschrieben habe, aufs Präsidium zu bestellen. – Was ist denn das?«

»Ja, das wollte ich Ihnen gerade sagen, Lieutenant. Vor fast einer Stunde wurde die verdammte Jalousie geöffnet. Ich habe Sie nicht angerufen, weil ich dachte, Sie wären hierher unterwegs, und ich werde meine Lizenz nicht aufs Spiel setzen, indem ich einen Einbruch begehe . . .«

Doch MacDonald war schon an der Tür. Er hatte nicht mehr Befugnisse, in das Haus einzudringen, als der Privatdetektiv; doch er hatte ein gehöriges Selbstvertrauen, nicht das Verlangen, den Mörder zu warnen, indem er klingelte, und einen Dietrich. Der Detektiv folgte ihm zögernd. Die beiden blieben vor einem Bogengang stehen, der von der Diele ins Wohnzimmer führte.

Wären die Jalousien so gewesen, wie Doreen sie haben wollte, hätte der Raum im Dunkeln gelegen, doch nun fiel das Mondlicht durch die geöffneten Warnschlitze der Rollos auf den Körper. Er war, wie es sich für ein Starlet gehörte, mit einem schicken, pelzbesetzten Abendkostüm bekleidet. Das Gesicht war so stark geschminkt, daß es fast wie das einer

Puppe wirkte, und das Mondlicht funkelte auf den grell lackierten Fingernägeln eines Starlets. Aber in einer Hinsicht unterschied er sich von einem normalen Starlet: bei der Frisur.

Das Haar war so kurzgeschoren, daß der Kopf fast kahlrasiert wirkte.

MacDonald hatte das Licht eingeschaltet und beugte sich über die Frau. »Sie atmet!« rief er. »Wir haben Dusel! Wo ist das Telefon?« Und nach ein paar Sekunden sprach er mit der Mordkommission und bat, ein paar Beamte zu schicken, einen Krankenwagen und den am nächsten befindlichen Streifenwagen.

Er legte wieder auf, schaute hoch und nahm ein seltsames Bild wahr. Neben dem Bogengang stand der Privatdetektiv, die Waffe in der Hand, das Gesicht verwundert verzogen. Vor der anderen Tür, die zu den Schlafzimmern führte, stand Luther Peabody und starrte das bewußtlose Mädchen auf dem Boden an.

»Also schön, Sie Liebhaber«, sagte MacDonald, nicht unfroh darüber, daß er in diesem Augenblick nicht als Beamter der Mordkommission hier war. »Mein Mann hat sie im Visier. Versuchen Sie keine Tricks – damit ist es vorbei. Und bevor die Bullen eintreffen, werden Sie mir ein paar interessante Dinge verraten – angefangen mit: *Wo ist Marie?*«

»Ich verstehe nicht«, stammelte Peabody. »Ich habe ein Geräusch gehört . . .« Sein Blick wich nicht von der Frau.

MacDonald zögerte. Der Mann bereitete ihm Kopfzerbrechen. Er sah *tatsächlich* so aus, als wäre er gerade aus tiefem Schlaf erwacht. Und noch seltsamer war: der Blick, den er auf den Körper auf dem Boden richtete, zeugte (wenn er nicht der weltbeste Laienschauspieler war) von absolut ungläubiger Überraschung.

Dann kam ein Stöhnen vom Boden, das fast wie Worte klang, fast wie »Habe ich . . .« MacDonald kniete nieder und beugte sich über die Frau, ohne Peabody dabei aus den Augen zu lassen. »Habe ich . . . das mit den Jalousien richtig gemacht, Mac?« sagten die grotesk geschminkten Starlet-Lippen.

»Marie!« entfuhr es MacDonald. »Aber wer . . .« Als er den uniformierten Streifenpolizisten hinter dem Privatdetektiv sah, erhob er sich abrupt. »MacDonald, Mordkommission«, sagte er, trat vor und zeigte dem Mann seine Dienstmarke. »Das Mädchen lebt . . . ein Krankenwagen ist schon unterwegs.«

»Wir haben eine Dame bemerkt«, sagte der Streifenpolizist, »die mit wahnwitziger Geschwindigkeit von hier wegfuhr, und haben uns gedacht, wir nehmen sie mal fest. Bring sie rein, Clarence.«

Und der hundert Kilo schwere Clarence brachte eine kratzende, beißende Furie herein, bei der es sich unverkennbar um Doreen Arlen Peabody handelte.

»Ich wollte nicht in Rätseln sprechen. Ehrlich«, sagte Nick Noble und wischte die Fliege fort. »Ich dachte, Sie hätten das Muster erkannt. Die Sache mit Seattle sollte nicht Peabody unter Zeitdruck setzen. Die Beschattung sollte ihn nur behindern. Sie sollte *Doreen* unter Druck setzen. Sie mußte handeln, während er noch bei ihr war.«

»Morgen wird Marie aus dem Krankenhaus entlassen. Nichts Ernstes. Doreen war sogar zu blöd, die Karateschläge aus dem Handbuch zu lernen. Aber wenn ich als Maries Retter glänzen will, müßte ich zumindest erklären können, was zum Teufel da passiert ist. Wollen Sie mir helfen, etwas Ordnung in die Sache zu bringen?«

»Keine Ordnung. Ein glattes Muster. Es war klar, als ich erfuhr, daß Marie bei ihnen wohnt. Da paßte alles zusammen. Das einzig mögliche *Motiv:* Versagen. Versicherung. Familie. Karate. Haar. Vor allem Haar.«

»Na schön. Dann lassen Sie es *mich* mal versuchen. Doreen ist stumm wie ein Fisch. Wir müssen sie sowieso freilassen. Man kann nicht auf versuchten Mord klagen, wenn das Opfer keine Anzeige erstattet; und Marie befürchtet, das könnte der Familie in Utah Schaden zufügen.«

»Stief-Familie«, sagte Nick Noble.

»Ja, das ist ein Kernpunkt. Bei dem ganzen Reklamerummel, den man um Doreen macht, denkt man an diese große Familie; aber Marie ist ihre einzige Blutsverwandte. Das hat den ganzen Plan erst ermöglicht. Und wie kaltblütig sie . . . Aber ich will versuchen, es zu rekapitulieren:

Doreen lernt Peabody kennen. Sie erinnert sich an ein paar

Details, forscht nach und erfährt mehr. Vielleicht denkt sie: ›Er kann nicht ewig damit durchkommen.‹ Und daraus resultiert der Gedanke: ›Wenn in seiner Umgebung ein Mord passiert, war *er* es‹.«

»*Motiv*«, sagte Nick Noble.

»Genau. Das einzig mögliche Motiv, warum man absichtlich einen Massenmörder heiratet. Um einen perfekten Sündenbock für einen Mord zu haben, den man selbst begehen will. Sie holt ihre Kusine hierher. Die beiden sehen sich ziemlich ähnlich; die einzigen Unterschiede sind, von der Sprechweise und den Bewegungen einmal abgesehen, Doreens gekonntes Starlet-Make-up und Maries Dauerwelle. Also schließt Doreen eine Lebensversicherung mit einer gewaltigen Summe ab, oder läßt sie vielleicht von Peabody abschließen, falls er wirklich etwas im Sinn hat. Aber Doreen macht sich keine Sorgen – sie will Marie ermorden, dabei Peabodys *modus operandi* benutzen, die Tote dann zurechtschminken und ihr eins ihrer Kleider anziehen. Da wäre dann noch immer das Haar. Aber Peabody hat eine psychopatische Eigenart, was das Haar seiner Opfer betrifft. Er hat ihnen immer Locken abgeschnitten. Sie will es so darstellen, als wäre er diesmal völlig durchgedreht und hätte zuviel abgeschnitten . . . zuviel, um zu sagen, ob es glatt oder gelockt war. Also schrubbt sie ihr Gesicht ab, legt nur ein dezentes Make-up auf, zieht Sachen von Marie an und macht sich eine Dauerwelle. Sie wird die kleine Kusine aus Utah sein. Es wird ihr nicht schwerfallen, diese Rolle zu spielen; sie kommt ja auch von dort und kann sie mühelos nachahmen.

Peabody wird also wegen Mordes an seiner Frau verurteilt. Vielleicht spielt sie als Kusine aus Utah sogar die Augenzeugin. Es spielt keine Rolle, ob er in die Gaskammer kommt oder für unzurechnungsfähig befunden wird. Auf jeden Fall wird die Versicherungsgesellschaft *ihm* nichts auszahlen. Die Police fällt der Erbengemeinschaft zu, die einzig und allein aus der Kusine aus Utah besteht, die nun einen Scheck über hundert Riesen bekommt und niemals hierher zurückkehren wird. Perfekt!«

»Glaubt sie.«

MacDonald nickte. »Glaubt sie . . . Wissen Sie, Nick, als inoffizieller Leiter der Spinner-Abteilung des L. A. P. D. war das der ideale Fall für Sie. Hier zeigt sich wieder mal der Unterschied zwischen einem Profi und einem Amateur. Hätte Peabody Doreen tatsächlich umgebracht, wären das Motiv und das, was Sie *Muster* nennen, völlig offensichtlich gewesen. Und doch hätte er die Tat wahrscheinlich so ausgeführt, daß er schlimmstenfalls wieder freigesprochen worden wäre, weil die Geschworenen zu keinem Schluß kommen können. Nun hat Doreen das verdammt unwahrscheinlichste Muster ausgeführt, das man sich vorstellen kann; doch wenn (Gott behüte!) sie die Tat vollendet hätte, wäre sie direkt in die Gaskammer gekommen. Doreen war eigentlich auf der ganzen Linie eine Niete, von der Schauspielerei bis zum Mord. Irgendwo wäre bei den Routineuntersuchungen die wahre Identität der Toten herausgekommen . . .«

»Strahlenlabor«, sagte Nick Noble.

»Natürlich. Wenn Marie eine so verantwortungsvolle Stellung ausgeübt hat, wird man dort sicher ihre Fingerabdrücke haben. Dann das Haar: Doreen hat sich mit dem Brenneisen eine schnelle Dauerwelle verpaßt, als sie mich im Haus herumstöbern hörte und in Panik geriet. Ich nehme an, später wäre sie zu einem Friseur gegangen – und das wäre dann ein weiterer Augenzeuge. Eine falsche Identität und das gute alte *cui bono?* und sie ist erledigt. Alles im voraus bedacht – bis auf das, was als nächstes passiert.«

»Wie Rouse«, pflichtete Nick Noble ihm bei.

»Genau. Der englische ›Rennwagenmörder‹, der etwa zu der Zeit geschnappt wurde, als Peabody sein Debut gab. Bis zum Mord alles brillant vorbereitet und ausgearbeitet . . . und dann das nackte Chaos. Einen Tag nach dem Mord verhaftet und vier Monate später hingerichtet. Doreen wäre es auch so ergangen. Aber dank Ihnen . . .«

»Was nun?« fragte Nick Noble, als Rosario neue Gläser brachte.

»Wenn ich das nur wüßte, verdammt. Vielleicht bekommt Ihre Muster-Maschinerie es heraus. Doreen sagt, sie würde zu Peabody zurückkehren, falls er sie noch haben will. Sie sagt, sie mag ihn wirklich. Na ja, Marie mochte ihn nicht! Marie hat ihn von Anfang an gehaßt . . .«

». . . und Sie nicht?« Zum ersten Mal in all den Jahren sah MacDonald ein breites Grinsen auf dem schmalen, bleichen

Gesicht. »Ein wenig wie Martha, Mac«, sagte Nick Noble. »Ein wenig.«

MacDonald erinnerte sich an Martha Nobles tragische Operation. »Aber sie hatte mehr Glück«, sagte er. »Dank Ihnen.« Peinlich berührt stand er auf. »Ich komme morgen mit Marie vorbei. Sie wollen sie doch bestimmt sehen, solange sie noch ihren Mecki hat. Sie ist wunderschön – es ist ein Erlebnis. Nun ja«, schloß er, »das war ein irrwitziger Mordfall, was? Der Mordfall ohne Mord und Verhaftung. Der Fall ist abgeschlossen, und niemand ist tot oder im Gefängnis.«

»Ist das schlimm?« sagte Nick Noble zu seinem unsichtbaren Insekt.

Deutsch von Uwe Anton

Zwischen acht und acht

C. S. Forester

Endlich war Manners wirklich an der Schachpartie interessiert. Voll konzentriert beugte er sich über das Brett. Er fragte sich, ob sein Gegner die Möglichkeit übersehen würde, die sich durch die jetzige Stellung bot: Wenn Manners' Damenbauer noch ein Feld vorrückte, würde er nicht nur einen Springer angreifen, sondern auch die Diagonale freimachen und damit den König und die Bauern, die ihm Deckung gaben, einem gefährlichen Angriff sowohl durch den Läufer als auch durch den Turm und die Dame aussetzen. Wenn sein Gegner mit seiner Gegenmaßnahme auch nur einen Zug wartete, wäre er in einer ziemlich ernsten Lage; selbst wenn es nicht ein rasches Schachmatt zur Folge hätte, würde es den Verlust mindestens einer Figur bedeuten.

Aber der Mann, gegen den Manners spielte, war nicht der Typ, der so wichtige Dinge übersah. Nach längerer Überlegung machte er einen Zug mit seiner Dame, und er setzte sie auf das eine Feld, wo sie den größten Schaden anrichten konnte.

»Schach«, sagte er gleichmütig.

Manners starrte wieder auf das Spielbrett. Diese Möglichkeit hatte er nicht genug durchdacht. Jetzt, nachdem sein Gegner den Zug gemacht hatte, konnte er sehen, daß damit ein Angriff eingeleitet wurde, den er gar nicht abwehren konnte. Er hatte das Spiel verloren, unausweichlich und schnell. Dieser neue Wärter, den ihm der Gefängnisaufseher auf seinen wiederholten, ungehaltenen Wunsch nach jemandem, der wirklich Schach spielen konnte, gesucht hatte, spielte viel zu gut für ihn.

Und während er wieder auf das Brett starrte, schlug die Uhr der Pfarrkirche vor der Gefängnismauer noch einmal.

Zuerst die vier Viertel und dann, salbungsvoll und bedächtig, acht Uhr. Manners' Herz pochte heftig. Wo würde er sein, wenn diese Uhr wieder acht schlug? Manners wußte es; zumindest wußte er, wo sein schlaffer Körper sein würde. Wut und

Verbitterung über diese Uhr erfüllten ihn. Man sollte doch meinen, die Kirchenbehörden würden das Schlagwerk abstellen, wenn sie wußten, daß ein Mann in der Todeszelle saß, wo er die Uhr so deutlich hören konnte.

Er erhob sich und wandte sich vom Schachbrett ab.

»Ich will nicht mehr spielen«, sagte er, und wußte im selben Moment, daß sein Tonfall der eines verzogenen Kindes war.

»In Ordnung«, sagte der gleichmütige Wärter. Er zeigte keine Verärgerung darüber, daß ihm damit der wohlverdiente Sieg vorenthalten wurde. Er sprach nachsichtig. An einen Mann, der nur mehr zwölf Stunden zu leben hatte, konnte er keine Ansprüche stellen.

»Wie wär's mit einer Runde Cribbage?« fragte der andere Wärter, der lebhafte.

»Zum Teufel mit Ihnen und Ihrem Cribbage«, sagte Manners, der in der Zelle auf und ab ging.

Die beiden Wärter wechselten einen Blick. Sie hatten das erwartet. Bis jetzt hatte Manners die Belastung durch die drei Wochen des Wartens recht gut ausgehalten. Daß es eine Belastung gewesen war, war offensichtlich, denn Manners' stoppeliges, einst kastanienbraunes Haar war jetzt weiß, war in drei Wochen weiß geworden. Doch das war das einzige Anzeichen für die Belastung gewesen, bis jetzt, bis er die Zelle abzuschreiten begann, sieben Schritte hin, fünf herüber, sieben zurück. Hin – herüber – zurück – hinüber. Seine Gedanken rasten unendlich schneller, hatten aber genausowenig Chancen, zu einem endgültigen Ziel zu gelangen. Hin – herüber – zurück – hinüber. Die Wärter waren schließlich auch nur Menschen. Dieses rastlose Herummarschieren begann an ihren Nerven zu zerren.

»Was ist mit dem Kaplan?« fragte der lebhafte Wärter. »Möchten Sie ihn jetzt sprechen?«

»Der Kaplan kann auch zum Teufel gehen«, sagte Manners und marschierte weiter in der Zelle herum. Sein Herz pochte so fürchterlich, daß seine Worte für ihn selbst verschwommen und undeutlich klangen.

Die Wärter fanden sich damit ab, daß der Mann herumwanderte wie in einem Käfig. Wärter in einer Todeszelle, die mit einem Menschen jede Minute seiner letzten drei Wochen auf

Erden in engstem Kontakt verbringen, müssen sich mit vielem abfinden.

Doch da kam eine willkommene Abwechslung. Draußen klirrten Schlüssel; die Tür ging auf, um den neuen Aufseher einzulassen, und fiel hinter ihm ins Schloß. Er war klein und schmächtig, wie Manners selbst, und trug einen gutgeschnittenen braunen Anzug. Manners haßte ihn; er hatte eine lange, dünne, rosa Nase und eine Habsburgerlippe, wie der König von Spanien. Alle waren sich der plötzlichen Spannung bewußt, die das Eintreten des Aufsehers auslöste, für den Fall, nur für den Fall, daß er mit einer Begnadigung kam. Doch ein einziger Blick auf sein Gesicht reichte, um festzustellen, daß es nicht so war.

»Nun«, sagte der Aufseher, »wie läuft das Schachspiel jetzt?«

»Miserabel«, sagte Manners und drehte ihm den Rücken zu. Der Aufseher ergriff die Gelegenheit, den Wärtern mit einer hochgezogenen Augenbraue eine stumme Frage zu stellen; die Wärter verneinten sie mit einem Kopfschütteln. Manners hatte weder ein Geständnis ablegen wollen noch um den Beistand des Kaplan gebeten.

»Das tut mir leid«, sagte der Aufseher zu Manners. »Was war denn los?«

»Was los war?« sagte Manners mit einer brüchigen, hysterischen Stimme. »Was los war? Warum – warum –«

Er beendete den Satz nicht. Ein Mann, der am Morgen gehängt werden soll, braucht wohl kaum zu erklären, warum er nicht gut Schach spielen kann. Wie zur Bestätigung hörte man durch die Gitterstäbe des Zellenfensters die Kirchenglocke die halbe Stunde schlagen.

»Nun, wollen Sie statt dessen den Kaplan sprechen?« ermunterte ihn der Aufseher. Er redete mit ihm wie mit einem quengeligen Kind, genau wie die Wärter vorher. Manners musterte den Aufseher. Dieser aufmunternde, nachsichtige Ton machte ihn verrückt. Seit drei Wochen hatte er nichts anderes gehört. Und nicht einmal, um das Gewissen des Aufsehers – oder auch das des Henkers – zu beruhigen, würde er sich verleiten lassen, eine Beichte abzulegen.

»Ich will nicht«, sagte er mürrisch.

Und wenn auch das ganze Gewicht und die Macht des Gesetzes gegen ihn gerichtet war, er konnte noch immer rebellieren.

»Ach, kommen Sie schon«, sagte der Aufseher. »Das ist wohl kaum fair uns gegenüber, oder? Denken Sie nur –«

Die dünne, rosa Nase bebte förmlich vor Eifer, während er ihn anflehte, seine Beichte abzulegen. Er gab Platitüden von sich, die Manners kaum hörte; seine Aufmerksamkeit war abgelenkt, merkwürdig gefesselt von dieser Habsburgerlippe. Doch der Aufseher flehte immer weiter, und Manners begann zu spüren, wie er schwach wurde. Drei Wochen in einer Todeszelle sind nicht gut für die Willensstärke eines Menschen. Er fühlte, wie er zu einer Beichte gedrängt wurde, und er wollte nicht beichten. Vor allem wollte er dem Aufseher keinen Grund zur Genugtuung geben. Und der Aufseher redete weiter, und Manners starrte fasziniert auf diese lange Hängelippe.

»Verstehen Sie, was ich meine?« fragte der Aufseher.

»Ach, halten Sie doch die Klappe«, sagte Manners. Plötzlich wuchs sein Ärger ins Unermeßliche.

Er machte einen Schritt vorwärts, wodurch der Aufseher in seine Reichweite kam. Gleichzeitig fuhr seine rechte Faust in einem Aufwärtshaken hoch, in dem die ganze fassungslose Wut enthalten war, die in ihm schwelte. Mit einem Krachen, das in der ganzen Zelle widerhallte, landete seine Faust auf diesem langen Kinn und versetzte ihm einen harten, sauberen Schlag. Der Aufseher stürzte bewußtlos zu Boden. Nicht umsonst war Manners ein angesehener Amateurboxer gewesen.

»He, Moment mal«, sagte der lebhafte Wärter.

Augenblicklich waren er und sein gleichmütiger Partner auf den Beinen und stürzten sich auf Manners. Der lebhafte Wärter packte ihn um die Taille; der Gleichmütige versuchte, seine Arme festzuhalten. Doch Manners war zu stark für sie. Wut und Verzweiflung verliehen ihm die Kraft eines Wahnsinnigen. In seinem zierlichen Körper steckten eine Menge Muskeln. Er riß seine Arme los. Mit der einen Hand packte er den gleichmütigen Wärter von hinten am Hals, mit der anderen hielt er den lebhaften Wärter fest. Ein heftiger, wütender Ruck, und der Kopf des gleichmütigen Wärters knallte gegen den Kopf des lebhaften Wärters; das Geräusch erinnerte an zwei Holzkisten, die aneinanderkrachten. Dieser eine Schlag hätte vielleicht schon gereicht, doch Manners war vollkommen außer sich; er konnte sich nicht mehr beherrschen. Wieder und wieder schlug er die beiden widerstandslosen Köpfe gegeneinander, bis ihn die Kraft verließ und er die beiden leblosen Gestalten zu Boden fallen ließ.

Manners taumelte durch die Zelle zurück und besah sich, was er angerichtet hatte. Das Ganze hatte nur ein paar Sekunden gedauert; und es dauerte nicht mehr als vielleicht drei oder vier weitere Sekunden, bis sich Manners so weit erholt hatte, daß er klar denken konnte. Und selbst da war sein erster Gedanke, daß er jetzt endlich – vergleichsweise – alleine war, zum ersten Mal seit drei Wochen; daß er sich jetzt umbringen und so dem Gesetz entziehen könnte, wenn er wollte – genau das, was diese beiden Wärter in den vergangenen drei Wochen hatten verhindern sollen.

Der bewußtlose Körper des Aufsehers regte sich leise und holte ihn in die Gegenwart zurück. Ein Mann, der wie der Aufseher mit einem sauberen Schlag k. o. geschlagen wurde, braucht nicht lange, um wieder zu sich zu kommen. Einen winzigen Sekundenbruchteil überlegte Manners: Sollte er sich die nicht sehr befriedigende Genugtuung verschaffen, sich dem Gesetz zu entziehen, oder sollte er den irrwitzigen Versuch machen zu fliehen?

Die Chancen für seine Flucht waren minimal, das wußte er, aber es bestand eine Chance, und das war mehr, als noch vor fünf Minuten der Fall gewesen war. Mit größter Mühe beruhigte er sich, obwohl er das Zittern seiner Hände nicht unterdrücken konnte – sein Herz schlug so rasend, daß er am ganzen Körper zitterte. Aber er dachte klar und schnell; Pläneschmieden und Intrigenspinnen lag ihm im Blut.

Er beugte sich über den Aufseher, und als dieser den Mund öffnete, um mit einem ersten Stöhnen anzukündigen, daß er das Bewußtsein wiedererlangte, stopfte er sein Taschentuch hinein. Er riß den groben Überzug von dem langen Kissen auf seinem Bett und wickelte ihn ein paarmal um den Kopf des Aufsehers. Als er die Arme des Aufsehers fesseln wollte, besann er sich und zog ihm vorher Jackett und Weste aus; wenn er dem Mann die Handgelenke zusammengebunden hätte, wäre das nicht mehr möglich gewesen, und außerdem konnte er nun seine Hosenträger dazu verwenden.

Jetzt, da der Aufseher gefesselt, geknebelt und hilflos war, hatte Manners Zeit, sich um die Wärter zu kümmern, doch eine kurze Untersuchung überzeugte ihn, daß das nicht notwendig war.

Die beiden bedauernswerten Männer waren noch immer bewußtlos und würden es wahrscheinlich bleiben. Vielleicht starben sie sogar. Manners wußte es nicht, und es war ihm auch egal. Er zerrte dem Aufseher die Schuhe und die Hose herunter und zog sich, trotz seiner zitternden Finger sicher und geschickt, den eleganten braunen Anzug an, der ihm jetzt zur Verfügung stand. Der Aufseher wand sich bereits und rutschte ein wenig über den Boden, doch er konnte keinen Laut von sich geben, und es würde eine Weile dauern, bis er sich auf die Beine erheben konnte – schließlich waren seine Arme hinter dem Körper gefesselt.

In der Hosentasche des Aufsehers fand er viele Dinge, die nützlich sein würden. Geld – eine Handvoll loses Kleingeld und in der Brieftasche ein oder zwei Pfund in Scheinen. Und Schlüssel – ein halbes Dutzend auf einem Schlüsselring. Der größte, so nahm Manners an, war der Hauptschlüssel für die Zellentür. Dann gab es noch zwei Yaleschlüssel. Einen Augenblick stand Manners tief in Gedanken versunken da und betastete sie. Doch er durfte keine Zeit verlieren. Er mußte denken, während er handelte.

Wieder mußte er sich zusammenreißen, um die Zellentür zu öffnen; danach mußte jeder Schritt ohne das geringste Zögern erfolgen. Der große Schlüssel sperrte die Tür auf; natürlich. Als er in den Korridor hinaustrat, hämmerte sein Herz wie verrückt gegen die Rippen. Im Geist ließ er in rasender Geschwindigkeit eine Reihe von wirren Erinnerungen vor sich ablaufen. Er versuchte sich an den Eingang des Gefängnisses zu erinnern; er hatte ihn mehrmals gesehen: Als sie ihn zu seiner Verhandlung brachten, und als sie ihn zum Sterben hierher zurückbrachten.

Er war mehr als einmal in die Kapelle gegangen – noch an diesem Morgen (heute war Sonntag) war er dort gewesen, einen Wärter an jeder Seite. Vor allem an eine bestimmte Tür in der Wand des langen Korridors, in dem er sich befand, versuchte er sich zu erinnern. Es war eine Tür, die deutlich anders aussah als die Türen zur Zelle und zur Kapelle. Einmal, als er daran vorbeigeführt worden war, war der Aufseher aus dieser Tür gekommen, allein, und hatte sie hinter sich geschlossen. Manners war sicher, daß das die Tür zu seinen privaten Räumen war.

Als er den Korridor entlangging, versuchte er sich im Geiste vorzustellen, was ihm von dieser Tür noch in Erinnerung war. Er konnte sich an die Farbe erinnern; er konnte sich an den Türknopf aus Messing erinnern. Mit einer gewaltigen Anstrengung gelangte er zu der Überzeugung, daß er das winzige Messingplättchen gesehen hatte, welches das kleine Sicherheitsschloß umgab. Eine weitere gewaltige Anstrengung, und er war sicher, daß das Schlüsselloch an der linken Seite der Tür war – er durfte auf keinen Fall zögern, wenn er davorstand.

Einer der zwei Yaleschlüssel in seiner Tasche würde passen; er konnte nicht sagen, welcher. Es war gewiß wahnsinnig riskant, damit herumzufummeln, doch das war ein Risiko, das er eingehen mußte. Schließlich stand die Chance fünfzig zu fünfzig. Er faßte in die Hosentasche und packte einen der Schlüssel. Dabei dachte er, daß wahrscheinlich sein Leben davon abhing, welchen der beiden Schlüssel ihm der Zufall in die Finger legte.

Seine Gedanken hatten derart fieberhaft schnell gearbeitet, daß er kaum mehr als ein halbes Dutzend Schritte gemacht hatte.

Er befand sich in dem langen Korridor, an den er sich gut erinnerte; er wurde von einer Reihe Glühbirnen, die in Abständen an der Wand hingen, schlecht beleuchtet. Er war im Erdgeschoß, und die Zelle, aus der er gekommen war, befand sich am anderen Ende, in bequemer Nähe zum Hinrichtungsraum und dem Hof, in dem er, flankiert von zwei Wärtern, spazierengegangen war, um sich körperliche Bewegung zu verschaffen. Doch Manners ging jetzt in die entgegengesetzte Richtung, auf die Eingangshalle und die Tür des Aufsehers zu.

Ganz unten, am Ende des Korridors, saß ein Wachbeamter auf einem Stuhl und schaute in seine Richtung. Doch er war weit weg; Manners hatte ziemlich die gleiche Figur wie der Aufseher, und er trug die Kleidung des Aufsehers. Und der Wachbeamte dachte nicht einen Augenblick daran, daß der Mann, der morgen um acht sterben sollte, frei im Korridor herumlaufen und mit festem Schritt auf ihn zugehen würde. Und das Licht der nackten Glühbirnen war grell und trügerisch.

Manners marschierte weiter auf ihn zu, an drei leeren Zellen vorbei, an den Kapellentüren vorbei. Er blieb im richtigen Moment vor der Tür des Aufsehers stehen. Gleichzeitig zog er den Schlüssel aus der Tasche und steckte ihn ins Schlüsselloch. Eine nervenzerfetzende Zehntelsekunde lang wollte er sich nicht drehen lassen. Dann gab er nach, die Tür ging auf, und Manners trat hinein und schloß leise die Tür hinter sich.

Dort, wo er sich jetzt befand, war er noch nie gewesen. Es war eine Halle mit Steinfußboden und etlichen Türen. Gequält blickte er um sich; sein Herz pochte heftig und machte einen wilderen Sprung als je zuvor, als er am anderen Ende der Halle eine Tür erblickte, die eindeutig hinaus auf die Straße führte.

Selbst jetzt beherrschte er sich noch genügend, um sich nach einem Hut und einem Mantel umzusehen. Doch da ertönte hinter einer der Türen eine weibliche Stimme.

»Bist du das, George?«

Er durfte keine Zeit verlieren. Auf Zehenspitzen durchquerte er die Halle, öffnete die Eingangstür und trat hinaus in die Dunkelheit und in die Freiheit. Dann schloß er die Tür hinter sich. Es regnete fürchterlich, und ein kalter Wind blies, doch er durfte sich nicht aufhalten. Er lief die steinernen Stufen hinunter und durch das große Tor hinaus auf den Gehsteig, wo er mit gesenktem Kopf und vorgebeugten Schultern weitereilte.

Bei diesem scheußlichen Wetter waren nur wenige Leute auf der Straße, und Manners bedauerte, daß er Hut und Mantel nicht gefunden hatte – daß er ohne diese Kleidungsstücke unterwegs war, würde die Aufmerksamkeit auf ihn lenken. Er war kaum zu diesem Schluß gekommen, da folgte die Katastrophe auf dem Fuß. Das Schicksal, das ihn bisher so gut geleitet hatte, wollte es, daß er ausgerechnet unter einer Straßenlampe einem Polizisten begegnen sollte.

Der Polizist, dessen Umhang im Licht der Lampe vor Feuchtigkeit glitzerte, sah neugierig auf die mantellose Gestalt, die da vorbeihastete; aus den Augenwinkeln warf Manners dem Polizisten einen verstohlenen Blick zu. Er sah, wie der Polizist ungläubig und überrascht aufschreckte, als er ihn plötzlich erkannte, sah, wie er zögerte, sah, wie er einen Entschluß faßte und hörte, wie ihn seine Stimme zurückrief.

Manners begann zu laufen. Fünf Sekunden später hörte er die Pfeife des Polizisten. Er lief wie verrückt, verzweifelt. Hinter sich hörte er noch immer diese unerbittliche Pfeife; der Polizist, durch Umhang und Wintermantel behindert, konnte ihn unmöglich zu Fuß einholen.

Der Eingang zum Gefängnis lag ein Stück von der Hauptstraße zurück, und da Sonntag war, wurde er nicht so gut beleuchtet wie sonst. Bei der ersten Gelegenheit bog Manners ab und tauchte in eine Seitenstraße ein; er raste diese Straße hinunter und bog dann mit berstenden Lungen und heftig schlagendem Herzen wieder und wieder ab.

Es war eine Verfolgungsjagd wie in einem Alptraum. Er schien überall Pfeifen zu hören. Einmal versuchte ihn jemand zu packen, doch er riß sich los und rannte weiter. Zum Glück waren in diesen ruhigen Nebenstraßen am Stadtrand bei diesem schrecklichen Wetter nur wenige Leute unterwegs. Er warf einen verstohlenen Blick über die Schulter und sah die Lichter eines Autos, das ihn verfolgte – der blendendgrelle Strahl der Scheinwerfer hatte ihn erfaßt. Er stürzte um eine weitere Straßenecke und sprang in einem wahnsinnigen Kraftakt, ohne im Lauf innezuhalten, über die Hecke und den Zaun eines Vorgartens. Er kauerte sich im strömenden Regen hinter die Hecke und sah das Auto an ihm vorbeiflitzen; dann hörte er das Geräusch vieler laufender Füße und Stimmen.

»Hat keinen Hut«, sagte jemand im Vorbeilaufen keuchend zu jemand anderem. »Keinen Hut? Dann erwischen wir ihn.«

Noch immer kauerte Manners im Garten; durch die Vorhänge der erleuchteten Fenster hinter ihm drang Musik und Lachen. Die Sonntagabendgesellschaft in diesem kleinen Vorstadthaus hatte von der irrwitzigen Verfolgungsjagd draußen nichts mitbekommen.

Lange nachdem die letzten Geräusche der Verfolger verklungen waren, richtete sich Manners auf steifen Beinen auf. Er zitterte jetzt vor Kälte und war von Regen und Schweiß durchnäßt.

Aber während des Wartens hatte er Zeit gehabt, seinen nächsten Schritt zu planen. Er brauchte ein Dach über dem Kopf und ein Versteck. Kein Hotel, keine Pension würde ihm das geben, ohne Verdacht zu schöpfen, klatschnaß wie er war, ohne Gepäck und (wie er stark annahm) verdreckt, nachdem er im Vorgarten auf der Erde gekauert hatte.

Seine Frau? Sie war gewiß weggezogen, wohin, wußte er nicht. Auch war er nicht sicher, ob sie ihm Unterschlupf gewähren würde; im Gegenteil, er war beinahe sicher, sie würde es nicht tun. Und jetzt, wo die Polizei wußte, daß er geflohen war, würde man ihn als erstes bei seiner Frau suchen. Dorthin konnte er also nicht.

Beinahe automatisch entschied er, wo er Zuflucht suchen würde. Er würde zu Ethel gehen. Die Polizei wußte nichts von einer Verbindung zwischen ihm und Ethel; über sie war bei seiner Verhandlung nichts herausgekommen – obwohl weiß Gott genug Frauen in diese Sache hereingezogen worden waren. Manners, der geborene Ränkeschmied, hatte, lange bevor er sich des Mordes schuldig gemacht hatte, darauf geachtet, daß niemand von ihrer Freundschaft erfuhr, und er konnte sich darauf verlassen, daß Ethel ihre Beziehung mit Manners, dem Mörder, nicht publik gemacht hatte.

Ethel wohnte allein in einer Wohnung; Ethel hatte ihn geliebt – wobei ersteres eine subtile Folge des zweiten war. Bei Ethel würde er sich ausruhen und verstecken können. Maßlos erschöpft machte er sich im unerbittlichen Regen steifbeinig auf den Weg zu Ethel.

Er hatte im Augenblick nur eine vage Vorstellung davon, wo er sich befand, weil das Gefängnis in einem Vorort lag, den er kaum kannte. Der Vorort, in dem Ethel wohnte, lag aber auf derselben Seite des Flusses. Wahrscheinlich konnte er sich dorthin durchschlagen, indem er sich an die Nebenstraßen hielt und dabei ganz allgemein Richtung Osten ging. Er war vollkommen durchnäßt und von der Aufregung und dem wahnsinnigen Laufen sehr müde – die drei qualvollen Wochen, die er durchgestanden hatte, seit seine Berufung abgewiesen worden war, hatten nichts zur Besserung seiner körperlichen Verfassung beigetragen. Aber er hatte keine Möglichkeit, sich zu erholen; jedenfalls nicht, bevor er bei Ethel war.

Jeder Schritt, den er hörte, versetzte ihn in Angst und Schrecken; alle paar Sekunden hielt er besorgt Ausschau nach einem Polizisten, der ihm gefährlich werden konnte. Immer wieder machte er kehrt und bog um irgendeine andere Ecke, weil er Passanten oder Polizisten näherkommen sah. Die Verzögerungen waren lästig, doch er konnte nicht riskieren, an den Menschen auf der Straße vorbeizugehen, nicht zu dieser späten Stunde, im strömenden Regen, ohne Hut und Mantel und total verschmutzt.

Es kostete ihn fast übermenschliche Kraft, die strahlenförmig verlaufenden Hauptstraßen eine nach der anderen zu überqueren, wenn er auf sie stieß. Sein armes Herz hämmerte unablässig gegen seine Rippen; das allein schon hätte jeden Menschen ermüdet, ganz abgesehen von der ständigen Nervenanspannung und der Tatsache, daß er durch die dunklen Straßen und den erbarmungslosen Regen immer weiter gehen mußte, gehen und gehen. Mittlerweile spürte er nichts mehr außer Angst. Er verspürte weder freudige Erregung noch Hoffnung.

Nicht ein einziges Mal dachte er an die aufgeregten Schlagzeilen, die gerade in Tausenden von Zeitungsredaktionen verfaßt wurden: Sie verkündeten seine Flucht und gaben bekannt, daß er seit Jack Sheppard der erste Mann in England war, dem die Flucht aus der Todeszelle gelungen war. Vom heftigen Pochen seines Herzens am ganzen Körper bebend und ständig um sich blickend, konnte er nichts anderes tun als weitermarschieren.

Es war ein langer, langer Fußmarsch von Westen nach Osten, doch schließlich gelangte er doch in eine Gegend, die ihm vertraut war. Und dann bog er um eine weitere Ecke und sah, daß er in der Vorortstraße war, in der Ethel ihre Wohnung hatte. Er kam zu dem Haus, trat in den Vorgarten und schloß sehr, sehr leise das Tor hinter sich.

Hier mußte er eine Weile stehenbleiben und sein benommenes Hirn zwingen, klar zu denken. Er konnte nicht an die Tür klopfen. Um vier Uhr früh an die Tür eines Appartementhauses zu klopfen, war wohl die sicherste Methode, um Aufmerksamkeit zu erregen. Außerdem würde ihm nicht Ethel aufmachen.

Er schlich zum Vorderfenster im Erdgeschoß und spähte hinein in die Finsternis. Nachdem er eine ganze Weile besorgt auf die Schatten im Inneren des Raumes gestarrt hatte, war er schließlich sicher, daß er die Möbel da drinnen kannte. Ethel wohnte noch hier; das war ihr Wohnzimmer.

Ihr Schlafzimmer war der entsprechende Raum im hinteren Teil des Hauses – das wußte Manners sehr gut; er wußte auch, daß die Fenster zum Hinterhof aufgingen. Das Haus war die Hälfte eines Doppelhauses. Er probierte – ganz vorsichtig – das Seitentor, aber es war versperrt. Noch einmal nahm er seine ganze Kraft zusammen. Er stand da und lauschte, ob er nicht etwa durch das monotone Geräusch des strömenden Regens die verstohlenen Schritte von Polizeistiefeln mit Gummisohlen ausmachen konnte. Er konnte nichts hören; er riß sich noch einmal zusammen, streckte seine steifen Glieder und sprang mit einem gewaltigen Satz zum oberen Rand des Tores hoch. Seine Finger bekamen ihn zu packen; und mit einer Kraftanstrengung, bei der ihm der Schweiß in Strömen herunterlief, zog er sich auf das Tor hinauf, schwang sich hinüber und ließ sich auf der anderen Seite auf den Boden gleiten.

Leise lief er über den dunklen Weg zur Rückseite des Hauses. Endlich hatte er Schutz und Zuflucht gefunden. Er bog um die Ecke und schlich in den Hof, zum Fenster hin, und klopfte an die Scheibe. Vollkommen erschöpft lehnte er sich gegen das Fensterbrett.

Ethel lag im Bett. Man könnte sogar sagen, daß sie döste. Stunde um Stunde hatte sie sich in dieser schrecklichen Nacht im Bett hin und her gewälzt. Sie hatte das Licht angemacht und versucht zu lesen; ruhelos hatte sie das Buch wieder weggelegt, das Licht ausgeschaltet und vergeblich versucht, zu schlafen. Sie konnte ihre Gedanken nicht von dem Mann losreißen, der am nächsten Morgen sterben mußte, der Mann, in dessen Armen sie gelegen war, der sie mit honigsüßen Worten umworben hatte.

Trotz der Kälte der Nacht wurde ihr das Bett fieberheiß. Jeder Schlag der Rathausuhr auf der Hauptstraße, die erbarmungslos jede Viertelstunde ausläutete, die verstrich, machte sie ganz krank. Nicht, daß sie den Mann jetzt noch liebte. Aus den Berichten über die Verhandlung hatte sie viel über ihn erfahren, was sie nicht gewußt hatte – nicht nur, daß er ein Mörder war (das hätte sie noch ertragen können), sondern daß er ein verheirateter Mann war und daß es noch andere Frauen in seinem Leben gab, so daß sie jetzt wußte, was für ein Lügner und Betrüger er war, und ihn deswegen haßte. Doch selbst das half nicht, sie konnte nicht schlafen, da sie doch wußte, um acht Uhr würden Wärterarme den Leib, den sie einst umschlungen hatte, packen und aus der Zelle zerren, und der Strick des Henkers würde sich um den Hals legen, den sie geküßt hatte, und ihn brechen.

Und dennoch fiel sie gegen Morgen in einen fiebrigen, unruhigen Schlaf, aus dem sie von irgend etwas geweckt wurde; erschreckt fuhr sie hoch. Irgend jemand klopfte an die Fensterscheibe. Von Panik ergriffen, setzte sie sich auf. Wieder klopfte es. Ethel war eine tapfere Frau; sie warf die Bettdecke zurück, packte die Taschenlampe und ging zum Fenster.

Durch das Glas waren schattenhafte Umrisse zu erkennen. Dann schaltete sie die Lampe ein und sah das Gesicht. Eine Sekunde lang erkannte sie ihn gar nicht, denn sein Haar war jetzt weiß, und sein Gesicht war von furchtbarer Angst gezeichnet; er war so anders als der adrette, selbstbewußte Mr. Manners, den sie gekannt hatte. Stumm starrte sie auf die Erscheinung.

Schmutzige, blutige Hände preßten sich gegen die Scheibe. Der schlaffe Mund öffnete und schloß sich, und die Hände bewegten sich in mitleiderregenden Gesten. Sie verstand. Leise schob sie das Fenster hoch und wich ans andere Ende des Raumes zurück, das Licht der Taschenlampe unablässig auf ihn gerichtet.

Langsam, unendlich erschöpft, zog sich Manners über das Fensterbrett und fiel ins Zimmer; doch er raffte sich auf und schloß das Fenster hinter sich, bevor er sich umdrehte und ihr das Gesicht zuwandte.

»Was willst du?« murmelte Ethel; instinktiv flüsterte sie.

Manners Antwort war fast ein Stöhnen.

»Ethel!« sagte er und taumelte blindlings auf sie zu.

Doch Ethel wich nur zurück. »Bleib, wo du bist!« sagte sie, und Manners blieb völlig ermattet stehen. Die Müdigkeit und die Angst zeigten nun ihre Wirkung. Doch ein letztes Aufbäumen des schwindenden Bewußtseins, ein letztes Aufflackern des ränkeschmiedenden Hirns, und Manners wußte, was er vorher dummerweise nicht bedacht hatte: Der alte Zauber, den

Ethel an ihn gefesselt, der sie unterwürfig gemacht hatte, hatte jetzt seine Macht verloren.

Enttäuschung und Bestürzung arbeiteten der Müdigkeit und der Angst in die Hände. Schwankend, mit nachgebenden Knien stand er da, und sein Herz versagte ihm fast den Dienst.

»Also warst du die ganze Zeit verheiratet?« sagte Ethel bitter.

Manners brachte nur unverständliches Gemurmel zustande.

»Warum gehst du dann nicht zu deiner Frau und läßt dir von ihr helfen?« fragte Ethel. In diesem Augenblick haßte sie ihn, haßte ihn mit einer derartigen Intensität, daß sie am ganzen Körper zitterte, als hätte sie Schüttelfrost. Doch ihr Haß war nicht stark genug, ihr die Kraft zu verleihen, den Schrei auszustoßen, der Leute zu Hilfe rufen und dazu führen würde, daß brutale Männer kommen und Manners wegschleppen würden, zum Schafott.

Die bittere Feindseligkeit in ihrem Tonfall vollendete, was Müdigkeit und Angst begonnen hatten. Manners stöhnte leise auf und fiel nach vorne auf das Gesicht, eine bewußtlose, reglose Masse.

Lange Zeit konnte Ethel nur dastehen und ihn anstarren, wie er im Lichtstrahl der Taschenlampe dalag. Der Klang der Rathausuhr schreckte sie auf. Sie schlug die vier Viertel und dann sechs Uhr. Sie erinnerte sie daran, daß die Zeit verstrich, und das brachte sie wieder zur Besinnung.

Sie hatte keine Ahnung, wie Manners entkommen war, doch sie konnte sich die fieberhafte Suche vorstellen, die in der Welt draußen vor sich ging. Sie konnte keinen Gedanken fassen; was sollte sie tun? Außerdem, das stellte sie erbittert fest, wußte sie auch nicht, was sie tun *wollte.* Sie konnte es nicht über sich bringen, Manners auszuliefern, und gleichzeitig wollte sie nicht das Werkzeug sein, das ihn rettete. Und ihr Sinn für das Praktische sagte ihr, daß sie ihn unmöglich hier in ihrer Wohnung versteckt halten konnte.

Erst nach geraumer Zeit merkte sie, daß sie vor Kälte zitterte. Sie zog sich im Dunkeln an und schlich leise im Zimmer herum. Von draußen drangen die üblichen frühmorgendlichen Geräusche zu ihr.

Dann erfaßte sie plötzliche Panik: Vielleicht hatte die Polizei Manners hierher verfolgt; vielleicht umstellten sie schon leise das Haus. Sie mußte nachsehen gehen. Sie mußte ins Freie, um nachzudenken. Und wenn Manners wieder zu sich kam, würde er etwas zu essen brauchen. Brot konnte sie beim Lebensmittelhändler um die Ecke kaufen, der früh aufmachte; Tee konnte sie ihm hier auf dem Gasbrenner kochen. Traurig stellte sie fest, daß sie, so sehr sie Manners haßte, ihm nicht die Nahrung verweigern konnte. Sie setzte den Hut auf und zog den Mantel an und beugte sich über Manners' Körper, der ausgestreckt auf dem Boden lag.

»Dick«, flüsterte sie, doch Manners antwortete nicht. Sie schüttelte ihn, doch er bewegte sich nicht. Seine Kleider trieften vor Nässe – auf dem Boden hatte sich bereits eine kleine Pfütze gebildet. Doch sein Herz schlug noch.

Ethel riß die Decken vom Bett und breitete sie über ihn. Dann öffnete sie sehr leise die Tür und sperrte sie – als Vorsichtsmaßnahme – hinter sich zu. Sie schlich sich zur Vordertür, riegelte sie auf und trat hinaus auf die Straße.

Ihre Stimme und ihre Berührung hatten etwas in Manners geweckt. Eine Art von Bewußtsein begann sich wieder in sein Hirn zu stehlen, als er so auf dem Boden lag. Er glühte vor Hitze; der Fieberwahn einer Lungenentzündung hatte ihn bereits erfaßt. Und in diesem Delirium war jede genaue Erinnerung an die Ereignisse des vorhergehenden Abends ausgelöscht. Wirr konnte er sich an einen Kampf in seiner Zelle erinnern, an eine wilde Flucht durch unbeleuchtete Straßen, und daß ihm unerbittliche Verfolger dicht auf den Fersen waren. Manners wußte von der vorhergehenden Nacht nicht mehr als von anderen Nächten. Und dann erschrak er plötzlich; eine entsetzliche Erkenntnis ließ das fiebrige Blut heiß unter seiner Haut pulsieren: Er erinnerte sich, daß er heute sterben sollte. Er erinnerte sich, daß er sich gestern nachmittag in seiner Zelle unvermittelt umgedreht und in ein fremdes Gesicht geblickt hatte, das durch die Gitterstäbe seiner Tür spähte – es war der Henker, der gekommen war, um ihn sich anzusehen, seinen Hals zu studieren und sein Gewicht zu schätzen, damit er die Fallhöhe berechnen konnte.

Wieder stöhnte Manners auf; ein ganz schwacher Lichtschimmer begann sich an diesem Wintermorgen durch die Fenster zu stehlen. Dann hörte er die Uhr schlagen; vier Viertel und dann – und dann – sieben Uhr. Um diese Zeit würden sie ihn aufwecken und ihm der Form halber ein Frühstück vorsetzen, bevor sie ihn in den Schuppen im Hof schleppten, den er bei seinen Spaziergängen gesehen hatte. Er hörte, wie sich ein Schlüssel im Schloß drehte; das würde der Aufseher sein. Einen Augenblick lang versuchte er sich aufzubäumen, doch sein wild schlagendes Herz konnte die Belastung nicht länger ertragen.

Als Ethel hereinkam, sah sie, daß ihr Problem gelöst war.

Deutsch von Christine Pavesicz

Nachdem ich weiß, was ich jetzt weiß...

Barry Perowne

Ein Träger half mir, den Koffer in den Gepäckwagen des Zuges zu laden. Es war ein gewöhnlicher brauner Überseekoffer aus steifer, gepreßter Pappe, mit Holzleisten, und er unterschied sich kaum von Millionen anderer Koffer dieser Art. Er war schwer.

»Verdammt noch mal, was haben Sie da drin?« fragte der Träger. »Eine Leiche?«

Ich brachte so etwas wie ein Lachen zustande und hoffte, es klang in seinen Ohren normal. In meinen eigenen Ohren hörte es sich sonderbar an. Aber er schien nichts zu bemerken.

Der Koffer trug ein Schild mit dem Namen *Frank Venhold,* einer Adresse und dem Bestimmungsort *London.* Name und Adresse waren beide falsch, und *Bestimmungsort Hölle* wäre eine zutreffendere Beschreibung des Fahrtzieles gewesen. Ich hatte nicht die Absicht, mit diesem Koffer die ganze Strecke bis London zurückzulegen. Ich wollte ihm nie wieder begegnen.

Ich gab dem Gepäckträger sein Trinkgeld – der Gepäckwagen befand sich etwa in der Mitte des Zuges – und ging auf dem Bahnsteig auf das hintere Ende des Zuges zu. Die Wagentüren standen offen. Es gab die üblichen Grüppchen, die an den Türen standen und sich verabschiedeten, die üblichen Bahnhofsgerüche, die üblichen hohlen, widerhallenden Bahnhofsgeräusche. Alles war wie sonst auch, und doch schien es mir um eine Nuance verändert. Ich fühlte mich, als ob ich auf dem Grunde einer Schlucht entlangging und mir seltsame Echos von steil aufragenden, sich aufeinander zuneigenden Felswänden entgegenschlugen. Als ich aber instinktiv aufblickte, waren da nur die verzweigten Trägerkonstruktionen, die das mit Regen benetzte Bahnhofsdach aus trübem Glas stützten.

Ich schlug den Kragen meines Trenchcoats noch höher und

zog den Hutrand mit einem Ruck tiefer ins Gesicht. Ich behielt die Bahnhofseingänge im Auge. Ich fror bis auf die Knochen. Meine Zähne wollten klappern; ich hielt jedoch die Kiefer fest zusammengebissen, und sie schmerzten von der Anstrengung. Ich rechnete jeden Moment damit, daß urplötzlich stämmige Gestalten in Blau hereinstürmten. Ich stand draußen an einer Wagentür, meine Fäuste tief in den Taschen geballt. Die Bahnhofsuhr schien sich in einen rätselhaften Mond verwandelt zu haben. Ihre Zeiger wirkten wie aufgemalt, für alle Zeiten in einer Bewegungslosigkeit erstarrt, die sich auf den ganzen Bahnhof zu übertragen schien. Und als ich auf das Ziffernblatt blickte, schienen die Leute um mich herum, die ich aus den Augenwinkeln heraus flüchtig wahrnahm, mitten im Gehen angehalten, in der Bewegung erstarrt, als ob sie sich in reglose Grabsteine verwandelt hätten. Bis der leichte, sichtbare Ruck des Minutenzeigers den Bann brach, das Gewühl um mich herum löste; ein Zischen ausströmenden Dampfes, das dumpfe Geräusch einer zugeschlagenen Tür.

Auf dem Bahnsteig näherte sich ein Schaffner mit der Trillerpfeife zwischen den Zähnen; er hielt eine zusammengerollte grüne Flagge in einer Hand und schaute auf die Uhr in seiner andern. Ich wandte mich um und trat in den Gang des Zuges. Das Abteil vor mir war mit drei Frauen mittleren Alters und einem kleinen Jungen besetzt, dessen Gesicht in einem Comic-Heft vergraben war. Ich setzte mich auf einen Eckplatz an der Gangseite, wo ich in Fahrtrichtung blickte und mein Rücken dem Gepäckwagen zugewandt war, der den Koffer enthielt. Ein Rucken und Rasseln, das wie eine Tonleiter auf einem kaputten Xylophon klang, durchlief den Zug und setzte sich von Wagen zu Wagen fort; der Bahnsteig begann vorbeizugleiten. Oben verschwand das verschmutzte Glasdach und ließ das graue, wäßrig-trübe Tageslicht des Spätnachmittags herein. Die Geschwindigkeit des Zuges nahm zu, und ich fühlte, wie mir der Koffer folgte.

Ich mußte mich zwingen, auf meinem Platz sitzen zu bleiben und aus dem Fenster zu starren. Die düsteren Vorstadtbezirke der mittelenglischen Stadt wichen grünen, flachen Wiesen, angeschwollenen braunen Bächen, die von bogenförmigen Brücken überspannt wurden, und Reihen sich neigender Weidenbüsche.

Wir hatten unsere Reise angetreten, der Koffer und ich. So weit, so gut. Ich brauchte dringend eine Zigarette, aber ich fürchtete mich davor, die Hände aus den Taschen zu nehmen; ich wußte, daß sie gezittert hätten, und die Frauen oder das Kind hätten es bemerken können.

Dann hörte ich, wie Abteiltüren aufgeschoben wurden, eine nach der andern, den ganzen Wagen hindurch, immer näher kommend. Es hörte sich an, als ob nach jemandem gesucht würde; ich hielt den Atem an und lauschte angestrengt, versuchte über das metallische *Ta-ta-tu, Ta-ta-tu* des Zuges hinweg zu hören, was vorging. Plötzlich erschien ein Steward mit weißer Jacke im Gang. Er schob die Abteiltür zurück und steckte seinen Kopf hinein.

»Die erste Mahlzeit wird gleich serviert«, verkündete er. »Nehmen Sie bitte Ihre Plätze im Speisewagen ein.«

Sein Ruf tönte weiter den Zug entlang, und ich begann wieder zu atmen. Zwei der Frauen standen auf, verließen das Abteil und gingen nach rechts den Gang hinunter. Ich brauchte diese Zigarette unbedingt. Das Kind schaute mich über den Rand seines Comics-Heftes unverwandt an. Kinder spüren so manches. Ich stand auf, trat in den Gang hinaus, schob die Tür zu und zündete mir eine Zigarette an. Wiesen und Weidenbüsche waren vom Dunst der Dämmerung ausgelöscht worden.

Die Lichter waren angegangen. Leute drängten sich hinter mir vorbei in Richtung Speisewagen. Es fiel mir ein, daß sie den Gepäckwagen durchqueren mußten, um in den Speisewagen zu gelangen. Daher sollte ich vielleicht noch einen Blick auf den Koffer werfen, einfach um sicherzugehen, daß bis jetzt alles mit ihm in Ordnung war. Ich wollte nicht, daß er zu früh entdeckt wurde. Die Leute hatten aufgehört, sich hinter mir vorbeizudrängen, ich wartete jedoch, bis auch der Steward zurückgekommen und auf dem Rückweg zum Speisewagen war, dann drehte ich mich um und folgte ihm. Nach drei Wagen erreichte ich den Gepäckwagen. Sobald ich am Rande der leicht auf und abschaukelnden stählernen Verbindungsplatte der Wagen angekommen war, spähte ich in den Wagen hinein, aber er war nur spärlich beleuchtet, so daß ich den Koffer nicht auf Anhieb ausmachen konnte. Ich blickte zurück in den Gang hinter mir. Es war niemand zu sehen. Ich betrat den Gepäckwagen. Auch hier niemand – nur ein Geruch von Räucherheringen, der von einem Stapel flacher Holzkisten ausging, und einige Fahrräder, ein klappbarer Kinderwagen, ein Rollstuhl und vier Koffer. Zwei davon waren völlig identisch, und für einen Augenblick ergriff mich Panik, das Blut begann in meinem Kopf zu pochen, da ich nicht mit Sicherheit erkennen konnte, welcher der beiden mein Koffer war.

Ich mußte mich bücken und auf dem Etikett des Koffers nachsehen, der mir am nächsten stand. Auf dem Schild stand *G. N. Trevelyan, Zielort: London*, eine Adresse war nicht angegeben. Mein Koffer stand unmittelbar daneben. Sie waren identisch, wie Tausende und Abertausende dieses Typs auch. Da kam mir eine Idee.

Mein Plan war gewesen, den Zug in Oxford bei der ersten Gelegenheit zu verlassen und den Koffer mit dem Schild *Frank Venhold* nach London fahren zu lassen, wo er in das Depot für nicht abgeholtes Gepäck wandern würde. Dabei hatte mir jedoch etwas Kopfzerbrechen bereitet – und zwar die Vorstellung, daß der Träger, der mir beim Einladen des Koffers in den Gepäckwagen behilflich gewesen war, im Zug mitreisen könnte. Womöglich sah er mich in Oxford beim Aussteigen, rannte hinter mir her und rief: »Ihr Koffer, Sir!«

Nun, da mein Blick auf diesem Koffer mit dem Schild *G. N. Trevelyan* ruhte, hatte ich einen besseren Einfall. Das aufgeklebte Namensschild war lose; der Klebstoff mußte ziemlich ausgetrocknet gewesen sein; es sah aus, als ob es sich leicht ablösen ließ. Ich machte einen Versuch, und es fiel mir geradewegs in die Hand. Mein Herz hämmerte wild in meiner Brust. Ich blickte schnell umher. Auf einem kleinen Tresen in einer Ecke des Wagens lagen verschiedene rosafarbene und gelbe Formulare, eine Sturmlaterne mit rotem Glas, ein Stoß Aufkleber und ein Topf mit Klebstoff, aus dem ein verschmutzter Pinsel ragte.

Ich versichere Ihnen, das Ding war für mich da hingestellt. *Nachdem ich weiß, was ich jetzt weiß, frage ich mich, wer oder was das getan hat. Gott? Der Teufel? Die Vorsehung? Der reine Zufall? Worin besteht das Rätsel des menschlichen Lebens? Warum sind wir hier?*

Ich brauchte dreißig Sekunden, um Trevelyans Schild über

das Schild mit der Aufschrift *Venhold* zu kleben und um ein neues Schild mit dem Namen *Venhold* zu schreiben und dieses dann auf den Koffer von Trevelyan zu kleben. Dann ging ich durch den Gang zurück. Zuvor hatte ich wirklich keine große Hoffnung gehabt. Jetzt hatte ich Hoffnung. Ich war in glänzender Stimmung. Ich wollte nicht zu dem Abteil mit dem gemeinen Kind mit dem wissenden Blick zurückkehren. Ich schaute in die anderen Abteile, an denen ich vorüberkam, doch in dem einzigen, das zumindest annähernd leer war, saß ein Mädchen. Ihre Augen waren geschlossen. Offensichtlich schlief sie. Ich schob die Tür leise zu und setzte mich auf den Eckplatz, der am weitesten von ihr entfernt war. Ich blickte in Richtung der Lokomotive. *Tat-tat-tat-tu, tat-tat-tat-tu.* Ich konnte spüren, wie die beiden Koffer hinter mir durch die Nacht glitten. Aber ich fühlte mich besser, erleichtert. Ich legte meinen Hut auf die Ablage. Ich öffnete den Gürtel meines Trenchcoats. Im Fenster konnte ich schwach die Spiegelung meines Gesichtes gegen den Nebel und die Dunkelheit draußen erkennen. Es erschien mir wie das Gesicht eines Fremden – das bleiche, scharfgeschnittene Gesicht eines Mannes von fünfunddreißig mit schwarzem, pomadig glänzendem Haar, das von einer hohen, steilen Stirn nach hinten gekämmt war.

Ich ließ meine Zigarette fallen, trat darauf und war gerade dabei, eine weitere aus dem Paket zu nehmen, als ich bemerkte, daß mich das Mädchen beobachtete. Unsere Blicke trafen sich. Ihre Augen waren grau, wirkten aber dunkel, da die Pupillen so groß waren. In diesen Augen lag etwas Seltsames, doch sie war ein attraktives Mädchen mit dunkelblondem Haar, das in dieser kurzen, modernen Art frisiert war. Sie sah bleich aus, wie sie da in ihrer Ecke kauerte, ihre Hände in den Taschen einer weiten, leichten, bis zur Hüfte reichenden Jacke, deren hoher Kragen ihren Kopf gleichsam umrahmte. Sie hatte hübsche Knöchel, und ihre Füße steckten in recht geschmackvollen grauen Straßenschuhen aus Veloursleder mit niedrigen Absätzen.

Ich bot ihr eine Zigarette an. Sie zögerte, und ihre Pupillen zogen sich auf eine merkwürdige Art zusammen, was ihre Augen graziös und groß erscheinen ließ. Dann beugte sie sich vor, nahm eine Zigarette aus dem Paket, welches ich ihr entgegenstreckte, und ich sah ihre Hände, sehr gleichmäßige Hände, mit langen, aber starken Fingern – phantastische Hände – die Nägel nur in dezentem Korallenrot lackiert. Ich gab ihr Feuer. »Danke«, sagte sie, und ihre Augen kamen ganz dicht heran, blickten mich an, als sie sich vorbeugte und ihre Zigarette in die Flamme tauchte.

Dieses ständige Erweitern und Zusammenziehen der Pupillen – irgendwo hatte ich gelesen, daß man es ›Hippus‹ nennt, und daß es als ein Zeichen für nervliche und emotionale Instabilität gilt. Wie als Bestätigung meiner Gedanken sah ich, wie sie ihre Schultern in einer seltsamen, nahezu unmerklichen Bewegung zusammenzog, als ob eine Art Schauder sie ergriffen hätte. Das gefiel mir nicht.

»Was ist mit Ihnen?« fragte ich. »Kalt?«

»Ist schon in Ordnung.« Sie lehnte sich in ihrem Sitz zurück. »Ich hatte nur gerade so ein merkwürdiges Gefühl, eine richtige Gänsehaut.«

Was sie da sagte, gefiel mir noch weniger. Ich spürte, wie mir die beiden Koffer wie Hunde auf meinen Fersen durch den Nebel und die Dunkelheit folgten. Ich antwortete ihr nicht. Aber sie beobachtete mich weiter mit diesen Hexenaugen.

»Wie erklären Sie sich so ein plötzliches, völlig unvermitteltes Gefühl?« fragte sie auf einmal. »Haben Sie eine Theorie?«

»Ich habe keine«, sagte ich. »Ich bin kein Psychiater.«

»Und was sind Sie?« sagte sie.

Ich mochte das Thema nicht, über das sie sich mit mir unterhalten wollte. Ich hatte das Gefühl, daß diese beiden Koffer von dort hinten näher zu mir aufrückten.

Um sie zum Schweigen zu bringen – sie hatte für mich etwas von diesen zu intellektuellen Mädchen an sich –, sagte ich: »Ich? Mediävist.«

Ich war nicht sicher, ob sie mir glaubte, aber erneut beobachtete ich dieses sonderbare Zusammenziehen und Erweitern ihrer Pupillen.

»Vielleicht wußten sie damals mehr als die Psychiater von heute«, sagte sie, »mehr über die – die eigentliche Wahrheit, Dinge – Dinge über den Geist – *unerklärliche* Dinge.«

»Studieren Sie diese – unerklärlichen Dinge?« fragte ich boshaft.

»Ich bin Studentin«, sagte sie, »Kunststudentin. Ich habe gerade ein Stipendium in London bekommen. Dorthin fahre ich jetzt.«

Eine Kunststudentin also, dachte ich. Das erklärte vielleicht ebenso die gut gebildeten Hände wie auch die emotionale Instabilität, auf die ihre neugierigen, überaus schönen Augen hindeuteten. Sie interessierte mich trotz der Koffer, die mir im Nacken saßen.

Sie hatte einen leichten Akzent, und ich fragte: »Sie sind keine Engländerin, nicht wahr?«

»Ich bin in Kanada aufgewachsen«, sagte sie, und wieder bemerkte ich dieses seltsame Hochziehen ihrer Schultern, als durchliefe sie ein flüchtiger Schauer. »Ich erinnere mich, wie ich einmal – «

Sie unterbrach sich. Sie machte einen tiefen Zug an ihrer Zigarette und beobachtete den Rauch, wie er nach oben zu den Glühbirnen unter der Glasglocke zog. Auf der Ablage über ihrem Kopf lagen ein kleiner, weicher, grüner Hut und eine kleine Reisetasche, die schwach im monotonen *Tat-tat-tat-tu*-Rhythmus der Räder vibrierten.

»Als Sie hereinkamen, dachte ich an etwas«, sagte sie, »das mir einmal in Kanada passiert ist. Ich mußte daran denken, weil es sich so weit von hier entfernt ereignet hat – Tausende von Meilen entfernt – und vor so langer Zeit. Ich dachte daran, weil ich dieses Stipendium habe, weil ich jetzt nach London fahre, weil mein wirkliches Leben gerade beginnt – weil«, sagte sie mit einer plötzlichen Anwandlung von Leidenschaft, »weil ich es nicht vergessen kann, und ich bitte den Himmel darum, daß ich es könnte! Aber es ist immer da, folgt mir – und wartet.« Sie schaute mich mit diesen wundervollen beunruhigenden Augen an. »Hatten Sie jemals dieses Gefühl?« fragte sie. »Sicher muß es jeder einmal gehabt haben – in irgendeiner Form. Das Gefühl, daß etwas auf dich wartet, etwas – oh, etwas Unvorstellbares, Schreckliches, sei es physischer oder psychischer Natur! Ich weiß nicht, aber etwas Unausweichliches, dem man sich nicht entziehen oder dem man nicht entkommen kann, das einfach auf dich wartet, kalt und unendlich geduldig – an einem bestimmten Ort?«

»Sicher hat jeder einmal dieses Gefühl gehabt«, sagte ich und fühlte, wie meine Stirn sich mit kaltem Schweiß überzog. »Sie sprechen vom Tod, einem Datum, das uns allen vorherbestimmt ist – nur muß man darüber ja nicht andauernd reden.«

»Mein Vater hatte einen anderen Namen dafür«, sagte sie. »Er nannte es ›Versagen‹. Aber das ist auch keine Antwort. Es ist – « Sie zog erneut an ihrer Zigarette und schaute mich dann wieder an. »Es war in Kanada«, sagte sie. »Mein Vater und ich lebten in einer größeren Stadt in einem ziemlich alten Haus viktorianischen Stils aus roten Backsteinen, am Stadtrand. Mein Vater war Witwer. Er hatte eine schlecht bezahlte Stelle in einem Büro, aber er war Besitzer des Hauses – auf dem allerdings eine Hypothek lag –, und er vermietete die oberen Stockwerke als Wohnungen. Wir wohnten darunter in einer Art Souterrain. Er sprach immer vom ›Gartenappartment‹. Mein armer, lieber Vater, ich liebte ihn sehr; zugegeben, er war – erfolglos, glücklos – oh, ich weiß nicht. Nur daß ich mich immer fragte, sogar als Kind schon, warum ihm – warum uns nie irgend etwas zu gelingen schien. *Kleine* Dinge! Wissen Sie, was ich meine? Dabei strengte er sich so an. Aber wenn er neue Möbel anschaffte, dann schien es, als ob sie schneller schäbig und abgenutzt würden als die Möbel anderer Leute. Er arbeitete und grub im Garten, aber während die Nachbargärten hübsch anzusehen waren, mit ihrem Rasen und ihren Blumen, gedieh in unserem nie etwas außer Unkraut. Fürchterliches, grünes Unkraut! Das Unglück schien uns zu verfolgen. Es hatte den Anschein, als ob man ihm nie entkommen könnte. Es war wie ein Morast. Ich spürte, daß es etwas mit dem Haus zu tun hatte, diesem großen, gräßlichen Schuppen von einem Haus. Ich kam zu dem Schluß, daß es für uns keine Hoffnung gab, solange wir dort blieben. Ich *haßte* die George Street 15.«

Ich wünschte, sie hätte aufgehört. Ich mochte diese Geschichte nicht. Der Zug gab seinen monotonen Rhythmus von sich; die Gegenstände auf der Ablage vibrierten. Unsere Gesichter wurden in den Fenstern als schwache Schatten gegen den Nebel und die Nacht zurückgeworfen. Ich wünschte mir, sie würde aufhören.

»An einem verregneten Nachmittag, als ich etwa zehn Jahre alt war«, fuhr sie fort, »ging ich alleine von der Schule nach Hause. An jenem Nachmittag hatte uns der Lehrer einige Bilder von der Wüste, vom Land der Kakteen gezeigt, von trockenen und weiten Räumen in sauberen und abwechslungsreichen Farben. Ich ging nach Hause, alleine mit meinen Büchern, ich trug Gummiüberschuhe und einen Regenmantel, ebenfalls aus Gummi, mit einer Kapuze. Sie wissen, wie naß sich Gummi anfühlt. Regen, Regen, Regen! Ich verabscheute ihn. Ich haßte die mit Pfützen durchsetzten Rasenflächen, die tropfenden Bäume, den schmutzig-grauen Himmel. Ich haßte alle nassen, grünen, glitschigen Dinge.«

Sie ließ ihre Zigarette fallen und trat sie mit ihrem hübschen Velourslederschuh aus. Ich versuchte, nicht zuzuhören. Die Koffer folgten mir.

»Ich war immer vor meinem Vater zu Hause«, sagte sie. »Wir hatten eine Frau, die für uns sauber machte und das Feuer im Küchenherd brennen ließ, so daß alles bereit war und Vater und ich uns etwas zu essen kochen konnten. Ich hatte meinen eigenen Schlüssel.« Sie kaute an ihrer Unterlippe; ihre seltsamen, großen, unruhigen Augen schauten durch mich hindurch. »Ich wollte an jenem Nachmittag das Haus nicht betreten, so sehr haßte ich es. Ich wollte keinen Fuß über die Schwelle setzen. Ich weiß nicht, wie ich mich dazu zwingen konnte, den Weg hochzulaufen und die abscheuliche, alte, grüngestrichene Eingangstür aufzuschließen. Sie führte in einen Korridor, wo rechts an einer Reihe von Haken einige Mäntel hingen. Links befand sich die Tür zu unserem Wohnzimmer, daneben die Tür zum Schlafzimmer meines Vaters. Danach kamen Steinstufen – vier Steinstufen –, die hinabführten zu einer Art Diele mit einem Boden aus Steinplatten, von wo aus rechts eine Tür zu einer Seitenstraße führte. Links bestand die Wand der Diele wie bei einem Wintergarten ganz aus Glas und wurde nur unterbrochen von einer Tür, die in den schlammigen Garten führte.«

Ihr Atem ging schnell und flach; ich konnte ihre Stimme kaum hören.

»Ich ging die vier Stufen hinunter zur Diele«, sagte sie, und ihre seltsamen Augen sahen alles wieder vor sich. »Die Diele war von grauem Tageslicht erfüllt, welches durch die schmutzigen Scheiben drang. Ich konnte hören, wie der Regen dagegenschlug. Ich kickte meine Gummischuhe von den Füßen, wie ich es immer tat, und hängte meinen Mantel an ein Regalbrett, das für Blumentöpfe gedacht war und entlang der ganzen Länge der Scheiben verlief. Ich sah das Wasser, das von meinem Mantel tropfte, eine Pfütze bildete und über die Steinplatten rann. Ich blickte durch die Scheiben hinaus auf die großen Sonnenblumen und die üppig wuchernden Brennesseln. Die Sonnenblumen hatten ausgeblüht und ihre Köpfe hingen schwer und braun und vollgesogen vornüber und bewegten sich im Regen leicht auf und ab. Die Nesseln waren hoch und grün; sie standen da wie ein Wald. Es gab solche Nesseln nirgendwo sonst. Ihre geäderten, haarigen Blätter drückten sich am Glas hoch. Sie waren so groß wie ich selbst. Ich haßte ihren Anblick. Ich wandte mich um und ging in Richtung Küche.«

Sie nagte an ihrer Lippe. An den Stellen, wo ihre Zähne den Lippenstift weggewischt hatten, erschien sie blaß-rosa. Ihre Pupillen waren ganz erweitert.

»Die Küchentür stand offen«, sagte sie. »Sie ging nach innen auf, nach rechts. Die Küche war dunkel, abgesehen von dem roten Schein des Kohlefeuers, welches durch die Schieber des altmodischen Herdes hindurchdrang. Es gab da einen alten Korbsessel, der schräg an den Herd gerückt war, und in dem Sessel – auf dem zerschlissenen Kissen, unter das immer ein Stoß alter Zeitungen gestopft war – saß unsere Katze. Ihre Vorderpfoten waren unter ihrer Brust angezogen. Ich konnte sehen, wie sich das Licht des Feuers in ihren Augen spiegelte. Sie schien auf etwas zu warten. Auf dem Regal über dem Herd stand ein alter Wecker, der ein lautes, metallisches Ticken von sich gab. Ich konnte hören, wie die Uhr tick-tick-tick machte, laut und fragend. Und ich konnte mich nicht von der Stelle rühren. Mein Mund war ausgetrocknet. Verzweifelt wollte ich zurückweichen, mich umdrehen, davonrennen. Ich konnte mich nicht bewegen. Ich hatte nur ein Gefühl, als ob mich etwas *nach vorne* zog. Aber ich bewegte mich nicht von der Stelle. Ich wußte, da drin, im Dunkel hinter der geöffneten Tür, da war – etwas. Ich weiß nicht. Es hatte keine bestimmte Form. Aber es strahlte Kälte aus. Es wartete. Und die Uhr tickte, die Katze schaute ins Feuer, der Regen schlug an die Fenster, die Nesseln drückten sich gegen die Scheiben, die Sonnenblumen nickten mit ihren toten, nassen Köpfen. Ich weiß nicht – ich weiß nicht –«

Plötzlich preßte sie die Hände auf ihr Gesicht. Sie weinte, als ob ihr Herz zerbräche. Niemals hatte ich einen solchen Schmerz gesehen oder mir auch nur vorstellen können. Die Tragödie ganzer Zeitalter, der unbekannten Seele der Menschheit und der dunkle Uranfang des Lebens in den Sümpfen der Baumfarne lagen in diesem kurzen Ausbruch.

»Hier«, sagte ich rauh, nachdem eine Minute verstrichen war.

Sie griff blind nach dem Taschentuch, das ich ihr entgegenhielt. Sie wischte sich die Augen, putzte sich die Nase. Ich konnte den Schauder in ihrem Atem hören. Ich blickte zum Fenster hin, sah dort den Geist meines eigenen Gesichtes schweben. Ich dachte an die Koffer. Ich wußte jetzt, daß ich nicht davonkommen würde. Ich wußte, es gab für mich kein Entrinnen mehr. Ich wußte, sie würden mich schnappen. Ich wußte nicht, warum, aber ich wußte es.

Das Mädchen redete.

»Als ich wieder zu mir kam«, sagte sie, »befand ich mich draußen auf der Straße, im Regen, und rannte, rannte mit voller Wucht gegen einen Mann. Ich fühlte, wie sich seine Arme um mich schlossen, und hörte die Stimme meines Vaters, ›Warum, Gina, Gina, was hat das zu bedeuten? Was ist geschehen?‹ Ich konnte es ihm nicht sagen, nicht damals. Ich konnte nur sagen, daß ich dieses Haus niemals wieder betreten würde – niemals.«

Sie schwieg für einen Augenblick.

»Er hat mich nie dazu bewegen können, zurückzukehren«, sagte sie. »Wir verbrachten die Nacht in einem Hotel. Ich versuchte ihm zu erzählen, was geschehen war. Er saß an meinem Bett und hörte zu. Habe ich schon erwähnt, daß er ein kleiner Mann war? Ein kleiner Mann mit freundlichen Augen? Er sah so traurig aus, so geschlagen, als er zuhörte. ›Das Versagen‹, hörte ich ihn murmeln – ›Das Versagen ist dagewesen.‹ Ich habe seither soviel darüber nachgedacht. Er sprach davon wie von einer Projektion seiner selbst, einer Art – einer Art Abstraktion, die zum Leben erweckt worden war und im Haus wartete. Es hörte sich fast an, als ob – als ob er von einem entstellenden Buckel sprach, nicht auf seinem eigenen Rücken, sondern von einem Buckel, den er, wie er fürchtete, für mich bereithielt. Für mich, die er liebte.« Sie schüttelte ihren Kopf.

»Aber das kann nicht die Antwort sein. Ich habe so viel darüber nachgegrübelt. Ich habe diese furchtbaren Sekunden, diese Ewigkeit, seither so oft im Traum erneut durchlebt – die Nesseln, die Sonnenblumen, den Regen, die Pfütze, die sich dunkel auf den Steinplatten abzeichnete, die geöffnete Tür, das Feuer, das rot zwischen den Ritzen der Schieber hindurchschien, die starr blickende Katze mit dem Feuerschein in den Augen – der ganze Raum, der unverändert auf mich wartete, und das Ding wartete in dem Raum, und die Uhr tickte laut. Mein Vater starb noch im selben Jahr. Er hatte Verwandte in England – hier in den Midlands –, und sie ließen mich zu sich kommen. Und ich freute mich, als Meilen zwischen mir und dem wartenden Raum lagen, als aus den Meilen Hunderte wurden, und aus den Hunderten Tausende. *Aber ich weiß, es gibt ihn noch.*«

Sie schaute mich an, als ob sie meine Meinung hören wollte, mich um Hilfe bat; aber ich hatte ihr nichts zu sagen. Der Zug unterbrach seinen Rhythmus, begann über Weichen zu rattern. Sie blickte mein Taschentuch an, das zusammengedrückt in ihrer Hand lag. Dann machte sie eine Bewegung – irgendwie ohne Erfolg, wie die Bewegungen ihres Vaters wohl gewesen waren, stellte ich mir vor –, als ob sie ihre kleine Reisetasche von der Ablage herunterholen wollte, wahrscheinlich um ein sauberes Taschentuch herauszunehmen. Ich erhob mich und holte ihr die Tasche herunter.

Ich sage Ihnen, nachdem ich weiß, was ich jetzt weiß – aber was weiß ich eigentlich, oder sonst jemand von uns? – Ich sage Ihnen, diese ganze Sache war für uns arrangiert. Nach welchem Plan Gottes oder des Teufels oder des Schicksals oder des blinden Zufalls hatte ich mich für das Abteil dieses Mädchens entschieden?

Als ich die Tasche für sie herunterholte, sah ich zum ersten Mal das Namensschild: *G. N. Trevelyan, Reiseziel: London.*

Der Zug wurde langsamer. Bahnsteigbeleuchtungen glitten flackernd hinter den beschlagenen Fenstern vorbei. Eine Lautsprecherstimme ertönte: *»Oxford – Oxford.* Der Zug nach Paddington läuft auf Bahnsteig vier ein.«

Ich murmelte: »Bin gleich wieder zurück.«

Aber als ich in den Gang hinaustrat und die Tür hinter mir zuschob, hatte ich nicht die Absicht zurückzukehren. Ich hatte geplant, den Zug in Oxford zu verlassen. Doch als er mit einem Ruck und diesem Klang eines kaputten Xylophons zum Stillstand kam, mußte ich an das Mädchen denken, an die Koffer.

Obwohl es nicht ein einziges Gebot gab, das ich in meinem nutzlos vergeudeten Leben noch nicht gebrochen hatte, kam mir der Gedanke, daß mir am unbekannten Ende aller Dinge doch alles vergeben würde, wenn ich nur diese Schilder wieder umtauschte.

Ich hätte es auch getan. Ich hätte es getan. *Aber ich sage Ihnen, dieses Ding lief nach einem unerbittlichen Plan ab.* Denn als ich das Kondenswasser vom Fenster wischte und mich bückte, um hinauszuspähen, wimmelte der spärlich erleuchtete Bahnsteig von Polizisten.

Ich wußte, hinter wem sie her waren, und ich vergaß das Mädchen. Panik ergriff mich. Ich rannte den Gang entlang zum Ende des Wagens, wo es eine Tür zu den Gleisen hin gab. Die Tür war abgeschlossen. Ich ließ das Fenster herunter. Auf dem gegenüberliegenden Bahnsteig waren nur zwei Polizisten. Ich ließ es darauf ankommen und steckte einen Fuß durch das offene Fenster, zog den anderen Fuß nach und sprang von dort auf die Geleise. Im Schutz des Zuges ging ich rasch nach vorn, sprang von Schwelle zu Schwelle und hoffte, daß man, falls ich gesehen wurde, mich womöglich für den Mann mit dem Hammer hielt, der die Räder und Wagenkupplungen überprüfen mußte. Ich erreichte gerade die Lokomotive, die aus ihrem Innern eine weiße Dampfwolke ausstieß und von deren Führerhaus ein roter Schein ausging, als ein Ruf ertönte und mir klar wurde, daß man mich entdeckt hatte.

Ich rannte los. Weiter den Schienen folgend, sprang ich von Schwelle zu Schwelle. Ich erreichte eine eiserne Brücke. Ich wußte, es war die Brücke über den Kanal. Ich kannte Oxford; ich bin dort zur Schule gegangen; mein Leben hätte einen anderen Verlauf nehmen können – wenn ich ein anderer gewesen wäre. Ich hatte Möglichkeiten gehabt. Wenn ich sie genutzt hätte, dann hätte ich diese Stunde der Flucht nicht durchleben müssen – diesen wahnsinnigen Augenblick, wo ich wie ein

Affe an den Händen hängend mich an den eisernen Rand der Brücke klammerte, klebrigen frischen Teer unter meinen Fingern fühlte, seinen starken aseptischen Geruch dicht an meiner Nase spürte. Ich fiel hinab und landete auf allen vieren auf einem mit Schlacke bestreuten Treidelpfad.

Ich erhob mich und rannte.

Ich war bereits ein gutes Stück weit gekommen und stand zwischen zwei verzinkten Behältern der Gaswerke – ich atmete schwer und versuchte einen klaren Gedanken zu fassen –, als ich das Pfeifsignal des Zuges hörte. Durch den Dunst und die Dunkelheit hindurch konnte ich den Schornstein der Lok erkennen, wie er in kurzen, schnellen Stößen einen roten, pulsierenden Schein von sich gab. Ich hörte das Mahlen der Räder. Ich sah die lange Reihe erleuchteter Fenster vorbeiziehen.

Ich wußte, ich hätte die Schilder wieder umtauschen sollen.

Ich dachte weiter darüber nach, über den Zug, über Gina Trevelyan, über das, was sich im Gepäckwagen befand. Der Name *Gina* gefiel mir irgendwie. Ich dachte an ihre seltsamen Augen, ihre schön geformten Hände, den Ausdruck von Verletzlichkeit, den sie an sich hatte. Allein in diesem Abteil, beim Geräusch der Räder, die mit einem *Tat-tat-tat-tu* auf London zurollten, erschien sie mir schrecklich einsam und ausgeliefert. Ich stellte sie mir als kleines Mädchen mit Zöpfen vor, mit Gummiüberschuhen und einem Regenmantel mit einer Kapuze – alles glänzend vor Nässe –, wie sie allein von der Schule zu diesem grausamen Haus aus roten Backsteinen zurückkehrte, Tausende von Meilen entfernt in Kanada. Sie tat mir entsetzlich leid. Ich wollte mich gleich hier in der Dunkelheit hinsetzen und um sie weinen.

Irgendwie hatte mich meine Kraft verlassen. Das Schuldgefühl wegen dieser Schilder – nicht wegen irgend etwas, das ich zuvor getan hatte – raubte mir den Willen zu kämpfen, zu leben.

Da ich nun weiß, was ich jetzt weiß, kann ich an zwei Orten gleichzeitig sein. Ich kann ich selbst sein, auf der Flucht – und ich kann Gina im Zug sein. Zunächst ich selbst ...

Ich mußte immer weiter gelaufen sein, während ich an sie gedacht hatte, und war an dem grauen Steinbogen der Folly Bridge angelangt. Die Brückenlichter warfen ihren Schein auf den Fluß hinunter und auf die Boote der Colleges.

Ich ging den beleuchteten Hang von St. Aldate's weiter hinauf. Es war niemand in der Nähe – nur hier und da ein Student auf seinem Fahrrad, die Robe wie einen Schal um den Hals geschlungen. Weiter oben bewegte ich mich auf Tom Tower und Carfax zu, und ich dachte an St. Ebbe's. Vielleicht hatte ich eine Chance in diesem Gewirr alter, schmutziger Gassen. Ich schlug den Weg zu den Gassen hinter dem Pembroke College ein. Meine Gedanken waren bei Gina im Zug. Meine eigene schlimme Lage kam mir unwirklich vor. Ich wußte, ich hätte diese Schilder wieder umtauschen sollen. Ich fürchtete mich. Ich war ein Flüchtling in dunklen und nebligen Gassen, und ich fürchtete mich vor der Dunkelheit.

Vielleicht wollte ich lieber gefaßt werden, als allein dieser Dunkelheit ausgesetzt zu sein. Jedenfalls erblickte ich Lichter und Gestalten und hörte Blasmusik. Ich schloß mich den Leuten an und gelangte in eine einfache, weiß getünchte Halle, die von nackten, schirmlosen Gaslampen grell erleuchtet war: eine Kapelle der Heilsarmee. Ich stand hinten in der Halle, vor mir eine Reihe einfacher Holzstühle. Die Leute sangen *Onward, Christian Soldiers.* Ich wollte mit ihnen singen, aber ich konnte nicht. Ich mußte weiter an Gina denken und an die beiden Koffer, und sie tat mir so leid, so daß mir die Tränen die Wangen herabliefen.

Ich spürte eine Hand auf meiner Schulter.

»Also dann, Caird«, sagte eine Stimme, »es ist besser, Sie kommen ganz ruhig mit.«

Ich sah, wie sich die Gesichter der Gemeinde im harten, weißen Lichtschein mir zuwandten. Ich sah die Gesichter der Frauen, eingerahmt von ihren Kopfbedeckungen, und die von harter Arbeit gezeichneten Gesichter der Männer. In ihren Blicken lagen Verständnis und Mitgefühl. Es waren gute, freundliche Leute.

Ich wurde in Handschellen und unter Bewachung mit dem nächstfolgenden Zug nach London in Marsch gesetzt. Ginas Zug hatte Paddington wohl noch nicht erreicht. Ich stellte fest, daß diese Polizisten nichts von dem Koffer wußten, der ursprünglich das Schild *Frank Venhold* getragen hatte und jetzt mit *G. N. Trevelyan* beschriftet war. Ich wollte ihnen das mit dem Koffer sagen, falls etwas unternommen werden konnte, um sie zu warnen. Aber da sie nichts von dem Koffer wußten, gab es für mich vielleicht noch eine gewisse Hoffnung, und ich konnte mich nicht überwinden, die Worte auszusprechen, die mich an den Galgen bringen würden.

Statt dessen fragte ich: »Wieviel Uhr ist es?«

Sie sagten es mir. Ich wußte, ihr Zug mußte jetzt gerade in den Paddington-Bahnhof einfahren...

Nachdem ich weiß, was ich jetzt weiß – die Fragen, die ich gestellt habe, und die mir beantwortet wurden –, kann ich bei Gina sein. Ich kann ihr folgen, als ob sie mich an der Hand führte...

Als ihr Zug in den großen, schmutzigen, vom Lärm widerhallenden Londoner Kopfbahnhof einfuhr, setzte Gina ihren kleinen, weichen grünen Hut auf. Ihre kleine Reisetasche lag neben ihr auf dem Sitz. Sie fragte sich, was aus dem Mann in dem Trenchcoat geworden war, dem Mann, der nicht mehr zurückgekommen war.

Sie erwischte in Paddington einen Träger.

»Ich habe einen Koffer im Gepäckwagen«, sagte sie. »Der Name ist Trevelyan.«

»Nehmen Sie ein Taxi, Miss?« fragte der Gepäckträger. »In Ordnung, gehen Sie schon los und sichern Sie sich einen Platz in der Taxischlange, und ich bringe Ihren Koffer.«

Er rollte ihn auf einem Handwagen heran.

»Alle Achtung, Miss«, sagte er, als er den Koffer in den engen Gepäckverschlag neben dem Fahrer wuchtete, »was haben Sie denn da drin? Die englische Goldreserve?«

»Meinen ganzen irdischen Besitz«, sagte Gina. »Meine Bücher wiegen soviel. Es tut mir leid.«

»Ist schon in Ordnung«, sagte der Träger und machte den Koffer hochkant an seinem Platz fest.

»Wohin soll's gehen, Miss?« fragte der Taxifahrer.

Gina sagte ihm, er solle ein wenig die Gegend abfahren. Sie wollte ein Hotel finden, das nicht zu teuer war. Sie blickte aus dem Fenster, als das Taxi den Bahnhof hinter sich ließ. Die Nacht war sehr neblig; jede Lampe war von einem Schein aus mattem, gestreutem Licht umgeben; vermummte Gestalten gingen vor den Schaufenstern der Geschäfte auf und ab. Der Taxifahrer hatte auf der Fahrt den Ellbogen auf den Koffer neben sich gestützt, verlangsamte vor jedem Hotel die Fahrt und drehte sich fragend nach ihr um.

»Nein«, sagte sie und schüttelte ihren Kopf.

Entweder sahen sie zu teuer aus, oder sie schienen zu schmutzig. Aber als sie durch eine enge, ruhige kleine Straße fuhren – es gab hier keine Geschäfte, nur eine kleine Teestube mit einem beschlagenen Fenster, dessen Lichtschein man verschwommen durch den Nebel hindurch wahrnehmen konnte –, entdeckte sie auf einem Schild irgendwo an einem Geländer die Aufschrift *Zimmer frei.* Schnell beugte sie sich vor und klopfte leicht an die Glasscheibe hinter dem Kopf des Fahrers.

Gina stieg aus und sagte dem Fahrer, er solle warten. Sie rannte die Stufen hinauf und läutete an der Glocke. Nach einer Weile wurde die Tür geöffnet, und der Schatten einer ungepflegten, mageren Frau hob sich gegen das spärliche Licht eines Korridors ab.

»Ich suche eine Wohnung«, sagte Gina. »Ist bei Ihnen vielleicht ein möbliertes Zimmer frei?«

Die Frau trat zur Seite. »Kommen Sie herein. Sie können sich ja ansehen, was ich habe.«

Sie führte Gina vier schmale Treppen mit zerschlissenem Teppichbelag hoch zu einer Dachstube. Sie war einigermaßen groß und ausreichend sauber.

»Es gibt auch ein Dachfenster«, sagte Gina. »Das trifft sich gut, da ich male. Wie hoch ist die Miete, bitte?«

Sie wurden sich einig. Gina zahlte eine Woche im voraus, und sie gingen wieder nach unten.

»Ich habe einen Koffer im Taxi«, sagte Gina. »Er ist ziemlich schwer –«

Die Frau drehte sich um und rief einige Stufen hinunter, »Arthur!«

Ein ziemlich junger, jedoch dicklicher und bereits kahl werdender Mann kam in Hosenträgern und Pantoffeln die Stufen hoch und grinste Gina albern an. Er und der Taxifahrer trugen den Koffer herein und stellten ihn im Gang ab. Gina bezahlte den Fahrer, bedankte sich, er ging weg. Die Wirtin schloß die Eingangstür, drehte sich um und schaute den Koffer an.

»Arthur kriegt den nie diese Stufen hoch«, sagte sie. »Sie lassen ihn besser da unten in unserem Hausgang stehen und nehmen einzeln hoch, was Sie brauchen.«

»Das werde ich tun«, sagte Gina.

»Ich bin Mrs. Coe«, sagte die Frau. »Brauchen Sie sonst noch was? Ich und Arthur gehen jetzt nämlich rüber in die Kneipe.«

»Im Augenblick brauche ich nichts, danke«, sagte Gina.

»Dann also gute Nacht.«

»Gute Nacht, Mrs. Coe.«

Gina ging in ihr Zimmer hinauf und hörte kurz danach, wie die Eingangstür ins Schloß fiel...

Nachdem ich weiß, was ich jetzt weiß, spüre ich, daß ich etwa um diese Zeit in einen sauberen, geschlossenen dunkelblauen Polizeiwagen stieg, den man geschickt hatte, um mich am Bahnhof abzuholen...

Das Innere des Polizeitransporters war hell erleuchtet. Die beiden Polizisten saßen mit verschränkten Armen da und beobachteten mich, aber ich nahm sie nicht wahr. Ich dachte fortwährend an Gina und den Koffer, und wie es ihr wohl ergangen war in ihrer ersten Nacht, allein in der großen, grausamen Stadt London.

Die Geschichte, die sie mir erzählt hatte, ging mir nicht aus dem Kopf – ebenso ihr plötzliches, hoffnungsloses Weinen. Ich mußte immer wieder an mein nasses Taschentuch denken, das sie zusammengeknüllt in ihrer Hand hielt, und daran, wie sie als kleines Mädchen mit ihren dunkelblonden Zöpfen an einem regnerischen Spätnachmittag in einer unbekannten Stadt im fernen Kanada alleine von der Schule nach Hause zurückkehrte, in Gummiüberschuhen und einem Regenmantel aus Gummi mit einer Kapuze, und ihre zusammengeschnürten Bücher trug. Während dieser Fahrt von Paddington durch London konnte ich in meinem Gefangenentransporter nichts wahrnehmen, aber ich verstand, was mit mir geschehen war, und warum meine ganze Kraft aus mir herausgesaugt schien und in diesen seltsamen Augen Ginas verschwunden war. Mir wurde klar, warum ich dauernd dachte: »Wenn wir uns nur früher begegnet wären...«

Zum ersten Mal in meinem Leben wurde mir bewußt, daß ich jemanden liebte – daß ich sie bereits von dem Augenblick an geliebt hatte, als ich sie weinen sah. Die Erkenntnis gab mir meine Entschlußkraft zurück. Ich wußte jetzt, was ich tun mußte.

Der Wagen hielt vor dem New Scotland Yard. Ich wurde zu einem grell erleuchteten Raum hoch oben in diesem unerbittlichen, turmartigen Gebäude gebracht. Dort saß ein hagerer, schmallippiger Mann mit grauen Haaren an einem Schreibtisch.

Ich stand mit meinen Handschellen an den Polizisten gefesselt vor dem Schreibtisch und sagte: »Ich lege ein Geständnis ab. Ich tue das für jemand anderen. Bevor ich anfange, geben Sie bitte eine Suchmeldung nach einem Taxifahrer heraus – sie würde bestimmt ein Taxi nehmen –, der ein Mädchen in einem kleinen, grünen Hut und einer kurzen karierten Jacke mit hohem Kragen aufgenommen hat. Sie ist mit dem früheren Zug aus Paddington angekommen.«

Der Mann am Schreibtisch blickte mich fest an. Ich wußte, daß es in meinem Gesicht arbeitete.

»Noch weitere Einzelheiten, Caird?«

Ich hörte eine Stimme sprechen, die nicht mir zu gehören schien. Es hörte sich an wie eine Stimme, die von weit her kam, aus einer Schlucht aus grünem Kristall.

»Ja«, sagte die Stimme. »Ihr Name ist G. N. Trevelyan, und sie hatte einen großen braunen Koffer im Gepäckwagen.«

»Und in dem Koffer ist etwas, das sie erschrecken könnte, Caird?« sagte der Mann am Schreibtisch.

»Ja«, sagte ich, »es ist etwas im Koffer.«

Ich sah, wie der Mann am Schreibtisch nach dem Telefon griff, und ich hörte einen Schwall Regen gegen das Fenster prasseln, das zur Themse hinausging.

Ich sage Ihnen, das Ganze lief nach einem Plan ab. Es war für uns arrangiert. Nachdem ich weiß, was ich jetzt weiß, sage ich, jede Einzelheit – sogar der Regen. Nehmen Sie nur diesen Regen, der dann kam . . .

Gina muß auf ihrem Bett in ihrem Zimmer gesessen haben. Sie saß da auf ihrem Bett, schaute sich in ihrem ersten Zimmer in London um. Nicht gerade ein inspirierender Raum, aber sie stellte ihn sich mit ihren Bildern an den Wänden vor, mit einer Staffelei darin, mit Regalen für all ihre Kunstbücher. Mit seinem Dachfenster konnte sie so etwas wie ein Atelier daraus machen.

Sie stellte fest, daß sie hungrig war. Sie hatte im Zug nichts gegessen. Sie erinnerte sich, auf halbem Weg die Straße hoch eine Teestube gesehen zu haben. Vielleicht war sie noch geöffnet. Sie sprang auf. Ihren Hut und die Reisetasche ließ sie auf dem Bett zurück und stieg die schmalen, schlecht beleuchteten Stufen hinab. Sie vermied es, das Treppengeländer zu berühren; sie mochte keine alten Häuser, mochte nicht einmal den Kontakt mit ihnen.

Im Haus war es totenstill.

Sie ließ die Tür hinter sich einschnappen. Ein feuchter Dunsthauch legte sich auf ihre Stirn, ihre Lippen und ihr Haar. Sie ging schnell.

Die Teestube war ein auf künstlerisch getrimmter kleiner Raum. Eine verblühte Dame servierte ihr Kaffee und pochierte Eier. Gina aß mit Heißhunger. Sie zündete sich gerade eine Zigarette an, als die Dame die Rechnung brachte und sich entschuldigte.

»Wir schließen gleich, Madam. Es tut mir leid.«

Gina zahlte. Sie öffnete die Tür. Es hatte plötzlich zu regnen begonnen. Sie zögerte. Ihre Jacke war sehr leicht. Die Teestube lag auf halbem Wege die Straße hoch; das Haus, in dem sie ihr Zimmer hatte, befand sich ungefähr am Ende der Straße, das vorletzte Haus links. Es schien sich eingeregnet zu haben. Sie konnte nicht die ganze Nacht in diesem Eingang stehen bleiben. Sie steckte die Hände in die Taschen ihrer Jacke, zog den Kopf ein und ging so schnell sie konnte.

Die Lichter gaben jetzt ein viel klareres Licht ...

Das ereignete sich zu der Zeit, als die Suchmeldung der Polizei nach einem Taxifahrer ausgegeben wurde, der mit einem Mädchen mit grünem Hut und mit einem großen braunen Koffer von Paddington aus zu einem unbekannten Ziel gefahren war. In dem grell erleuchteten Raum in Scotland Yard gab ich gerade eine Erklärung ab, das Geständnis eines Mordes, für den mir der Galgen sicher war. Aber als der Regen über die Themse heranpeitschte und tropfend am Fenster hinabrann, dachte ich nur an Gina ...

Sie war vollkommen durchnäßt, als sie die Stufen hocheilte und ihren Schlüssel in das Türschloß steckte. Sie trat ein und schloß die Tür hinter sich. Sie fuhr mit einer Hand durch ihr nasses Haar und schüttelte es aus. Das Licht in dem schmalen Gang brannte trübe. An der rechten Wand gab es eine Reihe mit Haken, an denen Mäntel hingen. Sie schaute kläglich an sich herunter. Sie war bis auf die Haut durchnäßt. Sie hatte in der Reisetasche in ihrem Zimmer keine Kleidung zum Wechseln.

Sie sah sich nun nach dem Koffer um, aber er war fort. Arthur mußte ihn unten irgendwohin geschoben haben. Sie ging bis zum Ende der kurzen Treppenflucht, die zur Wohnung der Wirtin führte.

Sie rief, »Mrs. Coe?« – und lauschte. »Mrs. Coe?« rief sie erneut.

Alles blieb still im Haus. Man hörte nur das Geräusch des Regens.

Sie konnte ihren Koffer schließlich hinten in dem gefliesten Gang erkennen. Der Koffer stand halb im Licht, halb im Schatten – ein sehr gewöhnlicher Koffer, es gab Hunderte, Tausende davon. Sie zog die beiden billigen kleinen Schlüssel aus ihrer Tasche, die mit einem Stück Schnur zusammengebunden waren. Sie begann die Stufen hinunterzugehen.

Die Stufen waren aus Stein. Es waren vier. Vier Stufen? Sie zögerte, schaute den Koffer an, einen oder zwei Schritte von ihr entfernt. Aus den Schatten heraus war das Ticken einer Uhr hörbar.

Ich dachte an ein kleines Mädchen in Gummischuhen und einem Regenmantel aus Gummi mit einer Kapuze, ein Mädchen, das von der Schule kam und im Regen nach Hause ging, zu einem Rätsel von einem dunklen Haus und einem wartenden Raum. Aber das war in Kanada, viele tausend Meilen weit weg ...

Immer lauter ertönte das Ticken der Uhr aus der Dunkelheit, und sie konnte hören, wie der Regen irgendwo links von ihr gegen Glas prasselte. Es überkam sie ein Gefühl, das sie schon von früher kannte – von einer einzigen Erinnerung und von unzähligen Träumen. Ein Gefühl, daß etwas auf sie wartete. Es hatte keine bestimmte Form. Es strahlte nur Kälte aus. Sie kämpfte gegen das Gefühl an. Sie blickte auf den Koffer herab. Regen oder etwas, das ähnlich aussah, war davon abgetropft und hatte eine kleine, dunkle Pfütze gebildet, die sich auf den Steinplatten undeutlich abzeichnete.

In einer plötzlichen Anwandlung von Hast überwand sie sich, bückte sich und schloß den Koffer auf.

Sie warf den Deckel zurück, und die Kälte kam heraus. Eine Kältewelle nach der anderen ging über sie hinweg. Sie blickte wie versteinert hinab, wich zurück, eine Hand auf ihren Mund gepreßt, taumelte zurück in die Dunkelheit. Sie wirbelte herum, wollte wegrennen – da sah sie durch eine halb offenstehende Tür den roten Schein eines Feuers, der durch die Ritzen eines Küchenherdes drang. Sie sah einen alten Korbsessel schräg an den Herd gestellt, darin eine Katze, die Vorderpfoten unter der Brust angezogen; in ihren gebannt blickenden Augen spiegelte sich der Feuerschein. Die unsichtbare Uhr tickte laut, fragend. Der Regen prasselte gegen das Glas zu ihrer Linken, und sie wußte, daß die nassen, haarigen Blätter der Brennesseln da waren, sich an die Scheiben preßten, und daß die groben, toten, durchnäßten Köpfe hochgewachsener Sonnenblumen im Regen schaukelten und nickten.

Alles war da und wartete ...

Als der Rückruf kam, unterschrieb ich gerade mein Geständnis. Ich saß da, mit dem Federhalter in der Hand, und hörte zu, was der grauhaarige, unerbittliche Mann am Schreibtisch ins Telefon sprach ...

Er war mit seinen Anweisungen fertig und wollte auflegen, als ich ihn zurückhielt. »Warten Sie!«

Er blickte mich an.

Ich stellte ganz bestimmte Fragen. Er gab sie weiter ins Telefon. Er wiederholte mir die Antworten. Ich saß da, den Kopf in meine Hände gestützt, dachte an Gina mit ihren seltsamen Augen, dachte daran, wie anders alles für uns hätte ausgehen können – *Aber ich sage Ihnen, dieses ganze Ding ist für uns arrangiert worden ...*

Der Mann am Schreibtisch sagte: »Also gut, Caird – worauf wollten Sie hinaus mit all den Fragen? Die Küche, das Feuer, die Katze, der Sessel, die Uhr, der Garten, die Sonnenblumen, die Brennesseln – das alles findet man bei den meisten vernachlässigten Häusern in ganz England.«

»Nicht nur in England«, dachte ich.

Ich sprach es nicht aus. Ich betrachtete den scharfsinnigen, rationalen Mann, der da am Schreibtisch saß und seine Pfeife anzündete. Warum sollte ich ihm etwas von Gott erzählen, oder vom Teufel, oder vom Schicksal oder auch nur vom bloßen Zufall? Er kannte nur das Gesetz – und Tatsachen.

Aber die Adresse war eine Tatsache – die Adresse, die ich ihn am Telefon hatte erwähnen hören – sie war eine Tatsache. Was hatte sie dazu bringen können, mit diesem Koffer gerade zu diesem Haus zu fahren, warum war ihr gerade dieses Schild mit der Aufschrift *Zimmer frei* im Nebel aufgefallen?

»Gina, mein armer Liebling –«

Und doch, wenn ich die Schilder auf den Koffern nicht vertauscht hätte –

Ich weiß es nicht. Hätte es einen Unterschied gemacht? Ich weiß nichts. Habe *ich* sie umgebracht? Oder was steht hinter alledem? Sie kennt jetzt die Adresse des Hauses im Londoner Nebel. Es ist George Street 15.

Deutsch von Armin Schellenberg

Klimawechsel

Ursula Curtiss

»Ein Lammkotelett«, schrieb Chloe eines Abends Ende Juni in ihr Tagebuch. Im Alter von neun Jahren stand sie mit der Orthographie auf Kriegsfuß, eine Eigenschaft, die sie ihr Leben lang behalten sollte. »Eine gebackene Kartoffel, ein pahr grüne Bohnen, ein Stük Apfeltorte.«

Sinnend betrachtete sie die letzte Eintragung. Alsdann strich sie sie durch – Korrekturzeichen kannte sie noch nicht, und es sollte eine sehr kurze genauere Auflistung werden – und schrieb statt dessen: »Ein kleines Stük Apfeltorte.«

Hester Carpenter ahnte nichts davon, daß ihre Tochter über das, was ihre Mutter verzehrte, gewissenhaft Buch führte – zum Glück; vor lauter Befangenheit hätte sie überhaupt nichts mehr essen können. Doch Tom Carpenter wußte Bescheid und war sowohl gerührt als auch zufrieden. Ihm kam es vor wie das Logbuch eines Wunders, obwohl er eben diesen Begriff meiden sollte.

»Oh, im Südwesten wird es ihr zweifellos bessergehen«, hatte ihm der Arzt zwei Monate zuvor in Massachusetts gesagt. »Offen gestanden glaube ich kaum, daß sie den nächsten Winter hier überleben würde. Aller Wahrscheinlichkeit nach wird sie neue Allergien entwickeln, und ihre Gesundheit ist bereits angegriffen. Wunder dürfen Sie nicht erwarten.«

Hester war nie kräftig gewesen – ihre beinahe durchscheinende Zartheit hatte zuerst Toms Aufmerksamkeit erregt; doch erst ein Jahr nach ihrer Hochzeit begann sie unter Asthma zu leiden. Latent hatte es vielleicht schon immer in ihr gesteckt und sich nur durch häufige Bronchitisanfälle und eine leichte Kurzatmigkeit nach körperlicher Anstrengung, wie zum Beispiel Treppensteigen bemerkbar gemacht.

Auf jeden Fall verschlimmerte sich das Asthma nach Chloes Geburt. Anfangs trat es nur zu bestimmten Jahreszeiten auf; doch die beschwerdefreien Phasen wurden immer kürzer, und schließlich stellte sich eine Lungenentzündung ein.

Sie konsultierten eine Reihe von Spezialisten – glatzköpfige und konservative, junge und experimentierfreudige, deren Ratschläge sich indessen mit nur geringfügigen Abweichungen glichen: Meiden Sie die bekannten allergieauslösenden Stoffe – unter anderem Katzenhaare; halten Sie das Haus frei von Staub; und »lernen Sie, mit der Krankheit zu leben«.

Überraschenderweise gelang es ihnen, bis Chloe sieben Jahre alt war, nicht nur die beiden ersten Instruktionen, sondern auch den dritten Ratschlag zu befolgen. Hester war entschlossen, sich nicht von ihrer Krankheit beherrschen zu lassen. Weder wollte sie aus sich eine Invalide noch aus ihrem Mann einen Märtyrer oder aus ihrer Tochter eine Sklavin machen. Und eine Zeitlang lief alles glatt. Auf eine diskrete Weise schonte sie ihre Kräfte; an schlimmen Tagen, wenn sich ihr Atem laut und rasselnd anhörte, zog sie sich in ihr Schlafzimmer zurück, wo sie, gegen mehrere Kissen gelehnt, halb sitzend im Bett lag.

Sie war in der Stadt Falcon in Massachusetts aufgewachsen, und Tom brauchte sich nicht zu sorgen, daß sie sich langweilte, während er im Büro war und Chloe in der Schule. Ehemalige Klassenkameraden schauten vorbei, und Nachbarinnen kamen schon des Vormittags auf eine Tasse Kaffee. Meistens brachten sie aufwendige selbstgebackene Torten mit, von denen Hester nur kosten durfte.

Wenn Chloe um drei Uhr von der Schule heimkam, schlüpfte sie mit Begeisterung in ihre Rolle als Hausfrau. Sie polierte alles, was sich nur entfernt dazu eignete: Blumenvasen, Kerzen, Tischplatten. Als Folge davon war das Haus stets blitzblank geputzt, viel sauberer, als es die ärztliche Vorschrift verlangte. Und die drei Menschen darin lebten in vollkommener Harmonie und Eintracht, ebenso unzertrennlich wie ein Kleeblatt.

Kerngesunde Besucher verspürten Anwandlungen von Neid, wenn sie wieder heimgingen. Sie sagten dann: »Nichts vereint eine Familie so sehr wie Kummer«, doch sie wußten, daß noch mehr dahintersteckte.

Kurz vor Chloes achtem Geburtstag erkrankte Hester zum ersten Mal an einer heftigen Lungenentzündung. Ein halbes Jahr später abermals, und noch schlimmer. Während sie unter einem Sauerstoffzelt lag, verbrachte Tom zwei angsterfüllte

Nächte an ihrem Bett, und die Krankenschwestern lächelten ihm aufmunternd zu. In dieser Zeit traf er eine Entscheidung, obwohl er wußte, was dies bedeutete: Er gäbe seine gutbezahlte Stelle auf, die es ihm bisher ermöglichte, die teuren Arztrechnungen zu bezahlen, sie verlören ihr Heim und ihre Freude. Doch im Grunde war es keine echte Entscheidung in dem Sinne, daß zwei Möglichkeiten zur Wahl gestanden hätten. Mittlerweile stand fest, daß es keine Alternative gab. Während Hester von ihrer Krankheit genas, langsamer als je zuvor, organisierte er in aller Stille den Umzug in den Südwesten.

Aus dem Juni wurde Juli. Hester hatte sechs Pfund zugenommen, und ihre helle Haut war von der Sonne leicht gebräunt. Die einzige unangenehme Folge des Klimawechsels – Reizungen der Stirnhöhlen, die jedoch, laut Arzt, mit Tropfen gelindert werden konnten – erschien als ein geringes Opfer.

Zu lange war Chloe die besorgte Pflegerin ihrer Mutter gewesen, um sich gleich aus ihrer Rolle lösen zu können, doch nach und nach, während Hester kräftiger wurde, entdeckte das kleine Mädchen eine Welt, die sie fremd und seltsam anmutete. Eine Welt voller hin und her flitzender blauer Eidechsen, bunter Vögel, und auf einer angrenzenden Weide hielt sich ihr Vermieter sogar ein Pferd. Dieses stolze, aber gutmütige Roß kam jedesmal prompt an den Zaun getrabt, wenn Chloe ihm eine Möhre oder einen Apfel hinhielt.

Trotz ihrer Streifzüge, die ihr endlos vorkamen, sich in Wirklichkeit jedoch auf einen Umkreis von weniger als einen halben Morgen beschränkten, stand Chloe immer auf der Zufahrt, um Tom zu begrüßen, wenn er von der Arbeit heimkam.

Sie stand dort eines späten Nachmittags Mitte Juli, sehnig, sonnengebräunt und augenscheinlich vor Wichtigkeit platzend. Auf Toms übliche Frage »Was hast du heute getrieben?« antwortete sie aufgeregt: »Ach, Daddy, ich habe Mrs. Whitman geholfen, alle ihre Blumen herauszureißen. Sieh doch!«

Tom sah nicht bloß hin; er glotzte, entsetzt und mit weit aufgerissenen Augen. Mrs. Whitman war die andere Mieterin des Doppelhauses, eine freundliche, grauhaarige Frau, deren Lebensinhalt die prachtvollen Blumenbeete zu sein schienen, die ihren Rasen zu drei Seiten säumten. Jetzt waren die Beete nur noch kahle Streifen ausgetrockneter Erde, die Blumen lagen in einem verdorrenden, fahlgelben Haufen vor der Gartenpforte.

Den Bruchteil einer Sekunde lang fand Tom, in Chloes Blick läge der perfide Triumph eines kleinen Jungen, der mit seiner Schleuder vor der zerborstenen Scheibe eines Gewächshauses steht – doch dann verteidigte sich Chloe: »Von den Blumen, ich weiß nicht genau, welche, mußte Mutter niesen, und sie hatte ständig verquollene Augen. Mrs. Whitman hat mir *gesagt*, ich solle ihr beim Herausreißen helfen.«

Hester bekundete leises Bedauern. »Ist das nicht schrecklich mit Mrs. Whitmans Garten? Du glaubst gar nicht, wie peinlich es mir war, ihr von den Anweisungen meines Arztes zu erzählen – du weißt schon, daß ich jeden Tag für ein Weilchen draußen in der Sonne sitzen soll –, aber sie zeigte vollstes Verständnis; ehrlich gesagt, entgegenkommender hätte sie sich gar nicht verhalten können. Ich ging gleich ins Haus und buk ihr ein paar Plätzchen.«

Tom, der daran dachte, wie Mrs. Whitman wochenlang die Beete gejätet, geharkt und gewässert hatte, blickte seiner Frau erstaunt hinterher. Glaubte Hester etwa im Ernst, ein paar rasch in der Küche hergestellte Plätzchen –? Nein, natürlich nicht; es sollte lediglich ein symbolisches Wiedergutmachungsgeschenk sein, das erste, was ihr spontan einfiel.

Spät nachts, als Hester ruhig und gleichmäßig atmend neben ihm schlief, sann Tom darüber nach, daß sie sich gründlich irrte, wenn sie annahmen, Mrs. Whitman habe ›vollstes Verständnis gezeigt‹. Der wüste Haufen herausgerissener Blumen, der in der prallen Sonne vor sich hin welkte, sprach eher für eine kalte Wut, noch deutlich gemacht durch die Aufforderung an Chloe, sie solle ihr bei dem Frevel helfen.

Der Vorfall war in mehr als einer Hinsicht bedauerlich. Tom hatte gehofft, daß sich Hester, die an tägliche Besuche von anderen Frauen gewöhnt war, mit ihren Nachbarinnen anfreunden würde. Sein letzter Gedanke, ehe er in einen unruhigen Schlummer fiel, war, es sei vielleicht keine schlechte Idee, wenn Chloe, die mit Begeisterung Autos wusch, Mrs. Whitman in den nächsten Tagen damit überraschte, daß sie ihren kleinen, kirschroten Volkswagen auf Hochglanz brachte . . .

Als Tom Hester einmal besorgt fragte, ob sie sich nicht einsam fühle, verneinte sie fröhlich. Natürlich vermisse sie ihre Freundinnen, doch sie empfände es als einen echten Luxus, endlich einmal ohne deren Hilfe ihren Haushalt führen zu können. Außerdem – sie blickte suchend um sich – hätte sie ja Chloe als Gesellschaft.

Dies stimmte jedoch immer weniger, nur dauerte es eine Weile, bis sich diese Erkenntnis in Toms Bewußtsein senkte.

Der Arzt war ungemein zufrieden mit Hesters Fortschritten, und offenbar faßte sie das als Ermutigung auf, denn als der August anbrach, saß sie nur noch selten still.

Angetan mit Bermudashorts, die sie früher wegen ihrer stockdünnen Beine niemals hätte tragen können, nahm sie die Jalousien ab, wusch sie und hängte sie wieder auf. Zum Lüften trug sie die Teppiche nach draußen. Sie putzte die Fenster, scheuerte den Herd und nahm sodann die lackierten Flächen in Angriff. Wenn der neuen Wohnung auch der warme, anheimelnde Glanz ihres früheren kleinen Hauses im Osten fehlte, so blitzte es doch vor Sauberkeit.

In Anbetracht dessen, daß sich Hesters Befinden ständig besserte, wunderte es Tom nicht, daß Chloe ihre Tagebucheintragungen einstellte. Die letzte Notiz, geschrieben am sechsundzwanzigsten Juli, lautete: »Steak, Spargel, Kartofelpüre, Vaniljeeiskrem.«

Er selbst litt jetzt unter leichten, aber trotzdem lästigen Beschwerden: Die trockene Hitze hatte seine Nebenhöhlen angegriffen, und immer häufiger schmerzte nachts sein Kopf, als zöge sich ein Eisenring um die Stirn zusammen. Hesters wunderwirkende Nackentropfen, die ihm bitter den Rachen runterrannen, ganz gleich, wie vorsichtig er sie anwandte, schienen nicht zu helfen.

Eines Abends Mitte August, als er sich schon glücklich schätzte, beschwerdefrei zu sein, meldete sich plötzlich wieder der Schmerz, der mit einer Spannung im Nacken begann. Sie saßen gerade bei Tisch.

Vielleicht braut sich ein Gewitter zusammen, dachte Tom. Am Himmel türmten sich Wolkenbänke auf, und seit er von der Arbeit heimgekommen war, hatte er die Elektrizität in der Atmosphäre gespürt. Nun, den Regen brauchten sie dringend –

»Iß deine Mahlzeit!« sagte Hester in einem Ton, daß Tom um

ein Haar die Gabel fallen gelassen hätte. Verdutzt blickte er sie an – sie hatte die Worte abgefeuert wie eine Ohrfeige. Hesters Aufmerksamkeit galt Chloe, die mit gesenktem Kopf und im Schoß gefalteten Händen dasaß, obwohl es gegrilltes Hähnchen gab, eines ihrer Leibgerichte.

»Iß deine Mahlzeit«, wiederholte Hester ruhiger, doch vielleicht um so bedrohlicher. Das Unwetter, das der ahnungslose Tom in entferntesten Gefilden gewähnt hatte, tobte viel näher, und er war so bestürzt, daß er Hester nur stumm anstarren konnte.

»Ich bin nicht hungrig«, sagte Chloe, während ihre Mundwinkel hilflos zu zittern begannen. »Ich fühle mich krank.«

»Na gut, dann bist du entschuldigt«, entgegnete Hester gleichmütig. Aufrecht und unerbittlich saß sie da und sah zu, wie das Kind seinen Stuhl zurückschob, die Serviette fallen ließ, sich bei dem Versuch, sie aufzuheben, den Kopf an der Tischkante stieß und dann aus dem Zimmer floh.

Die Tür zu Chloes Schlafzimmer klappte ins Schloß. Hester würzte ihr Essen mit Salz nach und fragte ruhig: »Du siehst müde aus, Tom – hattest du einen anstrengenden Tag?«

»Es ging«, antwortete Tom abwesend. Er legte seine Serviette auf den Tisch und wollte sich erheben. Das Ganze war wie ein Traum, in dem Elche mit Fastnachtshüten auf dem Kopf umherspazieren, ohne daß sich jemand darüber wundert. »Ich gehe mal nachsehen, was mit ihr los ist –«

»Chloe schmollt, weil dieses alberne Pferd fort ist«, erwiderte Hester obenhin. Alsdann weihte sie ihn in die Geschichte ein.

Tom war nicht entgangen, daß Chloe mit dem Pferd auf dem Nachbargrundstück Freundschaft geschlossen hatte, und er wußte, daß der Besitzer sie gelegentlich aufsitzen und in gemütlichem Schrittempo über die Koppel reiten ließ. Da das Pferd darauf dressiert war, stehenzubleiben, sobald das Gewicht auf seinem Rücken verrutschte, schien es ein vollkommen ungefährliches Vergnügen zu sein.

Was Tom nicht gewußt hatte, war – »es ist mir schrecklich peinlich, daß alle immer auf mich Rücksicht nehmen müssen« –, daß Hester auf Pferde allergisch reagierte und asthmatische Anfälle bekam, wenn Chloe von ihren Spazierritten heimkehrte.

Sie sagte, sie habe Chloe verboten, das Pferd zu reiten, doch bei jeder Gelegenheit sei das Kind an den Zaun gelaufen, um den Kopf des Tieres zu streicheln und hingebungsvoll die Mähne zu kämmen, »was letzten Endes auf dasselbe hinauslief«, erklärte Hester aufseufzend. »Mr. Lacey sah das Problem sofort ein und meinte, sein Sohn würde das Pferd liebend gern zu sich nehmen, bei ihm würde es ohnehin nicht genügend bewegt. Eigentlich hatte ich von Chloe mehr Verständnis erwartet.«

Soviel wie von Mrs. Whitman, die unverzüglich begonnen hatte, ihre Blumen aus der Erde zu reißen? Tom scheute vor seinen eigenen unbotmäßigen Gedanken zurück – schließlich waren sie Hesters Gesundheit wegen an diesen Ort gezogen, und Allergien durfte man nicht auf die leichte Schulter nehmen. Doch mittlerweile wütete hinter seiner Stirn ein schier unerträglicher Schmerz.

Er aß ein paar Bissen. Dann griff er nach Chloes unangerührtem Teller. »Ich denke, ich bringe ihr das jetzt nach oben.« Hester hob die Brauen. »Wenn du das für richtig hältst«, war alles, was sie meinte.

Chloe vergaß das Pferd, wie Hester prophezeit hatte, und machte sich an die ernste Aufgabe, sich vor Beginn der Schule in der Nachbarschaft Freundinnen zu suchen. Dabei ging sie nicht mit der Unbekümmertheit eines Kindes vor, das sich stets in der Gesellschaft Gleichaltriger befunden hat, sondern eher wie eine Erwachsene. Mit dem Ergebnis, daß sie zur Mittagszeit auf ein Sandwich und ein Glas Milch heimkam, meistens begleitet von irgendeinem hochnäsigen, neugierig gaffenden kleinen Mädchen.

Wegen seiner Kopfschmerzen konsultierte Tom einen Arzt. Der sagte ihm, mit seinen Stirnhöhlen sei alles vollkommen in Ordnung. Heimlich, damit Hester sich nicht um ihn sorgte, begann er die Beruhigungspillen zu schlucken, die der Arzt ihm verschrieben hatte.

Hester blühte auf, selbst in der sengenden Hitze. Ihr normalerweise zarter Teint war nun tiefgebräunt, und sie strotzte vor Kraft. Sie nähte neue Fenstervorhänge, meldete Chloe zur

Schule an, wachste die Fußböden, räumte die Küchenregale auf, nahm die Deckenlampen zum Putzen herunter und brachte sie selbst wieder an. Und das alles voller Tatendrang und mit nicht erlahmendem Schwung. An ihre näselnde Stimme hatte sie sich gewöhnt, wie auch Tom und Chloe, obwohl sie manchmal meinte, sie spräche wie eine Ente.

Es war erst Ende August, doch die Wetterpropheten gaben bereits ihre Prognosen. In den Lokalzeitungen standen zwar selten Nachrichten, die Massachusetts betrafen, trotzdem erfuhren Tom und Hester, daß man für den Osten des Landes einen frühen und strengen Winter vorhersagte; daß sie dabei ein bißchen Schadenfreude empfanden, war unter den gegebenen Umständen gewiß verzeihlich.

(Aber wie warm und gemütlich es in ihrem kleinen Haus in Massachusetts gewesen war. Hester in einem hübschen Morgenmantel auf der Couch, Chloe werkelte mit wichtiger Miene in der Küche herum, Tom las friedlich in der Abendzeitung, während draußen der Wind tobte. Im Kamin flackerte und knisterte ein Feuer, trauter Lampenschein glänzte auf den Gesichtern, und die drei Menschen fühlten eine sichere Geborgenheit, die nicht von Türschlössern, Riegeln oder Sturmfenstern abhing.)

Wir sind eine glückliche Familie, hielt Tom sich vor Augen und schluckte eine weiße Pille; nur schade, daß wir nicht schon früher umgezogen sind. Am neunundzwanzigsten August war Schulanfang. Als Tom am siebenundzwanzigsten, beladen mit Heften, Schreibstiften und einer Pausenbrottasche heimkam, sah er, daß Chloe Mrs. Whitmans Auto abermals gewaschen hatte; der kleine rote Volkswagen stand tropfend und glänzend in der Sonne.

Irgendwo in der Nähe kämpften, rätselhafterweise, ein paar Katzen miteinander. Wenn Hester etwas nicht vertragen konnte, so ... Wie gelangte eine Katze in –?

Er sprang aus seinem Wagen und flitzte durch das Gartentor, als die schrillen Keiftöne in artikulierte Worte übergingen. »... jaa, zu den Nachbarn bist du aufmerksam und hilfsbereit«, zeterte die an- und abschwellende Stimme. »Aber *ich, ich* zähle ja nicht. *Ich* bin unwichtig. Wie oft habe ich dir gesagt, du sollst diese schmutzigen Turnschuhe nicht mehr anziehen? Und wie sehen deine *Shorts* aus! Du warst wieder im Planschbecken mit diesen schrecklichen Kindern, habe ich recht? Habe ich recht, *Fräulein? Habe ich recht?!«*

Er vernahm einen eigenartigen Laut. Entgeistert sah Tom, wie hinter der Fliegengittertür ein kleiner Schatten vorbeihuschte; er hörte angstvolles Keuchen.

»*Hiergeblieben!*« schrillte die Katzenstimme. Dann hörte er ein scharfes Klatschen.

Der Ton schien seinen Schädel zu spalten. Wie gelähmt verharrte er auf dem Gartenweg, fassungslos, daß diese geifernde, aufgebrachte Person in Bermudashorts seine sanfte, kränkelnde Hester, das verächtlich beschimpfte ›Fräulein‹ seine magere, anbetungswürdige Tochter sein sollte.

Er gab sich einen Ruck und trat ins Haus. Hester stand am Spülbecken und wusch Salat, ihre Hände zitterten. Von Chloe keine Spur. Plötzlich fühlte Tom, wie maßlos erschöpft er war. Mit einer matten Stimme, die ihm fremd vorkam, fragte er: »Was ist los?« Hester wirbelte herum.

»Du mußt dir dieses Kind vorknöpfen, Tom.« *Dieses Kind.* »Verwöhnt war sie ja schon immer, aber jetzt gerät sie völlig aus Rand und Band.«

Verwöhnt. Die Neunjährige, die ohne Murren das Geschirr abwusch, ihre Kleidung selbst bügelte, von Rechtschreibfehlern wimmelnde Einkaufslisten zusammenstellte und getreulich durch Supermärkte trottete. »Was hat sie denn angestellt?«

»Sie war ungehorsam. Am Ende der Straße wohnen ein paar ziemlich verlottert aussehende Kinder, die im Garten ein Planschbecken haben. Ich habe Chloe ausdrücklich verboten, dort hinzugehen.«

»Hester, es war ein sehr heißer Nachmittag –«

»Das spielt keine Rolle. Der springende Punkt ist, daß sie sich eigensinnig über mein Verbot hinweggesetzt hat.« Hesters Stimme senkte sich, doch im Kontrast dazu hantierte sie klappernd und lärmend mit den Töpfen auf dem Herd. Sie veranstaltete ein irrsinniges Geschepper. Der Blick, den sie dabei Tom zuwarf, war voller Groll. Oder empfand sie eine Art perverser Erregung? Was immer in ihr vorgehen mochte, plötzlich verwandelte sie sich in den Typ Frau, den man mitunter ein kleines, schluchzendes Kind hinter sich herzerren sieht, den Griff um so unbarmherziger, wenn das Kind noch so stolpert.

»Ich glaube, wir sollten ein für allemal klären, daß ich solche Ungezogenheit nicht dulde«, schimpfte die Fremde am Herd mit harter, näselnder Stimme. »Wenn du sie nicht bestrafst, dann tue ich es.«

In Chloes karges, kleines Zimmer stahlen sich noch ein paar Strahlen der tiefstehenden Sonne. Das Kind lag auf dem Bett, den Rücken zur Tür. Ein trockenes Schluchzen schüttelte den kleinen Körper, den Kopf hielt sie fest ins Kissen gedrückt.

Tom hockte sich auf die Bettkante und drehte sie sanft um, damit er sie ansehen konnte; einen Moment lang mußte er hastig den Blick anwenden, seine Kehle schnürte sich zusammen, als er den stumpfroten Fleck auf ihrer Wange sah.

Das war also der sonderbare Laut, den er von draußen gehört hatte.

In ruhigem und vernünftigem Ton hatte er Chloe sagen wollen, daß sie auf ihre Mutter hören mußte, eher als gutgemeinte väterliche Warnung gedacht denn als strenge Strafpredigt. Blitzartig wurde ihm bewußt, daß er sich in den vergangenen Wochen immer besser mit Chloe verstanden hatte. Doch die vernünftigen Worte kamen ihm nicht über die Lippen. Er saß einfach nur da, strich ihr die wirren blonden Strähnen aus der Stirn und redete belangloses Zeug, bis sie sich so weit beruhigt hatte, daß das krampfhafte Schluchzen aufhörte.

Dann sagte sie: »Mutter gefällt es nicht, daß sie wieder gesund ist, nicht wahr.« Es war weder eine Frage noch ein Vorwurf. Es war eine Feststellung, ausgesprochen im Ton hoffnungsloser Verzweiflung, und bezog sich auf mehr als eine einzige, demütigende Ohrfeige.

War es die Bilanz der letzten drei oder vier Wochen? Wie lange mochte es her sein, seit Hester begonnen hatte, sich in eine unberechenbare Frau zu verwandeln?

Tom wußte es nicht. Vor Schock war er so benommen, daß er nicht klar zu denken vermochte. Ihm war zumute wie einem Mann, der lange Zeit mit einem obskuren, beängstigenden Schmerz gelebt hat und dem ein Arzt nun die genaue Ursache nennt. Fragt der Arzt: »Wann trat der Schmerz zum ersten Mal auf?« so wüßte der Patient es vielleicht genausowenig zu sagen.

Er gab Chloe keine Antwort, dazu fühlte er sich momentan noch gar nicht in der Lage. Noch einmal tätschelte er ihre Stirn, stand auf und trat ans Fenster. Mit leeren Augen starrte er hinaus in die aufziehende Dämmerung.

War es möglich? Litt Hester an ihrer letzten Allergie und konnte Gesundheit genausowenig vertragen wie Katzenhaare? Gab es Menschen, denen körperliches Wohlergehen zum Schaden gereichte?

Ein entsetzlicher Gedanke, aber dennoch weniger unheimlich als die Vorstellung, dieser Charakterzug habe schon immer in Hester gesteckt, nur sei sie nie kräftig genug gewesen, um ihn auszuleben. Sollte dies zutreffen, wie mußte es in ihr getobt und gebrodelt haben, als sie sich damals in ihrem kleinen Haus in Massachusetts von Liebe eingebunden und umhüllt fühlte...

Tom lief es eiskalt den Rücken hinunter. Er schüttelte seine Vision ab und wandte sich wieder der ersten Theorie zu. Wenn er sich ihres gemeinsamen Glücks trotz ihrer schweren Krankheit so stark bewußt war, wie intensiv mußte es dann erst Hester empfunden haben? Freilich, es hatte ihr nie behagt, als halbe Invalide zu gelten, aber – die besorgten Freundinnen, die in ihrem Haus aus und ein gingen und hübsche kleine Geschenke mitbrachten, ein gehäkeltes Bettjäckchen, einen selbstgebackenen Kuchen; der Wirbel, der jedesmal veranstaltet wurde, wenn sie ein Kilo ab- oder zunahm – und, jawohl, die Aufmerksamkeit.

Chloe war ihr ergebener Schatten gewesen, doch nun stromerte sie wie jede normal entwickelte Neunjährige in der Nachbarschaft umher und suchte sich Freundschaften außer Haus.

Hester hingegen stürzte sich in hektische Aktivitäten, vielleicht sogar, weil sie unbewußt gegen diese grausige Allergie ankämpfte, ehe sie die Oberhand gewann.

Tom hatte sie nie gefragt, doch nun war er fest davon überzeugt, daß Chloe Mrs. Whitmans Garten bewundert und ihr bei der Arbeit geholfen hatte. Das gutmütige Pferd hatte sie über alles geliebt. Sie hatte sich Freundinnen gesucht, um sich für den Eintritt in eine fremde Schule zu rüsten, und Kinder hatten sie zum Spielen in ihr Planschbecken eingeladen.

Früher jedoch hatte sich ihr ganzes Dasein um Hester gedreht. Hester wird außer sich sein... So wie ich jetzt, dachte Tom.

Er hatte sich geirrt. Hester wirkte gelassen. Tom log ihr vor, Chloe sei eingeschlafen, worauf sie bissig bemerkte,: »Merkwürdig, wie rasch sie an Abenden einschläft, an denen es Hackbraten gibt.«

Hester verputzte ihre Mahlzeit mit herzhaftem Appetit. Der Hackbraten war ihr ausgezeichnet gelungen. Doch die wenigen Bissen, die Tom herunterwürgte, lagen in seinem Magen wie Zement. Chloes leerer Platz am Tisch, die Stille in ihrem Zimmer drückten wie eine Zwangsjacke gegen ihre Rippen.

Obwohl Hester nicht mehr davon anfing, er solle Chloe bestrafen, wirkte ihre Miene seltsam gespannt. Als sie ihn später, nachdem das Geschirr abgewaschen war, fragte: »Unternimmst du heute nicht deinen üblichen Spaziergang?«, markierte er ein Gähnen und erwiderte: »Zu müde.«

Natürlich glaubte er nicht, Hester könne sich das Kind vornehmen, während er in der Gegend umherschlenderte. Wie käme er dazu. Er fühlte sich eben müde.

Die ganze Nacht lag er wach – nicht wie jemand, der aus kurzen Schlafperioden immer wieder aufschreckt, nein, er tat buchstäblich kein Auge zu.

Einmal stand er leise auf, schaute in Chloes Zimmer und deckte sie zu. Den Rest der Nacht lauschte er den tiefen, ruhigen Atemzügen seiner Frau und studierte ein paar Szenen, die sich wie ein Film vor der schwarzen Zimmerdecke abspulten.

Am anderen Morgen wandte er sich vergnügt an Chloe: »Ich habe eine Überraschung für dich. Ich kaufe dir ein neues Kleid, das du für die Schule anziehen kannst.«

Zu Hester sagte er: »Im Büro findet eine Konferenz der leitenden Angestellten statt, und ich brauche erst um elf dazusein.«

Täuschte er sich, oder sah Hester tatsächlich wieder hinfällig aus, als sie das Haus verließen?

»Daddy«, sagte Chloe zögernd im Wagen – unentwegt zupfte sie an ihrem Rock herum, diese irritierende Schrulle hatte sie sich erst kürzlich zugelegt, »wird Mutter nicht böse sein, weil wir sie nicht mitgenommen haben?«

»Deine Mutter hat tausend andere Dinge zu erledigen«, meinte Tom obenhin. Er brachte Chloe in die Kinderabteilung eines Kaufhauses in der Innenstadt. Dort wandte er sich an eine zuverlässig aussehende Verkäuferin, deutete vage an, welche Art von Kleid er für Chloe im Sinn hatte, und schärfte dem Kind ein, ja im Geschäft auf ihn zu warten.

Im Erdgeschoß gab es eine Reihe von öffentlichen Telefonzellen. Aus einer davon rief Tom das Postamt an und gab an sich selbst ein Blitztelegramm auf. Als Absender nannte er den Namen seines ehemaligen Arbeitgebers in Massachusetts.

Wenn er eintraf, wäre er wieder zu Hause und konnte es entgegennehmen, so daß keine Fragen nach der Herkunft des Telegramms aufkämen. Um ganz sicherzugehen, wies er den Beamten an, die Nachricht per Boten überbringen zu lassen. Es sei niemand im Hause, um einen Anruf entgegenzunehmen, erklärte er. Von der Telefonzelle lief er zum Bahnhof. Es war ihm ungeheuer wichtig, daß Chloe nicht einmal Bruchstücke von dem hörte, was er sagen wollte.

Laut einiger quer über die Straße gespannter Spruchbänder beging man gerade die ›Woche des Sonnenscheins‹, die die Woche ›Eßt mehr Hüttenkäse‹ ablöste.

Als er die hübsche Bahnbeamtin hinter dem Schalter um Fahrkarten nach Falcon in Massachusetts bat, zwei Erwachsene, ein Kind, ergänzte sie in beinahe schulmeisterlichen Ton: »Rückfahrkarten, nicht wahr?«

Die Munterheit, die er Chloe vorgeheuchelt hatte, war verflogen. Vielleicht lag es an der schlaflosen Nacht, denn plötzlich dröhnte in seinen Ohren die Stimme des Arztes: »Offen gestanden glaube ich kaum . . .« Sodann blendeten sich die Vorhersagen der Wetterpropheten ein.

Seiner Miene war nichts anzumerken. Die hübsche Schalterbeamtin, die sich danach noch etwa eine Minute lang an ihn erinnerte, blickte in das Gesicht eines ganz gewöhnlichen, freundlich aussehenden Mannes; blond, Mitte Dreißig, offenbar übermüdet und mit tief eingekerbten Falten um den Mund. Auch seine Stimme klang vollkommen normal, als er sich schließlich aus seiner Versunkenheit riß und sagte: »Nein – einfach.«

Deutsch von Ingrid Hermann

So ist das Leben

Robert Bloch

Als Harrys Zeitkapsel geliefert wurde, bat sie ihn, das Ding im Gästehaus abzustellen.

Im Grunde war es nicht mehr als eine große Metallkiste mit einem Deckel, der luftdicht versiegelt und verschweißt werden konnte, damit die Luft nicht an das herankam, was drinnen war. Jill war einigermaßen enttäuscht.

Von Harry war sie sowieso schon enttäuscht – Professor Harison Cramer, B.A., B.S., M.A., Ph.D. Das halbe Alphabet für nichts und wieder nicht verschwendet. Auf diesen langweiligen Fakultätsparties sagten ihr die Leute immer: »Es muß doch wundervoll sein, mit so einem brillanten Mann verheiratet zu sein.« Wenn die wüßten!

Es lag nicht daran, daß Harry fünfzehn Jahre älter war als sie, man denke nur an Rex Harrison, Richard Burton, Cary Grant oder Lawrence Olivier. Aber Harry war leider kein Filmheld – nein, bestimmt nicht. Er war nicht einmal der verrückte Wissenschaftler, wie Vincent Price in diesen ausgeflippten Campusfilmen. Er war eine Null – eine riesengroße Null.

Natürlich hatte Jill das schon lange vor der Heirat gewußt.

Aber er besaß ein beeindruckendes Haus und hatte eine Menge Zeug von seiner Mutter geerbt. Jill überlegte sich einige Veränderungen und richtete mit Hilfe eines teuren Innenarchitekten das Haus neu ein, so daß es einigermaßen ansehnlich wirkte. Nur Harry konnte sie nicht umbauen. Vielleicht brauchte er auch einen Innenarchitekten. *Sie* konnte ihn jedenfalls nicht verändern.

Und abgesehen von dem, was sie ihm für die Umgestaltung des Hauses abgeschwatzt hatte, war es ihr bisher nicht gelungen, sein Geld in die Finger zu bekommen. Harry hatte keine Lust, auszugehen oder eine Kreuzfahrt zu machen, und wenn sie von einem Zobelmantel sprach, murmelte er etwas, das wie ›unnötige Verschwendung‹ klang. Der hatte Nerven! Für moderne Kunst und Theater hatte er nichts übrig, er trank nicht und rauchte nicht, er interessierte sich nicht fürs Fernsehen. Und im Bett trug er Flanellwäsche – *immer.* Nach ein paar Monaten ging Jill fast die Wände hoch. Sie faßte eine Scheidung in Reno ins Auge, aber dann kam Rick. Rick hatte einige Vorschläge. Vor allem Ideen für die langen Nachmittage, wenn Harry Seminare hielt oder sonst was drüben an der Universität anstellte.

Es dauerte nicht lange, bis Jill Reno vergessen hatte. Rick war Fachmann für die schnellen Scheidungen, die man in Mexiko bekommen konnte. Er war sicher, die Sache wasserdicht machen zu können, und sie sollte trotzdem nach den Unterhaltsgesetzen ihre fünfzig Prozent bekommen, ohne einen Tag darauf zu warten. Es ließe sich mühelos binnen vierundzwanzig Stunden erledigen. Sie würden hinfahren, und es würde gehen wie das Brezelbacken. Peng, geschieden, peng, wieder verheiratet, und dann peng, peng, peng...

Es kam also nur noch darauf an, den richtigen Augenblick zu finden. Aber auch das war kein Problem mehr, nachdem Harry ihr von der Zeitkapsel erzählt hatte.

»Ich werde allein für das ganze Projekt verantwortlich sein«, erklärte er. »Ich allein werde bestimmen, welche Dinge als typische Beispiele für unsere Kultur in die Kapsel kommen. Eine große Verantwortung, meine Liebe – aber ich freue mich über die Herausforderung.«

»Was ist eine Zeitkapsel?« wollte Jill wissen.

Harry setzte zu einer langatmigen Erklärung an, doch als sie begriffen hatte, worum es ging, hörte sie kaum noch hin. Harry sollte einen Haufen Krempel in das Ding stecken, das irgendwann – vielleicht in zehntausend Jahren – von irgend jemandem wieder ausgegraben werden würde, der dann aus dem Inhalt schließen könnte, wie die heutige Zivilisation ausgesehen hatte. Nicht übel! Aber Harry ließ sich darüber aus, als hätte er gerade den Grand Prix gewonnen.

»Wir werden die Kapsel ins Fundament des neuen Humanities Building einmauern«, erklärte er ihr.

»Was ist das Humanities Building?« fragte Jill, und Harrys Blick sprach Bände: »Wie kannst du nur so dumm sein?« Mit diesem Blick fingen ihre Auseinandersetzungen immer an, und sie hätte sich jetzt gern mit ihm gestritten, aber dann sagte er etwas über die Einweihungszeremonie für das Gebäude am ersten Mai, und daß er für diesen großen Tag alles vorbereiten müsse. Einschließlich seiner Einweihungsrede. Der erste Mai also. Mehr brauchte Jill nicht zu wissen. Es war ein Freitag, und wenn sie Freddy mit seiner Einweihung beschäftigt wußten, war für Rick und sie der richtige Augenblick gekommen, ins Flugzeug zu steigen. Sie rief Rick an, erzählte es ihm, und Rick sagte, na prima, perfekt.

»Es sind nur noch zehn Tage«, drängte sie ihn. »Wir haben noch viel zu tun.«

Sie konnte noch nicht wissen, wie wahr ihre Worte werden sollten. Sie hatte mehr zu tun, als sie sich ausgemalt hatte, denn plötzlich begann Harry, sich für sie zu interessieren. Er interessierte sich wirklich für sie.

»Du mußt mir helfen«, sagte er beim Abendessen. »Mit deinem Geschmack. Ich habe natürlich ein paar Ideen, aber *du* sollst auch einige Dinge vorschlagen, die in die Kapsel kommen.«

Zuerst glaubte Jill, er wolle sie auf den Arm nehmen, aber er meinte es ernst. »Ich will bei diesem Projekt ganz ehrlich sein. Normalerweise werden die Leute bei solchen Aktionen zu Exhibitionisten – sie nehmen einfach das ›Beste‹ von allem, dazu ein paar frisierte Daten, die zeigen, wie schön hier angeblich alles ist. Aber nicht mit mir. Ich will Material in die Kapsel stecken, das unsere Zeit wirklich beschreibt und nicht nur beschönigt. Nicht abstrakte Kunst und nicht abstrakte Daten, sondern die nackte Wahrheit.«

Harry verlor sich in seinen Gedanken. Dann fuhr er fort: »Jeder Gegenstand, den wir auf diese Weise aufbewahren, soll eine gültige Auskunft über unsere heutige Gesellschaft darstellen. Nicht das, was wir angeblich bewundern, sondern Dinge, an die die Mehrheit tatsächlich glaubt und die sie schätzt. Und an diesen Punkt brauche ich dich, meine Liebe, denn du repräsentierst diese Mehrheit.«

Jills Interesse erwachte allmählich. »Meinst du Fernsehen und Schallplatten und so?«

»Genau. Wie heißt noch diese Aufnahme mit den vier Hermaphroditen auf der Hülle?«

»Was?«

»Entschuldige – es soll eine Gesangsgruppe sein, glaube ich.«

»Oh, du meinst die Poodles!« Jill holte die Platte mit dem Titel ›The Poodles Bark Again‹. Ihr gefiel die Musik, aber sie hatte immer geglaubt, Harry fände sie entsetzlich. Jetzt war er die Freundlichkeit in Person.

»Schön!« sagte er. »Das muß also mit hinein.«

»Aber –«

»Keine Bange, ich kauf' dir eine neue Platte.« Er nahm sie und legte sie auf den Schreibtisch. »Du hast das Fernsehen erwähnt. Was siehst du am liebsten?«

Als sie erkannte, daß er es ernst meinte, sagte sie: »Anywhere, USA.« Die Serie drehte sich um das Leben in einer Kleinstadt, in einem Vorort wie viele andere, aber die Darsteller waren hervorragend. Es gab da ein Ehepaar mit zwei Kindern, einem Jungen und einem Mädchen. Sozusagen eine durchschnittliche Familie, nur daß er sich mit einer geschiedenen Frau herumtrieb, die eine Diskothek oder so etwas hatte. Seine Frau war in ihren Psychiater verknallt – nein, eigentlich war es nicht *ihr* Psychiater, sondern er analysierte eins der Kinder, den Jungen, der mal die Turnhalle angezündet hatte. Das Mädchen hatte andere Sorgen – sie hatte Angst, die Eltern könnten von ihrem Verhältnis mit dem stellvertretenden Schulleiter erfahren, der in Wirklichkeit ein feindlicher Agent war, was das Mädchen aber noch nicht wußte. Ihr Freund, der Junge mit der Gehirnoperation, hatte irgendwas mit seiner Mutter laufen, und...

An dieser Stelle wurde es ziemlich kompliziert, aber Harry bat sie alles zu erzählen, und es dauerte nicht lange, bis er lächelte und nickte. »Wundervoll! Ich muß versuchen, die Episoden einer typischen Woche zu bekommen.«

»Willst du das wirklich haben?«

»Natürlich. Meinst du nicht auch, daß diese Serie die Aufmerksamkeit vieler amerikanischer Bürger fesselt?«

Sie mußte zugeben, daß er recht hatte. Genauso wie mit einigen anderen Dingen, die er in die Kapsel stecken wollte, um zu zeigen, wie die Menschen heute lebten – Beruhigungsmittel, Aufputschmittel, Einkommensteuerformulare und eine Autobahnkarte. Und ein Menge Zahlen – Postleitzahlen, Telefonvorwahlen, Sozialversicherungsnummern, Prämienrechnungen von Versicherungen, Kontoauszüge und Kassenquittungen.

Aber er brauchte noch mehr Ideen, und in den nächsten Tagen hing er förmlich an ihren Lippen. Er ergatterte ihr Andenken an den Shady Lawn Cementery – eine Walnuß aus Plastik, die man aufklappen konnte. Drinnen waren zwölf winzige Farbbilder aller Touristenattraktionen am Ort. Man konnte das Ding mit der Post an die Freunde daheim schicken. Harry steckte es in die Zeitkapsel und wickelte es in bedrucktes Papier ein: eine Statistik der Koronarverschlüsse bei männlichen Angehörigen der Mittelklasse in mittleren Jahren. Das waren Herzinfarkte, erklärte er.

»Was liest du gerade?« fragte er. Und im Nu hatte er sich ihren neuesten Steve Sash geschnappt – das Taschenbuch, in dem Steve auf eine geheime Mission nach Port Said geschickt wird, um den Frieden zu erhalten. Nachdem er die fünf Typen mit seinem tragbaren Flammenwerfer, der in seinem Judogürtel verborgen war, erledigt hat, steigt er mit Yasmina ins Bett, um sich von ihr zu verabschieden. Aber sie ist in Wirklichkeit die Agentin einer anderen Macht, und ihre Fingernägel sind radioaktiv ...

Bis zu dieser Stelle war sie gekommen, als er sich das Buch schnappte. Seinen gierigen kleinen Händen entging einfach nichts.

»Was kochst du da?« wollte er wissen. Und weg war das Fernsehmenü – gefrorene *Crepes Suzette* samt Nachttisch. Ganz zu schweigen von dem Plain-Jane-Instant-Bortsch.

»Wo ist das Foto von deinem Bruder?« Es war ein alltägliches Bild von Stud, aufgenommen am Tag seines Eintritts bei den Hells Angels. Er trug einen langen Bart und stand neben seinem Motorrad. Harry bekam das Foto, und Jill war nicht begeistert, als er es mit einem anderen Foto zusammenklemmte, das ein paar Typen beim Schwören ihres Ku-Klux-Klan-Eides zeigte.

Aber das wichtigste war, Harry bei Laune zu halten. Das sagte Rick jedenfalls, als sie ihm erzählte, was im Gange war.

»Kooperiere mit ihm, Baby«, sagte er. »Es ist eine ziemlich abgedrehte Sache, aber so ist er wenigstens beschäftigt. Wir haben zu tun, wir müssen Tickets kaufen und packen und so weiter.«

Das Problem war nur, daß Jill allmählich die Ideen ausgingen. Sie sagte es Rick, aber der lachte nur.

»Ich habe mehr als genug«, erwiderte er. »Du kannst sie ihm zum Fraß vorwerfen. Er ist ziemlich verrückt, dein Göttergatte – aber ich weiß genau, was er will.«

Es war komisch, aber Rick schien es wirklich zu wissen. Er war selbst ein Intellektueller, nur nicht so weltfremd wie Harry. Sie hörte sich also an, was er vorschlug, und reichte die Ideen an Harry weiter, als sie nach Hause kam.

»Wie wär's mit etwas absurdem Theater?« sagte sie. Harry schielte sie über den Rand seines Glases an. Sie dachte schon, es hätte ihn umgehauen, aber dann grinste er begeistert.

»Spitze!« sagte er. »Vorschläge?«

»Ich habe eine Kritik über das neue Stück gelesen, über das jetzt alle reden – es handelt von einem Mann, der glaubt, er wäre schwanger. Er will eine Abtreibung machen lassen, aber der Arzt ist ein Mystiker oder so, und es passiert alles in einem Gewächshaus . . .«

»Köstlich!« Harry kam richtig in Fahrt. »Ich besorge mir das Buch. Sonst noch was?« Gott sei Dank hatte Rick sie geimpft. Sie schlug eine Aufnahme mit einem ›behandelten‹ Klavier vor, das Geräusche wie quietschende Bremsen oder so etwas von sich gab. Harry schluckte es. Und er schluckte auch die nächste Idee – ein Beispiel aus der Pop-Art, etwa eine Vergrößerung einer Zeitungsanzeige für Muntermacher oder für ein Mittel gegen Psoriasis.

Am nächsten Tag schlug sie ihm ein Band über ein ›Happening‹ vor, das in einem Privatsanatorium für Geistesgestörte stattgefunden hatte. Harry war ehrlich begeistert.

Dann erwähnte sie einen neuen ausländischen Film mit einem langen Titel, den sie nicht aussprechen konnte. Rick hatte sie vorbereitet: ein verrückter Streifen von einem jugoslawischen Regisseur, von dem sie noch nie etwas gehört hatte. Der Film drehte sich um einen Mann, der einen Film über einen Mann drehte, der einen Film drehen wollte. Aber im Film war man nie ganz sicher, ob die Szene ein Teil des Films oder der Film ein Teil des Geschehens war, falls da überhaupt etwas geschah.

Harry stieg sofort darauf ein. Er war aus dem Häuschen.

»Du bist wundervoll«, sagte er. »Wirklich, das hätte ich dir nie zugetraut.«

Jill schenkte ihm ein zuckersüßes Lächeln und machte munter

weiter. Es war kein Problem, und Harry war damit beschäftigt, in der Stadt herumzurennen und die Bücher und Filme und Aufnahmen zu besorgen, die auf seiner Liste standen. Genauso hatte Rick es vorausgesehen – sie hatten Zeit, in aller Ruhe einkaufen zu gehen und ihre Pläne zu machen.

»Ich werde die Tickets erst einen Tag vor der Abreise besorgen«, erklärte Rick. »Wir wollen ja keine schlafenden Hunde wecken. Wahrscheinlich wird Harry die Kapsel am Vorabend der Feier im Gebäude aufstellen, also hast du den ganzen Abend Zeit, in aller Ruhe zu packen.« Rick war nicht auf den Kopf gefallen, er hatte sich alles genau überlegt.

Und genauso kam es auch. Am Tag vor der Feier war Harry den ganzen Nachmittag im Gästehaus damit beschäftigt, die Dinge in die Kapsel zu packen. Wie ein nervtötendes Eichhörnchen, das seine Nüsse verbuddelt. Nur, daß nervtötende Eichhörnchen keine Nüsse für andere Eichhörnchen verstecken, die erst in zehntausend Jahren geboren werden.

Harry hatte sie in den letzten beiden Tagen keines Blickes mehr gewürdigt, aber das war Jill nur recht. Sie wollte ihn zum Abendessen rufen, aber er meinte, er sei nicht hungrig, und außerdem müsse er den Wagen von der Spedition holen und die Kapsel zum Gebäude bringen lassen. Man hatte dort schon ein großes Loch gegraben, und er wollte die Kapsel hinbringen und bis zum Beginn der Feier bewachen.

Diese Entwicklung war besser als alles, was Jill erwartet hatte. Als Harry zur Spedition unterwegs war, rief sie Rick an und informierte ihn. Er wollte sofort mit den Tickets kommen.

Nun mußte Jill sich anziehen. Sie zog einen Gürtel, ihren schönsten Büstenhalter und ihre Stiefel an. Sie benutzte ihr Enthaarungsmittel, färbte die herausgewachsenen Stellen in ihrer Frisur etwas nach, klebte künstliche Wimpern an und putzte sich die Zähne. Nachdem sie sich geschminkt und parfümiert hatte, legte sie noch die neuen Fingernägel an.

Als sie das Ergebnis im Spiegel betrachtete, war sie sehr stolz auf sich. Zum erstenmal seit Monaten fühlte sie sich wieder ganz wie sie selbst. Und von jetzt an würde es immer so sein – zusammen mit Rick.

Der Moment mit Rick im Schlafzimmer, sofort nachdem er gekommen war, war schön, aber natürlich *mußte* Harry in diesem Augenblick zurückkommen. Sie hörte draußen das Auto und löste sich gerade rechtzeitig aus der Umarmung. Rick mußte durch die Hintertür verschwinden, während Harry den Fahrern Anweisungen gab.

Jill zwang sich, im Schlafzimmer zu warten, bis die Luft rein war. Sie sah aus dem Fenster, aber es war inzwischen zu dunkel. Da sie nichts mehr hörte, glaubte sie, Harry sei mit den Fahrern ins Gästehaus gegangen.

Sie sah nach.

Aber die Fahrer waren nicht da. Nur Harry.

»Ich habe ihnen gesagt, sie sollen morgen früh wiederkommen«, sagte er. »Ich hab's mir anders überlegt, als ich bemerkte, wie feucht es ist – es ist ja sinnlos, in dieser Kälte draußen zu frieren. Außerdem habe ich die Kapsel noch nicht versiegelt – mir sind noch ein paar Dinge eingefallen, die ich hineintun will.«

Er nahm eine kleine Flasche aus der Hosentsasche und trug sie vorsichtig zur Zeitkapsel. »Das hier muß noch hinein. Natürlich beschriftet, damit sie es analysieren können.«

»Die Flasche ist doch leer«, sagte Jill.

Harry schüttelte den Kopf. »Aber nein. Sie enthält Smog. Ganz genau Smog von der Autobahn. Die Nachwelt soll alles über uns erfahren, sie sollen von der giftigen Luft erfahren, in der wir unseren letzten Atemzug taten.«

Er verstaute die Flasche in der Kapsel, dann nahm er einen weiteren Gegenstand vom Tisch. Jill bemerkte, daß dort auch ein Schweißgerät bereitlag, mit dem er den Deckel versiegeln wollte, nachdem er mit einer Vakuumpumpe die Luft abgezogen hatte. Er hatte ihr erklärt, die Kapsel sei luftdicht und schalldicht und mit gehärtetem Aluminium verkleidet, aber das interressierte sie nicht. Sie starrte nur das Ding an, das er in der Hand hielt.

Es war ein Elektromesser, voll funktionsfähig und mit Batterien ausgestattet.

»Noch ein Gegenstand aus dem zwanzigsten Jahrhundert«, erklärte er. »Wieder ein Symbol für unsere Dekadenz. Ein Elektromesser – genau das richtige für Mom, wenn sie den tiefgefrorenen, vorgekochten Erntedanktruthahn anschneiden will und mit Dad die verlogenen guten Wünsche austauscht.«

Er wedelte mit dem Messer.

»Das werden sie verstehen«, erklärte er. »Die Leute in der Zukunft werden alles verstehen. Sie werden wissen, wie das Leben in unserer Zeit war – wie wir das Paradies zerstörten und Blut, Schweiß und Tränen an seine Stelle setzten.«

Jill trat etwas näher, starrte das Messer an. »Die Klinge ist rostig«, sagte sie.

Harry schüttelte den Kopf. »Das ist kein Rost«, sagte er.

Jill blieb ruhig. Sie blieb ruhig, bis sie einen Blick in die Metallkiste warf und Rick dort liegen sah, ausgestreckt, und sein Blut lief über die Bücher und Schallplatten und Fotos und Tonbänder.

»Ich habe auf ihn gewartet, als er aus der Hintertür schlich«, sagte Harry.

»Dann hast du es die ganze Zeit gewußt . . .«

»Schon eine ganze Weile. Lange genug jedenfalls, um mir etwas zu überlegen und meine eigenen Pläne zu machen.«

»Was für Pläne?«

Harry zuckte nur die Achseln. Er hob das Messer.

Einen Augenblick später kam das letzte Beispiel für das Leben im zwanzigsten Jahrhundert in die Kapsel.

Deutsch von Jürgen Langowski

Die besondere Gabe

Celia Fremlin

Eileen blickte deprimiert auf die kleine Gruppe, die sich um den Kamin in ihrem großen, kalten Wohnzimmer geschart hatte. Heute abend waren es nur fünf. Natürlich war es das Wetter, das so viele Mitglieder vom Kommen abgehalten hatte; einzig für das Vergnügen, anderen die eigenen dilettantischen schriftstellerischen Versuche vorzulegen und sich die ebenso dilettantischen kritischen Bemerkungen darüber anzuhören.

Dennoch, dachte Eileen bei sich, während sie ihre Strickjacke fester um sich zog, es war eine Schande; diese Zusammenkünfte machten mit so wenigen Teilnehmern nur halb so viel Spaß. Eine größere Menge hätte es vielleicht auch etwas wärmer erscheinen lassen.

»Nun, denken Sie, wir sollten beginnen, Mr. Wilberforce?« fragte sie, als sie sich neben den Schriftführer auf die große, mit Pferdehaar gepolsterte Ottomane setzte.

Mr. Wilberforce, ein untersetzter, gewichtig aussehender Mann in den Fünfzigern, warf einen Blick auf die Uhr und rieb sich die rosafarbenen Hände.

»Es ist zwanzig nach«, erwiderte er. »Wir sollten ihnen wohl noch ein *paar* Minuten geben. Der Schnee, wissen Sie – die Busse –.«

»Ich denke, wir sollten anfangen«, piepste die alte Mrs. Peterkin und blinzelte wie eine kleine, verhuschte Maus aus den Tiefen des Pelzmantels heraus, den auszuziehen sie sich geweigert hatte. »Wir haben heute abend sehr viel vor uns. Ich habe eine meiner kleinen tragischen Liebeserzählungen mitgebracht, wenn Sie sie hören möchten. Und ich bin sicher, Miss Wiliams hier« – sie deutete auf ein freundlich, doch abwesend lächelndes Mädchen zu ihrer Rechten – »ich bin sicher, Miss Williams hat uns ein weiteres Kapitel ihres psychologischen Romans mitgebracht. Und Mr. Walters« – der blasse junge Mann senkte verlegen die Augenlider – »wir hoffen, daß Mr. Walters eine weitere seiner Jahreszeitenballaden vortragen wird. Diesmal wird es der Sommer sein, nicht wahr, Mr. Walters?«

»Ja, es wird der Sommer sein«, pflichtete Mr. Walters hastig sprechend bei, während er zu Boden starrte. »Doch nicht der Sommer im *konventionellen* Sinne, wenn Sie verstehen. Meine *Interpretation* des Sommers . . .«

Ein scharfes, drängendes Klingeln an der Vordertür ließ Eileen aufspringen, und sie eilte freudig aus dem Zimmer. Einer mehr bedeutete sechs, überlegte sie, das ist nicht schlecht; dennoch wünschte ich, ich hätte nicht all diese Käsesandwiches vorbereitet . . .

Eine schneegeschwängerte Windböe blies ihr ins Gesicht, als sie die Vordertür öffnete, und der kleine dunkle Mann schien beinahe davon hereingeblasen zu werden, so zart und dürr, wie er in seinem dunklen Mantel anmutete.

»Sie kommen zum ersten Mal zu einem unserer Treffen, nicht wahr?« hob Eileen an – dann hielt sie inne, denn der Fremde schien sie im schummrigen Licht der Eingangshalle voller Wiedererkennensfreude anzustarren.

»Wir . . . wir sind uns noch nie begegnet, oder?« fuhr sie unbeholfen fort; und der kleine Mann schien sich aufzurichten.

»Nun . . . äh . . . nein«, erwiderte er hastig, während er den Schnee von seinen Stiefeln abtrat. »Nein, in der Tat nicht, das versichere ich Ihnen. Ich hatte nur . . . nun, ich hatte das Gefühl . . .«

Abermals starrte er sie mit diesem seltsamen Ausdruck des Wiedererkennens in seinen Augen an; und aus irgendeinem Grunde begann Eileen, sich unbehaglich zu fühlen; aus irgendeinem Grunde wollte sie unbedingt und so schnell wie möglich dem durchdringenden Blick dieses Fremden in der schummrig erleuchteten Halle entfliehen.

»Folgen Sie mir bitte und lernen Sie die anderen kennen«, forderte sie ihn nervös auf und führte ihn mit eiligen Schritten in das Wohnzimmer.

»Mein Name ist Fitzroy«, stellte sich der dunkle Mann vor. »*Alan* Fitzroy.«

Er ließ den Blick seiner dunklen, blitzenden Augen über die kleine Gruppe schleifen, und es erhob sich ein leises Rascheln, und interessiert rutschte man hin und her. Nicht, daß irgend jemand schon einmal von ihm gehört hätte, doch etwas an der Art, wie er sprach, gab ihnen das Gefühl, daß sie vielleicht von ihm gehört haben *sollten.* Vielleicht, dachte jeder bei sich, vielleicht war dies endlich der echte Schriftsteller, von dem ich immer gehofft habe, daß er eines Tages kommen würde! Der *echte* Schriftsteller, der nicht nur seine eigenen Werke veröffentlicht, sondern der mir auch sagen kann, wie ich *meines* veröffentlicht bekomme; der es in seiner ganzen Qualität und Gelungenheit erkennt . . .

Mit solchen Hintergedanken folgten dem kleinen Mann fünf Augenpaare, als er zum Kamin hinüberging; eifrige Hände zogen einen gemütlichen Lehnstuhl für ihn heraus; eifrige Stimmen überschütteten ihn mit Fragen.

Doch Alan Fitzroy war nicht sonderlich gesprächig.

Nein, er kannte keins der Mitglieder der Gruppe. Nein (bescheiden), er schrieb nicht viel – nun, nicht *ausgesprochen* viel. Nein, er hatte keine Kostprobe seines schriftstellerischen Talents mitgebracht – nein, eigentlich nicht – jedenfalls sollten doch *bitte* erst einmal die anderen etwas vorlesen!

Und so begann das Treffen. Alan Fitzroy saß reglos da, die Augen geschlossen. Zur allgemeinen Enttäuschung beteiligte er sich nicht an den Kommentaren und kritischen Bemerkungen, die jeder Lesung folgten, und erst als er um *seinen* Beitrag gebeten wurde, richtete er sich auf.

»Nun«, gestand er, »ich habe etwas Kleines mitgebracht. Eigentlich ist es Teil eines größeren Werks. Sehen Sie, ich schreibe an meiner Autobiographie.«

Er blickte sich erwartungsvoll im Raum um, und da war ein beinahe hörbarer Seufzer der Enttäuschung. Das klang irgendwie nicht nach einem echten Schriftsteller; es klang viel eher nach einem der üblichen Mitglieder des Zirkels. Jedoch . . .

»Ich möchte, daß Sie verstehen«, fuhr der Fremde fort, »daß das einzige Ziel meines Buches ist, den Leser in Kontakt mit meinem Ego zu bringen – ihn oder sie auf eine Art und Weise in das Leben meines Verstandes hineinzuziehen, wie dies, meiner Überzeugung nach, noch nie versucht wurde . . .«

Während er sprach, fixierten seine funkelnden Augen Eileens Gesicht, und abermals verspürte sie das leise Aufflackern von Unbehagen – oder war es sogar Furcht? Völlig irrational jedenfalls, versicherte sie sich selbst; man konnte sich überhaupt keinen harmloseren kleinen Mann vorstellen; und sie lehnte sich zum Zuhören zurück, während er begann, aus einem dicken, eselsohrigen Manuskript vorzulesen.

»Der Selbstzweifel und die Selbsterkenntnis jeder unterdrückten, frustrierten Kindheit . . .«

Die Stimme schleppte sich tonlos weiter und weiter. Gelegentlich warf Eileen einen Blick auf die Uhr. Sie hoffte, Mr. Fitzroy würde sich nicht beleidigt fühlen, wenn sie hinausging und den Tee bereitete, bevor er geendet hatte. Ebenso hoffte sie, daß er nicht bemerkt hatte, daß Mrs. Peterkin in den tiefen Falten ihres Pelzmantels eingeschlafen war und jeden Augenblick zu schnarchen beginnen könnte.

Mr. Wilberforce, an Eileens Seite, kritzelte eifrig Notizen auf die Rückseite eines seiner eigenen Manuskripte. Zweifellos bereitete er eine beißende Kritik über den langatmigen Wortschwall vor, den dieser arme kleine Mann über sie ergoß.

»Seien Sie nett zu ihm!« flüsterte Eileen ihm leise zu; aus irgendeinem Grunde schien es ihr äußerst wichtig, daß der Neuling durch nichts erzürnt wurde. »Denken Sie daran, daß er hier noch neu ist.« Doch Mr. Wilberforce nickte nur verärgert und schrieb weiter.

Wollte es denn nie enden? Doch hört! Endlich! Dies mußten zweifelsohne die abschließenden Sätze sein:

»Um die Bedeutung dieser psychodynamischen Störungen für mein infantiles Ego zu verdeutlichen, muß ich von einer nächtlichen Halluzination berichten, die mich damals plagte. Oder, in gebräuchlicheren Worten, ein Traum. Ich träumte, ich würde einen langen Gang entlanggehen, einen langen steinernen Korridor. Meine Schritte schepperten beim Gehen, so als würde ich Stiefel aus Stahl oder Eisen oder etwas ähnliches an den Füßen tragen. Ich wußte, daß ich am Ende des Ganges meine Wiege finden würde – die Wiege, die ich als Säugling besaß – und daß ich mich in die Wiege legen mußte. Und ich wußte, daß sich, wenn ich darin lag, langsam ein Gesicht über den Rand der Wiege erheben würde, und das Gesicht würde von Wahnsinn verzerrt sein. Nie hatte ich die geringste Ahnung, was als nächstes geschehen würde, denn immer wachte ich vorher auf – in der Tat wachte ich immer schon auf, bevor ich überhaupt das Ende des Ganges erreicht hatte.«

Abrupt legte der kleine Mann das Manuskript ab. Er blickte sich triumphierend in der Runde um, und es folgte ein kurzes peinliches Schweigen, gebrochen nur von Mrs. Peterkins Schnarchen.

»Nun«, ergriff Eileen schließlich das Wort, während sie sich fragte, wie es wohl zu verhindern wäre, die Gefühle des kleinen Mannes zu verletzen. »Es ist natürlich ein sehr *profundes* Werk...«

»Aber es ist zu *lang!*« explodierte Mr. Wilberforce. »Und zu selbstzentriert, zu sehr voller Mitleid! Sie haben allein auf den ersten sechs Seiten siebenundachtzig Mal das Wort ›ich‹ benutzt! Ich habe mitgezählt!«

Alan Fitzroy wandte sich entrüstet zu ihm um.

»Aber ich muß das Wort ›ich‹ benutzen! Das ganze Buch handelt von mir... das sagte ich Ihnen doch! Es soll eine Verbindung zwischen dem Leser und mir aufbauen – soll ihm Zugang zu meinem Verstand erlauben, wenn Sie mich verstehen...«

»Ich verstehe Sie ausgezeichnet«, erwiderte Mr. Wilberforce gedehnt und ignorierte Eileens verstohlene Rippenstöße. »Es ist beileibe kein völlig neuer Akzent. Doch wenn Sie mir die Bemerkung erlauben, ich denke, Sie betrügen sich selbst. Sie sprechen davon, den Leser in Ihren Verstand einzulassen, doch tatsächlich erwecken Sie nicht einmal sein Interesse. Das Ganze ist zu wortlastig, zu abstrakt. Es ist nichts darin, was Aufmerksamkeit erweckt.«

Der kleine Mann lief zornesrot an.

»Nicht, was Aufmerksamkeit erweckt?« rief er aus. »Was ist mit dem Traum, hä? Erregt der nicht Ihr Interesse? Tut er das nicht?«

»Ehrlich gesagt, nein«, gab Mr. Wilberforce zurück. »Es ist schlicht die Nacherzählung eines kindlichen Alptraums, wie wir alle ihn das eine oder andere Mal hatten. Ich verstehe, daß er Sie als Kind zu ängstigen vermochte, doch glauben Sie mir, sonst wird er niemanden ängstigen!«

Der kleine Mann bebte nun vor Zorn.

»Er *wird* den Leuten Angst machen!« schrie er beinahe. »Das *wird* er! Ich besitze eine besondere Gabe für solche Dinge, ich *weiß*, daß ich sie besitze! Ich muß Ihnen sagen, daß einmal sogar ein Mensch aus Angst gestorben ist, als er diesen Traum hörte!«

Es folgte ein kurzes unbehagliches Schweigen. Niemand wußte, was er auf diese absurde Prahlerei erwidern sollte. Eileen erhob sich eilig.

»Ich denke, wir können nun alle eine Tasse Tee vertragen!« erklärte sie laut und fröhlich und floh aus dem Zimmer. Als sie den Flur zur Küche entlangeilte, bemerkte sie, daß Audrey Williams, die junge Schreiberin psychologischer Romane, ihr folgte.

»Ich dachte, ich könne Ihnen vielleicht helfen, meine Liebe«, erklärte Audrey und fügte, während sie Tassen und Untertassen auf ein Tablett stapelte, hinzu: »Wer ist denn bloß dieser aufgeblasene kleine Esel?«

»Ich habe nicht die leiseste Ahnung«, erwiderte Eileen. »Er hat mir richtig leid getan. Er muß wirklich hart an diesem Schund gearbeitet haben. Er hatte Kapitel über Kapitel davon niedergeschrieben.«

»Was Sie nicht sagen!« kicherte Audrey.

»Zwischendurch glaubte ich schon, er hätte vor, das ganze verdammte Zeug vorzulesen! Ich wäre beinahe gestorben . . .« Ihre Stimme erstarb, und beide Frauen bemerkten plötzlich, daß Alan Fitzroy schweigend im Türrahmen stand.

»Komisch, daß Sie das sagen«, hob er an und blickte geradewegs auf Audrey. »Und Sie?« fuhr er fort, während er sich zu Eileen umwandte.

»Wären Sie auch beinahe gestorben?«

Eileen errötete. Kein Wunder, daß der arme kleine Kerl so verbittert war! Es war eine Schande, daß Mr. Wilberforce sich so auf einen Neuling gestürzt hatte!

Beschwingend sagte sie: »Kümmern Sie sich nicht allzusehr um Mr. Wilberforce. Er ist ein unerbittlicher Kritiker. Mit jedem von uns ist er bei der einen oder anderen Gelegenheit schon einmal so ins Gericht gegangen, nicht wahr, Audrey?«

Audrey Williams nickte verschüchtert; und Alan Fitzroy ergriff abermals das Wort, an Eileen gewandt.

»Und was halten *Sie* von meinem kleinen literarischen Versuch? Ich spüre eine gewisse Sympathie bei Ihnen. Waren Sie von meinem Traum beeindruckt?«

»Nun ... ja ...« log Eileen nervös und rang nach Worten. »Ich fand ihn recht ... nun, recht ungewöhnlich. Wenn Sie ihn vielleicht ein wenig *früher* angesprochen hätten, statt all der Theorie am Anfang ...«

»Aber ich spreche ihn doch früher an!« rief der kleine Mann aufgebracht aus – er schien sein aufbrausendes Gemüt wiedergefunden zu haben. »Ich spreche ihn das ganze Buch hindurch an – genauso, wie ich ihn in Abständen mein ganzes Leben über geträumt habe. Doch der Leser weiß bis zur letzten Episode nicht, weshalb ich ihn immer wieder und wieder erzähle! Halten Sie das nicht für eine gelungene Idee? Den Leser in Spannung zu halten?«

Mit pathetischer Begeisterung blickte er von der einen zur anderen der Frauen; und Eileen, eifrig darauf bedacht, dem armen Kerl ein wenig Ermutigung zukommen zu lassen, hörte auf, Biskuits auf einen Teller zu legen, um zu erwidern: »Sagen Sie uns: was *ist* die letzte Episode?«

»Oh, nun, sehen Sie, es war wie folgt. Dieser Traum beunruhigte mich zutiefst. Ich bin von Natur kein nervöser Mensch – das soll heißen, die *Art* meiner Nerven, wie ich in ...«

Eilig führte Eileen ihn zum ursprünglichen Gedanken zurück.

»Ja, aber der Traum?« fragte sie, während sie Teelöffel auf das Tablett zählte, und Alan Fitzroy fuhr fort: »Ja, ja. Der Traum. Sehen Sie, was mich beunruhigte, war die Tatsache, daß ich jedesmal, wenn ich ihn träumte, ein wenig weiter den Gang hinunter auf die Wiege zukam, in der ich mich, wie ich wußte, legen mußte, um dann das Gesicht zu sehen. Am Ende war ich so beunruhigt, daß ich meiner Frau davon erzählte. ›Wenn du doch nur bei mir sein könntest, Liebes‹, sagte ich – nur aus Spaß, verstehen Sie ... ›Dann hätte ich nicht solche Angst‹.

Nun, in jener Nacht träumte ich ihn erneut, und ob Sie es glauben oder nicht, sie *war* da! Sie ging vor mir her, in ihrem alten dunklen Morgenmantel. Sie war eine dicke Frau, mein Eheweib – eine große, starke Frau, und sie versperrte mir den Blick auf die Wiege – die Wiege, in der, wie ich wußte, der

Wahnsinn beginnen würde. Also fühlte ich mich vollkommen sicher. Der Traum machte mir nicht das geringste aus. Und als ich aufwachte . . .«

Der kleine Mann blickte aufgeregt von Eileen zu Audrey, wie ein Zauberer, dem ein besonderes Kunststück gelungen war. »Als ich aufwachte, was glauben Sie, hat meine Frau mir da erzählt?«

»Nun, daß sie ebenfalls diesen Traum gehabt hätte, natürlich!« sagte Audrey prompt – war das nicht der offensichtliche Höhepunkt der Geschichte?

Doch Alan Fitzroy schüttelte den Kopf. »Nein«, erwiderte sie. »Nein, das kam erst später. Nein, sie erzählte mir, daß sie, als sie so dalag, ihr Kopf neben dem meinen, vermeint hatte, meine Taschenuhr unter meinem Kopfkissen ticken zu hören. Doch als ein komisches, metallisches Ticken, sagte sie – wie das entfernte Scheppern einer Rüstung oder eines Paars stählerner Stiefel. Und dann wußte sie, daß es nicht unter dem Kissen hervordrang, sondern aus meinem Kopf kam. Sehen Sie, es waren meine Stiefel, die in meinem Traum schepperten, und sie hatte sie gehört.«

Eileen und Audrey hatten sich dicht aneinander gedrängt. Eileens Stimme bebte ein wenig.

»Ich denke, wir sollten den Tee im . . .« hob sie an; doch der kleine Mann legte flehentlich seine Hand auf ihren Arm.

»Nur noch einen Augenblick!« bettelte er. »Nur noch ein paar Worte! Danach, wann immer ich diesen Traum träumte, hörte meine Frau das Scheppern in meinem Kopf, jede Nacht lauter, bis schließlich auch *sie* den Traum hatte! Das Scheppern zwang sie irgendwie einzuschlafen, erklärte sie mir, auch wenn sie mit aller Macht versuchte wachzubleiben – und da war sie auch schon, erklärte sie, mitten in meinem Traum ging sie vor mir den Gang hinunter, während sie hinter sich das Scheppern meiner Stiefel hörte. Was halten Sie davon?«

Eileen hatte sich wieder gefaßt. Natürlich war dies nur eine erdachte Geschichte, über die er ihre Meinung hören wollte. Mr. Wilberforces vernichtende Kommentare über die Autobiographie hatten ihn zu dem Versuch angestachelt, sie lebendiger zu gestalten.

»Nun«, erwiderte sie, die Worte mit Bedacht abwägend. »Ich

denke, Sie könnten das zu etwas recht Dramatischem ausarbeiten. Doch wie wollen Sie es enden lassen?«

»So wie es geendet hat, natürlich!« gab der Mann scharf zurück. »Es endet damit, daß meine Frau tatsächlich in die Wiege stieg. Natürlich. Es war *mein* Traum, nicht wahr, und ich *ließ* ihn so enden. Auch wenn es zu Anfang ein, zwei heftige Kämpfe gab. Ich sagte Ihnen ja schon, daß meine Frau eine große, starke Frau war.«

»Und – und was geschieht mit ihr in der Wiege?« fragte Eileen. »Sieht sie das Gesicht? Und erzählt sie Ihnen hinterher, wie es aussah?«

»O nein!« entfuhr es dem Mann. Er klang überrascht. »Natürlich nicht. Sie *konnte* es mir nicht mehr erzählen, nachdem sie in die Wiege gestiegen war. Natürlich nicht. Sie war nicht tot, doch sie hatte den Verstand verloren. Ich habe sie am Morgen im Bett gefunden, zusammengerollt, damit sie in diese kleine Wiege passen würde, und sie konnte nicht mehr sprechen. Natürlich nicht. *Das* war die Wirkung, wenn man in das Gesicht blickte.«

Eileen und Audrey tauschten entsetzte Blicke aus. Jeder fiel auf, daß die andere kreidebleich geworden war; doch der kleine Mann redete fröhlich weiter, offenkundig ohne ihr Entsetzen zu bemerken.

»Natürlich hat man sie fortgebracht und sie in eine Art Heim gesteckt. Doch das war nicht weiter schlimm – ich wußte, daß ich nun sicher war, denn wenn *sie* in der Wiege lag, dann konnte *ich* natürlich nicht darin liegen, oder? Jedesmal, wenn ich den Traum hatte, war sie da und füllte mit ihrem dunklen Morgenmantel die ganze Wiege aus, so daß ich sie nicht einmal mehr sehen konnte. Für Monate fühlte ich mich vollkommen sicher.

Bis sie eines Nachts nicht mehr da war. Das war schrecklich für mich. Da wußte ich, daß sie tot sein mußte – und am nächsten Tag erhielt ich tatsächlich Nachricht vom Heim, daß dies der Fall war. Doch kommen Sie ...« Er schien sich plötzlich aufzurichten »... ich darf Sie nicht länger von Ihrem Tee abhalten – erlauben Sie mir!« Und mit diesen Worten nahm er eins der beiden Tabletts und eilte ins Wohnzimmer.

Eileen und Audrey hatten nur einen Gedanken – zu ihren

Gefährten zurückzukehren. Eilig beluden sie das andere Tablett, und wenige Augenblicke später waren sie im Wohnzimmer.

Zu ihrer Überraschung war Alan Fitzroy nicht mehr da.

»Oh, er ist gleich gegangen, nachdem er das Tablett hereingebracht hatte«, erklärte Mr. Wilberforce. »Er sagte, er müsse den Zug nach Guilford oder so erreichen. Hat mich gebeten, ihn bei Ihnen zu entschuldigen – aber, aber, was haben Sie denn?«

In knappen Worten wiederholte Eileen die Geschichte, die Alan Fitzroy ihnen in der Küche erzählt hatte, und Mr. Wilberforces Miene verfinsterte sich.

»Der Kerl muß verrückt sein!« ereiferte er sich. »Ich hatte schon so ein *Gefühl,* daß er irgendwie komisch aussah. Wenn ich das gewußt hätte, hätte ich ihn nicht gehen lassen. Wir hätten ihn hier festgehalten und die Polizei rufen sollen.«

»Oh, ich bin nur dankbar, daß er fort *ist!«* erklärte Eileen. »Ich will keine unnötige Aufregung. Außerdem muß er es als fiktive Geschichte gemeint haben – auch wenn er trotzdem ein *wenig* anormal veranlagt sein muß, um zu versuchen . . .«

»Anormal? *Natürlich* war er anormal!« fiel ihr Mrs. Peterkin ins Wort. *»Das* konnte ich auf den ersten Blick erkennen! ›Das ist ein Egalomane‹ sagte ich zu mir . . .«

»Egomane«, verbesserte Audrey Williams, die sich in dem für ihren Roman benötigten Jargon bestens auskannte. »Oder meinen Sie Megalomane . . .?«

Das Geplapper und das Klappern der Teetassen ging weiter, und Eileen war zunehmend dankbar dafür, daß der seltsame kleine Mann fort war. Was wäre gewesen, wenn er statt als erster als *letzter* gegangen wäre? Sie hätte ihn kaum hinauswerfen können . . .

Mittlerweile war es elf Uhr geworden. Einer nach dem anderen verließen die Mitglieder des Zirkels das Haus, und schließlich war Eileen allein.

»Ich muß das alles noch wegräumen«, dachte sie, während sie sich müde in dem unordentlichen Zimmern umschaute; und sie machte sich daran, die Aschenbecher und die schmutzigen Tassen einzusammeln. Als sie an der Ottomane vorbeikam, bemerkte sie, daß Mr. Wilberforce seine Handschuhe dort vergessen hatte; und so war sie nicht überrascht, als einen

Augenblick später ein drängendes Klingeln an der Haustür ertönte.

Doch es war nicht Mr. Wilberforce. Die kleine dunkle Gestalt war schon an ihr vorbei in die Eingangshalle gehuscht, bevor sie noch wirklich gewahr war, was geschah.

Sie stieß einen kleinen entsetzten Laut aus – und fing sich dann wieder. Schließlich schien er ein sehr harmloser kleiner Mann, so wie er dort im Schein der Flurlampe stand und fragte, ob er wohl einen Blick in den Fahrplan werfen dürfte. Er hatte den letzten Zug verpaßt, erklärte er, doch vielleicht ... auf einer anderen Strecke ... vielleicht eine Umsteigeverbindung in Croydon ... wenn er nur einmal, kurz einen Blick in den Fahrplan werfen könne?

Eileen blieb nichts anderes übrig, als ihn ins Wohnzimmer zu geleiten und ihm den Plan zu reichen. Er setzte sich damit in den Lehnstuhl und blätterte alsbald, anscheinend ganz auf seine Suche konzentriert, die Seiten durch. Eileen machte sich wieder ans Aufräumen, wobei sie versuchte, gänzlich unberührt zu wirken. Schließlich, so sagte sie sich selbst, was kann er schon *tun?* Ich bin fast doppelt so kräftig wie er, eine große, starke Frau ...

Wo hatte sie diese Beschreibung schon einmal gehört? Die Worte hallten durch ihren Kopf ... »Meine Frau ... eine große, starke Frau.«

In diesem Moment bemerkte sie, wie still alles war. Das Rascheln der Seiten des Fahrplans war verstummt; und als sie zu ihm hinüberblickte, sah Eileen, daß Alan Fitzroy eingeschlafen war. Sein Kopf war nach hinten gegen den Sessel gelehnt, sein Mund hing offen, und sein Gesicht war bleich.

»Er sieht seltsam aus!« dachte sie bei sich und trat näher heran. »Vielleicht sollte ich *wirklich* die Polizei rufen. Glücklicherweise ist das Telefon in der Küche und nicht hier drinnen, so daß es ihn nicht aufwecken würde ...«

Und dann hörte sie das Geräusch. Zuerst vermeinte sie, es wäre ein Klacken in seiner Kehle, die Ouvertüre eines Schnarchens. Doch nein, es war kein Klacken; es war ein leiser, scheppernder Laut ... weit entfernt ... metallisch ... in seinem Kopf.

Eileen nahm sich nicht einmal die Zeit, das Tablett abzustellen, das sie in den Händen hielt. Das Telefon! Das Telefon! Das war ihr einziger Gedanke, während sie zur Zimmertür hinaus in Richtung Küche eilte.

Doch wie laut das Scheppern geworden war! Es schien ihr aus dem Zimmer zu folgen – den Flur entlang – *schepper* – *schepper* – *SCHEPPER* ...

Und wo war die Küche? Wieso war der Gang so lang? Und warum waren die Wände aus Stein, ebenso wie der Boden – Stein, der von den scheppernden Schritten hinter ihr widerhallte ...

Sie konnte nicht hinter sich blicken. Sie konnte nur weiter und weiter und weiter hasten, den hallenden Gang entlang, bis sie vor sich das Ende sah. Die zarten Musselinrüschen, von einem unsichtbaren Atemhauch in kaum wahrnehmbare Bewegung versetzt. Das Spitzenkissen, weiß und wartend. Das Deckchen, gerade erst von einer ungesehenen Hand zurückgeschlagen und bereit.

Mit einer Stärke, die sie selbst überraschte, zwang Eileen sich stehenzubleiben.

»Es ist ein Traum! Es ist ein Traum!« sagte sie sich selbst. »Wenn ich ihm nicht weiter folge, wache ich auf! Ich *werde* ihm nicht folgen! Das werde ich nicht! Das *werde* ich nicht!«

Die scheppernden Schritte kamen näher. Hände stießen – stießen – kämpften mit ihr, und Eileen wehrte sich – auf die unbestimmte, machtlose Art der Träume, die dennoch die ganze Kraft eines Menschen und mehr aufzehrte – Ich werde ihm nicht folgen! hauchte Eileen stumm. Das werde ich nicht, das werde ich nicht, das *werde* ich nicht!

Ein Krachen schien ihr die Trommelfelle zu zerreißen, und sie stellte fest, daß sie die Augen öffnen konnte. Sie schlug sie in ihrer eigenen Küche auf und blickte auf das Geschirrtablett, das zerbrochen vor ihr auf dem Boden lag. Schweißperlen rannen über ihr Gesicht, und Tränen der Erleichterung sprangen ihr in die Augen.

Ein Traum, natürlich!

Ein Schlafwandlertraum, heraufbeschworen von diesem schrecklichen kleinen Mann und vielleicht von der Übermüdung. Es mußte sogar Teil dieses Traums gewesen sein, daß er überhaupt zurückgekommen war und gebeten hatte, den Fahrplan sehen zu dürfen! Erleichtert eilte Eileen zurück ins Wohnzimmer.

Nein. Das zumindest war kein Traum gewesen. Doch Alan Fitzroy saß nicht mehr aufrecht in seinem Sessel. Er lag ausgestreckt auf dem Boden, so als wäre er in einem brutalen Kampf niedergestreckt worden, und Blut rann von einer Wunde an seinem Kopf herab, wo er im Fallen gegen das Kamingitter geschlagen war.

Für einen irrwitzigen Moment dachte Eileen an den Traumkampf an der Wiege – einer von ihnen mußte gestürzt sein –, und dann nahm sie ihren Verstand wieder zusammen und eilte davon, um den Arzt anzurufen...

Der Arzt fühlte den Puls und den Herzschlag des kleinen Mannes; dann schüttelte er den Kopf.

»Ich fürchte, es besteht keine Hoffnung mehr«, erklärte er. »Sie werden die Polizei rufen müssen, meine Liebe, und sie herausfinden lassen, wer er war und woher er kam und das alles. Gehen Sie nur und rufen Sie sie an, während ich mich weiter um den armen Kerl kümmere.«

Doch warum stand Eileen immer noch wie gelähmt da?

»Gehen Sie schon – telefonieren Sie!« wies der Arzt sie ärgerlich an. Es war schon schlimm genug, zu solch nächtlicher Stunde wegen eines tödlichen Herzanfalls herausgerufen zu werden, da brauchte es nicht auch noch eine hysterische Frau, die alles verzögerte. »Gehen Sie schon ans Telefon!«

Wie in Trance bewegte Eileen sich auf die Tür zu – den Flur zur Küche entlang. Vielleicht war es wirklich nur die Kette der Taschenuhr des Arztes gewesen, die diese scheppernden Geräusche machte. Ja, er mußte immer noch mit seiner Taschenuhrkette rasseln – lauter – *lauter* – immer LAUTER...

Deutsch von Ute Thiemann

Ein sauberes Ding

George Harmon Coxe

Sie hieß Mary Heath, und auf den mittelhohen Absätzen, die sie im Dienst trug, war sie gut einssechundsechzig groß. Sie wog vierundfünfzig Kilo, ihr Haar war rabenschwarz, ihre Augen tiefblau, und das entschlossene, rundliche Kinn deutete an, daß sie mächtig Feuer hatte.

Ihr Reich während der Arbeitszeit war die erste Kabine in einer Reihe von drei Fahrstühlen des Caswell Buildings, und da sie jung war – gerade neunzehn – und freundlich, war sie der Liebling der meisten Bewohner. Man mochte ihre Heiterkeit, und normalerweise waren ihre Späße höflich und wohlerzogen. Die Neuen sparten sich ihre anzüglichen Bemerkungen für Ethel und Loretta in den Nachbarkabinen auf, da sie, obwohl kaum älter als Mary, verheiratet und in gewisser Hinsicht erfahrener darin waren zu parieren, wenn sich jemand zu große Freiheiten herausnahm.

In den Monaten, in denen sie die erste Kabine bedient hatte, war ihr Hang zur Reinlichkeit unter den Stammkunden allgemein bekannt geworden. Den Durchgangsverkehr konnte sie nicht kontrollieren, aber die anderen vermieden es, auf den Teppich ihrer Kabine zu aschen. Wenn sie sich eine Zigarette ansteckten, nahmen sie das Streichholz mit hinaus, bevor sie es wegwarfen, und wenn sie in ihrer Kabine eine Schachtel aufrissen, achteten sie darauf, das Zellophan nicht fallenzulassen.

Dieses Bedürfnis nach Reinlichkeit war einfach eine Facette ihrer Persönlichkeit, so sehr Teil ihrer selbst wie ihre Aufrichtigkeit und Freundlichkeit. Sie war anspruchsvoll, was ihre äußere Erscheinung anging und sah in ihrer graublauen Uniform irgendwie schicker aus als Ethel mit ihrer üppigen Figur oder Loretta mit ihrem blondierten Haar. Da auch Marys winziges Apartment stets strahlend sauber war, sah sie keinen Grund, warum dieser Käfig, der schließlich fünf Tage die Woche ihr Arbeitsplatz war, nicht ebenso sauber und aufgeräumt sein sollte. So zumindest erklärte sie es, als Ethel entdeckte, daß Mary einen kleinen Kleiderbesen hinter dem Klappsitz ihrer Kabine verwahrte.

Wer konnte schon etwas dagegen haben, wenn sie den Fahrstuhl zwischen zwei Stockwerken anhielt, um den Teppich zu bürsten?

Marys Beharren auf Sauberkeit kam an einem Freitagnachmittag im Juni um exakt fünf Minuten nach drei zum x-ten Male zum Tragen, als Harry Gilmore das Foyer des Caswell Buildings betrat und ihre leere Kabine ansteuerte. Harry war Wartungsmonteur und nannte sich ›Stellvertretender Chefmechaniker‹. Er trug seinen wie stets verschmierten Overall, hatte eine Handvoll Werkzeuge in der Faust und eine Zigarette im Mund.

»Wie wär's mit einem kleinen Ausflug, Baby?« sagte er. »Im vierten Stock gibt es was zu klempnern.«

Mit einem Auge blickte Mary zur Wanduhr und sah, daß ihr noch vier Minuten blieben, bis sie hinauf in den achten Stock fahren sollte, um Stan Norton abzuholen. Mit dem anderen beobachtete sie den Zentimeter Asche an Gilmores herabhängender Zigarette.

»Sicher, Harry«, sagte sie. »Wenn du vorher bloß bitte die Asche abstreifen würdest.«

Harry grinste. Er nahm die Zigarette aus dem Mund, betrachtete sie, dann schnippte er die Asche mit umständlicher Geste ab.

»Okay, Grandma«, sagte er immer noch grinsend. »Aber was willst du machen, wenn du mal verheiratet bist? Ich meine, falls dein Mann raucht? Willst du ihn zwingen, das eklige Kraut aufzugeben?«

»Bestimmt nicht. Er kann soviel rauchen wie er will.«

»Vielleicht in einer Ecke in der Küche, mit dem Gesicht zur Wand?«

Mary merkte, daß sie ihn ebenfalls anlächelte. Es war einfach die Wirkung, die er auf sie hatte, und sie erinnerte sich an die Überlegungen, die er in ihr ausgelöst hatte, als er vor etwa sechs Monaten eines Morgens das erste Mal zur Arbeit gekommen war. Denn mit seinen schwarzen Augenbrauen und dem Lockenkopf sah Harry gut aus. Er war frech und eingebildet, konnte aber ebenso schnell und wissend lächeln, und sein Blick war verwegen, sein Wesen selbstbewußt.

Mary hatte seine Ausstrahlung sehr wohl wahrgenommen, aber sie behielt es für sich, bis einige Tage später Reparaturarbeiten an ihrem Fahrstuhl vorzunehmen waren. Als er diese beendet hatte, waren Ölflecken auf ihrem Teppich gewesen. Dreck und ölige Fusseln waren aus der offenen Deckenlampe gerieselt und mit den Füßen festgetreten worden. Als sie den Schaden bemerkte, war sie zu aufgebracht, um ihre Erschöpfung zu verbergen. Sie versprühte ein solches Feuer, daß Harry sie nur anstarren und sich dann eilig zurückziehen konnte. Die Putzfrau hatte zwei Abende gebraucht, um die Flecken zu entfernen, und Mary beschwerte sich sogar bei George Allen, dem Chefmechaniker, der zwar Verständnis für ihre Klage zeigte, aber meinte, daß Fahrstühle immer schmierig seien und Harrys Problem nicht ganz einfach gewesen wäre.

Sie hatte den Vorfall fast schon vergessen, als Harry an jenem Nachmittag aufgetaucht war, als sie das Gebäude gerade verlassen wollte. Als er sich dafür entschuldigte, daß er ihre Kabine verschmutzt hatte, und fragte, ob er sie zum Essen ausführen dürfte, um sicherzugehen, daß sie ihm auch wirklich verzieh, hatte sie keinen Grund gehabt, ihn zurückzuweisen.

Dreimal war sie danach noch mit ihm ausgegangen, hatte jedoch seine Freunde nicht gemocht, sein Verhalten ganz allgemein oder sein Vorgehen im Taxi, und als er merkte, daß sie es ernst meinte, hörten die Einladungen auf. Nach wie vor scherzte er mit ihr, und sie wußte, daß er sie mochte, aber inzwischen war Stan Norton auf sie aufmerksam geworden, und sie war froh, daß sie klug genug gewesen war, ihn zu ermutigen. Stan mit seinem müden Lächeln und seiner ernsthaften Art, aber mit einer soliden Verläßlichkeit, die sich in kommenden Jahren auszahlen würde.

Aber sie konnte immer noch mit Harry lachen, und genau das tat sie jetzt.

»Mein Mann«, sagte sie würdevoll und liebenswert, »kann rauchen, wo und wann er will. Es wird reichlich Aschenbecher geben, und ich bin sicher, er wird rücksichtsvoll sein, sie auch zu benutzen.«

Die dralle Ethel, die gerade eine Ladung Passagiere entlassen hatte, hörte ihr Gespräch und nutzte augenblicklich die Gelegenheit.

»Komm schon, Harry«, sagte sie. »Ich fahr' dich. Bei mir kannst du deine Asche jederzeit auf den Teppisch fallen lassen... Außerdem«, fügte sie hinzu, »muß Mary in ein paar Minuten die Post fahren.«

Harry nahm das Angebot ohne weiteres Zögern an. »Gut, Baby.« Er winkte Mary mit seiner Zigarette und grinste wieder. »Und laß es dir eine Lehre sein, Grandma.«

Ethels Bemerkung erinnerte Mary an ihre wöchentliche Aufgabe, eine Aufgabe, die sie immer ein wenig nervös machte. Sie schloß die Tür zur Hälfte, und Cliff Forbes, der Fahrdienstkoordinator war, wenn er nicht eines der Mädchen in der Mittags- oder Kaffeepause ablöste, kam herüber und half ihr.

Die folgende Minute stand er neben ihr vor der halb geöffneten Tür und leitete die ankommenden Besucher in die beiden anderen Kabinen. Dann betrachteten beide die Spiegelglasscheibe, die eine Wand der Lobby bildete und einen direkten Blick in die *City Bank and Trust Company* erlaubte, deren Haupteingang sich an der Ecke befand.

Die allwöchentliche Prozedur mit den Lohngeldern für die *Tracy Company* hatte sich über eine lange Zeit hinweg bewährt, und sie war so absolut sicher, wie sie nur sein konnte. Jeden Freitagmorgen um 10 Uhr kam Stan Norton mit einer braunen Ledertasche herunter in die Bank, um die Scheine abzuholen, die nach ihrer Höhe geordnet waren. Ed Ewald, der Bankwachmann, vernachlässigte eine Minute seine üblichen Pflichten, um Stan durch die Lobby zu dem Fahrstuhl zu begleiten, mit dem Mary eine Nonstop-Fahrt in den achten Stock machte. Hier gab es nur zwei Unternehmen: Die eine Hälfte wurde von der Baufirma Tracy, die andere von einer Sekretärinnenschule beansprucht. Im Laufe des Tages teilte man die Löhne in einzelne Umschläge auf, und dann, kurz nachdem die Bank schloß, begann die zweite Hälfte der Operation.

Um 15 Uhr verriegelte Ed Ewald die Türen der Bank von innen und zog seine Uniform aus. Jetzt, um 15 Uhr 10, sah Mary, wie er in Hut und Mantel an den Empfangstresen der Lobby trat. Er nickte ihr zu, nahm den Hörer vom Telefon und wählte die Nummer der Tracy Company, um Bescheid zu geben, daß er bereit war. Als er auflegte, winkte Mary kurz, und Cliff Forbes sagte: »Okay, Mary« und trat von der Tür zurück.

Als sie sich mit einem Klicken schloß und die Kabine nach oben fuhr, wuchs die Nervosität, die der Grund für Marys Unruhe war. Sie fürchtete nicht wirklich, daß etwas geschehen würde. Der Fahrstuhl würde nicht anhalten, weder auf dem Weg nach oben noch nach unten. Was Ed Ewald betraf, so war er ein pensionierter Polizist, der sein Einkommen aufbesserte, indem er Stan auf seiner wöchentlichen Fahrt begleitete. Wenn Stan in der Lobby ankam, war Ed an seiner Seite, eine Hand an die Waffe in seiner Tasche gelegt. Für die zehnminütige Fahrt zu der Baustelle am Fluß nahmen sie ein Taxi, übergaben dort die Tasche und waren in weniger als einer halben Stunde zurück.

Stan hatte ihr schon viele Male versichert, daß es keinen Grund zur Sorge gäbe, aber sie konnte die Möglichkeit, daß etwas schiefgehen mochte, nicht ignorieren. Das war der Grund, warum sie die Freitage fürchtete und warum sie sich erst entspannen konnte, wenn Stan und Ed Ewald wieder sicher im Caswell Building waren.

Marys Kabine kam sanft zum Stehen. Die Tür glitt auf ... und dann sah sie ihn.

Er mußte ganz dicht an der Tür gestanden haben, denn er war drinnen, bevor sie sich rühren konnte, und in diesem ersten, entsetzlichen Augenblick war sie so schockiert, daß sie nur wußte, daß es ein Mann war, der einen scheußlichen Revolver mit kurzem Lauf in der Hand hielt, und daß sein Kopf unter einer großen, braunen Papiertüte steckte.

Sie spürte die Waffe in ihrer Seite, während er neben ihr stand. Die beiden Gucklöcher, die man in die Tüte geschnitten hatte, ließen sein Äußeres nur noch grotesker erscheinen. Für einen kurzen Moment konnte sie seine Augen sehen, aber sie lagen im Schatten und waren für sie ohne Form, Farbe oder Umrisse. Die Stimme, die sie anschnauzte, klang dumpf und entstellt.

»Keine Bewegung – nicht eine einzige! Ein Mucks, und du bist tot.«

Sie hätte sich nicht bewegen oder schreien können, selbst

wenn ihr Leben davon abgehangen hätte. Ihre Kehle war wie verschnürt, die Muskeln gelähmt.

»Steck deinen Kopf ein Stück weit raus«, befahl die Stimme. »Tu so, als würdest du ihn suchen. Wenn du ihn siehst, lächle.«

Sie gehorchte und dann sah sie, wie sich die Tür am Ende des Flures öffnete. Mr. O'Connor, der Büroleiter, trat heraus, sah in die eine, dann in die andere Richtung. Als er zur Seite trat, schob sich Stan Norton an ihm vorbei, und dann ging er auf sie zu, und das müde Lächeln begann, sich auf seinem knochigen Gesicht auszubreiten.

Der Mann mit der Waffe hatte die Bürotür und die sich nähernden Schritte gehört, und die Mündung der Waffe bohrte sich fester in ihre Seite. Diesmal tat es weh, aber sie schrie nicht auf. Sie sah, wie Stans Lächeln breiter wurde, hörte, wie er sagte: »Hallo, Sweetheart. Pünktlich wie immer.« Er war schon dabei, die Kabine zu betreten, als er die vermummte Gestalt sah, und da war es zu spät. Danach ging alles so blitzartig und war so schnell vorbei, daß sie nur einen flüchtigen Eindruck im Gedächtnis behielt.

Sie sah, wie sich Stans erstaunter Blick plötzlich weitete. Sie sah, wie die Farbe aus seiner bestürzten Miene wich. Dann war er in der Kabine, und man hatte ihm die Tasche aus den zitternden Fingern gerissen. Eine Hand packte ihn und drehte ihn herum, daß er zur Fahrstuhltür gewandt stand, und die Waffe bohrte sich nicht mehr in ihre Seite, sondern wurde Stan in den Rücken gerammt.

»*Sieben!* Mach schon!«

Irgendwie schaffte sie es, den richtigen Knopf zu drücken. Die Tür schloß sich, und sie fuhren ein Stockwerk tiefer und hielten an. Als sich die Tür öffnete, legte sich eine Hand auf Stans Rücken, und er wurde mit Gewalt auf den Gang gestoßen. Dann spürte Mary, wie sie von den Schaltern weggerissen wurde. Bevor sie ihr Gleichgewicht wiederfinden konnte, taumelte sie zur Tür hinaus, wobei ihre Schuhe über den frisch gebohnerten Boden rutschten. Als sie ihre Balance wiederhatte und in die Runde sah, hatte sich die Fahrstuhltür bereits automatisch geschlossen.

Plötzlich war der Korridor still und leer, und als sie zu Stan sah, war der schon in Bewegung. Sein Gesicht war steinern, sein Unterkiefer gespannt, und er fragte gar nicht erst, ob sie in Ordnung oder ob sie verletzt war.

»Such ein Telefon!« sagte er. »Schnell! Ruf die Polizei!«

Sie verstand ihn, aber in diesem ersten Augenblick, als sie nicht wußte, warum er zum Notausgang lief, wollte sie ihm folgen. Als er gegen die schwere Stahltür am Ende des Korridors stieß, merkte sie, daß er die Treppe nehmen und versuchen wollte, vor dem Mann mit der Waffe in der Lobby zu sein. Außerdem wurde ihr klar, daß er es mit seinen langen Beinen sehr wohl schaffen konnte. Der Gedanke ängstigte sie, denn sie wußte, daß der Mann, der die Tasche genommen hatte, noch immer seine Waffe bei sich trug.

»Nein, Stan! Bitte ...«

Sie waren auf dem Treppenabsatz zwischen zwei Stockwerken, als er zu ihr herumfuhr und sie bei den Schultern packte. Er schüttelte sie einmal fest, und er hatte einen verzweifelten Ausdruck in den Augen. »Das Telefon!« sagte er barsch. »Schnell!«

Dann war er auf dem Weg nach unten, nahm die Stufen mit großen Sätzen, immer drei auf einmal, und jetzt begann auch sie die Dringlichkeit zu spüren, und sie begann die Stufen wieder hinauf zu laufen. Dann stürmte sie, da es ihr die schnellste Möglichkeit zu sein schien, in den achten Stock und rannte zur Tür der Tracy Company.

Sie war sich kaum bewußt, was sie sagte. Es brachte sie schier zur Verzweiflung, daß sie alles wiederholen mußte, damit die verdutzte Empfangsdame es verstand. Dann, als das Mädchen zu wählen begann, öffnete sich auf einer Seite die Tür, und Mr. O'Connor kam aus seinem Büro. Sie drehte sich zu ihm um, während die Worte aus ihr hervorsprudelten, und als Mr. O'Connor sie verstand, vergeudete er keine Zeit. In scharfem Ton stellte er dem Mädchen am Empfang eine Frage, um sicherzugehen, daß sie die Polizei am Apparat hatte, dann nahm er Mary beim Arm und schob sie eilig den Flur hinunter zum Fahrstuhl.

Die folgenden paar Minuten waren für Mary Heath hektisch und enttäuschend. Der erste, den sie sah, als sie in der Lobby ausstiegen, war Stan, der aufgeregt mit Ed Ewald redete, und ein seltsames Gefühl der Erleichterung durchströmte sie, als sie sah, daß es ihm gutging. Als nächstes bemerkte sie, daß die Tür ihres Fahrstuhls verschlossen war, und als sie zur Anzeigetafel an der Wand sah, zeigte ihr das Lämpchen in der ersten Reihe, daß die Kabine im zweiten Stock angehalten hatte. Sie hörte, wie Mr. O'Connor Ed Ewald anwies, bis die Polizei eintraf, und dann stürmte er, gefolgt von Stan, in den zweiten Fahrstuhl.

Niemand bat Mary mitzukommen, aber sie tat es trotzdem. Ethel, die schweigend zugesehen hatte, war klug genug, keine Fragen zu stellen, und Mr. O'Connor sprach nur ein einziges Mal.

»Haben Sie in den letzten paar Minuten jemanden aus dem zweiten Stock nach unten gefahren?«

»Nein, Sir.«

Als sie Marys Kabine leer vorfanden, fuhr Stan herum und rannte zum Notausgang. Mr. O'Connor schrie ihm hinterher, wohin er wollte, und Stan antwortete über die Schulter hinweg.

»In den Keller. Wenn er nicht in die Lobby gekommen ist, könnte es sein, daß er ganz nach unten gefahren ist.«

Mr. O'Connor atmete stoßweise. Er sah Mary an.

»Ich schätze, es gibt hier für uns nichts mehr zu tun«, sagte er. »Da kann ich ebensogut in mein Büro gehen und auf die Polizei warten.«

Sergeant Cheney, der drei oder vier Minuten nach den beiden uniformierten Männern aus dem Funkstreifenwagen eintraf, nahm die Nachforschungen in die Hand. Er verbrachte die meiste Zeit in Mr. O'Connors Büro, sprach mit Leuten und nahm die Berichte der Detectives entgegen, die ihm die Lauferei abnahmen. Zwei Stunden später war er noch immer im Büro, und mit ihm Mary.

Sie war die einzige, die den Raum kein einziges Mal verlassen hatte, und nichts geschah, das ihren ersten Eindruck von dem Sergeant umgestoßen hätte; ein Eindruck, der ihr ein unbehagliches, angsteinflößendes Gefühl vermittelte. Irgendwo in den Vierzigern, dachte sie, mit einem Anflug von Grau in seinem braunen Haar, und ein unbewegtes, fast quadratisches Gesicht, das niemals lächelte. Seine Stimme war ruhig und ohne die Spur eines Dialekts und die schlauen grauen Augen schienen nicht nur jedes Detail ihrer Erscheinung zu registrieren, sondern auch in ihren Gedanken zu lesen.

Sie konnte nicht sagen, ob er ihre Geschichte glaubte oder nicht, und er ließ sich nicht anmerken, ob er Stan Norton kannte, bis sämtliche Einzelheiten ans Licht gebracht waren. Was er dann sagte, erfüllte Mary mit einer Furcht, die sie nicht abschütteln konnte. Noch immer sah sie den Blick vor sich, mit dem er Stan angesehen hatte, nahm den beunruhigenden Effekt seiner Wort wahr.

»Kenne ich Sie nicht, Norton?«

»Ich glaube wohl«, hatte Stan gesagt.

»Die Dollar-Sache, nicht?«

»Ja, Sir.«

»Sieht aus, als würde sich die Geschichte wiederholen.«

Mr. O'Connor, der etwas verwirrt zugehört hatte, fragte, was die Dollar-Sache wäre, und der Sergeant erklärte es ihm. Und Mary lauschte mit einem seltsamen Gefühl wachsender Verzweiflung der Schilderung eines weiteren erfolgreichen Lohngeldraubes, dessen Opfer Stan und ein bewaffneter Wachmann vor drei Jahren geworden waren, als er noch für eine andere Firma gearbeitet hatte. Der Umstand, daß man ihn von aller Schuld freigesprochen hatte, schien sein Schweigen zu dem früheren Überfall nicht zu entschuldigen. Mr. O'Connor sagte dies, und Stan erwiderte, daß er es nicht für wichtig erachtet hätte.

»Als ich angefangen habe, für Sie zu arbeiten, hatte ich mit den Lohngeldern nichts zu tun.«

»Aber später, als wir beschlossen haben, Ihnen diese Aufgabe zu übertragen . . .«

»Ich weiß, Sir«, sagte Stan kraftlos. »Ich dachte einfach nicht, daß es mir zweimal passieren könnte.«

Mr. O'Connor gab keinen weiteren Kommentar von sich. Er hatte gewartet, während Cheney Ed Ewald verhört hatte, dann George Allen, den Chefmechaniker, und Harry Gilmore. Er hatte sich die Berichte der Detektives angehört, die das Gebäude durchsuchten und denen man versichert hatte, daß man jeden, der direkt nach dem Überfall gegangen war, einer gründlichen Durchsuchung unterzogen hätte. Als alles vorüber war, äußerte Cheney seine Ansicht. Er sagte, daß er in seinem Beruf zu dem Schluß gekommen war, daß die offensichtlichste Lösung für ein Verbrechen gewöhnlich die richtige war.

»Was haben Sie mit der Tasche gemacht, Norton? Wer steckt mit Ihnen unter einer Decke?«

Stan protestierte, ebenso wie Mary. Sie hatte die Wahrheit gesagt. Es war genauso vor sich gegangen, wie sie es gesagt hatten, und beide wiesen darauf hin, daß Stan mit leeren Händen aus der Tür zum Notausgang im Erdgeschoß gekommen war. Ed Ewald und Cliff Forbes, der Fahrdienstkoordinator, konnten dies ebenfalls beschwören.

»Sicher«, hatte Cheney gesagt. »Aber da stand im zweiten Stock, auf dem Absatz der Feuertreppe, ein Fenster offen. Alles, was Sie tun mußten«, fügte er zu Stan gewandt hinzu, »war, die Tasche auf dem Weg nach unten aus diesem Fenster zu werfen. Darunter liegt ein gepflasterter Hof. Durch die Hintertür des Taylor Buildings in der Nebenstraße kann man hineingehen, oder wieder hinaus. Jemand, der zur richtigen Zeit dort unten wartet, könnte die Tasche aufsammeln, durchs Taylor Building verschwinden und wäre in Sicherheit.« Mary hatte darauf einen vehementen und empörten Widerspruch erwartet. Statt dessen zeigte Stan nur ein hoffnungsloses Kopfschütteln, und ein kaum hörbares Wort, das sich anhörte wie: »Nein.« Dieses Verhalten erschreckte sie, aber es hielt sie nicht davon ab, sich über Cheney herzumachen, und sie konnte ihre Wut nicht für sich behalten, mit blitzenden, blauen Augen.

Sie gab zu, daß derjenge, der das Geld genommen hatte, das Unternehmen zeitlich genau geplant haben und mit jedem Detail der Prozedur vertraut gewesen mußte. Aber was war mit den anderen? Was war mit George Allen, dem Chefmechaniker, der sagte, er wäre die ganze Zeit über im Keller gewesen, es aber nicht beweisen konnte? Was war mit Harry Gilmore? Angeblich war er im vierten Stock mit Klempnerarbeiten beschäftigt, aber stimmte das auch?

Cheney ließ sie ausreden und hatte die Antworten parat. Es stimmte, George Allen war allein in seiner Kellerwerkstatt gewesen, aber dort war weder Geld noch irgendeine Spur von der Tasche gefunden worden, was also war damit geschehen? Was Harry Gilmore anging, so hatte ein Angestellter im vierten Stock gesehen, wie er dort in der Herrentoilette gearbeitet hatte.

»Der Mann konnte sich nicht genau auf eine Zeit festlegen«,

sagte Cheney, »aber er könnte schwören, daß es zwischen 15 Uhr 10 und 15 Uhr 15 gewesen sein muß.«

Als es im Büro nun still wurde und alle außer Cheney und seinen Männern gegangen waren, saß der Sergeant im Sessel an Mr. O'Connors Schreibtisch, die Pfeife kalt im Mund. Mary glaubte, das Verhör wäre schon vorüber, als sie sah, daß er sich Stan zuwandte.

»Also gut, Stanley«, sagte er. »Es wird Zeit, daß Sie mit mir eine kleine Fahrt zum Revier machen und anfangen, die Wahrheit zu sagen.«

Mary, die beobachtete, wie sich Stans knochige Schultern ein Stück weiter hoben, spürte, daß er ihrem Blick absichtlich auswich.

»Das mache ich doch schon die ganze Zeit.«

»Sie werden noch etwas mehr erzählen müssen. Der Lieutenant wird Ihre Geschichte hören wollen. Er wird noch einige Fragen haben. Genau wie ich. Vielleicht möchte sich einer der Bezirksanwälte in die Sache einschalten. Ich weiß nicht, wie lange das dauern wird . . . vielleicht die ganze Nacht. Aber wir haben ja eine Menge Zeit.« Cheney stand auf und seufzte. »Ich habe gehört, Sie und Mary wollen heiraten.«

Stan nickte.

»Sie haben heute Nachmittag eine hübsche Beute gemacht, fast zehntausend Dollar.«

»Ich habe es Ihnen doch schon gesagt«, ging Stan dazwischen, und endlich keimte Wut in seiner Stimme auf.

»Ich weiß«, unterbrach Cheney. »Aber wenn Sie es getan haben, verspreche ich Ihnen, daß Sie keine Freude daran haben werden. Wir werden Sie von jetzt an im Auge behalten. Sie werden von jetzt an über alles abrechnen müssen, was Sie ausgeben, und wir werden über jeden Schritt, den Sie tun, informiert sein. Das macht bestimmt keinen Spaß. Ehrlich gesagt ist es ein scheußlicher Beginn für eine Ehe . . . Gehen wir.«

Er ging mit Stan an die Tür und sprach mit einem seiner Männer. Dann kam er zurück, noch immer mit der Pfeife im Mund, und sah Mary an.

»Von Ihnen brauchen wir auch eine Aussage, aber das kann bis morgen warten.«

»Ich habe Ihnen die Wahrheit erzählt«, sagte Mary hölzern.

»Ich fange an, Ihnen zu glauben.«

Sie war nicht sicher, ob sie ihn verstand, und ein schwacher Hoffnungsschimmer begann sich in ihrem Inneren zu zeigen.

»Wenn Sie mir glauben, müssen Sie auch Stan glauben.«

Cheney schüttelte den Kopf.

»Soweit *Sie* es wissen, ist die Sache genauso vor sich gegangen, wie Sie gesagt haben. Aber es gibt noch eine weitere Möglichkeit, die Sie nicht bedacht haben. Sehen Sie.« Er beugte sich vor und zeigte mit seinem Pfeifenstiel auf sie. »Angenommen, ein Bursche, von dem Sie noch nie gehört haben, ein Mann, der in den zeitlichen Ablauf und sämtliche Details eingeweiht ist, wäre kurz nach 15 Uhr mit einer Waffe in der Tasche und einer gefalteten Papiertüte unter dem Arm hereingekommen.

Er legte eine Pause ein und klemmte die Pfeife wieder zwischen seine Zähne. »Die Sache ist abgelaufen, wie Sie gesagt haben. Sie und Stanley werden im siebten Stock rausgestoßen. Stanley läuft weg. Sie laufen zum Telefon. Dieser Knabe mit dem Geld fährt hinunter in den Zweiten, schafft es zur Feuertreppe und wirft die Tasche aus dem Fenster. Er steigt ein oder zwei Stockwerke nach oben und fährt wieder nach unten, wenn er kann. Wer sollte ihn aufhalten? Seine Hände sind leer. Er hat kein Paket bei sich. Er kommt an dem Wachmann und dem Fahrdienstkoordinator vorbei, obwohl sie ihn durchsuchen. Er geht um den Block herum, durch das Taylor Building, und . . .«

Mary unterbrach ihn. Die Richtung, die Cheneys Rekonstruktion nahm, gefiel ihr nicht. »Aber wie könnte jemand das ohne Stans Hilfe tun?«

»Das meine ich ja«, sagte Cheney.

Er sprach nicht weiter. Das mußte er nicht. Es war klar, was er meinte, und als sie das Büro verließen und hinaus auf den Gang traten, um auf den Fahrstuhl zu warten, durchdrang diese Vorstellung Marys Gedanken mit entsetzlicher Klarheit. Immer dachte sie an diesen früheren Überfall, und jedesmal schob sie den Gedanken beiseite, indem sie sich sagte, daß Stan eine solche Sache niemals hätte planen können . . . nicht der Stan, den sie kannte und liebte. Der Sergeant *mußte* sich einfach irren.

Die Fahrstuhltür glitt auf, und als Mary eintrat und die dunklen Flecken auf dem Teppich sah, konnte sie sich kaum zurückhalten, ohne in Tränen auszubrechen. Warum nur war es immer so, wenn sie ihre Kabine eine Zeitlang verließ? Niemand schien sich darum zu scheren, ob sie sauber und ordentlich war, und jetzt, da die Anspannung der vergangenen Stunden ihre Wirkung zeigte, mußte sie sich die Tränen verkneifen. Sie hielt ihr Gesicht abgewandt, bis sie die Lobby erreicht hatte.

»Ich muß zurück in den zweiten Stock«, sagte sie, und dann, als sie merkte, daß Cheney nicht verstand, fügte sie hinzu: »In den Aufenthaltsraum, um mich umzuziehen.«

Wieder schloß sich die Tür, und sie konnte ihren Blick nicht vom Boden lösen. Die dunklen Flecken und Kleckse sahen ölig aus, und sie fragte sich, ob die Putzfrau wohl in der Lage sein würde, sie über Nacht zu entfernen. Nur einmal war der Teppich so verschmiert gewesen, und damals ...

Hastig kniete sie nieder, wie überwältigt von diesem Gedanken. Eine Berührung mit dem Finger zeigte ihr, daß die Flecken ölig *waren,* und plötzlich machte ihr Herz einen kleinen Sprung, und sie spürte eine seltsame Spannung, die sich gegen die Leere in ihrer Brust stellte.

Irgend etwas ließ sie herumfahren und eine Verkleidung in der Metallwand betrachten. Dort gab es eine beinah unsichtbare Tür, deren Existenz nur von haarfeinen Spalten und einem winzigen Schlüsselloch angedeutet wurde. Sie sollte eine Fluchtmöglichkeit darstellen, für den Fall, daß der Fahrstuhl zwischen zwei Stockwerken hängenblieb. Wenn das passierte, konnte man den Nachbarfahrstuhl auf dieselbe Höhe bringen, und wenn beide Notausgänge geöffnet waren, konnten die Passagiere gefahrlos von einem Fahrstuhl in den anderen klettern. Aber es gab noch einen weiteren Ausstieg aus dieser Kabine, und als ihr Blick an die Decke fuhr, spürte sie, wie ihre Anspannung zunahm, und eine neuerliche Aufregung zerrte an ihren Nerven.

Ohne zu merken, daß der Fahrstuhl angehalten hatte, und mit der Erinnerung an das einzige andere Mal, als die Deckenklappe offengestanden hatte und die öligen Fusseln und der Schmutz auf den Boden gefallen waren, streckte sie eine Hand nach dem runden Klappsitz aus.

Als sie ihn von der Seitenwand des Fahrstuhls herunterzog, fiel ihr kleiner Kleiderbesen zu Boden, aber diesmal nahm sie ihn gar nicht wahr. Sie zog ihren Rock hoch, stellte erst einen

Fuß auf den Sitz, dann den anderen, und legte eine Hand flach gegen die metallene Verkleidung, damit sie das Gleichgewicht halten konnte. Ein leichter Schlag mit dem Finger, und der kleine Riegel der Notausgangsklappe an der Decke sprang auf, und sie stieß sie nach oben. Dann tastete sie oberhalb der Klappe herum, und ihre Finger glitten über schmierige Metallflächen und berührten schließlich ein Ding, das definitiv nicht aus Metall war.

Sie stand auf Zehenspitzen, spürte, wie sich der Riemen ihres Büstenhalters spannte, als sie sich bemühte, näher heranzukommen. Ihre Fingernägel halfen, das Ding etwas näher zu bekommen, und dann zog sie es heran, sah schon die Ecke der Tasche in der Öffnung und zog noch fester, bis sie zu weit herauskam, ihrem Griff entglitt und laut und schwer unten auf dem Teppich aufschlug.

Vorsichtig trat sie herunter und ließ den Sitz gegen die Fahrstuhlwand schlagen. Noch immer starrte sie die ölverschmierte Tasche an, als sie hinter sich ein leises Geräusch hörte. Dann, als ihre Muskeln erstarrten und sie sich umzudrehen versuchte, hörte sie eine vertraute Stimme.

»So, so. Dann hast du also doch mit dem guten alten Stan die Lohngelder gestohlen?«

Harry Gilmore stand in der Tür, ein schiefes Grinsen auf seinem gutaussehenden Gesicht. Er sah wirklich schick aus in seinem blauen Anzug mit einem Trenchcoat über dem Arm. Außerdem lag eine unterdrückte Heiterkeit in seinem Blick.

»Wir hatten nichts damit zu tun«, fuhr Mary ihn an.

»Woher wußtest du dann, daß die Tasche da oben war?«

»Das wußte ich nicht.« Sie deutete auf den verschmierten Teppich.

»Aber ich habe mich an das letzte Mal erinnert, als dieser Fahrstuhl voller Dreck und Öl war, als du da oben bei offener Klappe an der Mechanik gearbeitet hast. Da bin ich drauf gekommen. Ich weiß nicht, wie du es gemacht hast, Harry ... das herauszufinden ist Aufgabe der Polizei ...«

Ihre Worte erstarben bei der Bewegung seiner Hände, und dann starrte sie in den denselben Revolver, den sie schon früher am Nachmittag gesehen hatte. Bevor sie vollkommen verstehen konnte, was das bedeutete, war Harry neben sie getreten und hatte die Klappe wieder an Ort und Stelle gebracht. Er hob die Tasche auf und winkte mit der Waffe. »Gehen wir, Baby.«

»Gehen? Wohin?«

»In den Aufenthaltsraum. Ich brauche etwas Zeit, um mir was zu überlegen.«

Er zerrte sie auf den Gang hinaus, und sie gingen den Flur hinunter, bogen nach links ab und kamen am Ende schließlich an eine Tür. Mary nahm den Schlüssel aus ihrer Tasche, und als das Schloß klickte, schoben sie sich in den Raum, in dem sich an einer Wand Stahlspinde befanden, eine Couch, drei Korbstühle, ein runder Tisch und ein Elektrokocher für Kaffee.

»Mach schon«, sagte Harry. »Zieh dich um.«

Sie sah, daß er es ernst meinte.

Als ihr klar wurde, daß sie keine Wahl hatte, trat sie an ihren Schrank und drehte am Zahlenschloß. Sie nahm ihr graues Kleid und den Stoffmantel heraus und legte beides auf die Couch. Ihre Handtasche stellte sie daneben. Sie zog ihre Uniformjacke aus und warf sie beiseite. Dann wandte sie ihm den Rücken zu, zog ihre Bluse aus, zerrte am Reißverschluß ihres Rockes herum und stieg heraus. Nur einen Augenblick lang stand sie im Slip da, aber in ihren Gedanken war kein Platz für Verlegenheit, als sie sich hastig das Kleid über den Kopf zog. Sie vergeudete keine Zeit mit Spekulationen darüber, und sie mußte wissen, wie Harry das alles hatte allein schaffen können.

»Nachdem du Stan und mich im siebten Stock rausgestoßen hast«, sagte sie, »bist du in den zweiten gefahren. Da hattest du Zeit genug, die Lohngelder zu verstecken. Du bist zur Feuertreppe gegangen und hast dich vergewissert, daß sie leer war – Stan war inzwischen wahrscheinlich schon ganz unten im ersten Stock –, und dann bist du wieder rauf in den vierten gefahren. Wann hast du dich umgezogen?«

»Neben der Herrentoilette im vierten Stock gibt es ein leerstehendes Büro. Ich hatte einen alten Anzug unter meinem Overall, als Ethel mich nach oben brachte. Ich mußte nur in dem leeren Büro den Overall ausziehen und mein Werkzeug loswerden.«

»Aber dieser Angestellte, der gesagt hat, er hätte dich in der Herrentoilette gesehen . . .«

»Das war ein Glücksfall, mit dem ich nicht gerechnet hatte«, sagte Harry. »Niemand hat gesehen, wie ich im zweiten Stock ausgestiegen oder bei dem leeren Büro rein oder raus bin. Die Herrentoilette war leer, und ich habe die Papiertüte zerrissen und in der Toilette runtergespült. Damit war ich immer noch beschäftigt, als dieser Typ reinkam.«

»Und heute abend hast du darauf gewartet, daß ich aus dem Fahrstuhl komme . . .«

»Ganz genau, Baby, und wenn du nicht so neugierig gewesen wärst, wäre es ein Kinderspiel geworden.« Er fluchte leise. »Man kann diese verdammte Klappe nicht öffnen, ohne daß etwas von diesem öligen Dreck in die Kabine fällt, aber du warst die einzige, der das aufgefallen ist.«

»Aber die ganzen Lohntüten?«

»Deswegen habe ich diesen Trenchcoat mitgebracht. Er hat zwei Taschen, die groß genug sind, um eine Apfelsinenkiste zu verstauen. Und jetzt kannst du mir dabei helfen.«

Als sie sich umdrehte, sah sie, daß er ihre Handtasche untersuchte. Es war eine große Tasche, da sie jeden Tag ihr Mittagessen darin transportierte. Harry hatte die Ledertasche geöffnet und stopfte einige der Lohntüten in ihre Tasche. Die anderen verteilte er auf den beiden Manteltaschen. Dann, als sie ihre Uniform in den Schrank hängte, drängte er sich an ihr vorbei und stellte die Ledertasche unten in ihren Schrank.

»Das ist ein gutes Versteck dafür«, sagte er. »Wenn die Cops sie morgen finden, dürfte es für deinen Freund noch um einiges schwieriger werden.«

»Wieso das?« sagte Mary. »Ich werde ihnen einfach die Wahrheit sagen.«

»Du wirst Ihnen überhaupt nichts erzählen, Baby. Mit dir habe ich andere Pläne.« Er wedelte mit der Waffe. »Jetzt gehen wir beiden erst mal zusammen raus. Der Nachtwächter könnte unten in der Lobby sein, und vielleicht hat er einen Cop bei sich, aber die werden uns nicht aufhalten, verstanden? Denn ich habe schon zweimal in Pennsylvania eingesessen, und ich steck' schon zu weit drin, als daß ich einen Rückzieher machen könnte. Wenn ich diese Kanone benutzen muß, werde ich es tun, und wenn ich es tue, bist du die erste, die es abkriegt. Verstanden?«

Mary war überrascht festzustellen, daß der Fahrstuhl noch

immer weg gewesen war. Harry Gilmore hatte den Trenchcoat mit dem Großteil der Lohntüten über seinem Arm drapiert, um die Waffe in seiner Hand zu verbergen. Er mahnte sie ein letztes Mal zur Vorsicht, als der Fahrstuhl nach unten fuhr, aber eine Äußerung, die er vorher getan hatte, wollte ihr partout nicht aus dem Sinn gehen. Sie wußte nicht, was er damit meinte, daß er mit ihr andere Pläne hätte, aber eine Sache war ihr vollkommen klar: Falls ihr irgend etwas zustieß oder falls sie nicht zurückkam, würde die Polizei die Ledertasche in ihrem Schrank finden, und Stan würde nicht nur ins Gefängnis wandern, sondern er würde einen weiteren dunklen Fleck in seiner Akte haben, den er sein Leben lang nicht loswerden würde.

Als sie aus dem Fahrstuhl traten, sah sie, daß sich Sergeant Cheney am Zigarettenstand mit dem Nachtwächter unterhielt, und sie spürte, daß dies vielleicht ihre einzige Chance war ... und ihre letzte Chance. Aber sie glaubte an Harry Gilmores Drohung. Sie wußte, er würde die Waffe benutzen, wenn er mußte. Sie wagte nicht, eine voreilige Bewegung zu machen, aber sie schaffte es, heimlich den Verschluß zu drehen, so daß dieser aufklappte.

Es war diese Sorte von Taschen mit zwei Riemen, die, wenn man sie ordentlich trägt, dafür sorgen, daß die Tasche geschlossen bleibt. Jetzt, da sie offenstand, konnte Mary nur hoffen, daß Cheney vielleicht einen Blick auf den Inhalt werfen würde. Und so kam sie immer näher, das junge Gesicht zu einem halben Lächeln erstarrt und sich Harry Gilmores Nähe nur allzu bewußt. Als sie zum Zigarettenstand kamen, richteten sich sowohl Cheney als auch der Nachtwächter von der Glasplatte auf.

»Ich dachte, ich könnte Sie vielleicht nach Hause fahren«, sagte Cheney.

»Nein danke, Sergeant«, sagte Mary mit schmalen Lippen. »Harry nimmt mich schon mit.«

»Ja«, sagte Gilmore. »Kein Problem.«

Während der Unterhaltung blieb sie stehen, die Handtasche Cheney zugewandt. Als nichts passierte, spürte sie den Druck von Gilmores Arm und seinem vollen Trenchcoat in ihrem Rücken, und sie begann weiterzugehen, als sie sah, daß etwas mit Cheneys Augen geschah. Einen kurzen Moment lang zuckten sie zur Handtasche und schienen sich dort festzubeißen. Als er sagte: »Eine Sekunde mal, Mary«, nutzte sie ihre Chance.

Nachdem sie einen Schritt zur Tür hin gemacht hatte, fuhr sie auf ihrem rechten Fuß herum und wirbelte den rechten Arm und die Handtasche mit Schwung nach hinten. Sie zielte auf die Hand mit der Waffe, spürte ein plötzliches Entsetzen, als sie auf einen Schuß wartete und schließlich begriff, daß ihr überraschter Angriff Harry verwirrt und für einen Moment handlungsunfähig gemacht hatte.

Dann schlug die Tasche gegen die verborgene Hand, und ein Riemen riß. Sie hörte den gedämpften Schuß, der darauf folgte, und sah, wie sich die kleinen Umschläge mit den Lohngeldern über den Boden verteilten. Sie wußte, daß er sie nicht getroffen hatte, aber als sie Harry mit Schwung anrempelte, stieß er sie mit voller Wucht zurück und sie fiel. Mit beiden Knien schlug sie auf den Marmorboden, fühlte den Schmerz, dann hörte sie den zweiten Schuß.

Als sie es schaffte, den Kopf zu heben und sich umzusehen, lag Harry am Boden, und Cheney und der Nachtwächter waren über ihm. Plötzlich hielt Cheney den kurzläufigen Revolver in der Hand, und Charlie Doyle zerrte Harry auf die Beine.

Noch immer war Cheney zu verblüfft, um etwas anderes zu tun, als sie anzustarren, während sie sich aufsetzte und ihr Kleid herunterzog. Sie war nicht wirklich wütend auf den Sergeant, aber der Aufprall hatte sie hart erwischt, und im rechten Knie pulsierte der Schmerz. Wie aus Protest gegen die Stunden der Ungerechtigkeit sprach sie ziemlich scharf, und die Worte kamen in beinahe schrillen Tönen heraus.

»Vielleicht kriegen Sie es jetzt endlich in Ihren Dickkopf, daß Stan nichts mit dem Lohngeldraub zu tun hat!«

Sie schämte sich schon, kaum daß die Worte heraus waren. Cheney kam herüber, um ihr auf die Beine zu helfen und sie zu fragen, ob sie in Ordnung wäre, und dann erzählte sie ihm, was im Fahrstuhl passiert war und was sie wußte. Es dauerte nicht lange, und Cheney brauchte dafür kein Schaubild. Harry Gilmore hatte er Handschellen angelegt, sämtliche Lohntüten waren schnell eingesammelt, und Charlie Doyle benutzte das Telefon.

»Ich werde diesen Burschen mitnehmen«, sagte Cheney zu

ihr, »aber gleich kommt auch ein Wagen für Sie. Sie hatten einen harten Tag, und ich nehme an, Sie werden nach Haus wollen und sich vielleicht ein paar heiße Kompressen aufs Knie legen.«

»Und wohin bringen Sie Harry?« wollte Mary wissen.

»Aufs Revier.«

»Dahin, wo Stan ist?«

»Ja.«

»Dann komme ich mit Ihnen. Wenn mich heute irgend jemand nach Hause bringt, dann Stan.«

»Also gut, also gut«, sagte Cheney, und zum ersten Mal lächelte er sie an. Es war ein nettes Lächeln, ehrlich und mitfühlend, und es veränderte sein ganzes Gesicht. Es schien Mary, als akzeptierte er sie zum ersten Mal, und derart bestätigt, zog sie ihren Mantel zurecht und richtete ihr Haar am Hinterkopf. Als sie fertig war, sprach sie mit Charlie Doyle.

»Würden Sie etwas für mich tun, Charlie?«

»Sicher, Mary.«

»Dann sagen Sie der Putzfrau *bitte*, sie möchte doch versuchen, diese Ölflecken aus dem Teppich in meinem Fahrstuhl zu entfernen. Im Augenblick ist es ein Saustall, und ich möchte, daß es halbwegs ordentlich aussieht, wenn ich morgen früh komme.«

Dann, nachdem sie sich von Charlies Versprechen hatte beruhigen lassen, war sie bereit, mit Cheney zu fahren . . . zu Stan.

Deutsch von Jörn Ingwersen

Lauf, wenn du kannst

Charlotte Armstrong

Sie war natürlich da. Sie war immer da. Das hier war seine Wohnung, in die er nie heimkehrte, ohne sie wartend vorzufinden – egal, wie spät es auch sein mochte.

Da saß sie – auf dem unbequemen Stuhl unter der Lampe, in ihrem dunkelblauen Kleid. Sie war seine Schwester, seine ganze Familie, und das hier war sein Zuhause, also mußte er herkommen. Und doch starrte er auf ihre Hände, diese alten Hände mit den dicken Gelenken und den plumpen Fingern, in denen sie die Bibel hielt.

»Es ist Mitternacht«, sagte sie.

»Ich bin schon erwachsen«, erwiderte er mürrisch.

»Ich bin zweiundvierzig. Weißt du das immer noch nicht, Helen?«

Durch das Wohnzimmer und die angrenzende Eßecke hindurch lief er in die Küche. Er fand den Whiskey und schenkte sich einen Drink ein. Die Garage war abgeschlossen – er hatte darauf geachtet, sie abzuschließen.

Mit dem Glas in der Hand kehrte er zurück. »Ich brauche das«, sagte er kläglich, denn in Wirklichkeit brauchte er sie. Sie war seine Schwester, sie war alles, was er hatte. »Mir sitzt der Schreck noch in den Gliedern. Ich bin fix und fertig. Aber ich bin direkt nach Hause gefahren. Niemand hat mich gesehen.«

»Jemand hat dich bestimmt gesehen, Walter«, bemerkte sie in ihrer verrückten Art, die einen selber ganz verrückt machte, weil sie immer so tat, als sei sie sich ihrer Sache absolut sicher.

»Nein, nein.« Er merkte, daß er die Augen verdrehte und wieder schwitzte. »Weit draußen auf dem Land, da ist es passiert. Kein Mensch in der Nähe. Hör zu, ich weiß nicht mal, wo sie herkam. Ganz plötzlich war da dieser kleine Wagen. Hätte ich bremsen können? Es war nicht meine Schuld. Ich konnte einfach nicht anhalten. Nun, natürlich habe ich angehalten – aber danach.« Er verschluckte sich an dem Drink. »Keine Ahnung, wer sie war. Woher sollte ich es auch wissen? Ich bin auf der Stelle ausgestiegen. Diese winzige Kiste, sie hat sich gleich überschlagen. Die werden einfach zu klein gebaut, viel zu eng ... Hör zu, sie war tot. Ich konnte nichts mehr für sie tun, absolut nichts.«

»War sie allein?« fragte seine Schwester.

»Aber sicher«, gab er ärgerlich zurück. »Ich bin auch sofort nach Hause gefahren. Der Wagen steht in der Garage. Ich habe den Lack kontrolliert, so gut ich konnte. Es gibt keine verräterischen Spuren.«

»Es gibt bestimmt eine Spur.«

»Hör mit dem Unsinn auf!« rief er. »Wenn ich es dir doch sage – es war ein Unfall! Wie kann man mit hundertzwanzig anhalten? Du hast doch von solchen Dingen überhaupt keine Ahnung! Ich versichere dir, niemand hat es gesehen, niemand wird etwas davon erfahren. Und du wirst den Mund halten.«

»Das wird nicht nötig sein«, erklärte sie mit dieser alles verachtenden Selbstsicherheit. Ihr langes, schmales Gesicht war völlig farblos. Selbst ihre Lippen besaßen keine Farbe. Mit ihren blassen Händen hob sie die Bibel. »Nichts bleibt verborgen«, flüsterte sie.

Manchmal brachte sie ihn um den Verstand. »Ich konnte nichts für sie tun! Absolut nichts! Und es war nicht meine Schuld, wirklich nicht. Ich war lange gefahren und hatte müde Augen. Dafür konnte ich doch nichts, oder? Es ist zu dumm. Ich meine, es tut mir leid. Ich bin völlig durcheinander, das kannst du mir glauben. Morgen wechsle ich alle Reifen an dem Wagen. Ich bin nicht ...«

Ihre Augen lagen tief in den Höhlen und waren dunkel umschattet.

»Sei still!« rief er aus, obwohl sie schwieg. »Hör zu, ich bin total erledigt. Ich stehe noch unter Schock. Ich muß jetzt schlafen. Ich stehe unter einem furchtbaren Schock und bin müde. Also rede nicht darüber!«

Sie schwieg. Trotzdem wandte er sich ab und taumelte in sein Schlafzimmer. Er würde jetzt schlafen. Er würde eine Tablette nehmen – oder besser noch zwei, um ganz sicherzugehen. Sie würde es mißbilligen. Helen mißbilligte alles. Er sollte für immer weggehen, aber er würde es nicht schaffen. Zusammengerollt in seinem Bett konnte er hören, wie sie in der Wohnung umherging und alles für die Nacht richtete... und irgendwie fühlte er sich sicher.

»Du bist spät dran«, bemerkte sie, als er am folgenden Abend von der Arbeit nach Hause kam. Angespannt und wachsam stand sie direkt hinter der Tür.

»Ist jemand dagewesen? Hat jemand um die Garage herumgeschnüffelt?«

»Nein.«

»Der Bus ist wie eine Schnecke gekrochen«, brummte er, dann stieg er ein paar Stufen hinauf – auf Zehenspitzen! Das war wirklich albern. »Es steht in der Abendzeitung«, berichtete er. »Sie hieß Mary Lovelace. Wie kann man nur so heißen. Sie war auf der Stelle tot. Irgendein Farmer hat sie gefunden, so gegen vier Uhr früh.« Er befeuchtete die Lippen. »›Fahrerflucht‹ schreiben sie in der Zeitung.«

»Ja.« Seine Schwester nickte. »Das Essen wartet.«

»Hätte ich denn etwas tun können? Ich habe sie doch nicht gesehen. Ich konnte nicht bremsen. Ich hab's doch nicht absichtlich getan! Hör zu, so was passiert täglich – jeden Tag! Vergiß es. Stell lieber das Essen auf den Tisch.«

»Sobald du dir Gesicht und Hände gewaschen hast, Walter.«

Beim Essen redete er immer weiter. »Ich habe mir den Wagen heute morgen noch mal bei Tageslicht angesehen. Ich konnte nichts entdecken. Keine einzige Beule. Auch kein Kratzer am Lack, ich habe jedenfalls keinen gesehen. Keine kaputte Lampe. Aber ich werde nicht mehr mit ihm fahren, Helen. Bei der Polizei haben sie nämlich diese Labors. Es ist richtig unheimlich, was man da alles herausfinden kann. Ein Staubkorn – und du bist geliefert. Was soll ich nur mit dem Wagen machen?«

»Es spielt keine Rolle, was du mit dem Wagen machst«, sagte sie.

»Du liebe Zeit.« Walter schob den Stuhl zurück. »Du bist wirklich verrückt, Helen. Weißt du das eigentlich? Du selbst müßtest es am besten wissen. Ich bin mir jedenfalls sicher. Deshalb muß ich mich allein darum kümmern. Und du wirst den Mund halten – nicht ein Wort darüber!«

Er grinste und sah sie listig an, denn er war sich seiner Sache sicher. Sie war alles, was er hatte, seine ganze Familie, und sie würde ihn nicht verraten.

»Ich habe für dich gebetet.«

»Du solltest dir besser den Kopf darüber zerbrechen, wie ich den Wagen loswerde. Das Auto.« (Manchmal sah sie so dämlich aus!) »Mal angenommen, ich kaufe vier neue Reifen. Woher weiß ich, ob sie nicht die Reifenhändler überprüfen? Angenommen, ich lasse den Wagen neu lackieren. Auch das kann man kontrollieren. Ich muß einfach ein bißchen schlauer sein als sie, das ist alles.«

Sie schwieg und starrte ihn immer noch so begriffsstutzig an.

»Außerdem«, fuhr er fort und fühlte sich leichter, als er nun seine Ängste in Worte fassen konnte, »weiß ich ja, es hat keinen Sinn, ihn in die Wüste oder sonstwohin zu fahren und ihn einfach stehenzulassen. Wie schnell hätte man ihn gefunden und identifiziert ... Ich kann ihn genausowenig über irgendeine Klippe ins Meer rollen lassen. Sie finden ihn – da kannst du Gift drauf nehmen. Und dann wollen sie wissen, wie und wann es passiert ist. Wie werde ich nur diesen Wagen los?«

Seine Schwester flüsterte: »Wie wirst du deine Sünde los?«

»Welche Sünde?« brüllte er. »Es stimmt, ich habe mich strafbar gemacht. Das weiß ich. Von Rechts wegen hätte ich die Sache melden müssen. Ich wollte sie aber nicht melden! Ich wollte in keinen Schlamassel geraten – nur wegen eines Unfalls! Eines unvermeidlichen Unfalls! Wenn ich es dir sage – niemand hat mich gesehen. Niemand weiß etwas. Niemand wird jemals etwas wissen, wenn ich nur dieses Auto loswerde. Das ist mein Problem, sonst nichts.«

»Warum verkaufst du es nicht?« fragte sie sofort.

»Wie denn? Soll ich es in Zahlung geben? Damit die Bullen es auf einem Gebrauchtwagenmarkt finden? Es ist doch registriert – Verdammt, du verstehst auch gar nichts.«

»Ich verstehe mehr, als du denkst.« Sie seufzte.

»Halt den Mund. Tu mir den Gefallen! Ich werde den Wagen

schon noch los – und damit die ganze Misere. Es muß eine Lösung geben. Ich denke mir etwas aus. Ich kann nichts essen«, erklärte er. »Ich will nichts mehr.« Er sah sie finster an. »Komm bloß nicht auf die verrückte Idee, zur Polizei zu gehen.«

»Das wird nicht nötig sein.«

»Er bleibt bis Samstag in der Garage. Am Samstag werde ich etwas unternehmen.«

»Du kannst doch nicht . . .«

Er unterbrach sie heftig. »Wollen wir wetten? Du redest immer nur und tust selbst nichts. Weißt du was? Es wird immer schlimmer mit dir, Helen. Und ich kaufe uns auch einen Fernseher.«

Vor sich hin murmelnd ging er ins Wohnzimmer. Nicht einmal einen Fernseher gab es im Haus. Sie las immer nur ein einziges Buch – die Bibel. Wenn er fernsehen wollte, mußte er in irgendeine Kneipe gehen.

Gleich nachdem Walter die Sportseite der Samstagszeitung umgeblättert hatte, entdeckte er die Anzeige. Mit der Zeitung in der Hand trottete er in die Küche, wo seine Schwester gerade die Topfpflanzen auf der Fensterbank goß.

»Ich hab's«, erklärte er. »Hier, diese Tauschanzeige. Hör gut zu. Das ist es, Helen.«

»Tausche – schnell und unkompliziert: Grundstück mit schöner Aussicht gegen Gebrauchtwagen neueren Baujahres – guter Zustand Voraussetzung wegen weiter Reise. Telefon . . .«

»Na?« rief er. »Ist das nicht genau das richtige? Was meinst du?« Sie straffte den langen, flachen Rücken und reckte den dünnen Hals. »Genau so werde ich den Wagen los! Ich tausche ihn gegen alles, egal was. Von mir aus auch gegen eine Immobilie.«

»Ein Stück Land?«

»Ganz recht. Ich brauche genausowenig ein Grundstück wie ein Loch im Kopf. Wo ist da der Unterschied? Da will jemand auf eine weite Reise gehen und hat es eilig. Soll er doch den Wagen über die Grenze fahren. Besser kann ich ihn gar nicht loswerden.«

»Meinst du?« fragte seine Schwester tonlos.

»Die Übergabe wird natürlich registriert. Na und? Zulassungsnummer, Motornummer, Baujahr und der ganze Kram. Und wenn schon. Das macht überhaupt nichts. Es kommt auf den Wagen an, und der ist dann weit weg, über alle Berge. Wie soll die Polizei ihn jemals in ihre Labors bekommen? Das ist eine Lösung, ich sag's dir, es wird funktionieren.«

»Es gibt eine andere Lösung«, meinte sie.

»Welche?«

»Bekenne.«

»Oh, zum ... Hör zu, ich könnte im Gefängnis landen. Aber das werde ich nicht.« Walter stürzte ans Telefon.

Als er den Hörer auflegte, schwitzte er leicht. Zu seiner Schwester (zu wem auch sonst?) sagte er jedoch: »Hört sich gut an. Der Typ will, daß ich sofort zu ihm komme, damit wir uns sein Grundstück ansehen. Ist doch von seinem Standpunkt aus nur vernünftig, oder? Die Gelegenheit lasse ich mir jedenfalls nicht entgehen. Ich fahre mit dem Wagen. Er wohnt nur zwei, drei Meilen von hier entfernt. Und dieses Grundstück liegt ein Stück weiter oben in den Bergen. Wer soll sich da oben schon herumtreiben? Bis jetzt ist noch niemand hier aufgetaucht, und es ist vier Tage her. Hör zu, das Beste kommt noch. Er will gleich heute abend abreisen! Also, das ist wirklich – der Ausweg!«

Seine Schwester sagte nichts, und er rief in ihr Schweigen hinein: »Was kann schon passieren? Nichts, absolut nichts. Du wirst den Mund halten, und du bist die einzige, die etwas weiß.«

»Noch jemand weiß Bescheid.«

»Wer denn? Der liebe Gott?« Walter knurrte wütend. »Manchmal graust es mir vor dir. Weißt du, was du bist, Helen? Abergläubisch, genau das bist du! Du bist ja schon ganz fanatisch. Dabei verstehst du überhaupt nichts vom richtigen Leben. Ich gehe jetzt, und ich schaffe mir diesen Wagen vom Hals.«

»Gehe mit Gott«, sagte sie traurig.

»Mit oder ohne, ich verschwinde jetzt!« rief er, während ihm der kalte Schweiß ausbrach.

Walter wußte, daß er schreckliche Angst hatte, als er das Haus verließ. Zum ersten Mal seit dem Unfall setzte er den Wagen aus der Garage, dann ging er um ihn herum und überzeugte sich davon, daß es kein Anzeichen einer Beschädigung gab. Nichts konnte ihn verraten.

Dann fuhr er vorsichtig los. Beim Anblick eines Streifenwagens war er in Schweiß gebadet, aber die Polizisten nahmen ihn nicht einmal wahr.

Er spähte gerade nach den Hausnummern, als ein hochgewachsener, dünner junger Mann auf ihn zutrat, der so aussah, als hätte er schon ungeduldig gewartet. Er stellte sich als Anderson vor. Offenbar hatte er keine Zeit zu verschwenden und wenig Lust auf nichtssagenden Smalltalk. Er schenkte dem Äußeren des Wagens, dem Lack oder den Chromteilen wenig Beachtung, öffnete allerdings die Motorhaube. Dann schlüpfte er auf den Fahrersitz, und Walter, der die ganze Zeit über voller Nervosität geredet hatte, stieg ein und setzte sich neben ihn.

»Ich pflege ein Auto«, plapperte Walter. »Aus Überzeugung. Ich gehöre nicht zu den Leuten, die einen Wagen fahren, bis er auseinanderfällt. Ein Auto ist ein Wertgegenstand. Läuft er nicht wie geschmiert?«

Während er sich von der Funktionstüchtigkeit des Wagens überzeugte, fuhr Anderson über kurvenreiche Straßen und später über gewundene Wege hinauf in die Berge. Dann hielt er an.

»Ist es hier?« Walter kniff die Augen zusammen. Etwas mehr Interesse an dem Grundstück konnte nichts schaden.

Sie stiegen aus, und Walter blinzelte wieder. Die Aussicht war großartig. Unter ihnen lag die ausgedehnte Bucht von Los Angeles, aus der Ferne wirkte die Stadt großzügig und schön. Das Grundstück war weniger abschüssig als die meisten anderen. Anderson wies auf die Begrenzungspfähle. Die Größe war auch nicht schlecht.

»Das ist es«, stellte der junge Mann in seiner ungeduldigen, energischen Art fest. »Ich nehme den Wagen und Sie das Grundstück. Abgemacht?«

Walter leckte sich die Lippen. »Sie nehmen das Auto«, sagte er langsam. »Und verschwinden. Richtig? Aber diese Immobilie – was ist mit dem Besitzrecht, der Überschreibung? Welche Garantie habe ich eigentlich?«

»Die Übertragungsurkunde steckt in meiner Tasche, und mein Anwalt kann mit einer Vollmacht alle weiteren Einzelheiten regeln. Wir können uns gleich nachher mit ihm treffen.«

»Sie ... Sie wollen wirklich nicht noch bis Montag bleiben?«

»Nein«, entgegnete Anderson fest. Walter ließ den Blick noch einmal über das Stück Land gleiten. »Sieht aus, als wäre alles in Ordnung«, meinte er zustimmend. »Damit will ich sagen ... wie könnte es auch anders sein. Oder hat die Sache einen Haken? Nun, Mr. Anderson?«

Der junge Mann drehte sich um und ging zum Wagen. »Wenn Sie es nicht wollen, brauchen Sie es nur zu sagen.«

»Ist das Besitzrecht geklärt? Keine Verbindlichkeiten?« Walter lief hinter ihm her.

»Das habe ich Ihnen doch schon gesagt. Es ist alles amtlich. Was ist jetzt? Wenn Sie's nicht wollen, sagen Sie's mir. Ich suche mir dann einen anderen Wagen.«

»Also, ich meine ...« Plötzlich erinnerte sich Walter daran, warum er hier war. »Okay, der Handel gilt. Ab sofort. Der Wagen gehört Ihnen und das Grundstück mir – ein glatter Tausch. In Ordnung?«

»In Ordnung.«

Im Sonnenlicht, auf dem hohen Hügel und dem Wind ausgesetzt, besiegelten sie den Tausch mit einem Händedruck.

Jetzt mußten sie nur noch den Papierkram erledigen. Walter machte einen Vorschlag. »Wie wär's, wenn wir das bei einer Tasse Kaffee regeln? Sie können Ihren Anwalt doch genauso gut telefonisch zu mir nach Hause bestellen, oder?« Auf einmal lag ihm viel daran, den Handel mit einem Anwalt abzuschließen.

»Wenn's nur schnell geht«, entgegnete Anderson.

Auf dem Weg ins Tal warf Walter von Zeit zu Zeit einen Seitenblick auf das Gesicht seines schweigenden Beifahrers. »Diese Reise«, begann er. »Fahren Sie schon heute abend los?«

»Ja – sobald wie möglich.«

»Fahren Sie weit?«

»So weit es geht.«

Walter äußerte nichts mehr. Als sie das Apartmenthaus erreichten, in dem er und Helen wohnten, fuhr er den Wagen um die Ecke und gleich in die Garage. Dabei tat er so, als hätte er ganz in Gedanken gehandelt. Er entschuldigte sich und ließ die Garagentür offen. Das war sicher genug. Dann führte er seinen Begleiter die Treppe hinauf. Sie war natürlich da. Sie war immer da.

»Das ist meine Schwester Helen, Mr. Anderson. Wir haben etwas Geschäftliches zu erledigen«, fügte er rasch hinzu, bevor sie etwas sagen konnte. Sein Ton gab ihr zu verstehen, daß dieses Geschäft sie nichts anging. »Kochst du uns bitte Kaffee, Helen?« Er zeigte Anderson, wo das Telefon stand. Während Anderson es benutzte, folgte Walter seiner Schwester in die Küche.

»Die Sache ist geritzt«, stellte er fest. »Also halte dich zurück. Schwöre mir, daß du nichts sagst.«

Sie öffnete die blassen Lippen. Mit ihren farblosen, tiefliegenden Augen sah sie ihn mitleidig an. Dann schloß sie die Lider und auch die Lippen.

Die beiden Männer setzten sich an den Tisch in der Eßecke und breiteten voreinander alles an Papieren aus, was sie hatten. Helen brachte stumm den Kaffee. Sie verließ die beiden und setzte sich auf den unbequemen Stuhl im angrenzenden Raum. Dann nahm sie die Bibel in die Hände.

Als es bis zur Ankunft des Anwalts nichts mehr zu tun gab, schien es auch keinen Gesprächsstoff mehr zu geben. Anderson warf erst einen Blick auf die Frau auf dem Stuhl und dann auf seine Armbanduhr. Walter hielt die Stille kaum noch aus. »Dieser Anwalt kommt doch bestimmt, oder?«

»In ein paar Minuten.«

»Woher weiß ich ...?« begann Walter. Dann faßte er sich. »Sie haben's eilig, Mr. Anderson. Stimmt's?« forschte er.

»Ich wäre am liebsten schon unterwegs.«

»Na ja, wir brauchen ja nur noch auf diesen ... äh ... Freund von Ihnen zu warten.« Walter sah unter zusammengezogenen Brauen listig hoch. Er ließ sich von keinem übers Ohr hauen. Woher sollte er wissen, daß der Mann, auf den sie warteten, tatsächlich ein Rechtsanwalt war?

Anderson sah wieder auf seine Uhr, dann blickte er ausdruckslos auf die schweigende Frau, die steif auf dem harten Stuhl saß.

Walter ergriff das Wort. »Wie kommt es, daß Sie keinen Wagen haben? Ein junger Kerl wie Sie. Irgendwie wundert es mich.«

»Ich habe ein Auto. Es ist in schlechtem Zustand.«

»Können Sie's nicht in Zahlung geben?«

»Zerbrechen Sie sich nicht den Kopf darüber.«

Walter zuckte zusammen. Einen Augenblick später fragte er: »Wie lange, sagten Sie, besitzen Sie dieses Grundstück schon, Mr. Anderson?«

»Ich habe gar nichts gesagt«, fuhr ihn der junge Mann an. Er sah aus, als würde er jeden Moment die Beherrschung verlieren.

»Etwas länger als ein Jahr«, antwortete er frostig.

»Noch etwas Kaffee?« fragte Walter und wollte sich schon erheben.

»Nein. Nein, danke.«

Walter seufzte. Er fing an, sich zu wünschen, daß seine Schwester aufstehen, zu ihnen herüberkommen und sich wie – ja, wie eine richtige Frau verhalten würde. Ein wenig plaudern, freundlich sein. Aber sie saß einfach nur da. Er hob ruckartig den Kopf, um Andersons Blick einzufangen.

»Meine Schwester ist eine eifrige Bibelleserin«, sagte er mit unterdrückter Stimme. »Wissen Sie, irgendwie geht sie ganz in diesem Kram auf.«

»Ich verstehe.« Aber der Mann verstand nichts. Er hörte nicht einmal zu. Er betrachtete angelegentlich seine linke Hand, die er in rhythmischer Anspannung schloß und öffnete und wieder schloß.

Walter war viel zu nervös, um ruhig zu bleiben.

»Ich sorge für unseren Lebensunterhalt. Ich bin Geschäftsmann.«

Er konnte sich nicht zurückhalten. »Wenn Sie mich fragen – wenn Sie dieses Grundstück noch sechs Monate oder ein Jahr behielten, dürften Sie einen netten Profit herausschlagen. Es ist jetzt schon mehr wert als ein Gebrauchtwagen. Das wissen Sie auch, oder?«

»Wir sind uns einig geworden«, erklärte Anderson steif.

»O ja, natürlich. Gewiß, wir haben einen Handel abgeschlossen. Ich will mich auch nicht beschweren. Nichts für ungut, Mr. Anderson. Aber es könnte doch nichts schaden, wenn Sie Ihr Herz ein wenig erleichtern würden. Wie? Einzig und allein, um meine Neugier zu befriedigen. Warum erzählen Sie's mir nicht? Wo ist der Haken?«

»Der was?«

»Der Pferdefuß. Was hat es mit diesem Grundstück auf sich?«

Anderson schickte sich an aufzustehen.

»Nein, nein.« Walter legte rasch die Hand auf die Papiere. »Der Handel gilt. Dazu stehe ich. Ich habe nur den Eindruck, als wären Sie schlecht weggekommen. Und ich frage mich warum, das ist alles.«

Der Mann starrte ihn mit versteinerter Miene an.

»Wissen Sie . . .«

Walter konnte nicht an sich halten. »Ich habe die Erfahrung gemacht, daß man niemals etwas umsonst bekommt – jedenfalls nicht auf dieser Welt, ha, ha.«

Es läutete an der Tür.

»Machst du bitte auf, Helen?« rief Walter. Sie erhob sich. Kurz darauf hörte er eine höfliche Männerstimme. »Ich suche Mr. Robert Anderson.«

Helen schwieg.

»Oh, zum . . .« Walter stand auf.

»Hier entlang«, rief er.

Er fühlte sich zutiefst erleichtert, seine einmal geweckte Neugier ließ ihn jedoch nicht los. Deshalb blickte er auf den jungen Mann herab und fragte mit sanfter Stimme: »Hören Sie, weiß er vielleicht, wo die Leiche vergraben ist?«

Andersons Augen sprühten. Er rief laut den Namen des Anwalts. Ein älterer, gutgekleideter Herr, dessen Auftreten forsch und geschäftsmäßig war, kam zu ihnen. Noch ein paar Minuten, ein paar Unterschriften – und die Sache war erledigt. Alle drei erhoben sich, und Walter streckte die Hand mit den Wagenschlüsseln aus.

Anderson griff rasch nach den Schlüsseln und eilte durch das Wohnzimmer auf die Tür zu. So schnell er konnte, schlurfte Walter hinter ihm her. Er war jetzt fest davon überzeugt, daß dieser Mann vor irgend etwas die Flucht ergriff. Aber wovor?

Sie wären beinahe zusammengestoßen, als Anderson vor Helen, die immer noch auf ihrem Stuhl saß, stehenblieb. »Nett, Sie kennengelernt zu haben«, murmelte Anderson.

Sie hielt die blassen Lippen geschlossen. Himmel, sie ist wirklich meschugge, dachte ihr Bruder.

»Komm schon«, forderte er sie ärgerlich auf. »Verabschiede dich von dem Gentleman, Helen.«

»Gott sei mit Ihnen, mein Herr«, sagte sie.

Das klang so seltsam, daß Anderson einen Augenblick lang verharrte. Der Anwalt trat mit der Aktentasche in der Hand zu ihnen.

»Leben Sie wohl.« Er wandte sich liebenswürdig zuerst an Helen und dann an Walter.

»Leben Sie wohl. Vielleicht sehe ich Sie einmal wieder. Viel Glück mit Ihrer Neuerwerbung.«

Und dann erhob Walter hinter ihrem Rücken die Stimme. Er konnte einfach nicht anders.

»Hören Sie, meine Herren, Verzeihung, aber dieses Grundstück ist doch bestimmt seine fünf-, sechstausend Dollar wert! Na schön. Ich hab's jetzt am Hals. Das geht in Ordnung. Aber wo ist der Haken? Bitte!«

»Es gibt keinen Haken«, erwiderte der Anwalt ernst.

»Aber es muß einen geben«, rief Walter.

»Und Sie wollen es unbedingt wissen.« Andersons Stimme klang heiser.

»Laß gut sein, Bob.« Der Anwalt faßte seinen Klienten am Arm.

»Wir sind hier fertig. Komm, gehen wir.«

»Halt! Hiergeblieben!« befahl Walter wild. »Allmählich kommt mir die Sache ganz schön komisch vor.«

»Komisch?« wiederholte Anderson. »Ich habe dieses Grundstück gekauft, weil ich darauf ein Traumhaus für meine Braut bauen wollte. Es gibt keine Braut.«

»Ich verstehe. Ich verstehe.« Walter war so plötzlich ernüchtert, daß er beinahe das Gleichgewicht verloren hätte. »Entschuldigen Sie. Mir war nicht klar, daß es eine persönliche

Angelegenheit ist. Dann ist ja alles okay.« Er nickte. »Ja, das ist in Ordnung.«

»In Ordnung?« Anderson hob in wachsendem Zorn die Stimme. »In Ordnung?«

Walter hatte angefangen zu schwitzen. Er warf einen Blick zurück. Seine Schwester, die Bibel in den Händen, hielt den Kopf hoch erhoben, und auf ihren blassen Lippen lag jenes sonderbare kleine Lächeln – dieses Lächeln, das ihn noch einmal um den Verstand bringen würde.

»Sie war letzten Dienstagabend mit meinem Sportwagen unterwegs«, brach es aus Anderson heraus. »Irgendein Idiot hat sie so abgedrängt, daß sich der Wagen überschlug und im Graben landete. Es wird keine Traumvilla geben, und ich will das Grundstück, auf dem sie stehen sollte, nie wieder sehen. So, jetzt wissen Sie, was es mit dem Stück Land auf sich hat.«

Nun schwitzte Walter nicht nur, sondern zitterte auch von Kopf bis Fuß.

Es war der Anwalt, der ihm zum Abschied die Hand entgegenstreckte. Walter wagte nicht, sie zu berühren. »Hören Sie. Entschuldigen Sie. Es tut mir leid. Das habe ich nicht gewollt – nichts. Bis dann, damit will ich sagen... Gehen Sie mit Gott«, plärrte Walter wie von Sinnen. Ein hohes Kichern kam aus seiner Brust.

»Gehen wir, Bob?« fragte der Anwalt sanft.

Aber Anderson stand wie versteinert in der Tür. »Was ist hier eigentlich los?«

Walters Kiefer bebten unkontrolliert. »Nein, nein.« Er hob abwehrend die Hände. Seine Handflächen waren naß. »Warum sollte da ein Haken sein? Nichts ist hier los – überhaupt nichts.«

Andersons Blicke bohrten sich in Walters Augen, dann glitten sie zu Helens.

»Was ist hier los?« fragte er scharf.

Aber sie hielt die Lippen geschlossen.

Walter spürte, wie in seinem Innern etwas zerbrach. »Du bist verrückt, Helen!« kreischte er. »Haben Sie das gewußt? Sie ist verrückt«, schluchzte er an die beiden Männer gewandt. »Hören Sie nicht auf sie. Halt den Mund!« brüllte er seine stumme Schwester an.

Der Anwalt hatte nicht mehr die Absicht zu gehen. Und Anderson sprach mit ruhiger und gefaßter Stimme: »Sie sagen es mir jetzt. Was hat es mit dem Wagen auf sich? Wo ist der Haken?«

Deutsch von Inge Hallerbach

Originaltitel der Geschichten:

John Dickson Carr, THE CLUE OF THE RED WIG
C. Daly King, LOST STAR
Thomas Burke, THE BLOOMSBURY WONDER
W. R. Burnett, DRESSING UP
Philip MacDonald, MALICE DOMESTIC
Ngaio Marsh, I CAN FIND MY WAY OUT
Hugh Pentecost, THE FOURTH DEGREE
Michael Arlen, MIDNIGHT ADVENTURE
Nicholas Blake, A STUDY IN WHITE
Frederick Irving Anderson, THE PHANTOM GUEST
Ellery Queen, AS SIMPLE AS ABC
Margery Allingham, MONEY TO BURN
David Alexander, THE GENTLEST OF THE BROTHERS
Anthony Armstrong, ONE-WAY STREET
Mignon G. Eberhart, MURDER AT THE DOG SHOW
Octavus Roy Cohen, ALWAYS TRUST A COP
Jean Potts, THE WITHERED HEART
Anthony Boucher, THE GIRL WHO MARRIED A MONSTER
C. S. Forester, BETWEEN EIGHT AND EIGHT
Barry Perowne, KNOWING WHAT I KNOW NOW
Ursula Curtiss, CHANGE OF CLIMATE
Robert Bloch, LIFE IN OUR TIME
Celia Fremlin, THE SPECIAL GIFT
George Harmon Coxe, A NEAT AND TIDY JOB
Charlotte Armstrong, RUN – IF YOU CAN

Band 19 167

Dashiell Hammett

Mit Mann und Maus

Deutsche Erstveröffentlichung

Nein, sie werden niemals untergehen: die harten Männer, an deren breiten Schultern sich auch manch moderne Frau gern anlehnt. Denn Schlaffis sind out; gerade in bösen Zeiten sind die gefragt, die unbeirrt ihren Weg gehen. Und wer wollte behaupten, ein Sam Spade, ein Philip Marlowe hätten keine Gefühle? Längst wissen wir: Die harte Schale birgt auch hier den weichen Kern, so wie der weiche Filzhut den harten Schädel.

Und eines ist mal sicher: Wenn so ein Kerl hinlangt, dann hat der andere auch verdient, daß er nur noch Suppe löffeln kann, während unser Held das Whiskeyglas wegstellt, die Blondien in den Arm nimmt und . . . Ach, lesen Sie doch selbst!

BASTEI LÜBBE

Sie erhalten diesen Band im Buchhandel, bei Ihrem Zeitschriftenhändler sowie im Bahnhofsbuchhandel.